〔加拿大〕阿瑟·黑利 著

陆谷孙 张增健 翟象俊 译

钱商

THE
Moneychangers

南海出版公司

新经典文化股份有限公司
www.readinglife.com
出　品

你即使富有，也和穷苦无异；因为你正像一头不胜重负的驴子，背上驮载着金块在旅途上跋涉，直等死亡来替你卸下负荷。

莎士比亚:《一报还一报》

腐蚀的臭锈，能把深藏的宝物消耗干净，黄金如善于利用，却能把更多的黄金生。

《维纳斯与阿都尼》

第一部

第一章

　　好久以后，不少人仍忘不了十月第一个星期的那两天。往事还历历在目，回忆令人辛酸。

　　事情发生在那个星期二。这天，美利坚第一商业银行总裁、银行创始人的孙子——班·罗塞利老头宣布了一项惊人的噩耗，不仅在银行内各部门引起强烈的反响，外界亦颇为之震动。翌日，也就是星期三那天，银行的"旗舰"——市中心分行发现内部有贼。打那以后，未曾料到的事情便接踵而来，弄到后来，破产接着人祸，还酿成死亡的惨剧。

　　银行总裁突如其来地宣布了这个消息，不像往常那样，事先向大家透露一二。一大早，班·罗塞利就打电话通知手下的高级经理等人。有的人当时正在家里吃早餐；另一些人则一上班就接到了通知。接到通知的人当中，有几个并非经理，只因为他们是银行的老员工，才被班老头视作挚友。

　　各人接到的通知内容是一样的：上午十一点，请到总行大楼董事会议室来。

　　到了开会的时候，除了班以外，人都齐了，共有二十来个。他们三三两两小声谈论着，等候议事。大家全都站着，谁也不愿带头从会议桌旁拖出把椅子坐下。会议桌比一个壁球球场还要长，桌旁可坐四十人，桌面擦

3

得锃亮。嗡嗡的人声中，只听见有人厉声喝问："谁让你送来的？"大家都回过头去张望。说话的是副总经理兼总稽核师罗斯科·海沃德，受责问的是一个穿白上衣的高级职员餐厅的侍者，他端进来好几个装着雪利酒的细颈瓶，这时正在往玻璃杯里斟酒。

海沃德为人严厉古板，在美利坚第一商业银行是个天神般的人物。他一向力主戒酒。这时，海沃德有意看了看表，那神情分明表示：你们这些人不但喝酒，而且大清早就灌起来了。好几个已经伸手去接雪利酒的人忙不迭把手缩了回来。

"是罗塞利先生的吩咐，先生，"侍者答道，"他还特地叮嘱送上最好的雪利酒。"

一个穿着淡灰色时髦衣服的矮胖子转过身子，若无其事地说："管它是不是大清早，哪有好酒不尝的道理？"

他名叫亚历克斯·范德沃特，长着一双蓝眼睛，头发是浅色的，两鬓已经有点花白。此人也是银行的副总经理。看表面，他嘻嘻哈哈，为人随和，但在不拘礼节、趋附时尚的态度之下，却隐藏着遇事从不手软的决断力。这两位副总经理——海沃德与范德沃特是地位仅次于总裁的第二号人物。两人都老练，也能共事，但在很多方面却是敌手。两人的明争暗斗及观点分歧在银行内处处都有表现，在下属中也各有一批追随者。

这会儿，亚历克斯接过两杯雪利酒，将一杯递给埃德温娜·多尔西。

后者皮肤浅黑，仪态万方，是银行里地位最高的女经理。

埃德温娜看到海沃德不以为然地朝自己扫了一眼。那又怎么样呢？

她暗自想道。她是范德沃特阵营中的忠诚分子，这一点罗斯科本来就知道。

"谢谢，亚历克斯。"她说着，接过了酒杯。

一时，空气有些紧张。接着，别人也都学着样子接过酒杯。

罗斯科·海沃德怒气冲冲地沉下脸，他似乎想再说些什么，可马上又改变了主意。

董事会议室的门口，站着一个奥赛罗式的彪形大汉。这人是负责安全事务的副经理，名叫诺兰·温赖特，是在场的两名黑人经理之一。

这时，他提高嗓门叫道："多尔西夫人及诸位先生——罗塞利先生到！"

顿时，一片肃静。

班·罗塞利站在门口，带着隐约的笑容向众人扫了一眼。同平时一样，罗塞利一出场就给人一种既像面对一个忠厚长者，又像面对社会百姓以钱财相托的一位殷实巨贾的感觉。他看上去确实两种形象兼而有之，穿着也符合双重身份：政治家兼银行家常穿的黑礼服，里边是这等打扮中必不可少的背心，背心正面挂一条细金表链。一眼就看得出来，他和罗塞利一世——那位一个世纪前在一家杂货铺子地下室里开办银行的乔万尼——面貌十分相似。乔万尼长着飘逸的银发和浓密的胡子的贵族式头像已由银行印在存折和旅行支票上，作为信用的象征；在大楼下面的罗塞利广场上，人们还为他建造了一座半身像。

此时此地的罗塞利也是一头银发、蓄着浓密的胡须。一个世纪以来，时尚变过去又变回来，不变的是罗塞利这个家族的进取心。这家人靠着它，再加上心计与无穷的精力，终于为美利坚第一商业银行赢来如今显赫的地位。不过今天，在班·罗塞利身上似乎看不到他惯有的那股活跃劲儿。他拄着手杖走路，这对在场的人可是个新鲜事儿。

罗塞利伸出手去，似乎想把笨重的董事椅拖到身边来。可是离他最近的诺兰·温赖特手脚比他快，这个安全部的头儿一下子把椅子转了过来，让椅背朝着董事会议桌。总裁咕哝了一声表示谢意，坐了下来。

班·罗塞利向众人挥挥手："不是正式开会，时间也不长。各位要是愿意，就把椅子拖过来围作一圈。啊，谢谢你。"最后这句话是对那个送上雪利酒的侍者说的。侍者等他接过酒杯，便走出会议室去，顺手带上了门。

有人替埃德温娜·多尔西端了一把椅子。另外一些人自己找椅子坐下。但多数人仍旧站着。

亚历克斯·范德沃特说："看来，是让我们贺喜来了。"他举了举酒杯，"问题是喜从何来？"

班·罗塞利又露出一个转瞬即逝的笑容。"我倒也希望有什么喜事才好呢，亚历克斯，可实际上，我只不过是想，今天这场合，喝点酒也许有好处。"他顿了一顿，于是整个会议室里突然再次充满紧张气氛。

大家都看出来了：今天这个会开得不同寻常。人们脸上露出狐疑和关切的神色。

"我快死了，"班·罗塞利说，"我的医生告诉我，我活不多久了。我觉得应该让你大家知道。"他举起酒杯，端详着，呷了一口雪利酒。

方才，董事会议室里就没有什么声响，这时则出现了一片死寂。人们不动也不出声，只有从外边才传来一些隐约的声响：打字机轻轻的嗒嗒声、空气调节器的嗡嗡声；远处什么地方，一架喷气式飞机向城市上空飞过。

班老头倾着身子把重量压在手杖上。"行啦，别这么僵着，咱们都是老朋友了，所以我才把你们请到这儿来。另外，对了，省得你们问，我刚才说的全是确定无疑的事实。要是我认为事情还未最后确定，我是会再等一阵子的。你们可能还有另一个疑问——医生说我患的是肺癌，已属晚期，可能拖不到圣诞节。"他顿住了，衰颓的老态一下子显露出来。他压低了声音又补充说："现在你们都知道了，因此你们尽可以选择一个合适的时间向别人吹吹风。"

埃德温娜·多尔西想：还用选择什么时间吗？一旦董事会议室里的人走空，消息就会像草原野火那样蔓延开去，传遍银行，震动外界。

这将会影响很多人，有的人会发生感情波动，其他人则会就事论事地受到影响。但是，此时此地这消息首先把她搞了个目瞪口呆，她感觉到，其他人的反应也是这样。

"班先生，"在场的一位年长者，信托部高级职员波普·门罗站出来说话了，他的声音有些颤抖，"班先生，你真是把我们弄了个措手不及，我看大家都不知该说什么好了。"

人们发出呻吟般的声音，表示赞同和同情。

一片叽叽喳喳声中，罗斯科·海沃德圆滑流畅地接口说道："我们所能说的也必须说的是，"总稽核师语气中有一种责备别人的味道，似乎怪大家都不作声，把他推出来开头炮，"这个可怕的消息使我们震惊，使我们悲伤。但与此同时，我们祈祷，但愿还有挽回余地，在时间方面，也还有希望。这儿大多数人都知道，医生说话难得有什么准谱儿；而医学神通广大，可以控制，甚至能完全治好……"

"罗斯科，我说过了，我的病早已过了那样的阶段，"班·罗塞利说，第一次流露出暴躁易怒的神色，"至于医生，给我看病的全是第一流的，这一点难道你想不到吗？"

"是的，我想到了，"海沃德说，"可是我们应该记住，还存在一种比医生更为伟大的力量，而我们大家的职责也正是——"他尖利地向众人扫了一眼，"祈求上帝的恩赐，或者至少赐给你比你所预计的更多的时间。"

老头儿嘲弄地说："我的印象是，上帝已经打定主意了。"

亚历克斯·范德沃特说："班，我们都很难受。我特别为我刚才说的话难过。"

"关于贺喜什么的吗？算了，你又不知道。"老头儿咯咯笑着，"再说，为什么不该庆贺呢？我舒舒服服活了一辈子，不是每个人都能过上这种生活。所以，也确实值得庆贺。"他拍拍上衣口袋，接着朝四下看看，"谁有烟？医生逼着我戒了烟。"

好几包烟递了过来。罗斯科·海沃德问道："你可以抽烟吗？"

班·罗塞利不屑地看了他一眼，但没有作声。人所共知，老头儿虽然看重海沃德银行家的才干，但两人从来谈不上有什么私交。

亚历克斯·范德沃特为银行总裁点着了烟。亚历克斯的眼睛，同会议室里其他人的眼睛一样，噙着泪水。

"在这样的时候，有好几桩事情值得为之高兴，"班说，"其中之一就是别人预先跟你打了招呼，让你有机会把事情料理料理。"喷出的烟在他周围缭绕，"当然啦，另一方面，也有些遗憾，因为有些事情的进展并不尽如人意。你们也可以坐下来好好想想这些事情。"

班·罗塞利没有继承人是憾事之一，这一点用不着老头明说大家都想到了。总裁的独生子在第二次世界大战中阵亡；一个颇有出息的孙子则在前不久死于越南的无谓厮杀。

老头儿狂咳起来。身边的诺兰·温赖特伸过手去，从老人颤抖的手指中接过香烟，把它揿熄。这时大家都看出来了，班·罗塞利变得多么虚弱，今天这个费力的会议弄得他多么疲乏。

谁也没有想到，这竟是他最后一次到银行。

人们一个接一个走到他跟前，轻轻握握他的手，硬凑出几句话来。

轮到埃德温娜·多尔西告别时，她在老人脸上轻柔地吻了一下。老人眨了眨眼。

第二章

　　罗斯科·海沃德是头几个离开董事会议室的人中的一个。听了方才的消息，副总经理兼总稽核师有两件紧迫的事情要做。

　　第一件是要设法保证在班·罗塞利死后顺利地实行权力移交。

　　第二件事是要保证他本人将被任命为总裁兼总经理。

　　海沃德入选的呼声已经很高。同他并驾齐驱的是亚历克斯·范德沃特。而且，就银行内部而言，拥戴亚历克斯的人可能更多些。不过，在最有决定权的董事会内，海沃德确信有较多的人支持自己。

　　说到银行界权术，海沃德是老于此道的。他还有一个条理清晰、冷静犀利的头脑。因而，当上午的会议还在董事室进行的时候，他已经暗暗谋划开了，一等散会，更是直奔自己的办公室。他的办公室镶着护壁板，铺着深棕色的阔幅地毯。从这儿居高临下看街景，真叫人目眩心惊。他坐在办公桌旁，召来了两名秘书中资历较深的那位卡拉汉夫人，飞快下了一通指示。

　　首先要打电话，跟所有外面的董事联系上。罗斯科·海沃德要逐个跟董事们谈一谈，而这会儿在他的办公桌上正放着一张董事名单。

　　除非有特别重要的电话打进来，任何人不得打扰他。

另一个指示是让女秘书出去时，把办公室套房的外门关上。这种做法本身就很不寻常，因为美利坚第一商业银行的经理都遵循开门办公的传统。这种传统始于一个世纪前，并由班·罗塞利竭力维护至今。这种传统非打破不可，眼下，必须关起门来干点儿私事。

早上开会时，海沃德很快便注意到，除了银行经理部门的大员，美利坚第一商业银行的董事中只有两名在场。这两人同班·罗塞利颇有些私交，显然，请他们到场的原因也正在于此。可是，关于总裁病危这一点，毕竟有十五名董事至今未得到通知。海沃德要设法让这十五人全从他这儿得到私人消息。

他考虑了两种可能性：第一，消息既突然又惊人，因而在得讯人和送讯人之间很可能本能地形成一种联盟；第二，某些董事可能因为没有事先接到通知而生气，特别是在银行某些下层普通员工倒比他们先听到消息的情况下。罗斯科·海沃德准备利用董事们的这种情绪。

蜂鸣器响起。第一个电话接通了，他开始与对方交谈。

接着是第二个，第三个。有几位董事不在城里，可多拉·卡拉汉是个干练而忠心的助手，她设法找到他们，把电话转接过去。

打了半小时电话之后，罗斯科·海沃德此刻正在一本正经地通知哈罗德·奥斯汀阁下："当然，银行的同事们都感慨万千，十分悲痛。班告诉我们的事简直叫人难以相信。"

"天哪！"电话那头传来的声音也流露出同样惊愕的情绪，"而且还是由当事人亲自宣布！"哈罗德·奥斯汀是本城要人，名门世家的第三代子孙。很久以前，他当过一任国会议员，因此被人尊称作"阁下"，而他本人也鼓励别人使用这个称呼。目前，他是全州最大广告公司的老板，是老资格的银行董事，在全体董事中举足轻重。

对方提到当事人亲自宣布病危这一点给了海沃德一个空子，正中他的下怀。"关于宣布这项消息的方法，你的意思我完全明白。说老实话，很不寻常。我最关注的是他居然不先通知董事们。我认为本应先通知他们。

但既然如此，我认为自己有责任立即通知你和其他各位。"海沃德长着鹰钩鼻子的严峻的脸上露出十分专注的神情，无框眼镜的后面，一双褐色的眼睛闪着寒光。

"我同意你的看法，罗斯科，"电话里传来对方的声音，"我认为本应该通知我们。谢谢你考虑得这么周到。"

"多谢你这么说，哈罗德。在这样的时刻，真不知道该怎么办才妥当。不过，有一点可以肯定，那就是得有人出来领导。"

直呼别人的教名，对海沃德说来是很自然的事情。他本人也出身名门，与全州大多数的权势集团过从甚密，在被英国人称之为"大亨社交网"的圈子里是一个颇有些地位的人物。他的熟人和朋友远不只限于本州范围内，在华盛顿官场和其他地方也都有关系。对自己的社会地位和那些要人朋友，海沃德是很自豪的。他还喜欢提醒别人，签署了《独立宣言》的开国元勋之一是他的嫡系祖先。

这会儿，他正提醒对方注意："通知董事会成员的另一个原因，是班病危的坏消息将会产生巨大的影响，而且还会很快传开。"

"这还用说吗，"哈罗德阁下表示同意，"很可能等不到明天，报界就会知道，就会来打听。"

"一点儿不错。如果报道不当，客户们会恐慌，本行股票的价格就会看跌。"

"嗯。"

罗斯科·海沃德可以感觉到这会儿董事先生的头脑正在飞快地运转。哈罗德阁下代表的是奥斯汀家族信托公司，这家公司手中握有美利坚第一商业银行的大笔股票。

海沃德提醒对方："当然，如果董事会采取有力措施，使股东和客户以及社会外界安下心来，那就不会有多大影响了。"

"除了班·罗塞利的朋友们。"哈罗德·奥斯汀用干巴巴的语调提醒他。

"我是完全撇开个人丧友的痛苦而谈的。请相信，我的悲哀决不亚于任何人。"

"那么，你到底有什么想法，罗斯科？"

"一般来说，哈罗德，不能出现权威中断的情况；而说得具体一点，总裁的位置不能空着，空一天也不行。"海沃德接着说，"尽管我十分尊敬班，尽管我们大家都深切地爱他，我还是要说，本行常被人看作由一个人掌管经营着，这种看法流行的时间已经够长了。当然，多年以来，情况就已经不是这样了，要是由一个人唱独角戏，哪一家银行都不可能挤进全国二十家大银行之列。可硬是有些外人这么看。所以，尽管目前大家都沉浸在悲痛中，董事会还是应该利用这个机会采取步骤，消除这种无稽之谈。"

海沃德感觉到对方在怀着戒心考虑如何回答才好。他还想象得出奥斯汀的模样：一个正在老去的花花公子式的漂亮人物，穿着花哨艳丽，留一头时髦的铁灰色长发，也许，像往常一样，嘴角还叼着一支粗大的雪茄。可是，哈罗德阁下不是任人摆布的傻瓜。大家都知道，他事业兴隆，是一位精明的生意人。最后，他终于表态了："我认为你关于权威不得中断的论点是成立的。我也同意必须选定班·罗塞利的继任，也许还得赶在班过世之前把继任的名字公布出去。"

海沃德全神贯注地听着。

"我倒觉得你挺合适，罗斯科。好久以来，我就有这样的看法。你有合格的资历，有经验，人也坚强。所以，我保证支持你，我还可以去说服一些董事，让他们站在我这边儿。想来，你希望我这样做吧。"

"我自然感激不尽……"

"当然，作为酬劳，我也可以时而请你帮点儿什么忙。"

"这是合情合理的。"

"好，就这么谈妥啦。"

罗斯科·海沃德挂上电话，心想这番交谈真是不能更理想了。哈罗德·奥斯汀是个信守诺言的君子。

刚刚打的那几通电话结果同样不错。

很快，他又跟另一位董事在电话里交谈起来。这位董事名叫菲利普·约翰森，是中部大陆橡胶公司的总经理。交谈过程中，海沃德发现又有机可乘。原来，约翰森主动表示，坦率地说，他和亚历克斯·范德沃特合不来，因为他发现后者的观点完全是旁门左道。

"亚历克斯就是相信那一套旁门左道。"海沃德说，"当然，他在私生活方面也碰到了一些问题。我不知道这两者有多少联系。"

"什么样的问题？"

"其实不过是女人问题。旁人并不愿意……"

"这可不是小事，罗斯科。我不张扬出去，你往下说就是。"

"嗯，首先，亚历克斯夫妇不和。其次，他搞上了别的女人。第三，这女人是个左派激进分子，她的事老是上报纸，而那些事对银行说来又没有一点儿好处。我有时不免忖度这女人对亚历克斯的影响究竟有多大。可是正像我刚才说的那样，旁人本来并不愿意……"

"你把这种事告诉我是对的，罗斯科，"约翰森说，"这种事情应该让董事们知道。你说是左派，对吗？"

"对。她名叫马戈特·布雷肯。"

"我好像听说过这个女人，听到的全不是什么好事。"

海沃德微微一笑。

但是，再打过两个电话之后，他就不那么兴高采烈了。这一回他接通了一个在城外的董事伦纳德·L·金斯伍德，诺桑钢铁公司的董事长。

当海沃德提到银行董事理应事先得知班·罗塞利的声明时，这个炼炉焊工出身的金斯伍德对他说："别给我来这一套，罗斯科。换了我是班，我也会这样做的：先通知最亲近的人，董事和其他那些自命不凡的大亨尽可慢一步。"

当说到美利坚第一商业银行的股票可能因此跌价时，金斯伍德的反应是："那又怎么样？"

"不错，"他接着往下说，"消息一传开，美利坚第一商业银行的股票在纽约证券交易所的行情牌上会跌下那么一两点。这是因为证券买卖多数是由那些比老娘们还不如的神经质的家伙在背后操纵的，这些人分不清什么是歇斯底里，什么是事实。可同样毫无疑问的是，股票价格在一周内又会回升，因为它就值这个价，而银行又靠得住。这一点我们这些了解内情的人全知道。"

谈到后来，金斯伍德又说："罗斯科，你这番游说的目的，就像刚擦过的窗子，别人一眼可以看透。所以，我想还是把我的立场说明白，省得浪费时间。你是个出类拔萃的稽核员，在我见到的跟数字和钞票打交道的人当中，你是头等的。随便哪一天，倘若你有意转到我们诺桑公司来做事，想多挣点钱，捞个股东当当，那我就调动手下人，一定让你主管金融财务。这既是建议，也是我的诺言。我可是认真的。"

海沃德含糊不清地表示领情，可钢铁公司的董事长并不理会，自顾自地往下说。

"不过，虽说你是个干才，罗斯科，我的意思是你并不是主管全局的材料。至少，我是这么看的：董事们开会决定班的继任时，我也将这么说。另外，我还不妨告诉你，我看中的是范德沃特。我想这一点应该让你知道。"

海沃德心平气和地回答："感谢你的坦率，伦纳德。"

"好，要是你愿意认真考虑我刚才的提议，随时给我打个电话。"

罗斯科·海沃德完全无意为诺桑钢铁公司做事。金钱对他固然重要，可是听了刚才伦纳德·金斯伍德这几句尖刻的评语之后，自尊心决不允许他转而为诺桑公司工作。此外，他对于在美利坚第一商业银行内独占鳌头还是很有把握的。

电话又响了。他接过话筒，多拉·卡拉汉报告说又接通了一名董事。

"是弗洛伊德·莱贝雷先生。"

"弗洛伊德，"海沃德把嗓子压得低低的，语调十分严肃，"我深感遗憾，有个悲痛的消息要告诉你。"

第三章

　　在董事会议室参加这次重要会议的人并不都像罗斯科·海沃德那样一散会就拔腿溜走。好几个人在会议室外流连不去，惊魂未定地悄声交谈着。

　　信托部的老职员波普·门罗小声对埃德温娜·多尔西说："真是一个不幸的日子！"

　　埃德温娜点点头，仍然呆呆地说不出话来。班·罗塞利的交情对她至关重要，而老头看着她在银行里升到经理，也颇为之骄傲。

　　亚历克斯·范德沃特走到埃德温娜身边，指指几间屋子以外自己的办公室，问道："去休息几分钟怎么样？"

　　她感激地说："好极了。"

　　银行最高级经理的办公室与董事会议室设在同一层楼，也就是美利坚第一商业银行总行大厦的第三十六层。亚历克斯·范德沃特的那套办公室同其他经理办公室一样，有专供宾主谈话的一角。埃德温娜走到这儿，端起石英玻璃真空咖啡壶，给自己倒上一杯。范德沃特掏出一只烟斗，点着了火。她注意到他的手指十分利索，连一个多余的动作也没有。

　　他的手就像他的身材，圆滚滚，胖乎乎，手指又短又粗，指甲厚厚的，但经过精心修剪。

两人的友情由来已久。按银行的等级，美利坚第一商业银行市中心分行经理埃德温娜比亚历克斯要低好几级，可是他总把她当作级别相同的同事看待，凡有涉及她主管的分行的事务，他常常绕过横在两人之间的机构层次，直接同她打交道。

"亚历克斯，"埃德温娜说，"我一直想告诉你，你瘦得像具骷髅。"

他那光滑的圆脸顿时露出一个兴奋的微笑："效果明显，对吗？"

亚历克斯·范德沃特是个离不开社交场的人物，喜欢佳肴美酒。不幸得很，他这人很容易长肉，因而，过一段时间，他总要节制饮食。眼下这一阵子，他正在节食。

像有默契似的，两人都暂时避而不谈搁在心头的话题。

他问："这个月分行的营业怎么样？"

"好极了。对明年我也很乐观。"

"说起明年，刘易斯怎么看？"

刘易斯·多尔西是埃德温娜的丈夫。他办了一份拥有广大读者的投资业务通讯刊物，既是老板，又当发行人。

"前景暗淡。他预计美元还要来一次大幅度贬值。"

"我同意他的看法，"亚历克斯沉思着说，"你知道，埃德温娜，美国银行界的一大失策是不像欧洲银行家那样去鼓励主顾用外币立账户，譬如瑞士法郎啊，德国马克啊，还有别的外币。当然，我们对那些大公司户头是迁就照顾的，因为他们都是懂行的人，坚持要立外币账户，而美国银行靠外币存款也挣得了不少的利润。但是问题在于，我们几乎难得为那些中小客户建立外币账户。要是早十年，即使早五年，就推行欧洲外币账户业务的话，主顾当中有些人不但不会因美元贬值而受损失，反而会捞到好处。"

"美国财政部难道会不反对吗？"

"可能会反对。但只要社会公众一施加压力，他们就会让步。这是他们的老一套。"

埃德温娜问："让更多主顾立外币账户的主意你可曾提出过？"

"提过一次，可马上被驳了回来。对我们美国银行家来说，美元，不管它的地位多么疲软，总是十分神圣的。我们把这种把头埋进沙里的鸵鸟式概念硬塞给公众，而为此他们就得赔钱。只有少数头脑极为精明的人才看出苗头，赶在美元贬值之前立了瑞士货币的银行账户。"

"我常常思考这个问题，"埃德温娜说，"每次发生事情前，银行家总是预先知道贬值已势在难免。可我们就是不去警告存户把美元抛出去，连一点暗示都不给。当然受特别关照的个别客户是例外。"

"因为这样做人家要说你不爱国。甚至连班老头……"

亚历克斯突然打住。好一会儿，两人默不作声地坐着。

亚历克斯办公套间的东墙是一排窗户，透过窗户，一座熙攘喧闹的中西部城市展现在两人眼前。近处是市中心区巍然高耸的幢幢公司大楼，其中较大的一些建筑物比美利坚第一商业银行的总行大厦低不了多少。从市中心往外，一条宽阔的大河蜿蜒流去，画出了两个 S 形。

河上交通繁忙，由于污染，不管在平时还是今天，河水总是黑乎乎的。

桥梁、铁道和高速公路纵横交错，构成格子图案，向着城市外围的工业区和远处的郊区散漫地伸展。从这儿其实并不能望见郊区，只能在一片影影绰绰的迷雾之中感觉到郊区的位置罢了。在工业区和城郊的里边，同样在河的那一头，是迷宫般的旧城住宅区，这儿大多是一些破楼败屋，因此被一些人称之为城市的耻辱。

就在这一带的中心地段，鹤立鸡群地耸立着一栋崭新的大厦和另一栋大厦的钢架。

埃德温娜指着大厦和高耸的钢架说："要是我处在班的地位，希望身后留下点什么东西供人纪念，我就选东城新区。"

"可不，"亚历克斯的眼光随着埃德温娜所指，转了过来，"肯定地说，要不是他，想法只是想法而已，不大可能真建造起来。"

所谓东城新区，是一个关于本城发展的雄心勃勃的计划，目的是要把城市的中心区翻新重建。班·罗塞利让美利坚第一商业银行承担了这一项目的财政义务；亚历克斯·范德沃特正是直接负责银行方面活动的主管人。埃德温娜辖下的市中心分行专管建筑贷款和抵押业务。

"我一直在想，"埃德温娜说，"这儿将会发生什么变化。"

她本想再加上一句：在班过世之后……

"当然会发生变化，也许是很大的变化。但愿变化不要影响东城新区项目才好。"

她叹了口气。"班宣布病危到现在还不到一个小时……"

"咱们就在这儿讨论起银行日后的事情来了，他的坟墓可都还没掘好。不过，埃德温娜，不谈不行。班本人的意思大概也是要咱们谈谈未来。是得很快作出一些重要的决定。"

"包括总裁的继任问题。"

"是的。"

"银行里有不少人一直希望你当总裁。"

"说实话，我自己何尝不想！"

两人憋着一句潜台词没说出口，那就是在今天以前，亚历克斯·范德沃特一直被视为班·罗塞利本人选定的继承人。可是那么快就由他出来继承却行不通。亚历克斯来美利坚第一商业银行不过两年。在这以前，他在联邦储备委员会供职。是班·罗塞利亲自出马，跟他谈前途，让他看到总有一天会擢升他到最高一级任职，这才说动他，转到银行来做事。

"再过五年左右，"当时班老头是这么对亚历克斯说的，"我想把权力移交给别人。这个人能够管大钱，理财有方，结账时总能盈利。一个银行家要有实力，就必须有这些本领。但是，银行家不能只是个第一流的技术专家。我的心愿是让一个时时不忘小额存户的人来管银行，这些个体存户始终是本行的有力支柱。眼下的银行家有个通病，都有些高不可攀。"

班·罗塞利说得很明白，他决不是在作什么确定无疑的保证，但过后又补充说："亚历克斯，照我看来，你正是我们所需要的那种人。咱们不妨共事一段时间以后再来讨论吧。"

就这样，亚历克斯进了银行。他带来的不仅仅是自己的经验，还有爱用新技术的特点。凭着这两条，他很快走红了。就哲学思想而论，班的许多看法，亚历克斯发现，也正是自己的看法。

多年以前，亚历克斯还从自己父亲身上汲取了有关银行业务的一些精辟的启示。他父亲是荷兰移民，后来在明尼苏达州务农。

老皮埃特·范德沃特当年曾借了一笔银行贷款。为了偿付利息，他天不亮就要起身干活，一直到天黑以后才收工，常常是一周七天全得这么干。老头儿最后因劳累过度，贫病交加而死。老头儿死后，银行把他的土地卖了，不但把老头拖欠的利息全部收回，连贷款的本金也如数得到偿还。父亲的遭遇使得亚历克斯在悲伤之余认识到，在银行柜台的那一头可以找到好饭碗。

年轻的亚历克斯靠奖学金进了哈佛大学，主修经济学，以优异成绩获得学位，就这样一步一步最后进了银行界。

"事情还有可能按原来的安排发展，"埃德温娜·多尔西说，"总裁人选是由董事会决定的吧？"

"不错。"亚历克斯简直有点心不在焉。他的思绪一直缠绕在班·罗塞利和自己父亲身上，两者的形象奇特地交错在一起。

"服务年限并不是决定一切的。"

"可也是很起作用的。"

亚历克斯暗自权衡各种可能性。他明白，论才干和阅历，自己完全可以当银行总裁。但是，董事们可能宁愿挑选一个在银行服务时间更长一些的人。就拿罗斯科·海沃德说吧，他已干了近二十年，尽管时而同班·罗塞利关系不甚融洽，董事会里可有不少人支持他。

昨天，占上风的还是亚历克斯。今天，风向变了。

他站起身，把烟斗里的灰敲出来说："我要办公啦。"

"我也要去干自己的事了。"

但是当屋子里只剩下亚历克斯一人时，他仍然默不作声地坐着出神。

埃德温娜从董事会议室所在的那一层楼乘直达电梯来到底层的门厅。从建筑角度说，美利坚第一商业银行总行大厦的门厅集林肯中心和西斯廷教堂的特点于一体。这儿人来人往，川流不息，其中有急步来去的银行员工，有送信人和客户，也有看热闹的闲人。一个警卫友好地向她行礼，她答了礼。

透过拱形的玻璃前门，埃德温娜可以看到外面的罗塞利广场。广场上种着树，设有长椅，广场一角，还有雕像和喷水池。夏天，人们在这儿约会；在市中心上班的人喜欢到这儿来吃午饭。可是，这时的广场萧瑟而空旷，秋风带着寒意扫走落叶，扬起一股股尘土；行人匆匆走过，忙着进屋取暖去。

埃德温娜想：这正是一年当中自己最不喜爱的季节。秋天是凄凉的；秋天意味着严冬将至，也意味着死亡的逼近。

她情不自禁地打了个寒战，接着便往"地道"走去。地道里铺着地毯，灯光柔和，它把总行同市中心分行那宫殿式的单层建筑连接了起来。

这儿才是她的辖地。

第四章

在市中心分行，星期三这一天和往常一样，平安无事地开始了。

这周正好轮到埃德温娜·多尔西值班，因而早上八点半她就准时来到办公室。这时离分行向公众打开气派不凡的青铜大门，还有半个小时。

作为美利坚第一商业银行"旗舰"分行的经理和整个银行的副经理之一，她本来用不着值班。可是埃德温娜自己提出要值班，她不愿因为自己是个女人，又是大人物，而享有任何特权。她在美利坚第一商业银行服务了十五年，对于这一点一向不肯马虎。再说，要十周才轮一次班。

在分行的边门外，她将手伸进褐色的戈克西牌提包里去摸钥匙。手提包里总是塞满乱七八糟的东西——口红、钱包、信用卡、小化妆盒、梳子、购物清单等等。这种凌乱和她的性格很不相称。现在，她东翻西找，终于把钥匙掏了出来。开门之前，她检查了"无人伏击"信号，发现信号在规定的位置上。这是一张小小的黄色卡片，毫不显眼地挂在一扇窗户上。把信号挂出去是每天第一个到分行上班的守门人的职责。按照规定，此人几分钟以前就该到了。要是银行里面一切如常，他就挂出这张小卡片，让进门上班的职员都能看到。

但是如果夜间有盗贼潜入，正等着抓人质的话，这个守门人便成了首当其冲的受害者；那样一来，信号就不会被挂出去，后到的人就可以因此接到警报，他们不但不会贸然闯进去，还可以立刻找人来救助。

由于各种各样的盗案越闹越凶，大多数银行现在都采用"无人伏击"信号，信号的种类和发信号的地点是经常更换的。

一进门，埃德温娜径直朝一块用铰链固定在墙上的护壁板走去。拉开这块板，里面是一个电铃按钮。她依照暗号按了电钮——两长声，三短声，最后又是一长声。这样，总行大厦的安全警卫中心就接到信息，刚才发出的开门警报声是埃德温娜进屋时触发的，可以不予理会；信息还告诉他们，此刻已有一位主管人进了银行。同样，那个守门人进屋时也曾按过另一套暗号。

等到从其他分行收到类似的信号，安全警卫中心的行动室就把大楼的警报系统由"警戒"状态改拨至"准备"状态。

要是值班员埃德温娜和那个守门人不按规定发出暗号，行动室就立即报警。几分钟之后，分行就会被围个水泄不通。

同其他各种安全警报系统一样，铃声暗号也是经常更换的。

要是一切太平，就发出安全的信号；一出事情则不发信号。各地的银行都发现这种做法能够保障安全。这样，万一银行职工被当作人质抓住了，他既不用张口也不用动手就可以把警报发出去。

此时，其他职工纷纷来上班，在边门执行检查任务的是那个身穿制服的守门人。

"早安，多尔西夫人。"托顿霍，一位白发苍苍的银行老职员来到埃德温娜身边。他是专管职工和分行日常事务的营业部主任，长着一张阴郁的长脸，活像一只上了年纪的袋鼠。这人平时就郁郁寡欢，是个悲观主义者，而随着强制性退休年限的临近，脾气更坏了。他恨自己的年纪，还似乎为此而归咎于别人。

埃德温娜和托顿霍两人穿过分行底层，然后沿着铺有地毯的宽阔楼梯来到金库。库门的启闭是值班人员的职责。

两人站在库门旁，等候定时锁自动松开。托顿霍忧心忡忡地说："有消息说罗塞利先生病危，是真的吗？"

"很不幸，是真的。"她简单说了说昨天开会的情况。

昨夜回到家，埃德温娜一个劲儿想着这件事。可是今天一早她已决定要集中精力处理银行事务。这也是班本人的愿望。

托顿霍咕哝着说了几句表示难过的话，可是她全没听进去。

埃德温娜看看手表：八点四十分。几秒钟之后，从巨型的铬钢库门背后传出一声轻微的咔嗒声，说明昨夜银行打烊前拨好的隔夜定时锁已经松开。只有这时才可以开动金库的字码锁。

埃德温娜按了按另一个暗钮，向安全保卫中心的行动室发去信号，报告金库即将开启——是正常的开启，而不是有人强行开启。

埃德温娜和托顿霍并排站在门旁，分别扭动各自管理的字码锁。两人都不知道对方开锁字码的排列法，因此谁也不能撇开对方独自开启金库。

这时，一个名叫迈尔斯·伊斯汀的营业部助理走来了。此人相貌英俊，穿着讲究，是个始终笑呵呵的乐天派青年。他同托顿霍那种成天闷闷不乐的样子形成了有趣的对照。埃德温娜喜欢这个年轻人。

同他一起到金库来的是一个高级出纳员，此人的职责是全天监督金库的货币出入。在接下来六小时的营业时间里，单就现金而论，他将经手总数高达一百万美元的纸币和硬币。

同时，这家分行另外还要经手总数达二千万美元的支票。

埃德温娜退后一步，让高级出纳员和迈尔斯·伊斯汀两人拉开那扇精工制造的笨重大门。从现在起到晚上打烊前，金库门将一直开着。

"刚才接到一个电话，"伊斯汀通知营业部主任，"今天还得划去两个出纳员的名字。"

托顿霍的脸拉得更长了。

"流行性感冒？"埃德温娜问。

十天以来，流感蔓延猖獗。银行深感人手短缺，特别是出纳员。

"是的。"迈尔斯·伊斯汀回答说。

托顿霍大发牢骚:"要是我也能病倒,回家去躺着,让别人去操那份分派出纳员上柜台的心就好了。"他转而问埃德温娜,"你坚持今天非开门营业不可吗?"

"看来,非开门不可。"

"好吧,那么得请一两位部门的负责人出马才行。你算一个,"他对迈尔斯·伊斯汀说,"去拿个钱箱,准备接待客户。点钞票总还记得吧?"

伊斯汀回答说:"要是让我脱了袜子,点到二十没问题。"

埃德温娜笑了。对伊斯汀,她是放心的。此人插手的事,件件办得漂亮。明年,托顿霍一退休,她几乎肯定会选中迈尔斯·伊斯汀当营业部主任。

他回了埃德温娜一个微笑,说道:"多尔西夫人,请别担心。我这个人当名备用选手还是挺不错的。昨晚我就玩了三个小时手球,得分可不比平时少。"

"你赢了没有?"

"得分不比平时少,哪能不赢?当然赢了。"

埃德温娜还知道伊斯汀的另一种癖好,那就是研究并收藏各种软硬货币。事实证明,这种癖好对于银行大有裨益。分行来了新职工,去对他们作指点性讲话的总是迈尔斯·伊斯汀。他喜欢加进一点历史上的小掌故。例如,纸币和通货膨胀原来都起源于中国。他会向人们解释,有历史记载的第一例通货膨胀发生于十三世纪。当时,蒙古皇帝忽必烈发不出军饷,于是就用一段木块做印章,印发军用货币。不幸得很,由于军币印发过多,这种钱成了毫无价值的东西。说到这儿,伊斯汀常会加上一句俏皮话:"有人认为,眼下美元也正在蒙古化。"由于他对钱币素有研究,伊斯汀成了银行内部鉴别伪钞的专家,一旦出现不大可靠的钞票,人们就送到他那儿去鉴定。

埃德温娜、伊斯汀和托顿霍三人离开金库,走上一段楼梯,来到银行的主要营业区域。

外面，装现金的帆布袋正从一辆装甲货车上卸下，由两名武装警卫护送进来。

大笔数目的现金总是先从联邦储备委员会提出，送入美利坚第一商业银行的中央金库，然后在上午很早的时候发往各分行。之所以要同一天提取并分发，道理很简单：各金库保管过多的现金不但没有好处，反而有可能遭损失或失窃。

对于各分行经理来说，这一做法的意义在于既不让他们短缺现金，也不让他们握有过多的现金。

像市中心分行这样的大分行一般保持在五十万美元上下的备用现金。此刻送来的二十五万元则用于补足银行一般营业日可能发生的缺额。

托顿霍对两个护送现金的警卫瓮声瓮气地说："希望你们今天送来的钞票比近来我们收到的要干净一些。"

"你的意见我对中央现金库的人说过了，托顿霍先生。"一名警卫答道。此人还相当年轻，一头黑色长发从制帽下一直披到制服的领子。埃德温娜低头望去，想看看这人是不是打着赤脚。幸好，警卫穿着鞋。

"他们说，你还打过电话，"卫士又补充说，"至于我，不管干净不干净，只要是钞票我都要。"

"可惜有些客户不像你。"营业部主任说。

新钞票是由钱币印刷铸造局通过联邦储备委员会发放的。为了得到这些新票子，银行与银行之间竞争十分剧烈。有些被称之为"上层阶级"的主顾拒绝接受脏票子，要求付给新票子，或者至少是被银行家们称为"像样的"干净的钞票。这类主顾人数之多令人惊讶。幸好，还有一些主顾并不在乎钞票是否干净，因而出纳员们接到指示只要有办法就把最脏的钞票支付出去，同时把那些硬挺的崭新票子留着备用。

"听说市面上有许多伪造得很高明的假币在流通。也许我俩能替你们弄到一包。"另一名警卫朝自己的伙伴使了个眼色。

埃德温娜告诉他："大可不必。我们收到的伪钞已经够多了。"

就在上周，有近一千美元的伪钞被存入银行，但是这些钱究竟出自何人之手却查不出来。很可能，钱是由许多不同的客户存进来的，有些人本身就是伪钞的受害者，想把自己的损失转嫁到银行头上；另一些人可能压根儿不知道钱是伪造的，这也没有什么稀奇，因为伪造技术相当高明。

美国特勤局的特工跟埃德温娜和迈尔斯·伊斯汀两人讨论了这件事，直言不讳地表示担忧。其中一人这样说："我们没见过镀得这么高明的伪钞，流通量也从来没有这么大。"根据保守的估计，去年有人伪造了三千万元的美钞，"而且还有更多的伪钞始终没有被人识破。"

美元伪钞的主要来源是英国和加拿大。特工们还报告说，在欧洲也有数目极大的一批伪钞在流通。"在那边，识别伪钞可不那么容易。所以，告诉你们去欧洲的朋友决不要接受美钞，弄得不好，这些都是一文不值的废纸。"

第一名武装警卫把帆布钱袋换个肩扛着。"别担心，伙计们！这些可都是货真价实的钞票，全是上头发下来的钱。"

两人沿着楼梯朝金库走去。

埃德温娜走到平台上自己的办公桌旁。这时银行已开始忙碌起来。

几扇大门打开了，第一批主顾正川流不息地涌进来。

办公桌设在一块略微高出底层、铺着绯红地毯的平台上，按老规矩，高级职员都在这儿办公。埃德温娜的办公桌最大，气派不凡，两旁还挂旗，一面是在她身右方的星条旗，另一面是在她左手边的燕尾形州旗。她坐在这儿办公，时而会觉得自己上了电视，摄影机正朝自己推近，而她则准备发表什么庄严的声明。

市中心分行重建于一两年前，毗邻的总行大厦兴建的时候，是幢现代化的建筑，设计别具匠心，造价连城。房屋建成后，基调是绯红和赤褐色，加上恰到好处的金色点缀。建筑既考虑到顾客的便利，也为职工提供了优越的工作条件，除此之外，还有纯粹炫耀的装饰。埃德温娜偶尔也承认，炫耀银行的富有看来是有好处的。

她移动修长柔软的身子，熟练地坐进高背转椅，理一理自己的短发。最后一个动作实在没有必要：同平时一样，她的头发整整齐齐，无懈可击。

埃德温娜伸手去拿一叠文件夹，这些都是贷款申请书，由于牵涉的数目比较大，同意与否，银行里别的人无权决定。

她本人的批贷权使她可以一次批准数目达一百万美元的贷款，但同时须征得分行另两名职员的同意。不过那两人总是抱着合作的态度。至于超过这个数目的贷款，那就得提交总行大楼的借贷政策部审批。

在美利坚第一商业银行，情况同其他银行一样，一个职员手里有权批准的贷款数目标志着他在公司的地位；同样，批贷权还决定了此人在银行图腾柱上的级别。人们称这种权力为"缩签权力"，因为最后审批贷款时，是要签上自己的缩写名的。

作为一位经理，埃德温娜的缩签权力很大，这也代表着她对美利坚第一商业银行重要的市中心分行的重大责任。一些次要分行的经理只可以分别按本人的能力及资历审批从一万到五十万数目不等的贷款。埃德温娜一直觉得挺有意思：缩签权力的大小居然成了等级制度的基础，而且带来额外的津贴和特权。就拿总行借贷政策部说吧，借贷助理审核员只能审批区区五万小数，因而就得同其他审核员一起在大厅里用普通的写字桌办公。比这些人高一级的审核员凭一个缩签可批核二十五万美元的贷款，他们在四壁镶玻璃的小房间里办公，写字桌也大些。

只有贷款助理监督员才有特权占用门窗齐全、名副其实的办公室，这些人的缩签权力更大些，可以批五十万美元的贷款。这些人办公桌宽大，墙上挂一幅油画，记事簿上印着自己的名字，每天不用掏腰包就可以读到《华尔街日报》，每天早上还有人免费来给他们擦皮鞋。

两名助理监督员合用一个秘书。

一级一级往上，最后就是专管贷款事务的副总经理了。这人的缩签值一百万美元。他的办公室在走廊的尽头，有两扇窗，室内挂两幅油画。

他有自己的秘书，记事簿上的名字是用锌版刻成的签名式。报纸和擦皮鞋之类的服务自然不在话下。此外，还有各种杂志和报纸；因公外出时，可乘坐银行公车；他还可在高级职员餐厅吃午餐。

论资格，所有这些伴随缩签权力而来的附加特权埃德温娜几乎全可享受，但她从未让人给自己擦过皮鞋。

这天早上，她一开始就审阅了两份贷款申请书。她批准了一份，在另一份上用铅笔写下几个问题。第三份申请书一打开，她却愣住了。

她惊愕地把案卷重读一遍，觉着上面写的内容与昨天的事情真是一种奇怪的巧合。

埃德温娜打开内部对讲机，受话人是起草这份案卷的贷款部职员。

"我是卡斯尔曼。"

"克列夫，请过来一趟。"

"就来。"对方和埃德温娜只相隔六七张办公桌，因而可以直接看着她讲话，"我敢断定，我知道你找我干什么。"

不一会儿，他已坐在埃德温娜的办公桌旁。他看着打开的文件夹说："果然不错。我们常常会碰到一些怪人，不是吗？"

克列夫·卡斯尔曼个子矮小，为人刻板规矩，粉红色的圆脸上老挂着温和的浅笑。贷款户喜欢他，因为他总是以同情的态度倾听别人的要求。但同时他也是老练的贷款人，颇有判断力。

"我刚才想，"埃德温娜说，"但愿这份申请书是哪个混蛋开的玩笑才好，即便是场骇人的恶作剧也好。"

"倒不如说魔鬼捣蛋更确切，多尔西夫人。这事儿虽然让人恶心，可我向你保证，事情倒是千真万确的。"卡斯尔曼指指文件夹，"我把所有的事实全附上了，因为我知道你肯定要了解全部细节。看来，你既读了报告，也看到我的意见了。"

"你当真主张为了这种目的发放这么一大笔款项吗？"

"死一般当真——"贷款员猛地顿住，"对不起！我可不是拿死亡来开玩笑。不过，我认为你应该批准这笔贷款。"

事情全写在案卷上。戈斯伯恩，本城一个四十三岁的药品推销商，申请一笔二万五千美元的贷款。此人已婚，妻子是原配，结婚至今已十七年。戈斯伯恩夫妇住在市郊，只要把一小笔抵押金付清，房屋就归他们所有了。夫妇俩联名在美利坚第一商业银行立账户，至今已有八年，其间没有发生过任何问题。在这以前，戈斯伯恩也曾申请过一笔贷款，但数目较小，也偿还了。这人在职业岗位上的表现以及在金钱方面的记录都是可靠的。

　　这一次向银行贷款的目的是要购买一具不锈钢制的大棺材，用来存放戈斯伯恩夫妇的女儿安德烈亚的尸体。这个十五岁的小姑娘六天前死于肾脏恶性肿瘤。目前，尸体停放在殡仪馆，用干冰保存着。安德烈亚一死，身上的血就立即被抽空，然后注入一种类似血液的"防冻"溶液，名叫二甲亚砜。

　　这种钢棺经特殊设计，盛放零度以下的液态氮。尸体用铝铂包起，浸在溶液里。

　　这种容器实际上是一只很大的瓶子，有人把它叫作"冷冻棺"。在洛杉矶可以买到这种棺材。因而，如果银行同意贷款，戈斯伯恩夫妇就准备到那儿去空运一具"冷冻棺"来。贷款的三分之一准备用来预付在墓椁存放棺材以及每四个月重新充注液态氮所需的费用。

　　卡斯尔曼问埃德温娜："关于人体冷冻学学社之类的事情你大概听说过吧？"

　　"不太具体。这是门伪科学，名声不大好。"

　　"是不大好，确实是门伪科学。但事实上追随这些学社的却大有人在，至少戈斯伯恩夫妇已被说动了心，认为从现在起过五十或一百年，医学将更发达，到那时，可以解冻安德烈亚，让她复活，然后再治好她的病。附带说一句，搞人体冷冻学的人还有一句格言：冷冻——等待——复活。"

　　"真可怕。"埃德温娜说。

　　贷款员附和说："我基本上也是这样看法。不过，从他们的角度看，他们相信这一套。他们都是成年人，智力也不低，还笃信宗教。

"所以，干咱们这一行的何必既当法官又当陪审员呢？依我看，唯一的问题在于戈斯伯恩有没有偿付能力。我把数字查核了一遍，结论是他不但有偿付能力，而且一定会偿付不误。这家伙可能是个怪人，但从以往的记录看，他至少是个按期付清欠账的怪人。"

埃德温娜不太情愿地看看进款和出项两栏数字，说："借这么一大笔钱可够他受的了。"

"他本人也意识到这一点，可又一个劲儿说他能够对付。他想去做兼职。他妻子也在找工作。"

埃德温娜指出："还有四个年龄更小的孩子呢。"

"不错。"

"有没有提醒过他，其他几个活着的孩子很快就要花钱上大学，在其他方面也还需要钱！干吗不把二万五千美元好好花到他们身上去？"

"我说了，"卡斯尔曼说，"我跟戈斯伯恩长谈过两次。可是据他说，全家人讨论了这件事，决定这么办。他们相信活着的人作出的牺牲如果有朝一日能使安德烈亚起死回生，那就是值得的。他的子女还说，等自己长大，愿意把保存姐姐遗体的责任担当起来。"

"哦，上帝！"埃德温娜又一次想起昨天的事。班·罗塞利不管在什么时候断气，总会死得尊严。可眼前这事使死亡显得丑恶，成了一种嘲弄。银行发放的贷款中有班老头的钱，这笔钱能用于这样的目的吗？

"多尔西夫人，"贷款员说，"我把这份申请书搁了两天。起初，我的感受同你完全一样，觉得整件事情实在令人作呕。可是经过考虑，我改变了主意。我看，值得冒这个风险。"

值得冒的风险！埃德温娜承认，从根本上说，克列夫·卡斯尔曼的看法是对的，有值得冒的风险而不冒，那还开银行干什么？至于银行不能在主顾的私人问题方面既当法官又当陪审员，那也是对的。

当然，具体说到这场风险，也许弄到后来捞不到什么好处。即使事情到了这步田地，那也怪不到卡斯尔曼头上。他以往服务的成绩不错。盈的次数远比蚀的次数多。事实上，要是一个人只盈不蚀，银行当局可要皱眉头。业务繁忙的小额贷款审批员总会经手几笔蚀本交易，在上司看来，总要有几次蚀本才正常。如果真是只盈不蚀，审批员反而要倒霉：计算机一开动，管理部门就会发现此人过份审慎，放弃了做生意的机会。

"好吧，"埃德温娜说，"尽管这人的主意叫人毛骨悚然，我支持你的意见。"她大笔一挥，签上了自己的缩写名。卡斯尔曼也回去办公了。

就这样，除了有人为冷冻女儿尸体提出贷款申请以外，这一天同往常一样平安无事地开始了。

平安无事的状态一直继续到午后。

每逢她独自吃午饭的日子，埃德温娜总是到总行地下室的餐厅去。餐厅十分嘈杂，伙食也不怎么样，不过饭菜上得快，十五分钟之内，她就可以吃完离开。

今天，因为有客，她就运用自己副总经理的特权，把客人带到总行大厦高层的高级职员小餐厅去进餐。来客是银行的主顾，在本城最大的一家百货商店当财务主管。由于秋季生意清淡，加上圣诞商品涨价，百货商店出现现金赤字，因而才派他来申请一笔三百万美元的短期贷款。

"该死的通货膨胀！"财务主管一边吃菠菜蛋奶酥，一边发牢骚。接着他舔一舔嘴唇又补充说："不过，两个月之内一定能赚回来，还会有些盈余。圣诞老人一向待我们不薄。"

这家百货商店是个重要的客户。尽管如此，埃德温娜还是狠狠地同对方讨价还价，提出对银行极为有利的条件。主顾不满地嘀咕了几句，最后只好同意。这时，两人已在吃最后一道甜点梅尔巴桃子。三百万已超出埃德温娜个人的权限，不过她预计要总行方面点头不会有什么麻烦。为使事情进展得快些，若有必要，她准备找亚历克斯·范德沃特谈一谈，后者曾多次支持她。

宾主正在喝咖啡时，一名女侍者朝餐桌走来送信。

"多尔西夫人，"女侍说，"一位名叫托顿霍的先生打电话找您。他说事情紧急。"

埃德温娜请客人原谅，然后到旁边一个小房间去接电话。

话筒里传来营业部主任不满的声音："我到处找你。"

"这不找到了吗？什么事？"

"发现少了一大笔现钞。"接着，他把事情经过说了一遍：半小时前一名出纳员报告说少了钱，于是马上开始轧账，直到此刻还在继续查核。埃德温娜从托顿霍的声音里听出营业部主任既有些惊慌，又很发愁，于是就问失款的总数。

她听到对方咽下一口气才回答："六千。"

"我马上就来。"

一分钟之内，她向客人道过歉，乘上直达电梯，赶往底层。

第五章

"依我看，"托顿霍没好气地说，"我们只能确定一件事，那就是六千元现钞不翼而飞了。"

埃德温娜·多尔西的办公桌旁围坐着四个人。除营业部主任外，其余三个是埃德温娜，托顿霍的助手——年轻的迈尔斯·伊斯汀和一个名叫胡安尼塔·努涅兹的出纳员。

钱是从胡安尼塔·努涅兹的现金抽屉丢失的。

埃德温娜回到分行已经半个小时。现在，桌旁三人全看着她，她这才回答托顿霍："你说得对。不过还不至于这样束手无策。我提议，咱们仔细把事情再从头回忆一遍。"

这时刚过下午三点，主顾都走了。银行已经关门。

在分行内部，同往常一样，工作还在继续进行。不过，埃德温娜感觉到职工们都在偷偷往平台这边张望，这时，他们都已知道一定是出了什么大事情。

她提醒自己，此刻重要的是保持镇静和清醒的头脑，好好考虑每一个细节，细细品味别人的言谈和态度，特别应注意努涅兹太太。

埃德温娜也知道，她马上就得把这起严重的失款案报到总行去。此后，总行的安全部就会插手，也许还要请出联邦调查局。只要仍有可能悄悄把事情了结，不去兴师动众，她还是想试一试。

"要是你不反对，多尔西夫人，"迈尔斯·伊斯汀说，"让我先讲。是我第一个接到胡安尼塔的报告。"他已收起平时那种轻松活泼的样子。

埃德温娜点头表示同意。

伊斯汀报告说，下午快到两点钟的时候，他第一次听说可能丢失了一笔现金。当时，胡安尼塔·努涅兹走来报告，她的现金抽屉里少了六千美元。

由于出纳人手不够，迈尔斯·伊斯汀本人这天大部分时间都坐在一个出纳员的位置上补缺。事实上，当时，伊斯汀和胡安尼塔·努涅兹只相隔两个出纳员的位置。她先把钱箱锁好，然后走过来向他报告。

于是，伊斯汀锁上自己的钱箱，去找托顿霍。

这时，由托顿霍接着往下说，他的表情比平时更阴郁了。

他说他立即跑去找努涅兹太太谈话。起初，他不相信失款竟有六千元之多，因为即使她已疑心少了一些钱，这时还不可能查明确切数目。

营业部主任指出：胡安尼塔·努涅兹整天都在做出纳，早上曾从金库给她拨了一万多元的现款，而从上午九点银行开始营业起，现金一直在她手里进进出出。也就是说，到发现失款时止，除了四十五分钟的午餐休息，她已干了近五个小时，这段时间里，顾客人来人往，所有的出纳员全在忙个不停。此外，今天的现金存款额比平时大，因而撇开支票不算，单她抽屉里的现金一项，可能已有二万至二万五千元。经过这样一番推论，托顿霍问道：努涅兹太太怎么可能不仅断定丢了钱，而且还知道失款的具体数目呢？

埃德温娜点点头。她已产生了同样的疑问。

埃德温娜不动声色地观察着年轻的女出纳员。她个子矮小，皮肤黝黑，说不上漂亮，可也有一种娇小女子的风韵。一看相貌，你就知道她是个波多黎各人；她的波多黎各口音也很重。到目前为止，她一直不大说话，只有当别人问到她时，才简短地回答几句。

胡安尼塔·努涅兹对整个儿事情抱什么样的态度很难说得清。埃德温娜暗自想道：她无疑不会抱合作态度，至少从表面看是这样，而且除了第一次报告现款失窃那几句话以外，她一直没有主动提供什么其他线索。四人谈到现在，女出纳员的面部表情不是闷闷不乐，就是充满着敌意。偶尔，她露出心不在焉的样子，那神情分明表示她腻了，这一切全是白费功夫。不过，看得出来她也有些紧张，她把双手扭在一起，不时转动着那只很薄的金结婚戒指。

　　埃德温娜·多尔西已看过放在办公桌上的职工履历表，知道胡安尼塔·努涅兹今年二十五岁，婚后与丈夫分居，有一个三岁的孩子。她来美利坚第一商业银行已快两年，干的一直是出纳工作。埃德温娜记得曾听别人说起过没有写在履历表上的一个细节，那就是努涅兹独自抚养孩子，丈夫出走后还留下一屁股债，因而经济上有困难，这种情况可能至今没有改变。

　　托顿霍接着说，尽管对于努涅兹太太怎么可能一下子就知道失款确数这一点他有怀疑，他还是下令让她离开出纳柜台去歇着。过后，她立即"连同她经管的现金一起被锁进屋子"。

　　所谓"锁进屋子"，其实是对与事故有关职工的一种保护性措施，也是处理这类问题时的一种规矩。具体说，只是把女出纳员和归她管的现金一起关在一个小办公室里，给她一个计算器，让她把这一天经手的现金交易一笔一笔轧一遍。

　　托顿霍则守候在门外。

　　不一会儿，女出纳员便把营业部主任叫进去，告诉他现金账轧不平，少了六千美元。

　　托顿霍把迈尔斯·伊斯汀叫来，两人当着胡安尼塔·努涅兹的面把账重新轧一遍，结果证明女出纳报告的现金短缺完全属实，而且短缺的数目恰好就是她从一开始就断言的那六千美元。

　　于是，托顿霍就给埃德温娜打了电话。

　　"咱们刚才就是从这儿谈起的，"埃德温娜说，"谁有什么新的想法？"

迈尔斯·伊斯汀说:"要是胡安尼塔不见怪,我倒想再问她几个问题。"

埃德温娜点点头。

"胡安尼塔,好好想一想,"伊斯汀说,"今天你可曾同别的出纳员交换过现金?"

在场的人都知道,出纳员现金交换是怎么一回事。值班出纳员在工作时往往会发觉手头某一票面的纸币或硬币都用光了,如果正碰上忙不过来的时候,他们就不到金库去支取,而是同别的出纳员"买卖"现金。

为此,银行专门设立了一种出纳员现金交换的表格,做一笔"买卖"记一笔。

但是,由于匆忙或疏忽,偶尔也会出点差错:一天下来一结账,一个出纳会发觉少了现金,另一个出纳却多出了现金。不过,在出纳员现金交换中竟会发生六千美元的差额,实在是令人难以置信。

"没有,"女出纳员说,"没有交换,今天没有交换。"

迈尔斯·伊斯汀紧追着问:"你有没有注意到,今天职工里面有谁接近过你的现金?会不会有谁从你这儿拿走过钱?"

"没有。"

"胡安尼塔,你跑来向我报告说可能丢了钱,"伊斯汀说,"这同你发现丢钱当中隔了多久?"

"几分钟。"

埃德温娜插嘴问道:"努涅兹太太,当时离午间休息多久?"

女出纳沉吟着,似乎不那么有把握,最后答道:"可能相隔二十分钟。"

"咱们还是谈谈午饭前的事吧,"埃德温娜说,"你认为当时已经少了这笔钱吗?"

胡安尼塔·努涅兹摇头表示否定。

"你怎么能确定?"

"我当然能。"

于事无补的简单回答让埃德温娜上火,而她之前感受到的敌对态度也更加明显了。

托顿霍把这个关键性的问题又重复了一遍："为什么一吃过午饭你就断定丢了钱，而且马上知道失款的确切数目？"

年轻女出纳员瘦小的脸上现出挑战的神色："我就是知道。"

大家不作声，谁也不相信她的话。

"你会不会误付给哪个客户六千美元？"

"不会。"

迈尔斯·伊斯汀问："胡安尼塔，当你离开出纳位置去吃午饭时，你把现金抽屉送进金库，关上字码锁，把钱锁在里面——是这样吗？"

"是的。"

"你肯定把门锁上了吗？"

女出纳点头表示肯定。

"由营业部主任管的那把锁也锁上了吗？"

"不。没锁。"

这也没有什么反常的。营业部主任管的字码锁每天早上拨到"开启"状态，此后全天不锁，这是常规。

"等你吃过午饭回来，现金抽屉还在金库里吗？仍上着锁？"

"是的。"

"你那把字码锁的排列法别人知道吗？你有没有告诉过别人？"

"没有。"

一时间，盘问不下去了。埃德温娜猜想，桌旁的人这时都在暗自考虑分行金库的手续程序可有什么漏洞。

迈尔斯·伊斯汀称之为现金抽屉的东西实际上是一个装有轮子的携带式小保险箱，由于轻便，可以毫不费力地推来推去，因而在有些银行，被称为现金车。每个出纳员都被分派到一个活动小保险箱，箱上标着引人注目的数字，在一般情况下，实行专人专箱的制度。此外，也有若干保险箱是特别备用的，迈尔斯·伊斯汀今天就用上了一个。

全体出纳员的现金车进出金库都由一名高级金库出纳员予以检查，并作记录。要想躲过检查把现金车推入或拉出金库，或者有意无意地错推别人的现金车，都是不可能的。一到夜晚或周末，巨大的金库被封闭得水泄不透，其保险程度不亚于古埃及法老的坟墓。

每辆现金车都装两把防撬破的字码锁，一把由出纳员本人管，另一把由营业部主任或助手管。这样，每天早晨，启取现金时就总有两人在场——出纳员和营业部的人。

出纳员得熟记锁上字码的排列法，并不得向任何人泄露。但只要出纳员提出要求，排列法可随时变动。出纳员的开锁法只有一份书面记录，这份记录保存在文件袋里，袋外加封，还有两人的签名。文件袋同其他类似的开锁法记录一起存放在保险箱内，同样也由两人保管。只有在出纳员过世、病倒或离职时，文件袋方可启封。

靠了这一套办法，只有每天亲自使用现金抽屉的人才知道开锁密码，也只有这样，才可既保证银行，同时也保证出纳员，免受盗窃之害。

另外，复杂巧妙的现金抽屉内还附有一套报警系统。一把小车推到出纳柜前指定的地点，电路就接通每一个现金抽屉同银行内部的通信网。抽屉内暗藏一个报警开关，开关上面压着一叠普普通通的钞票，被称为"金钓饵"。

出纳员都接到过指示，在平时交易中不得使用这叠钞票，但若倘遭抢劫，则应先把"金钓饵"交出去。这叠钱一拿走，一个无声撞针开关就被触发；银行安全部和警察都会立即接到警报，通常情况下能在几分钟内赶到现场。此外，开关还能连带触发暗藏在头顶的摄影机。"金钓饵"都是联号钞票，号码登录在案，供以后作证据用。

埃德温娜问托顿霍："失窃的六千元中包括'金钓饵'吗？"

"不，"营业部主任回答说，"我检查过，'金钓饵'完整无缺。"

她盘算着：这么说来，从这条线索追下去不会有什么结果。

迈尔斯·伊斯汀又一次向女出纳提出问题："胡安尼塔，你能不能想象别人——随便什么人——可能用什么办法从你的现金抽屉里取走钱？"

"不。"胡安尼塔·努涅兹答道。

女出纳回答时，埃德温娜目不转睛地盯着她。埃德温娜觉得对方似乎流露出恐惧的神态。是啊，这也没什么稀奇，因为丢失了这么大一笔钱，哪一家银行都不会轻易罢休。

对于失款事故的真相，埃德温娜已不再有什么怀疑。一定是努涅兹这女人偷去了。不可能有任何别的解释。现在的难处是要查明她是怎么偷的。

一个可能是，胡安尼塔·努涅兹把钱交给了柜台外的同伙。这样做谁也不会注意。银行跟往常一样，业务繁忙，人家还以为是哪个客户在取钱。另外还有一个可能，那就是女出纳把钱藏了起来，乘午间休息偷偷带出银行。不过，那样做得冒较大的风险。

努涅兹肯定意识到：不管自己窃款的罪名会不会被证实，她的饭碗都保不住了。不错，银行出纳在现款方面偶尔出现账轧不平的情况是允许的，这种差错是正常的，意料之中的。在一年当中，大多数出纳员的平均差错率是八次"盈"或"亏"。通常，只要每次差错牵涉到的现金数目不大于二十五元，谁也不会站出来非议。可是，谁手下要是短少了大笔现金，非砸饭碗不可。这一点，出纳员全知道。

当然，胡安尼塔·努涅兹可能盘算过，最后还是打定了主意，认为都能把眼前的六千元钱搞到手，丢饭碗也值得，尽管再找一份工作对她说来可能并非易事。不管女出纳是怎么想的，埃德温娜都替她难过。

看来，她是豁出去了。也许是为了她那孩子吧。

"我认为，眼下咱们只能到此为止，"埃德温娜对大家说，"我得报告总行，让他们接手这个案子。"

当三人站起身时，埃德温娜补上一句："努涅兹太太，请留一下。"

女出纳重又坐下。

其他两人走远以后，埃德温娜装得很随便地说："胡安尼塔，我觉得现在咱们俩可以坦率地谈一谈了，就算是朋友间谈心吧。"埃德温娜努力不让自己像刚才那样露出不耐烦的样子，她感觉到女出纳的黑眼睛一动不动地盯着自己。

"我敢说，你一定考虑过这样两点。第一，这事是一定要彻查的。咱们银行是由联邦政府出面担保的，因此联邦调查局非插手不可。第二，一经调查，你不可能不成为怀疑对象。"她略微顿了一顿，接着说，"跟你打开天窗说亮话。这你理解吗？"

"我理解。可钱不是我拿的。"

埃德温娜注意到，年轻的女出纳还在忐忑不安地转动手上的结婚戒指。

埃德温娜说话字斟句酌。她知道自己必须十分小心，不能直截了当地向对方提出指控，不然，打起官司来，反而会使银行遭到麻烦。

"不管要查多长时间，胡安尼塔，最后总会查清真相，不说别的，你想想这类案子通常的结果就明白了。那些办案子的人是一不做二不休的，而且都是老手，他们决不善罢甘休。"

女出纳加重语气重复说："钱不是我拿的。"

"我没说是你拿的。可我得把话说清楚，要是你还有什么情况瞒着我们，那么现在该说了，趁我们两人在这儿私下谈话的时候，跟我讲清楚。这是最后一个机会，现在不说，以后可就迟了。"

胡安尼塔·努涅兹正要张口回答，埃德温娜举起一只手止住她。"不。听我把话说完。我向你保证，如果把钱还回银行，咱们定个期限，就算明天之前吧，那么可以不把事情闹到法院去，可以不对谁提出控告。老实说吧，不管钱是谁拿的，这个人今后不可能继续在这儿工作下去。但事情就到此为止。我保证不会再有别的麻烦。胡安尼塔，你有什么要说的吗？"

"没有！没有！没有！我以我女儿的名义起誓！①"女出纳眼里冒火，怒容满面，"告诉你，我没拿过钱，从来也没有！"

---

①原文为西班牙语。

埃德温娜叹了口气。

"好吧，那就谈到这儿。不过，离开银行前请先通知我一声。"

胡安尼塔·努涅兹似乎又准备狠狠回击一次，可终究没说什么，微微耸了耸肩便起身走开了。

埃德温娜坐在高出底楼平面的办公桌旁，朝四下一望。这儿是她的小天地，一切都该由她个人负责。分行一天的营业账，仍由职工在边轧边记，可是预轧结果表明，原先的希望已经落空：没有一个出纳员手里多出六千美元。

现代化建筑的消音设备使人声、票据纸张的窸窣声、硬币的叮当声和计算机的滴答声全都变得轻微而柔和。她迅速看了一眼这一切，意识到：由于出了两件事，这将是她永远不会忘记的一周。接着，她想到了自己的职责，因而马上拿起电话，拨了一个内线号码。

接电话的是一个女人："安全部。"

埃德温娜说："请叫温赖特先生听电话。"

第六章

从昨天起，诺兰·温赖特就发现很难集中思想处理银行内部的日常事务。

星期二上午董事会议室的那一幕使安全部负责人深为震动，这倒不仅仅是因为十年来他同班·罗塞利建立了友谊和尊重。

两者的关系并非一直如此和谐。

昨天，温赖特从经理办公室所在的那一层楼回到了自己的办公室，温赖特的办公室比较朴素，面向采光用的天井。一进办公室，他就要求秘书让他清静一会儿。接着，他就坐在办公桌前忧郁地沉思起来，回想到他第一次同班·罗塞利的意旨发生冲突的情景。

那是十年以前的事。当时，诺兰·温赖特刚被任命为州北部一座小镇的警长。在这以前，他在某大城市当过便衣警探队的副队长，成绩卓著。他本来就有能力当警长；此外，在当时的气氛中，他之所以被任命为警长，还有另一个多少起了点作用的因素，那就是因为他是黑人。警长走马上任不久，一次，班·罗塞利在这座小镇的郊外以每小时八十英里的速度驾车疾驶。当地一名巡逻警察递给他一张传票，要他上交通违章法庭听候处理。

从其他方面说，班·罗塞利过的是守旧派的生活，也许正因为这一点，他总喜欢把车开得飞快，不辜负汽车设计师们的美意，也就是说，右脚总是把油门踩到底。

收到一张超速违章传票本是家常便饭。总裁回到美利坚第一商业银行后就像往常一样，把传票往安全部一送，吩咐他们去处理。对全州最有钱有势的人说来，许多事情可以——也一直是由别人代为处理的。

第二天，这张传票就被送往设在出事城镇的美利坚第一商业银行分行。分行经理恰好是当地的市政会议员，在任命诺兰·温赖特当警长时，此人颇起过一番作用。

分行行长兼市政会议员亲自来到警察局，要求撤回传票。斡旋人态度和蔼，可诺兰·温赖特死不让步。

于是，市政会议员沉下脸向温赖特指出，新上任的官员总得交几个朋友，而采取不合作态度可不是交友之道。温赖特仍然拒绝撤回传票。

市政会议员戴上银行家的礼帽，提醒警长说，警长先生本人曾向美利坚第一商业银行递过一项房屋抵押贷款申请，准备让妻儿搬来同住。接着，分行经理毫无必要地提及：罗塞利先生是美利坚第一商业银行总裁。

诺兰·温赖特声称，他看不出贷款申请同一张违章传票有什么联系。

最后，罗塞利先生虽由律师代替出庭，但却因驾车莽撞而被处以大笔罚金，并在其执照上注明记过三分。罗塞利勃然大怒。

同样，最后，诺兰·温赖特的抵押贷款申请被美利坚第一商业银行拒绝。

事后不到一周，温赖特出现在美利坚第一商业银行总行大厦第三十六层罗塞利的办公室。总裁一向以外人易于见到他为荣。温赖特正是利用这一点。

弄清来客身份以后，班·罗塞利有些惊讶，因为没人提起过温赖特是黑人。不过，事情并不因此有什么不同，银行家因为在自己驾照上留下了污点而余怒未息，何况还是生平第一次受这样的窝囊气！

温赖特言谈颇为冷静。就班·罗塞利本人而言，警长的贷款申请及后来被拒等情节，他也确实一无所知，因为这类事情一概由下级处理。但他的嗅觉告诉他事情办得不公道，于是当场把贷款卷宗调来审阅，同时让诺兰·温赖特等在一旁。

"出于兴趣，"班·罗塞利阅完卷宗后问道，"我想知道，如果我们不贷这笔款，你打算怎么办？"

温赖特这回的语气相当冷酷："跟你们斗。请一位律师，先到民权委员会去控告。要是官司打不赢，什么事能给你们带来麻烦，我就干什么。"

很显然，这人说话是算数的。银行家厉声喝道："我不怕别人威胁！"

"我不是威胁你。我只不过回答你的问题罢了。"

班·罗塞利稍作犹豫便在案卷上签了名。他冷着脸说："你的申请批准了。"

温赖特刚想走，银行家又叫住他："我要是在你们那儿再次超速开车被捉住，怎么办？"

"我们就依法治你的罪。要是罪名又是驾车莽撞，你可能要蹲监狱。"

班·罗塞利目送着警察出去，心里大骂：你这个自命清高的狗杂种，总有一天我要你好看！若干年以后，他将会把这一段内心活动告诉温赖特的。

他从未逮到温赖特——按他所设想的那样。但从另一重意义上讲，他做到了。

两年以后，银行想物色一名主持安全部事务的经理。照人事部主任的说法，这人应该"顽强死硬，富贵不淫"。班·罗塞利说："我有一个这样的人选。"

不久他便向诺兰·温赖特提出了邀请；双方签了合同。就这样，温赖特进了美利坚第一商业银行。

从那以后，班·罗塞利再也没和温赖特发生过冲突。安全部新来的负责人工作效率高，还进夜校学银行理论，从而增进对他本职工作的了解。至于罗塞利，他再也没有向温赖特提过任何违反后者那种不得变通的道德标准的要求。银行家凡接到超速违章传票，总是交给别人去了结，不再通过安全部。他以为温赖特一直蒙在鼓里，其实后者通常都是知情的。这些年来，两人的友谊有所增进，而在班·罗塞利夫人逝世之后，温赖特更是经常和老头儿一起吃晚餐，饭后下棋至深夜。

从某种意义上说，陪伴老头对温赖特也是一种慰藉，因为在进美利坚第一商业银行后不久，他就离婚了。新的职务以及同班老头一起度过的时光可以使他少受寂寥之苦。

每逢两人在一起的时候，他们畅谈各自的信仰，互相影响。有些影响他们能意识到，而另一些则在两人不知不觉之中起着作用。例如，在说服银行总裁将他本人的威信和美利坚第一商业银行的资金投入东城新区发展项目方面，温赖特就起过作用，而这一点只有总裁和温赖特两人知道。这个项目的建设工作在被人遗忘的旧城区进行，这儿正是温赖特出生并度过早年生活的地方。因此，同银行许多同事一样，诺兰·温赖特对班·罗塞利怀有私人遗谊，从而也从私交角度为总裁病危暗自伤心。

今天，沮丧情绪一直缠绕着他。早上的大部分时间，他都坐在办公桌前，设法避开那些可见可不见的来客。中午时分，他独自来到城市另一头的一家咖啡馆去吃午餐。当他想把美利坚第一商业银行及其事务抛之脑后，稍享清静的时候，他常来这家咖啡馆。饭后，他及时赶回银行，因为约好要和范德沃特商谈。

两人约好在总行大厦内银行的键式信用部碰头。

键式银行信用卡系统由美利坚第一商业银行首创，现正由美国、加拿大及海外某些银行组合一个实力雄厚的集团共同实施。就规模而言，键式的地位仅次于美国银行卡和万事达。在美利坚第一商业银行，全面负责信用赊账部业务的是亚历克斯·范德沃特。

范德沃特早到了。当诺兰·温赖特赶来时，他已在键式部的审核中心观看业务进行的情况。银行安全部的头子走到他身边。

"我总是不肯错过这种免费好戏，"亚历克斯说，"真是全城首屈一指的好戏。"

这是一个讲堂式的大厅，灯光幽暗，墙壁和天花板都用隔音材料做成，以隔绝噪音。这儿的职员有五十名左右，女职员占了绝大多数。职员坐在一排控制台前工作，每个控制台上都装有一只类似电视屏幕的阴极管，下面连接着一个键盘。

对键式信用卡持有者的赊账要求或拒绝或批准，就是在这儿决定的。

不管在什么地方，如果有人在买东西或付服务费时亮出一张键式信用卡，要是涉及到的金额低于商定的最低标准，那么商号就可以不加疑问地把这张卡片接受下来。这儿所说的最低标准并不是确定不变的，但通常总是在二十五至五十美元之间。要是买的东西价格昂贵，那么信用卡就得经过审核方可决定是否有效，不过，所谓审核也只不过是几秒钟的事情。

每周七天，每天二十四小时，审核中心内电话应接不暇，电话来自美国各州及加拿大各省。同时，一排滴答不停的拨号式直通电报机，接收从三十个国家发来查问主顾信用情况的电报，其中有些竟还是苏联共产主义圈子里的国家。昔日建立大英帝国的人曾洋洋自得地吹嘘红白蓝三色的米字旗，而键式金融帝国的创建者们在标榜那张国际通用的蓝绿金三色信用卡时的劲儿也一点不差。

审核信用可靠性的工作进行得飞快。

不管是商人还是其他什么人，不管他们在哪里进行交易，他们可以通过华兹电话线路直接拨号到美利坚第一商业银行总行大厦的键式神经中枢来查问情况。然后，来电立刻被自动接通，由手头暂无工作的工作人员处理。工作人员的第一句话总是："请问你的营业代号。"

于是，对方报上代号，工作人员则用打字机把数码打出，同时，数码就显示在阴极管屏幕上。下一步是信用卡的号码和信用卡持有者要求的金额，同样是边打字边显示。

接着，工作人员把信息输入电脑，电脑发出"接受"或"拒绝"的信号。前者表示信用笃实，要求可予同意；后者则表示信用卡持有者惯于拖欠，已被吊销资格。由于信用卡的规定颇为宽容，搞信用卡业务的各家银行也都有意放债牟利，接受的情况远比拒绝的多。工作人员把情况通知对方，同时电脑就把这笔交易记录下来。在正常情况下，一天总有一万五千起来电需要答复。

亚历克斯·范德沃特和诺兰·温赖特两人都接过耳机，以便监听来电询问者和工作人员之间的对话。

安全部头子轻轻碰一碰亚历克斯的胳膊，然后把两人的耳机转插到另一个插座上。温赖特指指一个控制台，那台电脑正闪出"此卡已失窃"的字样。

工作人员以训练有素的镇静语调回答说："向贵方出示的信用卡已挂失。若有可能，请拘留持卡人，并报告当地警察局。把信用卡扣下来。若蒙贵方将卡片送回，键式部愿付三十美元酬谢。"

两人听见对方轻声议论了几句，然后有人高声说："这狗杂种刚从我店里逃走，可我把他妈的那张塑料卡片抓到手啦。我把它寄给你们吧。"

从那店主说话的语气听来，对方因为可以毫不费力地捞到三十美元而感到很高兴。对于键式部来说，这也是一笔好交易，因为倘若让那张信用卡流通在外，被人冒用，那么可能会损失一笔巨款。

温赖特和亚历克斯·范德沃特摘下耳机。"这个办法挺好，"温赖特说，"只要我们能够把情况弄到手，输入计算机。可是不幸得很，冒用信用卡的事多数发生在信用卡失窃被发现之前。"

"不过，如果有人滥购乱买，我们总能收到警报？"

"不错。谁在一天之内用卡买十件东西，计算机就会向我们发出警报。"

两人心里都明白，持信用卡的人很少会在一天之内刷六七次卡。因而，一张信用卡可能在当其主人尚未意识到卡已失窃之前就被列入"疑属冒用"的名单。

但是，尽管设置了这类警报系统，一张丢失或遭窃的键式信用卡只要在冒用时玩些巧妙的花招，仍可在一周左右时间里盗刷二万美元，在这段时间里，多数失窃的信用卡尚未能及时挂失。

偷窃信用卡的人喜欢去买长途旅行的飞机票；买箱装酒的情况也很多，窃卡人然后把飞机票和酒以低价转手卖出。另一种花招是用偷来或伪造的信用卡去租汽车，最好是租一辆价值昂贵的汽车，然后把车开到别的城市去领新的牌照以及伪造的登记证件，接着就把车卖掉或运到国外去。汽车出租公司则再也找不到这辆车和租车的顾客了。还有一种做钻石生意的把戏，那就是以伪造的护照作佐证，冒用信用卡到欧洲收购钻石，然后走私运进美国卖出，凡此种种，经济上的损失最后总是要信用卡公司承担。

范德沃特和温赖特两人都知道，罪犯们有办法确定他们搞到手的那张信用卡是不是可以拿到市面上去用，抑或已成为警察大力侦查的对象。

这些家伙惯常喜欢采用这样的办法来查对：付给服务员领班二十五美元，要他去查一查每周由信用卡公司发给各商店及饭馆的机密报告"窃卡一览表"，便可轻而易举地得到答案。要是他们手中的卡片尚未挂失，那么就可以再用它来买点什么。

"由于有人冒用失窃卡，咱们近来损失惨重。"诺兰·温赖特说。

"损失大大超过平时。这也是我想找你谈谈的原因之一。"

两人走进键式部的一间安全部办公室，这房间已由温赖特预先定好了。温赖特关上门。从身形看，两人截然不同：范德沃特细皮白肉，身材矮胖，动作迟钝，肌肉已稍有些松弛；温赖特则是个魁梧而匀称的黑大汉，身材坚实，肌肉发达。

两人关系虽不错，性格却很不一样。

"简直像一场没有奖品的竞赛，"诺兰·温赖特对副总经理说，一边把八张塑料制的键式卡一张张扔在办公桌上，那模样活像个发牌人。

"这里边四张是伪造的，"安全部头头报告说，"你能分辨出来吗？"

"那还不容易！伪造卡上用凹版压印持卡人姓名的铅字总是与真卡不同，另外……"范德沃特低头看看那八张卡片，"老天！这些伪造卡上没有不同的铅字，全是一模一样！"

"几乎一模一样。要是你知道该怎么辨别真假，用一个放大镜就可看出铅字细微的差别，"温赖特说着掏出一个放大镜，并把卡片分成两组，然后指出四张真卡和四张伪卡在凹版压印方面的区别。

范德沃特说："这下我看出来了，可是如果不用放大镜就不行。用紫外线检查，伪卡看上去怎么样？"

"与真卡一模一样。"

"真糟糕。"

那是几个月以前的事，当时美利坚第一商业银行学着美国捷运公司的做法，在所有键式信用卡的正面印了一个标识记号，这隐藏的记号只有在紫外线照射下才看得出来。这样做是想提供一种辨别信用卡真伪的简捷方法。可是如今别人已能设计对付，这个办法也不保险了。

"不错，确实糟糕。"诺兰·温赖特表示同意，"这几张只不过是样子，我那儿还有四五十张这类伪卡，都是使用在先，截获在后。有人用伪卡到零售店买东西，去饭店吃喝；也有的用它买飞机票，买酒，以及其他东西。所有这些卡是我们见到过的赝品中伪造得最高明的。"

"抓住过什么人吗？"

"到目前为止，还没有。不管是在商店里买东西，或在航空公司订飞机票，或是干别的什么，那些家伙只要发觉别人开始查问信用卡的真伪，就马上溜之大吉。刚才不就是这样吗？"他指指那边的审核大厅，"还有，即便真的抓了几个使用伪卡的人，也不见得就能接近伪卡的源头，因为通常这些伪卡都是几经转手，来龙去脉都掩盖得很小心。"

亚历克斯·范德沃特捡起一张蓝绿金三色伪卡，翻过来端详着说："看来，用的塑料也是一模一样。"

"因为用的是从咱们这儿偷去的货真价实的塑料空白卡。要伪造得巧妙，非这么干不行。"安全部头子接着又说，"塑料卡片来龙去脉我们似乎已搞清楚了。四个月以前，给咱们制造塑料卡片的一家厂商遭窃，盗贼破门而入，进了堆放塑料纸制成品的保险库，一下子就偷去三百大张塑料纸。"

范德沃特轻轻吹了声口哨。一大张塑料纸可以裁制六十六张键式信用卡，因而一次失窃三百大张意味着可能有二万张左右的伪卡在市面上流通。

温赖特说："我也算过这笔账了。"他指指办公桌上的伪卡，"这只不过是冰山的小尖顶。好吧，就算事情到此为止，咱们所知道或者自以为知道的这一批伪卡在被查获禁止流通之前就可能造成一千万美元的损失。何况还有咱们没听说过的其他失窃事故。类似的事故可能十倍于此。"

"我明白了。"亚历克斯·范德沃特在小小的办公室里踱来踱去，整理着自己的思想。

他回想起自从银行信用卡首次被采用以来，发放信用卡的各银行就因为有人冒用或伪造而蒙受极大的损失。起初，一邮袋一邮袋的信用卡遭窃，袋里装的卡被盗贼用来挥霍作乐，倒霉的自然是银行。有些信用卡在邮寄途中被劫持，或被扣去用来索取酬金。银行方面只好如数照付，因为他们知道，倘若让信用卡流到下层黑社会去分发使用，代价远比赎金惨重。富有讽刺意味的是，一九七四年，泛美航空公司曾遭到报界及社会公众的广泛指责，因为该公司承认为了从罪犯手里赎回大量被窃的空白飞机票曾付过赎金。航空公司这样做的目的在于避免因为滥用空白飞机票而可能引起的巨大损失。可是，指责泛美航空公司的那些人不知道，好几家全国首屈一指的大银行多年来竟也在悄悄地干着同样的勾当。

后来，盗窃邮寄信用卡的案子终于慢慢减少。与此同时，罪犯们开始采用其他一些更为巧妙的办法，伪造信用卡便是其中之一。早期的伪卡都是粗制滥造的货色，很容易识别。但是，伪造的水平不断提高，到现在，就像温赖特方才所证明的那样，识别真伪居然得要专家出马了。

不管你脑子转得多快，想出什么新的点子来保障信用卡的安全，狡诈的罪犯马上就会使这个办法失灵，或是另找弱点钻空子。例如，在目前正投入市场使用的一种新式信用卡上贴有卡主的"速成"照片。在一般人看来，照片模糊不清，无从辨认。可是一经特制的显像仪器鉴定，卡片上的形象便清晰可辨。眼下，这个办法似乎行得通，可是亚历克斯毫不怀疑，犯罪集团很快就会找到仿造"速成"照片的办法。

每隔一段时间，他们也能抓到几个使用失窃卡或伪造卡的家伙，并将他们定罪，但在整个信用卡犯罪活动中，这些只不过是沧海一粟。从银行角度说，主要问题在于缺乏侦缉人员，人就是不够用。

亚历克斯站定了。

"说到这些最近发现的伪卡，"他问，"背后会不会有什么集团在操纵？"

"不是什么会不会的问题，而是确定无疑的。这么出色的产品，肯定有组织在操纵。这个组织有强大的资金作后盾，拥有机器和专门技术知识，还有一个分发销售系统。其他迹象也可以说明这一点。"

"能举例说明吗？"

"你知道，"温赖特说，"我同各律师事务所保持联系。在整个中西部地区，伪币、伪造的旅行支票和信用卡——这中间既有咱们的也有其他银行的——近来都有激增。拿被窃及伪造的证券和支票做交易的事也远比往常来得多。"

"你是说所有这些现象和咱们键式部的损失都有联系？"

"说可能有联系更妥当一些。"

"安全部采取了哪些措施？"

"还不是尽力而为。每张丢失或遭窃的信用卡倘被冒用，我们就立即进行核对，只要有可能，就追查到底。今年以来，被追回的失卡数字以及欺诈起诉案的数字逐月增加，这些数字你可到本部缴上的报告中去查阅。但是，要破获这类案子非进行大规模的侦查不可，我手头既没人，也没有预算经费。"

亚历克斯·范德沃特露出一个苦笑说："我料到要谈到预算问题的。"

他推断到谈话中下一步会冒出什么；他也知道诺兰·温赖特在苦苦经营过程中所遇上的各种问题。

温赖特作为美利坚第一商业银行副总经理之一，负责总行大厦及各分行的全部安全事务。信用部的安全科只是他辖下的一个部门。近年来，在银行内部，安全部的地位虽已有所提高，活动经费也有所增加，但拨下的钱仍不够用。参与银行管理的人全知道这一点。不过，安全部本身是个毫无进项的部门，要申请额外经费就得排在别人后面。

"看来，你把建议和数字之类的材料全准备好了。你总是这样，诺兰。"

温赖特掏出一只带在身边的马尼拉纸文件袋说："全在这儿了。当务之急是要再派两名全职侦查人员到信用卡部来。同时，我还要经费，这样才能派出一名密探去查明这些伪卡的来源，同时还得在银行内部查明消息是从哪儿走漏出去的。"

范德沃特露出惊讶的神色。"你认为你能抓到什么人吗？"

这一回，温赖特笑了。"当然你可不能到'招聘'栏去大叫大嚷。但我愿意试一试。"

"你提的建议我一定认真看待，我也一定尽力而为。我所能保证的仅此而已。这些信用卡可不可以留在我这儿？"

安全部主管人点头同意。

"还有别的什么苦恼吗？"

"只有一条，那就是这儿没有人，包括你亚历克斯在内，认真看待信用卡诈骗问题。不是吗？咱们总算把损失减少到全部营业额的百分之零点七五，因而都在自我庆幸。可没看到营业额已大大增加，而损失的百分比一直停留在原来的水平，甚至还有所提高。据我知道，给键式部下一年度规定的进项指标是三十亿元。"

"这是我们的希望。"

"那么照同样的百分比算，信用卡诈骗造成的损失就会超过二千二百万元。"

范德沃特冷漠地说："我们情愿用百分比来看问题。那样，听上去数字不那么大，董事们也才不会起恐慌。"

"这是自欺欺人。"

"不错，就是这么一回事。"

可是，亚历克斯心想，这正是银行——所有的银行——采取的态度。大家都故意把信用卡犯罪活动说得轻描淡写，把这类损失当作营利的一种代价承受下来。要是银行里别的什么部门在一年时间内报出七百五十万元的损失数字，董事不闹翻天才怪。可是谈到信用卡问题，说是有"百分之零点七五"用来补偿犯罪活动带来的损失，那么大家都以为是理所当然的事情，尽可抛诸脑后。跟罪犯们全面开战决一雌雄的代价比这个大多了。当然，有人会说银行家们的这种态度是站不住脚的，因为，信用卡索费日昂，持卡诈骗造成的损失说到底还得由客户即信用卡持有者来偿付承担。但是，从金融家角度说，做生意就得持这种态度。

"有时候，"亚历克斯说，"信用卡制度确实像团什么东西似的塞在我喉咙口，或者说这个制度里的某些部分是这样。但是我这人讲究个限度，这个限度就是我认为自己能够实行的改革是哪些，明知自己无法实行的改革又是哪些。在预算分配的主次问题上同样如此。"他按了按温赖特放下的马尼拉纸文件袋又说，"交给我吧，我已经作了保证，一定尽力而为。"

"要是听不到下文，我就来敲办公桌问罪。"

亚历克斯·范德沃特走了。诺兰·温赖特却无法脱身，因为来了一个电话，要安全部负责人立即同市中心分行经理多尔西夫人取得联系。

第七章

"我已报告了联邦调查局,"诺兰·温赖特通知埃德温娜·多尔西,"明天他们派两名特工到这儿来。"

"为什么不今天就派?"

他笑了。"咱们这儿又没出人命案子,甚至也没人开枪。何况,他们那儿还有自己的难题。这个难题叫作:人手不足。"

"大家不都一样?"

"那么,我可以让职工们回家了吗?"迈尔斯·伊斯汀问。

温赖特回答说:"除了女出纳,其他人可以。我想再找那女人谈一谈。"

夜幕刚刚降临。从温赖特应埃德温娜之请接手现金失窃案到现在,才过去两个钟头。这段时间里,他已把先前分行人员研究讨论过的情况全部了解过一遍,并找女出纳胡安尼塔·努涅兹本人、埃德温娜·多尔西、营业部主任托顿霍以及营业部助理迈尔斯·伊斯汀这个年轻人谈了话。

他还和那些曾在努涅兹附近位置上工作的其他出纳员谈了话。

温赖特不愿让自己出现在那高出楼面的平台上成为人们注意的中心,因而就在银行后楼找了一间会议室。此刻他正在会议室里同埃德温娜·多尔西和迈尔斯·伊斯汀二人商议。

除了看来像是件大窃案以外，事情没有什么新的发展。因此，根据联邦法律，必须请联邦调查局侦查。温赖特心里明白，在这种场合，也并不总是不折不扣按法律办事的。美利坚第一商业银行和其他银行一样，常把现金失窃叫作"原因不详的失款事故"，这样，这些事情就可在银行内部解决，从而避免起诉，不让案子闹得满城风雨。所以，有窃款嫌疑的银行职工很可能只受到开除的处分，而且开除时还要另找借口做做官样文章。心中有鬼的人总是不愿老实招供，因此很大一批失窃案子都是保密的，就连银行内部的员工也不知道。

可是，眼前这个案子，假设真是现金失窃案的话，牵涉的数目太大，干得又如此明目张胆，根本不可能遮掩过去。

坐等进一步的信息也不是办法。温赖特明白，如果事发之后几天才把联邦调查局请来侦查一桩已无迹可寻的案子，肯定会勃然大怒。所以他决定在调查局来人前尽自己力量把事情办得些。

当埃德温娜和迈尔斯·伊斯汀离开小办公室，营业部助理殷勤地说："我这就去把努涅兹太太叫来。"

不一会儿，办公室门口便出现了胡安尼塔·努涅兹矮小的身影。"进来，"诺兰·温赖特吩咐说，"关上门。坐下！"

他用一本正经、公事公办的口气说话。直觉告诉他，佯装友好骗不了这女人。

"我要求你把整个儿事情再说一遍，从头说起。"

胡安尼塔·努涅兹沉着脸，带着挑战的神色，模样同先前完全一样，不同的是此刻又增添了一点疲惫。尽管如此，她仍然发起火来，抗议说："我说过三遍了，每个细节都说到了！"

"也许刚才你忘了什么。"

"没有！"

"那么，就算这是第四遍吧。联邦调查局来人以后，还要你说第五遍；之后，可能还要你说第六遍。"他紧盯着女出纳的双眼，尽管不提高嗓门，却一直以权威的口气说话。要是他以警官身份盘问对方，温赖特暗自想道，那他就必须提醒对方被盘问者拥有的各种权利。幸好他不是警官，而且他也不想说明这些。在这样的局面中，私人机构的安全部门有时比警察更优越，可以便宜行事。

"我知道你在想什么，"女出纳说，"你在想，这一次我可能会说出与前几次不同的东西，这样就可以证明我刚才撒了谎。"

"你究竟是不是在撒谎？"

"不！"

"那你怕什么？"

她声音颤抖着说："因为我累了。我想回家。"

"我也想。要不是丢了这六千美元——你承认这笔钱之前的确在你手中——我这会儿已经下班，开车回家了。可钱不见了，咱们得把它找回来。所以，还是把今天下午的事情再说一遍吧，你说你发觉出事是在今天下午。"

"我刚才跟你说过了——午饭后二十分钟。"

他从对方的目光里看出鄙夷的神色。刚才，当他开始盘问的时候，他感到女出纳对自己的态度比之对别人的似乎稍微平和些。毫无疑问，那是因为他是黑人，而女出纳本人是波多黎各人。女出纳可能以为他俩能站在一条阵线上，即使做不到这一点，他这个黑人至少会容易对付些。

可是她不知道，一牵涉到侦查公事，他不管人种肤色，一视同仁。

至于女出纳私生活中遇上的难题，他才不关心！埃德温娜·多尔西曾提到过这些难题，可是在温赖特看来，私人生活方面不管出了什么事，决不说明你有理由去偷窃，欺骗。

努涅兹那女人当然说对了，他是想抓住她在前后叙述中口径不一的地方。尽管她小心翼翼，这样的事还是可能发生的。她刚才说自己累了。温赖特是个侦查老手，他知道犯了罪的人一经累垮就会在盘问过程中说错话，先是在小地方说漏嘴，然后就一错再错，直到最后，用一大堆谎言和矛盾百出的供词把自己束缚得动弹不得为止。

他不知道此刻会不会发生这样的情况，于是紧紧追问下去。

盘问进行了四十五分钟，其间，胡安尼塔·努涅兹的说法还是和先前一模一样。温赖特没有发掘出什么新鲜的材料，为此他感到失望。不过，尽管这女人前后说话一点漏洞也挑不出来，他也不觉得这有什么稀奇。他当过警察，深知无懈可击的供词有两种可能。一个是她的确在说实话；另一种可能是这一套供词她在事前精心练习过，因而说得滴水不漏。两者中间后一种更说得通，因为在通常情况下，无辜的人把一件事情复述两遍时总会有些细微的差别。干侦探这一行的都得学会去寻找这种迹象。

盘问到最后，温赖特说："好吧，暂时就到这儿为止。明天，你去做一次测谎仪试验，银行方面会安排的。"

他装出漫不经心的样子宣布了这个决定，其实却密切注视着对方的反应。他没料到对方的反应竟会如此突然，如此强烈。

女出纳黑黝黝的瘦脸一下子涨得通红，她蓦地从椅子里跳了起来。

"不，我不去！我不做这样的试验！"

"为什么？"

"这是侮辱！"

"谈不上侮辱。做这种试验的人多着呢。要是你没有罪，就让测谎仪来作证吧！"

"我不相信这种仪器，我也不相信你！我要讲的就是这些！①"

他猜想这句西班牙语大概是骂人的脏话，因而不予理睬。"你没有理由不相信我。我所关心的只是弄清真相。"

"真相我已经告诉你了，可你就是不肯承认！你和他们那些人一样，认为钱是我拿的。跟你们说我没拿也没用。"

温赖特起身，打开小房间的门让女出纳出去。"从现在起到明天，"他提出忠告，"我建议你重新考虑一下自己对待测谎试验的态度。倘若你

---

①原文为西班牙语。

拒绝，对你可不妙。"

她直直地逼视着他的脸说："并不是非接受这种试验不可，对吗？"

"对。"

"那我就不干。"

她急匆匆地迈着小步子离开了办公室。过了一会儿，温赖特才不慌不忙地走了出去。

在银行的主要工作区域，只有少数几个人还在工作，大多数职工已经下班，吊灯已经熄了。屋外，夜幕降临，秋风萧瑟的一天过去了。

胡安尼塔·努涅兹走到更衣室去换自己的便服，然后又走了回来。

她压根儿不去理睬温赖特，径直朝临街的大门走去。迈尔斯·伊斯汀带着钥匙等在那儿。他打开临街大门让女出纳出去。

"胡安尼塔，"伊斯汀说，"要我效劳吗？要不要我开车送你回家？"

她摇摇头，一声不吭地走出门去。

诺兰·温赖特从一扇窗子后边看她走到对街的一个公共汽车站。他想，要是自己手下的人多一些，就可以派人跟踪女出纳，尽管他知道这样做未必有什么好处。努涅兹太太不是笨蛋，她是不会暴露自己的。她既不会在大庭广众之前把钱交给别人，也不会把钱藏到哪一个别人猜想得到的地方去。

他确信女出纳不会把这笔钱随身带着。这人精明得很，决不至于冒这个风险。另外，现钞的数目大，鼓鼓囊囊地也没法藏得住。在谈话过程中及谈话以后，他曾仔细地打量过她，女出纳衣服贴身，瘦小的身上没有任何鼓出来的可疑之处。她随身带出银行的只有一个小钱包，此外没有什么包。

温赖特坚信不疑：她一定有同伙。

罪犯就是胡安尼塔·努涅兹，对此，他几乎不再怀疑。把女出纳拒绝接受测谎试验的态度同所有其他的事实和迹象放在一起考虑，他觉得事情已经一清二楚。他想起几分钟前女出纳的那阵感情爆发，看来这是预先想好的，也许事前还演习过。银行职工全知道谁要是沾上了偷窃嫌疑，就得上测谎仪。努涅兹那女人可能也知道这个规矩。

她事先猜到迟早要说到这个话题，因而作了准备。

温赖特又想起她那鄙夷的目光，以及先前她那种虽不明言内心却认为自己势必跟她站在一起的态度，顿时怒火中烧。他的火气大得有些反常，竟暗自希望明天联邦调查局的来人会好好让她尝到点厉害，非让她屈膝不可。但是事情并不容易，她这人挺顽强。

迈尔斯·伊斯汀重新锁上大门，转了回来。

"啊，"他快活地说，"总算到洗澡下班的时间了。"

安全部主管人点点头说："这一天是够忙的。"

伊斯汀好像还要说点什么，接着似乎又改变了主意。温赖特问："有什么事吗？"

伊斯汀又犹豫了一下，然后承认道："是的，有事。不过，这事我跟谁也没说过，因为只是猜测。"

"跟丢失现金多少有点关系吗？"

"我看可能有关系。"

温赖特的口气变得很严厉："那么，不管你有没有把握，必须告诉我。"

营业部助理点点头："好吧。"

温赖特等着他开口。

"我想，多尔西夫人跟你提起过胡安尼塔·努涅兹是个已婚的女人，丈夫抛弃了她，把她和孩子一扔，自己出走了。"

"我记得这个情况。"

"胡安尼塔的丈夫在没有出走前有时也上这儿来，我猜，大概是来接她。我跟那人说过一两次话，我记得很清楚，此人名叫卡洛斯。"

"这人怎么啦？"

"我敢说，这人今天到过银行。"

温赖特厉声问："你敢肯定吗？"

"相当肯定，但是还不到敢上法庭宣誓的程度。我注意到一个人，那模样好像就是胡安尼塔的丈夫，接着我就把这件事丢到脑后去了。当时，我很忙，没有什么原因促使我要去想这件事，至少当时没有必要去注意，事后好久才觉得有蹊跷。"

"你在什么时候见到这人的？"

"大概十点钟。"

"在你看来此人像是努涅兹的丈夫，那么你可曾看见他走到他老婆的柜台边去？"

"不，没有。"伊斯汀那张青年人的俊脸显得有些困惑，"我说过了，当时我没把事情放在心上。不过，要是我见到的真是他，那么有一点可以肯定：他不可能离胡安尼塔太远。"

"就这么些情况？"

"是的。"接着，伊斯汀不无歉意地补上一句，"可惜没有更多的情况了。"

"你把这事报告给我是正确的，可能是个很重要的情况。"

温赖特暗自盘算：如果伊斯汀没看错人，丈夫在场这个情况同他自己关于案中还有外来同谋的理论完全吻合。很可能，那女人同丈夫又和好了，要不然，就是两人有什么默契。也许，她先把钱递给柜台外的丈夫，由他带出银行，以后再找时间分赃。这个可能性当然可以作为一条线索提出来让联邦调查局去查。

"和丢失现金完全无关，"伊斯汀说，"银行同事们都议论，关于罗塞利先生得病的消息，听说是昨天宣布的，多数人都很难过。"

突如其来的转折，令人又痛苦地回想起昨天的事。温赖特看看平时总爱插科打诨、整天笑逐颜开的年轻人。安全部主管发现，这会儿连伊斯汀的眼光也有点忧郁。

温赖特发现，自从承办侦查案子以后，他已把班·罗塞利丢到了脑后。

这时，一想起老头儿，他的火气又上来了：偷窃案竟发生在这样一个时刻，留下了如此丑恶的污点。

他说了几句表示同意的话，向伊斯汀道过晚安。他从地道离开分行，用随身带着的专用钥匙打开门，又回到了美利坚第一商业银行总行大厦。

第八章

在街的对过，一个瘦小的人影站在美利坚第一商业银行和罗塞利广场高耸入云的幢幢建筑物前——胡安尼塔·努涅兹还在等公共汽车。

她看到安全部头子的脸从银行大楼的一扇窗子后面注视着自己。当那张脸从窗后消失时，她顿时如释重负。但是常识告诉她这种感觉是暂时的，今天这种痛苦的遭遇明天还将重演，甚至会变得更加糟糕。

一阵寒风扫过市中心的大街，穿透她身上那件薄薄的外衣。她打着哆嗦等候着。平时乘坐的那一班公共汽车已经开走，她希望下一班快点开来。

胡安尼塔知道，自己哆嗦部分原因是害怕，因为这时的她比生平任何时候都更体会担惊受怕是什么滋味。

真是既害怕又困惑。

困惑的是连她自己也不知道钱是怎么弄丢的。

胡安尼塔心里很明白，她既没有偷这笔钱，也没有将它错付给柜台外的客户，或是以任何其他方式将处理掉。

问题在于没有人会相信她。

她也认识到，要是处在其他情况下，她简直自己也不相信。

六千美元怎么可能一下子就变得无影无踪呢？这是不可能的，决不可能。可是事情确实发生了。

今天下午，她一次又一次搜肠刮肚地回忆一天的经过，想找到一个解释。可是想来想去还是不得要领。她回顾了早上和午后不久在柜台经手的几笔现金交易。尽管她知道自己有惊人的记忆力，可总想不出一个所以然来。连最不着边际的可能性也被她想到了，但还是没有一点头绪。

另一方面，她也断定自己在午饭时把现金抽屉送进金库前确是把它牢牢锁上了的，饭后回来时，锁也原封未动。至于锁上字码的排列法，那是胡安尼塔本人选定的，并由她自己调整拨准。她从来没有跟谁谈论过锁的密码，甚至不曾写成文字，而是按平时的习惯，把它默记在心。

从某种意义上说，使她的处境更为不妙的正是她的记忆力。

胡安尼塔明白，不管是多尔西夫人、托顿霍先生，还是那个态度至少比较友好的迈尔斯，人们全不相信她说下午两点她已知道失款的确切数目。他们都说那不可能。

但她确实已知道失款的数目。只要她一经手出纳，她总能知道自己手里有多少现金，不过要是别人问她怎么会有这种本领，她却说不上来。

她自己也有点莫名其妙，头脑里怎么会有一本清清楚楚的流水账。

一点不用费劲，甚至连她自己也不觉得需要花力气去算，这本账自然而然就在她脑子里。在胡安尼塔的记忆中，加减乘除对自己说来早就如同呼吸一样不费气力的本能了。

她在银行柜台旁干出纳，简直就像一台自动化机器。她还学会不时朝现金抽屉看一眼，检查手头的现款数对不对，不同票面的钱是不是理清了，有没有发生短缺。即使是硬币，她也可以随时报出一个非常接近的总数来，当然其确切程度不如报纸币的数目。忙完一天以后结账，她偶尔也会发现自己脑子里的那本账发生了几块钱的误差，但充其量只是几块钱，决不会更多了。

这本领是从哪儿来的？她不知道。

求学时代，她成绩并不出色。她曾在纽约断断续续读过一阵子高中，当时的大部分课程，她只能得个低分。就拿数学来说吧，那些规则、定理之类的东西，她从来没有掌握。她只会做飞快的速算，还会记数字。

公共汽车吃力地吼叫着，终于到站了，带来一股刺鼻的柴油味。胡安尼塔跟其他候车的乘客一起上了车。车里没有空座，站立的空间也挤满了人，她好不容易才抓住一个扶手。车摇摇晃晃地开过城市的大街，胡安尼塔还在继续费力地回忆，想啊，想啊……

明天会发生什么事情？迈尔斯对她说过，联邦调查局要派人来。一想到这儿，恐怖又攫住了她，脸色顿时紧张又忧郁地沉了下来，而刚才埃德温娜·多尔西和诺兰·温赖特都错把这副脸色看作敌意了。

她决定还是尽量少说话为妙。今天，当她发现没人相信自己以后，她就采取了这样的策略。

至于那台机器，测谎仪，她准备拒绝。对于这种机器的原理她虽一无所知，不过，既然谁也不肯理解、相信或帮助她，一台机器——银行方面的机器——还会有什么两样？

下了公共汽车，她急匆匆往三个街区外的幼儿园走去。早上来上班途中，她把埃斯特拉送进这儿，但今天下班迟，接得晚了。

她走进设在一幢私人住房地下室的幼儿园小游戏室，一个小女孩马上扑了过来。这幢房屋同本地区其他建筑一样，已经老朽破败了，可幼儿园的那几个房间收拾得很干净，光线也好。她选中这家幼儿园的原因就在于此，尽管它收费较高，给胡安尼塔带来很大负担。

埃斯特拉像平时一样兴奋得要命。

"妈妈！妈妈！看我画的，一列火车。"她用一只沾满颜料的手指指着，"还有一节'秀车'，里边还有个人呐。"

孩子长得瘦小，不像个三岁的小女孩，黑黝黝的皮肤像妈妈。那一对水汪汪的大眼睛老是显出惊讶的神情，对孩子说来，生活里每天都有新发现，因此每天都有新的乐趣。

胡安尼塔把孩子搂在怀里，柔声纠正她："是'守车'^①，亲爱的^②。"

周围一片寂静，显然，别的孩子都已被接走了。

幼儿园校董兼校长费罗小姐架子十足地走了进来，她皱着眉头故意看看表。

"努涅兹太太，我是出于特别照顾才同意让埃斯特拉比别的孩子晚走的，可今天这样太晚了……"

"真对不起，费罗小姐。银行里出了点事情。"

"我也有自己的事情。别的家长可全遵守规定，一到放学时间就来接孩子。"

"我保证以后不再发生这样的事。"

"好吧。不过既然你来了，努涅兹太太，我不妨提醒你，埃斯特拉上个月的费用还没付。"

"星期五我领了工资就来付。"

"抱歉我必须提起这件事，请你谅解。埃斯特拉是个乖孩子，我们都喜欢她。但我也有账要付……"

"我完全理解。星期五准付。我保证。"

"努涅兹太太，这两件事你可都下了保证啦。"

"是的，我明白。"

"那么好吧，祝你晚安。晚安，埃斯特拉小宝贝。"

费罗这个女人尽管古板得不通人情，幼儿园办得倒不错，埃斯特拉在那儿过得很好。胡安尼塔打定主意，这个星期的工资必须用来付幼儿园的费用，她刚才也立了保证。而这以后到下一次领工资，她就得想办法对付了。怎么对付呢？她也不知道。她这个出纳员的周薪是九十八元，扣除了税款和社会保险费，实得八十三元。这八十三元要用来付两人的伙食费、埃斯特拉的学费，还有她俩在东城新区租的这个无电梯通达的小套房租金。此

---

①挂在货车尾部的工作车厢。
②原文为西班牙语。

外，信贷公司也要来催逼欠款了，因为上一期的欠款她还拖着没去付。

卡洛斯在一年以前不声不响地出走了。丈夫遗弃她以前，胡安尼塔天真地同他合签了贷款借据。卡洛斯用贷款买了几套衣服、一辆旧汽车、一台彩色电视机。出走时，这些全被他席卷一空，留下胡安尼塔一个人没完没了地偿付着那笔分期归还的贷款。

她想自己应该到信贷公司去走一趟，要求减少每一期的偿付数。毫无疑问，对方不会有好脸色给她看，以前有过这种情况，可是别人再凶也只能忍受。

回家途中，埃斯特拉跳跳蹦蹦，兴高采烈。胡安尼塔一手握着女儿的小手，一手拿着小心卷好的女儿的图画。马上就到家了。一回到自己的公寓套间，两人先吃晚饭，接着总是在一起笑着玩儿。可是今晚胡安尼塔怎么笑得出来？

这时她才第一次想到要是丢了饭碗会发生什么样的后果，先前那种恐怖顿时加深了。她知道，失业这个可能性正现实地摆在自己面前。

她也明白，要想到别处去找个工作十分困难。其他银行姑且不谈，就是别的企业的老板也会去了解她以前在哪儿工作，他们会发现丢钱的事，然后将她拒之门外。

失业之后，她怎么办？怎么抚养埃斯特拉呢？

胡安尼塔猛地收住脚步，弯下身，紧紧地把女儿搂在怀里。

她暗自祈祷，但愿明天有人会相信她的无辜，有人会认清事实真相。

但愿有人，有人。

可是，这个人是谁呢？

第九章

亚历克斯·范德沃特此刻也在大街上。

午后不久同诺兰·温赖特开过会回来，亚历克斯就一直在自己的办公室里踱步沉思，设法把近来发生的一连串事情真正理出个头绪来。

班·罗塞利昨天宣布的消息是应该好好考虑的头号大事，再有就是这个消息在银行里造成的局面。另外，这几个月来在亚历克斯个人生活里发生的事情也该仔细想想。

往前踱十二步，往后踱十二步，来回不停，这是他的老习惯了。有一两次，他停下来，再次查看安全部头子同意让他带走的那几张键式伪造信用卡。信用赊账和信用卡是额外加在他身上的负担之一，这中间不只是伪卡，还有真卡。

代表真卡的，是几份广告样张，这几份广告样张现正摊在办公桌上。文字由奥斯汀广告代理公司拟就，目的在于鼓励键式信用卡顾客多用信用卡。

一则广告以这样的文字招徕主顾：

干吗要为钱费心？

使用键式信用卡

我们为你费心

另一则广告醒目地印着：

账单何需顾虑
键式卡出账自去

第三则广告发出如下呼吁：

既然明天的梦想今天就有能力实现
你还等什么？
请用键式卡
——现在！

另外还有那么五六则广告，大意都差不多。

亚历克斯·范德沃特颇为这样的广告文字担心。

这种担心当然不必化为行动，因为广告已由银行的键式部批准，只不过是送到亚历克斯这儿来让他过过目罢了。至于所有步骤，几个星期前也已由银行董事会作了决定，目的在于增加键式部的盈利额，眼下，就和所有其他信用卡项目一样，它还处于初创阶段，常发生亏损。

可是亚历克斯疑虑重重：董事会可曾设想过要搞一场如此大张旗鼓、不顾后果的广告推销活动？

他把那几则广告样张叠好，塞回到送来时用的文件袋里。今晚回到家以后得再考虑考虑，届时还可以听到另一人的意见，他知道，此人意见可能十分强烈，这人就是马戈特。

马戈特。

一想到她，亚历克斯自然又联想起班·罗塞利昨天宣布的消息。这消息就像一帖清醒剂，即使亚历克斯想到生命的脆弱和短暂，想到死之必然，同时也给他指出了不测之祸总是近在眼前的。他为班老头难过，同时，老头儿无意中又一次唤起了一个他常常浮上心头的问题：亚历克斯是不是应该和马戈特开始一种新的生活？要不就再等一阵子？可是还有什么可等呢？

等西莉亚吗？

他已经不下一千次问过自己这个问题了。

亚历克斯眺望着城市的那一头。他知道西莉亚此刻就在那里。她在干些什么？目前情况怎样？

要知道她的情况并不难。

他走回到办公桌前，拨了一个他熟记在心的电话号码。

接电话的是个女人："治疗中心。"

报过自己的名字，亚历克斯说："我想请麦卡特尼医师听电话。"

稍过片刻，听筒里传来一个男子的声音，安详而有力："亚历克斯，你现在在哪里？"

"在办公室。我坐在这儿办公，想念起妻子来了。"

"我问你人在哪里，因为我今天正想给你打个电话。我想请你来一次，看看西莉亚。"

"上次我们谈话，你说过不让我去。"

精神科医生彬彬有礼地纠正他："我当时是说在一段时间里你最好不要来看望你妻子。因为，大概你也记得，在那以前，你的几次来访不但对她没有好处，反而使她更加烦躁不安。"

"我记得，"亚历克斯迟疑片刻之后承认，接着又问，"情况有变化了？"

"是的，有变化。我真希望能告诉你有所好转。"

这已不是第一次医生说他妻子的情况有变化，因而亚历克斯听后有些麻木。"什么样的变化？"

"你夫人变得更加沉默寡言，几乎已经完全逃离了现实。所以我觉得你来一次可能有好处。"马上，精神科医生又改口说，"至少不会有什么坏处。"

"好吧，今晚我来。"

"随便什么时候都行，亚历克斯。来的时候上我这儿来坐坐。你知道，咱们这儿没有固定的探望时间，规定少得不能再少了。"

"这我知道。"

他挂上电话，心想：正是由于治疗中心这种不拘泥形式的随和气氛，自己才选中了它。那差不多已是四年以前的事情。当时，西莉亚得病，自己必须作出一个痛苦的决定。治疗中心有意营造一种非医院式的气氛，这儿的护士不穿白大褂；在许可范围内，病人可以自由走动；医护人员还鼓励他们爱干什么就干什么；除了偶尔有些例外，家属亲友随时都可以来探望；甚至"治疗中心"这个名字本身也有用意，目的在于和令人望而生畏的"精神病医院"相区别。选中治疗中心另外还有一个原因，那就是蒂莫西·麦卡特尼医师是个聪明能干且富于创新精神的年轻人，他带着手下那一批专家找到了对付经过常规治疗无效的精神病的办法。

治疗中心规模很小，病人从不超过一百五十名。但是，同病人数字相比，医护人员却很多。从某种意义上说，它有点像一座分小班上课的学校，学生可以在这儿接受在别处无法得到的个别辅导。

建筑是现代化的，还有几座很大的花园。在经费和想象力许可的范围之内，一切都安排得不能更舒适了。

治疗所由私人开办，收费高得吓人。但不管在当时还是现在，亚历克斯打定了主意，无论如何要让西莉亚得到一流的治疗。他认为这是自己有能力负担的基本义务。

下午余下的时间里，他处理了一些银行业务。六点刚过，他就离开美利坚第一商业银行总行。他向司机说了治疗中心的地址。汽车在拥挤的大街上缓慢地驶行，他打开晚报边读边赶路。银行车库里备有配司机的轿车随时供他使用，这是副总经理享受的特别优待，亚历克斯喜欢这一套。

从正面看，治疗中心像一座典型的私人大宅，除了一块门牌，没有任何别的标志。

一个身穿彩色印花布衣服的窈窕金发女郎开门让他进去。女郎左肩附近衣服上缀着一枚作为徽章的小别针，因而他知道她是护士。医护人员同病人在穿戴方面只允许有这样一枚小别针的差别。

"医生关照过，说您要来，范德沃特先生。我这就带您去见您太太。"

他跟着护士沿着一条陈设不俗的走廊走去，走廊以黄绿两色为基调，沿墙的壁龛里摆着鲜花。

"我听说，"他说，"我妻子没有多大好转。"

"恐怕是这样。"护士斜睒他一眼，他觉得对方的眼光里充满着怜悯。可是怜悯的对象是谁呢？如同往常一样，他觉得自己一踏进这个地方，那种天生的感情洋溢的性格顿时就化为乌有。

他们来到一个侧翼，这样的侧翼共有三个，从居中的接待室向外伸展出来。护士在一扇房门前停下。

"您太太在房里，范德沃特先生。今天一天真够她受了。请记住这一点，要是她不肯……"护士没把话说完，轻轻碰了碰他手臂，带他走进屋去。

治疗中心采用两人一间或一人一间的病房制度，根据与他人合群对病人有没有好处来安排。西莉亚初来时住双人病房，但是效果不好，因此现在住进了单人病房。房间虽小，布置却舒适宜人，也不像一般病房那样千篇一律。房间里放一张长沙发，一把配有搁脚小凳的高背圈手椅，一张牌桌，还有几个书架。墙上挂着印象派的绘画。

"范德沃特夫人，"护士轻声说，"您丈夫看您来了。"

房间里的人既不动，也不作声，一点反应也没有。

亚历克斯已经一个半月没见到西莉亚了，尽管他已有思想准备，知道情况又进一步恶化，但妻子的样子仍使他心里发凉。

她坐在长沙发上——如果这种姿势可以称之为坐的话。她的身子转向一旁，背朝房门，双肩拱起，低垂着头。她把双臂交叉在胸前，右手抓着左肩，左手抓着右肩。她蜷缩着身子，双腿收起，膝盖碰着膝盖，一动也不动。

他走到妻子身边，把一只手轻轻搭在她肩上说："嘿，西莉亚，我是亚历克斯。我一直挂念着你，所以来看看。"

她语调低沉、毫无表情地说出一个"噢"字，还是一动也不动。

他稍微多用点力，按按妻子的肩膀。"你不愿转过身来看看我吗？咱俩坐在一起谈谈吧。"

他明显感到，西莉亚的身子一阵紧张，蜷缩的姿势变得更加僵硬，这就是妻子唯一的反应。

亚历克斯注意到妻子的皮肤带上了斑驳的颜色，金色的头发也只是潦草地梳了几下。即使这样，她那种娇弱的风韵还尚未失尽，不过看来这点风韵的寿命也不会长了。

"好久以来，她一直是这副神态吗？"他压低嗓门问护士。

"今天全天和昨天一部分时间一直这样，别的时候也有过这种情况。"接着，护士又漠然补上一句，"她觉得这样舒服些，所以你最好别去管她。就这样坐下谈吧。"

亚历克斯点点头。他走到圈手椅旁，坐了下来。护士蹑手蹑脚走出房间去，轻轻把门带上。

"西莉亚，上星期我去看了芭蕾舞，"亚历克斯说，"演的是《葛佩莉亚》。娜塔莉亚·玛卡洛娃演主角，伊凡·纳吉演弗朗兹。这两人合作真是出色，当然，音乐也好极了。我想起你过去多么喜欢《葛佩莉亚》这个芭蕾舞剧，这是你最喜欢的剧目之一。你还记得婚后不久的那个夜晚吗？你我两人……"

即使在此刻，他还能清晰地回忆起那个夜晚西莉亚的穿着打扮：一件淡绿色的长袍上镶着金片，闪闪发光。和平时一样，她像个飘然欲仙的美人，窈窕而纤弱，似乎只要他把头转过去，一阵轻风就会把她偷偷带走。不过在那时，他是难得把头转过去的。当时，两人结婚才半年，遇到亚历克斯的朋友，她还有些羞答答，所以有时几个人碰在一起，她就会紧紧偎依着丈夫。由于她比亚历克斯年轻十岁，做丈夫的也不以为意。何况，当时他之所以爱上她，原因之一也在于她的羞怯娇态。

对于妻子凡事都要依靠丈夫的特点，他甚至还觉得自豪。可是很久以后，她仍然是这副样子：畏畏缩缩，不知所措，而在他看来，这又毫无道理。这样，他的不耐烦情绪才形诸于色，而到最后终于发火了。

　　他多么不理解妻子啊！简直到了可悲的地步。要是稍微有点观察能力，他本该意识到在他俩相识之前西莉亚的生活环境同自己完全不一样，因此她对于丈夫认为理所当然的那种繁忙的社交和家庭生活毫无思想准备。对西莉亚说来，这一切全是新奇的，令人眼花缭乱，甚至有时让她惊慌失措。她原是小康之家的独生女，父母不大与人交往。她本人曾在修道院学校求学，从未领教过大学生活潜移默化的影响。在认识亚历克斯之前，西莉亚肩上没有压过任何担子，社会经验几乎等于零。婚后生活使她那种天生的神经质性格有了进一步的发展；与此同时，缺乏自信和疑惧重重的特点与日俱增。最后，根据精神科医生的诊断，一种遇事束手无策的思想负担终于化作有罪心理，使她的精神发生了分裂。事后回头想想，亚历克斯深感内疚，他本可以不花多大气力给西莉亚一些指点，让她不要紧张，使她安下心来。当妻子最需要帮助的时候，他却无动于衷，一心忙于自己的事业，雄心勃勃，无暇旁顾。

　　"……所以说，西莉亚，上星期那出戏看得很不是滋味，因为你我不在一起……"

　　实际上，《葛佩莉亚》是亚历克斯和马戈特一起看的。亚历克斯认识这个女人已有一年半时间。马戈特为人热情奔放，她填补了亚历克斯生活中长期以来存在的空白。要是没有马戈特或是别的女人，亚历克斯——这个有血有肉的凡人——也会发疯的。又或者这是自欺欺人，是自我开脱的借口。

　　但不管是哪一种，此时此地决不能提到马戈特的名字。

　　"哦，对了，西莉亚，不久前我见到过哈林顿夫妇。你记得约翰和爱丽斯这一对吧。他们告诉我说夫妇俩到斯堪的纳维亚去过，探望爱丽斯的父母。"

　　"哦。"西莉亚语调平平地吐出一个字。

　　她蜷缩的姿势丝毫不变，可是显然在听着丈夫说话，因而他还是接着往下说。但说话时不免半心半意，因为说话的同时他正在问自己：这一切是怎么发生的？究竟是什么原因？

"银行里近来很忙，西莉亚。"

在他看来，原因之一是他埋头干自己的工作，这样西莉亚就只得独守空帏，度日如年，婚后生活便越来越不美满。现在他认识到，那正是妻子最需要丈夫关心的时候。事实上，对于丈夫难得在家做伴，西莉亚总是不声不响地忍受，可同时却变得更加缄默、更加胆怯，整天埋头读书，要不就长时间看着花草树木不肯走开，好像要亲眼看它们生长似的。不过，偶尔也会出现完全相反的情况，她会无端兴奋起来，唠叨个没完，而说出话来往往又前言不搭后语。在这种时候，西莉亚似乎具有不同寻常的精力。但是这种精力来得突然，去得也突然。一旦精力用完，她就再次陷入沮丧和孤独。两人感情上的交流和夫妇关系就在这种过程中渐趋消失。

就在那个阶段——现在回想起来真是让他抱愧无穷——他提出要离婚。西莉亚顿时目瞪口呆。于是，他只好暂时把这个话题搁起，心想情况也许会有所好转，无奈事与愿违。

直到最后他才偶然想到，也许得找精神科医生给西莉亚诊治一下，他这么想，也这么做了。直到这时，妻子的病情方才真相大白。做丈夫的悲痛交加，一时，爱情又回到了他身上，但是为时已晚。

他时而也有过这样的想法：也许打一开始就为时已晚；即使自己待妻子更好些，对她的处境更谅解一些，也不会有多大的作用。但是这些都是无法确知的事情了。他永远无法使自己相信，他已仁至义尽地作了最大努力；为此，紧紧缠绕着他的罪恶感也就永远无法摆脱。

"大家好像都在为金钱费心思，怎么花钱啦，借钱啦，贷款放债啦。不过我看这也没什么稀奇，开银行就是为了这个。不过，昨天发生了一件不愉快的事。银行总裁班·罗塞利告诉我们说他得了不治之症。他召集大家开会，接着……"

接着，亚历克斯就把董事会议室里的那一幕以及会后的反应说了一遍。然后，他蓦地收住嘴。

西莉亚居然筛糠般地颤抖起来，身子一前一后地摇晃着，发出一种既像呻吟又像悲号的声音。

由于他提到银行她受不了了？他曾把自己的精力倾注在一家银行，从而在夫妇两人间造成了更大的隔膜。但那是另一家银行，就是联邦储备银行。可是对西莉亚说来，不管哪家都一样。还是因为他提到了班·罗塞利？

老头儿死期已近。西莉亚还能活几年呢？也许还有好多年。

亚历克斯暗自想道，她很可能比自己活得长，就这样一年一年拖下去。她看上去简直与猪狗没什么两样。

怜悯之情烟消云散，无名之火油然而生。这是一种怒气冲冲的烦躁情绪，婚后生活失和就同这种情绪有关。"看在上帝的分上，西莉亚，好好控制住你自己！"

她还是一面颤抖，一面呻吟。

他恨她！她已不像个人了，可仍然阻挡在他前面，使他无法享受真正的生活。

亚历克斯站起身，粗暴地按了按墙上的电铃，他知道一按铃就会来人。接着，他以同样粗暴的动作大步往门口走去。

回过头，他看着自己曾经热恋过的女人，他的妻子西莉亚，看着她如今的这副可怜相，看着横在两人中间那道无法填补的鸿沟。他收住脚步，不禁失声痛哭。

这是怜悯的痛哭，也是悲伤和内疚的痛哭。刚才那一阵子怒气发泄完了，对妻子的恨也被冲刷得干干净净。

他回到长沙发边，跪在她跟前，央求道："西莉亚，饶恕我吧！哦，上帝，饶恕我吧！"

他觉得有人用手轻轻按了按自己的肩，接着便听见那位年轻女护士的声音："范德沃特先生，我看你该走啦。"

“白开水还是苏打水，亚历克斯？”

“苏打水。”

在麦卡特尼医师的诊察室里，医生从小冰箱里取出一瓶苏打水，用开瓶器啪地打开瓶盖，把苏打水倒进一只玻璃杯。杯里盛着一大口的苏格兰威士忌，掺进苏打水后，他又往酒里加了冰块。医生把酒杯端到亚历克斯面前，然后又把剩下的苏打水倒出，不掺酒，准备自己喝。

蒂姆·麦卡特尼身高六英尺五英寸，肩宽胸阔，像个橄榄球运动员，还有一双大手。作为一个大块头，他的行动倒是既敏捷又熟练。他是治疗主任，相当年轻，按亚历克斯的猜测，不过三十五岁上下。可是他的态度和声音却显得十分老练，双鬓处一律向后梳齐的褐色头发也已开始花白。也许是多次找人这样讨论病情的结果吧，亚历克斯一边想，一边心怀感激的呷了口酒。

房间里镶着护壁板，灯光柔和。房间的色调比走廊和他房间更为素淡。一面墙壁前摆满了书架和报刊架，其中最显眼的是弗洛伊德、阿德勒、荣格和罗杰斯四人的作品。

刚才同西莉亚见面的那一幕使得亚历克斯此刻尚无法安静。不过，那种可怕的场面在某种意义上已显得不那么逼真了。

麦卡特尼医师回到办公桌后坐下，他把椅子转过来，面朝着坐在沙发上的亚历克斯。

“我首先应该向你说明，对你太太病情的总的诊断结论同以前一样，仍然是神经紧张型的精神分裂症。你大概还记得咱们以前曾经讨论过这种病。”

“是的，这些术语我全记得。”

“我尽量不再用术语跟你说话。”

亚历克斯摇动玻璃杯里的冰块，又喝了一口。酒一下肚，他觉得浑身热辣辣的。

“把西莉亚目前的情况说给我听听。”

“可能你会觉得难以置信，不过，尽管你太太的情况看上去不妙，相对说来，她倒是挺自在的。"

"是的，"亚历克斯说，"这种说法的确难以置信。"

精神科医生平静地自顾自说下去："自在本身就是相对的，对我们大家来说都是这样。西莉亚现在获得了某种安全感，既没有任何要她操心的事，又不必同其他人打交道。她可以完全按照自己的心愿和需要，退缩到她自己的精神世界里去。近来她所采取的体态姿势，刚才你也看到了，是标准的胎儿姿势。摆出这样的姿势，她觉得舒服。当然，为她的身体着想，我们还是尽可能劝她改变姿势。"

"不管她是不是舒服，"亚历克斯说，"事情的关键在于经过四年一流的治疗之后，我妻子的病情仍然每况愈下。"他逼视着对方，"是不是这么一回事情？"

"很不幸，正是这么一回事。"

"到底有没有恢复的现实可能性？西莉亚还能不能过上一种正常或者接近正常的生活？"

"从医学角度说，可能性总是存在的……"

"我说的是现实的可能性。"

麦卡特尼医师叹口气，摇头说："没有。"

"多谢你直截了当地回答我的问题。"亚历克斯顿了一顿，又接着说，"根据我的理解，西莉亚已成为——我想，照你们的说法叫作'顽症病人'。她逃离现实，对于外界的一切，既不知道，也不关心。"

"顽症病人这个词让你用对了，"精神科医生说，"可是其他方面却没说对。你太太并没有完全遁世，至少目前还没有。对于外界事物，她仍然知道一些。她还明白，她有一个丈夫。我还跟她谈起过你。不过，她认为你根本不用她插手就完全能够照料自己。"

"这么说，她并不为我操心？"

"总的说来：不。"

"要是听说丈夫跟她离婚，另外娶了妻子，她会怎么样？"

麦卡特尼医师踌躇片刻后答道："这将意味着她跟外界的最后一点联系也被割断，从而可能推着她越过边缘，把她完全逼疯。"

房间里出现了冷场。亚历克斯身子前倾，双手掩面。接着，他把双手挪开，扬起头来，不无嘲弄地说："如果一个人要求别人直截了当回答他的问题，我想别人是会跟他开诚布公的。"

精神病医生点点头，脸色严肃。"亚历克斯，我是看重你才认为你刚才那几句话不是说着玩儿的。换了别人，我也不会这么直言不讳。不过，我得补充说明，我刚才的判断也可能不对。"

"蒂姆，做丈夫的到底该怎么办？"

"你这是一般的感叹还是要人回答的问题？"

"是个问题。向你请教。记在我账上好了。"

"今晚咱们谈话不记账。"比亚历克斯年轻的精神科医生微微一笑，接着就边考虑边谈了起来，"你是问：做丈夫的要是处在你这样的位置该怎么办？首先，当然是要尽力找出妻子的病因，这一点你已经做到了。下一步就应该做出决定，而做出决定的依据应该是在他看来怎么做才算公平，才符合双方——包括他自己在内——的最大利益。不过，在下决心的时候应该想到这样两点：第一，倘若他是个正派人，那么他的内疚感很可能是经过夸大的，因为真正讲究良心的人总有自责过严的习惯。另外一点是，有资格挤进圣贤行列的人屈指可数，你我这样的人大多数生来就不是当圣贤的料。"

亚历克斯问："你不愿再往下说了？不能说得更具体些吗？"

麦卡特尼医师摇摇头。"只有你本人才能作出决定。最后那几步总得由自己去走才行。"

精神科医生看看手表，从转椅里站起身来。几秒钟之后，两人握握手，道过晚安，分别了。

治疗中心外面，亚历克斯的轿车已经发动，车内暖烘烘的十分舒适。司机正等着他。

第十章

"毫无疑问,"马戈特·布雷肯叫嚷着,"真是他妈的大杂烩,诈骗加谎言!"

她低头看着他,双手叉着细腰,两肘突出,小脸蛋气势汹汹地伸到他面前。这女人体态妖冶,亚历克斯·范德沃特暗自把她叫作"苗条娘们"。她五官长得匀称,轮廓清晰,下巴尖尖地突出在外。嘴唇虽稍嫌细薄,但是总的说来那张嘴还是挺逗人喜爱的。长得最美的是那双大眼睛,绿色中透出金黄,睫毛又密又长。此刻,这双眼睛正喷射着怒火。

看着马戈特生气时这副精神十足的样子,亚历克斯不由得动了邪念。

马戈特攻击的对象正是亚历克斯从美利坚第一商业银行带回家来的那一套键式信用卡的广告样张,这几张广告此刻正四散摊在他公寓套房起居室的地毯上。马戈特的到来和她充沛的精力,对几个小时前经历了一阵磨难的亚历克斯来说,正是他所需要的调剂。

他告诉她:"布雷肯,我料到你不会喜欢这些广告。"

"不喜欢?我唾弃这些东西。"

"为什么?"

她把一头栗色的长发习惯性地往后一拢。一小时以前,马戈特双脚一踢，甩脱了鞋，此刻这个五英尺二英寸的女人挺直身子站在那儿，脚上只穿一双袜子。

"好吧，请你看看！"她指着那则一开头就写着"既然明天的梦想今天就有能力实现，你还等什么"字样的广告说："这是什么？全是骗人的鬼话。真是挖空心思，厚颜无耻！硬要放债给别人！这是设圈套让那些轻信的可怜虫去上当。不管什么人，梦想一定要花大价钱实现。正因为要花大价钱，才是梦想！要实现梦想，要么眼下就有这笔钱，要么有把握能弄到这笔钱。"

"这个主意让人家自己去拿不好吗？"

"不！人家看到这种颠倒黑白的广告会上当的，还怎么让他们拿主意？你们的广告存心就是给这些人看的。他们不识世故，一听别人怎么说就动心，只要看到印刷品就以为这里边的内容准错不了。我知道这情况。在干律师的过程中，这样的人我见得多了，全是来托我代理案子的。当然，我这个律师当得不好，赚不了钱。"

"咱们键式信用卡的客户跟那些人也许不一样吧。"

"见鬼！亚历克斯，你自己也明白这不是事实。眼下，持有信用卡的恰恰就是那些最没有资格赊账的可怜虫。这都是你们这些人大吹大擂的结果，就差没上大街把信用卡硬往别人手里塞了。倘若你们接着就这么干起来，我也不觉得奇怪。"

亚历克斯咧嘴一笑。他喜欢跟马戈特唇枪舌剑地顶嘴，总是设法不让辩论冷却下来。"我去告诉银行里的人，好好考虑一下你的意见，布雷肯。"

"我希望别人考虑的是那种夏洛克式的百分之十八的利息，各家银行的信用卡都采用这样的利息率。"

"这一点咱们以前辩论过了。"

"是辩论过。可是我没有听到任何令人满意的解释。"

他针锋相对地反击："也许你压根儿没好好听。"不论马戈特在辩论的时候样子是可爱还是不可爱，这女人总有办法惹得他发火，因此有时候两人会从唇枪舌剑发展到拳打脚踢。

"我跟你说过，信用卡是一种一揽子式的商品，提供各种各样的便利，"亚历克斯固执地说，"倘若你把这些便利放在一起考虑，咱们定的利息率并不过高。"

"如果你是付息的一方，你就会觉得利率高得要命！"

"谁要是不愿付利息，那就别去借钱！"

"我不是聋子，用不着大叫大嚷。"

"那好吧。"

他吸了一口气，暗暗打定主意不让这场辩论闹到不可收拾的地步。另外，尽管他反对马戈特的某些观点，认为从经济学、政治学和其他各方面看来，这些观点有些左倾，但与此同时，他也发现马戈特的直率言词和那种律师的犀利头脑对他自己考虑问题不无帮助。马戈特是开业律师，这让她有机会同那些他无法与之直接接触的人打交道；她为人代理诉讼，主要服务对象是城里没有特权的穷苦平民。

他问马戈特："再来一杯科涅克白兰地怎么样？"

"好吧。"

时近午夜。这是一组供单身男子使用的公寓套房，小巧舒适，陈设豪华。壁炉里刚才火光熊熊。这时，火势已很小了。

一个半小时以前，两人在这儿吃了一顿误了时的晚饭，饭菜是由公寓大楼底层一家餐馆送来的。亚历克斯订了一瓶高级的波尔多葡萄酒，是格鲁阿·拉罗斯葡萄园一九六六年出品的。

除了摊着键式部广告样张的那一块地方，房间里灯光幽暗。

亚历克斯往两人的玻璃杯里重新斟满白兰地酒，又回到刚才辩论的题目上来："要是信用卡账单一到就按期付款，那就不存在付利息的问题。"

"你是说，按账单如数照付？"

"对。"

"可是，有几个人是如数照付的？多数人图省力，不是都只付账单上标出的'最低限度结清额'吗？"

"不错，很多人只支付最低限度结清额。"

"而把余下的那一部分转入欠账。你们吃银行饭的人就希望别人转账赊欠。不是吗？"

亚历克斯承认："是的，是这样。话说回来，银行总得设法赚钱啊。"

"我晚上常常睡不着觉，"马戈特说，"老是担心，唯恐银行赚的钱还不够多。"

他笑了。马戈特却一本正经地往下说："我说，亚历克斯，成千上万本不该欠债的人因为用了信用卡，如今债台高筑，多少年也还不清。多数情况下，信用卡都被用来买那些微不足道的东西：小铺子里的杂货啦，唱片啦，五金工具啦，书本啦，要不就凭信用卡去吃饭，或者买些零碎。他们这么干，部分原因是不明真相，部分原因是小额赊账得来全不费功夫。可就是这一笔一笔的小数目，本可立付现金，却日积月累筑成了债台，压得那些做事情不用脑子的人一蹶不振，多少年也透不过气来。"

亚历克斯双手捧着杯子，暖着杯里的白兰地酒。他呷口酒，站起身来，往炉火里添了一块木柴，表示异议说："你担心得太多啦！问题并没有这么严重。"

但是，在心底里，他承认马戈特的话有些道理。就像一首古老的歌谣里唱的那样，矿工一旦"把他们的灵魂出卖给矿主开的店铺"，一种新的债户阶层就此形成，这些人像患了慢性病，天真地把自己今后的生命和收入统统抵押给"矿上那家够朋友的银行"。事情发展到这种地步，原因之一是信用卡已在很大程度上取代了小额贷款。过去，谁要是贷款过多，银行就会出面劝阻。如今，这些人爱借多少，就借多少，主意全由他们自己拿，而他们又往往会作出一些愚蠢的决定。亚历克斯知道，社会上有那么一些观察家，他们认为信用卡制度导致美国人道德的堕落。

当然，对银行说来，信用卡的代价要小得多，而通过信用卡途径赊账借钱的小额贷款客户付出利息之高远非一般贷款可比。事实上，银行的全部息金进款常高达百分之二十四，这是因为接受信用赊账的商号各自还另向银行缴纳一笔钱，数目自百分之二至百分之六不等。

由于这些原因，美利坚第一商业银行等银行都依靠信用卡业务来扩大利润，在今后的几年里还将进一步这样做。毋庸讳言，搞信用卡这个办法，起初总要亏蚀相当数目的钱，银行家们常把这称为"洗去晦气"。不过这些人心里明白，大笔利润即将到手，和银行里的大多数其他业务相比，信用卡更像棵摇钱树。

银行家们还认识到，信用卡这个办法是通往电子转账系统的必由之途。这种系统将在十五年左右时间内取代票据繁多的现行银行系统，使目前流通的支票和存折之类成为 T 型汽车式的过时货。

"够啦，"马戈特说，"咱俩简直像开股东会议了。"她走到他身边，用亲吻封住了他的嘴。

刚才那阵激动的辩论，已经煽起了他的欲念，他俩第一次的关系就是这么开头的。过了一会儿，他嗫嚅着说："我宣布股东会议到此结束。"

"不过……"马戈特挪开身子，顽皮地看着他，"还有点事情没决定下来，亲爱的。就是这些广告。你总不会就这样把它们发到社会上去吧？"

"不会，"他回答说，"我想我不会的。"

键式部的广告采用了强行推销，做得是太过分了。明天早上，他将行使自己的权力，将这些广告全部否决。他意识到，自己原来就准备这样做，马戈特只不过使他进一步确定了自己下午的看法而已。

刚才投入壁炉的那块木柴发出熊熊火光，毕剥作响。两人坐在壁炉前的地毯上取暖，看着火舌在炉中欢跳。

马戈特把头靠在亚历克斯的肩上，柔声说："作为一个死气沉沉的老钱商，你这人实在还不坏。"

他伸出手臂搂着她："我也爱你，布雷肯。"

"真心爱吗？凭银行家的信用？"

"以头号优惠利率发誓。"

"那就来爱吧。"

他调皮地轻声问："这儿？"

"干吗不呢？"

亚历克斯美美地吐出一口气："说得对，干吗不呢？"

过了一会儿，他觉得发泄够了，那种乐趣同白天的精神痛苦真有天壤之别。

又过了一会儿。两人搂在一起，分享着彼此的体热和炉火的温暖。最后，马戈特身子动了动，说："我以前说过，现在愿意再说一遍：你真是个甜蜜的爱人。"

"你也不错嘛，布雷肯。"他接着问，"今晚不走了吧？"

她常在这儿过夜，亚历克斯也不时宿在马戈特的公寓里。有时想起来实在有些荒唐：两人干吗还分开过日子呢？可是，他就是拖拉着不愿同居，总想设法先和马戈特结了婚再说。

"我待一会儿，"她说，"但是不能过夜。明天一早得到法院去。"

马戈特常出庭。一年半以前，两人正是在马戈特一次出庭后结识的。此前不久，马戈特曾为六七名参加示威游行的人辩护，这群被告在一次要求完全赦免越南战争逃兵的群众集会上同警察发生了冲突。她慷慨陈词，不但为参加了示威游行的被告辩护，还为他们所从事的事业据理力争，从此，女律师声名大噪。案件以她的胜利告终，被告被宣布无罪。

几天后，埃德温娜·多尔西和她丈夫刘易斯举行鸡尾酒会。马戈特到场了。在熙熙攘攘的人群里，马戈特身边既有捧场的人，也有批评者。

她是独自前来参加酒会的。正巧，亚历克斯也是单身客人。亚历克斯听说过马戈特其人其事，但直到后来才发现她原来是埃德温娜的表妹。他一边端着一杯多尔西夫妇招待客人的高级斯希兰姆斯堡酒细品慢饮，一边听别人谈话。听着听着，他加入了批评马戈特的人们一方。不久，其他人都退下了，让亚历克斯和马戈特两人唇枪舌剑地单独辩个水落石出。

辩论过程中，马戈特曾不客气地问道："你到底是什么人？"

"一个普通的美国公民。不过，我认为，在军队里纪律制裁是必要的。"

"即使在一场像越南这类不道德的战争中也要讲究这一套吗？"

"道义是非不是由士兵决定的，士兵只要按照命令办事就得了。要不就会乱了套。"

"不管你是什么人，你这论调真像纳粹。二战以后，我们处决过许多德国人，他们曾搬出你刚才这套说法来进行自我辩护。"

"这完全是两码事。"

"不，情况完全一样。纽伦堡审判时，盟国方面坚持认为德国人本来应该听从良心的嘱咐，拒绝执行命令，而逃避越南征兵的人和越战逃兵正是这样干的。"

"美国军队并没有去灭绝犹太人。"

"不假。可灭绝的是普通的村民。在美莱村和其他地方都发生过这类事件。"

"战争都是肮脏的。"

"但是越南战争比其他许多战争更为肮脏。从最高统帅一直到下面都是这样。不少美国青年显示了非凡的勇气，情愿按良心的嘱咐行事，不愿参加战争，道理就在这儿。"

"他们别指望得到无条件赦免。"

"他们应该得到无条件赦免。不要多久，当正义占上风时，他们也势必得到赦免。"

两人面红耳赤地争论不休，直到埃德温娜走到他俩中间，介绍两人互相认识为止。介绍完毕，争论又起，就连在亚历克斯开车送马戈特回家的途中，这场争论仍未停息。到了马戈特住的公寓，两人还差一点儿动手扭打起来，可是突然双方都感到肉欲掩盖了其他的一切，于是就昏天黑地相爱了一阵，弄到精疲力竭为止，同时双方都已意识到两人的生活从此将发生重大的变化。

那一次以后，亚历克斯改变了先前激烈的观点。如同其他理想幻灭的温和派一样,他也看到了尼克松所谓"光荣的和平"多么空洞,多么虚伪。再往后,发生了水门事件以及其他与之有关的丑剧。这时,事情就更清楚了:那些下达"不准赦免"命令的政府最高级人士作恶多端,其罪责比任何越南逃兵要严重得多!

自从两人第一次见面之后,在不少其他场合,马戈特都曾用自己的论据改变了他的观点,扩大了他的眼界。

此刻,在公寓套房的单人卧室里,她从柜子抽屉里挑出一件长睡袍,那抽屉是亚历克斯专门留着给她用的。换上睡袍后,马戈特扭熄了灯。

两人无声无息地躺在黑暗里,享受着偎依的乐趣。过了一会儿,马戈特问:"今天你去看过西莉亚,是吗?"

他觉得奇怪,转过身来反问她:"你怎么知道?"

"从你脸上总看得出来。这滋味确实不好受。"她又问道,"愿意谈这个话题吗?"

"没什么,"他回答说,"谈吧。"

"还在责备你自己?"

"是的。"他把白天同西莉亚见面的情景,以及后来同麦卡特尼医师的谈话和精神科医生关于离婚及他的再婚可能会给西莉亚带来何种影响都对马戈特说了。

马戈特断然说:"那你无论如何不能同她离婚。"

"要是不离婚,"亚历克斯说,"你我两人就谈不上白头到老。"

"为什么谈不上?我早就对你说过,咱俩的关系完全可以按你我的心愿,要维持多久就维持多久。婚姻已不再是永久性的结合。除了少数几个老得没牙的主教以外,今日之下,谁还相信非结婚不可?"

"我就相信,"亚历克斯说,"我很看重婚姻,希望咱俩能正式结为夫妇。"

"那就按咱们自己的方式结婚。可是,亲爱的,我不需要一纸法律文件证明我的已婚身份。那种法律文书我见得多了,才不在乎呢!我已经说过，我准备跟你一起过日子，心甘情愿，相亲相爱。可是，让我动手把西莉亚残存的那点理智推进无底深渊，从而背上包袱，还要拖着你受同样的罪，我不干。"

"我明白，我明白。你的话总是有道理的。"他的回答似乎有些言不由衷。

她温柔地安慰他："我们目前的关系，让我比有生以来任何时候都愉快。不满足现状的是你，不是我。"

亚历克斯叹口气，很快睡着了。

听到他已经熟睡，马戈特起身换上衣服，轻轻吻了吻亚历克斯，打开门走了出去。

第十一章

这天夜里，亚历克斯·范德沃特独睡了半夜，而罗斯科·海沃德却是整夜拥衾独睡。

不过，此刻他还没上床。

海沃德的家在市郊的谢格山庄。这是一幢设计得杂乱无章的三层楼房。这会儿，他正坐在那间用作书房的陈设简单的小房间里，面前是一张皮台面的书桌，桌上摊着一大堆票据。

差不多两个小时以前，他的妻子比阿特丽斯自顾自上楼去睡觉，并把卧室的房门锁上了。自从十二年前夫妇两人谈妥自愿实行分居以来，她的房门每夜必锁。

比阿特丽斯这一招很能说明她的为人，确实太不像话，可是海沃德从不往心里去。早在分居以前，两人的性生活渐渐减少，从有到无，实际上已经不存在了。

海沃德偶尔也会想起夫妇失和的僵局。在这种时候，他总认为，事情主要是由比阿特丽斯挑起的。早在结婚初期，她就明确表示过对于夫妇房事这一套她从心底里厌恶，尽管她时而也有肉欲。她还暗示过，自己坚强的个性迟早总会战胜丑恶的肉欲。后来，果真如此。

海沃德难得有纵情遐想的时候。不过，有那么一两次，他也想到过他们的独子埃尔默。儿子似乎反映了比阿特丽斯对于丈夫逼着她怀孕生育所抱的态度，认为这是对自己肉体粗暴的无端侵犯。埃尔默年近三十，是个持有资格证的会计师。他对周围的事情全看不惯，那副高傲的样子，仿佛是要用两个手指捂住鼻子来避开俗世的臭气。就连罗斯科·海沃德本人有时也觉得儿子的态度有些过分。

对海沃德说来，剥夺他享受夫妇生活的权利，他完全可以安之若素。

这里有两个原因，一是因为十二年前，他正处于一个转折点上，夫妇情爱之类的事情已完全可有可无；二是因为当时支配他的主要动力已不是其他，而是如何在银行里飞黄腾达。这样，他的情欲就像一台渐渐搁置不用的机器，慢慢平息下来。到如今，这种欲望难得重新抬头，即使真的重新抬头，也微不足道，只不过令他不无感伤地回想起自己一生中幕落收场过早的某个阶段而已。

不过，海沃德承认，比阿特丽斯在其他方面倒很有一些可以供他利用的地方。她出身于波士顿一个无懈可击的名门，青年时代，以适合她身份的排场，作为初入社交界的大家闺秀，正式踏上社会。就在那次舞会上，年轻的罗斯科穿着燕尾服，戴着白手套，身子挺得笔直，被介绍给比阿特丽斯正式结识。这以后两人约会过几次。但每次相遇，小姐总由一位长者陪伴而来。订婚后过了一段不长也不短的时间，两人才正式结婚，这时离他俩初次相识刚好两年。海沃德对于婚礼记忆犹新，回想起来不免沾沾自喜，因为那一次波士顿上流社会的名人全部到场观礼。

不管当时还是现在，在社会地位和身份的重要性这类问题上，比阿特丽斯同意罗斯科的看法。她始终孜孜不倦地追逐着这两者，一直在"美国独立战争之女"这个组织中服务，眼下还担任"全国唱片录音协会"的总干事。罗斯科很为此骄傲，因为伴随妻子的资历而来的是同社会名流打交道的机会。比阿特丽斯和她那显贵的家庭样样都好，就缺一件东西：金钱。此刻，罗斯科又在经受着先前多次经受过的折磨：他狂热地幻想，要是妻子能继承一大笔遗产多好。

罗斯科和比阿特丽斯这一对夫妇面临的头号难题始终是如何靠他在银行里挣的这点薪金对付着过日子。

今晚，他一直在算账，发现今年二人的开销将大大超过他们的收入。到明年四月，就像去年和前年的情况一样，他只能去借债还清拖欠的所得税。其他几年本也要靠借债对付过去，幸好有时他投资得法，赚了点外快。

一个副总经理年薪六万五千元，说这么些钱不够用，也不够储蓄，许多收入远远不及海沃德的人难免要嗤之以鼻。但事实上海沃德夫妇就是无法对付。

首先，所得税占去总收入的三分之一。此外，每年还得付清两笔房屋抵押金，共一万六千元，再除去市政当局各种税款二千五百元，剩下的就只有二万三千元，也就是说每星期只有四百五十元左右可以花。这中间既包括各种修理费、保险费，也包括吃的、穿的，还有比阿特丽斯专用的那辆汽车（罗斯科本人随时可使用银行车库里配备司机的汽车）。此外，一个兼当管家和厨子的仆人的工资、慈善事业捐款和许多零碎小费也得算在这一周四百五十元之内。零碎小费名目繁多，加在一起数字之大足以令人扼腕。

每到算账的时候，海沃德总觉得买房子实在是愚蠢而奢侈的举动。打一开始，房屋就过于宽敞，即使当年埃尔默还住在家里的时候，他们也不需要这么一幢大宅，更何况如今儿子离家了。范德沃特和自己拿一样的薪金，这家伙就精明得多。他租住公寓，只付房租。可是比阿特丽斯看中了这幢房子的宽敞和气派，租住公寓之类的议论，她根本听不进去。

话说回来，罗斯科自己也不太赞成住公寓。

结果，夫妇两人只得在其他方面紧缩开支。可是，比阿特丽斯时常不肯面对现实，总认为她这样的人应该富足无忧，要她斤斤计较于一分钱的得失未免有失尊严。家庭生活的时时处处都反映出她的这种态度。拿亚麻布餐巾来说吧，不管脏不脏，她总要等洗熨之后再用第二次。

毛巾也是这样。所以，他们在衣物洗烫方面要花许多钱。比阿特丽丝随心所欲地给亲戚朋友打长途电话，难得抬一抬贵手去关电灯。刚才，海沃德到厨房去倒一杯牛奶，比阿特丽斯上床已两个小时，可是楼下的灯还全部大开着。他火气直冒，劈劈啪啪地把它们统统关掉。

不过，尽管比阿特丽斯奢侈成习，事实总是事实，很多东西他们是不能问津的。休假旅游就是其中之一。海沃德夫妇两年来没有出外游玩过。去夏，罗斯科在银行里对同事说："我们曾计划乘船游地中海，可是还是打消了这个念头，老老实实待在家里。"

另一个使人不安的事实是这对夫妇的存款几乎等于零。要说积蓄的话，也只有美利坚第一商业银行的寥寥几份股权，这点可怜的股权可能很快就得出售转让，而售得的钱仍无法弥补今年的赤字。

今晚，海沃德得出的唯一结论是，借债之后，夫妇俩必须尽力控制开支，同时翘首等待，但愿不久以后，经济情况会有所好转。

机会是有的，而且是个油水大得诱人的好机会。这个机会就是跃登美利坚第一商业银行总裁宝座。

美利坚第一商业银行同大多数银行一样，在总裁和地位仅次于总裁的大员之间存在着极大的薪金差距。总裁班·罗塞利的年薪是十三万元。

而他的继任几乎一定会得到同样数目的薪金。

要是罗斯科·海沃德被选中接任总裁，那么，他目前的收入立刻可以翻一番。当然，税款要增加，不过就凭税后的钱，眼下的各种问题都可以迎刃而解。

把票据之类的东西收拾好之后，他开始幻想。整个夜晚，当总裁的美梦一直缠绕着他。

第十二章

星期五的早晨。

出城一英里左右，有一幢叫凯门园的建筑新颖的多层住宅大厦。大厦顶楼的高级套房内，埃德温娜同刘易斯·多尔西两人正在进早餐。

从班·罗塞利戏剧性地宣布自己病危至今，已经过去三天了；离美利坚第一商业银行市中心分行发现大宗现钞失窃也已有两天。两件事情之中，眼下使埃德温娜更感不安的是现钞失窃案。

星期三下午以来，没有发现任何新的线索。昨天一整天，两名联邦调查局特工虽不大事声张，却把事情彻底查了一遍。两人仔细盘问了银行职工，可也没获得什么实质性的进展。胡安尼塔·努涅兹这个与案子直接牵连的出纳员仍然是主要怀疑对象，但她什么也不肯承认，坚持说自己是无罪的，并拒绝接受测谎。

女出纳员的这种态度使人们进一步怀疑她心中有鬼，但事情正如联邦调查局来人之一对埃德温娜所说的那样。"我们有充分的理由怀疑她，实际上我们也的确把她当作怀疑对象，可是我们手里没有一丁点儿的证据。至于那笔钱，即使真是藏在她家里，我们也得拿到确凿证据之后才能申请搜查证，而现在缺少的恰恰就是证据。当然，我们会注意她的一举一动，不过要调查局为这种案子里进行日夜监视，是不可能的。"

联邦调查局的人今天还要到分行来，但是看来也没更多的工作可做了。

银行当局倒至少还可以——也将要做一件事，那就是解雇胡安尼塔·努涅兹。埃德温娜明白。她今天就得下令解雇女出纳。

但是，这样的结局实在令人丧气，使人失望。

埃德温娜转过头来吃她的早餐——油味清淡的煎鸡蛋和英国式烤松饼，那是女佣刚才端上来的。

餐桌对面，刘易斯一头埋在《华尔街日报》里，一边读报，一边和平时一样连声咒骂，那是因为华盛顿方面又有人发疯了。这一次，刘易斯骂的是财政部的一个副部长，此人当着参议院一个委员会的面宣称美国将不再重新采用金本位制。副部长引用凯恩斯的一句名言，把黄金称为"这个从野蛮时代流传至今的黄色废物"。他还断言，黄金作为人际兑换的媒介已经寿终正寝了。

"我的老天！这个不可救药的大笨蛋！"刘易施·多尔西从半月形的钢架眼镜上方怒目而视。他把报纸扔到其他已浏览过一遍的报纸堆中，这中间有《纽约时报》、《芝加哥论坛报》，还有一份隔日的伦敦《金融时报》。他一个劲儿骂骂咧咧，把怒气全发泄在那个财政部官员身上："在他这样的蠢猪死绝五百年之后，黄金仍将是世界上衡量货币和价值的唯一可靠的基准。由这种白痴掌权，咱们这些人不会再有什么希望，决不会有希望了。"

刘易斯瘦削的脸上表情阴郁。他抓起一杯咖啡，举到嘴边，仰头喝了下去，接着用一方亚麻布餐巾擦了擦嘴。

埃德温娜一直在翻阅一份《基督教科学箴言报》。这时，她抬起头来说："可惜你不能活到五百年后宣布，'老子早就预言过了'。"

刘易斯长得瘦小，身材细得像根树枝，一副弱不禁风的样子，似乎成天在挨饿。实际上，他既不是弱不禁风，也没挨饿。他的身子和脸很相配，瘦得像骷髅。他的动作仓促，说起话来多半带一点不耐烦的口气。有时，刘易斯也针对自己瘦削难看的外貌说几句笑话，他会拍着额头断言："造物主在体格方面省去的工夫，在这儿补上啦。"

这话不假。连那些一见他就摇头的人也承认，刘易斯的头脑敏捷过人，在货币金融问题上尤为如此。

丈夫每天早晨都要发一通脾气，埃德温娜对此并不太在乎。原因之一是婚后十四年来，她已摸出规律，知道丈夫发脾气难得是冲着自己来的；另外，她发现刘易斯是在为一上午坐在打字机前的工作做好准备。他得像耶利米一样，义愤填膺，大声疾呼。这正是他金融半月刊的读者期望的形象。

这份新闻通讯刊物售价昂贵，并不公开发行。刘易斯·多尔西在刊物上向国际上一小批高级订户提供投资意见。这份刊物不仅使他得以享受优裕的生活，同时也为他提供了一件私人武器。各国政府以及总统首相之类的政治家们倘若采取任何他看不顺眼的财政措施，他就用这件武器进行抨击。当然，绝大部分措施他都看不顺眼。

许多金融家，包括美利坚第一商业银行的一些人，都适应了现代的理论，他们觉得刘易斯·多尔西这份自成一格、言词辛辣、过于保守的刊物令人难以接受。但是，对于争先恐后订阅刘易斯刊物的多数读者说来，情况则完全不同了，他们认为眼下这一代金融家全是糊涂虫，唯独刘易斯才是兼有摩西和米达斯两者形象的杰出人物。

埃德温娜承认，这种看法不无道理。如果你活在世上就是为了攒钱，那么跟刘易斯走肯定错不了。丈夫这种不可思议的本领已经多次得到证实：他的点子总能给实行的人带来无穷的好处。

黄金问题就是一个例子。早在金价还没有上涨的影子的时候，刘易斯·多尔西就曾预言，自由市场的金价将会大涨，当时引得许多人耻笑不已。他还劝别人大批买进当时很不值钱的南非金矿股份。从那以后，好几个订阅《多尔西新闻通讯》的读者写信来说，仅仅由于听取了这项建议，他们都成了百万富翁。

这种先知先觉的本领还使他预见到一次接一次的美元贬值。他劝读者把他们能够筹措到的全部现金兑作其他货币，其中以瑞士法郎和德国马克为优先。许多人照他的建议做了，结果获利丰厚。

在最新一期《多尔西新闻通讯》上，他这样写道：

美元一度曾是不可一世的信用笃实的货币，可眼下就像它所代表的国家一样，已濒临死亡。从金融角度看，美国已经越过了极限点，有去无回了。一些政治家既不称职，又一味假公济私，一心只考虑如何重新当选，这些人异想天开地炮制了错误的财经政策。因此，我们才置身于今天这种只能日益恶化的金融灾难之中。

管理国家的都是恶棍和白痴，而社会公众又俯首帖耳，无动于衷，是时候抢登救生艇，逃离这场金融灾难了！人不为己（男女皆然），天诛地灭！

要是你手头还有美元，留出一些车费、伙食费和邮资就够了。再留出一些美元供购买飞机票之用，以便到时候远走高飞。

因为，在目前条件下，精明的投资家都设法离开美国住到国外去，同时逐步放弃自己的美国国籍。按国内税务局法规第 877 节的正式规定，美国公民如果为逃避所得税自愿放弃美国国籍而国内税务局又能够证实这一点的话，这些人依然负有纳税义务。但是对那些深知内情的人来说，他们可以钻空子，通过合法途径挫败国内税务局。（参见《多尔西新闻通讯》去年七月关于如何放弃美国国籍的文章。单行本每册售价十二美元或四十瑞士法郎。）

改换国籍及环境的理由是，美元将随着美国人财经自由的日益缩小而继续贬值。

即使你本人还不能离开美国，务必把你的现钞送往国外。趁还来得及的时候（这样的时间可能不会太长了！），赶快把你手里的美元兑换成德国马克、瑞士法郎、荷兰盾、奥地利先令、黎巴嫩镑或是随便哪一种外币。兑换之后，务必将钱存入美国官员鞭长莫及的欧洲银行，最好是找一家瑞士银行……

刘易斯·多尔西变换着方法鼓吹这一主题已有好多年。在最近那期刊物上，他只不过重弹老调而已，最后提出的具体建议，自然是要读者把钱兑成各种外币。

埃德温娜在早饭餐桌旁继续读她的《箴言报》，报上登了一条消息，报道众议院关于改革税收法的一项议案，如果这些改革真的实行起来，房地产所享有的贬值津贴将被减少，这样，银行的抵押贷款业务将受到影响。因此，她请刘易斯谈谈看法，估计一下这项议案成为正式法律的可能性。

他回答得很干脆："可能性等于零。即使在众议院获得通过，参议院根本通不过。昨天我同几个参议员通电话，他们都不认真看待这项议案。"

刘易斯交友之广是很少见的，这是他事业发达的原因之一。他对于税务问题也很注意，常向读者透露一些可供他们利用的内情。

刘易斯本人每年只付一笔象征性的所得税，从不超过几百美元。为此，他常洋洋自得地到处吹嘘。实际上，他的收入有几百万。他所以能做到这一点是利用了各种各样逃税躲税的办法，如投资石油工业，插手房地产、木材开发业、农业，与别人搞有限合股，以及购买免税股票。这几乎使他得以花钱如流水，生活如王公，而每年在账面上总还要亏蚀一些。

但所有这些花招完全属合法范畴。埃德温娜经常听到刘易斯宣称："只有傻瓜才会隐瞒收入或用其他一些方法去逃税。合法的途径多得不胜枚举，干吗去冒这样的风险？要紧的是得花功夫去了解这些途径，并且得有胆识去利用这些途径。"

到目前为止，尽管刘易斯屡屡向别人进言，自己却还没有移居国外，也没有放弃美国国籍。不过，对于他曾生活并工作过的纽约，刘易斯确实深恶痛绝，把它称为"奉行唯我哲学、浑身散发臭气、没落腐败、昏聩自得的大匪窟"。他坚持说，社会上存在着一种虚幻的观念，"那是狂妄自大的纽约佬炮制的，即认为在他们的城市里可以找到出类拔萃的聪明人，其实却不然"。他宁愿搬到中西部住，十五年前，他就是在这儿认识埃德温娜的。

尽管丈夫逃税有术，埃德温娜却不愿跟他学，仍按自己的办法行事。她单独呈报自己的收入，虽然拿的钱比丈夫少，缴纳的税款却比刘易斯多得多。不过两人日常生活的花销全由刘易斯负担，其中包括这一套顶层公寓和全体仆佣的费用，还有夫妇俩一人一辆奔驰及其他奢侈品。埃德温娜承认自己喜欢这种阔绰的生活，她之所以决定同刘易斯结婚，并逐步适应了婚后生活，原因之一正在于此。婚后，夫妇各归各独立从事自己的事业，倒也相安无事。

"我真希望，"她说，"你的洞察力能够用到我们银行来，告诉我们星期三丢的那笔钱上哪儿去了。"

刘易斯正把鸡蛋当作敌人，专心对付早餐。这时，他抬起头来问道："银行的那笔现金还没找回来？这么说来，联邦调查局那些笨手笨脚的骑士们又是一事无成？"

"我想你可以这么说。"接着，她把案子无法进展的情况以及自己想在今天解雇女出纳的决定全告诉了刘易斯。

"这样一来，我看谁也不愿再雇用她。"

"其他银行当然不会雇用这号人。"

"我记得你说过她有一个孩子。"

"不幸得很，真是这样。"

刘易斯阴沉地说："已经人满为患的救济户名册上又要增加两个新户头了。"

"算了吧，把那套伯奇主义留着对你那些得克萨斯州的读者去进行说教吧。"

丈夫的脸一皱，露出一个难得的笑容。"请原谅。不过，你居然要听听别人的意见，我不太习惯。你难得这么做。"

埃德温娜明白，丈夫是在夸奖她。她觉得跟刘易斯结婚的好处之一就在于丈夫始终把妻子作为智力方面同等的伙伴对待。尽管他从来不说出口，埃德温娜心里明白，丈夫对于妻子在美利坚第一商业银行担任经理一职是很得意的——银行界盛行大男子主义，因而即使在今日的时势下，女人当经理也是极不平常的事情。

"那笔钱的下落我当然说不上来，"刘易斯说，一边露出用心思考的神态，"不过，我可以提供一个意见，我觉得碰上难题按这个意见去做总会有帮助。"

"好，往下说。"

"那就是：别相信显而易见的东西。"

埃德温娜大失所望。她觉得自己有点异想天开，总希望出现一个奇迹般的解决办法。可是，刘易斯只会说上一句老掉牙的陈词滥调。

她看看手表：快八点钟了。"多谢，"她说，"我得走了。"

"啊，顺便告诉你，今晚我动身去欧洲，"丈夫通知她，"星期三回来。"

"那就祝你旅途愉快。"埃德温娜吻过丈夫走了。对于丈夫突然宣布要出门，她毫不奇怪。刘易斯在苏黎世和伦敦都设有办事处，来来往往是家常便饭。

她乘坐私人电梯下楼，这部电梯从他们的顶层公寓套间直通楼下的室内车库。

尽管她认为刘易斯的意见毫无价值，但在驾车去银行途中，"别相信显而易见的东西"这句话却久久萦绕在脑海中，使她不得安宁。

早上十点左右，埃德温娜和联邦调查局的人开了一个短会，又是毫无结果。

短会在银行大楼后边的会议室里举行。前两天，联邦调查局的人就在这儿和银行职工谈话。这次参加会议的有埃德温娜，还有诺兰·温赖特。

调查局两名特工中年龄较大的那人名叫英尼斯，说起话来带点新英格兰人的鼻音。他向埃德温娜和银行安全部头子汇报说，"这儿的侦查工作，我们已经尽力而为。案子没有了结，如果发现新的线索我们会通知你们的。当然，如果这儿的案情有发展，你们应该立即报告调查局。"

"那当然。"埃德温娜说。

"对了，这儿有一个新情况足以排除某些疑点，"联邦调查员翻阅着笔记本说，"是关于女出纳努涅兹的丈夫卡洛斯的。你们这儿有人说似乎在丢钱的那天见到过这个人。"

温赖特说："是迈尔斯·伊斯汀。他向我汇报了这个情况，我就转告了。"

"不错。我们也问过伊斯汀本人。他承认自己可能看错了。卡洛斯·努涅兹这人的下落我们已经找到，他目前在亚利桑那州的菲尼克斯当汽车修理工。调查局在当地的工作人员已传讯过他。工作人员已证实，星期三那天他都一直在工作，本周每一天也是如此。这就排除了他同谋作案的可能。"

诺兰·温赖特送联邦调查局的人出去。埃德温娜回到自己的办公桌旁。她已履行了自己的责任，将失款案报告了总行管理部门的直接上司。

看来，消息已通到上边，亚历克斯·范德沃特也听说了，昨天很晚的时候，他来过电话，同情地询问要不要帮忙。埃德温娜谢绝了，她深知责任在自己身上，因而不管事情多棘手，都得由她本人处理。

今天早上，一切还是老样子。

快到中午的时候，埃德温娜吩咐托顿霍去通知工资科，告诉他们胡安尼塔·努涅兹的工资算到今天为止，并要求对方把解雇费支票送到分行来。

等埃德温娜吃完午饭回来，由专人送来的支票已在她办公桌上。

埃德温娜在手里翻弄着这张支票，心头很不安，仍然拿不定主意。

这时，胡安尼塔·努涅兹还在工作，这是昨天埃德温娜作出的决定。

对此，托顿霍曾咕哝着表示反对，他说："早一点把她赶走才能杀鸡儆猴。"迈尔斯·伊斯汀当时已回到自己营业部助理的位置上去办公，就连他也不以为然地扬起了眉毛。可是埃德温娜断然否决了两人的意见。

她不明白，究竟是什么原因让自己无法安心。显而易见，现在正是了结案子，从此不再去想它的时机。

显然不必再去想它。这是显而易见的解决办法。但刘易斯的那句话"别相信显而易见的东西"又一次在她耳边响起。

可是怎么去实行丈夫的劝告？用什么方法呢？

埃德温娜对自己说：再回忆一遍，从头开始。

事情发生的过程中，有哪些方面可算显而易见？第一是丢了钱，这是无可辩驳的事实。第二，失款总数是六千美元，对此四个人都不持异议，其中有胡安尼塔·努涅兹本人，有托顿霍和迈尔斯·伊斯汀，还有金库出纳员。又是无可争议的事实。第三个显而易见的事实与女出纳努涅兹有关，那就是她坚持说在下午一点五十分，也就是当她在柜台边忙着处理现金出入差不多已有五个小时而尚未结账之际，她已经知道现金抽屉里失款的总数。分行内但凡听说丢了钱的人，包括埃德温娜在内，从一开始就认为这一点显而易见是不可能的，而也是大家都确信偷钱的就是胡安尼塔·努涅兹本人的原因。

这一点认识……显而易见大家都这么看……显而易见的不可能。

可是，真的不可能吗？埃德温娜突然想到一个主意。

墙上的一只钟指着下午二时十分。埃德温娜看到营业部主任正在离自己不远的一张办公桌旁做事，于是就站起身来招呼他："托顿霍先生，请跟我来一下好吗？"

托顿霍阴郁地跟着她走过工作楼面。埃德温娜一边走，一边同好几位主顾简短地打了招呼。分行里挤满了人，营业繁忙，这是周末前银行打烊时常见的景象。胡安尼塔·努涅兹这时正在接待一位存款顾客。

埃德温娜轻声说："努涅兹太太，做完这一笔生意请你挂出'停止营业'的牌子，锁上你的现金箱。"

胡安尼塔·努涅兹没有搭理。她一声不吭地办完手头这一笔生意，把一块小小的金属牌子挂上柜台。直到她转过身关现金箱的时候，埃德温娜才发现女出纳默不作声的原因。原来她暗自哭得伤心，泪水正顺着脸颊往下流淌。

不难猜想她为什么哭。女出纳料到今天会被开除，埃德温娜突然出现在自己面前就证明事情无可挽回了。

埃德温娜让她哭去，自顾自地说："托顿霍先生，从早上开始营业以来，努涅兹太太一直在经手现金出纳，对不对？"

他答道："对。"

埃德温娜暗想：从开始营业到现在，女出纳经手现金的时间与星期三那天差不多相等，尽管今天分行的营业比平时更忙。

她指着现金箱说："努涅兹太太，你几次三番说你能随时报出手头的现金数目。此刻箱里有多少钱你说得上来吗？"

年轻的女出纳稍稍踌躇一下后点了点头，但仍然哽咽着说不出话来。

埃德温娜从柜台上拿了一张小纸片，递给女出纳："把总数写下来。"

又是一阵明显的踌躇。接着，胡安尼塔·努涅兹捡起一支铅笔，潦草地写出一个数目：23，765美元。

埃德温娜把小纸片交给托顿霍，一边说："请你陪努涅兹太太去，看着她把今天的现金轧一遍，看看总数对不对，然后再拿轧账结果和这个数字对照一下。"

托顿霍狐疑地看着纸片说："我很忙，要是我得跟每个出纳……"

"我只要你跟这位出纳一起轧账。"埃德温娜说完又穿过营业楼面，回到自己的办公桌旁。

三刻钟后，托顿霍重新露面。

他显得很神经质，埃德温娜看到他的手在颤抖。营业部主任把小纸片放在她的办公桌上，只见在胡安尼塔·努涅兹写下的数目旁边有一个用铅笔打上的"√"记号。

"要不是亲眼目睹，"营业部主任说，"我才不相信。"这一次，他平时那种阴郁的表情总算消失了，取而代之的是惊愕的神色。

"数字相符？"

"完全相符。"

埃德温娜坐在那儿，开始紧张地思考。她明白，这一下子事情差不多完全不同了，变得既突然又富有戏剧性。此刻之前，一切的一切都以假设女出纳努涅兹不可能报出现金数目为根据，而现在她已令人无可怀疑地证明她确有这个本领。

"刚才我朝这儿走来，突然记起一件事，"托顿霍说，"我过去有一个熟人，那是在本州北部一家农村小银行里，距今大概有二十多年了。那人也有这种随时报出现金数目的本领。这又使我想起，别人说过，确实有那种人，好像头脑里安装着计算机似的。"

埃德温娜没好气地说："星期三那天你要是能记起这些事情就好啦！"

托顿霍走回自己的办公桌去。埃德温娜拿来一本便签簿，信手把经过整理的思想写在纸上：

> 努涅兹尚未完全摆脱干系，但此人的话也许是可信的。也许她是完全无辜的受害者？
>
> 倘若不是努涅兹，是谁？
>
> 一定是了解银行手续并能设法找到机会的人。
>
> 银行职工？内贼？
>
> 但是怎么作案的呢？
>
> "怎么作案"的问题以后再研究。先要找出动机，其次找出作案人。
>
> 动机？是急需现钞的人干的？

她把"急需现钞"几个字用大写字母又重写一遍，继续往下写：

> 检查个人的存折及支票账户，分行全体职工的个人存折及支票账户今晚立刻就查！

埃德温娜在美利坚第一商业银行总行电话簿里飞快翻查查账部主任的电话号码。

第十三章

每逢星期五下午，美利坚第一商业银行的各分行都比平时晚三小时打烊。

因此，直到这天傍晚六点，市中心分行的几扇临街大门才由一名警卫锁上。打烊时还有几个主顾没来得及离开，这些人由那名警卫通过一扇厚玻璃门逐一放行。

六点零五分，有人在外面很不客气地敲玻璃门。警卫转过脸去刚要回话，就看见外边站着一个穿深色大衣和日常西服的青年男子，手里提一只公文包。为引起里面的人的注意，那人用手绢包着一个五十美分的硬币敲门。

警卫走近门边，提公文包的男子把一张证明身份的文件平贴在玻璃门上。警卫仔细看过文件，打开锁，放那青年男子进了门。

还没等警卫关门，像魔术师玩什么精彩把戏似的，不期然冒出许多人。起初门外只有一个提皮包持证件的人，不知怎么变成了六个，六个背后又是半打，另外还有一群排成方阵的人断后。他们犹如洪水一般涌进了银行。

一个年龄在其他人之上、行动举止颇带权威派头的长者简慢地宣布："总行查账队。"

"是，先生。"警卫忙不迭回答。此人在银行干事多年，这种场面以前经历过，因此只顾查验其他人的证件，把他们统统放进来。来人一共二十名，多数是男人，有四个女的。一进银行，这伙人立即分头奔向各自的岗位。

宣布查账队身份的年长者朝那个高出楼面的平台及埃德温娜办公桌走去。她站起身来迎接，但一看见查账队正络绎不绝地涌进来，毫不掩饰地露出吃惊的神色。

"伯恩赛德先生，要全面查账？"

"当然，多尔西夫人。"查账部主任脱下大衣，往近处什么地方一挂。

银行里到处都是神色不安的职工，有几个唉声叹气，大发牢骚："哦，老天！偏偏挑星期五来查账！""他妈的，我跟人约好了吃晚饭！""查账队不是人！"

多数人心里明白，总行查账队大驾光临的下文是什么。出纳员知道今晚他们得把手头现金再清点一遍才能下班；另外，金库储备现金也得清查；会计员必须等账目登录结算完才能离开；高级经理人员如能在午夜前回家就算是走运的了。

这时，来人已以十分迅速的动作彬彬有礼地接收了所有账簿。

从此刻起，谁加一笔账或改一笔账都将在查账队的严密监视之下。

埃德温娜说："我申请审查职工私人的存折及支票账户，没想到你们会来这一下子。"在一般情况下，分行账目清查工作每十八个月到两年进行一次。由于市中心分行在八个月之前刚查过账，今夜的事才显得特别突然。

"账怎么查，在哪儿查，什么时候查是我们的事情，多尔西夫人。"

哈尔·伯恩赛德摆出平时惯有的那种冷漠孤高的架子，这是银行查账员身上特有的标记。不论在哪一家大银行，查账部都是个独立的监督机构，它拥有的威势和权力实不亚于军队里的监军。查账部的人决不因为你地位高而畏惧三分，就连高级经理也有可能被他们训斥几句，如果他们对分行账目进行彻底清查之后发现了若干不符合规定手续的错误，而这类瑕疵又总是不可避免的。

"这我知道，"埃德温娜只好承认，"我只是惊讶你们怎么能够那么快就把一切准备妥当。"

查账部头子得意地笑了："我们有自己的一套办法，可以动用自己的力量。"

他没有把事情真相说出来：他们今夜本就准备对美利坚第一商业银行某分行实行突袭查账，三个小时前接到埃德温娜的电话，他取消了原先的计划，临时改变了安排，并召来更多的查账队员一起参加这次行动。

这种"斗篷加匕首"的秘密战术并没有什么不同寻常之处。查账这事只能这么搞，就是要不让人摸出规律，事先没有任何暗示，突如其来地到分行检查。为了保密，查账部采取了极其周到的防范措施，哪一个查账队员要是违犯规定任意泄密就要倒大霉。所以泄密的事，即使是无意泄密，也属罕见。

参加今晚这次行动的二十名查账队员一小时前在闹市区一家旅馆的大厅里会合，不过，行动目的地不到最后时刻是不会宣布的。他们在集中地点接受指示，各人的任务都分配停当，然后就尽量不惹人注意地三三两两往美利坚第一商业银行市中心分行走去。在关键时刻到来前的最后几分钟，他们故意流连在附近大楼的休息室里，信步蹓跶，或者装着浏览商品橱窗的样子。下一步是按老习惯由一名资历最浅的队员去敲门。一旦门打开，其他队员就像受命集合的士兵一样，跟着敲门队员蜂拥而入。

此刻，银行里每一要害地点都有查账员在旁监守。

二十世纪七十年代有一个银行贪污犯被判刑，此人大笔侵吞公款，但二十多年来一直掩盖得天衣无缝。最后，他终究难逃法网。在去监狱的路上，他说："查账员一来，往往什么事也不干，先吹上四十分钟的牛。我只要一半时间就可以把账上的任何疑点掩盖起来。"

美利坚第一商业银行和北美其他各大银行的查账部自然不肯冒这个风险。查账队进入银行后五分钟不到，当人们惊魂未定之际，他们已走上预先指定的各自的岗位，注视着周围的一切。

分行的老员工知道急也没用，于是继续埋头做完一天的工作，接着再根据需要与否，准备帮查账员审核账目。

查账一经开始，下个星期就得继续进行，再下一个星期还得花上几天。不过最关键的审核工作是在接下来的几小时内做完的。

"咱俩开始吧，多尔西夫人，"伯恩赛德说，"考虑到时间因素和查账要求，从存款账入手吧。"他说着在埃德温娜的办公桌上打开了自己的公事皮包。

到晚上八点，查账队到达之初引起的惊惶已经消失；绝大部分工作已经做完；分行固定职工开始陆续散去，出纳员都走了，会计员当中也有人已经回家；全部现金已清点完毕；其他账目的检查工作也有一定的进展。来人很有礼貌，时而殷勤地指出一些小误差，这些全是他们职责的一部分。

留下未走的高级管理人员中有埃德温娜、托顿霍和迈尔斯·伊斯汀三人。后两人一直忙得团团转，一会儿去找资料，一会儿又得对付查账队的查问。此刻，托顿霍已是疲惫不堪，但年轻的伊斯汀一直态度殷勤，手脚勤快，对查账队有求必应，至今仍像夜晚开始时那么精力充沛，不知疲倦；他还叫人为查账队和银行职工送来了三明治和咖啡。

查账队分成几个专门工作小组，其中一组人集中检查现金及支票存取账。一个组员不时走到埃德温娜的办公桌旁，把一张小纸条塞给查账部主任。每次纸条来，主任总是匆匆一看，点点头，然后就把它收进皮包，与其他文件票据放在一起。

八点五十的时候，他收到一张看上去内容较多的纸条，纸条用一只夹子夹着，和其他几张票据之类的东西夹在一起。伯恩赛德仔细读完纸条，宣布说："多尔西夫人和我两人要休息一会儿，我们要出去吃顿晚饭，喝杯咖啡。"

几分钟之后，他陪伴埃德温娜穿过临街的一扇门走了出去，三小时前查账队正是从这扇门进入银行的。

一走出银行大楼，查账部主任连忙道歉："真对不起，我只是演了场戏。

如果要吃晚饭的话，恐怕也要再等一会儿了。"看到埃德温娜困惑不解的表情，他又接着解释，"你我两人此刻要去参加个会议，不过我不想让别人知道。"

伯恩赛德在前带路，两人右拐，走过半个街区，从这儿仍可看见灯火通明的分行大楼。接着，两人从一条林荫大道折回，来到罗塞利广场和美利坚第一商业银行总行大厦。夜里寒气逼人，埃德温娜只得把上衣拉紧，心想要是从"地道"过去，不但路近，也暖和得多，干吗弄得这么神秘？

走进总行大厦，哈尔·伯恩赛德在夜间来客登记簿上签过名，一名警卫便陪同两人坐电梯上了十一层。这儿有一块指示牌，上面的箭头指向安全部，诺兰·温赖特和两个接手处理失款案的联邦调查局特工正在那里等着他们。

另一名查账队员紧跟在两人后面走了进来。显然，从埃德温娜和伯恩赛德离开分行的那一刻，此人就一直尾随着他们。

在场的人匆匆相互作了介绍。最后进来的那人年纪不大，名叫盖恩。他有一双冷酷而警觉的眼睛，戴着一副边框粗大的眼镜，这使他看上去十分严厉。刚才，伯恩赛德在埃德温娜办公桌旁查账时，几次给他送来纸条和票据的就是他。

按诺兰·温赖特的提议，大家走进一间会议室，围着一张圆桌坐定。

哈尔·伯恩赛德对联邦调查局的两名特工说："我希望查账队发现的情况足以向你们证明，这么晚请二位出来开会决不是无缘无故的。"

埃德温娜这下才明白，会议一定是几小时前临时召集的。于是，她就问道："这么说来，你们确实发现了一些情况？"

"很不幸，多尔西夫人，我们发现的情况比谁预料的都多。"

伯恩赛德朝盖恩点点头，后者把一些票据文件摊开在桌上。

"根据你的提议，"伯恩赛德提高了嗓门，俨然像个讲课的教师，"对市中心分行全体职工的私人存折及支票账户进行了检查，目的是要查获证据，看看有谁遇到了经济困难。我们发现这样的调查可以得到比较确定的结果。"

埃德温娜觉得这家伙真像一个趾高气扬的教书先生，但她还是聚精会神地听他说下去。

"也许我得说明一下，"查账部主任对联邦调查局那两名特工说，"多数银行职工都在自己工作的银行里开私人户头，原因之一是在本行开设账户有免费的优待，也就是说银行不向他们收取手续费。另一个原因更重要，就是职工可享受特殊的贷款低息率，比最优惠息率一般还要低百分之一。"

两名特工中级别较高的英尼斯点头说："不错，这些我们知道。"

"那么，你们当然也明白，职工如果利用自己的特别信贷权，借到贷款数目的极限，接着又到外面去借钱，譬如说到息率高得吓人的信贷公司去借一笔又一笔的贷款，那样就会使自己在经济上处于十分窘迫的地位。"

英尼斯有点不耐烦了："这还用说！"

"看来，咱们这儿有一位职工恰恰就碰上了这种情况。"他向盖恩示意，助手立即把几张票面朝下摊在桌上的单据翻了过来，原来这是些已收讫注销的支票。

"各位请看，这几张支票是分别开给三家信贷公司的。顺便告诉各位，我们已同其中两家公司通过电话。尽管各位看到这儿摆着付款用的支票，但两家公司都报告说，账户信用糟得一塌糊涂。有理由断定，明天早上，第三家公司将送来同样的报告。"

盖恩插嘴说："而且这几张支票都只是用于支付本月欠债的。明天我们将去检查前几个月的微缩胶卷记录。"

"另外还有一点相当重要，"查账部主任接着说，"涉案件的这个人不可能有这样的支付能力。"他朝已验收的支票做了个手势，"靠着银行的这点薪金办不到，此人薪金的数目我们知道。因此，刚才我们花了几小时功夫寻找在银行窃款的证据，现在这个证据已被我们找到了。"

助手盖恩又一次把一些票据往会议桌上一摊。

……在银行窃款的证据……这个证据已被我们找到了。埃德温娜这时已不再用耳朵听了，而是瞪大眼睛专注地看着验收支票上的签字。这个人的签字她每天都看到，笔锋遒劲，线条清晰，她对这人的签字太熟悉了。此时此地看到这个签字，她又惊又悲。

因为这是伊斯汀的签字，就是那个她中意的年轻的迈尔斯，干练的营业部助理。平时此人显得多么殷勤，多么孜孜不倦。就拿今晚来说，不也是这样吗？她这个星期已作出决定，托顿霍一退休，就擢升这个年轻人。

这时，查账部主任已接着往下说了："这个阴险的盗贼惯用的手法是从'休眠'账户身上捞油水。但今晚我们已查出一起这类舞弊事件，剩下的部分就很容易发现了。"

何谓"休眠"账户，查账部主任仍以教书先生的派头向联邦调查局的特工解释：这类账户——储蓄账户支票账户皆有可能，很少或完全没有存取活动。每家银行都会碰到这类主顾，他们出于各种不同的原因，把钱存放在银行里长期——有时是接连好几年——不予动用，有的存款数目还相当大。当然，存款长期不动用，可以收取积少成多的利息，有些存户的着眼点无疑就在于此。不过也有些存户完全放弃了他们的存款，这听上去使人难以置信，但却是事实。

一旦发现在哪个支票账户久久没有存取活动，银行方面就不再每月寄发结清单，而是改寄年终结清单。但这些年终结清单时而也会被退回来，上面注明："此人已搬家，新址不详。"

查账部主任接着说明，为防止利用"休眠"存款账户舞弊，一般银行都将这类账户的档案与其他档案分离；如果一旦有人突然来提款，营业部就派人严加查验，以免冒领。一般说来，这些防范措施是有效的。但身为营业部助理的迈尔斯·伊斯汀本人恰好拥有这种查验权，有资格批准这类存款的提取。他也正是利用了这点职权来掩盖自己的舞弊行为，掩盖他本人几次三番盗用存款的事实。

"伊斯汀很狡猾，选中了那些最不像会惹出麻烦的账户动手。这儿是一组伪造的提款单，不过伪造的技术并不高明。因为他本人的笔迹仍清晰可辨。经他签字，存款就转到一个归他所属的'傀儡'账户名下，户头用的是假名。在那个账户档案中也发现了明显类似的笔迹，当然，想要确凿的证据还得请教专家。"

在场的人仔细查验了一张又一张的提款单，把这上面的笔迹同刚才查验过的支票上的笔迹进行比较。写字的人尽管设法伪装笔迹，但是两处笔迹显然出自一人之手。

联邦调查局派来的另一名特工达尔林普尔一直在专心作记录。这时他抬起头来问："被窃款项一共多少？算出总数了吗？"

盖恩回答说："到目前为止，我们查获的总数大约八千美元。不过明天我们还要借助微型胶卷和计算机去查旧账，也许还会查出一些来。"

伯恩赛德补充说："如果我们与伊斯汀当面对质，可能促使他坦白交代，让大家都省些事。抓贪污犯的时候常常出现这种情况。"

埃德温娜暗想：这家伙在自我陶醉，真是得意忘形！她突然无端地站到了迈尔斯·伊斯汀的一边，于是问道："这种舞弊行为持续了多久，你们心里有数吗？"

"从目前发现的情况看，"盖恩告诉大家，"至少已有一年，可能还不止。"

埃德温娜转过脸去对着哈尔·伯恩赛德说："这么说来，上一次查账时你们完全让这件事漏过去了。审查'休眠'账户难道不是你们职责的一部分吗？"

这一问戳到了痛处，查账部主任脸涨得通红，只得承认："不错，是我们的职责。不过，要是盗贼销赃灭迹的手段高明，偶尔我们也会有疏忽。"

"很显然。不过刚才你还在说那笔迹一下子就能识破。"

伯恩赛德没好气地说："反正现在证据已经到手了。"

她提醒他："那是我打电话把你们叫来之后的事情。"

联邦调查局的英尼斯打破了这份尴尬，他说："说到星期三丢失的那笔现款，目前这一切对破案并没有什么帮助。"

"但是伊斯汀成了主要嫌疑犯，"伯恩赛德说。话题的转移令他如释重负。"何况，他很可能因此招认偷钱的事。"

"才不会！"诺兰·温赖特吼叫起来，"那家伙精明得很。另外，他干吗要招供？咱们又不知道他是怎么作案的。"

会议开到现在，银行安全部的头儿没说过几句话。他也曾露出惊讶的神色，后来，查账员把票据之类的罪证一件件摆了出来，他的脸色变得十分阴沉。

埃德温娜不知道温赖特是不是回想起了那天的情景，当时他两人曾拼命向出纳员胡安尼塔·努涅兹施加压力，尽管对方多次申述，他们拒不相信她的无辜。不过，埃德温娜想到，即使事情发展到了这一步，女出纳努涅兹同伊斯汀勾结作案的可能性依然存在，尽管看上去不像是这么回事。

哈尔·伯恩赛德站起身来，把皮包合上，准备走了。"查账部的工作到此为止，现在该由执法当局接手办理了。"

"我们需要这些票据；另外还得由你们提出一份署名报告。"英尼斯说。

"盖恩先生留在这儿，有什么事尽管吩咐。"

"还有一个问题：伊斯汀会不会觉察自己已经暴露？"

"我看不会。"伯恩赛德说着朝自己的助手扫了一眼，助手摇头。"我确信他一点没有觉察。我们干得十分小心，不让别人看出我们搜寻的是哪一方面的证据。为了掩人耳目，我们让大家提交了许多我们根本不需要的材料。"

"我也认为他并未觉察。"埃德温娜说。她难过地回想起自己同伯恩赛德离开分行前那一霎那，迈尔斯·伊斯汀还在高兴地忙得团团转。他干吗要作案？为什么？天哪，究竟为什么？

英尼斯点头表示赞许："那么，就维持原状。这儿事情一办完，我们就对伊斯汀实行拘留盘问，但决不能事先向他透露风声。他此刻还在银行吧？"

"是的，"埃德温娜说，"至少，不等我们回去他是不会走的。一般情况下，他总是最后下班的职工之一。"

诺兰·温赖特突然以一反常例的严厉口气插嘴说："刚才这些指示全得改一改。尽量让他晚一点离开银行，然后让他回家，让他觉着别人并没有抓到他什么把柄。"

与会者吃了一惊，困惑地望着安全部头子，特别是联邦调查局的那两个特工，更是目不转睛地打量着温赖特的神色。双方像是交流了什么信息。

英尼斯踌躇片刻后同意了："好吧，就按你说得办。"

几分钟之后，埃德温娜和伯恩赛德坐上电梯下楼去了。

英尼斯礼貌周到地对留下的查账员说："在提出报告前，能不能请你离开一会儿？"

"当然可以。"盖恩说着便离开了会议室。

另一名联邦调查局特工合上笔记本，放下铅笔。

英尼斯脸朝着诺兰·温赖特问："你打什么主意？"

"我是想。"温赖特一时拿不定主意该怎么说才好。此刻，在内心深处，他的计划正同自己的良心打架。以往的经验告诉他，伊斯汀的罪证尚不完全，还有几个空白点有待填补。但是，为了填补这些空白，就必须要钻法律的空子，而这又同他本人的信仰大相径庭。他问英尼斯："你们非了解底细不可吗？"

他和英尼斯交换了一个眼色。两人已有多年交情，对彼此充满敬意。

"眼下，查获罪证是个十分微妙的问题，"英尼斯说，"以前咱们习惯于不受规章约束自由行事，现在可不行了，因为可能引起麻烦。"

沉默一会儿之后，另一名特工说："你总得尽量给我们交个底才是。"

温赖特绞着手指，端详着双手。他身体的姿势就像他刚才说话的声音一样，表现出内心的紧张："是这么回事·我们手头有足够的材料叫可以证明伊斯汀犯了偷窃罪。如果说他一共偷了八千美元左右，你们看法官会怎么判？"

"因为是初犯，可能会判缓刑，"英尼斯说，"法庭才不去管他偷了多少钱。他们总觉得银行有的是钱，而且又都是保了险的。"

"果然！"温赖特的手指明显地绷紧了，"不过，要是咱们能够证明他另外还偷了一笔钱，就是星期三丢的那六千元，要是咱们有法子让法庭看到这家伙还企图栽赃陷害女出纳，而且险些得逞……"

英尼斯叽咕了几句，表示明白对方的意思，接着又说："如果你能够提供证据，那么随便哪一个神志正常的法官都会立刻把他关进监牢。问题是你能够提供证据吗？"

"我想试一试，因为我本人就希望看到这狗杂种进监狱。"

"我明白你意思，"联邦调查员若有所思地说，"我也希望能看到这样的结果。"

"那就照我的办法做。今晚别去抓伊斯汀，把他交给我，明天早上你们再动手。"

"我不知道，"英尼斯一边沉思一边说，"我不知道能不能这么办。"

三人不声不响等着，彼此心照不宣，他们既感到职责的压力，却又跃跃欲试。温赖特的心思，两名特工大致已猜到。可是"只要目的正当可以不择手段"这句话在什么情况下、在多大程度上才成立呢？同样，今日这种情势之下，一个执法人员可在多大程度上自行其是而又能逃脱惩罚呢？

但是，两名特工已经介入这个案子，他们与温赖特怀有同样的目的。

"要是等到明天早上动手，"另一名特工告诫说，"可不能让伊斯汀溜之大吉。不然大家都不好交代。"

"我也不希望把这家伙揍扁了交给我。"英尼斯说。

"不会逃跑，也不会把他揍扁，我可以保证。"

英尼斯瞧瞧自己的同事，后者耸耸肩。

"那好吧，"英尼斯说，"到明天早上再动手。不过，诺兰，有一点必须说清楚：刚才这些话咱们从没说过。"他穿过会议室，走到门口，然后拉开门说："盖恩先生，你可以进来了。温赖特先生这就走，现在我们给你做笔录。"

第十四章

安全部里保存着一份分行高级职员花名册，以备不测。温赖特在这份名册上找到迈尔斯·伊斯汀的住址和电话号码，抄了下来。

一看住址他就知道，那是离市中心约两英里的一个中等收入居民住宅区。伊斯汀住在"公寓套间 2G"。

安全部头子离开美利坚第一商业银行总行大厦，在罗塞利广场找了一个公用电话，拨了号码之后，他只听见铃声响但没人接。他已经了解到迈尔斯·伊斯汀是个单身汉，但愿这家伙是一个人住。

要是有人来接电话，温赖特准备用拨错号码的借口搪塞过去，并改变行动计划。既然没人接，他便朝总行大厦的地下车库走去，他的汽车停放在那儿。

在把车开出车库以前，他打开汽车后备厢，取出一只小巧的皮盒，塞进衣服里边的口袋。然后，他驾车穿城而去。

他朝着那幢公寓大楼信步走去，实际上周围的一切全没逃过他的眼睛。这幢楼一共三层，可能已有四十年左右的历史，看上去有些破旧。

他估计大楼里总共有二十几套房间。附近看不到有什么人在守门。

诺兰·温赖特看见门厅里边有一排排信箱和电铃按钮。大楼临街是几扇双层玻璃门，推门而入就是门厅；再往里有一扇较为坚固的大门，无疑上着锁。

这时是晚上十点半。路上车辆已相当稀少，公寓大楼附近也没有行人。温赖特走进了大楼。

与信箱并排的是三行电铃，还有一架对讲机。温赖特找到旁边写着伊斯汀名字的电铃，按了一下。不出所料，没有反应。

他估计 2G 这个号码一定是表示套房在二楼，于是就随便找了个"3"打头的按钮，按响了电铃。顿时，对讲机里传出一个沙嘎的男人声音："喂，是谁啊？"

按钮旁写着阿普尔比的名字。

"西方联合电气公司，"温赖特回答说，"有阿普尔比的电报。"

"好吧，送上来。"

沉重的里门背后响起了吱吱声，锁咔嚓一声松开了。温赖特推开门，快步走了进去。

正前方有一部电梯，他根本无意去使用它。楼梯在右边，他一走近就两级一跨朝二楼奔去。

一路上，温赖特暗自想道，一般人真是天真到了极点。那个阿普尔比，不管他是谁，但愿不要坐等电报才好。今天晚上，这位先生只不过是被人稀里糊涂开了个小玩笑，也许要受些虚惊，除此而外，并无祸事临头。可是这一开门也可能开出大祸来。尽管再三接到警告，各地的公寓住户还是照样开门揖盗。当然，阿普尔比也可能起疑报警，不过温赖特不大相信他会这么干。即使报了警也没什么大不了，只要再过几分钟，报不报警就没什么区别了。

2G 靠近二楼走廊的尽头，门上的锁并不复杂。温赖特从衣袋的皮盒里摸出细长刀片，一把一把轮流试用。试到第四把刀时，锁膛被撬动，门一下子开了。他走进屋去，顺手把门带上。

他收住脚步，让眼睛习惯于周围的黑暗，接着，走到窗户边，放下窗帘。

摸到开关后，他扭亮了灯。

套房不大，是供单人居住的。实际上，这儿只有一个房间，不过被分隔成不同用途的小区域罢了。作为起居和进餐用的一角放着一张沙发、一把圈手椅、一台携带式电视机和一张餐桌。卧床放在屏风的背后；小厨房则被折叠式百叶门遮掩着。房间的另外两扇门经温赖特检查分别通向浴室和壁橱。房间整齐清洁，书架和装着镜框的照片给屋子增添了一点个性。

温赖特抓紧时间，立刻有步骤地开始进行彻底的搜查。

他一边搜查，一边设法压制强烈的自责情绪。但是今晚自己干的毕竟是非法勾当，因此内心难以完全释然。诺兰·温赖特意识到，到此刻为止他所做的一切与自己的道义标准是背道而驰的；他相信法律和秩序，而自己的行为恰好否定了这种信仰。但是，狂怒驱使着他——愤怒，以及四天前自己打了个败仗的事实。

直到此刻，当时的情景仍十分清晰地呈现在眼前，使他痛苦。那是星期三的事情，当时他第一次和女出纳胡安尼塔·努涅兹交锋，把年轻的波多黎各女人找来盘问。她眼睛里露出无言哀告的神情，其信息是明白无误的：你我两人……你是黑人，我是棕色人。因此，你不同于其他人，应该认识到我在这儿多么孤单，处境多么不利！我多么希望有人来帮助我，公平地对待我！尽管他看出了女出纳眼神里的这一层意思，却粗暴地不予理会，因此，后来女人求助的神情变成了蔑视，这一点他也记忆犹新。

由于记起了这些事情，加上因受迈尔斯·伊斯汀的愚弄而自感羞愧，温赖特决心报复伊斯汀，即使他要为此违犯法律。

温赖特靠着当年做警官时学得的本领，有条不紊地继续搜查。他有把握，只要房间里确有罪证，自己就一定能够把它找出来。

半小时过去了。温赖特发现自己已几乎查遍了能够藏匿罪证的一切角落。他已查看了碗橱，抽屉里的东西也倒出来翻寻过，家具也都一一被敲过摸过，皮箱全被打开。他还翻查了墙上的照片，甚至还把电视机的背部板拆下来看过。他把室内的书翻了一遍，发现有整整一架子书都与货币的历史有关,有人跟他说过,这是伊斯汀的爱好。除了书籍,还有一只文件夹,里面收藏的是古代硬币和纸钞的临摹画和照片。可是找来找去就是没有任何足以构成罪证的东西。最后,他索性将家具全推到一边,把当作起居室用的那一角的地毯卷了起来,然后打开手电,一英寸一英寸地仔细查看起地板来。

要不是有手电,他很可能会忽略那一块留下隐约锯印的地板。这儿有两条缝,颜色比别处的地板浅,这就暴露了秘密,看来这儿的地板被锯开过。他轻轻把两条缝之间一英尺左右的地板撬了起来,发现底下藏着一个黑色的小账本和二十元一张的一叠现钞。

他手脚利索地把地板、地毯和家具分别放回到原来的位置上。

他数了一遍,发觉现钞共计六千美元,接着又匆匆翻了翻那本黑色的小账本。原来这是本赌账,看到赌博牵涉的数目那么大,次数那么多,他不禁轻轻吹了声口哨。

他把账本放在沙发前的活动茶几上——仔细检查尽可留待以后进行——那笔现金就搁在账本旁边。

居然真能找到这笔钱,这使他感到意外。这笔钱一定就是星期三那天银行丢的六千元,对此,他毫不怀疑。但是按他原来的猜想,伊斯汀一定已经把这笔钱兑开了,或者已另立账户存进银行。他当过警察,深知罪犯常干出一些愚蠢的、出人意料的事情来,眼下就是一个例子。

需要查清的是伊斯汀怎么把钱偷到手,又是怎么带回家来的。

温赖特向四周扫了一眼,然后就去关了灯。他把窗帘拉开,舒舒服服地在沙发里坐下,开始等候。

街上有光射进来,小房间里半明半暗。温赖特的思想活动开了。他又一次想起胡安尼塔·努涅兹,希望能找个什么法子弥补一下自己那天的粗暴。这时,他记起联邦调查局的报告说在亚利桑那州的菲尼克斯找到了她出走的丈夫卡洛斯。温赖特想,这个消息对她也许有帮助。

迈尔斯·伊斯汀曾称丢钱的当天在银行里见到过卡洛斯·努涅兹,这自然是无中生有，目的是想把人们的怀疑更多地往胡安尼塔身上引。

这个卑劣的杂种！先是引导别人怀疑女出纳，接着又设法制造更多的疑点陷害她，这还算人吗？安全部头子发觉自己在无意中捏紧了拳头，连忙告诫自己不要感情冲动。

这番自我告诫很有必要，其中的道理他本人一清二楚。必须克制的原因在于好久以前就深埋在他心底的一件往事，一件他极少去触碰的往事。此时，往事竟在无意之中浮上心头。

诺兰·温赖特已年近五旬，他出生在本城的贫民窟，自幼命运坎坷。在他长大成人的过程中，每时每刻都得考虑糊口活命问题，而在他身边，大大小小的犯罪活动司空见惯。十几岁时，他曾跟黑人区的一帮无赖厮混，在这帮人当中，谁违法犯法，谁就算好汉。

就在这个贫民窟里，不论是在温赖特出生前或出生后，人们总是受着一种动力的驱使，温赖特自然也不例外。这是一种有朝一日出人头地，不管是好是坏，总要令别人刮目相看的动力，是想把因出身微贱而积郁胸中的怒火发泄出来的欲望。当时，他既无阅历，又没有信仰，不知善恶好歹，因此，在街上惹是生非似乎就成了唯一的生活必由之路。

就像与他年龄相仿的小伙子一样，当时的温赖特看来颇有希望从警察局和监狱"毕业"。

他并没有走完这条路，一方面是出于机缘，另一方面还得归功于巴福尔海德·凯利。

巴福尔海德是当地一名上了年纪的警察，为人并不特别聪敏，也有点懒惰，成天乐呵呵的。他深知黑人区的警察倘若想活命就得学会一套秘快，案发时远远躲开，只有当事情直接发生在鼻子底下的时候才可采取措施。上司很不满意，说巴福尔海德逮捕纪录在整个警分区总是倒数第一。但是巴福尔海德心里有底，上司骂归骂，自己的退休日期总在年复一年地接近，捞一笔退休金过日子有何不美。

可是诺兰·温赖特这个十几岁的小伙子偏偏撞到巴福尔海德鼻子底下

作案。那天晚上温赖特一伙企图抢仓库，巡警无意之中惊散了他们。盗贼四散奔逃，只有温赖特因为绊了一下，竟摔倒在巴福尔海德的脚边。

"你这个笨手笨脚的傻瓜！"巴福尔海德叫苦不迭，"这一来，填写报告送法院够老子忙一夜了！"

凯利讨厌写报告和出庭作证之类的事，这些事要求警察在值勤之余花费时间，因此叫人头痛。

最后，他想了个折衷办法。他没有把温赖特抓起来，也没有提出控告，而是当夜把小伙子带到警察体育馆，用巴福尔海德自己的话来说，在拳击台上"把这小子揍得屁滚尿流"。

诺兰·温赖特遍体伤痕，疼痛难忍，一只眼睛被揍得又青又肿。不过总算还是个没有逮捕记录的清白人。温赖特恨得直咬牙，下决心只要有机会非把巴福尔海德·凯利狠揍一顿不可。为此，他后来又重访警察体育馆，找到巴福尔海德，要求学拳击。温赖特在很久之后才认识到，学拳击可以发泄胸中的怨愤，而自己正需要这种发泄。他学得很快。但是等到时机成熟，他可以把那个头脑有点迟钝的懒鬼警察轻而易举收拾一顿的时候，温赖特发觉报仇的欲望已经烟消云散。不但如此，他甚至开始喜欢那老头儿了，这种感情使年轻的温赖特本人也大感意外。

一年之中，温赖特坚持练拳击，规规矩矩地上学，尽量不去惹事闯祸。一天夜里，巴福尔海德在值勤时无意中碰上了一起杂货店抢劫案。毫无疑问，和作案的两个坏蛋相比，吓得六神无主的倒是这位警察，他看见对方手里都有家伙，当然不会去拦阻他们。事后调查证明，巴福尔海德甚至没有想过拔枪。

可是，劫匪之一却沉不住气了，在逃跑之前拔出一支将手柄锯去的猎枪，将子弹射进了巴福尔海德的腹部。

枪击事件的消息立刻传开，引来了一群闲人围观，年轻的诺兰·温赖特也在其中。

与世无争的懒汉巴福尔海德还有知觉，他倒在地上打滚挣扎，因剧痛而尖声嚎叫，鲜血和肠子从裂了一个大口子的致命伤处喷涌而出。那种惨状和嚎叫声温赖特一辈子也忘不了——比如此刻。

救护车姗姗来迟。没等车到，巴福尔海德就一边嚎叫着一边断气了。

这件事给诺兰·温赖特留下了不可磨灭的印象，不过给他震动最大的还不是巴福尔海德之死本身，也不是开枪的劫匪及其同伙被捕以及后来凶犯被处决这件事，这些都只不过是不重要的尾声罢了。

给他震惊最大、影响最深的一点是令人寒心的人与人之间的无谓残杀。本来是个微不足道的小案子，作案人愚不可及，注定不能得逞。但是，就在计谋失败之时，区区小事竟产生了令人难以置信的巨大破坏力。

就是这个想法，这种逻辑，占据着温赖特年轻的头脑，挥之不去。

这一事件使他获得了精神上的重生，从此他认识到一切犯罪活动都是消极的，都具有同样的破坏性；之后，他进一步认识到犯罪活动是必须与之奋斗的邪恶的化身。也许，从一出生，他身上就潜藏着一种清教徒式的性格。果真如此，那么这种性格此时抬头外露了。

温赖特一天天长大成人，他的道德标准十分严格，不容变通。这让他在朋友们中间多少显得有些孤高，后来当了警察还是喜欢独来独往。不过论效率，他还是个很出色的警察，加上勤学善学，晋升很快。另外，他这人从不贪赃枉法，对此，班·罗塞利和他的助手们是领教过的。

来到美利坚第一商业银行之后，温赖特仍不改遇事一丝不苟的态度。

安全部头子也许打了个盹儿，是有人用钥匙开锁的声音使他一下子警觉起来。他小心地在沙发上坐直了身子，看看夜光表，时间刚过午夜。

一个身影闪进屋来，外边有一束光射进，来人果然是伊斯汀。一阵关门和摸索开关的声音过后，灯亮了。

伊斯汀立刻看到了温赖特，大惊失色。他张大着嘴，脸色煞白。他想找几句话说，可是嗓子哽住了，什么也没说出来。

温赖特站起身来，怒视着伊斯汀，用刺人的口吻问道："今天又偷了多少？"

没等伊斯汀回答或恢复镇静，温赖特一把抓住他的西服翻领，扭着他猛推一下。伊斯汀四脚朝天地倒在沙发上。

年轻人起初一惊，此时发起火来，气急败坏地叫嚷："谁放你进屋的？你究竟要……"接着，他瞟见那一叠现钞和那个黑色小账本，顿时住了嘴。

"这就对啦！"温赖特严厉地说，"我是来找银行丢的那笔钱的，或者说是那笔钱当中还未花完的部分。"他说着指指堆在茶几上的那一叠钱。"这就是星期三那天你偷的钱，我们全知道啦。要是你还不相信，可以告诉你，盗用别人存款以及其他事情，我们统统都掌握了。"

迈尔斯·伊斯汀傻了眼，呆呆地僵坐在那儿。一阵痉挛过后，他越想越怕，他的头无力地垂了下去，双手掩着脸。

"别来这一套！"温赖特伸手过去把伊斯汀的双手拉开，把他的头托了起来。不过动作并不粗暴，因为他记起自己曾向联邦调查局的人下过保证：决不把人揍扁。

温赖特紧接着说："你得从实招来，快说吧！"

"不，等一等，好吗？"伊斯汀央求着，"让我考虑一分钟。"

"别妄想了！"温赖特最怕让伊斯汀有思考的时间。这年轻人很有心计，他很可能会得出结论——得出正确的结论——保持沉默才对他最为有利。安全部头子深知眼下有两个有利因素，一是把迈尔斯·伊斯汀搞了个措手不及；二是不受法律规定的约束。

要是联邦调查局的人在场，他们就必需告诉伊斯汀他的法律权利，这就是拒不回答问题以及聘请律师到场的权利。温赖特已不在警界服务，因而这一义务对他不再有约束力。

安全部头子想要获得确凿的罪证，以便把偷窃六千元现款的罪名牢牢加在迈尔斯·伊斯汀头上，只需要一张对方签字的供认状。

他在伊斯汀对面坐下，严厉地逼视着年轻人。"我们可以慢慢折磨你让你招供，你也可以爽快些把一切说出来完事。"

对方没有反应。温赖特拿起账簿，把它打开。"从这儿开始吧。"

他指指记载有款项及日期的那一张表格。每一笔账目旁边还注有数字暗码。"是赌账吧？"

伊斯汀的脑子不管用了，只是木然地点点头。

"把这笔账解释一下。"

是一笔二百五十元的赌金，迈尔斯·伊斯汀含糊不清地说，赌的是得克萨斯队和圣母院队的一场橄榄球赛。接着他又解释了输赢情况，他的赌注押在圣母院队，不料得胜的却是另一方。

"这一笔呢？"

对方又是喃喃地作了回答：是另一场。

"说下去。"温赖特用手指着这一页，施加压力。

对方反应缓慢。有几笔是篮球赛的赌账。偶尔，伊斯汀也赢过几次，但是输的次数更多。一次的赌金起码一百元，最高数是三百。

"你是独赌还是跟别人一起赌的？"

"跟别人一起赌。"

"都有哪些人？"

"一共四个，都有职业，跟我一样。"

"也是银行职工？"

伊斯汀摇摇头。"其他地方的职工。"

"他们也输了？"

"输过一些。不过他们的平均成绩比我强。"

"这四人叫什么名字？"

没有回答。温赖特也就不再追问下去。

"你们都不参加赛马赌。为什么？"

"我们几人凑在一起。大家都知道赛马这玩意儿专搞作弊，每一场比赛的结果都是事先安排好的。橄榄球和篮球不搞花招。于是，我们就商定了一个办法，心想只要比赛正大光明，我们就可以赢钱。"

只要把一次又一次输掉的钱加在一起就可以看到这家伙完全失算了。

"你只在一个聚赌抽头的老板那儿下赌还是多处下赌？"

"只在一处赌。"

"老板叫什么名字？"

伊斯汀又不作声了。

"你从银行里偷的其他那些钱上哪儿去了？"

年轻人嘴巴朝下一撇，可怜巴巴地回答："花了。"

"花掉的还不止这些吧？"

伊斯汀无力地点点头，表示温赖特问得不错。

"那个以后再谈。眼下还是谈谈这笔钱吧。"温赖特碰了碰堆在两人中间茶几上的六千元，"星期三你偷钱的事我们已经查清。你是怎么偷的？"

伊斯汀犹豫了一下，耸耸肩说："我猜想你们都知道了。"

温赖特厉声说："你猜得不错。快说，别浪费时间。"

"星期三那天，"伊斯汀招供说，"有人患流感没来上班，我临时被拉去当出纳。"

"这些我知道。快说经过。"

"银行开始营业之前，我进金库去领一辆现金车，是不在专人名下的备用车。胡安尼塔·努涅兹当时也在金库。她正在专归她管的现金车旁开锁，我恰好在她身边。乘她没注意，我偷看了她开锁时用的字码排列法。"

"后来呢？"

"我把开锁密码暗暗记在心里，后来一找到机会，就把它写了下来。"

经温赖特一再催问和提示，足以定罪的事实真相一个接一个地明朗起来。

市中心分行的金库面积很大。白天，金库出纳员在库内一个笼子般的出纳间工作，这地方就在由定时锁控制启闭的金库的笨重大门旁边。金库出纳员成天忙个不停，不但要数钱，交出和回收现钞，还要记录出纳员和现金车的出入。谁要想躲过他的眼睛进出金库是办不到的，但是人们一到里面，金库出纳就不大去注意他们的行动了。

那天早上，迈尔斯·伊斯汀仍装出无忧无虑的样子，其实内心很不安，他急需现钱。上一周又赌输了，债越欠越多，债主都逼上门了。

温赖特打断他："你已把银行职工权利范围内的那笔贷款借了去，还向几家信贷公司借钱。另外，你也欠聚赌老板钱，对吗？"

"对。"

"还欠其他人钱吗？"

伊斯汀点点头。

"放高利贷的？"

年轻人期期艾艾地承认："是的。"

"那家伙在逼你吧？"

迈尔斯·伊斯汀舔舔发干的嘴唇："是的，还有聚赌老板。两人一直到今天还在逼我。"他向那六千元现钞偷偷瞟一眼。

像做拼图游戏一样，事情一步步有了眉目。温赖特指指那笔钱问道："你答应用这笔钱还清两笔债？"

"是的。"

"每人各有多少？

"两人各有三千。"

"什么时候还？"

"明天。"伊斯汀坐立不安地望着墙上的钟，改口说，"今天。"

温赖特给他一个提示："再来谈谈星期三的事。这么说，你掌握了努涅兹现金箱的开锁法。后来你又是怎么用上的？"

迈尔斯·伊斯汀把经过原原本本招供出来，事情非常简单：那天干了一早上的出纳以后，他故意和胡安尼塔·努涅兹在同一时间休息吃午饭，饭前，两人把各自的现金车推进金库，上锁后就并排留在库内。

伊斯汀匆匆吃完午饭赶到金库。金库出纳员记下他入库时间，过后就只顾做自己的事情去了。当时库内并无别人在场。

迈尔斯·伊斯汀径直走到胡安尼塔·努涅兹的现金车旁，用自己记下的密码开了锁，然后只用几秒钟时间匆匆拿出三包钞票，共计六千元整。接着他把现金箱关上，重新上了锁。三包钞票塞在里面的衣袋中，外人是很难看出来的。这样，他就推着自己的现金车出了金库，照旧做自己的工作。

冷场片刻之后，温赖特说："这么说来，星期三下午大家忙着查问女出纳的时候——其中也有你本人参加——还有，同一天傍晚你我谈话时，那笔钱一直就在你身上？"

"是的。"迈尔斯·伊斯汀想起事情干得这么顺手，脸上隐约掠过一个的微笑。

这没有逃过温赖特的眼睛。安全部头子二话不说，弯身向前，狠狠打了伊斯汀两记耳光。第一记是用手掌心，第二记是手背。这两记耳光打得狠，温赖特把手都打痛了，而迈尔斯·伊斯汀的脸上顿时显出两处红肿。伊斯汀在沙发上缩着身子往后躲避，拼命眨眼不让泪水掉下来。

安全部头子恶狠狠地说："这两下子是要让你记住，无论对银行或是对努涅兹太太，我认为你的作为都没有什么好笑的，完全没有什么好笑。"两记耳光打过，他还发现迈尔斯·伊斯汀这家伙很怕别人动武。

他又注意到时间已是凌晨一点。

"下一步要你做的是，"诺兰·温赖特宣布，"写一份供词。你得亲笔写，把你刚才供认的一切全写上去。"

"不！我不写！"伊斯汀这时警觉起来了。

温赖特一耸肩："那样的话，我再待在这儿就没有意义了。"他说着伸过手去，把那笔六千元的现钞一一塞进衣袋。

"你不能拿走！"

"不能？你想不让我拿走？你倒来试试！我要马上把钱缴回银行去，交给夜班存款部。"

"告诉你吧！你根本没有办法证明……"年轻人结巴着只说了一半。

这时他的脑袋开始管用了，刚刚想起现金的票面顺序号根本没有记下来，但这时才想到，为时已晚。

"我也许能够找到办法证明这六千元正是星期三失窃的那笔现款,也许无法证明这一点。如果我无法证明,你再去提出起诉,从银行里提回这笔钱不迟。"

伊斯汀哀求:"可我现在需要这笔钱,今天就有用!"

"啊,当然了,一部分交给聚赌老板,一部分交给放高利贷的,要不就是交给那两人派来逼债的打手。你可以向他们解释钱是怎么丢的,不过我看他们不会容你开口。"安全部头子看看伊斯汀,第一次露出了一点顽皮的神态。"真是够你受的了。两个债主可能一起上门,然后就各抓一条胳膊和大腿,把你打个半死。他们干惯了这一套,你难道没听说过吗?"

伊斯汀眼神慌乱,真的吓坏了。"是的,我确实听说过。你得帮我一把,求求你!"

温赖特已走到门口,听到伊斯汀哀求便冷冷回答说:"可以考虑,但你得先把供词写下来。"

银行安全部头子口授,伊斯汀乖乖地按口授逐字写下:

本人,迈尔斯·布罗德里克·伊斯汀,自愿供述如下。没人对我进行诱供,也没有人用武力或以武力相威胁对我进行逼供……

兹招供从美利坚第一商业银行偷窃现款六千元整,作案时间是星期三下午一时三十分左右,十月……

我以下述方法偷窃并藏匿了这笔现款……

一刻钟前,在温赖特装出准备拂袖而去的样子之后,伊斯汀战战兢兢地采取了合作的态度。

伊斯汀还在继续写自己的供词。这时,温赖特给联邦调查员英尼斯的家挂了个电话。

第十五章

十一月的第一周，班·罗塞利的病情进一步恶化。自从银行总裁宣布病危至今，四个星期过去了。这期间，他的身体越来越虚弱，由于癌细胞不断扩散，侵袭着其他健康肌体，总裁的体力已消耗殆尽。

到班老头家去探病的人——包括罗斯科·海沃德、亚历克斯·范德沃特、埃德温娜·多尔西、诺兰·温赖特和不少银行董事——全都感到震惊，没想到总裁的病在短短的时间里就恶化到这般地步。显然，老头儿已经没有几天好活了。

十一月中旬，本城遭了一场凶猛的暴风雨，那风势实不亚于海洋上的飓风。暴风雨之中，班·罗塞利由救护车送往亚当斯山医院的单人高级病房，而这短短的一段旅程竟成了他生命的最后一段旅程。送医院时，班老头已经靠镇静剂维持生命，神志清醒、说话连贯的时刻一天比一天少了。

他不得不放弃掌管美利坚第一商业银行的最后一点权力。银行的几名高级董事于是开了个秘密会议，决定召集一次董事全会，任命总裁的继任。

这次董事会定于十二月四日举行。

上午十点钟光景，董事们陆陆续续抵达会议室。大家亲热地打招呼，态度自然而又不过于自谦，事业发达的实业家在与同自己地位相仿的人打交道时总是采取这种态度。

不过，今日同事间的亲热关系比平时来得拘谨，因为大家敬重的班·罗塞利正躺在一英里外的医院里奄奄一息。话说回来，在场的都是身经百战的商界巨头，与班老头本人资历相仿，大家都明白，不管出什么意外，事业无论如何不能中断，要知道人类文明就是靠这样的事业维持着的。会场上的情绪似乎可用这几句话来概括：想到今天我们非作出决定不可的原因，大家都深感遗憾，但是我们必需履行对事业的神圣职责。

于是，董事们坚定地走进会议室。会议室用胡桃木镶护壁板，屋里悬挂着经过遴选的好几位前任的画像或照片。画中人一度也都是叱咤风云的人物，只是如今已成历史。

不论哪一家大公司的董事会都有点像一个容不得外人的高级俱乐部。除了三四名在本企业内担任全日职务的最高级经理，董事会一般由二十名左右来自其他不同行业的大企业家组成，这些企业家本人往往又在别的企业担任董事会主席或董事长之职。

请这类其他企业的资本家来当董事通常是出于下列原因中的一个或几个：这些人在其他行业经营卓有成效；这些人所代表的企业信誉卓著，或者这些企业与他们出任董事的公司在金融方面有着密切的联系。

对企业家说来，能当上董事是莫大的荣誉，而他出任董事的公司越是在社会上具有举足轻重的影响，这人脸上就越有光彩。为此，不少人到处找门路想多捞几个董事名义，那股劲儿简直就像印第安人搜罗敌人的头盖骨一样。另外一个原因是人们尊敬董事，当董事能够满足他们的虚荣心；此外，当董事的报酬也十分丰厚——一些大公司的董事每参加一次董事会就可得一千至二千元的车马费，而在一般情况下，董事会一年要举行十次。

要是当上一家大银行的董事身价就更高了。一个企业家如果有幸应邀在第一流的银行里当董事，其荣耀相当于被英国女王授以爵士衔，因此，不少人竞相争夺这份光荣。美利坚第一商业银行是全国二十家最大的银行之一，从它董事会的阵容看，确也够得上这点资格。

或者说，董事们本人都是这样想的。

亚历克斯·范德沃特看着在椭圆形长会议桌旁就座的董事，不禁想到其中有多少人只不过是挂名的庸碌之辈；此外，这其中还有不少利益冲突，有些董事或他们所代表的公司是银行的主要贷款户。如果由他出任总裁，他的长远目标之一就是要改组银行董事会，使其更有代表性，而不再是一个供人混日子的俱乐部。

但是他能当上总裁吗？还是海沃德会上台？

今天会上，两人都有可能入选，过一会儿两人还要像竞选要职的政治家那样发表演说，亮出观点。董事会副主席杰罗姆·帕特顿将主持今天的会议。两天前，此人曾试探过亚历克斯，他说："你同我们大家一样心里明白，董事会将在你和罗斯科两人当中选一个。你们两人都不错，所以要选定总裁不是件容易的事。帮助我们拿主意吧。请告诉我你对美利坚第一商业银行的观感，爱怎么说就怎么说。至于说些什么，以什么样的形式表达最妥当，请你自己定夺。"

亚历克斯知道，罗斯科·海沃德必然也接到了类似的通知。

海沃德不改自己一贯的作风，准备了一份讲稿。他坐在会议桌那一头，正好和亚历克斯面对面，这时正在专心致志地研究讲稿。他那鹰钩鼻突出的脸严肃庄重，纹丝不动；无框眼镜的背后一双眼睛死死盯着打字机上打出的一行行文字。海沃德的才能是多方面的，其中之一便是能使自己犀利的头脑完全专注于某一问题，特别善于专心研究数字。一次，一个同事曾这样评论："罗斯科研究盈亏一览表就像乐队指挥熟读乐谱。哪些是细微难辨的差别，哪里有几个不自然的音符，哪些乐段尚未最后结束，从哪儿开始由弱到强，哪几个音有潜在的意义，所有这些别人看不出来的东西都逃不过他的眼睛。"毫无疑问，海沃德今天不管发表什么样的高见，总不会不提数字。

亚历克斯拿不定主意，不知道是不是应该在自己的演说里引用数字。

由于他没随身带资料，要用数字也只得靠记忆。昨晚，他苦苦思索到深夜，最后还是决定开会时根据当时的情形即兴发言，一面构思一面谈。

他提醒自己：就在这个会议室里，不久之前自己曾听到班老头宣布，"我快死了，医生说我活不多久了。"不论当时或现在，这些话都可作为一种证明，告诫人们现世的一切都是有限的；这些话嘲弄世人的勃勃雄心，不论这种雄心存在于自己身上，还是在罗斯科·海沃德或其他人身上。

但是，不管雄心到头来是不是一场空，他还是十分想当银行总裁。像当年的班老头一样，亚历克斯希望能有机会发号施令，就有关宏旨的问题作出决定，亲自安排银行事务的主次缓急，并以自己的全部决策留下一份有意义的贡献。从长远的角度看来，不管自己的成就是否确有意义，发奋工作本身就是最好的报酬。处理日常事务，执掌银行大权，尽心竭力，占人之先，这一切都能给人乐趣。

在董事会议桌对面靠右一点的地方，哈罗德·奥斯汀阁下坐在自己惯坐的椅子上。他身穿一套赛罗提的方格子衣服，里面是一件标准式样的长领衬衫，打一条犬牙印格图案的领带，看上更像是《花花公子》上的模特儿。他嘴里叼一支粗大的雪茄，随时准备点火。亚历克斯看见奥斯汀便向他一点头，对方回了一个礼，但态度十分冷淡。

一星期前，哈罗德阁下上门责问亚历克斯为什么扣下为键式信用卡做广告的那几则文字，要知道这几则广告正是奥斯汀公司的作品。哈罗德阁下当时很不客气地指出："键式部业务要扩大，那是董事会批准的。另外，贷款部的几个负责人都已同意发那一批广告，没想到在你手里卡住了。我还没打定主意，是不是应该把你这种独断行为提请董事会注意。"

亚历克斯直截了当地把他顶了回去："首先，董事们就键式部业务作了什么样的决定，我一清二楚，因为开会时我本人就在场。董事会并没有同意为了扩大业务就得滥做广告，把那些引人上钩的欺骗宣传硬塞给用户，从而破坏银行的信用。哈罗德，你手下那些富有创造性的人完全可以把事情做得更好些，事实上他们后来也已修改了那几则广告，经我过目已批准发行。至于说到独断专行，我只不过作了一个经理应作的决定，这完全属于我职权范围，今后若有必要，我还会作这样的决定。所以，要是你愿意，你尽可把这件事提交董事会。不过，倘若你愿意听听我的意见，我看董事们未必会感谢你，他们倒可能认为还是我做得对。"

哈罗德·奥斯汀听罢眼露凶光，不过看来他已决定让事情到此为止。这个决定也许是明智的，因为就算是修改后的作品奥斯汀广告公司拿到的报酬也是一样的。亚历克斯知道自己因此树了敌。不过，哈罗德阁下显然属意罗斯科·海沃德，不管怎么样总会支持海沃德，因此亚历克斯不认为广告问题会对今天会上的决定产生多大的影响。

亚历克斯明白，诺桑钢铁公司董事会主席伦纳德·L·金斯伍德是坚决支持自己的董事之一。这位先生心直口快，精力充沛，此刻坐在会议桌的上首正与邻座谈得起劲。金斯伍德曾在几个星期前打电话给亚历克斯，告诉他罗斯科·海沃德拼命在董事中间活动，游说他们支持自己当总裁。"我不是说你也应该照做，亚历克斯。那得由你自己拿主意。我是给你送个信，罗斯科的活动可能奏效。他骗不过我。他这人不是当总裁的材料，我曾经对他本人说过这话。但是，他那三寸不烂之舌有可能说得一些人上当。"

亚历克斯向金斯伍德道了谢，但压根儿没想去抄袭海沃德的做法。

求人帮忙在某些场合可能有用，但也有些人很反感在这类事情上施加个人压力，求情反而会把他推到敌对的立场上去。再说，班老头还没断气，此时此刻就四处活动，想把他的职位抓过来，亚历克斯可不愿做这种事情。

但是，亚历克斯承认今天的会非开不可，会上作出决定同样是必要的。

董事会议室里嗡嗡的谈话声突然中止。原来，最后两名董事终于入座。坐在会议桌上首第一席的杰罗姆·帕特顿用一个木槌轻轻敲敲桌子，宣布："诸位，董事会议现在开始。"

今天会上唱主角的帕特顿是个平时不肯抛头露面的人，在银行经理人员的等级结构中只不过是个吃闲饭的角色。帕特顿现年六十多岁，行将退休。几年前，帕特顿就职于一家被美利坚第一商业银行合并的小银行。自合并以后，他的职权经两家银行共同商定在无形之中逐步缩小，到了今天他只能插手若干信托部事务，除此之外，就只有和客户打高尔夫球打发时光了。其中占首位的还是高尔夫球，以致在一般的工作日，一过下午两点半，就难得在他的办公室里找到杰罗姆·帕特顿。至于董事会副主席这个职务，多半是个空名。

从外表看，帕特顿有点像乡绅。他的头秃得厉害，除了一圈像光轮一样稀疏的白发，他那粉红色的头颅活像鸡蛋的一端。说来奇怪，在这样的一颗头颅上竟长了两道浓密的眉毛，不听话地竖着。眉毛底下那一对褐色的圆眼睛像是老挂着混浊的粘液。老头儿穿着华丽，这就加深了他那乡绅的形象。亚历克斯·范德沃特给帕特顿下过一个评语，认为董事会副主席智力出众，只是近年来，他除非不得已就不肯使用自己的脑袋，因而头脑就像一台废弃不用的马达一样生出锈来。

不出人们所料，杰罗姆·帕特顿首先向班·罗塞利表示敬意，接着宣读了医院最近一次发表的病情公告，公告声称"病人越来越虚弱，神志昏迷"。董事们听了，有的撇嘴，有的摇头。"但是我们共同的事业是永世长存的。"董事会副主席列举各种原因来证明举行这次会议的必要性，其中最主要的一点就是要尽快择定美利坚第一商业银行的总裁。

"诸位大多了解约定的程序。"接着，他宣布了与会者都已了解的议程：罗斯科·海沃德和亚历克斯·范德沃特将向董事会致词，然后二人退场，由董事们讨论谁当选总裁。

"至于发言顺序，我们将采用自古以来的老规矩，按姓氏字母排序。"杰罗姆·帕特顿朝亚历克斯顽皮地眨眨眼，"我的名字P字打头，为此时而要吃亏。你的名字V字打头，但愿这个字母未曾给你带来过多的不便。"

"很少有什么不便，主席先生，"亚历克斯说，"有时，我反倒有机会后发制人。"

会场上响起一阵笑声，开会到现在人们还是第一次笑出声来。罗斯科·海沃德也应景地咧咧嘴，不过笑得很勉强。

"罗斯科，"杰罗姆·帕特顿说，"请吧，大家洗耳恭听了。"

"谢谢你，主席先生。"海沃德站起身来，把椅子往身后挪得远一些，神态镇静地看了看会议桌旁十九名与会者。他端起面前的玻璃杯，呷了一口水，神气十足地清清嗓子，接着就以平稳的语调有板有眼地说开了。

"各位董事，今天我们在这儿举行秘密会议，会议的情况不但不见报，而且也不会通知其他股东。有鉴于此，本人愿意直截了当地着重谈谈本人及本董事会必须首先考虑的问题——美利坚第一商业银行的利益率按本人愚见，"他加重语气又重说一遍，"利润率，各位，是我们的第一要务！"

海沃德扫了一眼讲稿："请允许我进一步说明这个问题。

"在我看来，不论在今日的银行界或在整个商界，人们在作决定时都过多地受到当代各种社会问题和其他纠纷的影响。我是一个银行家，我认为这种态度是错误的。请允许我强调，我决不是要缩小个人社会责任的重要性，我以为，本人也是颇有些社会责任感的。同时，我也承认我们之中的每一位必须不时回过头去检验自己的价值观，根据新的思想调整自己的观点，并作出自己力所能及的贡献。但是说到公司的方针政策，那完全是另外一回事，不能让变来变去的社会风尚和一时的怪念头左右我们的方针政策。要是让这些因素左右方针政策，让这种思想支配我们的业务，那就会危及美国的自由竞争原则，对本行说来，我们的力量将被削弱，影响业务增长，减少利润，其后果更是不堪设想。总而言之，我们应该同其他企业一样重新采取超然态度，不去介入社会政治事件。社会政治形势除了会对本行客户的金融活动产生一定的影响之外，根本不需要我们去过问。"

演说人严肃的脸上掠过一丝笑意："我承认如果在大庭广众下说这些话，那就很不合时宜，也不得人心。我还愿意进一步向各位保证，不管在任何公共场合，我决不会说这样的话。但是在今天这样董事私下开会作出实质性决策的场合，我认为这些话完全具有现实意义。"

几个董事赞赏地点头。其中一人得意忘形地在桌面上猛击了一拳。

其他一些董事，包括钢铁资本家伦纳德·金斯伍德，则面无表情。

亚历克斯·范德沃特暗自想道：看来，罗斯科·海沃德打定主意来一次针锋相对的摊牌，决定把观点全部摆出来一决雌雄。海沃德刚才所说的一切和亚历克斯的信念完全背道而驰，这一点演说人无疑心里明白。不但如此，这些同班·罗塞利的信仰也大相径庭，近年来，班老头在银行里采用了越来越多自由化的做法就是明证。班老头使美利坚第一商业银行介入本城和本州的公益事业，创办了诸如东城新区的项目。不过，亚历克斯心中不存幻想：董事会里有相当一批人对班老头的方针心存疑虑，有时甚至大大不以为然，所以这些人肯定会欢迎海沃德只讲生意的硬路线。现在的问题在于支持硬路线的势力有多大？

对罗斯科·海沃德的一个说法，亚历克斯完全同意，那就是他刚才说的：今天是董事私下开会……作出实质性的决策。

"实质性"一词用得有道理。

事后，股东和公众可能通过印刷精美的年度报告或其他途径获知关于银行决策的一鳞半爪，这类东西都是经过加工的，目的在使大家陶醉于银行的成绩。而此时此地，董事会关门开会，这才是直言不讳真正决定银行大计的场合，为此才要求公司的每一位董事谨慎小心，守口如瓶。

"可以举个非常相似的例子，"海沃德向众人解释，"我刚才说的这一切与我本人所属的教会所经历的变迁很相似，我对社会的部分贡献正是通过教会作出的。

"二十世纪六十年代，教会花费金钱，拨出时间，作出努力来促进社会公益，其中又以改善黑人地位的事业尤为突出。所以会这么干，部分原因是外界压力，同时教徒当中一些人也认为这样做才合潮流。这样，从各种方面教会竟成了社会代理机构。但是近年来，我们中的一些人重新控制了教会，认识到这种激进主义的色彩与教会是不相容的，我们应该回过头去遵循宗教礼拜的基本教义。因此，礼拜仪式的次数增加了，在我们看来，这才是教会的首要职责。同时，我们正逐步放弃积极介入社会活动的方针，把那些事情交给政府和其他机构，因为我们认为政府和其他机构的责任正在于此。"

亚历克斯不知道其他董事是否和自己有同感，社会公益竟然同教会"不相容"，这实在令人不解。

"刚才说过，利润才是主要目标，"罗斯科·海沃德自顾自往下说，"我知道有人会对此提出异议，他们会说，不顾一切地去追逐利润是愚蠢的行为，是目光短浅的自私丑恶的行为，对社会来说，没有任何好处。"讲演人抱着容人反驳的宽宏态度微微一笑，"各位对于这类论点都是很熟悉的。"

"不过，我是一个银行家，因此对这种看法决不敢苟同。牟取利润决不是目光短浅的行为。就本行或其他银行而论，只要能够赚钱就对社会有很大的好处。

"让我借此发挥几句：银行以每一股份的盈利额来计算自己的利润。这种盈利额记录在案，并向社会公开，因此股东、存户、投资人和国内外的实业界都广泛地研究这些数字，银行盈利数字一有涨落，人家就看出银行实力的变化。

"只要盈利趋势坚挺，银行信用就好。但要是让几家大银行每一股份的盈利额跌一点下来，后果会怎么样？公众开始会不安，继而很快就会酿成恐慌：存户提款，股东退股，银行的股票行情看跌，甚至危及银行本身。总而言之，会引起一场最严重的社会危机。"

罗斯科·海沃德说到这儿摘下眼镜，用一方亚麻布手帕擦拭着。

"谁敢说不会发生这样的事。一九二九年开始的大萧条时期不就是先例吗？不同的是今天的银行比当年规模大得多，因此比较起来，后果也将更惨。

"基于上述原因，像我们这样的银行必须谨慎小心地履行自己的职责——设法既为银行本身也为股东们赚钱。"

董事会议室里又响起一阵表示赞赏的低语声。海沃德又翻了一页讲稿。

"那么，我们的银行怎么设法赚取最大限度的利润呢？我想先向各位说一说，哪些做法会无法使我们赚取最大利润。

"一个做法就是插手一些目的可嘉但从金融角度看完全失策的项目，或者是那些长期绑定银行资金但利率微乎其微的项目。当然，我指的就是出资建造低工资阶层的住房。我们务必要避免在任何房屋抵押业务方面投入银行资金，即使要投资的话也决不能超过最低限度额，因为这类业务收益之低是众所周知的。

"另一个会使我们无法获取最大利润的做法是任意作出让步，降低出借贷款的标准。举例来说，对于有色人种企业的贷款标准就不能降低。在这个问题上，目前银行受到很大的压力，我们应该顶住。之所以要进行抵制，并不是因为种族问题，而是从精明的生意角度考虑。今后只要有机会仍应大力发放有色人种企业贷款，但是条件和标准不得通融。对所有的借户均应一视同仁。

"另外，本行也不必过多去关注环境污染这类不着边际的事情。客户的企业在生态环境方面表现如何，跟我们没有关系，不必由我们去下结论。只要客户经济情况良好就行了。

"一句话，如果我们去给别人当管家，去充当法官或狱卒之类的角色，我们就无法获得利润。

"当然，有时候我们不妨说几句，支持下各种公益事业，如造价低廉的住房建筑、城市重建、改善环境、能源问题、资源保护问题，以及其它新出现的种种问题。本行毕竟是个举足轻重的大企业，在社会上颇有声望，我们可以施加自身的影响，而不必在财政上蒙受损失。再进一步说，我们也不妨拨出若干象征性的款项，由我们的广告部到社会上去张扬一番，甚至——"他哈哈一笑，"在某些场合还可以把本行捐款的数目说得大些。不过真正要想赚钱的话，本行的主要力量还得用到别的地方去。"

亚历克斯·范德沃特想：不论别人会对海沃德提出什么样批评，有点可以肯定，那就是谁也不会在事后指责他没说清楚自己的意思。

从某种意义上说，他的演讲是一篇畅所欲言的声明，只是这番话经过十分周密的字斟句酌，撰稿人甚而至于还故意带上一点愤世嫉俗的态度。

金融企业界的佼佼者，包括此刻坐着开会的许多董事先生，对于束缚他们手脚、不让他们赚钱的种种限制恼火得很。他们在公众场合说话非转弯抹角不可，不然消费者或其他专门抨击商界所作所为的人士就要起哄。对此，他们也是一肚子的不满意。所以说，听到自己心底深处的思想由别人说出口来，而且说得毫不含糊，大家都觉得如吐骨鲠般的痛快。

显然，罗斯科·海沃德考虑了这一点。亚历克斯·范德沃特还断定，海沃德在明确表态之前一定已对会议桌旁众人情况作过分析，计算过各人投票时的倾向性。

亚历克斯也有自己的打算。他仍然相信有一批董事持中间立场，这批人的力量足够扭转会议的风向，把优势从海沃德手里夺过来。问题是得设法说得这批人动心。

"具体说来，"海沃德宣称，"本行应按照传统做法，依靠美国工业界。我这儿指的是那些经事实证明生财有道的工业部门，那些部门利润高，跟他们做生意，本行所得利润也将相应提高。

"换句话说，我确信目前美利坚第一商业银行的资金中，准备用于向工业界提供大笔贷款的部分远远不够，我们应该立即着手扩大这类贷款业务……"

真是老生常谈！罗斯科·海沃德、亚历克斯·范德沃特和班·罗塞利三人过去经常辩论的就是这个题目。海沃德此刻提出的论据没有任何新鲜的东西，不同的是这一回他用上了数字和图表，说得娓娓动听。

亚历克斯感到董事们都给他说动了心。

海沃德就扩大工业贷款同时削减社会义务的题目又讲了三十分钟。

讲到最后，用他自己的话说，他"向理智提出呼吁"。

"今日之下，银行界急需讲究实用的领导人。这种领导人不受感情的支配，也不会因为公众起哄，屈服于外界压力，花钱不讲实效。我们都是银行家，因此看到财政前景不妙的时候，必须坚决说出否定意见，只有在预见到有利可图的情况下，才开绿灯。我们决不能牺牲股东的钱到社会上去收买廉价的好名声，而应该仅从牟取最大利润这单一的角度考虑使用本行资金及客户的存款。如果有人因为我们实行这样的方针把我们叫作'唯利是图的钱商'，让他们叫去。我本人对于这样的称号深感荣幸。"

海沃德在一片掌声中坐下。

"主席先生，"钢铁资本家伦纳德·金斯伍德欠身举手，要求发言，"我有几个问题，还有一点不同看法。"

会议桌下首座位上的哈罗德·奥斯汀阁下立刻针锋相对地宣布："主席先生，请载入记录：本人对于刚才发言的全部内容没有任何问题，并表示完全同意。"

大家一阵哄笑。接着，迄今为止没发过言的中部大陆橡胶公司董事长菲利普·约翰森补充说："哈罗德，我同意你的看法。我也认为是到了采取强硬方针的时候了。"话音刚落，那边又有人帮腔："我也同意。"

"各位，各位，"杰罗姆·帕特顿用木槌轻轻敲着桌子说，"会议议程才进行了一部分，等一会儿还有时间让大家提问题。至于不同意见，我建议等罗斯科和亚历克斯两人退场之后再谈。现在，咱们还是先听听亚历克斯的高见吧。"

"在座诸位多数对于我这样一个人和这样一个银行家是十分了解的。"亚历克斯开始讲演。他态度随便地站在董事会议桌旁，像平时一样双肩微微拱起。为了不但能看到坐在自己对面的董事，也看到左右两边的与会者，他把身子稍稍向前一欠。他设法使自己的语调始终显得很随便，像是在跟别人聊天。

"诸位也知道，或者说诸位应该知道，作为一个银行家，我是不讲情面的，倘若哪位愿意，也尽可把'唯利是图'的帽子给我戴上。在我出面为美利坚第一商业银行做的金融父易中颇不乏这方面的证据，这些交易全是赚钱生意，从来没有亏过本。银行业和其他企业显然没有什么两样，从利润率出发就是从实力出发。这条道理对于从事银行事业的人说来也完全适用。

"不过,我很高兴,罗斯科提出了这个问题,因为这样我就有机会对于利润率问题谈谈自己的看法,同样也还可以就自由、民主、爱情和母爱等问题发表一些浅见。"

有人笑出声来,亚历克斯也回以轻松自如的一笑。他把椅子往身后推一推,给自己留出舒展手脚的地盘。

"在咱们的美利坚第一商业银行,关于利润率问题还有一点值得提一提,那就是利润非大大增加不可。这一点后面再谈。

"现在,我只想就基本信念问题说几句。

"我的基本信念之一是,眼下的十年,人类文明经历了自工业革命以来最有意义、最剧烈的变化。我们当前亲眼目睹并参与其中的是一场涉及良心和行为的社会革命。

"有些人不喜欢这场革命;我个人却喜欢它。但是,不管人们的好恶,革命已经在我们中间发生,既不会倒转,也不会消失。

"而促成这一切的动力在于社会上的多数人决心要改善自己的生活,阻止环境污染,并保护各种幸存的资源。正是出于这种理由,社会正对工商界提出按全新的准则,以便使大家都奉行'商界的社会责任'。另外,在人们责任感增强、按新准则行事的同时,利润并没有明显地下跌。"

董事会议桌旁的地盘实在有限,亚历克斯烦躁不安地挪动着身子。

他拿不定主意是不是要对海沃德提出的另一个挑战迎头予以回击,经过考虑,他决定要试一试。

"说到责任和义务,刚才罗斯科谈到教会。他告诉我们那些被他称之为'重新控制'教会的人正在退出社会,主张实行一种不介入政策。依我看,罗斯科和他那些教会伙伴是在开倒车,这种态度无论对基督教或是对银行业说来都没有好处。"

海沃德霍地跳将起来,抗议说:"不像话,这是人身攻击!而且是对我本意的歪曲。"

亚历克斯不动声色地回答说："我觉得这两个罪名都不成立。"

哈罗德·奥斯汀用手指关节猛敲桌面："主席先生，我坚决反对亚历克斯采用人身攻击的做法。"

"是罗斯科自己把教会扯了进来，"亚历克斯反驳道，"我只不过是对这个题目略加评论而已。"

"我看你还是少加评论为妙。"菲利普·约翰森的声音从会议桌那头传了过来，语调十分尖刻，"不然的话，我们就要从你们两人平时结交哪些朋友来作出评价，那样一比，罗斯科和他的教友就要遥遥领先了。"

亚历克斯的脸蓦地红了："请问你这话是什么意思。"

约翰森耸耸肩："我听别人说，你太太不在家时，跟你混得最熟的女性朋友是一个左派活跃分子。也许这才是你喜欢革命的原因。"

杰罗姆·帕特顿又一次击木槌要求肃静，而且这一次敲得特别用力。"够啦，各位！本主席不准双方再提到这类事情。"

约翰森暗暗好笑：你尽管下命令，我要说的话反正已经说完了。

亚历克斯·范德沃特气得火冒三丈，他在考虑要不要采取强硬态度，声明不许别人干涉自己的私生活。最后，他决定不这么干。若是别的场合，他也许非采取强硬态度不可，此刻却不行。他认识到自己刚才回过头去评论海沃德把教会扯进来打比喻的做法，实在是失策。

"我想还是继续，"他自管自往下说，"谈谈我原来的题目。作为银行家，我们怎么能够对变化中的现状视而不见呢？这样做实际上就是站在风头上硬说不起风。

"我们不能仅仅从实用主义的金融角度出发逃避社会现实。在座各位都有亲身体会，无视变化的人，事业绝不可能兴隆，只有预见到变化并努力适应变化的人才能赚钱。我们是掌管金钱的人，对于投资行情的涨落都十分敏感，因此，只有认真听取并注意周围的变化，努力去适应这种变化，才能取得最大的利润。"

亚历克斯感觉到尽管刚才判断失误，自己这番强调现实利益的开场白已唤起大家注意。不在本行任职的董事几乎人人都跟涉及到污染控制、保护用户利益、商品广告的真实性、有色人种的雇用、男女平等方面的立法活动发生过抵触。修订这类法律时，在座银行董事主持下的各公司常常发出愤怒的鼓噪。但是，法案一经成立，这些公司又往往很快学会如何去适应新的规定，并大言不惭地四处宣传自己如何对公众利益作出了巨大的贡献。董事中也有人因此接受了教训，认识到商界的责任感对企业说来有利无弊，于是便竭力鼓吹自己的新看法，伦纳德·金斯伍德便是其中之一。

"美国共有一万四千家银行，"亚历克斯提醒美利坚第一商业银行的董事，"就贷款而言，实力强大。毫无疑问，向工商界提供贷款时，银行的实力也应包含银行家的责任感这一内容。出借标准毫无疑问应该就是用贷款客户在社会上的经营态度来衡量。如果向一家厂商提供贷款，我们就要问一问，这家工厂是不是污染环境？要是有一种新产品需用本行贷款打开销路，我们就要问一问，这种产品是不是危及消费者？这家公司的广告是不是基本符合事实？甲乙两厂都向本行要求贷款，哪一家在消除种族歧视方面做得更好些？"

他前倾着身子，挨个扫了椭圆形会议桌旁的董事一眼。

"不错，在目前，人们并不总是把这些问题正式提出来，也并不完全依此办事。但是，一些大银行已开始提出这些问题，作为生意做得是不是正当的依据。美利坚第一商业银行应该急起直追，照此办理，那才是明智的做法。不管在什么行业，带头的企业总能够获得巨额红利，银行界也一样，谁带头谁就能捞到好处。

"还有一点同样重要：眼下我们还可以自愿地采取这一方针，以后要是被法律规章所迫才迟迟改弦易辙，那就不好了。"

亚历克斯停顿了一下，从会议桌旁挪开一步，接着又转过身子来问道："本行还应在其他哪些方面履行一家企业应尽的责任呢？

"我同班·罗塞利的看法是一致的，认为本行应该参与改善本城以及本州人民生活的事业。一个直接的途径就是为低租金住房营造提供资金。

这一方针早在东城新区工程的初期已经本董事会批准。我认为随着时间的推移，本行在这方面的贡献应该更大一些。"

他朝罗斯科·海沃德扫了一眼。"当然，我也认识到房屋抵押并不是一个高盈利的领域。不过，要做到既参与其事又能牟取诱人的利润也是有办法的。"

他告诉洗耳恭听的董事们，办法之一就是下决心全面扩大银行的储蓄部业务。

"传统的做法是把储蓄部存款拨作住房抵押的资金，因为抵押金是长期投资，存款同样是长期稳定的资金。通过这种办法可能得到的利润额将大大超过目前本行的存款额。所以说这是一箭三雕的好事——既可得利，又可使现金融稳定，还可对社会作出重大贡献。

"这几年，一些大规模的商业银行，包括本行在内，并不看重小额存款这类个人业务。而正当我们在一边打瞌睡的时候，一些储蓄和贷款公司看准时机，乘虚而入，一下子就占了上风。今天，这些公司已成了我们的主要竞争对手。不过，在个人存款业务方面，还是有很多油水可捞。看来，在十年之内，不管在什么地方，个人业务将超过商业性存款，从而成为首屈一指的金钱力量。"

亚历克斯接着指出，储蓄存款只是大幅度增加美利坚第一商业银行进项的领域之一。

他还是一边说话一边不停地移动着身子。他说到银行其他各部门的情况，提出自己的改革建议。建议的主要内容已载入一份报告，那是几星期前银行总裁还没宣布自己病危时要求亚历克斯·范德沃特起草的，后来由于事态逼人，据亚历克斯本人所知，这份报告至今无人读过。

建议之一是在全州的大城市郊区新设九所分行。另一项建议是对美利坚第一商业银行实行大规模的改组。为此，亚历克斯提议雇请专门的顾问公司，就必需实行的改革措施提出意见，他还请求董事会注意："本行效率未能充分发挥，机构运转不够灵活。"

说到最后，他又回到原来的题目上："本行与工业界的业务联系自然仍应保持紧密。工业贷款和商业性业务仍将是维持本行活动的支柱。但是支柱不止这两根；我们也不能把这两项看作是银行最主要的栋梁。另外，我们也不能一味贪大而把包括私人存款在内的小额账户的重要性置之脑后。

"本行创建人开设银行本就在于为进项有限且被其它银行拒之门外的客户谋福利。一个世纪以来，银行的宗旨和业务活动屡屡有所扩大，这也是必然的。但是本行创建人的第二代或第三代一直没有忽视设行初衷，并始终牢记积少成多的道理。

"因此我请求董事会把尽速大幅度增加小额存款业务作为宗旨确定下来，这样的做法将进一步确认本行初衷，提高本行金融实力，并在当今形势之下，促进公众利益，而所谓公众利益实际上也就是银行本身的利益。"

就像刚才替海沃德捧场一样，董事们在亚历克斯坐下时也报以掌声。有几个人鼓掌纯粹是出于礼貌，这一点亚历克斯完全看得出来。大约有一半左右的董事态度比较热烈。在亚历克斯看来，海沃德和自己究竟何人入选仍是未知之数。

"谢谢你，亚历克斯，"杰罗姆·帕特顿扫众人一眼，"各位有问题吗？"

提问和回答又花去半个小时。然后，罗斯科·海沃德和亚历克斯·范德沃特一起退席，回到各自的办公室去等候董事会作出决定。

早上余下的时间里，董事们争论不休，始终没有取得一致意见。接着，董事会暂时休会，大家走进专用餐厅吃午饭，边吃边继续午前的争论，而争来争去，还是没有结果。这时，一名手托小银盘的侍者悄悄走到杰罗姆·帕特顿身边，银盘里放着一张折起的纸条。

副主席接过纸条，把它摊平，读了写在上面的内容。片刻过后，他站起身来，让边谈边进餐的董事们安静下来。

"各位，"帕特顿的声音微微发抖，"我很悲痛地通知各位，深受大家爱戴的本行总裁班·罗塞利几分钟前与世长辞了。"

不经进一步的讨论，大家很快同意，这次董事会就到此为止了。

第十六章

班·罗塞利逝世的噩耗轰动国际报界，有些记者信手拈来陈腐的套语，称班老头之死标志着"一个时代就此终结"。

不管情况是不是这样，他的死确实是一个信号。先前，就企业和企业家个人不可分割这一点而论，美利坚第一商业银行是美国银行界仅存的硕果，现在它也跨入了二十世纪中期，按照由董事会和聘雇的经理人员管理企业的常规办事。至于聘雇的经理人员由谁领导，银行会延期作出决定。董事会要等罗塞利葬礼举行之后再开会议事。

葬礼在十二月第二周的星期三举行。

葬礼，以及在此以前的瞻仰遗体活动，都以天主教会的全套仪式和陈设为点缀，这一切完全同班·罗塞利教会权贵和大施主的身份相符。

瞻仰遗体活动历时两天，在圣马太大教堂举行。地点选择得非常合适，圣徒马太，曾经名叫勒维，专管税收，被银行家奉为守护神。列队经过灵台和打开的灵柩的约有二千人，其中有总统代表、州长、外国大使、各界头面人物、银行员工以及许多地位更低的人。

下葬那天早上，为了让事情更稳妥，请来了一位大主教、一名主教和一名修道院院长，复活弥撒便由这三人共同主持。唱诗班全部出动，在祈祷词之后用安详悦耳的声调唱起了应答的赞美诗。大教堂里挤得水泄不通，圣坛边上专为罗塞利的亲朋好友辟出了一块地方，在亲朋好友的背后是美利坚第一商业银行的董事和高级经理人员。

罗斯科·海沃德穿着一身黑色丧服，站在银行同事吊唁队伍的第一排。他那态度专横、身体结实的妻子比阿特丽斯和儿子埃尔默也陪同前来吊唁。海沃德是基督教圣公会派教徒，所以事先好好预习了一番天主教正规的礼拜仪式。他优雅自如地行了屈膝礼，一次是在就座之前，另一次是在临走之前，这后一次的屈膝礼甚至连许多天主教徒也不做了。海沃德一家三口还知道做弥撒时应该怎么应答教士的祈祷词，所以在四周围不懂弥撒规矩的人当中，他家三人的声音显得特别突出。

亚历克斯·范德沃特穿一套深灰色衣服，坐在海沃德一家人后面两排的位子上，前后左右全是不知怎么应答教士祈祷词的来客。亚历克斯信奉不可知论，所以觉得自己与这类环境格格不入，他想，不知班老头——这个简单的人——对这种铺张的仪式会作何感想。

马戈特·布雷肯坐在亚历克斯旁边，好奇地东张西望。本来马戈特准备和东城新区的一批人一起来参加葬礼，但是昨夜她留在亚历克斯那儿，今天亚历克斯费了一番口舌让她陪着自己来了。东城新区派来不少代表，此刻坐在他们后边的什么地方。

马戈特座位的另一边是埃德温娜和刘易斯·多尔西夫妇。刘易斯还是那副像是因为挨饿而憔悴不堪的面容，而且明显表示出对仪式不感兴趣的样子。亚历克斯想，刘易斯此刻也许正在打腹稿，准备自己下一期投资刊物的内容。多尔西夫妇是和马戈特与亚历克斯一起乘车来的。四人经常一起行动，这不但是因为埃德温娜和马戈特两人是表亲，还因为大家合得来。复活弥撒过后，大家还要去参加墓地葬礼。

董事会副主席杰罗姆·帕特顿优俪坐在亚历克斯前面一排。

亚历克斯虽然完全置身于礼拜仪式之外，但是当灵柩从他身边经过，运向教堂门外时，也不禁两眼含泪。几天来，他已认识到自己对班老头的感情近乎热爱，从某种意义上说，老人像自己的长辈，他的死在亚历克斯生活中留下了一个无法填补的空白。

马戈特轻轻伸过手来，握着他的手。

吊丧的来宾鱼贯走出教堂。亚历克斯看到海沃德夫妇朝自己这边看了一眼。亚历克斯向两人点点头，对方回了礼。在这分担悲伤的时候，海沃德的脸色变得平和了；他们认识到自己和班老头一样，毕竟都是凡人，两人的争斗一时也被置之脑后。

教堂外面，正常的交通被管制。灵柩被装上满载鲜花的灵车。在警察指挥之下，死者亲属和银行人员的轿车一一开了过来，送殡者步入汽车准备去墓地。一支警察的摩托车仪仗队在送殡行列的前头，车的引擎已劈劈啪啪地发动。

这是一个阴沉寒冷的日子，一阵阵寒风扫过街道，扬起团团尘埃。

教堂钟楼高耸在半空中，建筑物巨大的正面经过天长日久的侵蚀已经发黑。早些时候曾预报有雪，但到目前为止还没见下雪。

亚历克斯招呼汽车开过来。刘易斯·多尔西的目光从半月形镜片上方扫视在场的记者，他们正在拍摄参加葬礼的宾客涌出教堂场面。他评论道："如果说这一切让我丧气，而我也的确如此，那么恐怕我明天的报告只会使美利坚第一商业银行股票行情更加令人丧气。"

亚历克斯心神不定地嘟囔着表示同感。跟刘易斯一样，他也注意到自从班老头患病消息传出以后，美利坚第一商业银行的股票在纽约股票交易所的行情已下跌五个半点。罗塞利家族在好几代人的心目中是与银行齐名的，现在这个家族仅存的硕果与世长辞了，加上日后经营管理方针不定，这就引起了最近一次的股票下跌。而葬礼的消息一发表，行情还要进一步看跌，尽管这两者并无必然联系。

"我们的股票行情会回升的，"亚历克斯说，"银行收入不错，再说班老头的死并没有从实质上改变什么。"

"这个我知道，"刘易斯表示同意，"所以对于明天下午抛售的行动我将予以保密。"

埃德温娜大惊失色:"你抛了美利坚第一商业银行的股票?"

"能不抛吗?我还劝几位客户这么做。截至此时,这笔生意已带来不少好处。"

她抗议说:"刘易斯,我从来不和你讨论机密事情,这是你我的默契,外人可不知道。我在银行里做事,你可能因此被人指责盗窃内部经济情报。"

亚历克斯摇摇头:"这件事情牵涉不到盗窃内部情报,埃德温娜。班老头生病是尽人皆知的事。"

"有朝一日我们总要消灭资本主义制度,"马戈特说,"到那时,股票方面买空卖空的投机生意将是首先被消灭的弊端之一。"

刘易斯一扬眉:"为什么?"

"因为这是完全负面的现象。买空卖空破坏性很大,总要导致别人的损失。这是有百害而无一利的坏事,没有任何价值。"

"价值就在于它能创造得来全不费功夫的资本增益,"刘易斯眉开眼笑。他和马戈特多次进行过这类争论。"何况,眼下赚钱可不容易,至少对美国的投资业说来是如此。"

"我仍然反对你拿美利坚第一商业银行股票做这种生意,"埃德温娜说,"兔子还不吃窝边草呢。"

刘易斯·多尔西神色严肃地看看妻子。"那么,亲爱的,明天这笔生意做完以后,我就永远不再插手美利坚第一商业银行股票了。"

马戈特尖刻地瞟他一眼。

"你要知道他说这话可是认真的。"亚历克斯说。

有时,亚历克斯会好奇埃德温娜和她丈夫的关系。从外表看,两人很不配,埃德温娜仪态万方,很有自制力,而刘易斯貌不惊人,又不修边幅,除了和熟人打交道,一般情况下总是自顾自想心事,但这种沉默寡言的性格在他那份尤如雄狮吼的金融刊物上是绝对看不出来的。不过,两人的婚后生活看来还挺不错,夫妇相敬如宾,刚才刘易斯的表现就说明了这一点。

亚历克斯暗自思忖：性格相反不但互相吸引，就是结了婚也能相安无事。

银行车队中属于亚历克斯的那辆凯迪拉克开过来，加入了教堂外面越来越长的汽车行列，四人朝轿车走去。

"要是刘易斯发誓再不做任何买空卖空的生意，"马戈特说，"那就更像个文明人的作为了。"

"亚历克斯，"刘易斯问，"你同这个信奉社会主义的娘们到底有什么共同点啊？"

"我们在一起就开心，"马戈特回答说，"这还不够？"

亚历克斯补上一句："我准备不久就同她结婚。"

埃德温娜热烈响应："好啊，希望有情人终成眷属。"从童年开始，她和马戈特虽然有时在性格和观点方面发生冲突,总的说来关系是很亲密的。两人有一个共同点：这两家的女人都刚强，有参与社会活动的传统。埃德温娜悄声问亚历克斯："西莉亚有什么进展？"

他摇摇头回答说："还是老样子。要说变化，那也只有变得更糟。"

他们来到汽车旁。亚历克斯挥挥手让司机坐着不要起身，自己动手去拉开后座车门，让大家先坐进去。车内，把乘客座与司机座隔开的玻璃屏障已升起。四人刚刚坐定，尚在集合中的送葬车队已徐徐开动。

因为提到了西莉亚，亚历克斯觉得此情此景格外令人悲伤，同时也使他备受良心责备，提醒他这几天里应该再去看看她。十月初在治疗中心的那次会面使他十分难过；从那以后，他又去看望过一次，不料西莉亚的情况竟变得更糟。她自顾自地出神发呆，看那模样，已压根儿不认识自己的丈夫，另外还无声地哭个不停。探望妻子回来，亚历克斯难过了好几天，实在不敢再去了。

此刻躺在车队前头棺材里的班·罗塞利死得至少干脆爽快，从这一点上说，他比西莉亚走运。一个想法突然冒了出来：要是西莉亚一命呜呼……自责之余，他赶快压下了这个念头。

他和马戈特的关系也没有任何新的进展。马戈特仍然固执地不让他离婚；要提离婚，至少也要等到西莉亚确实不会因此受到任何影响的时候。对于眼下他俩的这种关系，马戈特似乎愿意一直保持下去。

亚历克斯可不像她那样甘心听任事情自然发展。

刘易斯这时正同埃德温娜说话："我一直想问你，你们那个年轻的营业部助理后来怎么样了，就是那个偷现金被抓住的家伙。他叫什么名字来着？"

"迈尔斯·伊斯汀，"埃德温娜答道，"下星期他要上刑事法庭受审，我还得出庭作证。我实在不太想去。"

"你至少抓住了罪有应得的坏蛋。"亚历克斯说。他已读过查账部主任关于这件贪污加现款盗窃案的报告，诺兰·温赖特的报告也已交给他过目。"涉案的那个出纳员努涅兹太太怎么样了？她还好吗？"

"看上去还好。恐怕咱们把胡安尼塔弄得够受了，结果证明那是不公平的。"

对他们的谈话一直似听非听的马戈特这时突然打起了精神："我认识一个名叫胡安尼塔·努涅兹的人，是个挺不错的青年妇女，住在东城新区。我记得，丈夫抛弃了她，她还有一个孩子。"

"听上去就是我们银行里的那位努涅兹太太，"埃德温娜说，"不错，我想起来了，她确实住在东城新区。"

马戈特很想再打听些情况，但她意识到此时此地不宜多问。

一时，大家都坐着不再言语。埃德温娜自顾自继续想心事：几天来发生的两件事——班·罗塞利之死以及迈尔斯·伊斯汀自毁前程的蠢举——接踵而来，两件事都牵涉到她所喜欢的人，因此她十分伤心。

她觉得，应该说班老头的死给自己的打击更大，他对自己的恩惠实在不薄。她在银行里的地位升得很快，一方面固然是因为她本人的才能，但班老头也起了作用，他跟许多其他企业的雇主不同，在为女雇员提供跟男人同样的机会方面从不缩手缩脚。埃德温娜对于今日妇女解放运动人云亦云的那一套很看不惯；在她看来，女性在企业界得到特别照顾，靠的是自己的性别，她们因此享有的有利条件埃德温娜既不稀罕，也不需要。尽管如此，对于班老头多年来她已有所了解，只要他在管事，平等待遇就确有保障。

刚才在教堂里，起灵时班的遗体通过她身旁向外抬去，她也同亚历克斯一样，难过得掉下了眼泪。

接着，她的思想又回到迈尔斯身上。她知道，这人还年轻，也许日后可以重新做人，不过要想改弦易辙绝非易事。吃银行饭是不用谈了，其他企业也不会再录用这样一个人担任跟信用有关的职务。尽管他是自作自受，她还是希望迈尔斯能够免遭牢狱之灾。

埃德温娜接着出声对旁人说："在送葬时闲谈家常话题，我总觉得于心不安。"

"毫无道理，"刘易斯说，"我个人倒愿意别人在我下葬时说些有实在意义的话，不要一味琐碎地瞎唠叨。"

"你完全可以做到这一点，"马戈特提议说，"只消出版一期《多尔西新闻通讯》停刊号向读者道别就行了。替你抬棺材的人可以承担分发刊物的任务。"

刘易斯笑了："也许很可以一试。"

这时，送葬队伍已开始朝目的地进发。在前面担任护卫的摩托车队已加大油门，车轮开始转动，其中的两辆飞驰向前，去隔断十字路口的车辆行人。跟随在后的其他车辆这时也加快了速度。不一会儿，车队就把圣马太教堂远远地抛在后面，穿越城市的大街而去。

天气预报有雪，这时果然飘起小雪来了。

"我觉得马戈特这个主意实在不坏，"刘易斯沉思着说，"一期《向读者告别的公报》。我连大标题也想妥了：'请把美元与本人一起埋葬了吧！各位不妨照此办埋，因为美元已经寿终正寝，彻底完蛋了。'在接下去的文章里，我将敦促建立一种新的货币单位来取代美元，这种单位可以称之为'多尔西美国货币'，当然要以黄金为基础。发生了这样的事情以后，但愿其他各国都会明智地如法炮制。"

"那样一来，你这人就成了象征倒退的纪念碑啦，"马戈特说，"在照片上你的头一律都得朝后面扭才行。倘若实行金本位制，世上财富集中于少数人之手的情况会比今天更加严重，其他人就只能赤条条地一无所有了。"

刘易斯做了个鬼脸："好一幅令人作呕的图景，至少最后的这个形象是如此。不过，即使付出这点代价，只要换来一个稳定的货币制度，那也划得来。"

亚历克斯坐在其他三人前面的折叠座上。这时，他把半个身子转过来插话说："刘易斯，我这人看问题一向力求客观，你对美元和货币制度发表的阴郁观点有时也确实不无道理。但是对你那种一切都已无可救药的悲观主义我却不敢苟同。我相信美元的地位还是能恢复的，我决不认为凡是跟货币沾点边的东西就都在崩溃解体，不可收拾了。"

"那是因为你不愿相信这一点，"刘易斯反驳，"你是个银行家，要是货币制度崩溃，你那银行就得关门大吉，你本人就得失业。到那时，你们的全部业务将只能是把那些一文不值的纸币作为糊墙的纸或者作为一卷一卷的草纸去卖给人家。"

马戈特说："算了，别再往下说啦。"

埃德温娜叹了口气："你们明明知道别人一逗，他就会唠叨个没完，干吗还逗他呢？"

"不，不，"她丈夫硬是不肯住嘴，"说真的，亲爱的，我要求大家认真看待我的意见。我不需要别人的宽容，也不愿别人这样对待我。"

马戈特问："那你到底要干什么？"

"我要人们认清事实真相，要大家认清出于政治原因，加上贪婪和负债，美国已把她本身和全世界的货币制度给毁了。我要人们毫不含糊地认清，破产不但会发生在个人和公司身上，也会落在整个国家头上。我还要人们认清，美国已濒临破产的边缘，至于原因嘛，苍天在上，历史上的先例够多啦，足以说明破产怎么发生以及为什么会发生。货币制度的崩溃并不是什么新鲜事儿，本世纪就有多次先例，而每一次的货币危机都可以归咎于完全同样的原因——政府印发不能兑现的纸币，既无黄金亦无其他价值作为后盾，从而引起通货膨胀这一恶症。过去十五年中，美国正是这么干的。"

"流通美元过剩是个事实，"亚历克斯承认，"稍有见识的人对这一点都不持异议。"

刘易斯阴郁地点点头："还有那永远无法偿还的债务，就像一个越吹越大的肥皂泡。历届美国政府胡乱挥霍了几十亿，发疯似的借债，结果形成了令人难以置信的巨额赤字，然后就开动印刷机，滥发更多的纸币，造成更糟的通货膨胀局面。至于社会上个人的所作所为也开始学政府的样。"刘易斯指指前面的灵车，继续说："像班·罗塞利这样的银行家真可说是不遗余力地高筑债台。还有你，亚历克斯，你滥发信用卡，以手续简便来鼓励盲目借贷。人们到几时才会重新吸取教训，认识到世上绝没有给人方便的放债人呢？实话对你说吧，美国，不论是整个国家还是个人，都已失尽曾经拥有的金融理智了。"

"说来你可能不相信，马戈特，"埃德温娜说，"我跟刘易斯从来不多谈银行业务，那样比较好，家里的日子才过得比较太平。"

马戈特笑了："刘易斯，听你刚才这番宏论就同读你的刊物一模一样。"

"或者，"他说，"就像在空房间里拍打翅膀，谁也没听进去。"

埃德温娜突然转了话题："要给死者行白色的葬礼了。"她俯身向前，透过布满水汽的车窗望着外面已经漫天飞舞的雪花。车队这时已来到城郊，街面因为刚铺上一层的雪，变得很滑。前面的护卫摩托骑警出于安全考虑，减慢了速度，整个送葬车队的行进也随之慢了下来。

亚历克斯发现，离墓地只有半英里光景了。

刘易斯·多尔西意犹未尽，这时又补上一句："所以，对多数人说来，一切希望都已化作泡影，货币这场玩意儿已收场了。什么存款，退休金，定息投资，全变得一文不值。眼下，钟正指着午夜过五分，大家都在考虑自己的利益，保住性命要紧。在金钱问题上，人人都想赶在别人前头抢到一个救生圈。而在一般民众倒霉的时候，仍然存在着渔翁得利的生财之道。马戈特，你如果对此感兴趣，不妨读一读最近的拙作，书的题目是'衰退与灾难——如何借此机会发大财'。顺便说一句，这本书很畅销。"

"如不见怪，"马戈特说，"我想还是不读为好。你说的那一套生财之道，倒有点像在鼠疫蔓延的当口乘机囤积疫苗的勾当！"

亚历克斯这时背朝着其他人，正透过防风玻璃向外凝望。他暗自寻思，刘易斯这个人有时候活像在演戏，而且十分做作。不过话得说回来，他要是就什么问题发表起高论来，倒也讲得头头是道，有根有据，且不乏真知灼见。今天不正是这样？刘易斯说金融崩溃势在必然，也可能不幸被他言中。果真如此，那将是有史以来损失最惨重的一次。

持这种观点的不单是刘易斯·多尔西一个人，一些金融学权威也有同样的看法，不过忠言逆耳，他们常遭到冷嘲热讽，大概是因为这一套关于世界末日的预言谁也不愿相信，银行家就更不用说了。

事也凑巧，亚历克斯自己最近的一些想法，有两点正和刘易斯不谋而合。其一是感到有开源节流的必要——这是亚历克斯一周前在董事会上力主扩充储蓄业务的理由之一。其次是对个人债台高筑的现状感到忧虑，这种情况是由于大量发放信贷，尤其是滥发那些塑料信用卡所造成的。

他重新转过身，面对着刘易斯。"姑且相信你关于很快要出现崩溃局面的说法，要是你作为一个手头持有美元的普通储户，愿意把钱存在什么样的银行里呢？"

刘易斯不加思索地说："大银行。崩溃出现时，首当其冲的是小银行。二十年代的情况就是如此，那时小银行就像玩十柱游戏似的一下子全倒闭了，这一幕还会重演，因为小银行现金不足，应付不了争先恐后挤提存款的局面。顺便提一下，别指望联邦储金保险能帮什么忙！那儿可以动用的钱还不到全部银行存款的百分之一，根本不足以对付全国范围内银行纷纷倒闭的局面。"

刘易斯考虑了一下，接着说："不过下一回，遭殃的将不只是小银行，某些大银行也得破产；那些大银行有好几百万搁死在大笔工业贷款之中；在这些银行里，国际存款的比重过大，这些为了牟取暴利或保障币值的存款很可能在一夜之间全部流到国外，这样一来，当惊慌失措的储蓄户抢提存款时，手中就没有多少现金了。所以，我要是真像你假设的那样想存钱的话，就得先把各大银行的结算表好好研究一番，然后再挑选一家这样的银行：它发放的贷款在存款总额中占的比例较小，而且立足点又牢牢地放在国内存户上。"

"太好啦！"埃德温娜说，"美利坚第一商业银行恰好完全符合这些条件。"

亚历克斯点点头。"眼下是这样。"不过，他暗自推想，要是董事会同意罗斯科·海沃德关于向工业增放巨额贷款的计划，情况就会起变化。

想到这里，他倒记起来了：再过两天，银行董事将再次碰头，把一周前因班老头逝世而中断的会议继续开完。

这时，汽车放慢速度，停下了，接着又徐徐向前开动，随后再次停了下来。原来，他们已来到墓地，穿过了墓地的通道。

其他汽车的车门打开了，乘客走下车来，有的打着雨伞，有的拉紧上装的衣领，缩着脖子抵挡冰冷的飞雪。棺材从灵车上抬下，一转眼也覆盖上一层白雪。

马戈特挽住亚历克斯的手臂，和多尔西夫妇一起加入肃静的送殡行列，跟在班·罗塞利的遗体后面，一步一步朝墓穴走去。

第十七章

董事会复会时，根据之前的协议，罗斯科·海沃德和亚历克斯·范德沃特都不参加，而是待在各自的办公室里等候传唤。

董事们足足讨论了两个钟头，中午时分，才派人来请他们二位。同时召至董事会议室的还有负责对外联络事务的副总经理迪克·弗伦奇，他将向报界发布有关美利坚第一商业银行新总裁走马上任的消息。

对外联络部头头已让人拟就两份附有照片的新闻稿，其标题分别为：

罗斯科·D·海沃德
就任美利坚第一商业银行总裁

亚历山大·范德沃特
就任美利坚第一商业银行总裁

信封已一一写好；信差正在待命；两份新闻稿的第一批复印件也准备就绪，不论谁入选，他的那份新闻稿将于下午分送各通讯社、报社驻本市的编辑部、电视台和电台；另外的几百份将作为急件于当晚寄出。

海沃德和亚历克斯同时来到会议室，轻手轻脚走到椭圆形议事长桌旁边，各自在空着的老位子上坐下。负责对外联络的副总经理则站在会议主席杰罗姆·帕特顿的身后。

　　宣布董事会决定的，是资格最老的董事哈罗德·奥斯汀阁下。

　　他宣布，本董事会现任副主席杰罗姆·帕特顿，自即日起任美利坚第一商业银行总裁。

　　在宣布决定的过程中，那位接受委任的当事人自己倒似乎有点茫然不知所措。

　　负责对外联络的副总经理不出声地嘀咕了一句："嗬，活见鬼！"

　　当天晚些时候，杰罗姆·帕特顿分别找海沃德和范德沃特谈了一次话。

　　"我嘛，不过是临时充当一下第一把手罢了，"他对两人都这么说，"你也明白，我本人并不那么想坐这把交椅。再过十三个月我就得按规定退休了，这一点你知道，董事们也清楚。

　　"但是董事会对你们二位委实决定不下，于是选中了我，好让他们有段时间考虑考虑，最后拿定主意。

　　"至于到时候会出现什么情况，现在你我都不知道。不过在这段时间里，我打算全力以赴，当然也需要二位助我一臂之力。想来我的希望不会落空，因为这对你们自己也有莫大的好处。

　　"除此而外，我能拿得准的就只有一点：今后一年将是很有意思的一年。"

第十八章

在东城新区工程破土动工之前，马戈特·布雷肯就已经积极参与其中。起先是给某民众团体当法律顾问，该团体为了促成工程上马曾四处活动过；继而又在住户协会中充当同样的角色。新区居民有时在法律事务方面需要她帮点忙，她也乐意效劳，有时收他们一点钱，有时分文不取。马戈特经常去东城新区走动，天长日久，结识了许多那儿的居民，其中也有胡安尼塔·努涅兹。

星期六早晨，也就是罗塞利葬礼的第三天，马戈特在一家熟食铺遇到胡安尼塔。这家铺子开设在新区的一个购物中心内。

东城新区是按综合居民区的格局设计的，住房收费低廉，其中有漂亮的公寓套间，有单幢的两层楼住宅，也有经过翻造更新的旧建筑。除店铺和咖啡馆外，居民区内还有各种运动设施，一家电影院和一座礼堂。目前已落成的全部建筑物，由林荫道和高架走道连成一体。这种建筑构思，很多是借鉴了旧金山金门区和伦敦巴比坎区。其余的部分正在建造中，另外还有一些追加项目尚处于设计阶段，有待于进一步筹措资金。

"喂，努涅兹太太，"马戈特招呼道，"我们一块儿喝杯咖啡好吗？"

她俩在与熟食铺子相连的平台上，边喝咖啡，边拉家常：一会儿说着胡安尼塔的事情，一会儿扯到今天早上在新区主办的芭蕾舞班上练舞的女儿埃斯特拉，一会儿又谈起东城新区的进展情况。胡安尼塔和丈夫卡洛斯是最早搬进新区的住户之一，在一幢翻修过的没有电梯的老式大楼内租了一个小套间。乔迁之后不久，卡洛斯就撇下老婆和孩子不知所踪。胡安尼塔至今仍保留着那个套间。

如今要养家糊口可真难啊，她向马戈特吐露自己的心事。"这儿谁都有这样的问题。每个月的钱拿来了，买到手的东西却越来越少。通货膨胀这玩意儿，不知要闹到什么地步才算完？"

马戈特暗自寻思：照刘易斯·多尔西看来，通货膨胀的最后结果必然是大难临头，无法无天。她没有告诉胡安尼塔自己的想法，而是独自回想着三天前刘易斯、埃德温娜和亚历克斯之间的那番谈话。

"听说，"马戈特说，"你在自己工作的银行里遇到了点麻烦。"

胡安尼塔沉下脸来，眼看要掉眼泪了，马戈特赶快说："对不起，也许我不该问。"

"不，不！只是经你一提，我一下子又想起那些不愉快的事情来了……好在事情总算过去啦。好吧，要是你想听，对你说说也无妨。"

"有一点你要知道，"马戈特说，"我们这些吃律师饭的，就是专爱打听别人的事儿。"

胡安尼塔笑了，随即神情严肃地叙述起事情的来龙去脉：六千元现款如何丢失，她又怎样遭到怀疑，被人盘问，做了一场两天两夜的噩梦。

马戈特听着听着，不由得怒从心头起，她本来就是个容易激怒的人。

"在你没有请律师的情况下，银行方面根本无权一个劲儿逼问你。你为什么不来找我？"

"我根本没想到。"胡安尼塔说。

"毛病就出在这儿。大多数清白无辜的人想不到要这么做。"马戈特沉思了一会儿，接着又补充说，"埃德温娜是我表姐，这件事我打算找她谈谈。"

胡安尼塔不禁吃了一惊。"我可不知道你们是表亲。请别找她谈！毕竟弄清事情真相的就是多尔西太太。"

"好吧，"马戈特让步了，"你不让去就不去吧！不过我还是要和一个你不认识的人谈一谈。记住我的话：万一日后再遇到麻烦，不管是什么事情，别忘了来找我。我一定帮助你。"

"谢谢，"胡安尼塔说，"以后真有什么事，一定，一定去找你。"

"要是你们银行真的把胡安尼塔·努涅兹开除了，"那天晚上马戈特对范德沃特说，"我可要劝她上法院告你们，和你们好好算这笔账。"

"你很可能会这么干。"亚历克斯同意说。他俩正在去夜总会的途中，亚历克斯驾驶着马戈特的那辆大众牌汽车。"特别是日后真相大白了——迟早总要真相大白的嘛——窃取现款的又是我们营业部的伊斯汀。幸亏埃德温娜的女性本能起了作用，才算没落到你的手里。"

"瞧你说的，多轻飘！"

亚历克斯改变了说话的口吻。"对。是不该那么轻飘飘的。其实，凡是和这件事有关的人心里都明白，我们对待努涅兹那女人的态度确实不像话。我自己就很清楚，因为和这个案件有关的材料我都一一看过。埃德温娜和诺兰·温赖特也有同感。值得庆幸的是，最后总算没冤枉好人。努涅兹太太没有丢掉饭碗，我们银行嘛，吃一堑长一智，今后办起事来也会更妥善些。"

"这还像话。"马戈特说。

谈话到此为止。他俩都喜欢唇枪舌剑，今天能到此为止倒也难得。

第十九章

圣诞节前这一个星期，迈尔斯·伊斯汀因前后五次贪污作案在联邦法院受审，其中四次涉及他在银行内的舞弊行为，他因此捞到不少油水，四次贪污的总数达一万三千元。第五次与窃取六千元现金一事有关。

审讯由温斯洛·安德伍德法官阁下主持，有陪审团出庭。

伊斯汀没有个人财产，连个律师也请不起。法庭指定一名初出茅庐的新手为他辩护。这位律师用心虽好，却毫无经验，在他的指点下，被告对五条罪状都提出抗辩。事实证明，这个主意极不高明。

换个老练些的律师，仔细研究了罪证之后，一定会力劝原告认罪，或许还争取和公诉人达成一笔辩诉交易，而不会像现在这样，偏要让某些作案的细节，主要是嫁祸陷害胡安尼塔·努涅兹的具体细节，一一在法庭上抖出来。

实际上，所有的证据都捅了出来。

埃德温娜·多尔西出庭作证。到庭作证的还有托顿霍、总行查账部的盖恩及另一名查账员。联邦调查局特工英尼斯拿出一份关于盗窃现金的供词作为旁证，上面有迈尔斯·伊斯汀本人的亲笔签名。伊斯汀在自己寓所内被诺兰·温赖特逼着写了交代之后，又在联邦调查局市总部写了那份供词。

开庭前两周，被告律师在庭前会议上曾对联邦调查局的书面证据提出异议，要求将它排除在证据之外。动议遭到否决。安德伍德法官指出，在伊斯汀写交代之前，有关方面已当着证人的面提醒过他所享有的合法权利。

诺兰·温赖特先搞到手的那份供词，因其合法性更成问题，容易遭到非难，不必列为旁证，因而没人把它提出来。

迈尔斯·伊斯汀在法庭上的那副模样，埃德温娜看了很不好受。他脸色苍白，形容憔悴，眼圈发黑，惯有的那股快活劲也没影儿了。

她记得伊斯汀一向很讲究修饰，可现在却蓬头垢面，衣服皱巴巴的。从那晚分行查账以来，他似乎已经老多了。

埃德温娜本人的证词没几句话，只是简单扼要地谈了当时的情况。

在辩护律师客客气气盘问她的时候，她朝迈尔斯·伊斯汀看了几眼，但后者耷拉着脑袋，有意避开她的目光。

原告方面还有一名证人——胡安尼塔·努涅兹，尽管她本人很勉强。

女证人神经紧张，法庭上的人很难听出她在讲什么。法官两次插话，要她把嗓门提高些，不过口气倒挺温和，像哄小孩似的，因为这时候大家都明白她在整个事件中蒙受了不白之冤。

胡安尼塔在自己的证词里，并没有对伊斯汀流露出什么敌意，回答很简短，公诉人不得不再三敦促她讲得详细一点。显而易见，她只有一个念头，就是巴望这场煎熬快点儿了结。

临到这时，辩护律师总算开了窍，决定放弃权利，不再对她进行追问。

胡安尼塔的证词一结束，辩护律师同当事人小声商量了几句，随即请求法庭准许他上前。庭上同意了他的请求，于是公诉人、法官和辩护律师三人低声交谈了一会儿，后者请求同意将迈尔斯·伊斯汀原先提出的"不服罪"抗辩改成"服罪"。

安德伍德法官是个德高望重的长者，说话心平气和，为人却柔中带刚。他将公诉人和律师打量了一番，然后也像他俩那样压低着嗓门说话，为的是不让陪审团听见："好吧，如果被告改变初衷，愿意服罪，本庭也可同意。不过允许我向律师先生说一句：此时此刻，这种做法几乎已于事无补了。"

法官请陪审团暂时退席之后，便审问伊斯汀，证实被告是否真愿意服罪，是否了解这种做法的后果。犯人神情沮丧，对所有问题一概回答："是的，阁下。"

法官将陪审团召回法庭，命令他退庭。

年轻的辩护律师恳切陈词，请求从宽发落，特别就被告以前尚未有过犯罪记录这一点提请法庭注意。最后，迈尔斯·伊斯汀仍发回看守所羁押，等候下周判决。

诺兰·温赖特未被传去作证，但在整个审讯过程中他始终在场。

此刻，刑庭书记官已宣布审理下一个案件，看着银行的证人队伍鱼贯走出审判室，这位银行安全部的头头走到胡安尼塔的旁边。

"努涅兹太太，可以和你谈几分钟吗？"

胡安尼塔瞥了他一眼，神情冷淡而含有敌意。她摇摇头："事情全了结了。再说，我还得回去工作。"

他们来到联邦法院大门外面，这儿与美利坚第一商业银行总行大楼和市中心分行只隔几条马路。温赖特并不气馁："你步行回银行上班？现在就去？"

她点点头。

"请吧。我想和你一块儿走走。"

胡安尼塔耸耸肩："随你的便。"

埃德温娜·多尔西、托顿霍和两名查账部职员，此时也正朝银行方向走去。温赖特看到他们在横穿前面的马路时，忙收住脚步，故意错过街口的绿灯，这样就仍然落在他们后面。"哎，"温赖特说，"对别人说声'对不起'，我老是觉得难以启齿。"

胡安尼塔刺了他一句："那就别麻烦了，一句空话，有什么大不了的！"

"可我就是想说一声对不起。这会儿就对你说——实在对不起你。我给你带来了麻烦，在你说了实话而且需要他人仗义执言的时候，偏偏对你不信任。"

"此刻感到舒服了？你吞下了一小片阿司匹林，心里的那点儿痛苦就解除了？"

"你这个人可不大好说话。"

胡安尼塔收住脚步。"你就好说话了？"那张瘦小的脸蛋微微昂起，一对黑溜溜的眸子紧逼着对方的目光，毫不示弱。此时，温赖特才察觉到她那股蕴藏在内心的力量和桀骜不驯的性格。使他惊奇的是，他在她身上还感到强烈的异性魅力。

"是的，我也不大好说话。正因为这样，我现在才想尽可能帮你点忙。"

"帮什么忙？"

"让你丈夫承担你和孩子的赡养费。"他告诉胡安尼塔，联邦调查局曾调查过他那个离家出走的丈夫卡洛斯，结果一直追查到亚利桑那州的菲尼克斯城才找到他的下落。

"他在那儿找到了工作，当汽车修理工，看样子收入还挺不错。"

"我为卡洛斯高兴。"

"我有个想法，"温赖特说，"你应该去找我们银行的哪位律师谈谈。我可以给你安排一下。怎样对你丈夫提出诉讼，他会替你出主意的。至于手续费嘛，事后我会设法替你免掉。"

"何须你们费心呢？"

"我们欠你的情。"

她摇摇头："不。"

他不知道胡安尼塔是否真正领会了自己的意思。

"也就是说，"温赖特说，"法院将判决，要你丈夫拿出钱来，帮你抚养你的小女孩。"

"这样一来，难道卡洛斯就成了真正的男子汉了？"

"这有什么要紧呢？"

"要紧的是不该强迫他这样去做。卡洛斯知道我在这儿，也知道埃斯特拉在我身边，他如果真想给我们钱用，会把钱送来的。如果他不送来，那又为什么呢？^①"她低声加了一句。

这就像是在和影子比剑——白费劲。他悻悻然说："你这个人简直没法理解。"

不料胡安尼塔反倒笑了。"要你理解？本来就没有这个必要嘛！"

离银行没多远，两人默不作声地走完余下的路程。温赖特碰了一鼻子灰，后悔得很。他原指望胡安尼塔对自己的一番好意表示感谢，这样至少说明她会认真看待自己的建议。他暗暗琢磨着她的思维逻辑和价值标准。显然，她很看重自食其力的生活原则。温赖特进一步推想道：她这个人随遇而安，走运也好，倒霉也好，满怀希望也好，幻想破灭也好，都能照样生活下去。某种意义上说，他还真有点嫉妒她；由于这一点，再加上刚才所感觉到的那股异性吸引力，他希望能对她有进一层的了解。

"努涅兹太太，"诺兰·温赖特说，"我想向你提个问题。"

"说吧。"

"你要是遇到了难题，遇到了真正难以对付的事情，而我又说不定能助你一臂之力，你会来找我吗？"

几天里，已经是第二次有人向她做这样的表示。

"也许会。"

近期内温赖特和胡安尼塔的最后一次谈话就这样结束了。他觉得对胡安尼塔已仁至义尽，而自己还有别的事情要操心。其中之一就是两个月前向亚历克斯·范德沃特提起过的问题：安插一名密探，设法查明伪造信用卡的来源。这种假信用卡仍使银行遭到很大损失，危及整个键式信用卡制度。

温赖特已经物色到一个只知道名叫"维克"的刑满释放犯，为了钱此

---

① 原文为西班牙语。

人准备冒大风险。他们已秘密地接过头，事先曾采取了周密的防范措施。两人打算再碰一次头。

温赖特热切希望，有朝一日也能像逮住迈尔斯·伊斯汀那样，把那些伪造信用卡的诈骗犯缉拿归案。

过了一个星期，伊斯汀再次出现在安德伍德法官面前，这回是听候宣判。诺兰·温赖特是美利坚第一商业银行到场听审的唯一代表。

犯人按刑庭书记官的指令，面朝法官席站着。法官慢条斯理地挑出几份文件，一份一份地摊在面前，然后冷冷地注视着伊斯汀。

"被告有什么话要说吗？"

"没有，阁下。"声音低得几乎听不见。

"本庭从缓刑监督官那儿收到一份报告。"安德伍德法官顿一顿，把刚才挑出的那些文件中的一份粗略看了一遍，又接着说，"看来你已使监督官相信，你对那些犯罪行为不但表示服罪而且打心眼里感到后悔。"法官在讲到"打心眼里感到后悔"这几个字眼时吐词分外清晰，仿佛正不胜厌恶地把它们捏在大拇指和食指之间，要让在场的人看清楚，他还未天真到那种地步，竟会对此表示苟同。

他继续往下说："然而，就悔罪而言，不论是出自内心的还是嘴上说说的，均为时过晚，而且也不能减轻你作案时卑劣阴险的祸心：为了掩饰自己的罪行，不惜嫁祸于一个清白无辜者——一位心地善良的年轻妇女；再说你身为银行高级职员，应该对她负责，而她也把你当作可以信赖的上司。

"根据现有的证据来看，显然，你本来试图按这条路走到底，甚至想让那位无辜受害者遭到控告并被定罪判刑，代你受过。多亏银行同事的警觉，这一罪恶企图才未得逞。但这决不是你悬崖勒马，或是'幡然悔悟'的结果。"

诺兰·温赖特从法庭的旁听席上可以看到伊斯汀的侧面，他那张脸这时已涨成了猪肝色。

安德伍德法官又看了看面前的文件，随后抬起头来，再次以锐利的目光盯着犯人。

"上面说的还只是你所作所为中我认为最令人不齿的那部分。这里还需提一下被告的主要犯法行为。你身为银行职员，却辜负了银行的信任，不是偶然一次，而是重犯五次，每次间隔又很长。这种渎职行为一次偶犯尚可推诿于一时的冲动，而这种经过精心策划的偷盗勾当，竟有五次之多，手法又如此奸诈狡黠，实在难以同样的理由辩解。

"银行作为一个商业机构，有权要求担任特殊重任的人员——其中也包括被告——正直笃实，忠于职守。而银行又不止是一个商业机构。它还是公众付以重托的场所，因而公众有权要求防范那些利用职权徇私舞弊之辈，也就是防范像你这样的不法之徒。"

法官的目光扫过去，同时看着那位年轻的辩护律师，后者正尽职地守在当事人身旁。此刻，从法官席上传来的话显得越发尖刻、郑重。

"如果这是一起普通的案件，那么鉴于被告以前还未曾有过犯罪记录，本庭将接受辩护律师上周的慷慨陈述，对被告施以缓刑。但是，这决非普通案件，而是一起特殊案件，其理由如上所述。因此，被告伊斯汀，你必须下狱服刑，从而能有时间反省一下自己所干的使你身陷囹圄的犯罪勾当。

"本庭判决如下：被告伊斯汀交司法部长收押入监，服刑两年。"

刑庭书记官一点头，一名法警顿时走上前来。

审判结束后隔了几分钟，伊斯汀和律师在审判室后面一间有人看守的上锁小屋子里谈了几句。这样的小室有好几间，是专供犯人和他的辩护律师碰头用的。

"有一点首先要记住，"年轻的律师对迈尔斯·伊斯汀说，"两年有期徒刑不一定真要在狱中蹲上两年。刑期服满三分之一，就可以假释出狱。所以实际上还不到一年。"

迈尔斯·伊斯汀麻木地点点头。他神志恍惚，沉浸在痛苦之中。

"你当然还可以提出上诉，也不必现在就作出决定。不过老实说，我并不主张这么做。一来，我不相信在上诉期间会让你保释在外。二来，既然你已表示服罪，上诉的理由就十分有限了。再说，轮到别人审理你的上诉时，恐怕已经服刑期满了。"

"一切都完啦。不必再上诉了。"

"不管怎么说，今后我还是会保持联系，说不定到哪一天你又改变主意了。我这会儿在想，很抱歉事情弄到了现在这个地步。"

伊斯汀面部抽搐着说："我也这么想。"

"不用说，都是你那份供词。要是没那份东西，我才不相信原告方面能提出什么过硬的证据来，至少在窃取六千元现款一事上是如此，而对法官影响最大的恰恰是这件事。当然，我明白为什么你会写下那第二份交代，就是给联邦调查局写的那份；你以为既然第一份已无法推翻，那么再写一份也无妨大局。其实不然。依我看，那个管安全事务的家伙温赖特一直在耍你！"

犯人点点头："可不是！我现在明白啦！"

律师看了看手表："哦，该走了。今天晚上我还有个重要约会。你当然明白是怎么回事。"

法警让律师走了出去。

第二天，伊斯汀被押解到不在本州的一所联邦监狱。

关于迈尔斯·伊斯汀判刑的消息传到美利坚第一商业银行之后，那些和伊斯汀相识的人当中，有的感到惋惜，有的认为此人乃是罪有应得。但在一点上大家意见一致：以后在银行里再也听不到伊斯汀的名字了。

只有时间才会证明这观点错得多离谱。

第二部

第一章

　　暗示要出乱子的第一个迹象，就像从水底冒出水面的气泡，在一月中旬出现了。那是本市某报星期日版"耳听八方"闲话栏中刊登的一条消息。专栏作者写道：

　　　　……有消息称，东城新区工程不久将大幅度缩减。据称，这项规模宏大的重建计划在资金方面遇到了问题。时下又有谁不是如此？

　　亚历克斯·范德沃特到星期一上午才看到这条消息。那天，秘书把报纸连同其他文件一并放在他办公桌上，这则消息特地用红笔圈了出来。

　　星期一下午，埃德温娜·多尔西打电话问他看没看到报上的传闻，是否知道消息背后有些什么。埃德温娜的关心不足为奇。东城新区计划实施以来，一直由市中心分行负责发放建筑贷款，经手许多与此有关的抵押业务，同时还附带办理随之而来的文书事务。目前，这项工程已成了市中心分行的业务重点。

　　"要是真有什么新的动向，"埃德温娜一再要求，"可别瞒着我。"

　　"据我所知，"范德沃特让她安下心来，"一切还都是老样子。"

不一会儿，他又伸手去碰电话机，想和杰罗姆·帕特顿核实一下，随后又改变了主意。关于东区工程的传言，不是第一次。工程问世以来，报界一直在这上面大做文章，其中有些说法与事实不符也在所难免。

亚历克斯打定了主意：没必要拿这些琐事去麻烦银行新总裁，更何况眼下还要在重大问题上争取帕特顿的支持：亚历克斯正在草拟一份大规模扩充美利坚第一商业银行储蓄业务的计划，准备提交董事会审议。

但是没过几天又出现了一条有关这方面的报道，这回可是登载在《时事纪事》日报的正式新闻栏内，占的版面也较大，亚历克斯再不能等闲视之。

报道是这样写的：

近来，有关东城新区的流言四起，据说资金不久将大幅度削减，甚至有可能全部撤回。在此一片谣传声中，人们岂能不为东区的前途担忧？

东区规划的长远目标，是全部重建市中心的商业区和住宅区，其经费由以美利坚第一商业银行为首的金融团体所承担。

上述流言今日已为美利坚第一商业银行发言人所证实，但他不愿就此发表任何评论，仅称"即将发布正式通告"。

根据新区计划，旧城某些住宅区已翻新或重建，一幢租费低廉的高层公寓大楼已告落成，另一幢正在建造中。

总计划预期十年完成，其中包括扩建学校、资助有色人种兴办的实业、提供职业培训和就业机会以及兴建文化娱乐场所等项目。主体工程于两年半前开始，至今仍按部就班进行中。

亚历克斯在公寓里一边用早餐，一边读晨报上的新闻报道。只有他一个人在家，马戈特这个星期一直在郊外处理律师事务。

他一到美利坚第一商业银行总行大楼，立刻把迪克·弗伦奇叫到办公室来。弗伦奇体格结实，说起话来开门见山，曾当过金融刊物的主编，现任对外联络事务的副总经理，此人管理自己的部门很是得法。

"首先，"亚历克斯劈头就问，"那位银行发言人是谁？"

"是我，"弗伦奇说，"我可以告诉你，对于'即将发布正式通告'那一套废话我自己也不满意。是帕特顿先生硬要我这么讲的。他还再三叮嘱我别多啰嗦。"

"这里面还有什么文章？"

"那就要你告诉我啦，亚历克斯。显然是出了什么事情，我看不管是好是坏，越早摆到桌面上越好。"

亚历克斯压住心头怒火："事先一点也不和我商量，总该有个理由吧？"

对外联络部头头露出诧异的神情。"我以为事先和你商量过的。昨天我打电话给帕特顿先生的时候，我知道罗斯科在他那儿，因为我听到他们在交谈。我想你当然也在场。"

"以后，"亚历克斯说，"别再这样想当然！"

把弗伦奇打发走以前，他吩咐秘书去问一下杰罗姆·帕特顿是否有空。秘书回话说，总裁还未到达银行，不过已在路上，可以在上午十一点去见他。亚历克斯不耐烦地嘟哝了两句，然后又埋头去搞他那份扩大储蓄业务的计划。

十一点，亚历克斯走向几码外的总裁办公室。总裁办公室共有两间屋子，在大楼转角上，凭窗可以俯瞰城市的景色。新总裁上任以来，第二间的门经常关着，不让来访者入内。秘书们透露了其中的奥秘：这个房间已另有妙用，帕特顿在地毯上练习打高尔夫球。

今天，灿烂的阳光从冬日的碧空中洒下来，透过宽敞的玻璃窗，照在杰罗姆·帕特顿那颗近乎光秃的粉红色脑袋上。平时他老爱穿粗花呢服装，今天却换上了一套薄花呢的。他坐在办公桌后面，桌上放着一份报纸，露在外面的版面上，刊登的正是那篇促使亚历克斯前来问罪的新闻报道。

背光处的沙发上，坐着罗斯科·海沃德。

三人相互道过早安。

帕特顿说："是我让罗斯科留下来的，因为不说也猜得到你要谈什么问题。"他碰了碰面前的报纸，"这篇报道你当然看到了。"

"看到了，"亚历克斯说，"我还把迪克·弗伦奇叫来问了。他告诉我，你和罗斯科昨天讨论过报界的询问。因此，我首先要冒昧动问：为何事先不和我打个招呼？东城新区和我的关系不亚于任何人吧！"

"是该和你打招呼的，亚历克斯。"杰罗姆似乎有点尴尬，"实际情况大致上是这样的：我们接到报馆电话，知道走漏了风声，所以有点慌了手脚。"

"走漏了什么风声？"

海沃德接过话头回答说："是关于我行将提出的一项建议。下星期一我打算向投资方针委员会建议，把本行目前所承担的东城新区投资削减一半左右。"

鉴于先前对此已有所耳闻，此刻进一步的证实倒也不怎么让人感到意外。使亚历克斯震惊的是，建议削减的比例竟如此之高。

他还是对着帕特顿说："杰罗姆，我可以认为这件愚不可及的蠢事你也是赞成的了？"

总裁的脸连同那蛋形的脑袋，唰地一下子涨得通红。"也对也不对。星期一之前我暂且不会提出自己的看法。昨天也好，今天也好，罗斯科到这儿来无非是预先做些游说工作。"

"对，"海沃德不无讥讽地插嘴说，"一种完全摆得到桌面上来的做法，亚历克斯。要是你不以为然，不妨提醒你一句：以前不知有过多少次，你总是先把自己的意见告诉班老头，然后才在投资方针会上亮出来。"

"如果我这样做了，"亚历克斯反唇相讥，"那也是因为那些主意要比眼下这个高明得多。"

"当然，这是你个人的看法。"

"不尽然。别人也有同感。"

海沃德很沉得住气。"在我个人看来，我们完全可以让银行的资金发挥更大的作用。"他转而对帕特顿说，"顺便说一句，杰罗姆，要是削减资金的提议通过了，目前流传的那些说法对我们倒是有利的。至少决定公布时不会像晴天霹雳。"

"既然你有这样想法，"亚历克斯说，"说不定是你放的风吧！"

"可以向你担保，不是我。"

"那么，那些谣传该如何解释呢？"

海沃德一耸肩："我想是出于偶然的巧合吧。"

亚历克斯暗自思量：是出于偶然的巧合？还是某个和罗斯科·海沃德接近的人替他出面试探？对啦。很可能是哈罗德·奥斯汀·哈罗德阁下。他作为广告公司老板，和报界打交道的机会很多。不过，要想摸清其中底细，看来不大可能。

杰罗姆·帕特顿双手一扬："二位有什么高见，请留到星期一再说吧！届时我们再详谈。"

"别自欺欺人了，"亚历克斯强调说，"我们今天讨论的要点是，究竟多少利润是恰当的，多少利润就过分了。"

罗斯科·海沃德微微一笑："恕我直言，亚历克斯，我认为利润都不过分。"

"这倒也是，"汤姆·斯特劳亨插进来说，"不过话得说回来，牟取过高的利润有时确实不太得当，会招惹麻烦，公众知道了势必要横加指责。而到了财政年底我们又非得向外界公布不可。"

"这也是理由之一，"亚历克斯接着说，"为什么要在牟利和为社会服务这两者之间适当保持平衡。"

"利润是为股东们服务的，"海沃德说，"我首先考虑到的就是这种服务。"

银行的投资方针委员会正在经理会议室开会。委员会有四名成员，两周碰头一次，时间在星期一上午。主席由罗斯科·海沃德担任，其他成员是亚历克斯及另外两名高级副总经理——斯特劳亨和奥维尔·扬。

委员会的任务是对银行的投资作出具体安排，重要决议通过之后，还须提交董事会审批。事实上，董事会对委员会提出来的建议很难有所改动。

凡是提到委员会来讨论的款项，金额很少在几千万元以下。

每逢委员会讨论重要决策时，银行总裁照例要以当然成员的身份出席会议，然而只有在必须由他出面打破僵局的情况下才参加表决。今天，杰罗姆·帕特顿也到会了，不过到现在还未发表过意见。

此刻会议争论的是罗斯科·海沃德提出的要求大幅度削减东城新区贷款的动议。

如果东区工程仍按原计划进行的话，那么在几个月内，就需要提供新的建筑贷款和抵押贷金。其中规定分派给美利坚第一商业银行的贷款是五千万美元。海沃德建议按此数削减一半。

他已经指出："我们要向各有关方面讲清楚，我们并没有退出东区计划，而且也不打算退出。至于解释嘛，也很简单，就说本行鉴于在其他方面承担的义务，已对资金的使用适当进行了调整。工程不会因此半途而废，只不过进展速度比原来规定的慢些罢了。"

"如果你根据实际需要来考虑问题，"亚历克斯反驳道，"就该看到，工程事实上已经脱期了。要是现在再节外生枝，进一步放慢速度，不管从什么角度看，都糟糕透顶。"

"我正是根据实际需要来考虑问题的，"海沃德说，"是根据银行的实际需要。"

反驳尖锐而简慢，这和海沃德平日的作风不尽相符。亚历克斯心想，大概是因为他自觉胜券在握，今天会有怎样的决定尽在他的算计之中。亚历克斯确信汤姆·斯特劳亨会和他站在一起反对海沃德。斯特劳亨在银行里是首屈一指的经济学家，年轻好学，兴趣广泛，是亚历克斯一手越级提拔上来的。

但美利坚第一商业银行司库奥维尔·扬却是海沃德的人，表决时无疑会站在他那一边。

在美利坚第一商业银行也像其他大银行一样，结构列位并不能真正反映出权力分配的实际情况。行使实权的渠道往往是迂回曲折的，要看某些人对另一些人死心塌地的程度如何，这样一来，凡是不愿卷入权力之争的人就被撇在一边，或是干脆被挤到无人问津的死角。

亚历克斯·范德沃特和罗斯科·海沃德之间的权力之争，早已尽人皆知。根据这种情况，美利坚第一商业银行的经理人员各自选定了靠山，把个人晋升发迹的希望寄托在一方或另一方的胜利上。在投资方针委员会内，也同样是壁垒分明。

亚历克斯据理力争："本行去年的利润率为百分之十三。在座的想必知道，这对任何行业来说都是挺不错的了。今年估计还要高些，可达投资的百分之十五，也可能到百分之十六。难道还要拼命往上加码吗？"

司库奥维尔反问道："又何尝不可呢？"

"我已经回答过了，"斯特劳亨回敬了一句，"目光要放得远些！"

"有一点要提醒各位，"亚历克斯激动地说，"对于干我们这一行的人来说，要赚大钱并不难，如果有哪一家银行办不到这一点，那儿的经理一定是傻瓜。从多方面来看，形势对我们很有利。我们有大好的机会，又摸索出自己的一套经验，再加上目前的银行法也通情达理。这最后一点可能是最重要的。但是，政府法律不见得一成不变，老是这么通情达理，换句话说，如果我们不珍惜形势，老是逃避社会责任，情况就会起变化。"

"我们又未退出东区计划，怎么能说是逃避责任呢？"罗斯科·海沃德说，"即使我提出的削减贷款的建议通过了，我们还是承担着很大一部分义务！"

"很大一部分？别胡说了！那可是少得不能再少了。美国的银行历来就是这么干的，他们总是把对社会的贡献压缩到最低限度。就拿为解决低薪者住房问题提供资金这件事来说，本行和别家银行的记录就十分惨淡。何必自欺欺人呢？几代人以来，银行对社会问题一向熟视无睹。即使现在，我们也是尽量少插手，只求过得去就万事大吉了。"

首席经济学家斯特劳亨翻了翻手头的文件，查看了几份手写的笔记。"罗斯科，我本来就打算提出住房抵押业务的问题，既然亚历克斯提到了，我也想在这里谈一下。目前银行的全部存款，只有百分之二十五用作抵押借款，比例是很低的。我们可以在不影响现金支付能力的情况下，将这个数字翻一番，提高到百分之五十。我想我们应该这么办。"

"我同意，"亚历克斯说，"分行经理都在要求增加抵押业务资金。这方面的投资利润不错。根据以往的经验来看，赔本的危险也微乎其微。"

奥维尔·扬表示反对："这一来资金就长期搁死了，而这些资金用到别的地方，利润要高得多。"

亚历克斯有些不耐烦，用手掌重重拍了一下会议桌。"我们偶尔也要尽点社会义务，少赚些钱嘛！这就是我想说明的要点。我反对从东区计划脱身，其理由也在于此。"

"还有一层理由，"汤姆·斯特劳亨接着说，"亚历克斯刚才也提到了，那就是立法问题。国会里已经有很多人在埋怨了。他们希望通过一项类似墨西哥颁布的那种法令，规定银行划出一定比例的存款，作为解决低薪者住房问题的资金。"

海沃德鄙夷地说："我们才不会让这种事情发生呢！在华盛顿，银行界拥有最强大的院外活动集团。"

首席经济学家摇摇头："我看那未必就靠得住。"

"汤姆，"罗斯科·海沃德说，"我向你保证，一年以后我们将重新研究本行的抵押业务，或许还会按你说的那一套去办；到那时也可能会重新考虑东区计划。不过不是在今年。我要使今年成为利润丰厚之年。"他朝那位始终未发一言的银行总裁看了一眼，"杰罗姆也有这样的打算。"

此时，亚历克斯才恍然大悟，看清了海沃德的整个策略。

在这一年里，为银行争取到高额利润，身为总裁的杰罗姆·帕特顿就会成为股东和董事心目中的英雄。尽管帕特顿一生没有混出什么名堂来，最后充其量也不过在银行内执掌一年大权，但是，他却会在一片鼓乐声中光荣引退。帕特顿也是人，岂能不为之动心？

后续发展同样不难预料。杰罗姆·帕特顿出于对罗斯科·海沃德的感激，将保举海沃德继任，而鉴于这一年赚了大钱，帕特顿将处于有力的地位，实现自己的意愿。

这是海沃德设计的天衣无缝、环环紧扣的连环计，亚历克斯实在难以找到破绽。

"还有一件事我一直没告诉诸位，"海沃德说，"甚至对你杰罗姆也未提起过。它对我们今天的决议可能有点影响。"

在场的人不禁一齐好奇地盯着他看。

"我们近期内有希望和超国公司建立起广泛的业务联系，不仅是有希望，实际上成功的可能性非常之大。我所以不愿把资金派别的用处，也是出于这方面的考虑。"

"真是意想不到的好消息！"奥维尔·扬说。

甚至连汤姆·斯特劳亨在惊讶之余，也情不自禁地表示赞许。

超国公司，其驰名全球的缩略代号为"苏纳柯"，是一家跨国大公司，在全球通信事业中的地位相当于汽车业的通用汽车公司。苏纳柯同时还拥有或控制另外几十家与其主要经营业务有关或无关的公司。它对各种类型的政府——从民主国家到独裁国家的政府——都有着极大的影响，在这方面，据报道，历史上任何联合大企业都相形见绌。观察家们有时评论说，比起允许它在境内经营活动的大多数主权国家，苏纳柯享有更多的实权。

到目前为止，苏纳柯在美国境内的金融业务活动，仅限于跟美洲、第一花旗、大通曼哈顿这三家大银行往来。倘若有朝一日，美利坚第一商业银行也能跻身其间，自然身价百倍，不可同日而语。

"罗斯科，前途无量，激动人心！"帕特顿说。

"我希望在下次投资方针会议上，能有更多的情况向各位报告，"海沃德接着说，"看来，超国公司很可能要求我们向它发放大量信用贷款。"

还是汤姆·斯特劳亨提醒大家："我们还得对东区计划进行表决。"

"可不是？"海沃德应道。他满面春风，胸有成竹，对自己宣布的消息所引起的反应颇感得意。至于在东区项目的问题上今天会作出什么样的决定，显然不在话下。

不出所料，表决的结果是两票对两票：亚历克斯·范德沃特和汤姆·斯特劳亨反对削减资金：罗斯特·海沃德和奥维尔·扬赞成。

在场的人一齐转过脸看着杰罗姆·帕特顿，他握有举足轻重的一票。

银行总裁仅仅迟疑了片刻，随即表态说："亚历克斯，在这个问题上，我支持罗斯科。"

第二章

　　"就这么坐在这儿干着急有什么用，"马戈特说出自己的看法，"眼下咱们需要做的是：挺直腰杆，齐心协力行动起来。"

　　"比如把那家该死的银行炸个稀烂？"有人问道。

　　"那不行！那儿有我的朋友。再说，炸银行这事也不合法。"

　　"谁说咱们干什么都得合法呢？"

　　"我说的，"马戈特火辣辣地顶了一句，"要是有谁想逞能，不信这一套，尽可以另请高明，重新物色个帮你们说话的人，找别的地方开会去。"

　　这是个星期四的晚上，东城新区住户协会的执行委员正在马戈特·布雷肯律师事务所开会。协会是旧城区许多民间团体中的一个，马戈特是协会的法律顾问，委员们也就趁便借她的事务所作为议事场所，有时付给她点费用，但多半情况下就这么算了的。

　　好在她的事务所也不怎么讲究——一共两个房间，原是一家小杂货店，一些老旧的货架现在用来堆放她的法律参考书。屋内其余的陈设，大多是她从市场上随手拣来的便宜货，就这么东一件、西一样马马虎虎凑合着用了。

　　事务所的左右隔壁，先前也是两家铺子，现在都已关门大吉，门窗上钉着木板条。这一带的市容由此可见一斑。有朝一日，说不定时来运转，或是靠着人们的进取精神，东城新区翻新重建的浪潮也会波及这一地区。只是目前还看不到这种迹象。

不过他们今天到这儿来，倒是和东城新区的事态发展有关。

就在前天，美利坚第一商业银行发表了一份公告，使盛传一时的谣言成了事实：今后这家银行对东城新区工程的投资将削减一半，此决定即日起生效。

银行的通告纯粹是篇官样文章，什么"暂时缺少长期投资的资金"啦，什么"将定期予以重新考虑"啦，如此等等，说得委婉动听；其实"重新考虑"的话，谁也不会信以为真。银行内外，人人都知道这份通告的真实用意——大刀阔斧砍削资金。

这会儿他们开会，正是为了商定对策。

协会名称中的"住户"一词，所指范围是比较宽的。协会中相当一部分会员固然是新区的住户，但也有很多人不是，只是希望能成为那儿的居民。就像大高个儿炼钢工迪肯·尤弗雷茨刚才在会上说的那样："咱们不少人，眼巴巴盼着搬进去，要是财源断了，咱们就没指望啦！"

马戈特知道，迪肯夫妻俩和五个孩子，全挤在没有电梯的公寓楼上的一个小间里，这种鼠祸猖獗的老式公寓，几年前早就该拆了。她多次想办法替他们一家另外物色个住所，结果全落空了。现在迪肯·尤弗雷茨唯一可以指望的，是搞到一套东城新区的新建住房，让全家都搬进去，可是在那一长串住房申请户的名单上，尤弗雷茨的名字只是排在中间，建造进度再一放慢，真不知要等到何年何月了。

美利坚第一商业银行的通告也使马戈特感到震惊。她相信银行内任何削减经费的建议，亚历克斯是不会不出面抵制的。可是，显然他的意见被否决了。鉴于这一点，她还没同他谈起这件事。况且，对于马戈特目前酝酿的计划，亚历克斯知道越少，对他俩反倒有好处。

"依我看，"另一个委员塞思·奥林达说，"这回不管我们采取什么行动，合法也罢，不合法也罢，都无济于事。我们都没法逼着银行把那笔钱掏出来。也就是说，只要他们咬紧牙关，我们就拿他们没办法。"

塞思·奥林达是位黑人中学教师，已经"住进"东城新区。但是他具有强烈的公民感，对数千名至今仍眼巴巴等在新区外面的旧城区居民十分关切。马戈特在很大程度上依赖他的稳重踏实和帮助。

"别把话讲得那么绝，塞思，"马戈特应道，"银行也有它防不胜防的弱点，拿支鱼叉在它软肚子上一扎，就可能出现意想不到的情况。"

"用什么样的鱼叉呢？"奥林达问，"游行？静坐？示威？"

"不，"马戈特说，"别打这种主意。早过时了。现在谁也不把老一套的示威游行当作一回事。它们只能惹人讨厌，什么问题也解决不了。"

事务所内拥挤、凌乱，烟雾弥漫。她打量了一下面前的这伙人。在场的共十来个人，有黑人，也有白人，体形、身材和言谈举止都不一样。有的人坐在破椅子或旧木箱上，随时都有摔下来的可能；有的人屈着双腿蹲在地上。"大家听着。刚才我说，咱们得行动起来，这儿就有一着棋，我相信能收到效果的。"

"布雷肯小姐。"一个身材瘦小的人影在房间靠里墙的地方站起来。

那是胡安尼塔·努涅兹。她进屋来的时候，马戈特和她打过招呼。

"怎么，努涅兹太太？"

"我很愿意出点力。不过我想，你也知道我是在美利坚第一商业银行工作。你要对其他人说的话，我恐怕不该在场听吧……"

马戈特深表赞赏地说："是啊，我早该想到这一点，免得让你左右为难。"屋里响起一片表示谅解的低语声，而胡安尼塔就在这片低语声中朝门口走去。

"你所听到的，"迪肯·尤弗雷茨说，"是个秘密。"

胡安尼塔点头会意，马戈特赶紧接口说："对努涅兹太太，我们大家尽可以放心。我希望她的那些东家也能像她那样守信呢！"

大家继续开会，马戈特面朝留下的委员站着。她那副架势很独特：双手搭着细腰，胳膊肘寻衅似的向外凸出。在这之前，她曾把那头栗色长发往后一掠——这是她有所行动前的一个习惯性动作，就像正戏开场前的幕启一样。听她说着说着，大家的兴趣一点一点浓起来。一两个人脸上绽出笑容；讲到某一点时，塞思·奥林达发出咯咯的深沉笑声。到快讲完的时候，迪肯·尤弗雷茨他们，个个乐得合不拢嘴。

"妙啊，妙啊！"迪肯说。

"他妈的真绝。"另一个接嘴说。

马戈特提醒大家："要使整个计划奏效，得有很多人参加——开始至少一千人，随后还须陆续增加。"

另一个陌生声音问："需要大伙坚持多久？"

"我们打算搞一周，银行的一个营业周，就是说——五天。要是到时候不见分晓，还要考虑延长，进一步扩大行动范围。不过老实说，我不相信我们真会走这一步。还有一点：事先得向所有参加行动的人交代清楚。"

"这事我可以帮着干。"塞思·奥林达自告奋勇地说。

他话音刚落，在场的人异口同声地说："我也行。"

迪肯·尤弗雷茨的嗓门扯得比谁都响："咱有的是时间，他妈的，我要拿来派用场；休息一个星期，咱还可以多拉些人来。"

"好！"马戈特称赞一声，接着断然地说，"我们需要一份总的行动计划。明晚之前，我可以把它拟好。你们其余的人现在就开始招兵买马。记住，最要紧的是别走漏风声。"

半小时后散会了，协会委员个个笑逐颜开，心情比刚来开会时开朗多了。马戈特请塞思·奥林达留下，对他说："塞思，这回我特别需要你的帮助。"

"布雷肯小姐，你知道，只要我力所能及，我一定帮你去办。"

"每回有什么行动，"马戈特说，"我向来是冲在前面的。这点你很清楚。"

"当然。"中学教员笑盈盈地说。

"这回我不想出头露面。而且，我不希望报纸、电视和电台报道这件事的时候把我的名字牵扯进去。这会使我的两位好朋友——就是刚才我提到的银行里的朋友——十分为难。我想避免这种情况。"

奥林达领悟地点点头："我看没问题。"

"实际上，我想拜托你的是，"马戈特接着叮嘱说，"这回得由你和大伙儿替我出面应付局面。当然我会暗中支持你们的。如有必要，你们也可以来找我，不过最好别来。"

"哪有这种傻事，"塞思·奥林达说，"我们谁也没听说过你的名字，怎会来找你呢？"

星期六晚上，也就是东城新区住户协会开会后两天，马戈特和亚历克斯应朋友邀请，参加了一次小型宴会。宴会结束后，两人一起回马戈特的寓所。和亚历克斯那套精致华美的房间比较起来，马戈特的寓所要小一些，所在地段也不及他那儿豪华，但是整个房间倒也布置得赏心悦目，那些古色古香的家具，是她这几年里费心搜罗来的，价格都很便宜。亚历克斯很喜欢上她这儿来消磨时光。

这套房间正好和马戈特的律师事务所形成强烈的对照。

"布雷肯，我一直惦记着你。"亚历克斯说。他已经换上寄放在马戈特那儿的睡衣和浴袍，舒舒服服地坐在一张安妮女王风格的高背椅内。马戈特在他跟前的地毯上蜷曲着身子，把头仰靠在他的膝盖上。他温柔地抚摩着她那头长发。偶尔，他的手指轻巧地移到别处，熟练地撩拨着，逗得她心荡神移，而她也喜欢他这样抚弄。马戈特满意地舒了口气。再过一会儿他们就要上床了。而在这时，尽管两人都感觉到了越来越炽烈的情欲，自我克制一下，倒也有一种难以言传的乐趣。

他俩已经有一个半星期没待在一起，各人忙着各人的事，时间总凑不到一起去。

"这几天白白过去了，我们得把它补回来。"马戈特说。

亚历克斯沉吟着，过后才说："你知道，整个晚上，我一直等着你把我往火上烤，责问我关于东城新区的事儿。想不到你偏偏只字不提。"

马戈特把头往后仰得更高，由下向上倒着看他。她神态天真地问："干吗要烤你呢，亲爱的？银行削减拨款又不是你的主意。"她那娇小的前额微微一蹙，"说不定倒是你出的主意呢？"

"你明明知道不是我的主意。"

"我当然知道。我同样敢肯定，你还反对来着。"

"不错，我反对了。"亚历克斯接着又懊丧地加了一句，"到头来还不是白费唇舌！"

"你总算尽力而为了。还能再要求你什么呢！"

亚历克斯狐疑地端详着她："这可一点不像你布雷肯·马戈特。"

"哪点不像呢？"

"你是个好斗的人，这也是你身上的一个迷人之处，不肯轻易认输，决不甘心于失败。"

"也许有些失败是无法挽回的，在这种情况下，也只好听其自然。"

亚历克斯坐直身子。"布雷肯，你一定在玩什么花样！你瞒不过我的。还是对我实说了吧。"

马戈特沉吟了半晌，随后慢吞吞地说："我没有什么要实说的。不过，即使情况果真像你说的那样，可能有些事情你还是不知道的好。亚历克斯，让你为难的事我是怎么也不愿干的。"

他脉脉含情地笑了："你毕竟还是露了口风。好吧，既然你不希望让人刨根问底，我就不勉强你了。不过我要你保证一点：不管你打的是什么主意，一定得合法才是。"

马戈特顿时冒火了："这儿我是律师。什么合法，什么不合法，我自会判断。"

"即使聪明绝顶的律师女士也有失手的时候。"

"这回可不会啦。"她似乎打算和他辩个明白，但一下子又变得心平气和，用温和的声音说，"你知道我总是在法律许可范围内行事的。你也明白其中的缘由。"

"是的，我明白。"亚历克斯说着，又往椅背上一靠，重新抚摸着她的柔发。

在他俩彼此熟识之后，有一次她曾推心置腹地同他谈起过几年前自己思想的发展过程，那是在经历了一场丧失亲人的惨剧之后才成熟起来的。

马戈特在法学院念书的时候，是个优等生，她也像当时的大学生一样，信仰激进主义，参加抗议活动。那是个动乱的年代，美国在越南越陷越深，国内意见严重分歧。法学界也开始动荡分化，青年人纷纷起来反对老一辈，反对现存体制。一批好斗的律师新手崭露头角，他们中备受推崇、名噪一时的代表人物就是拉尔夫·奈德。

先是在大学里，后来在法学院，马戈特和一个男同学很要好（亚历克斯只知道他叫格里高利）。他俩情趣相投，志同道合，抱有同样的先锋派观点，同样信仰激进主义。格里高利和马戈特还同居过，当时的风气就是这样。

当时一连好几个月，学生和校方不断发生冲突，最严重的一次是由于美国陆军和海军征兵官员在校园内正式露面而引起的。学生中大多数人，包括格里高利和马戈特在内，要求校方责令征兵官员退出校园。学校坚决不同意。

血气方刚的学生一举占领学校行政大楼，以示抗议，同时还在大楼前设起路障，不许外人进来。格里高利和马戈特被卷入这股热潮，也在采取行动的学生队伍之中。

谈判开始，却又告破裂，主要是因为学生方面提出了"无可协商的要求"。两天以后，校方召来州警，继而又轻率地补充了一批国民警卫队。他们向此时已陷入包围的大楼发动进攻。在短兵相接的过程中，双方都开了枪；有人脑袋开了花。说来也是个奇迹，子弹并没伤着人。不过在那些脑袋挨揍的人当中，有一个是格里高利，他不幸被打成脑出血，几小时后就咽气了。

最后，迫于公众义愤，凶手被传至法庭受审，那州警是个初出茅庐的新手，一时吓昏了头，给了格里高利致命的一击。后来对他的控告被法院驳回。

马戈特虽然受到很大打击，悲痛万分，但作为一个不抱偏见的法学学生，对法院驳回诉讼还是想得通的。心情平静下来以后，她在法学方面所受的训练，也有助于她对自己的信念作出评价，并使之系统化。长期以来，由于头脑发热，感情冲动，她一直没能这么做，现在自然嫌晚了一些。

不论是在当时还是打那以后，马戈特的政治观点和她对社会问题的看法丝毫未减锋芒。但是她看问题是诚实的，不能不承认学生内部的那个小宗派，自称是自由的捍卫者，却不准别的学生享受同等的权利。

他们凭着热情蛮干，触犯了法律。而他们正是要把自己的学识，可能还连同自己的生命，奉献给这一法律体系的！

马戈特由此再想得深刻一些，就不难得出这样的结论：坚持在法律容许的范围内行事，非但不会减少其成果，反而可能事半功倍。

打那时起，这就成了她贯彻自己全部激进主义主张时的行动准则。马戈特那次和亚历克斯推心置腹谈过之后，他俩再没有提起过这段往事。

她依然蜷曲着身子，舒服地偎依在他身边。她问："银行里的情况怎样？"

"有些时候，我觉得自己似乎成了西西弗斯。还记得这个人吗？"

"不就是那个推石上山的希腊人？每一回他眼看要爬上山顶，结果石块又重新滚了下来。"

"正是此人。倒真该由他来担任试图推行改革的银行经理。布雷肯，你对我们这些银行家总有所了解吧？"

"说来听听。"

"尽管我们鼠目寸光，缺乏想象力，但照样混得很得法。"

"我可以引述你的话吗？"

"要是你这么干，我会矢口否认。"他沉思了片刻，"不过，咱们私下谈谈也无妨，银行业总是被社会变革牵着鼻子走，而从没想过未雨绸缪。当前我们穷于应付的种种问题——环境、生态、能源、少数族商——早就存在了。照理说，这些领域内所发生的影响着我们的各种情况，是完全可以预见到的。我们银行家原可以成为带路人，却偏偏落在后面，只是在万不得已，有人在后面推着的时候，才勉强往前挪动一步。"

"那干吗还要干这一行呢？"

"因为这是门重要的行当。我们的工作也值得一干。不管是主动走在前，还是被人推着向前，我们毕竟是必不可少的行家。金融系统已经变得如此庞大，如此错综复杂，只有银行才驾驭得了它。"

"这么说来，你们最需要的就是不时让人来推你们一把，是吗？"

他目不转睛地看着她，那股好奇心又冒了头："你那爱恶作剧的复杂脑袋正在盘算着什么花招吧。"

"别想从我嘴里套出什么话来。"

"不管是什么花招，我希望这回可别再和公共厕所沾上边。"

"噢，老天，不！"

一想到一年前的事，两人不由得哈哈大笑。那是马戈特得意的战果之一，曾轰动一时。

她的对手是本市机场管理委员会。当时，机场管理委员会付给手下几百名看门人和清洁工的工资，远远低于本地区的一般工资。工会已被收买，和管理委员会订有"情人密约"，根本不愿过问这事。一伙机场雇员绝望之余，跑到马戈特这儿来求援，她在对付这类事情方面已有了点名气。

马戈特出面同管理委员会正面交涉，结果只是碰了一鼻子灰。于是她断定非得引起公众的注意才行，而其中一个有效途径，就是叫机场及其主管人员出一出洋相。在准备过程中，她和几位曾助过她一臂之力的同情者一起，趁晚高峰期间对这座客运繁忙的大型机场作了一番侦察。

通过侦察，他们摸到了一个重要情况：晚班客机上一般都供应饭菜、饮料，大部分乘客一下飞机，就直奔机场的厕所而去，因此一连好几小时，厕所内人满为患。

在接下来的星期五晚上——这是一周内客运交通最繁忙的时刻——几百名志愿者，主要是已经下班的看门人和清洁工，在马戈特的指挥下来到机场。他们从进场后直到夜深时离开，始终秩序井然，气氛平和，没有任何越轨行为。

他们的目的是要占住机场的各个公共厕所，占它整整一个晚上。他们也真的这么干了。马戈特和助手们拟定了详细计划，志愿者各奔指定地点，付一枚角币，便在那儿占着马桶不走了，或借书报解闷，或听无线电消遣，好多人甚至还带着食物来此大嚼。有些妇女还带着针线或编织活计。这是一场登峰造极的合法占座抗议。

男厕所里，另有好多志愿者在便池前排起长队，队伍拖拖沓沓，移动的速度极慢。要是局外人排在队伍里，非得等上个把钟头，才能排到前边。当然，没有什么人能有这种耐性。

一支流动小分队，心平气和地向持同情态度的人说明情况，并解释为什么要采取这样的行动。

机场一片混乱，数百名怒气冲冲、苦恼不堪的乘客，把一肚子怨气全都发泄在航空公司头上，航空公司则转而指责机场管理部门。后者只得干瞪眼，拿不出一点办法来。而在一些与此无关或无排解之急的旁观者看来，这种局面煞是热闹有趣。总之，谁也不能对此无动于衷。

大批新闻界人士，由于马戈特事先向他们吹过风，纷纷赶抵现场。

记者们争先恐后地报道这一事件，通过各通讯社发往全国各地；这一消息也传到了国外，像《消息报》、约翰内斯堡《星报》、伦敦《泰晤士报》这样一些完全不同类型的报纸全都予以登载。翌日，全世界都乐不可支。

大部分新闻报道强调了马戈特·布雷肯的名字，报道还暗示说，这类"占座抗议"的好戏往后还多着呢。

不出马戈特所料，让对手出丑果然是任何武器库中威力较大的一件武器。周末，机场管理委员会让步了，表示愿意商讨看门人和清洁工的工资问题，不久，工资终于提高了。后来，事态进一步发展：工会进行改选，受贿的领导被赶下台，代之以比较正直的新领导。

这时，马戈特挪动身子，挨紧亚历克斯，柔声说："关于我的脑袋，你刚才怎么说来着？"

"爱恶作剧的复杂脑袋。"

"算坏？还是算好呢？"

"对我来说算是好的。讨人喜欢。你从事的那些事业，我大多也喜欢。"

"不是所有的？"

"是的，并非全都喜欢。"

"我干的事情，有时不免要招怨树敌。招的怨还真不少。如果为了一桩你不赞成，或者不喜欢的事树了敌，你怎么看？假定就在你不愿意和我有任何牵连的时候，我俩的名字却偏偏连在一块了，你怎么想？"

"我会努力去适应这种局面。再说，我的私生活别人也管不着，你也有这种权利。"

"任何女人都有这种权利，"马戈特说，"不过我有时怀疑，你是否真正适应得了。也就是说，如果我们一天到晚待在一块儿。你知道我的个性是改变不了的。你得理解这点，亲爱的亚历克斯。我不会任人摆布，永远不会迁就他人，永远不会放弃自己的主张。"

他想到了西莉亚，她缺的就是这种自己的主张，从来也没有过，要是她能有这种精神该多好啊！一想到西莉亚落到如今这步田地，亚历克斯总不免悔恨交加。不过，他也从她身上得到了一点教训：对任何男子来说，除非他所爱的女子享有自由，了解自由的价值，并运用它来充分发挥自己的才能，否则他自身也不完美。

亚历克斯的双手轻轻落在马戈特的肩上。隔着一层薄薄的丝绸睡衣，他可以闻到她的肉体发出的阵阵温馨，感觉到那肌肤的酥软轻柔。他温情地说："正因为你是这样一个人，我才爱你，少不了你。万一日后你变了，我还得另外请位女律师，为爱情的破裂打一场官司。"

他的双手从她的肩膀上移开，慢慢往下抚摸。他听到她呼吸急促起来，片刻之后，她转过脸，喘着粗气，急切地说："见鬼，还磨蹭什么呢？"

"天知道，"他说，"咱们上床去吧。"

第三章

　　这景象实在异乎寻常，分行贷款部的高级职员克利夫·卡斯尔曼不由得举步朝经理的办公平台走去。

　　"多尔西夫人，你可曾看过一眼窗外？"

　　"没啊，"埃德温娜说，她一直在聚精会神地阅读早班邮件，"有什么好看的？"

　　这是星期三的上午，离九时还差五分钟，地点是美利坚第一商业银行市中心分行。

　　"嗯，"卡斯尔曼说，"我想，你说不定会感兴趣的。银行门还没开，就有人在外面排起队，我还从未见过这种新鲜事儿。"

　　埃德温娜抬起头来，只见几个办事员正伸长着脖子向窗外张望。雇员们在叽叽喳喳四下议论，一清早就出现这种情况，倒是有点儿蹊跷。

　　她觉察到大家都在暗中捏着一把汗。

　　银行大楼的正面，是一排临街的大玻璃窗。埃德温娜离开办公桌，朝一扇窗户挪动几步。眼前的景象使她愣住了。银行外面，人群摆开长队，四五个人一排，从正门前起，沿着大楼门面排过去，一直消失在大楼的那一边。看来，所有这些人都在等银行开门。

她瞪大眼睛，满腹狐疑："究竟怎么回事？"

"刚才有人出去过，"卡斯尔曼告诉她，"据说，队伍差不多穿过半个罗塞利广场，而且还不断地有人跑来加入。"

"有人问过他们想干什么吗？"

"听说有个警卫问过。回答说，他们是来开户头的。"

"开玩笑！这些人全是来开户头的？打这儿望过去，不下三百人。我们从来在一天之内没开过这么多户头。"

贷款员一耸肩："我不过是把听到的情况跟你说说。"

营业部主任托顿霍也凑到窗前来，他还是像平日那样哭丧着脸。"我已经通知了总行安全部，"他对埃德温娜说，"他们说要再派些警卫来，温赖特先生已上这儿来了。另外，他们正在同市警察局联系。"

埃德温娜说："还看不出什么闹事的迹象，那些人看上去都挺安分守己的。"

在这支队伍里形形色色的人都有，可以看到三分之二是妇女，其中黑人占多数。不少妇人还带着孩子，男人们有的身穿工作服，像是刚下班或是准备去上班的模样，其他的穿着也很随便，只有不多几个人穿着比较讲究。

队伍里的人交谈着，有些人还讲得挺欢的，但没有人流露出半点敌意。有些人看到银行方面的人正在注意自己。还微笑着和他们点头招呼。

"瞧那边！"克利夫·卡斯尔曼扬手一指。一组手持摄像机的电视台记者出现了。就在埃德温娜等人隔窗张望的当儿，他们开始摄取镜头了。

"管他们是不是安分守己，"贷款员说，"这么一大帮人一下子全涌到这儿来，肯定别有用心。"

埃德温娜心头蓦地一亮。"是为东城新区的事儿来的！"她说，"一定是为东城新区的事儿来的。"

附近几张办公桌上的人都凑过来，在一旁听着。

托顿霍说："我们得等增派的警卫来了再开门营业。"

大家的视线都转向墙上的挂钟，时针指着：八时五十九分。

"不，"埃德温娜下令说。为了让其他人都能听到，她提高了嗓门。"我们照常准点开门。请各位回自己的岗位去。"

托顿霍匆匆走开了。埃德温娜回到平台上，在自己办公桌前坐下。

她居高临下，望着正门倏地拉开，只见第一批顾客潮水般地涌进来。

排在队伍前头的人，进门以后，曾有迟疑，好奇地东张西望了一会儿，可是很快又被后面的人推着往前。一转眼，这家大型分行的营业大厅内已挤满了叽哩呱啦的一大群人。刚才还静悄悄的银行大楼，霎时成了一座人声鼎沸的巴别塔。埃德温娜看见一个身材魁伟的黑人大汉，手里挥动着几张一元纸币，嘴里大声嚷嚷："俺要拿这钱存银行。"

警卫一挥手："新开户头在那边。"

警卫所指的那张办公桌上，坐着个年轻的女职员，正等候客户光临。

她显得有点紧张。大汉朝她走去，脸上挂着微笑，想解除对方的疑惧。

他刚坐下，一大群人立刻在他后面排起弯弯曲曲的长队，等着轮到自己。

看来消息并非讹传，他们果真都是来开户头的。

埃德温娜看到大汉舒舒坦坦地往椅背上一靠，手里仍捏着那几张钞票。他的洪亮嗓门盖过周围其他人的说话声。她听得那人说："俺不急。有些情况俺想麻烦你给解释解释。"

另外两张办公桌上，很快坐上了两名职员。他们面前同样迅速地出现了黑压压的长龙。

平时，立账户的业务有三个职员就能应付自如，可现在单靠这几个人显然已对付不了。埃德温娜一眼看见托顿霍在银行大楼的那一头，随即通过内部对讲机吩咐："再多安排几张开户头的账台，把能抽出来的人全派上去。"

银行内人声嘈杂，即使将耳朵凑在对讲机上也很难听清楚对方说话。

托顿霍没好气地瓮声回答："你也知道，今天我们怎么也应付不了这么多的人，不管我们打发掉多少人，他们还是会把我们的手脚完全束缚住的。"

"我猜想一定有人想捣鬼，"埃德温娜说，"你们尽量抓紧着办就是了。"

然而她心里明白，任凭抓得再紧，立一个新户头，至少也得花上刻把钟。情况历来如此，动笔写票据的事儿省不了时间。

首先要填写存款表格，逐一填明住址、职业、社会保险号码以及家庭情况等细目。要让客户签名，并验明客户身份。然后，经办立户业务的职员还须将所有票据文本一并送交银行高级职员缩签批准。最后开具银行存折或是发给临时支票簿。

就这样，一个银行职员在一小时内至多也只能开立五个账户，所以眼下这三名职员，哪怕始终开足马力，工作一整天也只能开立九十个账户，而实际上这是办不到的。

眼前办事员就算再增加两倍，一天里开立的账户至多也不过二百五十个。此刻开门营业才几分钟，银行里至少已挤了四百人，而且还有更多人在不停地涌进来。至少银行外面的队伍，埃德温娜站起身子打量了一下，似乎一点儿也不见短少。

银行里人声鼎沸，一片喧哗。

另外还有一个问题：由于人流不停地涌入银行营业大厅，其他客户走近出纳柜台的路给堵死了。埃德温娜看到银行外面，有些银行主顾不胜惊愕地注视着这一乱哄哄的场面。就在这当儿，有的人无可奈何地转身走了。

银行里边，一些新来的人正缠着出纳员问这问那，而那些出纳员在这种纷乱嘈杂的情况下反正也干不了什么事，就和他们七嘴八舌地拉扯开了。

两位经理亲自来到营业大厅维持秩序，试图控制潮水般的人群，让柜台前腾出一席之地，到头来也只是白忙一阵。

尽管这样，人群中并未出现任何含有敌意的表示。银行里挤得水泄不通，但所有的人都彬彬有礼地微笑着回答银行职员的问话。埃德温娜暗自思忖，看来事前准有人关照过他们，来这儿可要留神自己的言行举止，不得孟浪造次。

她拿定主意，现在该由她亲自出面干预了。

埃德温娜离开工作平台，走出由栏杆分隔的职员工作区，挤过熙熙攘攘的人堆，好不容易来到大门口。她向两个人招招手。警卫排开人群，挤了过来。她吩咐说："银行里边的人够多了，暂时别再放人进来，等里边的人出去后再放人进来。我们银行的老主顾当然不在此例，他们来了，立刻放他们进来。"

警卫中年长的那个，怕埃德温娜听不清楚，特地把头凑过来说："这很难办到，多尔西夫人。有些主顾我们能一眼认出来，但有很多我们认不出，每天进进出出的顾客那么多，哪能全认得呢！"

"还有一点，"另一个警卫接口说，"只要一有人走近大门，排在外面的那些人就拉开嗓门直嚷嚷：'排到后面去！'要是我们不一视同仁，说不定会出乱子的。"

埃德温娜要他放心："不会出什么乱子的，你们尽力去办就行了。"

埃德温娜转过身，朝着一些排在那儿的人说话。周围嘈杂的人声不断，很难听出她在讲些什么，因此她只得提高嗓门："我是这儿的经理。我想请教你们几位。为什么你们全赶在今天上这儿来？"

"我们是来开户头的，"答话的是个妇女，身边带了个小孩。她一边说一边咯咯直笑，"这么做没有什么不对头吧！"

"你们银行的人不是搞了很多广告，"另一个声音插进来说，"存钱不嫌金额少，广告上就是这么说的嘛。"

"不错，"埃德温娜说，"银行说话算数。但你们大伙儿凑准了日子一块上这儿来，总有个原因吧！"

"你可以看得出来，"一位脸色苍白的长者接口说，"咱们都是东城新区的人。"

一个年轻的声音又补充一句："或是想搬到那儿去的人。"

"你们还是没说明白……"埃德温娜刚开头就被打断了。

"夫人，也许我能给你解释一下。"一位长相不凡的中年黑人被大家从人群中推了出来。

"请说吧。"

这时候，埃德温娜察觉自己身边又多了一个人，扭头一看，原来是诺兰·温赖特。大门口又来了几名警卫，忙着协助原来那两个警卫维持秩序。她用询问的目光瞥了一眼银行保安头子，后者说："就这么办，你干得不错。"

那个被人推到前面来的中年男子说："早安，夫人！我不知道银行还有女经理呢。"

"当然有，"埃德温娜对他说，"而且我们这样的女经理会越来越多，我希望你也是主张男女平权的。先生贵姓？"

"我叫奥林达，塞思·奥林达，夫人。我自然是主张男女平权的，除此而外，我主张的事情还有好多呢！"

"其中之一让你今天上这儿来了？"

"从某种意义上可以这么说。"

"究竟从什么意义上呢？"

"我想你知道我们都是东城新区的人。"

她点头表示领会："这我听说了。"

"我们今天的行动，不妨称之为'希望之举'。"这位衣冠楚楚的发言人咬文嚼字地说。这席话是事先准备好的，而且还排练过。更多的人围了上来，大家不再叽叽喳喳，而是在一旁静静听着。

奥林达继续往下说："银行声称手头资金不足，无力继续资助东城新区的建设工程。不管怎么说，银行已将贷款砍掉了一半，而我们当中有些人觉得，要是没有人出来呐喊一番，采取点什么行动的话，那另外一半恐怕也保不住。"

埃德温娜反唇相讥："而所谓采取行动，依我看，就是要迫使这家分行停止营业。"就在讲话的时候，她发觉人群里出现好几张陌生面孔，这些人还在打开的笔记本上奋笔疾书。她明白，新闻记者也赶来了。

显然，有人事先曾向报社吹过风，怪不得他们出动了电视摄像小组。埃德温娜暗自纳闷，这是谁干的？

塞思·奥林达露出痛苦的表情。"我们现在做的，夫人，就是把我们这些穷人能筹措到的钱全部拿出来，帮助银行渡过难关。"

"可不是，"另一个插了一句，"这就叫'远亲不如近邻'嘛！"

诺兰·温赖特厉声反驳说："胡说八道！银行可没遇上什么难关。"

"要是没遇上难关，"一位妇女问，"那干吗要这么对咱东城新区？"

"银行的立场在通告里讲得再清楚不过了，"埃德温娜回答，"这是个轻重缓急的问题。更何况银行已表示过，希望日后能恢复全部投资。"说实在的，这些话连她自己听来也觉得空洞无力。显然别人也有同感，于是人群里迸发出一阵嘲笑声。

这是第一次出现的带有敌意和无礼的表示。那位仪表堂堂的男子塞思·奥林达猛地转过身来，扬手示意众人节制，嘲笑声戛然而止。

"不管你们这儿的人怎么看，"他断然地对埃德温娜说，"事实是，我们来这儿是要往你们银行里存钱。我所说的'希望之举'就是这个意思。你们见到我们这些人，了解到我们的心情之后，说不定会回心转意。"

"要是我们不回心转意呢？"

"那我想，我们会召来更多的人，凑集更多的钱。这一点我们是办得到的。今天，明天，后天，我们还有更多好心肠的人要上这儿来。不到周末，这件事儿就会闹个满城风雨——"他转身向那些新闻记者说："所以，到下星期，不单是我们东城新区的人，还有其他人，也会加入我们的行列。当然，只是前来开立账户，帮助这家可怜的银行摆脱困境。仅此而已。"

接着好多人你一言，我一语，嬉皮笑脸地在一旁敲边鼓："是啊，伙计，还有好多好多人哪……""咱们兜里的钱不多，人嘛，有的是……""把你们的朋友都拉来，助我们一臂之力！"

"当然，"奥林达说，装出一副老实样子，"一些人今天来存钱，说不定明后天或下星期，又得来取钱。大多数人手头并不宽裕，不可能长存不取的。不过，我们会尽快地把钱重新存进来。"他的眼睛调皮地闪着光，"我们就是要让你们忙个不亦乐乎。"

"是啊，"埃德温娜说，"我明白你们的用意。"

一位金发碧眼、身材苗条的女记者问："奥林达先生，你们大伙准备在银行里存多少钱？"

"不太多，"他乐不可支地回答说，"多数人只带了五块钱。这是银行受理存款的最低金额。我没说错吧？"他朝埃德温娜望了一眼，她点了点头。

埃德温娜和其他在场的人都知道：有些银行规定，新立账户至少得一次存入五十元，要建立活期支票户头至少要存入一百元。也有些银行对最低存款额不作任何规定。而美利坚第一商业银行来了个折衷，将最低额定为五元，旨在鼓励小额储蓄。

还有一条规定：一旦账户开立后，只要留有足以保持账务往来的余额，还可以随时提取这五元本金中的大部分。塞思·奥林达等人正是看准了这一点，存心要让市中心分行成天穷于应付存取。埃德温娜心里嘀咕，说不定他们这一招还真能得逞。

然而，这里既没有违法越轨的行为，也抓不住他们捣乱滋事、妨碍营业的把柄。

想到这一点，埃德温娜差点忘记自己的职责，失声笑出来，尽管她刚才还挺气恼的。她明白自己在这种场合万万笑不得。她又瞟了诺兰·温赖特一眼。后者耸耸肩，不动声色地说："既然这儿没有什么明显的捣乱行为，我们能做的无非是维持维持秩序罢了。"

银行保安头子一个转身，对着奥林达口气坚决地说："希望你们各位能协助我们将这儿里里外外的秩序整顿好。一次可以进来多少人，队伍该排在什么地方，我们的警卫会给你们交代清楚的。"

对方点头同意："没问题，先生，我和我的朋友们当尽力效劳。我们也不想闹出乱子。话得说回来，我们希望你们能办事公道。"

"这话什么意思？

"我们这儿的人，"奥林达郑重地说，"还有外面的那些人，和来银行的其他人一样，都是这家银行的主顾。我们愿意耐着性子排队等候，可是我们不希望你们给什么人来个特殊照顾，或是让他们一下子插到我们队伍的前头。我的意思是：不管谁来了，都得依次排队，排到队伍后面去。"

"这一点我们会注意的。"

"我们也会留神的，先生。因为，要是你们不按规矩办事，那显然是厚此薄彼，有失公允，到时候可别怪我们起哄。"

埃德温娜看到记者们还在埋头记录。

她小心挤过密集的人群，朝立户专柜走去。那儿除了原来的三张办公桌外，已添了两张，这时还在安置另外两张。

埃德温娜注意到一张临时设置的账桌旁，坐着胡安尼塔·努涅兹。

努涅兹迎着埃德温娜的目光，两人相视一笑。埃德温娜突然记起，努涅兹这女人正是住在东城新区的。她事先可知道今天有人要向银行发难？她转念一想：管她知道不知道，反正都一样。

银行开立账户的业务，现在由两名资历较浅的职员负责照管；情况很明显，今天银行的其他工作全都搁浅了。

就在埃德温娜走过来的时候，第一批进银行来的那个身材魁梧的黑人，正好从椅子上站起来。那女职员跟他打过交道以后，不再显得局促不安。她对埃德温娜说："这是尤弗雷茨先生。他刚刚开了个户头。"

"迪肯·尤弗雷茨，至少大伙儿都这么叫我来着。"他伸出巨人般的大手同埃德温娜握手。

"欢迎你到美利坚第一商业银行来开户头，尤弗雷茨先生。"

"谢谢你，实在太好了，我想，说不定我还可以在这户头名下再存点钱呢。"说着，他掏出一把角币，从里面挑出一枚二角五分和两枚一角钱的硬币，慢悠悠地往出纳员那儿踱去。埃德温娜问那个开立账户的办事员："他存了多少钱？"

"五元。"

"很好。你接着往下办吧，越快越好。"

"我尽快办理，多尔西夫人。那人问了一大堆问题，提款啦，利息啦，纠缠了不少时间。他还预先把问题写在纸上呢。"

"你可曾把那张纸条弄到手？"

"没有。"

"很可能别人手里也有这玩意儿，想法子搞张来给我看看。"

埃德温娜心想，是谁策划了这场巧妙的行动，说不定这些纸条倒能提供一点线索。她相信和自己谈过话的那些人里面，没有一个是操纵全局的主谋。

这时，又出现了新的情况：他们可不单单想从开立账户这一个方面捆住银行的手脚。那些开了户头的人，现在又在出纳柜台面前排起队，存入或提取小笔款项，其速度之慢如同冰河运动一般。他们还向出纳员问这问那，要不就是和出纳员瞎扯淡。

这一来，银行的老客户不但很难挤进银行大楼，就算费了九牛二虎之力挤进了门，也还会遇到新的障碍。

她把有人将问题写在纸条上以及自己怎么吩咐女职员的事儿，一五一十地对诺兰·温赖特说了。

安全部负责人表示赞同："这些字条我也想搞来看看。"

"温赖特先生，"一个秘书招呼他，"你的电话。"

他拿起听筒，埃德温娜听见他说："这是一场示威，尽管从法律意义说还算不上。不过，气氛倒是挺平和的，所以我们不能草率处置，自找麻烦。我们应尽量避免出现难堪的对抗局面。"

埃德温娜暗暗对自己说，温赖特头脑冷静，刚强稳健，有他在场确实叫人放心不少。她看着他搁下话筒，突然想起一件事。"刚才有人提到已给市警察局打过电话，"她说。

"刚才我来这儿的时候，警察也赶到了，是我把他们打发走的。要是需要的话，我们随时能把他们叫来。我希望最好别惊动他们。"他先朝电话，然后又朝美利坚第一商业银行总行大楼那个方向打了个手势："消息已经传到大人先生们的耳朵里了。这回他们着实慌了手脚，顾不上考虑事情的后果了。"

"现在他们只有一件事可做，就是恢复对东城新区的投资。"

温赖特来了以后，脸上还是第一次掠过笑影。"我倒也希望真能这样。事实上这不可能，银行的钱一旦派定用途，外界再施加压力也无济于事。"

埃德温娜刚想说"我看不见得吧"，可是话到嘴边，改变了主意，又咽了回去。

两人注视着被这群人挤了个水泄不通的银行营业大厅，人群丝毫不见减少，而且鼎沸的人声比刚才更为喧闹。

银行外面，长蛇阵有增无减，生了根似的一字排开。

这时是九点三刻。

第四章

　　也是上午九点三刻，在离美利坚第一商业银行总行三条横马路的地方，不甚显眼地停放着一辆大众牌轿车——就在这儿，马戈特·布雷肯设下了指挥所。

　　马戈特曾打定主意，要在那套施加压力的计策付诸实施时远离现场，可是临到头，却怎么也沉不住气。好比一匹惯于驰骋疆场的战马，一闻到战斗的火药味，就乱蹬起蹄子来。她那点儿决心一下子软了半截，最后竟消失得无影无踪。

　　然而，马戈特毕竟有所顾忌，生怕连累亚历克斯和埃德温娜，所以没有亲临罗塞利广场，置身于行动的第一线。

　　她要是在那儿露面，就会被报界人士一眼认出来。她知道他们已经赶到现场，因为是她自己事先将消息透露给报社，电视台和电台的。

　　鉴于这层考虑，就由通讯员把现场事态的发展小心翼翼地送到她汽车上来，随后又从她那儿悄悄捎回指示。

　　星期四晚，他们已经进行了一场颇具规模的组织活动。

　　星期五，在马戈特拟订总的行动计划的当儿，塞思、迪肯，还有另外几位执行委员，把东城新区及其附近地段的各街区负责人召集了来，向他们介绍打算要采取的行动。虽然只是很笼统地交代了一下，反响却极其强烈，差不多每个人都主动要求承担任务，还热心推荐一些可以信得过的人。

到星期天晚上，全部名单汇总起来，共有一千五百人，而且还有新的名字不断迅速报来，根据马戈特的计划，这场行动至少可以维持一个星期，要是大家劲头能一直保持下去，再坚持些时间也没问题。

在有固定职业的志愿参加者中，有些人，像迪肯·尤弗雷茨，正好到了休假期，他们表示愿意把假期用上。也有一些人说得很干脆：需要的话就不去上班。遗憾的是，好多愿意出力的人都是些衣食无着的失业者，最近适逢淡季，活计不足，失业人数一下子增加了很多。

在参加行动的人中女人占大多数，一方面固然因为她们白天比较容易分身，另外，也因为东城新区已成为她们生活中一盏珍贵的、象征着希望的明灯。她们的心情甚至比男人更热切。

马戈特由于事前和助手们研究过情况，再加上今天早上的情况汇报，对这一点很清楚。

到目前为止，她所听到的汇报都极为令人满意。

马戈特再三叮嘱过：任何时候，尤其在同银行代表直接打交道的时候，东城新区队伍中的每个人，务必保持友好而谦恭的态度，且要装出前来帮助的样子。为此，马戈特特地杜撰了"希望之举"这个词，而且还设计出这样一种形象：一群热心肠的人，虽然财力有限，却乐于前来"资助"一时"陷入困境"的美利坚第一商业银行。

她也真鬼，一下子摸准了对方的痛处，知道只要稍微一暗示美利坚第一商业银行陷于困境，就会使它跳起来。

尽管不必隐瞒东城新区与这次行动的联系，但任何时候千万不能搞公开威胁，不得发表"不恢复全部工程贷款，就让这家大银行一直瘫痪下去"之类的言谈。马戈特曾向塞思·奥林达他们面授机宜："让银行自己去得出这样的结论。"

在前几天布置任务的碰头会上，她反复强调，必须避免出现任何威胁和恫吓的言行。到会的人都作了记录，会后又把这些话向大伙儿传达了。

同时传达下去的还有一系列打算在开户头时提出来的问题。这也是马戈特准备的，一共罗列了几百个合情合理的、任何人在同银行打交道时完全有理由提出来的问题，只不过其中大部分，人们没想到要问罢了。

提这些问题也能进一步减慢银行的营业速度，使它差不多完全陷于瘫痪。

到时如有机会，塞思·奥林达将出面代表大伙儿讲话。马戈特编写的台词也无须花多大功夫排练。奥林达心有灵犀，稍加点拨就烂熟于心了。

派给迪肯·尤弗雷茨的任务，是在队伍里打头阵，银行一开门第一个进去开立账户。

此外，行动人员的具体活动时间和地点，也归迪肯负责安排通知。（迪肯究竟是他的教名，还是该地区某个非正统教会授予的职衔，谁也说不上来。）有一大批副手协助他展开工作，他们就像蜘蛛网的蛛丝似的向四面八方散布开来。

星期三上午，为了打响第一炮，来个先声夺人，一定要确保组织大批人马涌到银行。但是每隔一定时间，就得换一批人下来休息。一些尚未出场的人，得留作下午或以后几天调用的后备力量。

为了能使这一切得以顺利进行，他们充分利用当地的公用电话，拼凑起一个联络网，由另外一些守在各条街道上的助手负责接听。由于估计到临时仓促通知可能会出纰漏，他们又考虑了一些应急措施，所以总的来说，通信联络工作进行得相当顺利。

有关这些以及其他情况的报告，全都陆续汇集到马戈特那儿，她就在那辆大众轿车的后座稳坐钓鱼台。她掌握的情况有：排在队伍里的人数、银行立个户头需要的时间以及临时增设的账台数目。另外，银行内挤得水泄不通的情景，还有塞思·奥林达和银行高级职员之间的对话，她也全知道了。

马戈特计算了一下，随后向刚来的通讯员嘱咐几句。这个通讯员是个瘦高个的小伙儿，这时正坐在轿车的前座等候传话。她说："告诉迪肯暂时别再叫其他人来，看样子，今天余下的时间里，我们的人已足够了。让排在银行外面的人替一部分下来，休息一会儿，不过每次不要超过五十人。关照他们回来领午餐。对了，说到午餐，还得再提醒大家一下，别在罗塞利广场随地乱扔东西，也别把吃的喝的带进银行去。"

一提起午餐，倒使马戈特联想起经费问题，前几天这可是个大麻烦。

星期一，从迪肯·尤弗雷茨透露的情况来看，显然有好多人很乐意参加这次行动，苦就苦在囊中空空，拿不出那五块钱——在美利坚第一商业银行新开户头所需要的最低款额。新区住户协会手头实际上也是一文不名。

一时间，他们的计划眼看要落空了。

马戈特随即挂了个电话，是打给工会——美国店员、出纳员及办事员联合会——的。一年前得到过马戈特帮助的那些机场看门人和清洁工就是属于这个工会的，现在它总算能代表他们讲话了。

工会肯不肯借笔款子，发给手头拮据的志愿者每人五块以解此燃眉之急呢？工会头头开过紧急会议，表示同意。

星期二，工会总部派来一些雇员，协助迪肯·尤弗雷茨和塞思·奥林达分发现款。有关人员心里明白，一部分款子再也收不回来；现在发放的这一笔笔五块钱款子，有些不到星期二晚上就会被花掉，至于这钱原该派什么用场，早已忘得一干二净，或者干脆被置诸脑后。不过大部分钱，他们相信，还是会用在刀口上的。从今天早上的成绩来看，他们没估计错。

也是这个工会，表示愿意出资供应午餐。这个建议被接受了。马戈特想过，工会如此慷慨是否在打它自己的小算盘，不过她想来想去，觉得反正不会影响到东城新区的目标，自己也不必操这份心。

她继续叮嘱那个通讯员："在下午三点银行关门之前，我们一定不能让队伍散掉。"

她想，报纸、电视台记者很可能在银行结束一天营业时，抢拍几个终场的特写镜头，所以在今天余下的时间里显示一下实力，很有必要。

明天的行动方案可以到晚上再加以调整，基本上还是重复一下今天的做法。

幸好老天帮忙，最近这些日子天高气爽，温度适中；据气象台预报，今后几天的气候也不坏。

"还得再三强调，"半小时后，马戈特对另一个通讯员说，"每个人一定要始终保持友好，友好，友好。哪怕银行的人态度变得粗暴，或是表示不耐烦，还是要报以微笑。"上午十一点三刻，塞思亲自向马戈特汇报来了。他春风满面，拿出一份刚出版的本市午报。

"妙哇！"马戈特摊开报纸的头版。

银行里发生的事情占了大半个版面，所引起的轰动程度比她原充分估计得更大，大得多。报纸上的大字标题是：

东城新区居民出动
大银行陷于瘫痪

标题下写着：

美利坚第一商业银行陷入困境？
许多居民前来"救援"
纷纷存以小额现金

接下来刊登了几幅照片和一篇跨双栏的署名报道。

"哦，老兄！"马戈特低声说，"美利坚第一商业银行不恨死这报道才怪呢！"

果真如此。

中午刚过，美利坚第一商业银行总行有关人员被匆匆召至三十六楼总裁套间办公室开会。

杰罗姆·帕特顿和罗斯科·海沃德已经在场，两人都虎着脸。亚历克斯·范德沃特也来了，脸色也很严峻，不过在议论过程中，亚历克斯似乎比其他人显得超脱一些，老是一副若有所思的样子，偶尔也有两回露出欲笑又止的神情。到会的第四名大员是汤姆·斯特劳亨，年轻、好学不倦的银行首席经济学家；第五个来参加会议的是迪克·弗伦奇，负责对外联络的副总经理。

弗伦奇大步走进来，他身材结实，脸露愠色，嘴里咬着一支还未点着的雪茄，手里拿着一大卷午报。他把一份份报纸摔在其他人面前。

帕特顿坐在自己的办公桌后面，随手翻开一份报纸，一看到"美利坚第一商业银行陷入困境？"几个字，就禁不住气急败坏地说："这是下流无耻的谎言！应该上法院去告那家报纸一状。"

"没有什么好告的，"弗伦奇说，还是往常那种实话实说的口气。"报纸上又没说这是事实，而是作为问题提出来，充其量也不过是引用别人的话罢了。况且第一个说这话的也不见得含有什么恶意。"他背着手，带着一副"听不听由你"的神态站在那儿，嘴里的雪茄突出在外，仿佛是一枚有意与人过不去的鱼雷。

帕特顿气得满脸通红。

"当然是不怀好意的，"罗斯科·海沃德反驳说。他一直独自靠窗站着，这时猛地转过身来，面向其他四个人。"这一整套把戏没安什么好心。这一点不论哪个傻瓜都看得出来。"

弗伦奇叹了口气："好吧，让我说说详细情况。这个藏在幕后的人物，对法律倒是挺在行的，而且还擅长于造舆论，这套你称之为把戏的活动布置得十分巧妙，是要对银行表示友好，是要帮助银行补台。当然，我们知道并不是这么回事。但是你怎么也拿不出真凭实据，而且我建议，咱们也别在这上面浪费时间，硬要设法抓出点证据来。"

说着，他随手拿起一份报纸，把头版摊开。"我所以能挣到现在这份高薪，原因之一是因为我是新闻和宣传事务专家。而眼下，我在这方面的专业知识告诉我，同样内容的报道——管你喜欢不喜欢，报道倒是写得完全符合事实——正源源不断地从国内各家通讯社涌出来，而且要在报纸上刊载出来。为什么？因为这是一篇大卫和哥利亚巨人搏斗的故事，包含着任何人都会感兴趣的情节。"

坐在范德沃特旁边的汤姆·斯特劳亨平心静气地说："我可以证实你说的部分内容。这报道已经到了道琼斯通讯社手里，而且我们的股票立即又下跌了一个点。"

"还有一点，"迪克·弗伦奇只顾往下说，似乎话头并未被人打断过似的，"现在我们最好还是打起精神，准备忍受今晚的电视新闻节目。本市电视台肯定要大做文章，而凭着我在这方面的素养，我料定我们还会上电视网、全国三大联播网的。再说，要是有哪个搞广播节目的不对'银行陷入困境'之类的话产生兴趣，我就把我的显像管吞到肚子里去！"

海沃德冷冷地问："你的话讲完了没有？"

"还没有。这里我还得说一下，要是我想败坏银行的名声，把今年全年的宣传和联络经费全用来干一件事，只干一件丑事，我在你们诸位面前也只得甘拜下风，你们几位赤手空拳，一下子就给银行抹了这一脸的灰。"

迪克·弗伦奇自有他的一套理论，这就是：对一个恪尽职守的对外宣传联络人员来说，每天上班工作，应该随时随地准备被砸掉饭碗。如果知识和经验要求他把一些不很中听的事实禀报上司，要求他在禀报时毫不客气地直言相告，那他就应该不折不扣地这么去做。直言不讳本是对外宣传联络事务的组成部分，是引起人们关注的一种手法。吞吞吐吐有所隐瞒，或是用不吭声不表态的办法来讨上司欢心，那将是失职行为。

有时候甚至需要比往常更直言不讳。眼下就是这样。

罗斯科·海沃德沉着脸问："现在弄清楚谁是发起人了吗？"

"还没有具体线索，"弗伦奇说，"我和诺兰谈过，他说正在设法查清。其实这也没有多大关系。"

"要是诸位对市中心分行那儿的最新情况感兴趣，"汤姆·斯特劳亨主动提出来说，"我来这儿之前曾打'地道'上那儿去过。那儿仍挤满了示威群众。谁要想去银行办理正常业务，几乎没法进门。"

"他们可不是来示威的，"迪克·弗伦奇纠正他的说法，"我们在谈到这件事的时候，最好把这点也搞搞清楚。那伙人里，既没有举着标语牌的，也没有喊口号的，除非把'希望之举'算作一条口号。他们是主顾，问题是出在我们这一边。"

"好吧，"杰罗姆·帕特顿说，"既然你对情况了解得这么清楚，你倒不妨谈谈你的建议。"

这位负责对外联络事务的副总经理耸了耸肩。"是你们几位拆了东城新区的台，现在也只有你们几位补得了这个台。"

罗斯科·海沃德的脸色显得益发阴沉了。

帕特顿转向范德沃特："亚历克斯，你有何高见？"

"你知道我的心情，"亚历克斯说，会开到现在他还是第一次发言，"我打一开始就反对削减投资。现在还是这样。"

海沃德不无挖苦地说："这么说，大概你对今天发生的事儿有点幸灾乐祸吧？在我看来，你是很乐意顺从那些蠢货，屈服于他们的威胁吧。"

"不，我一点不幸灾乐祸！"亚历克斯的眼睛射出怒火，"相反，我看到银行处于目前这种境地，感到心烦，感到气恼。我认为今天发生的事情原是可以预见到的，也就是说，一定会引起某种反响，遭到某种反对。不过现在的当务之急是设法收拾这个局面。"

海沃德冷笑一声："你毕竟还是准备屈服于威胁，我刚才说得不错吧。"

"屈服或者不屈服，那是无关紧要的，"亚历克斯冷静地回答，"实质性的问题在于：我们削减新区投资的做法究竟对不对？如果错了，我们就应该重新考虑，还应该有勇气承认错误。"

杰罗姆·帕特顿说："重新考虑也罢，不重新考虑也罢，要是现在收回成命，岂非显得太可笑了！"

"杰罗姆，"亚历克斯说，"首先，我并不觉得有什么可笑的；退一步说，即使可笑，那又何妨？"

迪克·弗伦奇在一旁插嘴说："从金融角度考虑这问题，我无权过问。我知道自己的职责范围。不过有一点我要说一下：如果我们现在决定改变银行对东城新区的方针，只会给我们脸上增光而不会给自己抹黑。"

罗斯科·海沃德语气尖刻地冲着亚历克斯说："如果此刻勇气是个重要因素，那我得说，从你身上看不到一点勇气的影子。你说来说去，就是不愿挺身去对付一群暴徒。"

亚历克斯不耐烦地一摇头。"别用那种小镇俗吏的腔调说话，罗斯科。有时候，拒不改变一个错误的决定，只是冥顽不灵的表现，说明不了别的什么。再说，市中心分行里的那些人也不是一群暴徒。我们收到的所有报告都清楚地说明了这一点。"

海沃德顿时心生猜疑："看来，你对他们倒有点特别的好感。你是不是知道一些其他人不知道的内情？"

"不。"

"反正是这么回事了，亚历克斯，"杰罗姆·帕特顿左思右想，最后说，"我可不喜欢就此俯首就范的主张。"

汤姆·斯特劳亨一直留神倾听双方的论点，这时发表意见说："各位知道，我是反对削减新区投资的，但是我也不喜欢被外人牵着鼻子走。"

亚历克斯叹了口气："如果你们都这么想，那么这几天里我们最好别指望市中心分行了。"

"那群乌合之众维持不了多久，"海沃德说，"只要我们坚持自己的立场，不被他们的讹诈吓唬住，不让他们乱了我们的阵脚，我可以预言，过不了明天，整个把戏就不攻自破了。"

"而我，"亚历克斯说，"预言一定会拖过下个星期。"

结果，两人谁也没说中。

由于银行拒绝作出任何让步，星期四一整天和星期五，东城新区的支持者们源源不断地涌向市中心分行，直到星期五下午银行结束营业为止。

这家大型分行差不多面临绝境。而且果然不出迪克·弗伦奇所料，它的狼狈处境成了全国注意的中心。

很多人觉得这事儿怪有意思，而投资者们可不怎么感到有趣。星期五纽约证券交易所收盘时，美利坚第一商业银行的股票又下跌了两个半点。

与此同时，马戈特·布雷肯、塞思·奥林达、迪肯·尤弗雷茨等人继续拟订行动方案，不断招兵买马。

星期一早晨，银行投降了。

在上午十点匆忙召开的记者招待会上，迪克·弗伦奇宣布立即恢复拨给东城新区的全部投资。弗伦奇还代表银行表示不咎既往，希望过去几天许多曾在美利坚第一商业银行开了户头的东城新区居民及其朋友们，今后继续惠顾银行。

银行之所以俯首就范，有这样几个令人信服的缘由。其一，星期一上午市中心分行开门营业之前，银行外面以及罗塞利广场上仍是人头攒动，和前几天相比，队伍有增无减，显然，上一星期的旧戏又要开锣重演。

更伤脑筋的是，另一家美利坚第一商业银行分行门前也排起了长龙，这回是在市郊的印第安山分行。事态的这一发展倒也并非全然出人意外。星期天，有几家报纸已经估计到，东城新区的这一招很可能扩大到美利坚第一商业银行的其他分行。当印第安山分行门前开始排起长队时，惊恐万状的分行经理立即打电话向总行告急求援。

不过，促使事情最后定局的则是另一个决定性因素。

周末期间，那家借款给东城新区住户协会并向排队人群免费供应午餐的工会——美国店员、出纳员及办事员协会，公开声明自己插手这场风潮，并保证给予进一步的支持。工会发言人严词申斥美利坚第一商业银行，指责它是一家"唯利是图的、庞大的利润绞榨机，旨在压榨穷人，使富人更富"。发言人还说，不久将展开一场动员银行雇员加入工会的运动。

这一来，天平的杠杆就倒向一边，工会加在秤盘上的可不是一根稻草，而是一叠砖头。

银行——所有的银行——都害怕，甚至痛恨工会。银行界的领导人物和经理人员看到工会，就像蛇见着猫鼬一般。根据银行家们的推想，工会一旦得势站住脚跟，银行的金融自由将受到限制。他们的恐惧尽管有时近乎荒谬，却始终存在着。

虽然有些工会常在银行雇员中间做工作，但很少能取得什么进展。

银行家们老谋深算，一次又一次占了工会组织者的上风，他们希望能一直保持此种不败纪录。现在，如果从实际情况出发，东城新区的局势给了工会以可乘之机，那么，就必须堵死这个机会。杰罗姆·帕特顿一早来到总裁室，行动异乎寻常地迅速，作出了批准恢复全部东城新区投资的最后决定。与此同时，他还批准了迪克·弗伦奇匆匆发布的那份银行通告。

随后，为了稳定一下自己的情绪，帕特顿闭门谢客，在办公室内间的地毯上练起了高尔夫。

那天早晨稍晚一点时间，投资方针委员会举行非正式会议，恢复投资的决定正式记录归档；罗斯科·海沃德嘟嘟哝哝地抱怨："这下可开了个先例；对这次投降行为我们日后会反悔的。"

亚历克斯·范德沃特沉默不语。

当美利坚第一商业银行的通告在那两家分行向新区支持者们宣读时，人群发出了一阵欢呼声，随后，聚集在那儿的人群便悄悄四下走散。不到半小时，两家分行已恢复正常营业。

要不是有人泄露内情，说不定事情就此收场结束。当然，事后回想起来，走漏风声也许是难免的。结果，就在两天之后，报纸上发表一篇短评——也是刊登在《耳听八方》专栏里的——把问题一下子抖出来了。

本星期，东区居民终于迫使不可一世的美利坚第一商业银行俯首就范，不过读者是否曾自问，究竟是谁在幕后支持他们呢？影子先生知道。就是民权运动派的律师、女权主义者马戈特·布雷肯。她由于"机场厕所占座示威"而名闻遐迩。她还为受欺压的底层大众组织过另外一些斗争。

这一回，尽管"银行占座示威"是马戈特女士出的点子，尽管为此事花了不少心血，她却将自己的活动情况包得严严实实。其他人出头时，她始终置身幕后，竭力回避往日的盟友——报界人士。对此，读者是否也感到奇怪呢？

说来也没有什么好奇怪的。美利坚第一商业银行的副总经理、银行界时髦人物亚历山大·范德沃特，是马戈特的密友，人们经常看到他俩形影不离。要是你处于马戈特的地位，有那么一层微妙的关系，你不也想避开众人耳目？

不过还有一点仍使我们好奇：亚历克斯是否事先知道并同意这种围攻自己本垒的做法呢？

第五章

"真该死，亚历克斯！"马戈特说，"我很抱歉。"

"事情闹成这个样子，我也感到遗憾。"

"那个摇笔杆子的混账专栏作家，我恨不能活剥他的皮！有一点还算好，他没提到我和埃德温娜是亲戚。"

"这层关系，"亚历克斯说，"就是在银行里也没多少人知道。更何况情侣总比表姐妹更能吸引读者。"

此时已是午夜，他俩正在亚历克斯的寓所内。自从围困美利坚第一商业银行市中心分行的行动发生以来，他们还是第一次见面。而《耳听八方》专栏里的那条新闻，就是在前一天见报的。

马戈特几分钟前刚到。今晚，她先去夜班法庭替一名委托人辩护。那当事人是个阔绰的酒鬼，一喝醉就要寻衅肇事。这一来，他倒成了马戈特为数有限的固定收入来源之一。

"我想，那个撰稿人也无非是干了他份内的事，"亚历克斯说，"其实，你的大名迟早要让人知道的。"

她不无后悔地说："我曾尽量不让自己的名字传出去。当时只有少数几个人知道我在干什么，而我也正希望事情到此为止，不要张扬。"

他摇了摇头："哪有不透风的墙！今天一早，诺兰·温赖特就对我说："这出把戏里到处留有马戈特·布雷肯插手的痕迹。"这是他的原话。诺兰已着手把人们找来查问。你知道，他以前曾当过警探。所以即使事情不先见报，也总会有人讲出来的。"

"但他们总不必把你的大名也扯上吧。"

"要是你想听我的心里话，"亚历克斯脸带微笑，"我倒是挺喜欢'银行界时髦人物'那个说法。"

可是那笑脸分明是装出来的，他也觉察到这没能瞒过马戈特的眼睛。事实上，那篇专栏文章搞得他心烦意乱，情绪沮丧。尽管他先前接到马戈特电话说要来看他时，他心里很高兴，可是整个晚上一直打不起精神来。

他问："今天你和埃德温娜谈过没有？"

"谈了，我打电话给她的。她倒似乎满不在乎。我想大概是因为我和她彼此了解至深的缘故吧。非但如此，她还为东城新区——整个新区工程——重新上了轨道而庆幸呢。你也一定为此感到高兴吧。"

"我在这问题上的感情，你一向很了解，但是，布雷肯，这并不等于我赞成你所玩弄的那套见不得人的手法。"

他说话的口气比原想表达的来得更尖刻。马戈特当即回敬："我干的，或者我们的人所干的，可没有什么见不得人的地方。这词用在你们那家该死的银行身上，才是再恰当不过。"

他忙不迭举起双手招架："咱们可别吵嘴。至少今天晚上别吵。"

"那你就别说那些话。"

"好，我不说。"

两人那股怒气倒也来得快，去得快。

马戈特若有所思地说："你倒说说，行动开始时，你可曾想到过我同这件事有牵连？"

"想到过。一则是因为我对你非常了解；再则，我记得那天你忽然闭口不谈东城新区的事儿，而当时我正等你把我和美利坚第一商业银行骂个狗血喷头呢。"

"你的日子不大好过吧？我指的是发生银行占座抗议的那几天。"

他回答得很干脆："是的，不大好过。我左右为难，不知是把自己的猜测告诉别人呢，还是不露声色的好，既然讲出你的名字对当时发生的事情也不见得会起什么作用，我就干脆不吭声。现在看起来，这一着很失策。"

"所以现在有人认为你是一直了解内情的。"

"罗斯科就这样认为。可能杰罗姆也这么想。其余的人我就拿不准了。"

两人欲言又止，沉默了片刻，接着马戈特开口问："你在乎吗？这事关系很大吗？"他们相识以来，她用这种忧心忡忡的口气说话，还是第一次。她脸上愁云密布。

亚历克斯耸耸肩，决计宽慰她几句："我想，其实也没什么大不了。别担心。我会对付过去的。"

怎么会没什么大不了呢？尽管他刚才嘴上那么说，其实在美利坚第一商业银行里这事真可谓关系重大。这件倒霉事儿偏偏发生在这当口，显得格外不幸。

亚历克斯相信，大多数银行董事肯定看到了报上那条新闻，那里面不但点了他的名字，而且还提出"亚历克斯事先是否知道并同意围攻自己本垒的做法？"这个切中要害的问题。即使还有那么几个人没有读到，罗斯科·海沃德也一定要让他们看了才肯罢休。

海沃德本人的态度毫不含糊。

今天上午十点，总裁杰罗姆·帕特顿一到银行，亚历克斯立即跑去见他。不料海沃德因为办公室离得更近，已经捷足先登了。

"进来，亚历克斯，"帕特顿说，"两人谈，不如三人热闹。"

"在谈话之前，杰罗姆，"亚历克斯对他说，"我想由我先来提出一个话题。你看到这篇文章了？"他把一份昨天《耳听八方》专栏的剪报放在他俩当中的办公桌上。

海沃德冲口揶揄了一句："你以为银行里还会有谁没看到？"

帕特顿叹口气说:"是啊,亚历克斯,这篇东西我看了。还有十来个人特地要我注意这篇报道! 肯定还有其他人会这么做的。"

亚历克斯沉着地说:"那你应该明白, 报上登的东西纯粹是在挑拨离间。你可以相信我的话, 市中心分行发生的风潮, 我事先一无所知, 在风潮过程中, 我了解的情况也丝毫不比别人多些。"

"很多人可能会想,"罗斯科·海沃德在一旁说,"你有那么一层关系,竟还蒙在鼓里, 可能吗? "他在"一层关系"这几个字上, 挖苦地加重了语气。

"此刻我是在向杰罗姆解释。"亚历克斯不客气地顶了一句。

海沃德不甘示弱:"当银行的声誉公然受到玷污时, 谁也不能无动于衷。难道凭你这番所谓的解释, 你真的希望有人会相信:从星期三起, 到星期四, 星期五, 再经过整整一个周末, 直到星期一————一连这么几天,你竟一点儿不知道你的那位女友也参与其中? "

帕特顿说:"是啊, 亚历克斯, 这该怎么解释? "

亚历克斯感觉到自己的脸蓦地一下涨得通红, 他很恼火。马戈特竟把自己置于这样一种狼狈不堪的处境。打昨天起, 他有好几回一想到这点就不免上火。

他尽量沉住气向帕特顿说明原委:上星期, 他曾猜到马戈特可能参与其事, 但又觉得同别人谈论这种可能性也于事无补。亚历克斯解释说, 他已经有一个多星期没见着马戈特了。

"诺兰·温赖特也有这种猜测,"亚历克斯补充说,"今天一早他跟我提起过。而诺兰也同样没声张, 因为对于我们两人来说, 无非是一种印象,一种直觉, 直到那条新闻见报才得以证实。"

"别人也许会相信你说的, 亚历克斯。"罗斯科·海沃德说。他说话的那种腔调, 脸上那副神气, 分明表示:我罗斯科才不信。

"行啦, 行啦, 罗斯科! "帕特顿出面打圆场,"好吧, 亚历克斯, 我接受你的解释。不过我希望你能运用你对布雷肯小姐的影响, 让她往后务必把炮筒子瞄准别的目标。"

海沃德在一旁加上一句:"把炮筒子从此收起来,岂不更好。"

亚历克斯不去理会这句话,他带着不自然的苦笑对银行总裁说:"这一点你尽可以放心。"

"谢谢。"

亚历克斯相信帕特顿在这问题上不会再发表什么意见了,他俩之间还可以恢复原来的正常关系,至少在表面上会和好如初。至于骨子里发生了什么变化,那就难说了。在帕特顿和其他人——包括董事会的某些成员——的头脑里,亚历克斯的忠诚可能从此要打上个问号。即使事情还不至于恶化到这般田地,大家至少会觉得亚历克斯这人择友不慎。

不管怎么说,到今年年底,当杰罗姆·帕特顿任期将满,董事会重议银行总裁人选时,这些怀疑和保留看法又会再次在董事们的脑子里浮现。董事会的诸位尽管在某些方面也算得上是些大人物了,但亚历克斯知道,他们在另外一些方面,总不免抱有心地狭窄的市井之见。

为什么?为什么这一切偏偏在现在这个时候发生?

马戈特用询问的眼光打量着他,脸上仍然带着焦虑不安的神情。他的情绪越发低沉了。

她用更加严肃的口气说:"我给你惹麻烦了。惹的麻烦还不小。所以,咱俩别再装作没事似的。"

他想再宽慰她几句,随即又改变了主意。他知道现在这时候,两人应该开诚布公,肝胆相照才是。

"还有一点得说一说,"马戈特接着讲,"那就是我们以前也谈起过,我们都知道迟早会出现这种情况,但不知是否能做到既保持各自的个性,不迁就对方,又能和睦相处。"

"是的,"他对她说,"我记得。"

"只是没料到,"她苦笑着说,"这么快就面临考验了。"

他像往常那样,伸出手去想把她拉到身边,可她摇摇头避开了。

"不，我们得把这事谈谈清楚。"

他意识到，他们间的关系已面临着危机——既没有任何预兆，也不是两人中有谁存心造成这种局面。

"这种情况还会出现的，亚历克斯。我们不要自欺欺人了。哦，不一定再牵涉到银行，而是在其他一些有关的事情上。我希望不论什么时候出现这种情况，我们都能从容处置，而不是只能勉强应付一次，一面应付，一面还巴望这是最后一次。"

他知道她讲的都对。马戈特生活中充满了对抗，而且今后会更多。

尽管有些同他毫无利害关系，但有些免不了要触犯到他的切身利益。

马戈特刚才指出，先前，就在一个半星期前，两人曾谈到过这方面的问题。这也没错。只是当时谈得很抽象，且无须作出明确的抉择。不像现在，经过一周以来各种事件的催化，情况已显得咄咄逼人。

"现在你我能够做的一件事，"马戈特说，"就是趁早好聚好散，双方都不伤感情，客客气气分手就是了。如果我们就此一刀两断，不让别人看到咱俩在一起，消息就会不胫而走，一下子传开。事情向来如此。尽管银行已有的影响难以消除，但今后你在那儿的处境总会有所改善。"

亚历克斯知道，这番话不无道理。刹那间，禁不住想要接受马戈特的建议，干净利落地一举斩断自己生活中的这段瓜葛，往后这种瓜葛只会越变越复杂，而不可能有所缓解。他不由得又问自己：为什么这么一大堆问题，一重重压力，会一齐落到他的身上——西莉亚的病情日趋恶化、班·罗塞利的逝世、银行内的勾心斗角，加上今天这层没来由的纷扰。此刻面前又摆着个马戈特，自己得当机立断作出抉择。这一切究竟是为什么？

这个问题倒使他记起前几年在加拿大温哥华市所遇到的一件事。一位年轻女子从二十四层上的旅馆房间跳楼自尽。跳楼前，她用口红在房间的玻璃窗上涂了"为什么？喔，为什么？"这几个字。亚历克斯根本不认识她，后来也没听人说起逼得她寻短见的究竟是哪些她认为无法解决的难题。不过，他当时也住在旅馆的同一层楼里，一位多嘴的旅馆副经理还特地指了那扇用口红涂着绝笔的窗户给他看。这段记忆始终留在他的脑海里。

为什么？喔，为什么我们要作出现实生活中的各种抉择？或者说为什么生活本身要为我们作出那样的安排呢？为什么他娶了西莉亚？为什么她会精神失常？为什么自己迟迟不愿离婚，来了结此事而获得重生呢？为什么马戈特偏偏非做个激进派不可？为什么他现在又在考虑要丢开马戈特？自己想当美利坚第一商业银行总裁的心情究竟有多急切呢？

还不至于急切到那种地步！

他果断而克制地拿定主意，把自己的忧郁撇到一边。统统见鬼去吧！决不为美利坚第一商业银行，或是董事会，或是个人的野心而放弃个人的行动自由，牺牲自己的个性。决不牺牲马戈特。

"最重要的是，"他对她说，"你刚才说的让我俩'客客气气分手'，是你真心愿意采取的解决办法吗？"

马戈特噙了一眶眼泪呜咽着说："当然不是。"

"那我也不愿意，布雷肯。我永远也不会那么做。所以，还是让我们为发生这件事而感到高兴吧。我们毕竟证实了某些东西，而今后谁也不必再去证实它了。"

这回他张开双臂时，她没有再转身避开。

第六章

"罗斯科，我的老弟，"哈罗德·奥斯汀阁下在电话里说，从话音里可以听出他很得意。"我刚才和大乔谈话。他邀请你我下星期五去巴哈马打高尔夫球。"

罗斯科·海沃德噘起嘴，不知如何回答是好。这是三月里一个星期六的下午，他待在家里，在他谢格山庄那幢宅子的书斋里。接电话之前，他正在查阅一皮包的财务报表，皮靠椅的周围也摊了一地的票据文件。

"太仓促了，到时候能不能走得开，出这样一趟远门，我说不上来。"他告诉哈罗德阁下，"我们想法在纽约碰头不行吗？"

"当然也行。就是放掉这个机会，不免被人看作傻瓜，因为大乔更中意拿骚那地方；而且大乔喜欢在高尔夫球场上谈生意——特别是与我们谈判的这种由他本人亲自接洽的大生意。"

他俩谁也不必讲明这"大乔"是谁。而在这点上，整个实业界、银行界或社交界，也很少有人会觉得有此必要的。

G.G.夸特梅因，超国公司——简称"苏纳柯"——的董事长兼总经理，是个魁梧粗壮的大汉，此人叱咤风云，手中权力之大超过许多国家元首，而行使起权力来，其专横也不亚于君王。他的势力和影响，也同那家俯首听命于他的大公司一样，遍及整个世界。苏纳柯公司内外，人们对他抱各种各样的态度，或顶礼膜拜，或咬牙切齿，或阿谀奉承，或畏之如虎。

此人能力之强，只消看看他以往的经历就可明白。八年前，超国公司千疮百孔，债台高筑，鉴于他以前在理财方面所显示的杰出才干，G.G.夸特梅因被请来力挽狂澜。从那时到现在，他不但恢复了公司的资产，而且还大大扩充了它的实力，使之成为一家规模惊人的联合大企业。股本分移了三次，红利净增了三倍。股东们靠大乔发了财，对他佩服得五体投地，赋予他便宜行事的权力。固然也有一些卡珊德拉式的人物不以为然，说他缔造的是一个纸糊的帝国，但是苏纳柯及其子公司的财务报表，也就是哈罗德阁下来电时罗斯科·海沃德正在仔细琢磨的那些表格文件，雄辩地驳斥了他们的无知妄言。

这位苏纳柯的董事长，海沃德曾有幸见过两次：一次是在人群里和他打了个照面；另一次是在华盛顿一家旅馆的套间里，哈罗德·奥斯汀当时也在场。

那次在华盛顿会面时，哈罗德阁下向夸特梅因汇报自己为超国公司执行某项任务的情况。海沃德不知道是什么任务，他进去的时候，两人的谈话已近尾声，所以只听说那件事和政府有点儿牵连。

赫普尔怀特蒸馏器公司——一家颇具规模的苏纳柯子公司——全国范围内的广告业务，由奥斯汀广告公司负责承办，不过，哈罗德阁下同G.G.夸特梅因的私人交情看来尚不止于这层关系。

不管汇报的是什么内容，反正大乔听了似乎很高兴。在他被介绍与海沃德认识时，他说："哈罗德说，他是你们那家小银行的一名董事，你俩都想从我们这儿分一杯羹。唔，过些日子我们会考虑的。"

这位超国公司的头子在海沃德的肩头上一拍，就扯到别的话题上去了。

正是他在华盛顿和G.G.夸特梅因的这席谈话，促使他在一月中旬，也就是两个月前，向美利坚第一商业银行投资方针委员会透露，很有可能和苏纳柯公司建立业务往来。后来，他认识到自己这样做未免操之过急。现在旧话重提，看来大有苗头了。

"好吧，"海沃德在电话里同意说，"也许我能在下星期四走开一两天。"

"这才像话嘛，"他听见哈罗德阁下说，"就算你已另有什么安排，总不会比这件事更重要，更关系到银行切身利益的吧！哦，对了，还有一点我忘了对你说——到时候，大乔派私人飞机来接我们。"

海沃德精神不禁为之一振。"真的？是架供快速旅行的大型飞机？"

"是架 707。我想你听了总满意吧。"哈罗德咯咯地笑着，"就这么定了，我们星期四中午从这儿起飞，星期五在巴哈马待上一整天，星期六回来。顺便问一声，从苏纳柯最近的财务报表看，情况怎么样？"

"我正在研究。"海沃德朝一大堆摊在椅子周围的财务报表和文件之类瞥了一眼，"主顾的身体看来还不错，还真算身强力壮呢！"

"经你这么一说，"奥斯汀说，"我就放心啦。"

海沃德搁下话筒，嘴角禁不住浮起一丝狡黠的浅笑。近在眼前的出门旅行，此行的目的，还有乘私人飞机前往巴哈马这一事实，这一切，在下星期茶余饭后向人漫不经心地随口一提，岂不快哉。再说，要是此行果真搞出点名堂，自己在董事会的眼里自然会顿时身价百倍——他没有忘记，杰罗姆·帕特顿只不过是临时拉来充当一下美利坚第一商业银行总裁的；这些日子，他的眼睛可始终盯着那把交椅。

下星期六能及时乘飞机赶回来，这一安排也使他满意。也就是说，他不必错过一次在礼拜堂露脸的机会。他是圣·阿撒内修斯礼拜堂的非神职礼拜主持人之一，每逢主日他都要给教友们清晰而庄严地上日课。

想到这里，他记起明天还要读经。他打算像平时一样事先将经文温习一遍。他随手从书架上捧出一本又厚又重的家庭用《圣经》，翻到已从书脊上脱落下来的那一页。这页属《箴言篇》，在明天要诵读的那段经文中，有一节海沃德最喜欢的诗句。"公义使邦国高举，罪恶是人民的羞辱。"

巴哈马之行使罗斯科·海沃德开了眼界，长了见识。

他对上流社会纸醉金迷的生活并非一无所知。他也像大多数资历较深的银行家一样，经常出没于社交场中。平时结交的那些主顾和阔佬，为了寻欢作乐，追求王孙公子般的豪华生活，用起钱来大手大脚，甚至不惜一掷千金。看到他们能如此恣意挥霍，他总不免有点眼红。

可是和 G.G. 夸特梅因一比，那些阔佬都黯然失色了。

那架 707 喷气式飞机分秒不差地准时降落在本市国际机场上。从漆在机身和尾翼上的偌大的个"Q"，就能一眼认出来。它朝着私人候机室慢慢滑来。哈罗德阁下和海沃德跨出那辆把他们从市中心送到这儿来的机场交通车，从后舱门疾步登上飞机。

他们在类似小型旅馆门厅的门廊内，受到四个人的欢迎。其中一个是中年男子，头发已开始花白，毕恭毕敬的神态中带几分威势，说明他的身份是个大管家。另外三个是青年女子。

"先生们，欢迎你们登机，"大管家说。海沃德点了点头，但无心顾及这个男的，他的注意力完全被那三个女人吸引了过去。她们都是二十来岁的姑娘，美得夺人魂魄，个个笑容可掬。罗斯科·海沃德忽生奇想：夸特梅因手下那帮子人想必曾把环球、联合和美国三家航空公司所有最标致的空中小姐都罗致了来，然后再像在最浓的牛乳上撇奶油似的从中挑了这三个美人儿。其中一个长一头蜂蜜似的金发，另一个是引人注目的乌发褐眼女子，第三个则是长着一头火红长发的姑娘。三人都是修长身材，腰肢婀娜，皮肤晒得黑黑的，十分健美。黝黑的肤色和身上式样入时但稍稍嫌短的浅色哔叽制服，相映成趣。

大管家的那身制服也是用同样的上等呢料制成的。四人左胸衣兜上，都一律绣一个"Q"字。

"你好，海沃德先生。"红发女郎说。她说话的调子抑扬动听，软绵绵的声音带着几分妖气。她接着又说："我叫阿弗丽尔。请往这边，我领你到你的房间去。"

海沃德跟在她后面走去，对"房间"这个说法不觉有点惊讶；同时，哈罗德阁下正由那位金发女郎予以照应。

仪态万方的阿弗丽尔引着海沃德沿走廊走去。这条走廊有一段恰好在飞机一侧，同机身平行。面朝走廊有好几扇门。

她回过头来告诉他："夸特梅因先生正在洗蒸桑拿，进行按摩。等一会儿他会上休息室来陪你的。"

"蒸桑拿？就在飞机上？"

"嗯，没错。就在驾驶舱后面。蒸汽房也有。夸特梅因先生不论到哪儿，总喜欢洗蒸桑拿，要么是芬兰式的，要么是俄国式的。他总是带着自己的按摩师。"阿弗丽尔嫣然一笑，令人销魂，"要是你也想洗个澡，让人按摩按摩，旅途中有的是时间。我很乐意替你去安排。"

"谢谢你，不用了。"

姑娘在一处门口收住脚步。"这是你的房间，海沃德先生。"就在她说这话的时候，飞机突然一动，开始滑行了，海沃德猝不及防，向前打了个趔趄。

"哎哟。"阿弗丽尔赶紧伸出手去，一把将他扶住。一时间两人凑到了一块。那纤长的手指，那橙褐色的光滑指甲，那轻而有力的一触，那一阵沁人心脾的香气，他全都感觉到了。

她抓住他胳臂的那只手，一直没松开。"飞机要起飞了，最好让我给你系上安全带。机长的起飞动作一向猛得很。夸特梅因先生不喜欢在机场磨磨蹭蹭拖时间。"

他也顾不上细看，只觉得姑娘引他走进一间奢华的小客厅；他在一把柔软舒适的长靠椅上坐定，而他曾留神过的那些纤纤手指则熟练地将安全带扣在他的腰上。甚至隔着一层皮带，他也能感觉到手指的移动。这倒也别有一种滋味。

"好了！"这时飞机加快了滑行速度。阿弗丽尔说："要是你不介意，我就待在这儿，等飞机上了天再走。"

她在长靠椅上他的身边坐下，也给自己系上安全带。

"哪儿的话。"罗斯科·海沃德说。他如堕入五里雾中，茫然不知所措。"我一点也不介意。"

他举目环顾，这回总算看仔细了。像这样的休息室或者说是机舱，是他在别的飞机上所从未见到过的。从设计角度看，这个房间充分利用了飞机上的空余之处，并把它装饰得十分豪华。三面墙上都嵌有柚木护壁镶板，上面还雕着用金箔装饰的"Q"形花纹。第四堵墙壁差不多全被一面大镜子占了，这种颇具匠心的设计使整个房间看上去要比实际的面积更大。他左边的墙上有一处凹室，里面布置成一个小型办公室，除了电话台还有一架复着玻璃罩子的电传打字电报机。离办公桌不远是一个小餐柜，备有各色小瓶酒。海沃德和阿弗丽尔对面的镶镜墙上装着一个电视屏幕，两排作用相同的控制开关安装在长靠椅的两侧，伸手可及。背后的一扇折门，大概是通往浴室的。

"你可想欣赏我们起飞的情景？"阿弗丽尔问。不等海沃德回答，她随手碰了一下身边的电视控制开关。一幅画面清晰的彩色图像跃然出现在眼前。显然是在机头上装了一架摄像机。从电视屏上，他们可以看到滑行道连着宽阔的跑道，而当飞机一转上跑道，跑道的全景就展现在眼前了。飞机毫不迟疑地往前直冲，同时，跑道开始在他们身下飞速滑过。巨型飞机逐渐离地而起，剩下的一段跑道随之变得向下倾斜。飞机升空了。一种飘然飞腾之感在罗斯科·海沃德心头油然而生，这倒不完全是由于电视图像的缘故。现在眼前只见一片蓝天白云，于是阿弗丽尔啪的一声把电视关掉。

"如果需要，也可以收看普通频道的电视节目。"说着，她又指了指那架电传打字电报机。"从那儿可以接通道琼斯服务社、合众社、美联社或电信局，只须挂个电话关照驾驶舱，他们会把你说的话原原本本地输入电报机。"

海沃德谨慎地表示了自己的观感："这一切以前没见过，有点新鲜。"

"我知道。有时确实能给人这种印象，不过说来也怪，每个人那么快就适应了。"又是那种直勾勾的目光，那种令人神魂颠倒的甜笑，"这样的私人舱我们一共有四间，不费什么事就可以改成卧室，只要按几个按钮就行了。如果你想试一试，我可以教你。"

他摇了摇头。"现在似乎还没有必要。"

"悉听尊便，海沃德先生。"

她解开安全皮带，站起身来。"如果你想找奥斯汀先生，他就在紧靠这儿后面的机舱里。前边是主休息室，你收拾停当之后就请过去坐坐。主休息室过去是餐厅和办公室，再往前就是夸特梅因先生的专用套间。"

"谢谢你给我介绍了飞机上的布局。"海沃德除下那副无框眼镜，掏出手帕想把它擦拭干净。

"哦，这让我来吧！"阿弗丽尔客客气气然而又不容反对地从他手里夺过眼镜，从兜里取出一方绸绢擦了起来，过后又顺手给他戴上，让自己的手指在他耳根轻轻擦过。海沃德觉得自己应该对这番殷勤表示不以为然，结果却默默认可了。

"我在这次旅行中的任务，海沃德先生，是专门服侍你，而且要确保你事事称心如意。"

他不知道究竟是自己胡思乱想呢，还是这姑娘有意在"事事"这个词上微妙地加重了语气？他猛地提醒自己，最好不是对方有意挑逗。要不然，这言外之意岂非太不成体统了？

"还有两件事。"阿弗丽尔说。这位苗条的美人儿已经到了门口，准备离开了。"如果需要我，不管是什么事，就请你按一下电话机上的七号键。"

海沃德粗哑地应了一句："多谢你了，小姐，恐怕我未必会那么做吧！"

她似乎一点儿也不在乎。"另一件事就是我们在飞往巴哈马的途中，要在华盛顿停留片刻，副总统要在那儿上我们的飞机。"

"超国公司的副总经理？"

她眼睛里露出嘲弄的神情。"不，傻瓜！是美国的副总统。"

个把钟以后，大乔·夸特梅因大声问罗斯科·海沃德："嘿，我的老天！

你喝的是什么鬼玩意儿？你老娘的奶水？"

"是柠檬水。"海沃德举起玻璃杯，端详着杯子里淡而无味的液体。"这玩意儿我挺喜欢的。"

超国公司董事长耸了耸他那宽阔的肩膀。"各人有各人的瘾头。服侍你俩的姑娘怎么样？"

"本人以为真没说的。"哈罗德·奥斯汀阁下咯咯一笑。他也像在场的其他人一样，舒舒服服地斜靠在707座机上那间布置得富丽堂皇的主休息室里，那位金发女郎——现在已知道她的名字叫里塔——蜷曲着身子坐在他脚边的地毯上。

阿弗丽尔娇滴滴地说："我们正在施展浑身解数呢！"她站在海沃德的靠椅后，让自己的一只手在他背上轻轻滑来滑去。他感觉到她的手指触到了自己的脖子，在那儿流连了片刻，又向下抚摸。

G.G.夸特梅因是在几分钟前走进休息室来的，身上穿着件色彩夺目的紫红色毛巾睡衣，睡衣上的白色滚边绣满照例是无处不在的"Q"形花纹。他像罗马元老院的议员一样，由贴身侍从随身伺候——一个是面目不善、一声不吭的汉子，穿一套白色运动衣，想必就是按摩师；另一个也是空中小姐，一个容貌娇嫩的日本姑娘，身穿整洁的哔叽制服。按摩师和日本姑娘照料着大乔在一把大椅子里坐定，那把椅子显然是他的专用御座。接着，第三个角色——一开始就出场的那位大管家——像变魔术似的端出一杯冰冻马提尼酒，轻轻递到G.G.夸特梅因伸开着的手中。

与前两次见面相比，海沃德此番更觉得用"大乔"称呼此人再贴切不过了。从体格上说，这位东道主是个庞然大物，身高至少有六英尺半，从他的胸脯、胳臂和身躯看，活像个乡下的铁匠。他的脑袋要比常人大出一半，粗大的五官同头颅倒也相称：一双暴突的虎目，忽溜忽溜地转来转去，精明机灵的目光让人捉摸不透，一张宽阔的大嘴，刚强有力，就像陆战队里的教练军士那样惯于发号施令，不同之处在于他是在重大得多的问题上发号施令。还有一个特点，旁人同样能一眼就注意到，那就是此人变幻不定的面部表情，这会儿还嘻嘻哈哈的，一眨眼就可能显出威严的愠怒神色。

他体格强壮，却不流于粗鲁，也没有一点臃肿、肌肉松弛的迹象。

隔着那件裹在身上的睡衣，饱满的肌肉隐隐可见。海沃德还注意到，大乔的脸上没有多余的脂肪层，结实的下颚上也不见赘肉叠起，腹部看上去也很结实，肌肉绷得紧紧的。

至于其他方面，此人在企业界无所不至的触角、鲸吞弱小的饕餮食欲，那是商业报刊每天都报道的。还有他在这架价值一千二百万美元的座机中的生活气派，真是豪华到了极点。

按摩师和大管家悄悄退去。接着粉墨登场的是厨师。此人体形细长如铅笔，苍白的脸上带着几分愁容，穿一身洁白的炊事服，戴一顶高高的厨师帽，那帽尖竟擦着了舱顶。海沃德暗自纳闷，不知飞机上的仆役究竟有多少。后来他打听到共有十六人。

厨师直挺挺地站在大乔的椅子旁边，手里托着一个特大号的黑皮面文件夹，封面上镌有一个烫金的"Q"字样。大乔没理他。

"贵行的那场风波，"夸特梅因只顾和罗斯科·海沃德说话，"几次示威，还有其他的麻烦事，可都解决了？你们究竟靠得住吗？"

"本行一向殷实可靠，"海沃德回答道，"从来没人怀疑过。"

"股票市场可不这么看。"

"股票市场这具晴雨计，几时精确反映过行情呢？"

大乔脸上掠过一个笑影，随即转身对那个娇小的日本女招待说："月光，替我把最近的美利坚第一商业银行的股票行情单拿来。"

"是，Q君。"女招待说着，打前面的一扇门走了出去。

大乔朝着她走去的方向一点头。"还是那种腔调，怎么也没法让她说准'夸特梅因'这名字。总是叫我'Q君'。"他朝其他人咧嘴一笑。"不过，在别的方面这女人倒挺有一手。"

罗斯科赶紧抢过话头："刮到你耳朵里的有关本行的种种传说，都只涉及到一桩微不足道的偶然事件，它的重要性被渲染得过了头。再说，事情正好发生在经理大权易手的时候。"

"不管怎么说，你们这些人可没有站稳脚跟，"大乔还是穷追不舍，"你们让社会上的煽动家为所欲为。你们是一群窝囊废，最后竟缴械投降了。"

"不错，确是这样。老实对你说，我并不赞同那个决定，甚至还表示过反对。"

"挺起腰杆子同他们干！总得想出办法来收拾这些杂种才好！决不让步！"苏纳柯董事长端起手里的马提尼，一饮而尽，那位大管家一下子又不知从哪个角落钻了出来，把空酒杯拿走，再向大乔手里递上另一杯。从杯子外面结的那层薄霜不难看出，酒已冰好了。

厨师还是一动不动地站在一旁，等候吩咐。夸特梅因对他还是不予理会。

他用低沉的声调叙述起往事来："我们在丹弗附近曾设有一家部件制造厂。那儿工潮不断。老是有人提出无理的工资要求。今年年初，工会又号召罢工，好多次了，这可是最后一回了。我让手下人——那家厂是由子公司管的——去警告那些狗娘养的，说我们要把厂关掉。谁也没把我们的话当一回事。于是我们研究情况，作了布置，把机床和冲模运到另一家公司去，让他们把这副制造部件的担子接过去。我们把丹弗的厂关啦。工厂、活儿、工资名单全没影儿了。瞧，现在那帮子人——雇员、工会、丹弗市政府、州政府，还有其他各种势力——全都跪下来讨饶，恳求我们重开工厂。"他打量了一下手里的那杯马提尼，然后宽宏大量地说："唔，可以考虑嘛。就搞些别的制造业吧，不过得按我们的条件。我们就是没有让步！"

"干得漂亮，乔治！"哈罗德阁下说，"我们需要有更多的人采取这种立场。不过，我们银行的问题稍许有点不同。从某些方面来说，我们仍处于一种过渡性的局面，这种局面，你知道，是从班·罗塞利去世后开始的。不过，董事会中好多人希望到明年春天，这位罗斯科能牢牢执掌银行人权。"

"听你这么说我很高兴。我不喜欢同那些次等角色打交道。和我谈生意的人不但要能举手拍板，而且日后也不会中途变卦。"

"你放心吧，乔治。"海沃德说，"你我作出的任何决定，银行一定履行不爽。"

海沃德心里雪亮，这位主人手段着实高明，凭他这么随手虚晃一枪，就把自己和哈罗德·奥斯汀逼到了有求于别人的位置上，而那种"我不求人人求我"的银行家角色一下子就被颠倒了过来。不过，话得说回来，给超国公司提供任何贷款，尽可以高枕无忧，到头来还能提高美利坚第一商业银行的声望。还有一层也不可忽视，这可能是开立其他工业账户的一个前奏，因为超国公司是实业界的带头人，它一开此先例，同行定会趋之若鹜。

大乔蓦地朝厨师一吆喝："喂，什么事？"

那个一动不动的白衣人像通了电流似的活动起来。他把进屋以后一直托在手里的那本黑皮面文件夹递上来。"午餐菜单，先生，请您过目。"

大乔并不去接文件夹，只是朝那张摊在他面前的菜单扫了一眼。他伸出手指朝菜单上一戳。"把这道华尔道夫色拉换成恺撒色拉。"

"是，先生。"

"还有甜食。不要马提尼克糖渍水果。来一盘大马尼埃蛋奶酥。"

"好，先生。"

他一点头要厨师退下。可是厨师刚返身要走，大乔却两眼一瞪。"要是我点了一道牛排，我喜欢什么做法？"

"先生，"厨师用那只空着的手打了个哀求的手势，"为了昨天晚上那件倒霉事，我已经向您道过两次歉了。"

"别管这个。我问的是：我喜欢什么做法？"

厨师先是来了个高卢式的耸肩，接着又像背诵刚学到的课文似的说："既嫩又熟，恰到火候。"

"好好记着！"

厨师可怜巴巴地问："先生，我怎么忘得了？"说完，他垂头丧气地退了出去。

"还有一点也很重要，"大乔对客人说，"就是谁做了错事，可别轻易地放过他们。我付给刚才这个法国佬一大笔薪金，无非是要他摸清楚我的口味。昨天晚上他出了点差错，虽说不是什么了不起的差错，但也够他受的了。这样，下回就不会忘了。行情怎么样？"

这时月光已手拿一张纸条，回到了休息室。她用带点儿外国腔的英语念道："美利坚第一商业银行股票的开盘价格现在是四十五点七五。"

"这不，"罗斯科·海沃德说，"又上去了一个点。"

"比起班老头升天之前的行情来还差点，"大乔说着咧嘴一笑，"不过，贵行放款给超国公司的消息一经传开，贵行的股票行情包管看涨。"

海沃德心想，可能会出现这种情况。在错综复杂、扑朔迷离的金融界和证券市场里，就是有那么一些莫名其妙的怪事儿。某人借钱给某人，说来也没有什么大不了，而在证券市场里偏偏就会有反应！

更重要的是，大乔现在总算明确表态了：苏纳柯公司同美利坚第一商业银行之间将有某笔生意成交。毫无疑问，在接下来的两天里，他们将进一步商定具体细节。海沃德觉得自己心头渐渐热乎起来。

他们头顶上轻轻响起一阵柔和的乐声。舱外，喷气发动机轰鸣的节奏正逐渐放慢。

"嘿，华盛顿！"阿弗丽尔说。她和其他几个姑娘开始给在座的男人束上安全带。皮带又厚又重，手指却很轻巧。

在华盛顿着陆停留的时间，甚至比在前一站逗留的时间更短。接一位14K金子似的达官贵人，在着陆、滑行、起飞时享有头等优先权，似乎是天经地义的事。

因此，不到二十分钟，他们重又展翅凌空，回到巡航高度，向着巴哈马飞去。

副总统在飞机上安顿下来，由那位乌发褐眼女郎克里斯塔照应。他对这样的安排显然很满意。

负责保卫副总统的特工人员被安置在后舱某处。

不一会儿，已穿上一件显眼的米色绸上装的大乔·夸特梅因兴致勃勃地引着客人从休息室来到座机上的餐厅。这是一间布置得富丽堂皇的房间，色彩的基调是银白和品蓝。进入餐厅以后，宾主在一张饰有雕刻花纹的栎木餐桌边就座。餐桌上方悬挂着一盏水晶枝形吊灯。月光、阿弗丽尔、里塔和克里斯塔在他们身后流连不去，当了娇美的陪客。他们用餐时排场之豪华，宴席上菜肴之丰美，是世上任何大餐馆无法与之相比的。

罗斯科·海沃德津津有味地享用着丰馔佳肴，然而却滴酒不沾，最后端上桌来的是瓶三十年老酒——科涅克白兰地，他也没碰一碰。不过，他留神到，那些沉甸甸的高脚金边白兰地酒杯，一反常规，没有用代表拿破仑的"N"作为装饰花纹，取而代之的却是一个醒目的"Q"。

第七章

　　在巴哈马群岛福德利沙洲俱乐部的高尔夫球场一角，和煦的阳光正从万里无云的碧空泻下，洒在球场"标5"五号洞前的一长条绿草如茵的球道上。这高尔夫球场，还有毗邻的那座豪华的俱乐部，是世界上排外性最强的五六处高级娱乐场所之一。

　　草地的那一边，是一片白色沙滩，边上植有棕榈树，四下阒无人影，宛如伊甸园内的一片净土，向着远处伸展。绿盈盈的清澈海水轻轻拍打着海滩，漾起层层微波。离海岸半公里处，海浪冲刷着珊瑚礁，化作一道乳白色的碎浪。

　　近旁，球道边上，木槿花、紫茉莉、猩猩木、赤素馨花，竞相争妍，交织成富有异国风味的锦簇花团，色彩的艳丽灿烂，叫人无法相信。空气清新而爽人，飘散着一股茉莉的温馨，不时还吹来习习凉风，令人心醉。

　　"我看，"美国副总统发表感想，"一个政治家能到此一游，也差不多算是跨进天堂了！"

　　"在我看来，"哈罗德·奥斯汀阁下对他说，"天堂里可不会有把球击偏的事儿。"他做了个怪脸，把手里的四号铁头球杆狠狠一挥。"那儿打起球来，想必会得心应手些吧。"

他们正在进行一场高尔夫球双打比赛——大乔和罗斯科·海沃德对哈罗德·奥斯汀和副总统。

"你呀,哈罗德,"副总统拜伦·斯通布里奇说,"倒是应该东山再起,重返国会,然后想法子爬到我现在的位子上来。到那时,除了打高尔夫球,可以百事不管。你就能把所有的时间都用来提高球艺。半个世纪以来,差不多每个副总统期满卸职时,高尔夫球艺都比走马上任时有了长进,这是公认的历史事实。"

仿佛要证实自己这番高见似的,几分钟后,他手落杆起,放了第三个高球——八号棒击出的漂亮好球——球儿朝旗杆直飞而去。

斯通布里奇精瘦灵活,动作轻盈,今天在球场上着实露了一手。他是个农家子弟,从小就在自己家的一小块田地上起早摸黑地干活。这些年来他一直保持着一副硬铮铮的筋骨。此刻,他见高尔夫球着地滚到离球洞不到一英尺的地方,那张并不怎么好看的平原乡民型脸上不由得堆起笑容。

"打得不坏。"大乔称赞说。他正坐着电动车赶上来,同副总统齐肩而行。"拜,华盛顿没让你太忙吧?"

"哦,我想没有什么好抱怨的。上个月,我负责清点了一次政府的文件夹;最近,白宫向报界透了点风声——看来不久我就有机会在那儿削尖铅笔干点什么了。"

另外几人陪在一旁应景地打哈哈。谁都知道,这位前州长、前参院少数派领袖斯通布里奇对自己眼下充当的角色既气恼,又不甘。在上次大选把他推上这个位子之前,他的竞选伙伴,即总统候选人,曾经声称,在水门事件后的新时期内,他手下的副总统不仅会政务繁忙,而且将在政府中发挥重要的作用。可是就职大典一过,这一诺言照例被置诸脑后。

海沃德和夸特梅因把球打到球洞周围的轻打区,然后同斯通布里奇一起等哈罗德阁下赶上来。哈罗德今天的球打得乱七八糟。这会儿他看到球在球杆下打滑,笑了,接着又胡乱一击,又是哈哈一笑,就这么打着,笑着,最后总算把球打了过来。

凑成这对双打的四个角色，真是一人一个样。G.G.夸特梅因比其他三人高出许多，衣着考究，挑不出一点毛病：一件莱科斯特羊毛衫，一条格子花呢便裤，一双健步牌藏青运动鞋。他头戴一顶红色高尔夫球帽，帽徽标志着福德利沙洲俱乐部成员令人眼红的身份。

　　副总统的穿着整洁、入时——双线编织的便裤，色调柔和的花衬衫，黑白相间的高尔夫球鞋。同他形成戏剧化对照的是哈罗德·奥斯汀，此人打扮得最为花哨，一身粉红加淡紫的古怪服饰，真有点让人受不了。罗斯科·海沃德则讲究实效，穿的是深灰色的便裤、"正规"的白色短袖衬衫和黑色软靴，即使在高尔夫球场上仍不失银行家的风度。

　　从一号球座开始，他们行进时的排场真有点像马队游行。大乔和海沃德同乘一辆高尔夫电动车；斯通布里奇和哈罗阁下合坐另一辆。另外六辆电动车则被副总统的特勤人员征用，现在就像一支驱逐舰队一样把他们团团护卫在中间。

　　"要是完全由你自行其是，拜，"罗斯科·海沃德问，"安排政府事务的轻重缓急，你将首先考虑哪些事项？"

　　昨天，海沃德规规矩矩地称斯通布里奇为"副总统先生"，可是后者当即跟他讲明："别拘泥这种虚礼俗套，听了叫人发腻。我还是更喜欢别人叫我'拜'。"海沃德一向以同大人物保持直呼其名的交情为人生快事，所以副总统这番话对他自然是正中下怀的。

　　斯通布里奇回答："如果由我选择，我首先要集中精力改善经济现状——恢复财政上的理智，保持国家收支的某种平衡。"

　　G.G.夸特梅因听到他俩的谈话，在一旁发表意见："拜，一些有勇气的人曾作过这种尝试，结果都失败了。你想这样做为时已晚。"

　　"是晚了些，乔治，不过还不算太晚。"

　　"这点我可要跟你争个明白。"大乔蹲下身了，琢磨击球进洞的路线，"等打满九洞再谈。眼下的当务之急是把这个球送进洞去。"

　　球赛开始后，夸特梅因比其他三人少开口，而且显得有点紧张。他一般只肯让对手三杆，老是想赢。每赢得一洞或以低于标准杆数的成绩击球进洞得分，他就高兴得什么似的，用他自己的话来说，简直像为超国公司吞并了一家新公司一样。

海沃德的球风是稳扎稳打，既不露一手漂亮的绝招，也不至于杆下出丑，下不了台。

到了六号球座处，他们四人都从高尔夫球车上走下来。大乔提醒海沃德说："罗斯科，你那双银行家的眼睛可得好好留神那两位的比分。搞政治和搞广告的人天生没有讲求精确的习惯。"

"我的崇高地位要求我取胜，"副总统说，"非取胜不可。"

"哦，我知道比分。"罗斯科·海沃德敲敲自己的前额，"全在我这里面。一号洞，乔治和老拜四杆进洞，哈罗德打了六杆，我五杆正好够本。二号洞，大家五杆进洞，只有老拜第四杆打了个意想不到的好球，一杆进洞。当然，哈罗德和我第五杆上也来了个飞球进洞。三号洞，除哈罗德又打了六杆外，大家都是五杆。四号洞，我们这方打得好，乔治和我用了四杆（我意外地打了一个好球），老拜五杆，哈罗德七杆。上一个球洞，哈罗德打得糟透了，不过，他的伙伴却又打了个直飞进洞的好球。所以，到现在为止，我们双方比分不相上下。"

拜伦·斯通布里奇瞪大了眼睛望着他。"嘿，他妈的！还真有这种不可思议的好记性！"

"你把我一号洞的杆数搞错了，"哈罗德阁下说。"我打了五杆，不是六杆。"

海沃德斩钉截铁地说："不是这样，哈罗德。我记得你把球打进棕榈丛，又把它打出来，接着又把球打在球道的木障上，没打进轻打区，后来击了个长球，又轻打了两下才进洞的。"

"他说得不错。"斯通布里奇在一旁证实道，"我记得的。"

"他妈的，罗斯科，"哈罗德·奥斯汀埋怨说，"你到底是谁的朋友？"

"是我的，那还用说！"大乔大声嚷嚷，伸出条胳膊亲热地勾住海沃德的肩膀，"我开始喜欢起你来了，罗斯科，尤其喜欢你打球的礼让风度！"海沃德满脸放光，大乔压低嗓门像老朋友讲体己话似的问："昨儿夜里可称心如意？"

"称心极了，谢谢你。旅途很舒服，晚上也过得愉快。昨晚睡得特别香。"

其实，他起初睡得并不好。昨天夜晚是在巴哈马 G.G. 夸特梅因公馆里度过的。从各种迹象看，他不论提出什么要求，那位婀娜多姿的红发女郎阿弗丽尔都会依顺。且不说其他几位的暗示，就是阿弗丽尔本人，随着白天过尽，夜晚到来，也越发显得亲昵。一有机会，她就凑近海沃德，有时候，她那头柔发就拂在他脸上，要不，就是随便找点什么借口，挨在他身上。而他呢，对这一套既不加以怂恿，也不表示拒绝。

同样，雍容华贵的克里斯塔属于拜伦·斯通布里奇，迷人的金发女郎里塔归哈罗德·奥斯汀，这也是不言自明的。秀丽的日本姑娘月光则同 G.G. 夸特梅因形影相伴，寸步不离。

这儿的夸特梅因公馆，是超国公司董事长夸特梅因在世界各国拥有的五六处巨宅中的一所，坐落在普罗斯珀洛山脊，高踞于拿骚城之上，俯瞰着山下一片海陆美景。楼房四周的庭园，经过装扮修饰，景色如画。

庭园四周围着高墙。海沃德的房间在二楼，他一到，阿弗丽尔就陪他上这房间来。从这儿居高临下，可以眺望远近景色。透过周围的树木，还可以瞥见近邻的住宅，那是当地首相的私邸，巴哈马联邦皇家警察在四下巡逻，防止闲人擅自闯入。

黄昏时分，他们在设有柱廊的游泳池边上闲坐慢酌。随后便是晚宴，筵席设在户外平台上，由烛光照明。此时，那几个姑娘早已脱去制服，浓妆艳抹，跟男人们坐了一席。戴白手套的侍者在一旁悉心伺候，另有两个巡回演出家为他们弹唱助兴。席间，众人亲密无间，笑语连连。

饭后，斯通布里奇副总统和克里斯塔决定留在屋里，其余的人分乘三辆劳斯莱斯——早些时候他们在拿骚机场就是由这几辆车接来的——前往天堂岛上的赌场。大乔在那儿掷金狂赌，看上去大概是赢家。奥斯汀赌得颇有节制，而罗斯科·海沃德则一点也不沾边。他不赞成赌博，不过对阿弗丽尔关于"九点接龙"、"轮盘赌"和"二十一点"等微妙之处的絮叨，倒是听得津津有味，觉得很新鲜。赌场里人声嘈杂，因此阿弗丽尔说话时，就和海沃德脸凑着脸，而他呢，也和之前在飞机上一样，觉得这番滋味着实不坏。

但就在这时，他心头猛地一阵慌乱，自己的肉体开始更强烈地感觉到阿弗丽尔的存在，这一来，他脑子里那些自己明知是不可饶恕的邪念秽思，更加难以排除了。他隐隐感到阿弗丽尔因觉察他的内心挣扎而正暗自好笑，而这种挣扎又完全于事无补。最后，到了凌晨二时，她陪着他来到房间门口，这时候——特别是她又明确露出流连不去之意——他是拿出了最大的意志力，拼命克制自己，才总算没有请女人进房。

阿弗丽尔不知住在哪一间房里，但在转身回房之前，她曾将那头红发用力往后一甩，笑盈盈地对他说："床头有台内线电话机。不管有什么事，只要按一下七号键，我就会来的。"这一回，对于"不管有什么事"的含义再没有什么好怀疑的了。看来，阿弗丽尔不管上哪儿，七号就是她的代号。

不知怎么地，他在回她的话时，声音变得十分混浊，舌头也似乎大了许多："不了，谢谢你。晚安。"

即使到了这时候，他的内心冲突也还没有了结。脱衣服的时候，他的心思却仍在阿弗丽尔身上；他明白自己的肉体正削弱着自己的意志力，不免为此感到懊恼。这种情况鬼知道是怎么发生的，而且一开头就没个完。

就在这时，他一曲双膝，跪倒在地，祈求上帝保佑他摆脱邪念的诱惑，别让他失足堕落。过了一会儿，祈祷似乎应验了。他的肉体因疲倦而开始松弛疲软，再后来，就睡着了。

现在，当他们沿着六号球道驱车向前时，大乔又主动提议说："嘿，老兄，要是你喜欢，今晚我让月光陪你。你简直无法相信，那朵小莲花知道什么样的鬼花招。"

海沃德的脸蓦地红了。他打定主意坐怀不乱。"乔治，能与你交往，我很高兴；我希望能获得你的友谊。但不瞒你说，在某些方面我们的想法不尽相同。"

这位大人物面孔一板。"究竟在哪些方面？"

"我想，是在道德方面吧。"

大乔沉吟不语，脸上一无表情，接着突然放声狂笑。"道德——道德是什么东西？"他停住车子，此时哈罗德阁下正准备从他们左边的球道障碍上击球。"好吧，罗斯科，你爱怎么办就怎么办。要是你改变了主意，就跟我讲一声。"

尽管海沃德咬紧牙关想要顶住，然而在接下来的两个小时里，他发觉自己的念头老是转到那个娇弱而迷人的日本姑娘身上。

他们打完九个球洞，来到球场茶点室；在那儿的门廊里，大乔又继续同拜伦·斯通布里奇展开刚才在五号洞旁开始的那场辩论。

"美国政府也罢，其他政府也罢，"大乔说，"现在都被一些不懂得或者不想懂得经济学原理的人操纵着。这就是我们无法控制通货膨胀的原因——唯一的原因。世界金融体系日趋崩溃，原因就在这里。而凡事只要和金钱一沾边，就每况愈下，原因也在于此。"

"在这点上，我略有同感，"斯通布里奇告诉他说，"看看国会花钱的那种气派，你会以为钱多得花不完。在参众两院也有一些据称头脑清醒的人，他们以为每进账一块钱，拿出四五块的花销完全没有问题。"

大乔不耐烦地说："这一点哪个实业家不知道？三十年来哪个不知道？问题不在于美国经济会不会崩溃，而是在于什么时候崩溃。"

"我倒不相信经济非崩溃不可。还是有可能避免的。"

"理论上有可能，但实际上根本无法避免。社会主义——花着那些你没有也永远不会有的钱——早已根深蒂固。总有一天政府的信用将丧失殆尽。傻瓜们认为这种局面不会出现。事实恰恰相反，迟早肯定要出现这种局面。"

副总统叹了口气。"要是在公开场合，我会一口咬定这不符事实。而在这儿，我们是在私下交谈，我承认这是否认不了的。"

"即将出现的一连串变化，"大乔说，"并不难于预料，这同智利发生的情况差不多。不少人以为智利和我们国情不一样，而且又离得那么远。其实不然。智利是美国的一幅缩影——也是加拿大和英国的一幅缩影。"

哈罗德阁下经过一番推敲，提出自己的看法："我同意你关于今后会有一连串变化的说法。首先是某种民主政治——稳固的、举世公认的、有效的民主政治。随后是社会主义，起初还有些节制，但不久就越来越不可收拾，大手大脚地乱花钱，直至囊中空空，一文不剩。其后就是财政上的崩溃、无政府状态、独裁。"

"不管我们在一个球洞捞到多少分，"拜伦·斯通布里奇说，"我不相信我们会走得那么远。"

"谁说我们非相信这个不可？"大乔对他说，"如果我们中间一些才智横溢、握有大权的人预先想到，并且考虑好了对策，我们就不必相信。金融全面崩溃之时，美国还有两条结实的胳臂可使我们免于沦入无政府状态。其一是大企业。我说大企业指的是一种卡特尔，是由一些像我经营的那种跨国公司，再加上像罗斯科你们那样的一些大银行组成的卡特尔，这种财团联盟能够从金融上控制这个国家，厉行财政纪律。到那时，只有我们具有偿付能力，因为我们的经营范围遍及全球；我们将把自己的财力物力，投入通货膨胀无法吞噬的部门去。另一条强有力的胳臂是军队及警察。军警将在大企业配合之下维持治安。"

副总统冷淡地说："换句话说，就是警察国家。你会遭到反对的。"

大乔一耸肩。"可能有人反对，但不会很多。势在必行的事人们自会接受的。尤其是在所谓的民主制度已支离破碎，金融体系已土崩瓦解，个人购买力已丧失殆尽的时候。再说，美国人那时也就不再相信民主制度了。这都是你们这些搞政治的人毁掉的。"

罗斯科·海沃德一直不吭一声地在一旁听着，现在他说话了："乔治，你所预见的局面其实就是从目前这种军事－工业综合体过渡为由杰出人物执掌政府的这样一个演变过程。"

"一点不错！随着美国经济力量的削弱，工业－军事综合体——我认为这种叫法更合适——正在不断加强。我们也是有组织的，虽然松散，但正迅速紧固起来。"

"是艾森豪威尔最早察觉到这种军事－工业结构物的。"海沃德说。

"而且警告我们要加以提防。"拜伦·斯通布里奇补充了一句。

"妈的，可不是？"大乔表示同意，"他比傻瓜还傻！照理说，所有的人当中，最了解实力可能导致什么样结果的倒应该数他艾克，不是吗？"

副总统呷了一口种植园主果汁。"这话不得公开发表。不过，我同意你的说法。"

"我说啊，"大乔要他放心，"你是应该属于我们圈子里的。"

哈罗德·奥斯汀阁下问："乔治，你认为我们还可以拖多少日子？"

"我手下的专家告诉我还有八九年时间。到那时，金融体制就势必崩溃。"

"我作为银行家，"罗斯科·海沃德说，"感兴趣的是这样一种想法：法纪最终将受到金融和政治的约束。"

G.G.夸特梅因在酒吧账单上签了字，站起身来。"你会亲眼看到的。这我可以向你保证。"

他们驱车前往十号球座。

大乔大声招呼副总统："拜，你一面打球，一面思考问题，这是你了不起的地方。把球放上球座，来几手既受纪律约束，又体现经济原则的绝招。现在你们只领先一个球洞，前面还有九个难于应付的球洞哪！"

大乔和罗斯科·海沃德等候在电动车车道上，而哈罗德·奥斯汀在朝十四号球洞击球时把球打飞了。经过兴师动众，四下搜索之后，一名特工人员总算在木槿丛里找着球的下落。大乔这会儿心情轻松了，他和海沃德一连拿下两个球洞，已领先一步。就在他俩坐在电动车上的时候，海沃德翘首以望的话题终于提了出来。对方口气之随便使他感到意外。

"这么说，贵行有意同超国公司做生意。"

"我们有过这样的念头。"海沃德尽量仿效对方漫不经心的口吻。

"我正着手扩充超国公司国外通信业方面的股票实力，买下一些规模虽小却起关键作用的电话和广播公司的控制权。这些公司有的是官办的，也有是私营的。我们得悄悄地干，必要时买通当地政客，以免引起民族主义的争端。超国公司可以提供小国家所负担不起的先进技术和高效率设施，实现全球通信系统的标准化。就本公司自身而论，这是大有利可图的生意。不消三年工夫，我们将通过子公司把全世界百分之四十五的通信系统都控制在手里。所有其他企业只得瞠乎其后。此举对美国固然重要，而对我们刚才谈到的那种工业－军事联合体制更是存亡攸关。"

"是的，"海沃德表示同意，"我了解这方面的重要意义。"

"我想从贵行取得五千万元的信贷。当然，条件是按最惠贷款利率办事。"

"我们之间安排的任何贷款自然会按最惠利率发放。"

不说海沃德也知道，给超国公司的任何贷款都得按银行最惠利率发放。最富有的主顾借钱，向来只付最低的利息，只有穷光蛋才被迫按苛严之极的息率还债，这本是银行界一条不言自明的公理。"我们不得不慎重考虑的，"他强调说，"是联邦法给本行规定的贷款法定限额。"

"法定限额？让它见鬼去！要绕过这条规定有的是办法，每天都有人在耍手段。你我心里都有数。"

"不错，我知道确有各种各样对付的办法。"

他俩这会儿谈到而且彼此心照不宣的是美国银行法里的一项规定：任何银行发放给单独一家借款户的贷款额，一律不得超过本行资本及其盈余额的百分之十。此项规定的目的在于防止银行丧失支付能力，确保存户免遭损失。而对美利坚第一商业银行来说，给超国公司发放五千万贷款，无疑大大超过了这一限额。

"绕过这条规定的办法是，"大乔说，"你们把这笔贷款化整为零，分散放给我们的子公司。等需要时，我们可以重新调拨，把钱用到刀口上去。"

罗斯科若有所思地说："这法子想来是行得通的。"他明白，这一建议尽管从技术上来说并未逾分枉法，实际上却违反了法律的精神实质。不过，他知道大乔讲的也是实话：实力雄厚、信誉卓著的大银行每天都在用这种办法钻空子。

即使这个问题勉强可以解决，对方提出的借款数目之大，仍不免使他大吃一惊。他原以为，双方交易伊始，贷款数大概会在二千至二千五百万上下，以后随着超国公司和银行之间关系的逐渐发展，数额也许才会增加。

大乔像是一眼就看出了他脑子里的念头，因此直截了当地说："我从来不做小额交易。如果你们嫌五千万太大，没法筹措，那就当我没说这事得了。我可以把这笔生意留给大通银行。"

海沃德上这儿来，一心想抓住机会，做成这笔捉摸不定的重要买卖，可现在眼看功亏一篑，生意又要从他手里滑掉了。

他断然地说："不，不，这笔款子不算太大。"

他盘算了一下美利坚第一商业银行所承担的其他投资。这些他知道得最清楚。不错，给苏纳柯的五千万贷款是可以设法筹措的。不过这样一来就得把银行的其他龙头关掉——大量削减小额贷款和抵押借金，但这是可以做到的。给超国公司这样的客户一次发放一笔巨额贷款，油水要比搞一大堆小额贷款大得多，因为小额贷款的发放和回收要花很大的费用。

"我打算向本行董事会大力推荐这笔巨额信贷，"海沃德用果断的口吻说，"我担保他们会同意的。"

他的高尔夫球伴随口应了一声："好。"

"当然，要是我能对董事们说，我们银行在超国公司董事会里也有个把代表，那我讲起话来就更理直气壮了。"

大乔把高尔夫球车驱至自己的球跟前，打量了一眼，然后回答道："这事儿也许可以想办法。要是真的事成，我也希望你们的信托部能大量买进我们的股票。现在这时候正需要有新户头站出来吃进一批，把价格哄抬上去。"

海沃德的胆子越来越大，也说："这个问题，还有其他一些事情，都可以从长计议。看来，超国公司有意要同我们建立活跃的账务往来，这里就涉及到差额补偿的问题……"

海沃德知道，他俩正按照惯例，跳一场银行家和主顾的双人舞。这里所反映的正是银行－企业界圈子里一个活生生的事实：你给我搔搔背，我也给你抓抓痒。

G.G.夸特梅因从鳄鱼皮提包里猛地抽出一根铁头球杆，很不耐烦地说："别尽跟我谈些鸡毛蒜皮的小事。我手下搞财务的英奇贝克今天要上这儿来，明天和我们同机返回，那时候你俩可以在一块儿具体谈。"

显然，这场简短的商务会谈已到此为止。

这时，哈罗德阁下忽起忽落的竞技状态似乎也已影响了他的伙伴。

拜伦·斯通布里奇一会儿发牢骚说："你打的球简直吓人。"一会儿又埋怨道，"真该死，哈罗德，你那手糟糕的曲球像天花那样带有传染性。谁和你搭档，都该预先接种牛痘。"不管是什么原因，副总统挥杆、击球和站立的姿势都开始乱了套，不得不多击了好几杆。

奥斯汀即使挨了骂，也还是不见起色，所以打到十七号球洞时，大乔和稳扎稳打的罗斯科始终领先一洞。这可大长了G.G.夸特梅因的士气，他挥杆猛击，只听见嘎吱一声，十八号球座上的球沿着球道中线飞去，落在二百七十码外的地方；随后，再接再厉，一杆将球儿直扣入洞，从而为他们一方奠定胜局。

大乔因赢球而得意洋洋，他一把搂住拜伦·斯通布里奇的肩膀说："我想，这下我在华盛顿的信用余额比以往更为可观啦！"

"那得看你想捞到手的是什么。"副总统说。接着他又话中带刺，补上一句："还得看老兄是不是够谨慎。"

在男更衣室喝饮料时，哈罗德阁下和斯通布里奇各给G.G.夸特梅因一百块钱——这是他们在比赛前约定的赌注。海沃德不愿参加打赌，所以赢钱没有他的份。

这时，大乔宽宏大量地说："我喜欢你打球的风格，伙计。"他向其他人征求意见，"我想，罗斯科应该得到点报偿吧。你们两位说该不该？"

两人在一旁点头时，大乔一拍膝盖说："嘿，有啦！在超国公司董事会里占一个席位。拿这作为奖品如何？"

海沃德微微一笑。"我相信你是在说笑话。"

苏纳柯董事长脸上顿时笑意全无。"我可从来不在超国公司的事情上开玩笑。"

海沃德此时方始醒悟，原来大乔是以其特有的方式履行着他们刚才商谈的条款。不用说，如果海沃德同意了，那就意味着他也得承担其他义务……

他仅迟疑了几秒钟。"如果你不是说着玩的，那我当然乐意接受。"

"下星期就当众宣布。"

这一建议来得如此突兀，海沃德仍然感到难以置信。他原想，可能会从美利坚第一商业银行的董事中挑选一人参加超国公司董事会。不料入选的却是他自己，而且又是 G.G. 夸特梅因亲自点中的，这真是再光彩不过的事了。目前的苏纳柯董事会名单，在人们眼里就是一册荣膺蓝绶带的企业和金融界巨子的名录。

大乔似乎又看出了他的心思，呵呵乐了："别的姑且不谈，你至少可以照看照看你们银行的钱嘛。"

海沃德看到哈罗德阁下正朝自己这边投来探询的目光。海沃德微微一点头，他那位美利坚第一商业银行董事会的同事就会意地笑开了。

第八章

在 G.G. 夸特梅因的巴哈马公馆度过的第二夜，同前一夜比，有某种微妙的区别。八名男女之间，似乎出现了一种前夜所没有的无拘束的熟稔气氛。罗斯科·海沃德意识到气氛的剧变，认为自己多少能够猜出其中的原因。

直觉告诉他，里塔同哈罗德·奥斯汀，克里斯塔同拜伦·斯通布里奇，肯定是在一起过夜的。但愿这两个男人不要以为他和阿弗丽尔也同样落入彀中。他相信主人不会有这种想法；今天早上那几句话说明了这一点。也许，公馆里发生了什么事，或者没发生什么事，随时都有人向大乔禀报的。

这夜的聚会又安排在晚餐时分，地点仍在游泳池旁边的露台上。聚会本身自有其美不胜言的妙处。罗斯科·海沃德不再约束自己，同别人一起尽兴欢笑。

他并不怎么掩饰自己的得意，因为阿弗丽尔此时不住地在一旁献殷勤，一点没有因为昨夜被拒之门外而显出怀恨的样子。既然他自己已证明有能力抵御这女人绝顶妩媚的诱惑，那么此刻同阿弗丽尔调情取乐也无妨。心满意足的背后还有其他两层原因，一是超国公司保证和美利坚第一商业银行做生意；二是自己竟意外地得了令人眼花缭乱的最高荣誉，可望在苏纳柯董事会里占一席之地。这两件事都会极大提高自己在美利坚第一商业银行的声望，对此他不存丝毫怀疑；跃居银行总裁宝座的前景似乎已近在咫尺了。

今天早些时候，他已同超国公司的总稽核师斯坦利·英奇贝克匆匆见过一面，后者正如大乔所说已经抵达公馆。英奇贝克是个开始秃头、终日奔忙的纽约佬，他同海沃德已谈妥，准备在次日北上飞行途中拟出苏纳柯贷款的各项细节。英奇贝克下午除了同海沃德会晤外，大部分时间关在屋子里同G.G.夸特梅因密谈。显然，此人今晚也留在公馆里，只是不论饮酒还是吃饭，都不露面罢了。

傍晚时，罗斯科·海沃德在二楼房间的窗口处，还看到G.G.夸特梅因同拜伦·斯通布里奇两人在附近一边散步，一边密谈，长达一个小时左右。两人离屋子很远，他听不到他们说些什么，但看样子大乔是在进行游说，副总统则偶尔打断他，大概是提出了一些问题。海沃德不由得记起上午在高尔夫球场关于"华盛顿信用余额"的那句话，超国公司经营的多方面的事业，不知此时两人正讨论其中哪一个方面，他断定自己一辈子也无法了解此中的秘密。

这时，众人已吃完晚餐。户外的黑夜凉爽宜人，空气中飘散着清香。

大乔又成了亲切和蔼的主人。双手捧着印着Q字纹章的白兰地酒杯，他宣布："今晚不外出夜游了，就在这儿玩。"

管家、侍者和乐师都已知趣地悄然走开。

里塔和阿弗丽尔一边喝香槟，一边异口同声叫起来："就在这儿玩！"

拜伦·斯通布里奇提高了嗓门，其尖利不亚于姑娘："怎么个玩法？"

"最时髦的玩法！"克里斯塔嚷着，接着又改口说，"不，还是游泳吧。我想游泳。"晚饭时喝了酒，现在又灌了香槟，她有点口齿不清了。

斯通布里奇激她一激："什么东西拦着你了？"

"没有，拜，宝贝儿，没有任何东西拦着我！"说着，克里斯塔一个动作接一个动作，搁下香槟酒杯，踢飞了鞋，解开衣服上的带子，扭动着身体，使那件绿色的晚餐长袍一下子滑到了脚跟。长袍里边是一件有背带的长衬裙，她举手一撩，卸去衬裙，往边上一扔，顿时就裸了身子。

女人匀称的身体美极了，乌黑的头发更使她看上像马约尔塑造的一个活动美人。克里斯塔光着身子，脸上挂着微笑，骄矜地走出露台，跨下石阶，来到有灯火照明的游泳池旁，一头跳下水去。她从这一头游到那一头，然后一个转身，朝着其他人大叫："痛快极了！下水吧！"

"老天作证！"斯通布里奇说，"我也很想游一阵子。"说着，他脱去运动衫、便裤和鞋子，像克里斯塔一样赤裸着身子，只是样子远不像克里斯塔那么诱人。他踮着脚走到池边，跳下水去。

这边，月光轻声尖笑着，已同里塔两人忙着脱衣服了。

"等等！"哈罗德·奥斯汀叫道，"让我也来凑凑热闹。"

刚才，克里斯塔脱衣服那一阵，真让罗斯科·海沃德看呆了，惊愕之余不免有点神魂颠倒。这时他发现阿弗丽尔站在身旁，对他说："罗西，亲爱的，把我的拉链解开。"说着，她把背部凑上来。

他有点慌乱，坐在椅子里伸出手去想抓那拉链。

"站起来，你这老糊涂。"阿弗丽尔说。他遵从了。女人半侧着脸，倚在他身上，那股温暖的体香真叫人受不住。

"还没解开？"

他没法子集中注意力。"没有。看来好像……"

阿弗丽尔熟练地把手伸到背后。"算了，我来吧。"她把罗斯科扯开了一点的拉链一下子拉到底。一耸肩膀，脱了衣服。

她用罗斯科已开始熟悉的动作，把头一甩，让红发蓬松散开。"嘿，你还等什么？替我解开胸罩。"

他双手颤抖，两眼死死盯着她，按照女人的吩咐去做。胸罩解脱了，他的手却没放下。

阿弗丽尔以轻盈而优美的动作转过身来。她凑过身子，对准他的嘴唇亲了一下。他的双手还留在原来的部位，抚摸着。好像是不自觉地，他的手指弯曲着收紧了。阵阵快感像电流般穿透全身。

"嗯，"阿弗丽尔满意地柔声说，"舒服。去游泳吗？"

他摇摇头。

"那就待会儿见。"她转过身子，像裸体的希腊女神那样走去加入已在池中嬉闹的五人行列。

Ｇ.Ｇ.夸特梅因一直坐在远离餐桌的椅子里没动，他呷着白兰地，狡黠地打量着海沃德。"我也不怎么爱游泳。不过，明知跟朋友们在一起，不妨偶尔逢场作戏，放纵一下，这是有好处的。"

"看来你说得有理。我当然也感受到自己正同朋友们在一起。"海沃德说着又在自己的座位上坐下。他卸下眼镜，开始擦拭，这会儿又恢复了自制。意志薄弱、丧失理智的那一刹那已经过去了。他接着说："当然，毛病就出在：有时候一个人难免会违反本意，举动稍有越轨。不过，在整个的为人方面能约束住自己，才是最重要的。"

大乔打了个呵欠。

就在两人说话的时候，其他人已离水上岸了，这会儿正用毛巾擦干身子，并从池边的浴衣堆里取衣服穿上。

过了差不多两个小时，阿弗丽尔又像前夜那样，陪罗斯科·海沃德来到他的卧室门口。起初，他曾在楼下打定主意，一定不要阿弗丽尔陪着自己，可后来又改变了主意。意志力的重新抬头，给他带来了自信，所以他有把握自己不会向狂暴冲动的情欲屈服。他真是自信得可以，甚至还调侃地说："晚安，小姐。喔，对了，不用费你口舌，我知道你的对讲机是七号。不过，我向你保证，我不会需要什么的。"

阿弗丽尔带着神秘的隐笑听他说完，就转身走了。他立即把卧室的门关好锁上，继而轻声哼着小曲理床准备就寝。

可是，到了床上却怎么也睡不着。

他清醒地躺在床上，差不多有一个小时，被子撂在一边，底下是软绵绵的褥子。从一扇打开的窗户外面传来倦慵的唧唧虫鸣；远处，浪花拍岸，声声入耳。

思绪违背他的善良意愿，老是围绕着阿弗丽尔打转。

阿弗丽尔……就像刚才由他看，任他摸，那样……美得夺人魂魄，赤身裸体，令人垂涎。他下意识地转动着手指，再次体验刚才的那种快感。

与此同时，他的肉体……奔突着，冲动着……对于他凭意志维持的道德观不啻是种嘲弄。

他设法移开自己的思绪——想想银行事务、超国公司的贷款、G.G.夸特梅因许诺的董事资格，可是阿弗丽尔的形象萦绕在脑际，非但排遣不去，反而越来越清晰。他记起她的双唇、柔情和微笑以及她的体温和香水味……这女人唾手可得。

他从床上站起身来，开始来回踱步，想把精力引开，可是精力拒绝被引导到其他方面去。

他在窗口站定，看到一轮明亮四分之三的月亮已经升起。超脱尘世的白色月光照耀着花园、沙滩和大海。看着看着，他竟回忆起一句遗忘已久的话：夜晚是月亮为爱情安排的。

他又踱了一阵，接着又回到窗口，挺直身子立定。

有两回，他已迈出脚步朝床边内侧放对讲机的小桌走去，但两次他都被决心和严厉的自责逼了回来。

第三次，他没有再折回。他捏住电话机，发出一声呻吟，呻吟之中既有痛苦、自责，也有令人晕厥的激动、追求销魂的期待。

果断而坚定地，他按了七号电钮。

第九章

在身陷德伦蒙堡监狱之前，迈尔斯·伊斯汀的个人经历或想象力，使他对于残忍卑劣的囹圄遭遇毫无思想准备。

他搞贪污的劣迹败露至今已有半年，距审讯定罪也已经四个月了。

迈尔斯·伊斯汀偶尔也能忘却肌肤之痛、内心之苦，超脱地听凭想象驰骋。这时他就会想到，要是公众想对他这样的人进行报复，那么这种报复的残忍野蛮程度，是那些没蹲过人间地狱——监牢的人根本无法想象的。他还进一步推想，要是说这种惩罚旨在磨灭其人性，使他沦落为最低等的直觉动物，那么监狱制度真是再合适不过了。

迈尔斯·伊斯汀对自己说：监狱从来没有、也永远不能使一个人洗心革面成为较好的社会成员。不管在监狱里蹲多久，牢房只能使人堕落，变得更坏，对送自己入狱的"体制"越发仇恨，同时进一步销蚀使自己成为有益于社会的守法公民的一丁点儿可能性。刑期越长，越不可能在道德方面得到拯救。

就这样，对大多数人说来，服刑期销蚀着并将最终扼杀弃恶从善的潜在可能性，而在入狱之初，这种可能性也许还潜藏在囚犯的心头。

即使你竭力不让残存的道德观念丧失殆尽，就像行将灭顶的泅水人还抓着救生圈那样，那也是由于你内心的种种力量，而不是监狱的作用，尽管据称监狱是起这种作用的。

迈尔斯还在挣扎着免使自己沉沦，竭力保持昔日清白自我的某些影子；他不甘心完全沦为禽兽，变得麻木不仁、颓唐绝望、愤世嫉俗。套上一件四脚兽的外衣，从此枉披人皮，并不是什么难事；大多数囚犯就是这么做的。这些人要不是在入狱之前已沦为衣冠禽兽，入狱后变本加厉，就是在服刑期间逐步堕落。狱外，是没心肝、没人性的公民，进了四面是墙的牢笼，对于其间的种种恐怖和蔑视人性尊严的倒行逆施——这一切还都挂着社会的招牌——自然也不介意了。

迈尔斯在拼死挣扎的时候，他唯一的精神寄托就是：他虽被判刑两年，再过四个月就可交保假释。

至于到时候万一不获假释的可能性，他怎么也不敢想。那实在太可怕了。他相信如果自己真的在监狱里待满两个年头，那出狱时，一定已不可救药，身心完全堕落了。

顶住！他日日夜夜这样告诫自己。为了希望、得救和假释，一定得顶住。

被捕之后的拘留候审期间，他曾以为一经关入樊笼，自己一定会发疯。他记得曾在哪本书上读到：自由，只要还没丧失，人们是不大看重的。不假，谁也体会不到人身自由的价值——即便是从一个房间走进另一个房间，或是到户外散一会儿步——直到别人让你完全动弹不得为止。

不管怎么说，与囹圄生涯相比，候审的那一段时间简直是在享福。

德伦蒙堡那间拘禁他的囚室，长六英尺，宽八英尺，是呈 X 形的四层监牢的一部分。监狱建于半个多世纪以前，原先的设计是一人一监。眼下，由于犯人过多，大多数囚房，包括迈尔斯这一间，都拘禁四人。

平时，二十四小时中有十八个小时囚犯们就被死死地关在狭小的监房里。

迈尔斯入狱不久，因为其他的监房闹事，囚犯们被关了个严实，按当局的说法是"吃喝都得关在门内"。如此待遇足足维持了十七个昼夜。入狱刚一周，听着一千二百名半疯的犯人发出声声绝望叫喊，真是雪上加霜、苦海无涯。

分配给迈尔斯·伊斯汀的监房共有四个床位，都紧贴着墙。屋里只有一个洗手盆和没有坐垫的马桶，四人得合着用。水管已年久锈蚀，水压不足，洗手盆里放出的水——只有冷水——通常是滴滴涓流，有时甚至还完全断水。由于同样的原因，马桶常常无法抽水。区区数尺空间，四个囚犯当着别人的面拉屎撒尿，那滋味已经够受的了；要再等着水积满后方能冲马桶，闻着那股经久不散的臭味，就更令人反胃恶心，叫苦不迭了。

草纸和肥皂，纵然人们有意识地节省使用，却始终供不应求。

囚犯们每周允许匆匆淋浴一次，而在两次淋浴的间隙期间，人体慢慢散发出一阵阵恶臭，又加上挤挤一室，简直是最难熬的折磨。

迈尔斯入狱后第二周，就在淋浴的时候被人污辱了。先前的遭遇不可谓不苦，但怎么也比不上这一回。

入狱不久，他就意识到别的囚犯对自己不怀好意。他眉目清秀，正当青春年少；很快他就发现，这些都是不利因素。排着队去吃饭或是在院子里放风的时候，那些胆大的同性恋都设法围在他四周，跟他的身体接触；有人伸出手来摸他，另外一些人远远地努嘴朝他飞吻。对于前一种人，他忙不迭地抽身越出重围；对于后一种人，他佯装不见。可是这两种人越来越放肆，他开始担心，接着越来越害怕。显然，不在两种人之列的囚犯决不会来帮助他的。他还感觉到，那些朝自己这边张望的狱卒明知行将发生什么事情，但只是觉得好玩而已。

囚犯中绝大多数是黑人，不过跟他调情的既有黑人，也有白人。

淋浴室是一座波纹铁搭成的平房，囚犯们在狱卒的监视之下，来此洗澡，五十人一次。他们把身子剥得赤条条的，将衣服留在铁篮子里，然后就排着队，打着哆嗦，在没有暖气的淋浴室里，挪动着脚步。他们在莲蓬头下站定，等候狱卒放水。

淋浴室的狱卒站在高高的平台上，放水、断水以及水温都由此人随心所欲地操纵。倘若囚犯们动作磨蹭，或是吵吵嚷嚷，狱卒就劈头泻下一阵冰凉的水流，浇得囚犯发出愤怒的抗议。同时那些家伙就像野人一样东跳西窜，唯恐逃避不及。但是，淋浴室设计得十分巧妙，囚犯想躲也躲不开。有时候，狱卒则促狭地让水温接近灼热，效果也一样。

那天早上，当包括迈尔斯在内的五十人走出淋浴室，另外五十名已脱去衣服的囚犯等候着准备入内时，他突然感到有好几个人紧紧围了上来。突然，他的双臂被五六双大手抓住，身子被别人推着朝前走。有人在背后说："挪一挪身体吧，美男子，一会儿就行了。"好几个人在一旁发出笑声。

迈尔斯抬头望着高高的平台，连声呼叫："长官！长官！"想引起狱卒的注意。

狱卒在挖鼻孔，脸朝着别处，似乎没听见他的呼喊。

迈尔斯的肋间被人狠狠打了一拳，同时吼声在背后响起："别嚷！"

因为疼痛和恐惧，他又大叫一声。也许是刚才的打手，也许是别的什么人，又当胸给他一拳。他窒息了，火烧一样的疼痛顿时传遍半个身体。双臂被死命地扭着，他一边呻吟，一边几乎脚不着地地被人架着向前。

狱卒还是没有注意这儿发生的一切。事后，迈尔斯猜想，这家伙一定是事先得了信儿，并受了贿赂。狱卒的工资低得令人难以置信，所以监狱里行贿成风。

淋浴室出口处附近，人们正在那儿穿衣，这儿有扇狭小的门开着。

迈尔斯被人包围着推进了门。他只感觉到四周全是黑皮肤和白皮肤的身体。身后，门砰地一声关上了。

屋子很小，是间贮藏室。几张装着纱窗纱门的堆物橱，里边分别放着扫帚、拖把和打扫用具，外面挂着锁。靠近屋子的中央，有一张由支架撑着的搁板桌。迈尔斯被猛地一推，脸朝下地倒在桌子上，嘴和鼻子狠狠撞上木桌面。他觉得牙齿松动了，眼里噙着泪水，鼻子开始淌血。

他的双脚还贴着地面，不料两腿竟被粗暴地分开。他拼命挣扎，企图脱身。但是许多双大手紧紧将他按住。

"别动，美男子。"迈尔斯听到有人咕哝，接着就是一下猛刺。

他顿时尖叫起来，这是疼痛、厌恶和恐怖交织在一起的叫声。有人一直抓着他的头，这时就揪住头发，狠狠地把他的头拎起又摔下。"别嚷！"

一阵阵的疼痛传遍全身。

"这小妞儿不赖吧？"声音仿佛从远处传来，激起回响，恍惚如在梦中。

刺痛的感觉消失了。可是没等身体稍稍恢复，又一阵刺痛袭来。他知道如此被人糟蹋的后果是什么，不由自主地又大叫一声。又有人把他的头狠狠摔在桌上。

接下来的几分钟里，痛苦一阵接一阵，迈尔斯的神志开始昏乱，知觉也逐渐丧失了。因为体力消耗殆尽，他慢慢停止了挣扎。可是肉体上的痛苦有增无减——肌肤撕裂的剧痛，再加上全身神经末梢遭受到的火辣刺激。

他一定彻底昏迷过，后来又苏醒过来。他听见狱卒在屋外吹哨子，这是命令犯人快些穿好衣服到院子里集队的信号。他感觉到按着自己的大手缩了回去。身后，门开了，屋子里的人都在往外跑。

迈尔斯淌着血，带着青肿，迷迷糊糊，跟跟跄跄地走出屋子。身体上最轻微的动作，都给他带来莫大的痛苦。

"嘿，你这家伙，"狱卒从平台上向下吆喝，"滚过去，你这该死的娘娘腔！"

迈尔斯神志迷糊地摸索着，总算抓住了盛放衣服的铁篮子，开始穿衣。他那一组的五十名囚犯大多已在外面院子里集好队，另外一组五十人也已淋浴完毕，准备按命令到这儿来穿衣。

狱卒第二次恶狠狠地吼叫起来："你这混蛋没听见？叫你快滚开。"

迈尔斯穿粗斜纹布囚犯裤的时候，突然一个趔趄，要不是有人伸过手来扶住他，准保要摔倒。

"别急，小弟弟，"一个深沉的嗓音在耳畔响起，"我来帮你一把。"先前那只手仍然稳稳地扶着他，另一只手帮他拉起了裤子。

狱卒尖厉地吹着哨子。"黑鬼,听着!快带着那个娘娘腔滚出去,不然我要打报告了。"

"是,长官;是,长官。管家的,这就走。走吧,小弟弟。"

迈尔斯恍恍惚惚,觉着身旁的汉子个儿挺大,是个黑人。日后他才知道此人名叫卡尔,因犯谋杀罪在服无期徒刑。迈尔斯常常闪出这样的疑问:卡尔是不是污辱自己的囚犯之一。他猜这事儿大概总有卡尔一份,可是一直没有问出口,因而也始终无法确知此事的究竟。

迈尔斯只发现一点:这黑大汉尽管个儿大得可怕,本性粗野,态度倒还客气,那种周到的体贴甚至近乎女性。

迈尔斯由卡尔扶着,摇摇晃晃走出淋浴室。

囚犯中间有人冲着他假笑,但大部分人的脸上露出鄙夷的神色。一个形容枯槁的老犯人厌恶地啐了一口唾沫,赶快转过身去。

那天余下的时间,迈尔斯好歹对付过去了——走回监房;后来又上食堂,只是平时迫于饥饿勉强吞下的薄粥,这天却无论如何也没法下咽;后来又回监房。这一路来来回回全靠卡尔在旁扶持。同监的三个难友压根儿不理睬他,仿佛他是个麻风病人。疼痛加上伤心,他折腾了一夜,辗转反侧,睡着了又醒来,就在他断断续续清醒着的那好几个小时里,一直闻着那刺鼻的腐臭,稍许迷糊了一会儿,很快又惊醒过来。

天亮了,迈尔斯听见监房门开启时发出的金属碰撞声,恐惧又一次袭来:什么时候又会碰上这样的遭遇呢?他想大概要不了多久。

在院子里放风的时候——一共两个小时,其间大多数犯人都百无聊赖地四下站着——卡尔找他来了。

"感觉怎么样,小弟弟?"

迈尔斯可怜巴巴地一摇头。"难受,"他接着说,"谢谢你帮我。"

他意识到,幸亏这个黑大汉,淋浴室的狱卒才没按他威胁的那样打自己的报告。要是报告上去,那就得挨惩罚——也许要关地牢——档案上还要记上不利于假释的一笔。

"没什么,小弟弟。不过有一点你得考虑。昨天那样的事情,就这么一回,那些家伙是不会满足的。这些人已经成了疯狗,你是一条发情的母狗。他们还会来找你的麻烦。"

"我怎么办呢?"迈尔斯的恐惧经他这么一说,进一步得到了证实,他的声音颤抖了,身体直打哆嗦。对方狡黠地打量着他。

"你得找一个保护人,小弟弟。一个照顾你的大汉。找我做保护人怎么样?"

"你干吗要保护我?"

"如果你当我的男朋友,我就照顾你。别人知道咱们俩相好,就不会再碰你了。他们知道如果再找你啰嗦,我可不是好惹的。"卡尔一手握拳,拳头的大小就像一只小火腿。

迈尔斯虽然已猜透对方的心思,还是明知故问:"你想干什么?"

"你漂亮的白屁股,小乖乖。"大汉闭上眼睛,出神地说,"你的身体正合我口味。随叫随到。至于在什么地方,我负责。"

迈尔斯·伊斯汀简直恶心得直想吐。

"怎么样,小乖乖,吐句话吧。"

先前多次掠过脑海的疑问又冒头了,迈尔斯绝望地想:不管以前造了什么孽,难道一个人就活该受这样的罪吗?

不过,此时此地,他已认识到监狱就是丛林:下贱、残忍,毫无正义可言;自入狱一天起,人权就被剥夺得精光。他愤愤然问:"我有选择的余地吗?"

"对你直说了吧,不,我看没有。"顿了片刻,卡尔又不耐烦地问,"怎么样,说定了?"

迈尔斯惨然地说:"就算这样吧。"

卡尔脸露喜色,伸过一只手臂挽着对方的肩膀,那神气似乎迈尔斯已完全归他所有了。迈尔斯心里发毛,硬逼着自己才算没有抽身躲开。

"咱们得先给你搬个家,小乖乖。上我这一层来。也许就搬到我那一间。"卡尔的监房比迈尔斯那间低一层，位于 X 形监牢建筑的另一翼。大汉舔舔嘴唇："就这么办，老兄。"那只大手已在迈尔斯身上乱摸了。

卡尔问："身上有钱吗？"

"没有。"迈尔斯明白，如果自己有钱，日子可能比眼下好过一些。在外面有点财源而且舍得花钱的囚犯，比之穷犯人受得苦要少一些。

"我也没钱。"卡尔向他交底，"看来我得去想点办法。"

迈尔斯木然地点点头。他意识到自己开始扮演起下贱的"女友"角色来。不过，同时他也了解监狱里的规矩，只要与卡尔的关系维持一天，自己就是安全的，不会再遭到污辱。

事实证明这个想法不错。

不再有人来向他发难，或是企图摸他几下，或是朝他飞吻。人所共知，卡尔懂得怎么用巨拳教训人的。囚犯们私下传说，一年前，卡尔曾用一把剃刀杀了一个惹他发怒的犯人，不过根据官方的报告，谋杀始终是个无头案。

另外，迈尔斯确实搬了家，不但搬进卡尔的那一层，而且与他同监。很显然，调动是交了钱的结果。迈尔斯问卡尔事情是怎么办成的。

黑大汉咯咯笑着说："那些黑手党班房的朋友给搞了点钱，那边的人挺喜欢你的，小乖乖。"

"喜欢我？"

和其他囚犯一样，迈尔斯知道监狱里有一排黑手党班房，亦称"意大利人聚居区"。这是监狱的一部分，班房里关着犯罪集团中的大人物，这些人在狱外有关系，有势力，所以为人们所敬畏，按某些说法，连典狱长也忌他们三分。在德伦蒙堡监狱，谁都知道这些人享有的各种特权。

特权包括担任监狱里关键性的各种职务，享有额外的行动自由，伙食不同一般，这后一项若不是由狱卒偷偷运进，便是从众囚犯的口粮中克扣所得。住黑手党班房的囚犯，迈尔斯听别人说，经常吃得到猪排和其他的佳肴，那都是在监狱工厂隐秘角落里，用明文禁止的烤肉架做的。这些人在监房里同样可以谋取到额外的优待,看电视和太阳灯治疗就是其中的两项。不过,迈尔斯从来没有跟黑手党班房有过联系,他也不知道那儿有谁听说过他迈尔斯在这里。

"他们说你这个人还算是条硬汉子。"卡尔告诉他。

几天之后,谜多少解开了几分。那天,一个贼头贼脑、挺着个大肚子的犯人在监狱院子里挨近迈尔斯。此人名叫拉罗卡。尽管不是黑手党班房的人,大家都知道拉罗卡是那帮子人的外围,充当他们的信差。

他朝卡尔点点头,表示领会了黑大汉那种此人非我莫属的神气,接着就对迈尔斯说:"这儿有一个口信,是俄国佬奥敏斯基带给你的。"

迈尔斯猛一惊,暗暗叫苦。俄国佬伊果尔·奥敏斯基就是那放高利贷的吸血鬼,自己欠了此人几千块钱,至今没有还清。另外,他也知道,利上加利,息金的数目一定大得吓人。

半年以前,就是这个奥敏斯基百般威胁,迈尔斯这才从银行里偷了六千美元的现钞,接着,先前的舞弊窃款行为也被揭发了出来。

"奥敏斯基知道你没张口乱说,"拉罗卡说,"他对你的行为很满意,认为你这个人是条硬汉子。"

不错,审判前的讯问期间,迈尔斯没有扯出别人的名字,不论是聚赌抽头的老板还是放高利贷的吸血鬼。被捕那阵子,他就怕这两人。

看来,说出两人的名字不但于事无补,反而会使他更加倒霉。反正,不论是银行安全部头子温赖特还是联邦调查局,在这一点上都没怎么逼他。

"因为你守口如瓶,"拉罗卡传话给他,"奥敏斯基说了,你在押期间,他把时钟拨停啦!"

迈尔斯明白,这句话的意思是,在他拘禁期间,他那笔欠款的利息暂时不再往上滚。他对高利贷吸血鬼的为人洞若观火,所以明白眼前对方的让步确是够慷慨的了。这个口信同时也解开了谜:耳目灵通的黑手党班房怎么会知道他迈尔斯这个人的。

"转告奥敏斯基先生,我谢谢他。"迈尔斯说。不过,他压根儿不知道出狱以后怎么去还清那一笔借款的本金，甚至连生计也还没一点儿着落。

拉罗卡表示领情："出狱以前会有人找你联系的。也许咱们还能谈妥一笔生意呢。"说着，他朝包括卡尔在内的这一边点点头，鬼鬼祟祟地溜了。

打那以后的几个星期里，迈尔斯不时见到贼头贼脑的拉罗卡，好几次，后者在监狱的院子里当着卡尔的面找迈尔斯。看来，迈尔斯在货币史方面的学问，吸引了拉罗卡和其他囚犯。在某种意义上，一度作为消遣自娱的业余爱好此时倒为迈尔斯赢得了尊敬，监狱里的犯人对那些不同于一般凶杀惯犯的动脑子犯罪的读书人，通常都怀有这种敬意。按监狱的规矩，拦路抢劫犯地位最低，贪污犯或诈骗犯则被奉为至尊。

使拉罗卡特别感兴趣的，是迈尔斯讲的关于某些政府大规模伪造别国货币方面的掌故。"古往今来，规模最大的伪造勾当莫过于此了。"有一天，迈尔斯曾这么对六个听得入神的囚犯说。

他讲到英国政府为了破坏法国大革命，曾下令批准伪造大批法国的教会地产债券。若是个人犯了同样的罪就得绞死——这条刑律在英国一直维持到一八二一年。美国独立战争也是以官方印发伪英国币揭开序幕的。不过，迈尔斯告诉众人，其中规模最大的，要数第二次世界大战期间德国人所干的伪造勾当了。当时，他们伪造了一亿四千万英镑和不计其数的美钞，伪造质量之高几乎达到乱真的程度。英国人同样也印发德国货币，还有谣言说，大多数其他盟国也都如法炮制。

"真没想到，"拉罗卡嚷嚷着，"就是这些龟孙子把咱们关在这里。我敢打赌，这会儿，龟孙子们还在干着同样的勾当呢！"

拉罗卡因为迈尔斯知识渊博，自己的身价也提高了不少，因此颇有点洋洋自得。他还透露，自己正及时向黑手党班房传达听来的某些情况。

"我和我们的人会在外面关照你的。"有一天，他郑重其事地说，把先前的许诺进一步具体化了。迈尔斯已经听说，他本人可望与拉罗卡差不多同时获释。

对迈尔斯说来，念念货币经可算是一种排遣的手段，不管为时多么短暂，至少可以暂时忘却此时此地的可怕遭遇。他还觉得，债主拨停了时钟，自己可以因此松一口气。但是，给人讲货币也好，想别的事情也好，都只是短暂的解脱，不足以减缓整个的可怜境遇以及自惭形秽的感觉。因此，他开始考虑自杀。

自我唾弃的感觉主要围绕着他同卡尔的关系。那大汉公开表示过自己追求的目标："你那漂亮的白屁股，小乖乖。你的身体正合我的口味。随叫随到。"两人达成默契后，他说到做到。

起初，迈尔斯还试图安慰自己，对自己说目前发生的事总比遭人轮奸强。由于卡尔秉性还温和，这倒也并非自欺之谈。不过，厌恶情绪并未因此而消失，知觉也未因此有所消减。

不料，后来的情况竟越发不可收拾了。

迈尔斯自己无论如何也不敢承认，可这毕竟是事实：对于卡尔和自己之间的苟且之事，他竟开始尝到了滋味！此外，迈尔斯对于自己的保护人竟产生了新的感情……一般的好感吗？是的……爱情吗？不！他这时还不敢陷得那么深。

这种认知吓得他魂不附体。可是他还是按卡尔的眼色手势行事，尽管这样做会使他成为积重难返的同性恋者。

每次事后，一连串的问题扰得他不得安宁：自己还是个男人吗？他深知自己从前是个男人，但是现在可难说了。难道说自己已完全阴阳倒错？这种事都会如此吗？日后是否能转回来，恢复常态，从而把此时此地的这种滋味和乐趣全忘个精光？要是不能，活着还值得吗？他没有信心了。

就在这时候，他感到前途漆黑一片，因而自杀似乎成了合乎逻辑的结局——一了百了，万事皆休，得到彻底的解脱。监狱里到处是人，自杀也不容易，可上吊总是有办法的。迈尔斯入狱以来已有五次听人大叫"上吊啦"——一般都在夜里——于是，狱卒像冲锋队一样骂咧咧地赶过去，只听得他们打开某一层监狱门的锁，接着"冲进"出事的监房，飞快跑去割断绳子，解下自杀未遂的家伙。五次之中有三次，在囚犯们一片哄笑声中，狱卒晚了一步。自杀事件使监狱当局蒙羞，所以事后马上加人实行夜班巡逻，只是效果并不持久。

迈尔斯知道自杀的办法，那就是扯下一段床单或毯子，把它浸湿——往上面撒尿不大会惹人注意——这样就不容易断了。下一步要设法把这段东西挂到头顶的梁上，这一点爬到双层床的上铺就可以做到。事情得趁监房里其他犯人熟睡时悄悄地干……

到头来，由于一桩事情，唯一的一桩事情，他才没那么干。除此以外，再也没别的原因动摇过迈尔斯上吊的决心。

他希望服刑期满之后，去对胡安尼塔·努涅兹表示歉意。

迈尔斯·伊斯汀在受审时表示忏悔，确实发自内心。美利坚第一商业银行待他不薄，可自己以怨报德，竟偷银行的钱，为此，他悔恨不已。回想起来，他简直不明白这么干的时候自己天良何在。

有时回想起来，当时似乎是发了场高烧。赌钱，浪迹社交场中，吃喝玩乐，过着入不敷出的生活；理智湮没，竟向放高利贷的借钱，接着还去偷；这一切，回过头看，简直就像一幅胶料画里完全无法协调的各个部分。当时自己脱离了生活的现实，就像热病到了后期，神志错乱，最后连起码的为人之道和伦理观念也丧失殆尽。

不然的话，他无数次地扪心自问，怎么可能堕落到如此寡廉鲜耻的地步，竟去嫁祸于胡安尼塔·努涅兹，做出这等卑鄙邪恶的事来？

审讯时，他羞愧交加，甚至不敢朝胡安尼塔看一眼。

现在，时隔半年，迈尔斯已不再多去想银行。他对美利坚第一商业银行犯了罪，可是他服的刑可以把这笔债全部付清。上帝作证，这笔债已经结清啦！

但是说到自己欠胡安尼塔的那笔债，即使像在德伦蒙堡这样的活地狱里备受煎熬，也无法抵偿；什么也不能抵偿这笔债于万一，因此他必须找到她，当面求她宽恕。

既然得活下去才能了却这个心愿，他只好忍着。

第十章

　　"这里是美利坚第一商业银行，"美利坚第一商业银行的货币交易员
清脆地对着电话说。他熟练地用肩膀和左耳夹着听筒，腾出双手。"我要
六百万，今晚。息率多少？"

　　从加利福尼亚西海岸传来规模巨大的美洲银行货币交易员拖长的声
音："十三又八分之五。"

　　"够高的。"美利坚第一商业银行的职员说。

　　"你自己看着办吧。"

　　美利坚第一商业银行的交易员沉吟着，想智胜对方，一边斟酌息率行
情涨落的可能。习惯成自然，对于美利坚第一商业银行货币交易部内自己
身边经久不息的嗡嗡人声，他能做到充耳不闻。交易部设在美利坚第一商
业银行总行大楼，是个由安全部派专人守卫的敏感的神经中枢。银行的主
顾中，很少有人知道这个机构，只有屈指可数享有特权的人才有幸到过交
易部。然而，正是这样的神经中枢，决定着一家大银行赚钱还是蚀本。

　　储备方面的要求，决定银行必须握有一定数量的现金，以备不时之需。
但是没有一家银行愿意在手头搁死过多的钱，也不愿现金短缺，捉襟见肘。
货币交易员的任务就是使数目保持平衡。

"请别挂断。"美利坚第一商业银行的交易员对旧金山方面说。他按下电话控制台上一个"暂不挂断"的电钮，接着又去按旁边的另一个电钮。

电话里传来另一个声音："纽约的汉诺威制造商信托银行。"

"我需要六百万，今晚。你们的息率是多少？"

"十三又四分之三。"

东海岸息率看涨。

"谢谢，不，多谢了。"美利坚第一商业银行的交易员挂断纽约方面的电话，接通"暂不挂断"那条线，旧金山还在等回话。他说："我决定借那笔钱了。"

"给你们六百万，息率十三又八分之五，"美洲银行说。

"对。"

这笔生意二十秒就做成了。每天，这样的交易有好几千起，互相竞争的各家银行就这样进行神经战和斗智，赌注高达七位数。银行的货币交易员一般都由三十几岁的青年男子担任，这些人聪明伶俐，抱负不凡，脑子灵活，遇事泰然。不过，在交易部干得出色虽可使人得到擢升，出了错可就葬送了前程，因为这个缘故，干这行的人经常处于紧张状态，以至于一般人都认为在交易部最多供职三年。在这以后，过度的疲惫就会开始显露出来。

此刻，旧金山和美利坚第一商业银行都在登记这笔刚做成的买卖，信息输入计算机，接着就传送到联邦储备当局。在联邦储备银行，接下来的二十四小时之内，美洲银行的储备额将减去六百万，同样的数目将加在美利坚第一商业银行的储备额内。这段时间里，美利坚第一商业银行因为用了美洲银行的钱，要向后者付息。

全国各地的其他银行也都在同时进行类似的交易。

这天是四月中旬的一个星期三。

亚历克斯·范德沃特正在视察货币交易部，这是他辖下的一个部门。

他朝坐在平台上办公的交易员点头打招呼。这人四周围着一群助手，他们正忙着汇集情报，制成表格。年轻人这时已专心致志开始谈另一笔交易，他一挥手，露出高兴的微笑，回了礼。

交易部的大厅跟一个礼堂差不多大小，看上去有点儿像一个繁忙的机场的控制中心。大厅的其他地方有专做证券和债券生意的交易员，四周也都围着助手、会计员和秘书。所有的人都做着同样的工作：放债、借债、投资、出盘、重新投资，就这样调配着银行的资金。

交易员的另一头，五六名金融督察在办公，他们的写字台更大，气派也更不凡。

交易员也好，督察也好，大家都面朝一块行情板，板面跟大厅一样宽，上面写着报价、息率和其他行情。板上的遥控数字瞬息多变。

距亚历克斯站立的位置不远，一名债券交易员从办公桌旁立起，大声报着行情："福特公司资方同联合汽车工人工会刚刚宣布一项为期两年的契约。"好几个交易员立时伸手抓起电话。重要的工业情报和政治新闻，一下子就会影响到证券价格，所以大厅里谁第一个听说消息，就用这种办法向大家通报。

几秒钟之后，行情板上方的绿灯闪过几下，熄灭了，代之而亮的是一明一暗的琥珀色灯光，这个信号告诉交易员，由于与汽车业达成某种解决办法，报价可能有变，所以暂时不要跟别人讲定交易。难得用上的红灯信号则预示规模更大的灾变。

亚历克斯此刻目睹的货币交易台，始终是个举足轻重的要害部门。

联邦的规章要求银行手头备有占即期存款百分之十七点五的流通现金，谁不照章办理，就可能遭受严厉的惩罚，话说回来，哪一家银行如果保留着大笔款项不用，即使只有一天工夫，也是极大的失策。

所以，各银行都把进出的款项制一份流水账；中心出纳部严密监督现金的流通，犹如医生诊脉。像美利坚第一商业银行这样的金融机构，倘若存款超出预计的数目，那就立即把多余的资金通过货币交易部向其他储备不足的银行发放贷款。反过来，要是客户提款过多，美利坚第一商业银行就向别人借钱。

银行处境的变化是以小时计算的，因此早上放债的银行到了中午就可能向别人贷款，打烊之前甚至还得再一次调拨头寸。所以说，一家大银行可能在一天之中进行十亿以上的货币买卖。

关于这一套做法，另有两点需要提一提——人们也经常说起这两个因素。其一，在通常情况下，银行为本身谋利甚于为客户造福；第二，银行为求自身盈利时总是采取有力的措施，替银行外不相干的存户谋利益，则远没有这么积极。

亚历克斯·范德沃特今天莅临货币交易部，部分原因在于他想了解一下现金的进出情况，过去他也常到这儿来看看；部分原因则在于想找人谈谈最近几个星期银行业务方面出现的使他心烦意乱的新情况。

汤姆·斯特劳亨，副总经理兼投资方针委员会的成员，正陪着他。

斯特劳亨的办公室就在大厅隔壁，方才，他是随亚历克斯一起走进货币交易部来的。一月份，年轻的斯特劳亨曾反对削减东城新区的资金，这一回，却又衷心支持拟议中对超国公司发放的那笔贷款。

两人正谈论着超国公司的情况。

"你过虑了，亚历克斯。"汤姆·斯特劳亨一再重复，"这事的风险等于零，更何况苏纳柯对本行还有其他好处。对这一点，我坚信不疑。"

亚历克斯不耐烦了："从来没有什么风险等于零的事情。再说，即使不必冒风险，我关心的也不是超国公司，我怕的是咱们不得不进一步削减其他方面的资金。"

亚历克斯指的是银行哪些方面的资金，两人都很清楚。几天之前，一份由罗斯科·海沃德起草，经银行总裁杰罗姆·帕特顿签发的备忘录提出几项建议，这个文件已在投资方针委员会的成员中间进行传阅。为了筹措足够的资金向超国公司发放五千五百万元的贷款，备忘录建议大幅度削减小额贷款、住房抵押金和市政公债资金。

"如果贷款到时如数放出，如果咱们削减了那几方面的资金，"汤姆·

斯特劳亨辩解道，"那也是临时性的。三个月之内，也许不要等那么多日子，资金又可重新投入先前的那些项目。"

"你尽可以这样想，汤姆。我可不信。"

亚历克斯来此之前已经心烦意乱，经年轻的斯特劳亨这么一说，越发垂头丧气了。

海沃德－帕特顿方案，不仅违反亚历克斯的信念，甚至同他的金融直觉相左。他坚信，牺牲公益方面的贡献，把银行资金的大部分投入一笔工业贷款，就算这笔工业贷款的得益远远超过公益资金，这种做法也是错误的。不过，即使单从生意经的角度来考虑，通过超国公司的各分支机构，把银行的命运同这家公司为此紧密地联系在一起，也不免使他忐忑不安。

在这一点上，他知道自己是孤掌难鸣的少数派。银行上层的每一个人都因为新近与超国公司搭上关系而额手庆幸，大家都跑去向罗斯科·海沃德表示热情洋溢的祝贺，因为关系是他搭上的。亚历克斯可没有因此安下心来，不过其中的缘由连他自己也说不清。诚然，超国公司的金融地位看来十分稳固，从贷借一览表看，这家巨型联合企业没有一丁点儿财务上的病态。就威望而论，苏纳柯又是同通用汽车公司、IBM、埃克森美孚公司、杜邦公司以及美国钢铁公司并驾齐驱的。

也许，亚历克斯想，他之所以满腹狐疑加悲观，是因为自己在银行里的影响江河日下。的确，几个星期以来，自己明显走着下坡路。

与此相对照，罗斯科·海沃德这颗明星冉冉上升。他在帕特顿耳畔絮叨，得到对方的信任，再加上由于海沃德随同 G.G. 夸特梅因去巴哈马群岛作了那次为时两天、富有成果的休假，帕特顿对他更是言听计从。

亚历克斯明白，在别人眼里，自己对海沃德之行的成果所以持保留态度，是出于馋涎嫉妒。

亚历克斯还感觉到，对于斯特劳亨和其他几位过去自认为跟他走的人，他的影响已没有什么分量了。

"你得承认，"斯特劳亨说，"超国公司这笔买卖油水很大。你大概听说了，罗斯科让对方同意给予百分之十的补偿差额。"

所谓补偿差额，就是银行家与贷款客户狠狠讨价还价之后达成的一种安排。银行方面坚持以贷款中双方事先商定的一部分作为活期存款放在银行里，对存户说来这笔钱不生息，但是银行可以拿这笔钱派用场，把它作为投资。因此，贷款客户并不能使用贷款的全数。这样一来，实际上的息率就比名义上确定的要高出许多。正如汤姆·斯特劳亨所指出，在超国公司这一回的贷款中，有五百万之巨的款项将留在苏纳柯新开的支票户头上，这对美利坚第一商业银行是极为有利的。

"我想，"亚历克斯表情严肃地说，"这桩好买卖的另外一面，你是知道的吧。"

汤姆·斯特劳亨有点不安："嗯，听人说内中还有一项默契。我不知道是不是应该把这叫作'另外一面'。"

"见鬼，就是这个！你我都知道苏纳柯方面坚持，而海沃德也就让步了。默契规定本行的信托部要大批买进超国公司的普通股。"

"即使是那么一回事，也没有白纸黑字的凭据。"

"当然没凭据。谁也不会那么傻。"亚历克斯打量着这个比自己年轻的人，"你能够接触数字，我们已经买进了多少？"

斯特劳亨沉吟半晌，接着便朝交易部督察们的一张办公台走去，回来时手里拿着一张纸片，上面用铅笔作着记号。

"到今天为止，买了九万七千股。"斯特劳亨接着又说，"刚刚接到的报价，每股值五十二美元。"

亚历克斯悻悻然说："超国公司的人该乐得搓手了。因为咱们大批买进，每股的价格已经涨了五美元。"他作了一番心算，"这么说来，过去的一周里，咱们差不多把五百万的客户信托金强行投入了超国公司。这是为什么？"

"这笔投资也值得，"斯特劳亨故作宽慰，"咱们可以为所有孤儿寡妇以及委托咱们管钱的教育基金机构，牟取资本增益的好处。"

"也许是让他们亏本，同时败坏本行的信托名誉。对于苏纳柯的情况，汤姆，我们——我们之中的任何人——比两个星期之前多了解到些什么呢？为什么在本星期以前信托部从不购买超国公司的股份？"

年轻人一时语塞，可接着又辩护道："也许罗斯科觉得既然他参加了董事会，他就能严密注意公司的动态了。"

"你真让我失望，汤姆。过去，你从不欺骗自己，尤其是在你和我一样认识到事情真相的时候。"斯特劳亨脸涨得通红，亚历克斯却自顾自说下去："证券和交易委员会倘若听到风声，会闹出怎样满城风雨的局面，你想到过吗？徇私舞弊，破坏贷款限制法，以信托金左右银行本身的业务。另外，我也毫不怀疑，下一次苏纳柯的年会上，一定会在对超国公司股票投赞成票的同时，对公司的经理人员竭尽捧场之能事。"

斯特劳亨尖刻地回敬一句："要是出现这种情况，那也不是史无前例的罕事——即使在咱们银行。"

"不幸得很，让你言中了。不过，即便这样，事情并不因此减少几分丑恶。"

信托部的商业道德是个老问题。按照规定，银行应该保持一道内部屏障——有时被称为"中国长城"——把银行本身的商业利益同信托金投资业务分隔开来。

实际上，情况并不是这样。每当吸引了几十亿的客户信托金供投资，银行势必要把这些资金用到商业领域中去。银行如向哪一家公司作了大笔投资，这家公司就理应作出对等的响应，也搞一点银行业务。通常，这类公司受到压力，被迫邀请一名银行董事参加本公司的董事会。要是公司方面不肯按上述两条办，那么银行就马上以信托有价证券的形式进行进一步大量投资，以取代公司本身的资金，到头来，公司的股票因为银行方面乱卖滥抛而遭挤跌。

同样，经手大宗信托部买卖的经纪人商行本身亦应保持大笔银行存款。一般情况下，各行也是这么做的，要不，令人垂涎的揽客买卖就只好让与他人。

尽管银行的对外宣传不说明事实真相，而实际上银行总是首先考虑本身的进益，随后才会考虑信托部客户的利益，考虑那些一直挂在嘴边的"孤儿寡妇们"的利益。信托部总是故意缩小成绩，其原因之一正在于此。

所以，亚历克斯明白，超国公司和美利坚第一商业银行目前的这种做法决非绝无仅有。尽管如此，明白这一点并不使他稍稍满意一些。

"亚历克斯，"汤姆·斯特劳亨主动表明，"我可以告诉你，明天投资委员会开会时，我准备支持向超国公司发放这笔贷款。"

"听你这么说，不胜遗憾。"

不过，这事也在意料之中。亚历克斯不知道再过多久，自己将陷于完全孤立的境地，而他在银行里也会因此站不住脚跟。可能用不着多久了。明天投资方针委员会一开会，有关超国公司的提议必然为多数成员所赞成；下星期三举行董事全体会议时，超国公司贷款也将是议题之一。

这两次会议上，亚历克斯敢肯定，自己将是孤掌难鸣的持异见分子。

他又一次朝着终日繁忙的货币交易部扫了一眼，交易部与巴比伦和希腊的古代货币寺庙在原则上一脉相承，都是积累钱财、牟取利润的场所。他想，金钱、商业、利润等等，本身都是无可厚非的，亚历克斯本人也献身于三者；但这种献身不是盲目行为，而且献身的同时始终得考虑到道义、财富的合理分配和银行的道德准则。不过，历史皆可作证，每当超额利润唾手可得之际，持这种保留态度的人总是被人嘘下台去或是被推到一边。

面对着以超国公司和美利坚第一商业银行多数人为代表的大金融及商业界的势力集团，一个孤零零的反对派又会有什么作为呢？

亚历克斯·范德沃特郁悒地想：作为不大，兴许是一事无成。

第十一章

四月第三周举行的那次美利坚第一商业银行董事会所以令人难以忘怀，有好几层原因。

银行两项重大决策在会上引起激烈争论：一项是向超国公司发放巨额信贷；另一项是建议扩充银行储蓄业务，在市郊增设多家分行。

甚至在正式开始议事之前，会议的基调就已隐隐可闻。海沃德一反常态，喜气洋洋，潇洒自如，穿一身裁剪入时的簇新浅灰薄呢服，一早就来到董事会议室，在门口迎候前来开会的其他董事。从众人热忱的反应来看，显然董事会大部成员不但已通过财界小道探听到同超国公司达成协议的消息，而且打心底里赞成这一协议。

"祝贺你，罗斯科。"中部大陆橡胶公司总经理菲利普·约翰森说，"你可真的把我们银行带进了第一流大企业的圈子。使劲干吧，老兄。"

海沃德笑容可掬地答谢说："感谢你的支持，菲尔。不妨让你知道，我心中还有另一些靶子呢。"

"包你会箭箭中的，别担心。"

一个来自本州北部、长有两簇浓眉的董事走了进来，此人名叫弗洛伊德·莱贝雷，是通用电缆及开关公司的董事长。过去，莱贝雷对海沃德一向并不怎么热乎，可是这会儿却一个劲儿握着对方的手。"罗斯科，听说你要进超国公司董事会了，我很高兴。"通用电缆公司董事长接着压低了嗓门，"我厂开关销售部正打算投标承包一点苏纳柯公司的生意。我希望不久能提出我们的标价。"

"下星期找个时间谈吧，"海沃德欣然同意，"你放心，我一定尽力效劳。"

莱贝雷带着满意的神情往里走去。

哈罗德·奥斯汀听到了他俩的交谈，便向海沃德丢了个会意的眼色："咱们上回算没白跑吧。瞧你老兄此刻好不得意！"

哈罗德阁下今天的一身打扮使他看上去比平时更像个上了年纪的花花公子：方格花呢上衣，棕色喇叭裤，花花绿绿的衬衫领口上飞出一只天蓝色的蝴蝶结。滑溜溜的银发刚经修剪，发式时髦。

"哈罗德，"海沃德说，"日后若有什么用得着我的地方……"

"会有的。"哈罗德阁下让他放心，说完便朝议事桌旁自己的座位信步走去。

甚至精力充沛的诺桑钢铁公司董事长伦纳德·L·金斯伍德——在董事会里他一向是亚历克斯·范德沃特最狂热的支持者——今天打海沃德身边走过时，也禁不住恭维了一句："罗斯科，听说你把超国公司抓在手里了，这可是首屈一指的好买卖！"

其他董事也免不了恭贺一番。

杰罗姆·帕特顿和亚历克斯·范德沃特是属于最后一批来到会议室的。银行总裁径直朝椭圆形会议长桌的首席走去，他依然是一副乡绅的打扮，四周留了一圈白发的秃头在闪闪发亮。亚历克斯手里拿着一个文件夹，在桌子左边中间的老位子上坐定。

帕特顿敲敲小木槌，让大家安静下来。他把几件例行公事很快处理完之后，随即宣布："第一项主要议程：贷款议案提请董事会审批。"

会议桌周围响起一阵七手八脚翻动纸页的窸窣声，说明董事们正忙着打开那些历来用蓝封面装帧的、专供董事会内部参阅的美利坚第一商业银行贷款文件册。

"各位，按照惯例，银行建议的详细说明已放在各位面前。在座的大多数人已知道，今天会上意义特别重大的议案是本行将同超国公司新建业务往来。我个人对已商定的各项条款均感满意，故大力向诸位推荐，望予批准。这宗重要的新交易是罗斯科替本行一手揽来的，所以我想还是由他来介绍背景情况，并答复有关问题。"

"谢谢你，杰罗姆。"罗斯科·海沃德把无框眼镜小心地在鼻梁上架正——他刚才出于习惯，一直在擦拭眼镜——坐在椅子里的身躯微微前倾。他发言时的神情似乎不像平时那样刻板，声调悦耳动听，充满自信。

"各位，在作出发放大宗贷款的许诺之时，理当谨慎行事，须证实贷款户财源殷实才行，即使像超国公司那样信用程度为三个A的贷款户亦不例外。在蓝皮文件册的附录之二里，"——会议桌四周又是一阵翻纸页的窸窣声——"各位可以看到一份本人亲自编制的关于苏纳柯公司群，包括所有子公司在内的资产以及预计收益情况一览表。所根据的资料有：经过稽核的财务报表以及超国公司总稽核师斯坦利·英奇贝克先生应本人要求而提供的一些补充材料。各位可以看到，这些统计数字很出色。我们要担的风险微乎其微。"

"我不知道英奇贝克此人的信誉如何。"一位董事插话说。他叫华莱士·斯佩里，是一家科学仪表公司的老板。"但对你罗斯科我是信得过的，要是你认为那些数字没问题，那它们对我来说就像四个A一样可靠。"

另外有好几人随声附和。

亚历克斯捏着支铅笔，心不在焉地在面前的便签簿上乱划。

"谢谢你，华利，谢谢诸位，"海沃德脸上浮起一丝浅笑，"本人希望，各位对本人所附的推荐意见也会同样表示信任。"

虽然具体建议已在蓝皮文件册内一一列明，但他还是重新讲了一遍——贷款额为五千万，立即全数发放给超国母子公司，贷款发放的同时，银行用于其他方面的资金将立即作相应的削减。海沃德让洗耳恭听的董事们放心，这些削减的款项将"尽早而适时"地予以恢复，但他不愿讲明具体时间。他最后说："本人将这一揽子建议推荐给董事会，并向各位保证，按这些建议去做，到时候本行自身的盈利额定会十分可观。"

海沃德说完，往椅背上一靠；杰罗姆·帕特顿宣布说："现在请各位进行审议。"

"老实说，"华莱士·斯佩里说，"我看大可不必审议了，还有什么不清楚的。我想，我们见到的乃是本行交易中的一手绝招。我提议通过。"

好几个声音同时嚷道："附议！"

"有人提议付诸表决并得到附议，"杰罗姆·帕特顿用抑扬顿挫的调门说，"大家是否同意付诸表决？"他显然希望事情就这么定了，所以手里的木槌已举在半空。

"慢着，"亚历克斯·范德沃特平静地说。他把手里的铅笔和刚才乱涂的东西推在一边。"我认为此事还未经过充分审议，各位也不该忙着表决。"

帕特顿叹了口气，放下手里的木槌。亚历克斯出于礼貌，事先曾把自己的意见告诉过他，而帕特顿则希望亚历克斯在觉察到董事会里几乎是一边倒的气氛之后可能会改变主意。

"我由衷地感到遗憾，"亚历克斯·范德沃特开始谈自己的意见，"本人竟不得不当着董事会的面同我的同僚杰罗姆和罗斯科唱反调。但是出于责任和道义上的考虑，我不能掩饰对这笔贷款的不安心情，也不能闭口不谈自己的反对意见。"

"有什么不对头的？难道你那位女朋友不喜欢超国公司？"提这个辛辣带刺的问题的是福雷斯特·理查森。此人是美利坚第一商业银行的一名老资格董事，举止粗鲁，素有铁面军纪官之称。他是肉类加工业的巨子。

亚历克斯气得满脸通红。毫无疑问，董事们不会忘记三个月前报纸把他的名字和马戈特的"阻塞银行行动"扯在一起的事儿，然而即使这样，他也万万没有防到他的私生活会在这儿被人抖出来示众。他克制着没大声反驳，而是不动声色地回答说："最近，布雷肯小姐和我难得谈到银行界事务。至于今天这件事，你们可以放心，我们从未谈起过。"

另一个董事问："亚历克斯，你倒说说，这笔交易究竟有什么地方使你不喜欢？"

"压根儿不喜欢。"

会议桌周围出现一阵骚动，还有几声气恼的惊叫。转向亚历克斯的那些脸上，看不到一点友好的表情。

杰罗姆·帕特顿在一旁冷冷地提醒说："干脆把要说的话和盘托出吧！"

"是的，我要说。"亚历克斯把手伸进自己带来的文件夹，从里面抽出一页发言稿。

"首先，我反对将这么一大笔贷款托付给一个账户。这种做法不单是考虑欠周、孤注一掷的冒险，而且根据联邦储备条例23A款来看，我认为也是欺骗行为。"

罗斯科·海沃德跳了起来。"我反对'欺骗行为'这个措词。"

"反对并不能改变事实。"亚历克斯镇静地说。

"这不是事实！我们讲得很明白：全部贷款并不是发放给超国公司本身，而是发放给各家子公司的。它们是赫普尔怀特酿酒公司、格里纳帕斯彻地产开发公司、阿特拉斯喷气飞机租借公司、加勒比金融投资公司、国际面包公司。"海沃德随手抓起一本蓝皮文件册，"具体的分配额这里面讲得清清楚楚。"

"所有这些公司全是超国公司控制下的子公司。"

"但也都是历史悠久、本身就有独立生存能力的企业。"

"既然如此，那为什么今天，还有在其他各种场合，我们大家都只提超国公司呢？"

"还不是图个简便！"海沃德横眉怒目。

"不但我知道，你自己也明白，"亚历克斯紧逼不放，"一旦银行的款子到了那些子公司中任何一家手里，G.G.夸特梅因就可以，而且也一定会随心所欲地加以调拨动用。"

"快给我住口！"插话的是哈罗德·奥斯汀。只见他身子往前一倾，伸出巴掌拍了一下桌子，要大家注意。"大乔·夸特梅因是我的好友。现在听到有人指责他不守信用，我岂能坐视不管！"

"没有人指责他不守信用，"亚历克斯反驳说，"我说的无非是联合大企业经营中的一个事实。超国名下各家子公司之间经常有大笔资金转划过户，这在它们的资产负债对照表里也是一目了然的。由此进一步证实，我们的贷款对象是个不分你我的统一体。"

"好吧。"奥斯汀说。他不再理会亚历克斯，而是转向董事会其他成员："我只想重复一句，我对夸特梅因和超国公司都很了解。在座的多半也知道，罗斯科和大乔商定这笔信贷的巴哈马会晤正是我负责安排的。从各个方面考虑，我得说，这实在是我们银行不可多得的好交易。"

会场上出现短时间的沉默，接着，菲利普·约翰森出来打破了冷场。

"亚历克斯，"中部大陆橡胶公司的总经理问道，"是不是因为被请去巴哈马去打高尔夫球的是罗斯科而不是你亚历克斯，所以你有点酸溜溜了？"

"不。我现在谈论的问题丝毫不涉及个人的恩怨好恶。"

当即有人表示怀疑："实际情况可不像你嘴上说的那样。"

"诸位，诸位！"杰罗姆·帕特顿拼命用木槌敲桌子。

亚历克斯料到会出现这种场面。他不慌不忙地往下说："我再说一遍，这笔贷款托付给一家贷款客户，款额太大了。而且，硬说它不是单个贷款户，那也是回避法律条文的一种弄虚作假手法，这一点，在座各位不会不明白。"他用挑战的目光向会议桌四周一扫。

"我就不明白，"罗斯科·海沃德说，"我说你对这笔贷款这样的理解不但有失公允，而且大谬不然。"

会议开到这时，显然已发展成一场罕见的舌战。在通常情况下，董事们开会无非是履行一道盖橡皮图章的手续而已，即便有时出现一些无关痛痒的争执，那也不过是彬彬有礼地相互交换一下意见，发表一通颇有君子风度的议论。像这样吹胡子瞪眼睛、舌剑唇枪的激烈争吵，可以说还是从未有过。

伦纳德·L·金斯伍德第一次发言。他说话的口气很有点息事宁人的味道。"亚历克斯，我承认你说的不无道理，但事实上，我们这儿所建议的一些做法，在大银行同大公司往来时实在司空见惯。"

诺桑钢铁公司董事长出面打圆场，意义非同一般。在去年十二月的董事会议上，带头敦促任命亚历克斯为美利坚第一商业银行总裁的，正是这位金斯伍德。此刻，他正接着说："老实说，如果这种筹款办法也算违法，那我自己的公司就一直是违法户。"

亚历克斯遗憾地摇摇头，知道自己今天深深得罪了一位朋友。"很抱歉，列奥，我仍然认为这种做法不对；同样，我还觉得我们应该对罗斯科进入超国公司董事会与银行发生利益冲突持保留态度。"

伦纳德·金斯伍德双唇紧闭，不再吭声。

但是菲利普·约翰森却不肯罢休。他尖刻地冲着亚历克斯说："要是你说了这番话，还指望我们相信这里面不夹杂着个人怨隙，那你肯定是昏头了！"

罗斯科·海沃德怎么掩饰也没用，终于露出一个得意的微笑。

亚历克斯绷紧了脸。他怀疑这会不会是自己最后一次出席美利坚第一商业银行董事会议。不过，管它是与不是，一不做，二不休，反正豁出去了。他只当没听见约翰森的话，径自往下说："我们作为银行家，就是不肯接受教训。我们受到各个方面——国会、消费者、我们自己的主顾、报界——的围攻，指责我们长期利用连锁董事会损害公众利益。平心而论，大部分指责都是正中要害的。在座各位都知道，石油业的各大公司通过在银行董事会里密切合作串通一气，这还只不过是其中的一个例子。然而，我们照样我行我素，继续玩弄这种近亲繁殖的手法：你上我的董事会来，我进你的董事会去。试问：罗斯科当上了超国公司的董事，他将首先考虑哪一方的利益？是超国公司？还是美利坚第一商业银行？他在我们这儿的董事会里，会不会因考虑到自己在那儿的董事地位而独独偏袒苏纳柯一家？两家企业的股东都有权要求在这些问题上得到答复；议员和公众也有这种权利。此外，假如我们不能立即提供某些令人信服的答案，假如我们不改变目前的这种专横作风，那么整个银行业就会面临强硬而带约束性的法令。而我们呢，也是咎由自取。"

"如果按你的高论作进一步的推论，"福雷斯特·理查森反驳说，"那么本董事会的半数成员都免不了要被扣上违背公众利益的罪名。"

"一点不错。要不了多少日子，银行就非得正视这种局面并改弦易辙不可。"

理查森咆哮着说："在这个问题上，也许还有别的意见！"在场的人全知道，他的肉类加工公司是美利坚第一商业银行的一大贷款户，而且那些批准给该公司贷款的董事会议福雷斯特·理查森每回必到。

亚历克斯不顾越来越强烈的敌意径自往下讲："超国公司贷款事项所牵涉到的其他方面，也同样使我感到不安。为了提供这笔巨款，我们就得砍掉一些抵押借款和小额贷款。单就这两个方面而论，银行就没有充分尽到它造福公众的义务。"

杰罗姆·帕特顿怒气冲冲地说："不是讲得很清楚吗？削减是临时的！"

"不错，"亚历克斯承认，"只是谁也说不上这个临时究竟为时多久，也说不上禁令实施期间，银行业务会受到何种影响，银行的信誉又会遭受什么样的损失。此外，我们尚未触及到被砍掉的第三个项目——市政公债。"他打开文件夹，看了看第二张发言稿。"在接下来的六周内，本州各县和学区发行的十一种公债券即将陆续公开发售，届时如果本行不分担一部分，可以肯定，那些公债券至少有一半销售不出去。"亚历克斯突然提高了嗓门。"班·罗塞利尸骨未寒，本董事会是不是就打算摒弃罗塞利家族延续三代之久的老传统了？"

会议进行到这时候，董事们才第一次局促不安地相互交换着眼色。

很久以前，银行创始人乔万尼·罗塞利定下一个规矩：美利坚第一商业银行须带头认购、销售本州小城市发行的公债券。这些发行量小、无足轻重、默默无闻的公债券，如果得不到本州最大一家银行的支持，发售时很可能无人问津，从而使这些地区财政上的需求无从满足。对于这一传统，乔万尼的儿子洛伦佐和孙子班·罗塞利始终恪守不渝。这项业务无厚利可图，但也不会赔本吃亏。不过，这是一项造福公众的意义重大的服务项目，同时又能借此把这些小城市居民存储在美利坚第一商业银行里的钱，还一部分给这些城市。

"杰罗姆，"伦纳德·金斯伍德提出建议，"也许你应该重新考虑一下这样的局面。"

一阵表示赞同的喃喃低语。

罗斯科·海沃德飞快忖度一下形势之后说："杰罗姆……我是否可以发言？"

银行总裁点点头。

"鉴于董事会所表示的意向，"海沃德圆滑地说，"本人确信我们可以重新估量一下情势，说不定应恢复一部分认购市政债券的资金，同时又不妨碍同超国公司商定的各项既定安排。既然董事会已经表明自己的意向，本人建议是不是把具体细节留待杰罗姆和我本人权宜处置。"引人注目的是他未把亚历克斯包括在内。

有人点头同意，有人随声附和。

亚历克斯不敢苟同："这一许诺并不充分，而且丝毫没涉及到恢复房屋抵押借款和小额贷款的问题。"

董事会其他成员没吭声，沉默之中却又含义无穷。

"我想我们已经听取了各方面的观点，"杰罗姆·帕特顿提议说，"也许我们现在可以对整个提案进行表决了。"

"不，"亚历克斯说，"另外还有一个问题。"

帕特顿和海沃德相互递了个眼色，大有无可奈何的意味。

"我已经指出一桩违背公众利益的行为，"亚历克斯阴郁地说，"现在我还要提请董事会注意更为严重的一桩。从超国公司贷款协定开始谈判一直到昨天下午为止，本行信托部已买下……"他看了一下手里的发言稿，"十二万三千股超国公司股票。在这段时间内，由于本行用信托客户的钱款大量买进，苏纳柯股票价格上涨了七个半点。我敢说，这一切都是事先经过双方同意而列为条件之一……"

他的声音被淹没在罗斯科·海沃德、杰罗姆·帕特顿还有其他董事的一片抗议声中。

海沃德又一次站起来，眼睛里冒着火。"这是蓄意歪曲。"

亚历克斯厉声反唇相讥："买股票的事儿决不是什么无中生有。"

"可你的解释完全是歪曲。苏纳柯股票是本行信托账户极为有利可图的投资对象。"

"它怎么突然变得这么有利可图了呢？"

帕特顿激动地大声抗议："亚历克斯，信托部门具体经办些什么交易，可不属本会的议事范围。"

菲利普·约翰森大喝一声："这话我同意！"

哈罗德和另外几个也大声嚷嚷："我也同意。"

"不管是不是属于本会讨论的范围，"亚历克斯不甘示弱，"我还是要提醒你们诸位，今天发生的事儿也许是违反一九三三年通过的格拉斯·斯蒂高尔法案的；而且董事们很可能要对此负责……"

又有六七个人同时怒吼起来。亚历克斯知道自己触到了他们的痛处。尽管董事会成员明明知道他刚才所说的那种欺骗行为是存在的，然而他们宁可装聋作哑，睁一眼闭一眼。了解真相意味着参与其事，意味着必须承担责任。这些人既不想卷进去，也不愿意承担责任。

哼，亚历克斯暗自思量，这些话管它中听不中听，反正现在他们都听到了。他提高嗓门，用坚决的口吻往下说："我谨向董事会进一言，要是超国公司的贷款协定连同它的全部细节一股脑儿批准了，我们总有一天会追悔莫及的。"他往椅背上一靠，"我的话说完了。"

杰罗姆·帕特顿乒乒乓乓地敲了一阵木槌，喧闹声才算平息下来。

帕特顿的脸色比刚才更为苍白，他宣布说："要是没有什么其他高见要发表，我们就来记录表决票数。"

几分钟后，对超国公司发放贷款的提案通过了，反对的只有亚历克斯·范德沃特一人。

第十二章

午后，董事们继续开会。显然，大家对范德沃特都很冷淡。通常，上午开两个小时的会，董事会的事务就全解决了，可是今天却得加班加点。

亚历克斯觉察到董事们对自己的敌意，所以在吃午饭的时候曾向杰罗姆·帕特顿示意，是不是到下个月董事会复会时再把自己的建议提出来。但是帕特顿冷冷地说："不行。要是董事们心里恼火，那也是你自己惹的。事到如今，你只好碰碰运气了。"

这番话出于向来举止温雅的帕特顿之口，分量自然不轻，说明此刻众人对亚历克斯的反感情绪之深；同时，这也使亚历克斯相信，自己在接下来一小时左右的时间里，无非是枉费口舌。看来，即便不为其他原因，光是出于憋气，董事们也肯定会把他的提案否决掉。

董事们在各自的位子上坐定，菲利普·约翰森看了看手表，露出一副很不耐烦的样子，从而定下了会议的基调。"我不得不取消今天下午的一个约会，"中部大陆橡胶公司的头头埋怨，"我还有别的事情要办，所以让咱们把会开得紧凑些。"好几个人点头附和。

"各位，我尽量讲得简短些，"待杰罗姆·帕特顿一本正经地讲完开场白之后亚历克斯保证说。"我打算讲四点，"他一边说，一边扳手指，"第一，我们银行由于没能抓紧大好时机发展储蓄业务，结果正在坐失利润可观的重要买卖。第二，储蓄存款的增加将进一步稳定银行的地位。第三，我们越是迟迟不采取行动，就越是难以迎头赶上大批竞争对手。第四，这儿明明有个好机会，可以设法恢复忽视已久的个人、企业、国家的节俭之风，我们以及其他银行应该在这方面带头发挥作用。"

他叙述了美利坚第一商业银行为独占鳌头而可采用的一些措施——在法定限度内大幅度提高存款利率；给一至五年的定期存款以更优厚的待遇；在银行法许可范围内尽量为存户提供支票往来的方便；给新存户赠送礼品；展开大规模广告活动，宣传银行储蓄计划以及新开设九家分行。

亚历克斯在陈述自己的主张时，已离开自己的座位，站到了会议桌的上首。帕特顿只好将自己的座位挪到一边。同时，亚历克斯还把银行的首席经济学家汤姆·斯特劳亨请了出来，后者将预先准备好的图表挂在画架上，让董事们好好看一看。

罗斯科·海沃德坐在位子上，倾着身子洗耳恭听，脸上冷冰冰的不带表情。

亚历克斯的话音刚落，弗洛伊德·莱贝雷当即插嘴："这会儿我想谈点看法。"

帕特顿又恢复了讲究礼貌的习惯，问道："亚历克斯，你希望我们边讲边答疑呢，还是把问题留到最后解答？"

"我愿意现在就解答弗洛伊德的问题。"

"不是什么问题，"通用电缆公司董事长板着脸说，"这是有案可稽的事实。我反对大量扩充储蓄业务，因为如果我们这么做了，那不啻是挖自己的墙脚。眼下，我们有大宗存款来自客户银行……"

"储蓄和贷款机构在我们这儿有一千八百万元存款。"亚历克斯说。

他料到莱贝雷会出面反对，而且理由也相当充分。现在的银行很少独来独往，自成一体，大多都和其他银行保持着金融方面的联系。美利坚第一商业银行也不例外。当地好几家储贷机构都在美利坚第一商业银行存有大宗款项；过去所以迟迟不愿放手扩大储蓄业务，就是生怕这些存款会被提取一空。

亚历克斯说："这一点我已经考虑到了。"

莱贝雷并不满意。"要是我们竟和自己的客户激烈竞争起来，我们就会把那方面的生意丢个精光，这一点你是否也考虑过了？"

"那方面的生意确会减少一些。我不相信会全部丢光。不管怎么说，我们新招揽到的生意会远远超过丢失的那部分。"

"你好不自信。"

亚历克斯执拗地说："我觉得这风险值得一冒。"

伦纳德·金斯伍德心平气和地说："亚历克斯，你刚才不是在超国公司贷款事项上反对冒险吗？"

"我并不一概反对冒险。我适才的提议风险小得多。这两者不能相提并论。"

与会者露出狐疑的表情。

莱贝雷说："我想听听罗斯科的意见。"

另外两人随声附和："是啊，让我们听听罗斯科怎么说。"

董事们转过脸朝着海沃德，只见他一个劲儿盯着自己合着的双手。

他温文尔雅地说："我可不愿拆同事的台。"

"干嘛不呢？"有人问，"他刚才不就是在拆你的台吗？"

海沃德淡淡一笑。"我可不屑与他一般见识。"接着，他沉下脸说："不过，我同意弗洛伊德的看法。加强我们在这方面的储蓄活动，会使我们丧失举足轻重的往来业务。我认为以此去换取理论上的潜在利益，不免得不偿失。"他朝斯特劳亨绘制的一幅图表一指，那上面标明拟议中新设分行的布局。"诸位董事可以看到，拟议中新设的分行，有五家离储贷协会很近，这些储贷协会是美利坚第一商业银行的重要存户。我们可以肯定，这一情况它们不会注意不到。"

"这五家银行的位置，"亚历克斯说，"是根据居民情况的调查经反复研究后择定的。那都是一般民众聚居的地区。不错，储贷协会捷足先登，已在那儿扎下了根；从很多方面来说，它们要比我们这样的银行更有远见。但这并不意味着我们就非得永远退避三舍不可。"

海沃德一耸肩。"我已经谈了自己的看法。不过我还要说一点——我可不喜欢把分行搞成沿街铺子似的那一整套主张。"

亚历克斯反驳说："它们是一些储蓄铺子——未来的分行机构将都是这样。"他意识到，今天一切都违悖自己心愿。关于分行的问题，他原打算放到后面再谈。管它呢，现在反正都无所谓了。

"从他们介绍的情况看，"弗洛伊德·莱贝雷说，一边研究着汤姆·斯特劳亨分发的情况说明，"那些分行倒有点像自动洗衣铺。"

海沃德也正阅读这份材料。这时他摇摇头说："和本行的气派殊不相称。有失体面。"

"我们最好还是少讲点气派，多做点生意，"亚历克斯说，"不错，这些沿街小店似的银行外貌和自动洗衣铺相似；然而将来时兴的正是这种分行。我可以向董事会作如下预言：今后，我们自己也好，我们的竞争对手也好，再也盖不起像现在这样富丽堂皇的殿堂似的建筑物作为银行分行机构。花那么一块地皮，还要大兴土木，一点没有意思。十年以后，我们目前的这些分行将有一半，至少有一半，再不会像现在这副模样。我们会保留几家主要的分行。其余的则都将设在不怎么考究的店堂里，一切手续完全自动化，由机器收付现金，由电视监控装置解答询问，全部设施都和计算机中心构通。我们在设计新的分行时，包括我现在主张增设的九家分行在内，都应该预先考虑到这种剧变。"

"亚历克斯关于自动化的见解颇有道理，"伦纳德·金斯伍德说，"我们很多人都在自己的企业里亲眼目睹自动化的发展，其来势比我们料想的要快。"

"同样重要的是，"亚历克斯断言，"我们在这方面有机会先走一步，首得其利——也就是说，只要我们独具慧眼，大张旗鼓地把这件事搞起来，而且搞得有声有色。广告宣传活动要有声势，达到饱和。诸位，请看这些数字。首先看一下我们目前的实际存款额——比本行原应吸收的数额低得多了……"

他接着往下说，时而示以图表，时而由汤姆·斯特劳亨补充几句。

亚历克斯明白，他和斯特劳亨辛辛苦苦搞出来的这些统计数字和建议，不但有根有据，而且合情合理。然而，他觉察到董事们的反应不妙，有的干脆摆出一副不以为然的架势，有的神情冷漠。坐在会议桌下首的一名董事竟用手掌捂着嘴巴，好不容易才没让自己的呵欠打出来。

情况明摆着，他的败局已定。扩大储蓄，增设分行的计划将遭到否决，这实际上也等于对他投"不信任"票。亚历克斯脑子里又浮现出早上的疑问，不知自己在美利坚第一商业银行的位子还能维持多久。看来，日子不长了。

而要自己在由海沃德领衔的体制中合作共事，他怎么也无法想象。

他决意不再浪费时间。"好吧，各位，我就讲这些。除非还有什么不清楚的地方要我解答。"

他估计不会有什么问题提出来，也不指望有谁会站出来给他撑腰。然而，他偏偏就在最料想不到的人身上获得了支持。

"亚历克斯，"哈罗德·奥斯汀脸上挂着微笑，口气友善地说，"我得向你表示感谢。不瞒你说，我被打动了，这是我原先不曾料到的。没想到你的提议那么有说服力。另外，我对增设那几家分行的想法也很感兴趣。"

隔着几个座位的海沃德不胜惊愕，瞪大眼睛悻悻然盯着奥斯汀。哈罗德不予理会，自顾自向桌旁的其他人呼吁："我想我们应该抛开今天早上的争执，不带成见地看待这项建议。"

伦纳德·金斯伍德和其他几个人频频点头。另外一些董事也摆脱了午餐后的昏沉睡意，振作起精神来。奥斯汀，这位服务年限最长的美利坚第一商业银行董事，确实不是等闲之辈。此人的一言一行足以影响全局，而且他也善于劝说旁人接受自己的观点。

"亚历克斯，"他说，"你一上来就谈到恢复个人节俭风尚的问题，说我们这样的银行可以在这方面起带头作用。"

"不错，我说过。"

"是不是可以进一步谈谈这个想法？"

亚历克斯迟疑了一下。"我想可以。"

说还是不说？亚历克斯权衡着利弊。对于这一突如其来的变化，他已不再感到意外。他完全明白奥斯汀突然倒戈的奥秘。

广告！刚才亚历克斯提到要大张旗鼓展开"达到饱和程度"的"大规模广告活动"时，曾看到奥斯汀抬起了头，明显提起兴趣来。从这一点不难看透此人脑袋里的算计。由于哈罗德阁下身为美利坚第一商业银行的董事，再加上他在银行里的影响，奥斯汀广告公司包揽了银行的全部广告生意。亚历克斯设想的那种广告活动，会给奥斯汀公司带来莫大的好处。

奥斯汀干的是最最厚颜无耻的违背公众利益的勾当，和亚历克斯上午所抨击的罗斯科出任超国公司董事的那种做法如出一辙。亚历克斯当时曾问：罗斯科首先考虑的是哪一方的利益？是超国公司的利益，抑或是美利坚第一商业银行股东们的利益？现在也应向奥斯汀提出同样的问题。

答案不言自明：奥斯汀谋求的是自身的利益，其次才考虑到美利坚第一商业银行。

尽管对方的意见与亚历克斯的主张不谋而合，这种出于私利的支持毫无信义可言，是对他人信任的一种践踏。

亚历克斯该把这些话明明白白说出来吗？如果他直说了，又会触发一场轩然大波，其势汹汹甚至比上午那场争论更甚；而且他会再次败下阵来。董事们就像兄弟那样抱成一团。再说，这样一摊牌，肯定会就此结束亚历克斯自己在美利坚第一商业银行的作用。这样做值得吗？有必要吗？难道他有义务成为董事会良知的守护人？亚历克斯决定不下，而此刻董事们正注视着他，等他开口。

"是的，"他说，"正如哈罗德所提醒，我刚才谈到节俭风尚以及需要由人带头的问题。"亚历克斯看了看自己的发言稿，而几分钟前他还决定把它扔掉呢。

"常言道，"他对那些侧耳静听的董事说，"政府、工业和各种商业活动都是建立在信用之上的。没有信用，没有借贷和放贷——小、中、大各种规模的贷款——商业活动就无由继续，文明就要凋敝衰亡。这一点，银行家知道得最清楚。

"然而，也有越来越多的人认为，借债和搞赤字财政的做法已发展到疯狂的地步，致使理智丧失殆尽。各国政府尤其如此。美国政府债台高筑，赤字骇人，远远超过我们的偿付能力。其他各国政府的境况也同样糟糕，要不就是更糟。这就是通货膨胀、国内和国际上货币基础不断遭到破坏的根源所在。

"无独有偶，"亚历克斯继续说，"公司企业界的巨额债务也和快要把人压垮的政府债务不相上下。于是上行下效，数以百万计的普通老百姓也背上了无法清偿的重债。美国的各种债务总额已达二万五千亿。全国消费者的债务现在已接近二千五百亿。过去六年来，有一百万以上的美国人破了产。

"就这样，国家、企业、个人差不多沿着同一条路滑下去，我们丢掉了勤俭持家、量入为出、借债节制并确保偿付这样一些古老的基本伦理原则。"

董事会顿时清醒了些。为了与此相适应，亚历克斯平心静气地说："但愿我能说，除了我提到的情况外还有另一种趋向。我不相信真的有此种趋向。然而，潮流往往发端于果断的行动。千里之行为何不能从我们足下开始呢？

"就我们时代的性质来说，储蓄存款要比其他任何类型的金融活动更能体现出财政上的深谋远虑。从国家和个人来说，我们都需要慎之又慎，而形成这种风气的途径之一就是大量增加储蓄。

"事实上，储蓄存款也确实可以大幅度增加——只要我们愿意承担义务，只要我们放手去干。尽管单靠个人储蓄一项还不能恢复整个财政上的正常局面，但至少是朝此目标迈出了一大步。

"所以我说，这里提供了开创一代新风的机会，而且应该从此时此地着手做起——我想本行理应当仁不让。"

亚历克斯坐下后过了几秒钟才想起，他并未提及自己对奥斯汀刚才那番插话所抱的怀疑。

随之出现的短时间冷场被伦纳德·金斯伍德所打破："人情在理的高论并不总是顺耳中听的。但是我想我们大家刚才还是听进去了几句。"

菲利普·约翰森咕噜了几声，好不容易才没好气地迸出一句："我同意其中的部分意见。"

"我全部同意，"哈罗德阁下说，"依我看来，董事会应该原封不动地批准这项扩大储蓄、增设分行的计划。我打算投赞成票。我力劝诸位也这么做。"

这回，罗斯科·海沃德虽绷紧了脸，却没流露出愠色。亚历克斯心想，海沃德想必也猜到了哈罗德·奥斯汀的动机。

大家又七嘴八舌地议论了十五分钟，最后杰罗姆·帕特顿敲敲木槌，要求进行表决。亚历克斯的提案以压倒性票数通过，只有弗洛伊德·莱贝雷和罗斯科·海沃德两人反对。

亚历克斯从董事会议室走出来的时候，觉察到先前的那种敌意依然未消。好几位董事并不掩饰自己的情绪，对于他上午在超国公司贷款一事上所持的强硬态度显然仍耿耿于怀。然而会议最后出乎意外的结局却使他心头轻松了些，对自己将来在美利坚第一商业银行的作用也不再那么悲观了。

哈罗德·奥斯汀将他拦住："亚历克斯，你什么时候着手推行那套储蓄计划？"

"马上。"他不愿显得粗鲁失礼，于是又补充一句，"谢谢你的支持。"

奥斯汀点点头："我现在考虑的是让我公司派两三个人来洽谈广告活动事宜。"

"很好。下个星期吧。"

奥斯汀就这样不失时机而又若无其事地证实了亚历克斯的推断。不过平心而论，亚历克斯想，奥斯汀广告公司办事很得力，由它来承办储蓄宣传倒也算得上是任人唯贤。

但是他知道，自己是在寻求自我安慰。几分钟前他保持沉默，就已经是为达到目的而牺牲了原则，不知道马戈特对自己这种变节行为将作何感想。

哈罗德阁下和蔼可亲地说："那么到时候我来看你。"

罗斯科·海沃德先离开会议室，这时正走在亚历克斯的前面。一个穿制服的银行信差走上来和他搭话，递给他一只封了口的信封。海沃德撕开封口，抽出一张折叠着的便笺。读着读着，他不禁喜形于色。他一看手表，微微一笑。亚历克斯暗自纳闷：怎么回事？

第十三章

　　便笺很短，是罗斯科私人机要秘书多拉·卡拉汉打的，告诉他德弗罗
小姐来过电话，说她已在城里，望他能尽快回电。便笺上写着电话和分机
的号码。

　　海沃德认出这是哥伦比亚希尔顿酒店的电话号码。德弗罗小姐就是阿
弗丽尔。

　　巴哈马群岛之行后的一个半月里，他俩已经幽会过两次，都是在哥伦
比亚希尔顿酒店。在拿骚的那天晚上，他按七号按钮把阿弗丽尔召进自己
房间之后，她一下子把他带到令人销魂的仙境，让他领略了连做梦也未曾
想到过的男女情爱的乐趣。后来在希尔顿酒店的两次幽会，滋味也是这样。
阿弗丽尔对付男人的一套功夫，简直令人难以置信。头一天晚上，一上来
还真叫他吃了一惊，继而又转惊为喜。她玩弄花招，激起他一阵又一阵的
肉欲，直至兴奋得失声叫起来，嘴里还吐出一些连他也奇怪自己怎么会知
道的下流字眼。事后，阿弗丽尔对他又是耐着性子百般温存，抚爱有加，
最后，使他又惊又喜的是，他的情欲竟又被煽了起来。

　　直到此时，他方才认识到，生命之中竟蕴藏着如此强烈的热情和欢
乐——相互探索，激扬，渗透，交融，再也不分彼此——而这一切是他和

比阿特丽斯从来未曾体验过的。

对于罗斯科来说，他的这一发现已为时太晚；而就比阿特丽斯个人来说，或许根本就不需要这种发现。然而对于罗斯科和阿弗丽尔这一对，来日还长呢。他们离开拿骚后的两次会面就证实了这一点。他看了看手表，展颜一笑——就是范德沃特刚才见到的那个微笑。

他当然要尽快去见阿弗丽尔。这就势必要对下午和晚上的活动重作安排。不过也没关系。甚至在此刻，一想到又要同她会面，他就不由得激动起来，肉体上的骚动不安竟不亚于年轻小伙子。

和阿弗丽尔发生关系后，他有好几次感到良心不安。最近，每回上教堂做礼拜，他的耳畔不时响起在去巴哈马前吟诵过的那段经文：公义使邦国高举；罪恶是人民的羞辱。每逢这种时刻，他就引用《约翰福音》中耶稣的话来安慰自己：你们之中谁是没有罪的，谁就可以先拿石头来丢她……还有：你是凭肉身判断人，我却不判断人。海沃德甚至还让自己冒出这样一个大不敬的念头：《圣经》也像统计数字，可以信手拈来证明任何事物。要是在不久前，这种念头一定会使他自责不迭。

不管怎么说，这种内心冲突毕竟是无关紧要的。同阿弗丽尔带来的令人陶醉的欢乐相比，良心的谴责实在算不得什么。

他一面从会议室走向同一层楼的办公室，一面眉飞色舞地想：超国公司贷款提案业已通过，自己作为银行家的声誉在董事会里也达到了顶点，待会儿再和阿弗丽尔小别重逢，今天可真成了自己的大喜日子。当然，他觉得今天下午会议的结局太煞风景，对哈罗德·奥斯汀的做法更是十分愤慨，认为这是对老朋友的背叛，不过他很快就看透这种做法背后的自私动机。然而，海沃德并不担心范德沃特的主张会真的搞出什么名堂。由于他一手安排了对超国公司的这笔贷款，今年银行由此而得的额外利润势必可观，将远远超过其他项目的盈利。

这一来倒提醒了他：自己对于大乔·夸特梅因要求给Q氏投资公司追加五十万元贷款一事，必须赶紧作出决定。

罗斯科微微皱了皱眉。综观与 Q 氏投资公司所作的全部交易，他总觉得其中有些出格的地方。不过既然银行同意给超国公司贷款，以及就对方对银行的做法而论，问题似乎也不算怎么严重。

大约一个月以前，他曾在一份致杰罗姆·帕特顿的机密备忘录中提出此事。

昨日，超国公司的 G.G. 夸特梅因两次从纽约来电，同我谈起一项他称之为"Q 氏投资公司"的私人投资计划。这是个非公开的小型投资集团，以夸特梅因（大乔）为主，本行董事哈罗德·奥斯汀也是其中成员。该投资集团已以优惠的条件买进超国公司所属各企业的大宗普通股，并计划进一步大量购进。

大乔要求我们向 Q 氏投资公司贷款一百五十万，利率与超国公司的贷款相同，不过不给予任何差额补偿。他指出，苏纳柯那笔贷款的差额补偿将足以抵销这笔私人贷款——此话倒也不假，不过这里当然谈不上什么相互之间的保证。

我不妨再提一笔：哈罗德·奥斯汀也来电敦促发放此项贷款。

实际上，哈罗德阁下单刀直入地要海沃德别忘了酬谢他在班·罗塞利去世时对海沃德的大力支持。而八个月后当"临时教皇"帕特顿退位之时，海沃德将继续需要对方的这种支持。

致帕特顿的备忘录里继续写道：

说实在的，所提贷款的利率过低，而且放弃差额补偿也是我方的一大让步。然而鉴于大乔惠顾本行的那笔超国公司交易，我看还是同意为好。

我主张发放此项贷款，尊意如何？

杰罗姆·帕特顿将备忘录送回时，用铅笔在最后那个问号旁边简单批了"同意"两字。海沃德深知帕特顿其人，对于整件事情恐怕他至多也只是一目十行地浏览了一遍。

海沃德觉得没有理由让亚历克斯·范德沃特过问此事，同时这笔贷款为数不大，也无须呈报投资方针委员会核准。所以几天之后，罗斯科·海沃德亲自签批了贷款——说来他也是有权这么处理的。

但是，他私下和G.G.夸特梅因达成的一项交易却越出了自己的权限范围，而且事后也没有向任何人汇报。

大乔第二次商谈Q氏投资公司事宜的电话，是从芝加哥的一家苏纳柯分支机构打来的，他在电话里说："罗斯科，我和哈罗德·奥斯汀一直谈起你。我俩都认为是你参加我们投资集团的时候了。希望你能和我们共事。因此我决定分给你两千股，我们可以认为这些股票的钱款已如数付清。都是些采用无记名式背书的证券——这样做更谨慎些。我打算把它们邮寄给你。"

海沃德表示反对："谢谢你，乔治，我想我不该接受。"

"我的老天爷，干嘛不接受？"

"在道德上讲不过去。"

大乔哈哈大笑。"这可是个现实世界，罗斯科。这种事儿在客户和银行家之间屡见不鲜。你我都知道。"

不错，海沃德知道这种事儿确是有的，但并不像大乔说的那样"屡见不鲜"。而他海沃德就从不让这类事发生在自己身上。

海沃德还没来得及回答，夸特梅因又一个劲儿往下说："听着，老兄，别那么不开窍。假使能让你觉得好受些，这些股份就算作对你所提投资建议的酬报好了。"

但是海沃德很清楚，不论当时或是此后，自己都不曾提出过任何投资建议。

一两天后，Q氏投资公司的股票便用航空挂号寄来了。封口的火漆很考究，信封上还注明"绝密－亲启"的字样。甚至连多拉·卡拉汉也不敢擅自将此信拆开。

那天晚上海沃德回到家里，细细看了大乔随信寄来的 Q 氏投资公司财务报表，方才明白那两千份股票是一宗净值二万美元的财产。日后，倘若 Q 氏投资公司蒸蒸日上，进而公开营业，这些股票的价值还会大大提升。

想到这儿，他真想把这些股票退还给 G.G. 夸特梅因；后来他估量了一下自己捉襟见肘的经济情况——较之几个月前并无好转——不禁又犹豫起来。他终于经受不住诱惑，就在那个星期把证券放进他在美利坚第一商业银行市中心分行的私人保险箱，收藏妥当。他尽量为自己开脱：反正又不会让银行赔钱。他不会做这种事的。实际上，由于同超国公司拉上了关系，情况恰恰相反。因此，要是大乔愿意馈赠一件礼物拉拉关系，自己何苦硬是不领这份人情呢？

不过接受下来总让他有点担心，特别是大乔上周末又从阿姆斯特丹打电话来，要求对 Q 氏投资公司追加五十万投资。

"我们的 Q 氏财团遇上了千载难逢的好机会，就在这儿吉尔德兰可以吃进一批日后肯定会飞涨的股票。在这样一条公用电话线上不便细说，罗斯科，只管相信我好了。"

"我当然是相信你的，乔治，"海沃德说，"但银行需要了解详细情况。"

"会让你知道的——明天我就派专人送信来。"接着大乔又画龙点睛地加了一句，"别忘了，你现在是我们圈子里的一分子了。"

有短暂的一阵子，海沃德心里又平添了一层不安：G.G. 夸特梅因现在对他的私人投资也许比经营超国公司更为关心。然而第二天的消息却使他放下心来。《华尔街日报》和其他报纸都在显著的地位报道了苏纳柯在欧洲发动的一场由夸特梅因一手策划的大规模工业接管。这是一场商业上的政变，超国公司的股票在纽约和伦敦市场上随之猛涨，美利坚第一商业银行对这家企业界巨擘的贷款似乎也更加万无一失了。

海沃德走进办公室外间时，卡拉汉夫人和往常一样报以主妇般的微笑。"先生，另外一些书信已放在您办公桌上了。"

他点了点头，但走进里间后却把这叠书信推到旁边。关于 Q 氏投资公司追加贷款的文件已经拟好，但尚未签批，他对着文件犹豫了一会儿，随后也将它置诸脑后。他拿起外线电话机，拨了极乐仙境的电话号码。

"罗西，亲爱的，"阿弗丽尔一边用舌尖舔着他的耳朵，一边在他耳边曼声低语道，"别急。等一等。躺着别动！别动！克制一下。"她抚摸着他赤裸的肩膀和背脊，她的指甲滑来滑去，虽然尖利却轻盈如游丝。

海沃德乖乖地躺着不动，嘴里发出一阵呻吟——声音里既含着别有风味的甜蜜的满足，又夹杂着痛苦和急于求成的焦灼。

她又在他耳边嘤嘤说："克制一下……"

……前几回也是这样。他再次感到奇怪，这么年青美貌的姑娘，竟如此精于此道……无所拘束……无所顾忌……如此聪明。

"还没到时间，罗西！亲爱的，还没到呢！瞧你！这就对啦！克制一下！"

她的双手巧妙而又熟练地继续摸索。他听任精神和肉体飘飘悠悠；他从经验中得知，最好是老老实实……不折不扣照她说的……去做。

"呵，这太棒了，罗西。难道这滋味不美？"

他颤声说："美，美！"

"快了，罗西，马上！"

阿弗丽尔云鬓蓬乱，一头红发披散在他身边，披散在两只并排紧挨的枕头上。她贪婪地吻着他，那沁人心脾的阵阵芳香直往他鼻子里钻；那妙不可言的柳枝般柔软的身子，顺从地躺在他身边。他全身的感官都在呐喊：整个天堂与人间，生活的最大乐事莫过于此，莫过于此时此地。

唯一使他感到既苦又甜、稍有怅惘的是，他等了这么多年才发现这一人生真谛。

阿弗丽尔的嘴唇又在搜寻着他的嘴唇，然后贴了上去，她催促他："现在，罗西！现在，我的心肝，来吧！"

海沃德一来就注意到，这间卧室是标准希尔顿式的——一个干净、舒适、注重旅客实际需要、无甚特色的下榻场所。外面是间具有同样格调的小起居室。这回和以往一样，阿弗丽尔租用了一套房间。

他们从傍晚起就在一块了。两人相爱一场之后便打了个盹，清醒过来又是一阵亲昵——不过并没达到皆大欢喜的佳境——尔后睡了一个多小时。这时两人正在穿衣服。海沃德的手表指着八点。

他的体力已消耗殆尽，感到困顿疲惫，只巴望能回家独自好好睡一觉。他不知何时才能礼数周全地打这儿溜走。

阿弗丽尔已走到外间起居室去打电话。她回到卧室后说："我已定好晚餐，心肝宝贝，马上就送上楼来。"

"太好了，亲爱的。"

阿弗丽尔穿着蝉翼般的长衬衣和紧身短裤，没戴胸罩。她开始梳理蓬散的长发。他坐在床沿上出神地望着，尽管筋疲力尽，却还是注意到她的每一个动作都轻巧自如，充满肉感。同那位曾与他朝夕厮守的老伴比阿特丽斯一比，阿弗丽尔显得分外年青娇美。一种自觉衰老的惆怅之感在他心中油然而生。

他俩走进起居室，阿弗丽尔说："开香槟吧。"

香槟搁在餐具柜上的冰桶里。海沃德早就看到了。大部分冰块已经融化，但酒瓶还是冰凉的。他笨手笨脚地拨弄着瓶口的金属线和软木塞。

"别去动塞子，"阿弗丽尔告诉他，"先把酒瓶倾斜到四十五度，然后一只手捏住塞子，一只手转动瓶子就行啦。"

这法子果然很灵。这女人什么都懂！

阿弗丽尔从他手中拿过瓶子，斟了两杯。他摇摇头说："你知道我不喝酒，亲爱的。"

"喝了包你返老还童。"她端起一杯递过来。他只好顺从地接过酒杯，一面暗自奇怪，她是不是已看出自己的心思。

三杯下肚，定的酒菜送进房来，这时他真有返老还童之感。

侍者离开后，海沃德说："你该让我付账。"几分钟前他就把皮夹子掏了出来，但阿弗丽尔一抬手把皮夹子推开，在账单上签了自己的名字。

"罗西，这算什么？"

"你总该让我负担你的一部分开支吧——旅馆费用，从纽约来这儿的飞机票。"他曾听说阿弗丽尔在格林尼治村有一间寓所，"光让你掏腰包，你的花销也太大了。"

她好奇地打量他一眼，随即发出一串银铃似的笑声。"你难道以为所有这些都得由我掏腰包吗？"她举手朝房间周围一比划，"要我付钱？罗西，我的宝贝，你准是昏了头！"

"那由谁来付？"

"当然是超国公司，你这老糊涂！所有这一切都记在他们账上——这套房间、这顿饭、飞机票，还有我花的时间。"她把身子凑近他的椅子，吻了他一下，她的嘴唇丰满而湿润，"你大可不必为此操心！"

这一番话无异是当头一棒，他一动不动地坐在那儿，默默忍受着这一巨大的打击。香槟的浓醇酒力仍在他体内循环流动，然而他的脑子还十分清醒。

"我花的时间"这几个字最使他痛心。他一直以为阿弗丽尔之所以在巴哈马分手后打电话约他会面，完全是出于对他的钟情，是因为她也像他一样，享受到他俩卿卿我我的乐趣。

他怎么会这般幼稚？不用说，整个把戏全是夸特梅因一手安排的，费用由超国公司负担。难道他连这一点最起码的常识也不知道？要不，就是他自己不想了解真相，所以才装聋作哑地不去搞个水落石出？

还有：如果阿弗丽尔果真因为"我花的时间"而得到报酬的话，那她扮演了什么样的角色呢？妓女？要真是这样，那他罗斯科·海沃德又算什么呢？他合上双眼，想起《路加福音》十八章十三节：上帝呵，开恩可怜我这个罪人。

当然，有一件事他完全能够做到，而且马上就能做到。那就是：先弄清楚到目前为止一共花了多少钱，随后按这个数目开张私人支票寄给超国公司。他开始算账,但又发现自己弄不清楚阿弗丽尔这样的女人值多少钱。他凭直觉知道这笔数目不会小。

不管怎么说,他怀疑自己采取这一步是否明智。他那审计师的脑袋作着这样的推想:超国公司怎么将这笔钱上账呢? 说得更一针见血些,他也拿不出这么一大笔钱来。另外,他如果再需要阿弗丽尔,那该怎么办? 他明白自己现在再也少不了她了。

电话响了,铃声响彻小小的起居室。阿弗丽尔接起电话,说了两句,转过身来朝海沃德说:"是打给你的。"

"打给我的?"

他接过电话,听到一个瓮声瓮气的嗓音:"喂,罗斯科!"

海沃德高声问:"你在哪儿,乔治?"

"华盛顿。从哪里打电话有什么关系? 我得到了一些有关苏纳柯的确切的好消息。季度利润报表。明天你会在报上看到的。"

"你打电话到这儿来就是为了告诉我这个?"

"打扰你了,是吗?"

"不。"

大乔咯咯一笑。"老兄,打电话问个好。顺便了解一下一切安排是不是妥帖。"

海沃德意识到自己如果要提出责问,现在正是时候。但有什么好提出责问的呢? 责问阿弗丽尔为什么慷慨委身相许吗? 还是要对方为自己如芒刺在背的窘态负责?

电话中的洪亮嗓音容不得他兀自发窘。"Q 氏投资公司的那笔信贷同意了吗?"

"还没最后定。"

"你倒一点儿也不急,是吗?"

"不是不急,得履行手续啊。"

"抓紧点办吧,要不然我只能把这笔生意交给别家银行了。说不定超国公司的生意也要转掉一部分。"

这是露骨的威胁。但海沃德并不感到意外，施加压力，然后作出让步本是银行业中司空见惯的事。

"我将尽力而为，乔治。"

对方在电话里哼了一声。"阿弗丽尔还在吗？"

"在。"

"让我和她讲两句。"

海沃德把听筒递给阿弗丽尔。她听了一会儿就说："好，我照办，"

随即笑着挂上电话。

她走进卧室。海沃德听到啪哒打开手提箱的声音，不大一会儿，只见她拿着一只很大的马尼拉纸信封袋走出来："乔治要我把这交给你。"

这和上回装投资公司股票的信封一模一样，连封口的火漆也差不多。

"乔治让我告诉你，这东西可以让你回忆起我们在拿骚度过的良辰美景。"

里面又是股票吗？想来不见得。他想拒绝，却又按捺不住好奇心。

阿弗丽尔说："你现在别忙着拆，等你离开后再看。"

他赶紧抓住这机会，看了看表："我总该走了吧，亲爱的。"

"我也该走了。我今晚要飞回纽约。"

他们在房间里互相道别。照理说，在这种情况下分手很可能出现尴尬的场面，但由于阿弗丽尔老练圆滑，结果居然也颇自然。

她张开胳臂搂住他。就在他俩紧紧拥抱的当儿，她悄声说："罗西，你这人真讨人欢喜。我们会很快见面的。"

尽管他知道了其中底细，这会儿人也感到疲劳，然而他对她的热情却一如既往。他对自己说，不管要为"我花的时间"付多大的代价，有一点是肯定的：春宵一刻千金，阿弗丽尔已如数报答了。

罗斯科·海沃德叫了辆出租汽车，从酒店来到美利坚第一商业银行总行大楼。在银行大楼的底层休息大厅里，他留话给手下人，要他们十五分钟后派配备司机的汽车来送他回家。然后他乘电梯上了三十六楼，穿过静悄悄的走廊，走过无人伏身工作的写字桌，来到自己的办公室。

他坐在办公桌前，拆开阿弗丽尔给他的信封。第二层封套里装着十来张放大的照片，照片之间衬有薄棉纸。

在巴哈马的那第二天晚上，当男男女女赤条条地在大乔公馆的游泳池内游泳时，摄影师正偷偷地躲在一旁，可能就躲在树影婆娑的花园里，借灌木丛藏身。他也许是用了远距摄影镜头，胶卷肯定是快速感光的，因为当时没有看到闪光灯泄漏天机的强光。想这些又有什么用？反正他——或者她——都已上了照片。

照片上，克里斯塔、里塔、月光、阿弗丽尔和哈罗德·奥斯汀几人有的在脱衣服，有的已经一丝不挂。罗斯科·海沃德被赤身裸体的年轻姑娘围着，脸上如痴如醉的神情，看了直叫人发笑。有张照片上，海沃德正在解阿弗丽尔的衣服和胸罩；另一张上她正在吻他，而他则用手握住她的胸部。不知是出于偶然还是故意安排，照片上只能看到斯通布里奇副总统的背影。

就技巧和艺术性而言，所有照片都不失为摄影佳作，显然不是出于业余摄影者之手。话说回来，海沃德想，夸特梅因雇佣的总是第一流的行家。

值得注意的是，所有的照片上大乔都没出现。

这些照片，使海沃德感到毛骨悚然。为什么要把这些照片交给他呢？是某种威胁吗？还是开个没有分寸的玩笑？底片和其他照片保留在谁手里？他开始意识到夸特梅因这人不仅捉摸不透，反复无常，说不定还是个凶险莫测的家伙。

另一方面，海沃德尽管不胜惊恐，却发现自己对这几张照片入了迷。

他仔细盯着这些照片看呀看呀，舌尖不知不觉舔湿了嘴唇。刚才，他一时冲动，曾想把它们撕个粉碎，而现在却下不了手。

他猛地一惊，发现自己在办公桌旁竟坐了差不多半个小时。

不用说，这些照片怎么也不能带回家去。那么该怎么办？他小心地把它们重新包好，把信封锁进一只保存着好几份私人机密文件的抽屉。

他习惯性地检查了另一只抽屉，卡拉汉夫人每晚替他收拾办公桌时往往就把当天的书信文件放在那里。抽屉里有一叠文书，最上面的就是关于Q氏投资公司追加贷款的文件。他对自己说，何必再拖延？何必举棋不定呢？真有必要再一次和帕特顿商量吗？这笔贷款就像G.G.夸特梅因和超国公司一样靠得住。海沃德拿过文件，草草批了"同意"两字，又在后面附上自己的缩写签名。

几分钟之后，他来到底层休息大厅，司机已等在那儿，轿车就停在门外。

第十四章

如今，诺兰·温赖特已很少有必要到本市的陈尸所去。他记得最近一次去那儿已是三年前的事。当时是去认领一具银行警卫的尸体，那警卫在同打劫银行的歹徒交火时送了命。温赖特当警探那阵子，上陈尸所验明暴力行凶的牺牲者的尸体是他必须履行的例行公事的一部分，但即使在那时，他也一直适应不了。陈尸所，不管哪一处，里面那种阴惨惨的气氛，还有停尸室难闻的怪味，总使他感到压抑，有时甚至使他恶心。此刻，他的感觉就是这样。

他同市警察局探长约好了在这儿碰头。此刻，那位探长正面无表情地同温赖特在一条昏暗的过道里并肩走着，他们的脚步落在年代已久、布满裂纹的砖地上，发出清脆的回响。在他们前面引路的陈尸所管理员，穿着胶底鞋，悄声向前拖着步子。这人看上去像是过不了多久也要在这儿挺尸。

探长名叫廷伯威尔，年纪很轻，体态有点臃肿，头发蓬蓬松松，满脸胡子茬儿。诺兰·温赖特暗自思忖：他辞掉市警局的差事以来，一晃已十二年，生活起了多大的变化！

廷伯威尔说："要是那个死掉的家伙当真是你们的人，那你最后一次见到他是什么时候？"

"七个星期以前。三月初。"

"在哪儿？"

"在城市那头的一家小酒店里。康乐酒吧。"

"那地方我知道。此后你可曾听到过他的消息？"

"没有。"

"知道他住在哪儿吗？"

温赖特摇了摇头："他不想让我知道。我也就随他去。"

诺兰·温赖特连那人究竟叫什么也不清楚。那人倒是报过一个名字，不过当然不会是真名实姓。温赖特则说话算数，从没去打听。

他只知道这个叫"维克"的人从前坐过牢，因手头拮据而乐意充当暗探。

去年十月，在温赖特的催促之下，亚历克斯·范德沃特同意他雇用一名暗探，以探明伪造键式信用卡的来龙去脉，当时出现的伪卡数量之多，委实叫人担心。温赖特先是利用自己在旧城区的某些关系，进行了几次试探，随后又通过另外一些中间人的安排，和维克亲自接上了头，当面谈妥一笔交易。那是去年十二月的事。这事安全部头子记得很清楚，因为迈尔斯·伊斯汀受审判刑也在那一周。

此后几个月内，维克和温赖特又见过两次面，每次碰头地点都不同，选的全是地处偏僻角落的小酒吧。前后三次碰头，温赖特每回都给对方一些钱，以图日后能换取到一些有价值的东西。他们采用的是单向联络方式，即由维克打电话给他，由维克指定碰头地点，而温赖特这一方却无法主动联系。不过他明白这样的安排自有一定的道理，所以也就同意这么办了。

温赖特不喜欢维克，本来也就不指望这个人会讨他喜欢。这个刑满释放的罪犯一副诡诈相，举止鬼祟，不断淌着鼻涕，再加上其他的外貌特征，一望而知是个吸毒成瘾的家伙。他老是噘着嘴唇，摆出一副什么也瞧不起的神气，温赖特自然也不在他眼里。不过三月间他们第三次会面时，他倒似乎真的发现了一点线索。

他报告了社会上的一则谣传，说是有一大批印制得十分逼真、票面为二十元的伪钞，即将由一批中间人分发使用，上市流通。还有更多一些捕风捉影的传闻，说什么在分发伪钞的人背后，在某个阴暗角落里，隐藏着一个能力很大、效率很高的组织，还从事其他方面的勾当，包括伪造信用卡在内。最后一条消息很含糊，温赖特怀疑是不是维克为了投自己所好而故意编造出来的。不过从另一方面来看，恐怕他也不至于。

比较明确的是，维克声称，有人已答应让他稍微搞点伪钞方面的活动。据他估计，要是自己真的参与这种活动而且进一步获得信任，他就可以设法打入这个组织。其中有一两个细节使银行安全部头子相信，这份情报中的要点是可靠的。在温赖特看来，凭维克肚子里的那点儿货色，怎么也编造不出这些细节来。而暗探提出的那套打算，听来也言之成理。

温赖特一向认为，无论伪造键式信用卡的是什么样人，这些人很可能同时也插手其他形式的伪造活动。去年十月他对亚历克斯·范德沃特就这么讲过。他心里有底：要想打进那个组织当卧底，势必要冒极大的风险，因为只要被他们查出来，必死无疑。他觉得自己有责任提醒维克一句，不料却好心没好报，反招来对方一声冷笑。

那次碰头以后，温赖特再没有得到维克的任何消息。

昨天《时代纪事》报上登了一条关于在河里发现浮尸的简讯，引起了他的注意。

"不妨先给你打个招呼，"探长廷伯威尔说，"这家伙的尸体已不成样子。据法医估计，他已在水里泡了一个星期。而且，那条河里船只来往频繁，这人的身体大概还被船的螺旋桨撞上，弄了个支离破碎。"

他们仍旧跟在那个上了年纪的管理员后面，走进一间灯火通明、天花板低低的狭长房间。房间里冷飕飕的，还有一股消毒水的气味。面朝他们的那堵墙壁边，是一整排陈尸柜，看上去倒像一具硕大无朋的文件柜，柜子里有许多不锈钢抽屉，每个抽屉上都标有号码。柜子后面传出一阵冷冻装置的嗡嗡声。

管理员眯着眼看了看手里的文件夹，随后走到房间中段的一个抽屉那儿。他伸手一拉，抽屉就顺着尼龙轴承无声无息地滑了出来。抽屉里的尸体覆盖着一层裹尸纸，显出凹凸不平的人体模样。

"长官，这就是你们要看的那具尸体，"老头说。他就像在掀开黄瓜上面的遮布那样，漫不经心地把裹尸纸一把撩起。

温赖特真希望自己没上这儿来。他直泛恶心。

他们看到的死人原来是有张脸的，现在却再也无法辨认。经过河水的浸泡，自身的腐烂，再加上别的什么原因——就像廷伯威尔刚才说的，可能是螺旋桨的碾轧——已是皮开肉绽，面目全非，皮肉狼藉之中还露出根根白骨。

他们默默地仔细察看尸体。过了一会儿，探长问："你可发现有什么能验明死者身份的特征？"

"有，"温赖特说。他一直盯着那张脸的侧面细看，在那儿，依稀可辨的头发轮廓连到颈脖子。那一块苹果状的红色疤痕——无疑是个胎记——仍旧清晰可见。温赖特和维克共见过三次面，而那块疤痕每一回都没逃过他那双训练有素的眼睛。尽管那两片经常用来嘲讽别人的嘴唇不见了，然而还是可以肯定，这确实是他所雇用的那个暗探的尸体。

他对廷伯威尔说了查验的结果，后者点点头。

"我们是根据指纹认出此人身份的。指纹虽不是很清楚，但还能辨认。"探长掏出个笔记本，随手翻开，"他的真名——要是你愿意相信的话——叫克拉伦斯·雨果·莱文逊。他还用过好几个别的名字。看记录是个惯犯，大多是些小偷小摸的事儿。"

"报上说他不是落水淹死的，而是挨了刀子受伤身死的。"

"这是尸体剖验的结果。在被捅死之前，他还遭到严刑拷打。"

"何以见得？"

"他的睾丸被压碎了。法医的报告说，一定是被某种钳子夹着。钳子不断收紧后睾丸迸裂。你想看看吗？"

那个管理员也不等关照，顺手就把最后一段遮尸纸也揭开了。

尽管生殖器由于浸泡过久而发生了皱缩，尸体剖验的结果足以证实廷伯威尔讲的那个结论。温赖特倒抽一口冷气："哦，上帝！"他示意那个老头，"把他盖上。"

接着，他催促廷伯威尔："咱们离开这儿吧。"

在离陈尸所半条街区的一家小餐馆里，探长廷伯威尔一边喝着浓浓的黑咖啡，一边喃喃自语："可怜的家伙！不管他作了什么孽，也不该受这样的折磨。"他拿出一支卷烟点上，并把烟盒递了过去。温赖特摇摇头谢绝了。

"我想我知道你此刻的心情，"廷伯威尔说，"有些事情你已习以为常。不过肯定还有别的事情会引起你深思。"

"是的，"温赖特不禁想到，那个化名维克的克拉伦斯·雨果·莱文逊遭此下场，自己也有责任。

"我要你给我搞份报告，温赖特先生。把你刚才告诉我的关于你和死者联系的情况，简要地写上几句。这对你来说反正是无所谓的。等这儿的事结束了，我想到分局去取这份报告。"

"没问题。"

探长吐了个烟圈，呷了口咖啡。"眼下，伪造信用卡的情况怎样？"

"市面上用的越来越多。有时候简直就像瘟疫那样猖獗。害得我们这样一些银行损失不少钱。"

廷伯威尔表示怀疑："你是说公众损失不少钱吧。像你们那样的银行总是把损失转嫁到别人头上，所以你们经理部的头头才满不在乎。"

"在这点上我没法同你争论。"温赖特没有忘记自己曾如何竭力主张增加预算以对付与银行有关的犯罪活动，到头来却是白费口舌。

"那些信用卡印得考究吗？"

"很出色。"

警探长沉吟了半晌说："这倒和特勤局介绍的伪钞案完全一样。特勤局通知我们，市内有伪钞流通，而且数目很大。我想你也知道吧。"

"是的，我知道。"

"看来，这个死鬼也许没估计错，伪钞和伪造信用卡可能是来自一个地方。"

两人谁也不吭声了。过了一会儿，探长突然开口说："有件事我该事先提醒你一下。你大概已想到了吧。"

温赖特静候对方说下去。

"在他受刑的时候，不管用刑的是些什么人，一定折磨得他全招了。他那副模样你已经看到，人处在这种境地是没法不开口的。所以你可以料想到他把所有的事情都和盘托出了，包括同你商定的那笔交易。"

"是的。我早想到了。"

廷伯威尔点了点头。"我想你本人不会有什么危险，不过对那些杀害莱文逊的人来说，你可是个祸根。要是他们发现打交道的人里面，有谁同你串通一气，那这人就完了，而且会死得很惨。"

温赖特刚想开口，却被对方制止了。

"听着，我不是说你不该再派别人打入地下。那是你的事儿，我不想过问，至少目前不想过问。我要说的是：要是你再这么干，可得万分小心，你本人不要出面同探子接触；你应该多多为他的安全着想。"

"多承告诫。"温赖特说。他仍在想着维克的尸体，裹尸纸掀开后所看到的那具尸体。"我很怀疑以后是否还会有人肯去干这份差使。"

第三部

第一章

尽管胡安尼塔靠她银行出纳员九十八元的周薪（扣除捐税等以后实得八十三元），手头一直很拮据，但她还是一周一周地对付过去了，既维持她和埃斯特拉的生活，还支付埃斯特拉幼儿园的费用。她丈夫卡洛斯在遗弃她之前欠信贷公司的债款现在都压在她身上，到八月份，这笔债款已还掉了一小部分。信贷公司照顾她，同意与她重签契约，减少了每月分期付款额，不过这样一来，付清期限延长了三年——当然利息也随之加重了。

在银行里，自从去年十月，胡安尼塔蒙受了不白之冤以后，大家对她都很体贴，并表现得格外热情，但她并没有跟什么人建立起亲密的友谊。她这人一向不大会交朋友，待人接物天生谨慎，部分是由于天性如此，部分则是由于她的人生经验。她生活里的中心内容，每日工作之余的最大乐趣，便是晚上与埃斯特拉一起度过几个小时。

现在，母女俩正在一起。

她们住在东城新区一套狭小但却舒适的公寓里。此刻，胡安尼塔正在厨房里准备晚饭，三岁的女儿在一旁帮忙——当然有时候是越帮越忙。两人一直在忙着擀啊揉着那团拌了快速发酵粉的面团。胡安尼塔在做肉馅饼顶上的皮儿，而埃斯特拉则凭想象用小小的指头捏着一块捞来的面团。

"妈妈，你看！我做了一个魔法城堡！"

母女俩一齐笑了。"乖乖，真好看！①"胡安尼塔慈爱地说。

"过一会儿，我们把这个魔法城堡跟肉馅饼一起放进烘炉里去。这样，城堡和馅饼就都有魔法了。"

胡安尼塔在馅饼里放了洋葱炖牛肉、一只马铃薯、新鲜的胡萝卜和一罐豌豆。胡安尼塔只买得起少量的肉，所以便用了很多蔬菜。但她天生是个巧厨师，做的馅饼味道一定很好，并且富于营养。

馅饼摆进烘炉已有二十分钟，还要再烘十分钟。胡安尼塔正给埃斯特拉读一篇西班牙语译本的安徒生童话。突然，公寓房门传来了敲门声。

胡安尼塔不读了，狐疑地听着。她们家一向很少有客人来访，这么晚了还有人来自然更加稀罕。过了一会儿，敲门声又响了。胡安尼塔有些紧张，她做个手势叫埃斯特拉不要动，自己站起身来，慢慢向门口走去。

这层楼只有这一套孤零零的房间。楼下本来也是一套独家寓所，但很久之前便分成单间出租了。东城新区的重建者对这幢楼进行了修缮，增添了一些现代化的设备，却保留了里面的这些单间。重建并没有改变这一状况，即东城新区这一带一般说来是以犯罪率高闻名，其中又以拦路行凶和破门抢劫最为猖獗。所以，这些公寓套间虽然都住得满满的，但一到晚上，大多数居民便把自己锁在家里，还插上门闩。在胡安尼塔所住大楼的底层，有一扇坚实的外门，很起保护作用，只是别的房客常常忘记把它关上。

胡安尼塔的房间外是一个狭小的平台，下面是楼梯。她把耳朵紧贴在门上，大喊："谁啊？"没有回答，但来人又敲了一下门，声音很轻却很急促。

她首先确认门内的保护链确已在安全位置上，这才开了门锁，把门拉开到链条绷紧为止。

起初，由于灯光暗淡，她什么也看不见，然后才慢慢看到一张面孔，听到一个声音在问："胡安尼塔，我可以跟你谈谈吗？对不起，我一定要

---

①原文为西班牙语。

跟你谈谈！你让我进来好吗？"

她大吃一惊。来者竟是迈尔斯·伊斯汀。但这声音，这面孔都不是她所熟悉的那个伊斯汀了。她现在看得比较清楚了，那张面孔苍白而憔悴，他说话期期艾艾，带着央求的口气。

她故意拖延了一会儿才说："我还以为你在监狱里呢。"

"我出狱了。今天刚出狱。"他纠正自己，"我是被假释出狱的。"

"到这里来干什么？"

"我记得你住在这里。"

她摇摇头，没有放松链条。"我问的不是这个。我问你为什么来找我？"

"在里面的几个月，我一直想见你一面，跟你谈谈，向你解释……"

"没有什么可解释的。"

"我确实有事要解释！胡安尼塔，我求求你。请你不要赶我走！"

从胡安尼塔身后传来她女儿清脆的声音："妈妈，谁呀？"

"胡安尼塔，"迈尔斯·伊斯汀说，"你和你的小女儿都没有什么好怕的。我身边别的东西，除了这个。"说着，他举起一只破旧的手提小皮箱，"这是我出来时，他们还给我的全部东西。"

"那么……"胡安尼塔心动了。尽管她还有疑虑，但好奇心占了上风。迈尔斯为什么一直想见她呢？她把门稍稍关起，松开链条，但心里还在嘀咕，不知以后会不会懊悔。

"谢谢你。"他踌躇不决地走进来，似乎仍在担心胡安尼塔还会改变主意。

"你好，"埃斯特拉说，"你是妈妈的朋友吗？"

伊斯汀一时很狼狈，稍后才回答："并不一直都是。如果一直是就好了。"

这位黑头发的小女孩打量了他一番。"你叫什么名字？"

"迈尔斯。"

埃斯特拉咯咯一笑："你是个瘦子。"①

---

①迈尔斯（Miles），在英文中有大面积的意思。

"是的，我知道。"

此刻，胡安尼塔完全看清楚了，对迈尔斯身上所发生的变化更加吃惊。自从八个月前她最后一次见到他以来，他已瘦得不成样子，双颊凹陷，头颈和身子都干瘦如柴。皱巴巴的衣服松松垮垮地挂在身上，好像是为个头比他大一倍的人裁制的。他面带倦容，看上去十分虚弱。"我可以坐下吗？"

"坐吧。"胡安尼塔请他坐在一把柳条椅上，而自己却仍然站在那里，面对着他。她莫名其妙地责备起他来："你在监狱里吃得太差了。"

他摇摇头，第一次微微一笑。"当然不可能有山珍海味。想来这是从我身上看得出来的吧。"

"是的，我的确看出来了。①确实看得出来。"

埃斯特拉问："你是来吃饭的吗？妈妈今天做的是肉馅饼。"

他支支吾吾地说："不是。"

胡安尼塔直截了当地问："你今天吃过饭吗？"

"今天早晨，我在公共汽车站吃过一些东西。"即将烘好的馅饼从厨房里飘来一股香味。迈尔斯本能地转过头去。

"那你就和我们一起吃吧。"在她和埃斯特拉吃饭的小桌旁，胡安尼塔又加了一把椅子。这样做是很自然的。在任何波多黎各人的家里——哪怕是最穷苦的——总是把所有的食物都拿出来让大家分享，这是规矩。

在他们共进晚餐的时候，埃斯特拉喋喋不休地问东问西，伊斯汀回答着她的问题。他原先的紧张情绪显然开始消失。他好几次抬起头来环视这套陈设简陋却舒适宜人的房间。胡安尼塔在持家方面很有一手，她喜爱缝纫，喜爱摆饰。大小适中的起居室里有一张很旧的沙发床，沙发套是她用一种白、红、黄三色格子的棉布缝制的，色彩很鲜艳。迈尔斯一进来坐的柳条椅，一共有两把，是胡安尼塔廉价买来，然后重新漆成朱红色。窗子上挂着她用鲜艳的黄亚麻纱做成的窗帘，既朴素又便宜。

---

①原文为西班牙语。

墙上装饰着一幅原始派油画和几张旅游广告。

胡安尼塔听着他俩一问一答，自己却很少开口；她心中仍然疑团未消。迈尔斯究竟为什么来呢？他还会像先前那样给她带来很多麻烦吗？

经验告诉她，这是可能的。然而，眼下他却似乎是无害的——他的身体一定很虚弱，而且心有余悸，很可能已被彻底压垮了。胡安尼塔讲究实际的头脑很能辨认这些征兆。

她没有感到什么敌对情绪。虽然迈尔斯偷了钱以后曾企图嫁祸于她，但时光的流逝已把他的欺诈行为冲淡了。即便当初在他被揭发出来的时候，她的第一感觉也是宽慰，而不是怨恨。现在，胡安尼塔所求的只是让她和埃斯特拉安安静静地生活而不受到干扰。

迈尔斯·伊斯汀把盘子推开，叹了一口气。盘子里的东西吃得精光。

"谢谢你。我好长时间没有吃到这样好的一餐了。"

胡安尼塔问："你打算怎么办呢？"

"不知道。明天我就开始找工作。"他深深地吸了一口气，好像还要讲些什么别的，但她做了个手势叫他等一下。

"埃斯特利达，咱们走吧，亲爱的。①该睡觉了。"不一会儿，胡安尼塔便给她盥洗完毕，梳好了头。埃斯特拉穿着粉红色的小睡衣来道晚安。她那双水汪汪的大眼睛一本正经地注视着迈尔斯。"我爸爸走了。你也要走吗？"

"是的，马上就走。"

"我也是这么想的。"她仰起脸来让他亲吻。

胡安尼塔把埃斯特拉安顿好以后，便走出单人卧室，随手把门带上。

她面对迈尔斯坐下，双手交叉放在膝上。"好了，你可以谈了。"

他迟疑了一下，舔舔嘴唇。现在，盼望已久的时刻到了，他却拿不定主意，不知讲什么好了。过了一会他才说："自从我被……带走……以后，我一直想说我很对不起你。我后悔所做的一切，特别是对你。我感到惭愧。

---

①原文为西班牙语。

有时候，我真不知道这一切是怎么发生的。有时候，我觉得我又是知道的。"

胡安尼塔耸耸肩。"过去的事已经过去了。现在还有什么关系呢？"

"对我是很有关系的。请你听我说，胡安尼塔，让我把一切都告诉你，当时到底是怎么一回事。"

于是，闸门大开，话语如洪水般涌出。他讲到自己去年在赌博和债务上的狂热，讲到这些东西怎样像热病一样缠住了他，败坏了他的道德准则和道德观念，讲到自己如何良心发现，如何懊悔。他告诉胡安尼塔，回顾过去，仿佛是另外一个人占据了他的身心。他承认偷窃了银行的钱，自己是有罪的。但他坦率地承认说，最不应该的，是他对她所做的或企图要做的一切。他很动感情地声称，对此所感到的羞愧，使他在狱中日夜不得安宁，并将永远折磨他。

当迈尔斯开始讲述的时候，胡安尼塔最强烈的反应是怀疑。听着他说下去，这种怀疑也并没有完全消失；生活对她的愚弄和欺骗实在太多了，使她对任何事情都不能完全相信。然而她的判断力却使她相信迈尔斯所讲的都是实话，她的心里顿时充满了怜悯。

她发觉自己正在拿迈尔斯跟她出走的丈夫卡洛斯作对比。卡洛斯是软弱的，迈尔斯也是软弱的。然而，迈尔斯还愿意回来向她表示忏悔，这在某种意义上证明他还有些魄力和男子气概，而这些正是卡洛斯所欠缺的。

突然，她发现这一切很滑稽：与她生活有关的这两个男人——由于这样和那样的原因——都是有缺点的、平庸的人物。像她一样，他们也是失败者。她差一点笑出来，但后来还是忍住了，因为迈尔斯是永远不会理解的。

他诚恳地说："胡安尼塔，我想问你一件事。你能原谅我吗？"

她注视着他。

"如果你原谅我，你能对我说吗？"

无声的笑消失了；泪水涌上她的眼眶。这要求她能理解。她生下来就是天主教徒，虽然现在很少跟教堂打交道，但深知忏悔和宽恕可以减轻痛苦。于是，她站起身来。

"迈尔斯，"胡安尼塔说，"站起来。看着我。"

他顺从地站起来。她轻轻地说："你受的罪也够了。^①好了，我原谅你。"

他脸上的肌肉激动地抽搐起来。然后，他哭了，她用双手搂住了他。

迈尔斯平静下来，两人重又坐下，胡安尼塔提了个很实际的问题："今晚你准备在哪里过夜？"

"还没定。随便找个地方算了。"

她考虑了一下，然后对他说："你愿意的话就住下吧。"当她看到他惊讶的神色时，她马上补了一句："你可以睡在这个房间，就今天一个晚上。我和埃斯特拉睡到卧室里去。我们的门会锁起来的。"她不想引起误会。

"如果你真的不在意，"他说，"我倒愿意睡在这里。你尽可不必担心。"

他没有告诉她不必担心的真正原因：他本身还有一些问题——心理上的和两性方面的。到目前为止，迈尔斯只知道，由于跟他狱中的保护人卡尔经常发生同性关系，他对女人的情欲已经消失。他不知道自己是否还能——从任何两性的意义上说——再成为一个男人。

过了一会儿，两人都已疲倦了，胡安尼塔便去跟埃斯特拉一起睡觉了。

第二天早晨，通过关着的卧室门，她听到迈尔斯很早就起床了。半小时后，当她走出卧室时，他已经走了。

迈尔斯留了一张条子，竖在起居室的桌子上。

> 胡安尼塔——
>> 衷心地感谢你！
>> 迈尔斯

在她为自己和埃斯特拉准备早饭的时候，她惊奇地发觉自己竟因他的离去而感到遗憾。

---

① 原文为西班牙语。

第二章

自从美利坚第一商业银行董事会批准了亚历克斯·范德沃特关于扩大储蓄和扩建分行的计划以来，四个半月的时间里，他不失时机地采取了行动。

银行内部员工和外部顾问以及承包商之间讨论计划和进展的会议几乎每天都举行。亚历克斯坚决主张计划必须在夏末之前开始实施，秋季中旬前全面开花；这就激励着人们夜以继日地工作，甚至在周末和假日也不休息。

在当时来说，重新规划储蓄业务是最容易完成的任务。亚历克斯要求的——包括开办四种提高利率并适应各种要求的新的储蓄业务——大部分都是以前根据他的指示已研究过的课题。现在只需把这些研究成果付诸实施就可以了。新涉及到的领域包括一项做广告以招揽新存户的庞大计划，而这项计划——且不管它是否违背公众利益——奥斯汀广告公司已经又快又好地完成了。储蓄宣传运动的主题是：

把钱存到美利坚第一商业银行来吧！
对你的节俭我们绝不亏待。

现在到了八月初，报纸上的双页广告在宣传“美利坚第一商业银行”式储蓄的优点。广告上还标出本州八十家分行的所在地，任何人要立新户头可以在这些地方得到礼品、喝到咖啡并得到“有关金融问题的友好忠告”。礼品的价值看客户初次存款的多少及是否同意在规定的期限内绝不提取而定。在电视台和电台插播的广告节目里也同时掀起了一场宣传运动。

至于九家新的分行——亚历克斯把它们叫做“我们的货币商店”——两家已在七月的最后一周开始营业，三家已在八月的最初几天开张，其余四家也将在九月份以前开始营业。因为九家分行都使用租来的房产，只需改装一下门面而无需新建，所以速度很快。

首先，正是这些“货币商店”——这个名称很快便不胫而走——引起了大多数人的注意。这类设施名声大噪，大大超出了亚历克斯·范德沃特、银行对外联络部以及奥斯汀广告公司的预料。而负责这一切活动的发言人——像一颗突起的彗星一下子升上显赫地位——就是亚历克斯。

他本人并没有设法使事情发展到这种地步，一切都是自然而然发生的。

被派去报道新分行开张的《时代纪事》早晨版的记者，曾在报社资料室里查过背景资料。她发现亚历克斯跟二月份支持东城新区的“银行静坐抗议”之间有微妙的关系。于是她便跟特写栏编辑商量，结果二人一致认为，亚历克斯可以成为一篇详细报道的好材料。事实证明这估计完全不错。

当你想到现代银行家时（这位记者后来写道），切莫把他们想象成一些古板、谨慎、身穿钉有双排扣的深蓝色西服、噘着嘴巴只会说“不”的角色。还是看看亚历克斯·范德沃特吧。

范德沃特先生是美利坚第一商业银行的副总经理。首先，他看上去就不像银行家。他的服装是根据《老爷》杂志时装栏上的式样裁制的，言谈举止是约翰尼·卡森式的。谈到贷款，特别是小额贷款，他总是说“好的”，极少有例外。但是他也相信节俭，并认为我们大多数人对于金钱之道不及我们的父辈和祖辈来得精明。

关于亚历克斯·范德沃特还有一点要提：他是现代银行技术的一位先驱，本星期，这种现代银行技术的某些方面已开始用于本城市郊。

银行业的新面貌体现在毫无银行外观的分支银行身上——这一点似乎是恰如其分的，因为它们在本城的推动力正是范德沃特先生，而他，正像我们刚才所说的，看上去也不像一个银行家。

本记者曾于本星期随同亚历克斯·范德沃特先生前往他所谓的"此时此地已见端倪的未来的消费者银行"去看了一看。

这次采访是银行的对外联络部主任迪克·弗伦奇安排的。记者是位有点虚胖的金发中年妇女，名叫吉尔·皮科克。她虽然不是得过普利策奖的名记者，可是对写这篇报道很感兴趣，态度也友好。

亚历克斯和皮科克女士站在市郊某商业区新开设的一家分行里。分行的规模与附近一家杂货店相差无几，里面灯光明亮，设计得不俗。主要设备为两台不锈钢制的杜克特尔式自动出纳机，机器由顾客自己操作；另外，在小房间里还有一架闭路电视控制台。亚历克斯解释，这两台自动出纳机直通美利坚第一商业银行总行的计算机。

"如今，"他继续说，"公众一般都期待周到的服务，所以才要求银行营业时间长一些，营业时间对他们更方便一些。像这样的货币商店将每周营业七天，每天营业二十四小时。"

"所有的时间都要工作人员在这里吗？"皮科克女士问。

"不。白天，这里有一名职员处理询问事宜。其余的时间则除了顾客别无他人。"

"你们不怕抢劫吗？"

亚历克斯莞尔一笑。"自动出纳机建造得像堡垒一样，装有人们已知的各种警报系统。而电视监控——每个货币商店均有一架——都由市中心的调度中枢监控着。我们的当务之急不是安全问题，而是使我们的顾客适应新的观念。"

"看起来，"皮科克女士指出，"有些人似乎已经适应了。"

虽然时间尚早——才上午九点半，但小小的银行里已经有十几个人，还有些人正陆续而来。大部分是女人。

"我们进行过研究，"亚历克斯主动介绍说，"结果表明，女人对推销术的变化接受得快一些，无怪零售商店老是在那儿革新。男人慢一些，但最终女人总能说服他们。"

自动出纳机前已经排起两列不长的队伍，但实际上并不耽搁谁的工夫。每个顾客只需插入一张塑料识别卡，简单地按几个按钮，交易便很快做成了。一些人存入现金或支票，另一些人在提款。有一两个人是来支付银行信用卡或公用事业费的。不管他们来干什么，自动出纳机都以闪电般的速度吞吐着纸片和现金。

皮科克女士指着自动出纳机问："人们学会使用这些机器的速度，比你们预期的快呢还是慢？"

"快多了。第一次劝说人们试用这些机器时倒是挺费劲的。但一旦用起来，他们就着了迷，喜欢它们了。"

"老是听到这样的说法：人宁愿跟人打交道，也不愿跟机器打交道。为什么银行业就不一样呢？"

"我提到我们进行过研究，研究结果证明这是由于可以保守秘密。"

　　的确可以保守秘密（吉尔·皮科克在她星期天版的署名特写中承认），而且还不仅仅限于那些人形怪物的出纳机。

我独自坐在上述这家货币商店的一个小房间里，面对着一架联合式电视摄像机和电视屏幕。我开了一个账户，然后谈妥了一笔贷款。

过去我从银行借钱时，每次都感到局促不安。这一次我却没有这种感觉，因为在我面前电视屏幕上的那个面孔并不是眼前某一个有个性的人。面孔的主人——一个不知姓名、没有形体的男子——远在数英里之外呢。

"确切地说，是十七英里，"亚历克斯当时曾说，"刚才你跟他交谈的那位银行职员在我们市中心总行大楼的一间控制室里。从那里，他，以及其他的人，可以跟任何设有闭路电视机的分行进行联系。"

皮科克女士考虑了一下。"银行业到底变化得有多快？"

"从技术上说，我们发展得比宇航业还要快。你在这里所看到的，是自有活期存款以来最重要的发展，而在十年或者更短的时间内，银行的大部分业务都会照此进行。"

"那么还要不要一些人做出纳员呢？"

"在一段时间里还是要的。但这种人很快就会消失。不用很久，那种认为必须要用手点清现金，然后递出柜台的想法就将远远地落后于时代——就像老式的食品商总是自己动手称好糖、豌豆和黄油，然后再用纸袋包起来一样。"

"这一切太令人悲伤了。"皮科克女士说。

"进步常常是令人悲伤的。"

后来，我又随便找了十几个人，问他们是否喜欢这种新型的货币商店。他们无一例外对此反应热烈。

从光顾货币商店的人数之多来判断，前景广阔，这些深受欢迎的新设施，范德沃特先生告诉我，正在促成当前的一场储蓄运动……

货币商店是促成了这一储蓄运动，还是适得其反，这一点始终未能完全搞清楚。人们只看到美利坚第一商业银行最乐观的储蓄指标不但达到而且正在超额完成，其速度十分惊人。正像亚历克斯对马戈特·布雷肯所说的那样，看来公众的情绪跟美利坚第一商业银行所选择的时机似乎正好不谋而合。

听完这话，马戈特对他说："少吹几句，把你的桔子汁喝掉吧。"星期天的上午待在马戈特的公寓里是一件快事。当时他仍穿着睡衣裤，披着晨袍，刚读到吉尔·皮科克发表在《时代纪事》星期天版上的特写。马戈特在准备早餐——火腿蛋松糕饼。

进早餐时，亚历克斯还是那么兴高采烈。马戈特读了报上的特写后也承认说："的确写得不错。"她俯身过去吻了他一下，"我为你高兴。"

"上次因为你，我也上过报，比起来，这次的遭遇好多了，布雷肯。"

她嬉笑着说："报纸的动向，谁也说不准。报纸可以捧一个人，也可以毁掉一个人。也许明天你和你的银行就会受到攻击。"

他叹了口气。"真是常常被你言中。"

但是这一次她却说错了。

这篇新闻特写的原文经压缩后，通过报业辛迪加在其他四十个城市的多家报纸上同时刊载。美联社注意到这篇特写引起的广泛而普遍的兴趣，便向全国电信网发出了自己的报道，合众国际社也这样做了。《华尔街日报》派出一名采访记者，几天之后便在头版的一篇有关银行自动化的评论中对美利坚第一商业银行和亚历克斯·范德沃特作了重点介绍。全国广播公司的一个分支机构派出一个电视摄制小组，在一家货币商店采访了亚历克斯，访问录像就在全国广播公司的《每晚新闻》里播出。

新闻界每大吹大播一次，储蓄运动便获得了新的势头，货币商店的生意也随之愈见兴隆。

连高高在上的《纽约时报》也不慌不忙从它那显赫的地位俯视左右，注意起来了。接着，在八月中旬，该报星期天的商业与金融版宣告：进一步介绍一位银行界的激进分子。

《时报》对亚历克斯的采访记包括问与答，从自动化问题谈起，然后转向更广泛的领域。

问：当今银行界的主要毛病是什么？

范：我们银行家自行其是已太久了。我们一心只想着自己的福利，对顾客的利益想得太少。

问：你能举个例子吗？

范：能。银行顾客——特别是个人客户——得到的利息应该比现在多得多。

问：通过什么途径呢？

范：通过几种途径——可以通过存折，也可以通过存款单；我们还应该对即期存款，也就是活期存款支付利息。

问：让我们先谈储蓄。无疑，有一项联邦法令规定了商业银行储蓄利率的最高限额。

范：是的，而它的目的是为了保护储蓄信贷银行。顺便提一句，还有另一项法令，禁止储蓄借贷银行让顾客使用支票。这是为了保护商业银行。需要改变的是，法律应该从保护银行转而去保护一般人。

问：你所谓的"保护一般人"是不是指让那些有储蓄的人享受任何银行愿意支付的最大限度的利息和愿意提供的其他服务？

范：是的，是这个意思。

问：你提到了存款单。

范：联邦储备委员会禁止大银行——如我工作的那一家——为高利率的长期存款单做广告。这种长期存款单对那些指望着将来退休和想把所得税拖延到以后低收入的年岁时缴纳的人特别有利。联邦储备委员会为这项禁令提出一些虚假的理由，但真正的理由却是为了保护小银行，对付大银行，因为大银行效率高，有能力提供更好的交易。最后才考虑到的是公众，而吃亏的也是个人。

问：让我们把这一点搞清楚。你是说我们的中央银行——联邦储备委员会——对小银行的关心胜过对一般平民的关心吗？

范：一点不错。

问：让我们接下来谈谈即期存款——活期存款吧。有一些银行家曾公开说过，他们愿意对活期存款支付利息，但联邦法律禁止这样做。

范：下次再有银行家这么对你说，你就问问他，银行业在华盛顿强有力的院外活动集团何时曾经做过改变这项法律的作为。如果真在这方面有过什么努力的话，我可没有听说过。

问：那么，你的意思是大多数银行家并不真想改变这项法令罗？

范：我不单是这个意思，而且深知就是这么一回事。如果你正好是个银行老板，那么有这项禁止对活期存款支付利息的法律，事情就方便多了。这项法律是紧接着大萧条在一九三三年通过的，其目的在于加强银行的实力，因为在那之前的几年里很多银行倒闭了。

问：这已是四十多年以前的事了。

范：一点不错。这样一项法律的必要性早已不存在了。让我告诉你吧。就在现在，如果把全美国的活期存款的余额加在一起，总数将超过两千亿美元。你尽可以拿性命打赌，银行正靠着这笔钱在赚取利息，而存款人——银行的客户——却一分钱也捞不到。

问：既然你本人也是银行家，你的银行也从此刻谈到的那项法律中得到好处，那你为什么还要鼓吹变革呢？

范：首先是因为我主张公平，其次是因为办银行不需要那些保护法之类的拐杖。据我看，没有这些拐杖我们可以干得更好——我的意思是说，为公众提供更好的服务，同时获取更大的利润。

问：在华盛顿是否有人提出过你所讲到的这些变革呢？

范：有。亨特委员会一九七一年度的报告，以及由此报告而提出的立法，都将会对客户有利。但是由于某些特殊势力——包括我们银行业的院外活动集团——阻止进步，整个协议在国会里搁浅了。

问：你此刻坦率的谈话，你觉得会引起其他银行家的反对吗？

范：我没有考虑过这个问题，真的。

问：除了银行事务以外，你对当前的经济状况有什么总的看法？

范：有，但是，既然是总的看法，就不应该只限于经济方面。

问：那么就请你不加限制地谈谈你的看法吧。

范：作为一个国家，我们最大的问题，最大的缺点就是，眼下不管做什么事情，几乎都是有损于个人，而有利于大机构——大公司、大企业、大工会、大银行和大权独揽的政府。因此，个人不仅发迹难，维持现状难，甚至连活命也不容易。倘有什么不幸的事情发生——诸如通货膨胀、货币贬值、经济萧条、物资匮乏、赋税提高，甚至发生战争——受到危害的一直是个人，而大机构，即使受到危害，也不如个人严重。

问：历史上有没有与此相类似的情况呢？

范：有。说来也许奇怪，最近的例证，我认为是大革命前夕的法国。那时候，尽管局势不稳，经济混乱，但谁都以为买卖还会照样做下去。然而，由反抗的个人组成的民众推翻了压迫他们的独裁者。我并不是说我们现在的情况跟那时完全一样；但在很多方面，我们非常接近于独裁，又一次做出有损个人的事。如果对由于通货膨胀连家小也无法养活的人们说"你们从来没过过这么好的日子"，那就好比说"让他们尝些甜头"一样令人不安。所以我说，如果我们要维护我们所谓的生活方式和个人自由（这些都是我们宣称珍视的），我们最好还是重新开始考虑个人的利益并采取行动。

问：就你自己而言，你将首先使银行更多地为个人服务吗？

范：是的。

"亲爱的，太好了！我为你感到骄傲！我更加爱你了。"在这篇访问发表的前一天，马戈特读过清样后对亚历克斯说。

"这是我所读到过的最诚实的东西。但是其他银行家会恨你的。他们要咬你几口才解恨。"

"有些人会恨我，"亚历克斯说，"有些人就不会。"

尽管对自己的成功有点飘飘然，但此刻看到印出来的"答记者问"，他自己也有些不安。

第三章

"亚历克斯，你这次没有被钉上十字架，"刘易斯·多尔西慷慨激昂地说，"靠的是《纽约时报》的名气。如果你那番话说给国内任何一家别的报纸听，你们银行的董事们根本会不承认你，并且会把你像贱民一样赶出去。因为是《纽约时报》，情况就不同了。它为你披上一件体面的外衣，不过别问我为什么。"

"刘易斯，亲爱的，"埃德温娜·多尔西说，"你能不能中断一下演讲，再斟上些酒呢？"

"我并不是在演讲。"她丈夫从餐桌旁站起来，伸手拿起第二瓶一九六二年出厂的法国红葡萄酒。这天晚上，刘易斯看上去像往常一样瘦小和营养不良。他接着说："我只是就《纽约时报》发表几句不动感情的清醒看法。我以为，它只不过是一家没有生气的、有点左倾的报纸，它受之有愧的声望不过是美国低能的标记而已。"

"它的发行量比你的业务通讯要大，"马戈特·布雷肯说，"这是你不喜欢它的原因之一吧？"

她和亚历克斯·范德沃特，应刘易斯和埃德温娜的邀请，正在多尔西夫妇凯门园优雅的公寓顶层做客。餐桌旁，餐巾、水晶玻璃的器皿和锃亮的银餐具在柔和的烛光下发出耀眼的光。宽敞餐室的一边纵深处，有一扇宽大的窗子，透过窗子望下去，只见万家灯火在闪烁，一条黑色的带子蜿蜒其间，那是大河。

这是在亚历克斯那篇引起争论的访问发表一个星期之后。

刘易斯挑精拣肥地吃着一块牛肉，一边露出不屑的神态回答马戈特："我每月两期的业务通讯质量好，文章才华横溢。大多数日报，包括《纽约时报》，不过是滥竽充数，实在庸俗不堪。"

"别吵了，你们二位！"埃德温娜转向亚历克斯，"这个星期至少有十几位到市区分行来的人告诉我，他们已经读过你讲的那些话，对你的直言不讳很是钦佩。总行大楼里的反应如何？"

"有各种反应。"

"我敢打赌说，有一位某某人是不赞成的。"

"不错。"亚历克斯笑嘻嘻地说，"罗斯科当然不会带头给我捧场。"

近来海沃德的态度变得更加冷淡了。亚历克斯觉得，海沃德之所以生气，不仅因为亚历克斯受到注目，也因为海沃德曾反对的储蓄运动和货币商店取得了成功。

对海沃德及其董事会中的支持者们说来，另一件令人沮丧的事情是他们对于储蓄和贷款机构的一千八百万美元存款的预言失灵。尽管储蓄和贷款协会的经理部门曾经怒气冲冲地发作过一通，他们毕竟没有从美利坚第一商业银行提取存款。现在看来，他们也不像有提款的打算。

"除了罗斯科和其他几个人，"埃德温娜说，"我听说这几天你在职员中已有了一大批追随者。"

"也许我只是昙花一现，就像裸跑的时尚一样。"

"或者是一种瘾头，"马戈特说，"我发现谁跟你打交道，谁就会上瘾。"

他笑了。在过去的一个星期里，像汤姆·斯特劳亨，奥维尔·扬，迪克·弗伦奇这些亚历克斯所尊重的人物以及埃德温娜和其他人，包括一些从前他不知姓名的低级职员都对他表示祝贺，这很令人鼓舞。

好几位董事打电话来极口称赞。"你使银行的形象大为改观。"伦纳德·L·金斯伍德打电话来这么说。亚历克斯在总行大楼走过，有时简直成了凯旋仪式，职员和秘书都跟他打招呼，并热情地向他微笑。

"谈到你们的职员，亚历克斯，"刘易斯·多尔西说，"我倒想起来了，在你们的总行大楼里你们还有件事情没做，那就是埃德温娜的事。该是提升她的时候了。如果她不提升，你们一伙人就会一直输下去。"

"哎呀，刘易斯，你怎么可以这样说？"即使在烛光下，也可以看出埃德温娜把脸涨得通红。她不赞同地说："这里是社交场合。即使不是社交场合，这种话也完全不合适。亚历克斯，很抱歉。"

刘易斯不动声色，只是从半月形的眼镜上方扫视了妻子一眼。"你可以道歉，亲爱的。我才不呢。我知道你的能力和价值；谁能比我更清楚？再说，把我所看到的任何出类拔萃的东西说出来引起人们的注意，这是我的习惯。"

"好，刘易斯，我要为你欢呼三声！"马戈特说，"亚历克斯，你看怎么样？我尊敬的表姐什么时候提升进总行大楼？"

埃德温娜开始生气了。"请别再讲了！你们真把我窘死了。"

"发窘大可不必。"亚历克斯乐滋滋地呷了一口酒，"嗯！对勃艮第的红葡萄酒来说，六二年可说是好极了。跟六一年相比毫无逊色，你们说是不是？"

"是的，"主人表示同意，"幸亏这两种酒，我都贮藏了很多。"

"我们四个人都是朋友，"亚历克斯说，"所以我们可以推心置腹，无话不谈。我可以告诉你们，我一直在考虑提升埃德温娜，并且想好了一项具体的职务。至于这件事以及其他几个人的职务变动什么时候可以实行，还要看以后几个月里发生些什么。这些埃德温娜是知道的。"

"是的，"她说，"我知道。"埃德温娜还知道，她对亚历克斯私人的忠诚在银行内部尽人皆知。在班·罗塞利去世以后，甚至以前，她都认识到，亚历克斯如果被提升为总裁，肯定会对她的前途有所帮助。

但如果是罗斯科·海沃德继任，她要在美利坚第一商业银行得到提升就未必那么容易了。

"另外，"亚历克斯说，"我还想看到埃德温娜成为董事会的一员。"

马戈特脸上露出了喜色。"这下你总算说对了。这对妇女解放将是一大促进。"

"不！"埃德温娜的反应很强烈，"千万别把我跟妇女解放等同起来！我取得的任何成就都是靠自己的努力，通过正当的手段跟男人竞争得来的。而妇女解放并没有促进男女平等，反而使它倒退了。妇女解放所宣扬的是：因为你是妇女，所以就应该要求偏爱和优先照顾。"

"这是胡说！"马戈特似乎很感震惊，"你现在可以说这种话，因为你已经出人头地，你运气好。"

"没有什么运气，"埃德温娜说，"我是干出来的。"

"没有运气？"

"嗯，有也不多。"

马戈特争辩说："因为你是个女人，所以这里面就一定有运气。谁都记得，长期以来，银行一直是男人独霸的天下——而这是毫无理由的。"

"经验不是理由吗？"亚历克斯问。

"不是。经验只是男人施放的烟幕，目的是把女人排斥在外。银行业本身并非非男人不可。它所需要的只是头脑而已。女人也有头脑，有时候比男人还多点呢。其他的就只不过是造账制表、记记数字、磨磨嘴皮子而已。所以，唯一的体力劳动不过是把货币搬上搬下装甲车辆，这事儿女的警卫也肯定能够做到。"

"对你说的任何一点我都不想提出质疑，"埃德温娜说，"只是你的话已经过时了。男人的独霸局面已经被像我这样的人所打破，而且缺口正越来越大。谁需要那些妇女解放者呢？我是不需要的。"

"你打开的缺口还不够大，"马戈特反驳道，"不然你早就进了总行大楼，而不是像我们今天晚上这样只是谈谈而已。"

刘易斯·多尔西哈哈大笑。"说得好极了，亲爱的。"

"银行业里也有人需要妇女解放，"马戈特最后断言，"而且将长期需要。"

亚历克斯向后仰靠在椅背上——每当马戈特卷进争论时，他都是这个样子加以欣赏。"对于我们的聚餐尽管可以作出这样那样的评价，"他说，"但绝不可以说它枯燥乏味。"

刘易斯点头表示同意。"这番争论都是我引起来的。我要说，你对埃德温娜的好意，我是很高兴的。"

"行了，"他的妻子坚定地说，"我也谢谢你，亚历克斯。但是这些话已经够了，别再往下说了吧。"

这样，他们才没再说下去。

马戈特向他们说起她对一家百货商店提出的集团诉讼，因为这家百货商店一贯诈骗赊账购货的顾客。马戈特解释说，每月账单上印出的总数总要多出几块美元。如果有人抱怨，他们就把差额作为误差解释过去，不过几乎没有什么人来抱怨过。"当人们看到总数是机器印出来的，他们就以为总错不了。他们忘记了，或者根本就不知道，在机器按程序工作时，是可以把误差也包括进去的。在这桩案子里，有一台机器就是这样。"马戈特补充说，这家商店已经捞到了好几万美元的外快，这一点她准备在法庭上加以证实。

"我们在银行里是不把误差编入程序的，"埃德温娜说，"但是不管是不是用机器，误差总是难免的。所以我总是敦促人们检查他们的结账单。"

马戈特还告诉他们，在她对这家百货商店进行调查时，她曾得到一位名叫弗农·贾克斯的私家侦探的协助。此人工作勤奋，足智多谋。她着实赞扬了他一番。

"我知谙这个人，"刘易斯·多尔西说，"他曾为证券和交易委员会做过调查工作，那案子是我引起他们注意的。是个好人。"

在他们离开餐室时，刘易斯对亚历克斯说："让我们解放一下吧。跟我一起去吸支雪茄，喝杯科涅克白兰地怎么样？我们可以到书房去。埃德温娜不喜欢闻雪茄烟味。"

于是两个男人说了一声"失陪"，便来到下一层——多尔西家的顶层住房共有两层——刘易斯的私室。进屋以后，亚历克斯好奇地朝四下打量着。

房间很宽敞，两边都是书橱，另一边是放杂志和报纸的架子。书橱和架子上都堆得满满的。室内有三张书桌，上面都高高地堆着票据文件、书籍和卷宗，一张书桌上装有自动打字机。"当一张书桌变得无法在上面工作时，"刘易斯解释说，"我就干脆搬到另一张桌子上去。"

穿过一扇开着的门，便是一个白天供秘书工作兼存放档案的房间。刘易斯进去拿出来两只高脚酒杯和一瓶法国白兰地酒，然后把酒杯斟满。

"我经常在想，"亚历克斯若有所思地说，"要办好一份金融业务通讯得靠什么背景。"

"我只能就我办的通讯谈谈自己的看法，而我这份通讯，行家们都认为是办得最好的。"刘易斯递给亚历克斯一杯白兰地，然后指着一只打开的雪茄烟盒。"请抽烟——这是马卡努多牌雪茄，首屈一指的货色，而且是免税的。"

"你用什么办法免了税的呢？"

刘易斯不禁笑出声来。"看看雪茄上扎的箍圈吧，我花了几个小钱就让人把原来的箍圈拆了，换上特别的一种，上写'多尔西新闻通讯'的字样。这样，雪茄就成了广告品，成了企业的一项支出。所以，每当我抽雪茄时，我总是心满意足，因为山姆大叔代我付了钱。"

亚历克斯没说什么，只是取了一支雪茄，把它当作一朵香花似的放到鼻子前嗅着。对于税收的各种漏洞，他早已不再进行道义上的批评了。

既然国会把它们定为国法，那么谁还可以责怪别人利用这些漏洞呢？

"在回答你的问题的时候，"刘易斯说，"我可以毫不隐瞒《多尔西新闻通讯》的宗旨。"他点着了亚历克斯的雪茄，再点着自己的，然后美美地吸了一口，"就是帮助富人变得更富。"

"我注意到了。"

亚历克斯知道，每期业务通讯都有生财之道的内容——哪些债券该买进或卖出，哪些货币该换进或抛出，应该经营哪些商品，对外国的证券市场该涉足还是回避，随心所欲的富人纳税时可钻哪些空子，怎样通过瑞士货币账户做生意，哪些是可能影响到货币的政治背景，哪些灾祸行将发生，而了解内情的人又可以如何利用这些灾祸，等等，等等。

生财之道名目繁多，刊物的语气则带有不容置辩的权威性，很少有模棱两可的话。

"不幸，"刘易斯补充说，"干金融通讯这一行的人中间不乏骗子和牛皮大王，这就损害了那些严肃而诚实的通讯刊物。某些所谓的通讯刊物不过是报纸要点的摘抄而已，因此毫无价值；另外一些则兜售股票，从经纪人和推销商那里暗地领取报酬，当然这种诈骗术到头来总会露馅的。值得一看的通讯刊物或许有五六种，而本人的那一份则名列第一。"

亚历克斯心想，如果在别人身上，这番喋喋不休的自我标榜就会令人生厌了。但是在刘易斯身上，不知怎么，情况却不是这样。也许是因为他有吹嘘的资本。至于刘易斯极右的政见，亚历克斯觉得可以不去管它，就像滤茶器滤过的茶一样，只留下纯粹的金融方面的精华就可以了。

"我相信你一定是我的订户。"刘易斯说。

"是的——通过银行订的。"

"这里是一份我最新一期的通讯。请拿去，尽管你那一份星期一就会邮寄给你。"

"谢谢你。"亚历克斯接过这份淡蓝色的平版印刷品——折叠起来是四开大小的四页，外表并不吸引人。文章先用打字机密密麻麻地打好，再经摄影、还原。但是这份通讯在外观上的缺陷，却由其金融价值弥补了。刘易斯夸口说，凡遵循其忠告的，一年内可增加四分之一的资本，几年内则可以翻一番或两番。

"你的秘诀何在？"亚历克斯问，"你怎么会经常正确？"

"我的头脑像一台输入了三十年数据的计算机。"刘易斯抽着雪茄说，接着用瘦骨嶙峋的手指敲敲自己的脑门，"我所学到的有关金融方面的点滴知识都贮存在这里啦。我还可以把某一个项目跟另一个项目联系起来，把未来跟过去联系起来。另外，我还有一样计算机所没有的东西——与众不同的直觉。"

"那么为什么费尽心思办通讯刊物呢？为什么不自己出马经营，发财致富呢？"

"这没有刺激。没有竞争。而且，"刘易斯咧嘴一笑，"我现在也干得不坏嘛。"

"我记得，你的订费标准好像是……"

"通讯刊物每年三百美元。私人咨询每小时一千美元。"

"我有时怀疑你究竟有多少订户。"

"其他人也怀疑。这是我严加保守的一个秘密。"

"对不起。我不是要打听。"

"不想打听才怪呢。我要处在你的地位，就想打听打听。"

亚历克斯想，今天晚上，刘易斯比过去任何时候都显得无拘无束。

"也许我可以把我的秘密告诉你。"刘易斯说，"人都喜欢自吹自擂。我的通讯刊物有五千多订户。"

亚历克斯做了一番心算，轻轻地吹了一声口哨。这意味着每年一百五十多万美元的收入。

"除此之外，"刘易斯推心置腹地说，"我每年出版一本书，每月接受咨询约二十次。书的稿费和咨询费用来支付我全部的开支，所以通讯刊物的收入就成了纯粹的进项。"

"真了不起！"然而，亚历克斯又觉得，或许这也没有什么了不起。

任何人听取了刘易斯的意见都可以将其咨询费用成百倍地重新赚回。此外，通讯刊物的订费和咨询费在计算所得税时都可以扣除掉。

"对于有钱投资或储蓄的人，"亚历克斯问，"你能拿得出一项包罗万象的指导意见吗？"

"完全拿得出！自己的钱自己管。"

"假如此人不懂……"

"那就摸索着学。学习并不怎么难，而照看自己的钱更是一种乐趣。当然要听劝告，但是不可盲从，要谨慎，对接受什么劝告要有所选择。经过一段时间后，你就知道应该相信谁，不应该相信谁了。要广泛阅读，其中包括我这样的通讯刊物。但绝不可把决定权让给别人，特别是那些股票经纪人——他们可以把你攒起的钱飞快地花光，还有银行信托部。"

"你不喜欢信托部？"

"见鬼，亚历克斯，你明明知道，你们的银行和其他银行干得实在糟糕透顶。一些大信托账户还算能得到某种个别服务，中小账户要么是一锅煮，要么就由那些薪金低微的无能之辈去受理，这些人甚至连行情看涨还是看跌也分辨不清。"

亚历克斯做出一副苦相，但并没有提出异议。他知道得一清二楚——除了少数难能可贵的例外——刘易斯说得一点不错。

他们在烟雾弥漫的房间里呷着科涅克白兰地，两人都不说话。亚历克斯把最近一期的通讯刊物，大致翻阅了一下，准备以后再仔细阅读。像通常一样，有些材料是技术性的。

从图表上看，我们似乎开始处于市场跌价的第三阶段。道琼斯的三种平均指数全在以同样的步子下跌，二百天市场总值的平均趋势遂告中断。标志日后变化的曲线正在急剧跌落。

也有比较简单的内容：

推荐货币搭配：

瑞士法郎……………40%

荷兰盾··············25%

德国马克·············20%

加拿大元·············10%

奥地利先令···········5%

美元················0%

另外，刘易斯还向读者建议，全部资产的百分之四十应该是金条、金币和金矿股票。

一个定期专栏里列举了国际证券中哪些该抛出，哪些宜保留。亚历克斯的视线掠过"买进"和"保留"两个表格，然后落到了"抛出"的表格上。他的目光一下子停留在"超国公司——立即在市场上抛出"。

"刘易斯，关于超国公司的这一条——为什么要抛出超国公司的证券，而且是'立即在市场上抛出'？多年来你一直是把它的证券称为'宜长期保留'的一类的。"

主人经过考虑才回答说："我对'苏纳柯'感到不安。我从互不相干的来源得到很多零星的负面情报。一些谣传谈到未曾报道过的巨额损失；还有传言谈到各子公司会计方面的一些不择手段的欺诈行为。一则来自华盛顿未经证实的传言谈到大乔·夸特梅因正在到处活动，寻求一笔洛克希德式的补助金。这就等于说——也许是，也许不是——前面有暗礁。作为一项预防措施。我希望我的读者能够脱身出来。"

"但是你所说的还只是些捕风捉影的谣言而已。关于任何公司你都可以听到这种谣言。实质性的根据在哪里？"

"没有。我的'抛出'劝告是凭直觉作出的。有时候我是单凭直觉行事的。这一次就是。"刘易斯·多尔西将雪茄烟蒂丢进烟灰缸，放下空酒杯。"我们回到夫人们那里去好吗？"

"好的。"亚历克斯说着，便跟着刘易斯走了出来。但是他的心思仍留在超国公司上。

第四章

"我万万没有想到，"诺兰·温赖特厉声说，"你居然还有脸到这里来。"

"原先我自己也没有想到。"迈尔斯·伊斯汀的声音显出了他的紧张不安，"我昨天想到要来的，后来一想，我实在不能来。今天我在外面来回转了半个小时，才鼓足勇气走了进来。"

"你说是勇气，我说是不要脸。不过，你既然来了，请问你想要什么呢？"

这两个人面对面站在诺兰·温赖特幽僻的办公室里。他们形成了鲜明的对比：负责安全工作的银行副总经理铁板着脸，是个仪表堂堂的黑人，而前罪犯伊斯汀则形容憔悴，面色苍白，局促不安，远不是仅仅十一个月前还在美利坚第一商业银行工作的那位生气勃勃、和蔼可亲的业务部助理了。

跟银行大多数部门比起来，他们此刻所在的办公室是很简朴的。漆过的墙上没有任何装饰，一应陈设，包括温赖特的办公桌在内，都是灰色金属制的。地板上铺的地毯很薄，质地也差。银行对赚钱的部门挥金如土，精心布置。安全部却不在此列。

"那么，"温赖特又问一遍，"你想要什么？"

"我来看看你是否肯帮助我。"

"我为什么要帮助你？"

伊斯汀犹豫了一会儿，仍旧紧张地回答道："我知道，被捕的那天晚上，我第一份供词是你哄骗出来的。我的律师说它是非法的，绝不可能在法庭上引用。这点你当时就知道。可你却让我一直以为它是一份合法的证词，所以我才签了联邦调查局的第二份供词，根本不了解这里面有什么区别……"

温赖特猜疑地眯上眼睛。"在我回答以前，我想先弄清楚一点：你带录音机了吗？"

"没有。"

"我怎么能相信你呢？"

迈尔斯耸耸肩，然后按照他从执法人员搜身和从狱中学来的样子，把两手高举过头。

有一会儿工夫，温赖特似乎不想搜他的身，但接着又迅速而熟练地在他身上从上到下拍了一遍。迈尔斯放下了手臂。

"我是只老狐狸，"温赖特说，"有些像你这样的家伙自以为精明，可以趁人不备抓住别人的把柄，然后提起法律诉讼。这么说，你在监狱里学会法律了？"

"不。我只发现了供词不对头。"

"好吧，既然你提出了问题，那就实话对你说吧。我当然知道，从法律上讲，供词也许站不住脚。我也的确哄骗了你。另外还有：如果再碰上同样的情况，我还要这么干。你是有罪的，对不对？你当时差一点儿把那个叫努涅兹的女人送进了监狱。具体做法上有些微不足道的出入有什么关系呢？"

"我当时只想到……"

"我知道你当时在想些什么。你以为你还会回到这里来，我的良心会感到刺痛，我在你的阴谋诡计或者随便什么要求面前将不堪一击。哼，事情并不是这样，我也并不是不堪一击。"

迈尔斯·伊斯汀嘟嘟囔囔地说："我没有什么阴谋诡计。我很后悔来了这一趟。"

"你究竟想要什么？"

没有回答。两人互相打量着。接着，迈尔斯说："要份工作。"

"在这里吗？你准是疯了。"

"为什么？我将成为银行里最诚实的雇员。"

"等有人对你施加压力时，你就再去偷。"

"这种事绝不会再发生！"刹那间，迈尔斯·伊斯汀从前的气概又闪了一闪，"难道你，难道谁都不能相信我已经接受了教训吗？我已经认识到偷窃会带来什么后果。我已经记住任何时候决不能再干这种勾当了。现在我一定要抗拒世上的任何诱惑，决不冒重进监狱的风险。这一点，难道你不相信吗？"

温赖特态度生硬地说："我相信不相信无关紧要。银行是有方针的，不可以雇用一个犯过罪的人。即使我想雇用，我也无法改变这一点。"

"但是你可以试一试。就在你这里也有些工作，犯过罪的人照样可以担任，他想不老实也没有办法。难道我不可以得到某种这样的工作吗？"

"不成。"接着，他动了好奇心，"你为什么这样渴望回来呢？"

"因为我在别处找不到任何工作，什么工作也找不到。没有希望，没有机会。"迈尔斯的声音哽咽着，"另外，也因为我饿了。"

"你怎么了？"

"温赖特先生，我获得假释已经三个星期了。一个多星期以来我身无分文，三天没有吃东西了。我想我是饿急了。"哽咽的声音突然变成了沙哑的抽泣，"来到这里……不得不见你一面，猜想着你会说什么话……这是最后的……"

温赖特听着听着，脸上严厉的神色缓和了几分。他指指屋子那边的一把椅子说："坐下。"

他走出房去，给秘书五块钱。"到餐厅去，"他吩咐，"买两块烤牛肉三明治和一品脱牛奶来。"

温赖特回来时，迈尔斯·伊斯汀仍然垂头丧气地瘫坐在自己让他坐下的地方。

"准你假释的人没有帮你忙吗？"

迈尔斯辛酸地说："据他对我说，他经手假释的人总共有一百七十五名。每个月他得上所有的人那里去查看一次，他又能为哪一个人做点什么呢？没有工作。他所给的只是一些警告。"

温赖特凭着经验知道都是些什么样的警告：不要跟在狱中碰到过的犯人厮混在一起；不要出入那些臭名昭著的罪犯巢穴。否则，让检方看到，一定马上叫你回到监狱去。但实际上这些规章既陈旧又不现实。

一个没有经济收入的囚犯注定要吃亏，因此跟那些同他一样的人往来常常是他唯一的活命之途。犯过罪的人重新犯罪的比率很高，这也是一个原因。

温赖特问："你真的找过工作了吗？"

"能想到的地方都去过了。我也不挑肥拣瘦。"

在寻找工作的三个星期里，迈尔斯最接近成功的一次是差点在一家第三流的、拥挤的意大利餐馆里当上一名厨师下手。这个职务正缺人，而那餐馆老板，活像一条愁容满面的杂种赛跑狗，也有心想雇用他。但是当迈尔斯说明自己坐牢的那段经历时（他知道这是一定要说的），他瞧见对方的目光向身旁那台收银机瞟去。不过即使到了这一步，餐馆老板还没拿定主意，但是老板娘在一旁像个教官似的作了裁决："不行！我们担不起这个风险。"伊斯汀对他们恳求再三，还是无济于事。

在别的地方，一说出假释犯身份，找到工作的可能性顿时化为乌有。

"我要是能帮你忙，我也许就帮了。"温赖特的语调比之两人刚见面时已软了下来，"但是我不能。这里没有什么工作，你该相信我。"

迈尔斯阴郁地点点头。"这一点我想我是料到的。"

"那么，接下去你打算再去哪儿试试？"

迈尔斯还没来得及回答，女秘书回来了，交给温赖特一个纸包和找回来的钱。女秘书走后，温赖特拿出牛奶和三明治，放在伊斯汀面前。

伊斯汀两眼盯着食物，舔了舔嘴唇。

"你要是乐意，可以在这里把这些东西吃掉。"

迈尔斯不再迟疑，连忙用手指剥掉第一块三明治的包装纸。温赖特看着他一声不响地狼吞虎咽，对他所说的挨饿的事实再也没有丝毫怀疑了。安全部头子一边看着，一边想出了一个主意。

最后，迈尔斯喝光了纸杯中最后的一点牛奶，擦了擦嘴唇。至于三明治，更是吃得一点不剩。

"你还没有回答我的问题，"温赖特说，"接下去你打算再去哪儿试试？"

伊斯汀显然不知说什么好；过了一会儿他才直截了当地说："我不知道。"

"我看你肯定有主意。你是在撒谎——进屋后第一次撒谎。"

迈尔斯·伊斯汀耸耸肩。"撒谎又怎么样呢？"

"我猜想，"温赖特说，他没理会伊斯汀的反问，"到现在为止，你一直避着在狱中认识的那些人。但是因为你在这里一无所得，你决定要去找他们了。即使被人看到，假释因此失效，也只好去冒险了。"

"我还有什么别的路可走？你既然都知道，为什么还要问？"

"这么说，你真的有联系对象了。"

"如果我说有的话，"伊斯汀轻蔑地说，"那么我一走，你马上就要给假释委员会打电话了。"

"不。"温赖特摇摇头，"不管我们作出什么决定，我保证不会干这种事。"

"'不管我们作出什么决定。'这话什么意思？"

"也许我们可以想出点事情来给你做，如果你肯冒风险的话。大风险。"

"什么样的风险？"

"现在先别去管它。如果需要的话，我们回头再谈。首先给我谈谈你在里面认识的那些人以及现在的联系对象。"温赖特觉察到对方仍然在提防着，于是又说，"我向你担保，未经你同意，我绝不会利用你告诉我的任何情况。"

"我怎么知道这不是一个骗局——就像你以前骗我的那次一样？"

"你不知道？那不妨相信我一次。不然就请你离开，再也别回来了。"

迈尔斯一声不响坐着思考，时而像以前那样紧张不安地舔舔嘴唇。

接着，尽管外表上并没有显出下定决心的迹象，他却突然讲了起来。

他说出了黑手党号房的密使在德伦蒙堡监狱第一次跟他打交道的情况。迈尔斯·伊斯汀告诉温赖特，带给他的口信来自外面放高利贷的俄国佬伊果尔·奥敏斯基，大意是说他伊斯汀"够朋友"，因为在他被捕时以及被捕后，都没有供出这个高利贷者或是聚赌抽头的老板。作为让步，伊斯汀在押期间，贷款的利息就不算了。"黑手党的信使说，在我关押期间，奥敏斯基让钟停了。"

"但现在你已经不在里面，"温赖特指出，"所以钟又走起来了。"

迈尔斯愁容满面。"是的，我知道。"这一点他心里明白，只是在寻找工作的时候，尽量不去想它罢了。别人曾告诉过他可在某某地方跟放高利贷的奥敏斯基和其他人取得联系，但他却一直没有去。这地方就是靠近市中心的"七七"健身俱乐部。这个口信是在他离开监狱的前几天传给他的。此刻，在温赖特的盘问下，他又重述了一遍。

"果然不出我所料。我不了解这个'七七'俱乐部，"银行安全部头子若有所思地说，"不过我听说过。它很有点名气，是个坏人经常出没的地方。"

迈尔斯在德伦蒙堡监狱里还被告知，通过他出去后建立的联系，他可以有不少赚钱过活并开始还债的门路。他当时不需要解释就知道这些"门路"都是违法的。这一点，加上他害怕重陷囹圄的心理，使他坚决不去沾"七七"俱乐部的边。至少到目前为止，还没有去过。

"那么，我的直觉还是对的。你离开这里就会上那儿去。"

"啊呀，老天，温赖特先生，我是不愿去的！现在也还是不愿去。"

"也许，咱们俩私下说说，你不妨两面兼顾。"

"怎么两面兼顾呢？"

"你听说过密探吗？"

迈尔斯·伊斯汀在承认"听说过"之前，显得很吃惊。

"那么，仔细听着。"温赖特开始讲了起来。

四个月以前，当银行安全部头子去验看他手下的密探维克的尸体时，只见那人被割去四肢，溺死在水中，他内心曾经问过自己以后到底还要不要再派密探去打听。当时，他大为震惊，深感内疚。他说不再派密探，这话倒是真心实意的，此后也的确没有去招人接替死者的工作。

但是现在，伊斯汀正走投无路，又有现成的关系，这个机会实在难得，岂可轻易放过？

另外，同样重要的是，伪造的键式信用卡好像洪水泛滥一样，大批大批出现，其来源至今还没有查到。用来查明伪造者和分发者的老一套办法已经失败了，这一点温赖特是知道的；另外，按照联邦法律，伪造信用卡并不算犯罪行为，这也妨碍了调查的进行。欺诈必须加以证明；光说别人有欺诈的意图是不够的。由于这些原因，执法机构对其他形式的伪造更感兴趣，而对信用卡只是附带关心一下罢了。使诺兰·温赖特这样的专门人员感到恼火的是，银行也没有认真努力去改变这种局面。

这种种情况，银行安全部头子大半都详细地对迈尔斯·伊斯汀说明了。他还提出一项实际上很简单的计划：迈尔斯不妨打进"七七"俱乐部，尽可能建立各种联系。他应尽力去讨好别人，并利用一切可能的机会赚上点钱。

"干这件事从两方面来讲都意味着冒险，这你必须认识到，"温赖特说，"如果你做了犯罪的事而且被人发觉，那么你将被捕，受审，谁也帮不了你的忙。另一个风险是，即使你没有被发觉，假释委员会却听到了风声，那也肯定会把你送回监狱。"

然而，温赖特接着往下说，如果两种灾难都避过了，那么迈尔斯就该设法扩人联系，留神细听，积累情报。开始时，他应该小心翼翼，不要露出爱打听的样子。"你要慢慢来，"温赖特告诫说，"不要性急，要沉住气。

让消息传出去，让别人来找你。"

要等迈尔斯被接受为自己人之后，他才可以想法多打听一些消息。

到那时候，他才可以开始谨慎地调查有关伪造信用卡的内幕，要表现出一种想捞一点好处的热衷，而且设法逐步接近进行信用卡交易的地方。

"情况往往是这样，"温赖特指点说，"某人认识某人，某人又认识某人，而某人正好对某件事了如指掌。你就应该这样不露痕迹地钻进去。"

温赖特还说，伊斯汀应定期向他汇报，不过绝不能直接接触。

谈到汇报，又使温赖特想起自己有责任把维克的事解释清楚。他说得直截了当，连细节都没有漏掉。说着说着，只见迈尔斯·伊斯汀脸色变得煞白，他不禁记起了那天晚上在伊斯汀房间里的情形：当大祸临头，罪行被揭露出来的时候，这个年轻人对体罚本能的恐惧曾表现得那样明显。

"不管出现什么情况，"温赖特严厉地说，"我希望你以后不要说，也不要认为，我事先没有警告过你有些什么危险。"他顿了一下，考虑了一会儿，"现在，谈谈钱的问题。"

安全部头子说，如果迈尔斯同意替银行做密探，他保证每月支付给他五百块钱，直到这项任务以某种方式完成为止。这笔钱将通过一个中间人转交给他。

"银行会雇用我吗？"

"绝对不会。"

回答明确有力，不容讨价还价。接着，温赖特又作了详尽的说明：把银行正式牵连进去是不行的。如果迈尔斯·伊斯汀同意担当拟议中的这个角色，他只能独立行事，如果碰上麻烦，想把美利坚第一商业银行牵连进去，银行将否认跟他有任何关系，人家也不会相信他的话。"自从你被宣判有罪，关进监狱以后，"温赖特宣布说，"关于你的情况，我们甚至一点也没有听说过。"

迈尔斯哭丧着脸。"这不公平。"

"一点不错！但是要记住：是你到这儿来的。我并没有去找你。现在你说说吧——同意还是不同意？"

"如果你是我，你会怎么做？"

"我不是你，也不可能是你。但我可以告诉你我是怎么看的。从现在的情况看，你并没有多少选择的余地。"

一刹那间，迈尔斯·伊斯汀早先的幽默和好脾气又显现出来了。"同意也好，不同意也好，反正我是输定了。我想我敢情是倒透了霉啦。让我再问一个问题。"

"什么？"

"如果一切顺利，如果我搞到了——如果你搞到了——你所需要的证据，到那时候，你愿意帮我在美利坚第一商业银行找个工作吗？"

"这我没法答应。我已经说过规章制度不是我订的。"

"但是你有影响，可以改变规章制度。"

温赖特在回答前先考虑了一会儿。他想，如果真的搞到了证据，他倒不妨去找找亚历克斯·范德沃特，替伊斯汀说两句。倘使事情成功，做这点事也是值得的。于是他便说出声来："我将尽力而为。我只能答应你这一点。"

"你真是铁石心肠，"迈尔斯·伊斯汀说，"好吧，我同意了。"

他们接着商量找谁来当中间人。

"从今天起，"温赖特警告说，"你我不再直接见面。这太危险，我们俩随便谁都可能受到监视。我们需要有一个人充当彼此之间传递消息和钱的渠道；这个人必须是你我都完全信任的。"

迈尔斯慢条斯理地说："胡安尼塔·努涅兹可以吗？如果她愿意的话。"

温赖特显出极度诧异的神色。"就是那个出纳员，你对她……"

"是的。但是她原谅了我。"他的声音又得意又激动，"我曾去看过她，她原谅了我，愿上帝保佑她！"

"真没想到。"

"你去问问她，"迈尔斯·伊斯汀说，"她没有什么理由一定同意。不过我想……只是想想而已，她或许会同意的。"

第五章

刘易斯·多尔西对超国公司的直觉有几分正确性？超国公司的稳固性如何？这些问题一直在亚历克斯·范德沃特的脑子里打转，使他不得安生。

亚历克斯和刘易斯是在星期六晚上谈到苏纳柯的。那天晚上以及星期天一天，亚历克斯都在思考着《多尔西新闻通讯》上关于以市场肯出的任何价格抛出超国公司股票的建议，以及多尔西对这家联合大企业的稳固性所表示的怀疑。

整个问题对银行来说至关重要，甚至可以说是生死攸关。然而，亚历克斯也意识到，局面很微妙，他必须小心行事才行。

首先，超国公司是银行的主要客户。如果银行里的人竟然传播对客户不利的谣言，特别是不真实的谣言，任何客户都会理所当然地感到愤慨。另外，亚历克斯确信：一旦他开始东问西问，那么关于这些问题及其来源的谣言就会不胫而走，迅速传开。

但是，这些谣言果真都是讹传吗？当然，刘易斯·多尔西也承认，这些谣言还缺乏充分的依据。不过话说回来，当年宾州中央、公平基金公司、富兰克林国民银行、安全国民银行、美国银行信托公司、圣地亚哥美国国民银行以及其他公司宣告破产时，都曾轰动一时，但关于它们要破产的谣言最初传出来的时候，不是也缺少充分的依据吗？洛克希德公司不也是这样吗？幸亏美国政府的一笔福利救济才使它摆脱困境，幸免倒闭。亚历克斯清楚而不安地记得，刘易斯·多尔西曾提到超国公司的夸特梅因正在华盛顿寻求一笔洛克希德式的贷款——刘易斯用的是补助金一词，而实际情况差不多就是这样。

当然，也可能超国公司只是暂时缺少现金，这种情况即使是最殷实的公司有时也难免碰上。亚历克斯希望情况如此，或者比这还好一些。

然而，他作为美利坚第一商业银行的一名高级职员，光坐在那里希望是不行的。

银行的五千万美元已经流入超国公司；另外，信托部还利用了银行理应加以保护的存款买进了超国公司的大量股票，这件事至今使亚历克斯心有余悸。

他决定，应该做的第一件事情就是光明磊落地通知罗斯科·海沃德。

星期一早晨，他走出自己的办公室，经过第三十六层楼铺有地毯的走廊，来到海沃德的办公室。亚历克斯随身带来了星期六晚上刘易斯拿给他的最近一期《多尔西新闻通讯》。

海沃德不在。亚历克斯对高级秘书卡拉汉夫人友好地点点头，信步走了进去，将通讯刊物方方正正地摆在海沃德的办公桌上。他事先已将有关超国公司的那条消息圈了出来，现在又用回形针夹上一张字条，上面写着：

　　罗斯科——
　　　　我觉得此条消息你应一阅。
　　　　　　　　　　　　A.

然后，亚历克斯回到自己的办公室。

半小时之后，海沃德气冲冲地闯了进来，面孔涨得绯红。他把通讯刊物往桌子上一摔。"是你把这份讨厌的、嘲弄人们智力的东西放在我办公桌上的吗？"

亚历克斯指指自己手写的字条说："好像是吧。"

"那就劳驾别再把那位不学无术、自命不凡的家伙所写的一派胡言拿给我看了。"

"啊，拜托！刘易斯·多尔西确实自命不凡。和你一样，我对他写的有些东西也不喜欢。但他却并非不学无术，他的有些看法至少值得一听。"

"你可以这样想。别人可不这样想。我建议你读读这个。"海沃德啪的一声把一本杂志摔在通讯刊物上面。

亚历克斯对海沃德竟然如此激动深感意外，于是低头一看。"我已经读过了。"

这本杂志是《福布斯》，里面有篇两页长的文章对刘易斯·多尔西进行了激烈的抨击。亚历克斯当初读的时候就发觉这篇文章泄私愤有余而事实不足。但它却进一步使他了解到，金融界的报刊对《多尔西新闻通讯》的攻击屡见不鲜。亚历克斯指出："一年前《华尔街日报》上也有过一篇类似的文章。"

"那我倒奇怪了，你竟然不承认多尔西是一个完全没修养、不合格的投资顾问。而此人的妻子还在为我们工作，对此我真有点遗憾。"

亚历克斯没好气地指出："埃德温娜和刘易斯·多尔西约定双方各行其是，这一点我相信你也清楚。讲到资格，我愿意提醒你，有许多专家，得了一大串学位，但在金融预报方面成绩并不见佳。而刘易斯·多尔西却常常言中。"

"关于超国公司的预报却不尽然。"

"你仍然认为苏纳柯地位稳固吗？"

这最后一个问题，亚历克斯问得很平静，它不是出自对立情绪，而只是为了探听虚实。但是这个问题竟对罗斯科·海沃德产生了几乎是爆炸性的影响。海沃德透过他的无框眼镜瞪了对方一眼，脸涨得更红了。

"我看对你说来，再也没有比看到苏纳柯失败，我也跟着倒霉更开心的事儿了。"

"不，这不是……"

"让我讲完！"海沃德怒不可遏，面部肌肉抽搐着，"你们这样卑鄙地密谋，无耻地散布怀疑情绪，传阅这种下流的读物就是一例，"他指指《多尔西新闻通讯》，"我已经看够了。现在我要告诉你，该刹车了。超国公司是一家利润丰厚、经营有方、稳固健全、兴旺发达的公司，过去如此，现在还是如此。搞到苏纳柯这个户头是我的功绩，这是我的生意，当然你从个人角度出发尽可对此表示嫉妒。现在我警告你：别来插手！"说完，海沃德扭转身子，高视阔步地走了。

有几分钟的时间，亚历克斯·范德沃特一声不响地坐在那里沉思，考虑着刚才发生的一切。海沃德的那阵爆发使他惊愕不已。在他与罗斯科·海沃德结识并共事的两年半里，他们有过分歧，偶尔也曾流露出对彼此的厌恶。但是，海沃德从来没有像今天上午这样不由自主地失态。

此中原因，亚历克斯觉得自己也明白。罗斯科·海沃德是虚张声势，借以掩盖自己的不安。亚历克斯越想越认为是这么一回事。

本来，亚历克斯自己就为超国公司感到担心。现在问题出来了：海沃德也为苏纳柯感到担心吗？如果是，下一步又怎么样呢？

想着想着，他突然想起最近一次谈话中的一个片断。亚历克斯按了一下内部对讲机的电钮，对秘书说："看能不能找到布雷肯小姐。"

十五分钟后，电话里传来了马戈特清脆的声音："但愿不是什么坏消息。我是从法庭上被你给喊出来的。"

"相信我，布雷肯。"他开门见山就问，"在那次百货商店的集团诉讼，也就是星期六晚上你给我们讲到的那个案子中，你说你曾雇用了一名私家侦探。"

"是的，他叫弗农·贾克斯。"

"我想刘易斯认识他，或者听说过他。"

"对。"

"刘易斯说他是一个好人，曾为证券和交易委员会工作过。"

"这话我也听到了。可能是因为弗农得过经济学方面的学位。"

亚历克斯在已写好的笔记上又加上了这一情报。"贾克斯言行谨慎吗？人可靠吗？"

"完全可靠。"

"我怎么找他？"

"我替你找吧。告诉我你要什么时候在什么地方见他。"

"在我的办公室，布雷肯，今天——务必办到。"

亚历克斯端详着坐在办公室接待区面对着自己的来客。此人不修边幅，头顶正在秃发，说不出一种什么味道。这时是当天下午三点左右。

亚历克斯估计贾克斯刚刚五十出头。他看上去像一个小镇上不太富裕的杂货商。他的鞋子已经磨破，衣服上有食物的油渍。亚历克斯已经听说，贾克斯在自己开业之前曾在国内税收署当过探员。

"我听说你还得过经济学学位。"亚历克斯说。

贾克斯耸耸肩表示不值一提。"夜校。你知道那是怎么回事。反正有时间。"他的声音越来越小，解释也使人不得要领。

"会计学怎么样？这方面知识很多吗？"

"有一点。眼下正在研究，准备参加特许会计师的考试。"

"也是夜校吧。"亚历克斯开始懂了。

"是的。"说着，露出一丝淡淡的微笑。

"贾克斯先生。"亚历克斯言归正传。

"多数人就叫我弗农。"

"弗农，我正在考虑请你进行一项调查。这工作要求绝对保密，而且一定要尽快完成。你听说过超国公司吗？"

"当然。"

"我要对这家公司的财务状况进行一番调查。但是，你只能从外面偷偷摸摸地打听——我恐怕没有别的字眼好用了。"

贾克斯又微微一笑。"范德沃特先生，"这一回他的声音比较清脆，"这正是我的拿手好戏。"

他们商定，这项工作需要一个月的时间，当然，如果有必要，中间也可以向亚历克斯汇报。关于银行在调查中扮演的角色必须严加保密，非法的事情绝不可做。侦探的酬金为一万五千美元，合情合理的支出另行报销。酬金的一半可以立即支付，余下的一半在事成提出报告之后支付。亚历克斯将从美利坚第一商业银行的行动经费中安排这项支出。他意识到以后得为这笔开支说明理由，到时候再为此操心不迟。

傍晚，贾克斯走后，马戈特来了电话。

"你雇用了他吗？"

"雇用了。"

"印象不错吧？"

亚历克斯决定实话实说。"不怎么样。"

马戈特轻声笑了。"慢慢就会有印象的。等着瞧好了。"

但是亚历克斯却希望自己不会对此人有什么深刻印象。他诚心诚意地希望刘易斯·多尔西的直觉是错误的，弗农·贾克斯将一无所获，对超国公司不利的谣言最终被证明不过是谣言而已。

当天晚上，亚历克斯又按时到治疗中心去探望西莉亚。他对这种探望越来越视若畏途，每次离开时心情也总是极为抑郁。但出于责任感他还是按时前去。难道是内疚在起作用？他一直没有搞清楚。

照例，他由一名护士陪同来到西莉亚的单人房间。护士走后，亚历克斯便坐着自顾自地打开了话匣子。讲的都是些不着边际的空话，而从西莉亚的样子看，她压根儿没在听，甚至对他的到来也毫无知觉。有一次，他说了一通莫名其妙的胡话，想看看她无动于衷的表情会不会因此有所变化。结果是没有，后来，他感到这样做太不像话，便没有再这样干过。

即便这样，在西莉亚面前，他还是养成了瞎扯的习惯，至于讲些什么，他自己也很少去听；同时，半个脑子却开了小差，跑到别处去了。

今晚，除了别的一些话，他还说道："现在人们有着各种各样的问题，西莉亚；这些问题几年前谁也想象不到。人类每发现或者发明一样巧妙的东西，都会带来几十个我们过去从未碰到过的困难和要你决定的问题，就拿电动开罐刀来说吧。如果你有这么一把——我在家里就有一把——那就有一个在哪里装插头，什么时候使用，怎样保持清洁，坏了又怎么办的问题；如果没有电动开罐刀，那就没有人会碰到这些问题。而且说到底，谁需要这些电动开罐刀呢？说到问题，此刻我就碰到几个——有些是私人的，有些是银行里的。今天就出了一个大的难题。从某些方面说，你待在这儿也许比别人强呢……"

亚历克斯突然打住，因为他意识到自己即使不是在瞎扯，也是在讲废话。在这种凄凄惨惨、灯光暗淡的营房式生活中，还能比别人强吗？

然而，西莉亚只能过这种生活了；过去几个月里，这一点已经越来越清楚。短短的一年以前，她少女时代那种娇弱的美还看得出一些痕迹，现在则无影无踪了。当年光彩夺目的一头金发现已失去光泽而且稀疏不堪了；皮肤带上了一种浅灰色的肌理，有几处地方发疹，那是她自己搔破的。

过去她只是偶尔像胎儿那样把身子蜷作一团，现在她大部分时间都采取这个姿势。虽然西莉亚比亚历克斯小十岁，但看上去却像个比他大二十岁的老太婆。

西莉亚住进治疗中心至今已快满五年。在这期间，她已经变成十足的顽症病人，再也不会有什么起色了。

亚历克斯望着妻子，一边还在絮叨。他感到一阵怜悯和悲哀，但依恋和钟爱之情却再也没有了。也许，他理应有一点这样的感情，但他对自己一向诚实，这种感情他觉得再也不可能有了。不过，他也认识到，自己和西莉亚仍有一些纽带连接在一起，在他们中任何一个死去之前，这种纽带是永远不能割断的。

他记起了大约十一个月以前，也就是班·罗塞利突如其来宣布他即将去世的第二天，他跟治疗中心的主任麦卡特尼医生的那次谈话。在回答亚历克斯关于如果他跟西莉亚离婚然后再结婚对西莉亚会有什么影响这一问题时，精神科医师曾说：这可能会把她推过边缘将她完全逼疯。

而且后来马戈特也曾表明态度：我不愿把西莉亚所剩下的一点健全神志推进无底的深渊，免得你我都感到问心有愧。

今晚，亚历克斯不知道西莉亚的神志是否已经陷入无底的深渊。但即使情况已经如此，他也不愿意冷酷无情地采取最后的解决办法——离婚。

他没有去跟马戈特·布雷肯长期同居，她也没搬来跟他一起过。马戈特对结婚或者同居都没有意见，但亚历克斯还是希望结婚——而不跟西莉亚离婚他显然就无法做到这一点。不过，近来，他感到马戈特对自己迟迟不做决定也开始有些不耐烦了。

在美利坚第一商业银行，他习惯于迅速而从容地做出重大决定，但在私生活问题上，他却优柔寡断，一筹莫展，这多么奇怪！

亚历克斯认识到，问题的实质在于他对自己的罪孽一直有一种矛盾的心理。多年以前，他能不能做出更大的努力，用爱情和谅解来挽救他年轻、神经质、老是觉得不安全的新娘，使她不至于变到现在这般地步呢？他仍然觉得，如果当年他作为一个丈夫能更恩爱体贴一些，作为一个银行家少卖力一点，他是有可能做到的。

这就是为什么他还到这里来，继续尽他的所能做一点小小表示。

到了该离开西莉亚的时候，他站起来向她走去，打算吻一下她的前额。过去，只要她允许，他一向是这样做的。但今天晚上，她却缩了回去，身子缩得更紧，两眼因感到突然的恐惧而警觉起来。他叹了口气，只好作罢。

"晚安，西莉亚。"亚历克斯说。

没有回答，于是他走了出去，让妻子留在她现在居住的孤独的世界里。

第二天上午亚历克斯派人把诺兰·温赖特叫来。他告诉安全部头子，付给调查员弗农·贾克斯的酬金将通过温赖特的安全部汇出。亚历克斯会批准这笔支出。至于贾克斯调查的具体性质，亚历克斯没有说，温赖特也没问。亚历克斯认为，目前，对这项计划的矛头所向，知道的人越少越好。

诺兰·温赖特也向亚历克斯汇报了一件事情，即有关安排迈尔斯·伊斯汀为银行做密探的事。亚历克斯立即作出了反应。

"不行。我不希望这个人再列入我们的工资名册。"

"他不在工资名册上。"温赖特争辩说，"我已经对他说明，就银行而论，他是没有地位的。他收到的钱将都是现金，一点也看不出是从哪里来的。"

"你这是诡辩，诺兰。不管怎么说，他总是我们雇用的。我不能同意。"

"如果你不同意，"温赖特反驳说，"那就束缚了我的手脚，使我无法工作。"

"做你的工作并不要求你雇用一名窃贼。"

"没听说过以毒攻毒，用贼捉贼吗？"

"那就用一名没有盗窃过我们银行的贼吧。"

他们争来争去，有时甚至还争得很激烈。最后，亚历克斯终于勉强让步。然后他问道："伊斯汀知道他所冒的风险有多大吗？"

"知道。"

"那名死者的事你告诉他了吗？"几个月前，亚历克斯从温赖特那里得知了维克的死讯。

"是的。"

"我还是不喜欢这个主意——一点也不喜欢。"

"如果伪造的键式信用卡所造成的损失像现在这样继续增长下去，我看你就更不喜欢了。"

亚历克斯叹了口气。"好吧。这事属于你的部门，你有权照你的办法去处理，所以我才让步。但是我要你记住一件事情：如果你认定伊斯汀处境危急，就应立即把他撤出来。"

"我正是这样打算的。"

温赖特为自己的胜利感到高兴，虽然这场辩论比他预料的要激烈得多。然而，现在马上就提出另一件事，比如让努涅兹做中间人，就显得不明智了。他又想，原则毕竟确立了，还拿细节去麻烦亚历克斯干什么呢？

第六章

胡安尼塔·努涅兹心中很不平静，她又是疑虑，又是好奇。她之所以疑虑，是因为她不喜欢、也不信任这位负责安全工作的银行副总经理诺兰·温赖特;好奇的是，他为什么要约见她，而且显然又是秘密会见呢?

昨天温赖特打电话给在市区分行的胡安尼塔时，曾让她放心，就她个人而论，没有什么好担心的。他说，他只是希望他们俩密谈一次。"这事有关你肯不肯帮助某个人的问题。"

"像你一样的人吗?"

"不完全像。"

"那么是谁呢?"

"我想还是私下告诉你的好。"

从温赖特的声音里，胡安尼塔感觉到他尽量表现得友好。但是她不想理会这种友好的表示，因为她还记得，当钞票失窃她受到怀疑时，他那种冷酷无情的样子。尽管后来他表示了歉意，但还是抹不掉这一记忆。她觉得这记忆怎么也抹不掉。

但有什么办法呢?他是美利坚第一商业银行的高级职员，而她只是一名低级雇员。"好吧，"胡安尼塔说，"我在这里，而地道我刚刚看到也是开着的。"她以为温赖特会从总行大楼走过来,或者让她到那里去报到。然而,他却让她吃了一惊。

"努涅兹太太,我们最好不要在银行里见面。等我解释后,你就明白为什么了。我今天晚上开车来你家接你,然后我们一面开车一面谈好吗?"

"这办不到。"她比以往任何时候都更提防了。

"你是说今天晚上不行吗?"

"是的。"

"那明天怎么样呢?"

她迟疑片刻,考虑该怎么回答。"让我考虑一下再告诉你吧。"

"好的,那就明天打电话给我吧。不过请尽量早一点。另外,请不要把我们这次谈话告诉任何人。"温赖特说完便把电话挂了。

今天,该是回电的时候了——这是九月份第三周的星期二。上午九点钟左右,胡安尼塔知道,如果她不马上给温赖特打电话,后者便会给她打来的。

她仍然心神不定。有时候她觉得自己的嗅觉还是灵敏的,而现在她就预感到要出什么事了。起先,看到多尔西夫人坐在对面平台的经理办公桌旁,她曾想去征求一下她的意见。但想到温赖特警告她不要告诉别人的话,她又犹豫了。这一点激起了她极大的好奇心。

胡安尼塔今天正在忙着做新账,旁边就有一架电话。她目不转睛地盯着它瞧了一阵,然后才拿起听筒,拨了安全部的内线号码。过了一会儿便听到诺兰·温赖特深沉的声音问道:"定在今天晚上可以吗?"

好奇心终于占了上风。"好的,但时间不能太长。"她解释说,她只能离开埃斯特拉半个小时,不能再久了。

"半小时足够了。那么,什么时候在什么地方碰头呢?"

黄昏时分,诺兰·温赖特的野马Ⅱ型轿车慢慢地开到胡安尼塔·努涅兹居住的东城新区公寓大楼外面的路边。不一会儿,她便从底楼入口走了出来,随即小心地关上门。温赖特伸过手去打开左边的门让她上了车。

他帮她扣好座位上的安全带，然后说："谢谢你来了。"

"半个小时，"胡安尼塔提醒他，"就这么些时间。"她根本不想表现得友好，而且对埃斯特拉一个人留在家里，她已经感到不安了。

安全部头子一边点头，一边小心地把轿车开出路边驶进干道。他们一声不响地开过两条马路，然后车向左拐，驶进一条更加热闹的、划分了快慢道的马路。两旁都是灯火辉煌的商店和餐馆。温赖特一边开车，一边说："我听说那位年轻的伊斯汀来看过你。"

她没好气地回问了一句："你怎么知道的？"

"他自己告诉我的。他还说你原谅了他。"

"如果他告诉了你，那你已经知道了。"

"胡安尼塔——我可以这样叫你吗？"

"这是我的名字。我想你可以这样叫我。"

温赖特叹了口气。"胡安尼塔，我已经告诉过你，对于你我之间一度发生过的事情，我很抱歉。如果你仍然对我耿耿于怀，我也不怪你。"

她的态度稍许缓和了些。"好啦①，你最好还是告诉我你现在想要什么吧。"

"我现在想知道你是否愿意帮助伊斯汀。"

"原来是他啊。"

"是的。"

"为什么要我帮他的忙呢？难道原谅了他还不够吗？"

"如果你要问我的意见——那已经够了。但是他说你可以……"

她打断了他的话。"帮什么忙？"

"在我告诉你以前，我希望你能答应：今晚我们所谈的一切不可让你我之外的第三者知道。"

她耸耸肩。"我没有什么人可以告诉。但我还是答应你。"

---

① 原文为西班牙语。

"伊斯汀将要从事某种调查工作,是为银行干的,不过是非正式的。如果他能成功,就可以帮助他重新站住脚跟,而这正是他所需要的。"温赖特停了一下,因为他正驾车绕过一辆挂有拖车、行进缓慢的拖拉机。然后,他接着说:"这工作是有风险的。如果伊斯汀向我直接汇报,风险就更大了。我们两人需要一个传送消息的人——一个中间人。"

"于是你们决定由我来担任?"

"谁也没做决定。问题要看你愿意不愿意。如果你愿意,这就可以帮助伊斯汀重新做人。"

"迈尔斯是唯一从中得到好处的人吗?"

"不,"温赖特承认说,"这也会帮助我;还有银行。"

"这我也多少想到了。"

此刻他们已经离开灯火辉煌的马路,正在驶过一座桥。夜色越来越浓,河水在桥下闪着黑魆魆的光。路面含有金属,车轮发出轻轻的轧轧声。下了桥便进入州际公路。温赖特驱车驶上公路。

"关于你所说的调查,"胡安尼塔敦促着说,"请说得详细一点。"

她的嗓门很低,而且毫无感情。

"好的。"于是他便谈到迈尔斯·伊斯汀将怎样利用他在狱中建立的联系暗中进行活动,以及迈尔斯将要搜寻的证据。温赖特觉得没有必要对她隐瞒什么,因为有些事情即使他现在不告诉她,以后她也会打听到的。所以他连维克被谋杀的情况也告诉了她,不过略掉了一些比较可怕的细节。"我并不是说同样的命运也会落在伊斯汀头上。"他最后说。

"我将尽一切努力,确保这样的事情不会发生。但是我还是提到了这件事,这样你可以了解他所冒的危险。这一点他自己也知道。如果你愿意帮他的忙,那么正像我说过的,会让他比较安全。"

"那么谁来保证我的安全呢?"

"对你说来简直谈不上有什么危险。你只跟伊斯汀和我联系。别人不会知道。你决不会受到牵累。我们肯定可以做到这一点。"

"如果你这么肯定，那为什么我们现在还要以这种方式见面呢？"

"只不过是预防万一罢了。免得人家看见我们在一起，或者偷听我们的话。"

胡安尼塔等了一会儿，然后问道："就这些吗？没有更多的情况要告诉我了吗？"

温赖特说："我想就是这些了。"

这时他们正在州际公路上。温赖特一直以每小时四十五英里的速度在最右边的车道上行驶，后面的车辆从他们旁边疾驰而过。公路的对侧，三排汽车的前灯川流不息地扑面而来，继而化成模糊的一片飞掠而过。不一会儿，他们就要通过一个公路出口的弯曲坡道转弯，原路驶回。在此期间，胡安尼塔一声不响坐在他旁边，两眼直盯着前方。

他很想知道她此刻在想些什么并将怎样回答。他希望她会答应。像前几次一样，他觉得这个小巧玲珑、还像个姑娘的女人很有挑逗性和女性的魅力。其一是她的刚愎；另外便是她浑身的气味——一种充溢于小小的汽车之中的女性肉体的香味。诺兰·温赖特离婚以来，很少跟女人交往。如果在别的情况下，他很可能在她身上碰碰运气。但是现在他有求于胡安尼塔的东西实在太重要了，使他不敢冒险放纵自己。

他刚想开口讲话，胡安尼塔正好转过身来面对着他。即使在半明半暗之中，他仍可以看出她的两眼冒着怒火。

"你一定是疯了，疯了，疯了！"她激动地大声嚷道，"你以为我是个傻瓜吗？一个笨蛋！一个傻瓜！你还说对我没有危险！当然有危险，而且全部都由我承担。为了什么呢？为了安全部温赖特先生的荣誉及其银行的兴旺。"

"请等一等……"

她根本不理睬他的打岔，继续大骂不止，她的怒火像熔岩一样喷发出来，"难道我就这么好欺侮？难道因为我只是孑然一身，因为我是波多黎各人就应当蒙受人世的这一切凌辱吗？你难道也不看看你要操

纵利用的是谁？对于如何利用也不在乎吗？快送我回家！这到底算什么
pendejada 啊？”

"住嘴！"温赖特说。胡安尼塔这样激烈的反应使他大吃一惊。
"'pendejada'是什么意思？"

"白痴行为！为了你们那自私的信用卡而不惜丢掉一个人的生命，这
不是白痴行为吗？而迈尔斯竟然同意这样做，不也是白痴行为吗？"

"是他来找我帮忙的，我并没有去找他。"

"你把这叫做帮忙吗？"

"他将为他做的工作获得报酬。这也是他所需要的。而且是他提议由
你做中间人的。"

"那么他出了什么毛病，为什么不能自己来问我？是掉了舌头，还是
害臊怕羞，一定要躲在你的后面？"

"好了，好了，"温赖特抗议了，"你的意思我已经懂了。我这就送你
回家。"前面不远就是出口，他把车开上去，驶过一段立交桥，向市区方
向开了回去。

胡安尼塔坐在那里发火。

最初，她想平心静气地考虑温赖特的建议。但是在他一边说，她一边
听的时候，疑虑和问题接二连三地向她袭来。后来，当她逐一加以考虑的
时候，她怒火中烧，感情越来越激动，最后终于爆发了。伴随着感情的爆
发，她对身旁的这个男人产生了新的仇恨和憎恶。早些时候，跟他打交道
的那段经历给她留下了感情上的创伤，如今这种创伤又回到她身上，而且
进一步加深。她感到气愤，不仅是为自己，而且也对温赖特和银行打算这
样利用迈尔斯感到不平。

同时，胡安尼塔对迈尔斯也很生气。为什么他自己不直接来找她呢？

难道他没有足够的勇气？她记起了两个多星期以前，她还曾佩服他有
勇气到她那里去表示忏悔，请求宽恕。但他现在的行为，这种通过别人来
求她的作法，似乎跟他过去那种犯罪之后透过于她的做法倒是一个路子的。

突然，她的思路变了。她会不会太苛刻，太不公平？胡安尼塔扪心自问：此刻她感到灰心丧气，这中间有没有一部分原因是因为在她的公寓见过一面之后，迈尔斯再也没来，从而使她大失所望？尽管发生了过去的一切，但她是喜欢迈尔斯而不喜欢诺兰·温赖特的。现在温赖特却出面代表迈尔斯，她是不是因此感到一种怨恨，而这种怨恨又加深了她在此时此刻所感到的失望？

她一向气消得快，这次的怒火也渐渐平息了。代之而起的是不知怎么办才好。她问温赖特："那么你现在打算怎么办？"

"不管我怎么决定，我肯定不会再告诉你了。"他的语调粗鲁，再也不想装出友好的样子。

胡安尼塔突然感到一阵恐惧，她怀疑自己刚才是不是凶得毫无必要。她本可以不用侮辱性的语言拒绝这一要求。温赖特会不会在银行内部寻衅报复？这样一来会不会有砸饭碗的危险？而要养活埃斯特拉靠的就是这份工作。胡安尼塔越来越不安，感到终于还是落在别人的手掌心中了。

另外她还想到：如果她是诚实的——这是她努力要做到的——她应该承认，由于她的决定，她将再也见不到迈尔斯，对此她感到遗憾。

车子已经降低了速度。他们离岔道已经很近。上了岔道，开过桥他们就要回到市区去了。

尽管胡安尼塔自己也大吃一惊，她还是低声但却果断地说："好吧，我愿意做这份工作。"

"你愿意什么？"

"我愿意当——管它是什么的——一个……"

"中间人。"温赖特斜眼看着她，"你肯定吗？"

"是的，我肯定。"

他叹了口气，这是这天晚上的第二次。"你真是一个怪人。"

"我是一个女人。"

"是的，"他说，友好的态度又回来了一些，"我早就注意到了。"

在离东城新区还有一条半马路的地方，温赖特停下车子，但发动机并未关掉。他从上衣的内袋里掏出两只信封——一只鼓鼓囊囊的，一只比较小。他把那只大的交给胡安尼塔。

"这是给伊斯汀的钱。等他跟你联系的时候再给他。"温赖特解释，信封里装有四百五十美元现钞——商定的报酬为每月五百美元，上星期温赖特已预支给迈尔斯五十美元。

"过几天，"他补充说，"伊斯汀会打电话给我，我会用我们商定的代号通知他。虽然我不提你的名字，他也会知道是跟你联系。而打过电话后不久，他就会跟你联系。"

胡安尼塔点点头，她聚精会神地听着，把这些话都记在心里。

"打过这次电话以后，我和伊斯汀将不再直接联系。我们相互之间的音信都由你来传送。你最好不要写下来，要记在脑子里。我知道你的记性很好。"

说着，温赖特微微一笑，突然胡安尼塔也笑了起来。她非凡的记忆力曾经是她跟银行和诺兰·温赖特发生麻烦的祸根，现在竟然成了他要依赖的东西，这岂不是莫大的讽刺吗？

"顺便说一句，"他说，"我还得知道你家里的电话号码。我在电话簿上没有查到。"

"那是因为我根本没有电话。电话费太贵了。"

"管它贵不贵，你需要装一台电话。伊斯汀可能会打电话给你；我也可能会打。如果你能马上装好的话，我一定让银行给你报销。"

"我可以试一试。不过我听说，在东城新区装电话慢得很。"

"那么让我来安排吧。明天我就给电话公司打电话。保证马上就装。"

"好的。"

接着，温赖特打开了那只比较小的信封。"你把钱给伊斯汀的时候，把这个也一起交给他。"

所谓"这个"，原来是一张键式银行信用卡，填的名字是 H. E. 林柯尔普。

卡的反面留待签名的地方空着。

"让伊斯汀用平常的笔迹在卡上签上这个名字。告诉他这名字虽然是假的，但如果看一下三个开头的字母和最后一个字母，就会拼出 H-E-L-P [①]。这张卡的目的正是为了呼救。"

安全部头子说，已经为键式部的计算机编妥程序，这样，不管在什么地方出示这张卡，都可以购买价值达一百美元的东西。与此同时，在银行内部会自动发出警报，从而通知温赖特：伊斯汀正在某地需要救援。

"如果他碰上什么紧迫的情况需要支援，或者意识到自己处境危险，都可以使用这张卡。我将根据当时发生的情况，决定采取什么措施，告诉他，买的东西要超过五十美元；这样，商店肯定就要打电话给银行加以证实，打电话以后，他应尽量拖延时间，好让我来得及采取行动。"

温赖特又说："他也许永远不需要这张卡。但是他一旦使用，这就是一个谁都不知道的信号。"

按照温赖特的要求，胡安尼塔几乎逐字把他的指示复述了一遍。他赞赏地望着她，说："你真聪明。"

"Dequémevale，muerta？"

"这话是什么意思？"

她犹豫了一下，然后翻译道："如果我死了，它还会给我带来什么好处呢？"

"不要担忧！"他伸过手去轻轻拍了一下她交叉着的双手，"我保证一切都会顺利。"

当时，他的信心使她也受到了感染。但是，当她回到公寓里看到埃斯特拉在睡觉时，胡安尼塔又本能地感到危险迫在眉睫，而且这念头一直萦绕在心中。

----

①意为救命。林柯尔普（Lyneolp）的首尾字母为 L.P. 。

第七章

"七七"健身俱乐部里散发出锅炉水蒸气、酸尿、体臭和酒的味道。

不消一会儿，这种种恶臭便合为一股单一的刺鼻怪味。说来奇怪，里面的人对这味道倒也吃得消，偶尔有新鲜空气吹进去，反倒显得不合气氛了。

俱乐部是幢四层的灰砖楼房，像个匣子，坐落在市中心边缘一条衰败的、一头不通的街上。由于半个世纪来风雨的侵蚀，加以年久失修以及近年来墙壁上的乱涂乱写，楼房正面已经疮痍满目。楼顶上有半截没有装饰的旗杆，没人记得看到过完整的旗杆。大楼的主要入口是一扇结实的、不挂门牌的单扇门，门外就是人行道，道上裂缝遍布，狗屎狼藉，到处是踢翻的垃圾桶。楼房里面门廊上的油漆已经剥落。这里平时由一名落魄的职业拳击家守门，以便放会员进来，把外人粗暴地拒之门外；但他有时候会擅离职守，所以迈尔斯·伊斯汀大摇大摆地进来时竟无人对他盘问。

这是星期三将近中午的时候。一阵刺耳的尖叫声从后面什么地方传了出来。迈尔斯顺着声音走去，穿过底楼的走廊，走廊很脏，两边挂着已经发黄的职业拳击赛的照片。走廊尽头是一扇开着的门，通向一间半明半暗的酒吧，声音就是从那里传出来的。迈尔斯走了进去。

起先，因为光线暗淡，他模模糊糊什么也看不清，只能晃晃悠悠地向前挪动步子，冷不防跟一个手托酒盘急步走来的侍者撞个满怀。侍者总算没有把酒杯打翻，骂了几句就走过去了。坐在酒吧高凳上的两个男人转过头来。一个说："小伙子，这里是私人俱乐部。如果你不是会员——那就滚蛋！"

　　另一个抱怨说："佩德罗这个懒鬼又鬼混去了。真是少有的看门人！嘿！你是什么人？到这儿来干什么？"

　　迈尔斯告诉他："我来找朱尔斯·拉罗卡。"

　　"到别的地方找去，"第一个人命令说，"这里没人知道这个名字。"

　　"嘿，迈尔斯老弟！"一位矮矮胖胖、大腹便便的人影从阴暗处奔了过来。他那熟悉的黄鼠狼面孔一下子变得清晰了。此人就是在德伦蒙堡监狱为黑手党号房做过密使，后来依附于迈尔斯及其保护人卡尔的拉罗卡。卡尔还在里面，而且很可能一直留在那里。朱尔斯·拉罗卡是在迈尔斯·伊斯汀出来之前不久假释出狱的。

　　"嘿，朱尔斯。"迈尔斯也认出了对方。

　　"过来。见见几位朋友。"拉罗卡用短而粗的手指抓住迈尔斯的手臂，"我的朋友。"他对高凳上的两个人说，而他们却冷淡地掉过头去了。

　　"听我说，"迈尔斯说，"我不过去。我一个子儿也没有。我买不起。"他很容易地便把狱中学来的黑话用上了。

　　"没关系。来，我请你喝两杯啤酒。"当他们从餐桌中间走过时，拉罗卡问，"这一阵子到哪里去了？"

　　"一直在找工作。朱尔斯，我算全完了。我需要一些帮助。在我出来之前，你说过你会帮助我的。"

　　"当然，当然。"他们在一张已坐了两个人的餐桌旁停了下来。其中一个是皮包骨头，满面愁容的麻子；另一个披着一头亚麻色的长发，脚穿牛仔长筒靴，戴着墨镜。拉罗卡拉出一把空椅子。"这位是我的好朋友迈尔斯。"

　　戴墨镜的哼了一声。另一个说："是懂钞票的那位朋友吗？"

"是他。"拉罗卡向房间的那一头喊着要啤酒，然后催促着第一个先讲话的人。"考考他好了。"

"考什么呢？"

"关于钞票方面嘛，老朋友，"墨镜说。他考虑了一下，"美元是在哪里首先开始使用的？"

"这很容易回答，"迈尔斯告诉他，"很多人以为是美国创造了美元。其实不然。美元是从德国的波希米亚来的，只是最初叫做 thaler，这字别的欧洲人念不来，所以就误读为 dollar，一直到现在还这样念。这字最早的出处之一见于《麦克白》——'缴纳一万元充入我们的国库。'"

"麦克……什么？"

"管他麦克什么呢，"拉罗卡说，"你们需要印好的说明书吗？"他得意地对那两个人说，"我说得不错吧？这小子样样知道。"

"并不尽然，"迈尔斯说，"否则我现在就该知道怎样挣些钱了。"

砰的一声，两杯啤酒摆在他的面前。拉罗卡掏出钞票付给侍者。

"在你挣钱以前，"拉罗卡对迈尔斯说，"你得先还奥敏斯基的债。"

他俯身过来，显得很知己，把另外两个人丢在一边。"俄国佬知道你已经出了监牢。最近一直在打听你。"

一听到这个高利贷者，迈尔斯便浑身直冒冷汗，因为他至少还欠对方三千美元。另外，他跟聚赌抽头的老板打过交道，也欠下数目大致相等的一笔债。眼下，不管要还清哪笔债，看来都遥遥无期。然而他也知道，来到这里，让别人看到自己，老账将重新翻出来，如果他还不清这些账目，野蛮的报复就会接踵而至。

他问拉罗卡："如果找不到工作，我怎么还钱呢？"

这位大肚子摇摇头。"首先，你应该先去看看那个俄国佬。"

"他在哪里？"迈尔斯知道奥敏斯基并没有固定的办事处，而是哪里有生意就在那里办公。

拉罗卡指指啤酒："先喝光，然后咱们一起去。"

"你应该设身处地为我想想。"这位衣着考究的人说，一边继续吃他的午餐。他戴着钻石戒指的手在餐盘上面熟练地动来动去。"我们订过合同，你我都同意的。我做了我应做的事，你却没有履行你的义务。我问你，这是要把我置于何地呢？"

"请听我说，"迈尔斯恳求地说，"你知道发生了什么事情。对你停下计算利息的时钟，我很感激。但我现在没有能力还债。不是我不想还，而是还不出。请给我时间。"

俄国佬伊尔果尔·奥敏斯基摇摇他在高级理发店理过的头；精心修剪过的手指抚摸着白里透红、刮得光光的脸颊。他对自己的外貌颇为得意，而且生活阔绰，衣着华美，反正他有的是钱。

"时间就是金钱，"他轻声说，"这两样东西你都已经太多了。"

拉罗卡把迈尔斯带到这家饭店来找奥敏斯基。此刻，迈尔斯就在奥敏斯基座位的对面，像老鼠见到了眼镜蛇一样。在餐桌靠近他的这一边没有什么吃的东西，连一杯水也没有。他嘴唇发干，内心怕得要死，直想喝水。如果现在他能去见诺兰·温赖特，将他们商定的计划一笔勾销，他一定马上行动，因为这计划让他非冒这个险不可。但他此刻却只能坐在那里浑身冒着冷汗，看着奥敏斯基继续吃他的家常鱼片。朱尔斯·拉罗卡早已知趣地溜到饭店的酒吧去了。

迈尔斯感到恐惧，理由很简单。他猜得出奥敏斯基的生意有多大，知道他有绝对的权势。

迈尔斯曾经看过一次电视特别节目，当时，有人问美国犯罪问题的权威拉尔夫·塞勒诺：如果你不得不过一种非法的生活，你愿意做哪一类罪犯？这位专家立即回答：做一个放高利贷的。迈尔斯从狱中和入狱前接触过的人那里听到的情况完全证实了这一点。

像俄国佬奥敏斯基这样放高利贷的，是一个风险极小而利润惊人的银行家，他经营的贷款可大可小，不受规章制度的限制。总是顾客找上门来，他很少去找顾客，或者根本不需要去找。他不必租用租金昂贵的事务所，而是在汽车上，在酒吧间，或者像现在这样在吃中饭的时候做他的生意。他的记账法很简单，通常都是用代号，他的交易——多数为现金交易——是没法查的。由于账收不回来而遭到的损失微乎其微。他既不缴纳联邦税，也不缴纳州、市的地方税。然而他索取的年息率——或称"维格"——一般却达百分之百，有时甚至还不止。

迈尔斯猜想，任何时候，奥敏斯基都至少有二百万美元"流通在外"。其中一部分是他自己的钱，其余则是犯罪集团的头子们存在他这儿的。他为他们赚取相当可观的利润，同时自己收取一笔代办费。在正常的情况下，投下十万美元放高利贷，不出五年，这笔钱就会节节上升，增加到一百五十万美元——获利为本金的十四倍。世界上没有什么买卖可以与之相比。

高利贷的借主并不都是些二流角色。著名人士和享有声誉的企业在别的贷款来源枯竭时向高利贷者贷款的事情也多得惊人。有时候，作为偿还的替代，高利贷者变成了某一家企业的合伙人或者所有人。

像海里的鲨鱼一样，他的胃口很大。

高利贷者的主要开支用于强行讨债方面。这种开支他总是压缩到最低限度，因为他知道打断欠债人的腿，把他们送进医院，即使能讨回一些钱也不会太多；而且他也知道，最强有力的讨债手段还是利用欠债人的恐惧。

然而这种恐惧需要一个现实的基础；所以当债户拖欠不还时，雇来的打手们便迅速而野蛮地给予他们惩罚。

至于高利贷者所冒的风险，与别的犯罪方式相比，可以说是微乎其微。

很少有高利贷者受到起诉，被判罪的就更少了，原因就在于缺乏证据。

高利贷者的主顾都守口如瓶，一部分是出于恐惧，一部分是羞于说出他们竟求助于高利贷这一事实。那些遭了殴打的人也绝不会抱怨，因为他们知道，如果抱怨的话，更厉害的毒打就会接踵而来。

迈尔斯就这样提心吊胆地坐在那，等候奥敏斯基吃完箸鳎鱼片。

突然，这位高利贷者说："你会记账吗？"

"记账？当然会；我在银行工作的时候……"

对方挥挥手让他住嘴，一双冷酷无情的眼睛打量着他。"也许我可以用你。'七七'俱乐部需要一个记账员。"

"健身俱乐部？"奥敏斯基竟是这个俱乐部的所有人或者经理，这对迈尔斯可是个新闻。他又说："今天我去过那里，刚刚……"

对方打断了他。"在我讲话的时候，保持安静，好好听着；只有问你问题的时候再回答。拉罗卡说你要工作。如果我给你工作，那你挣的钱就得全用来偿还你欠我的钱和利息。换句话说，你是属于我的。我希望你能理解这一点。"

"是的，奥敏斯基先生。"迈尔斯感到宽慰。他总算得到了宽限。至于情况究竟如何，奥敏斯基为什么要用他，这些问题就不那么重要了。

"我管你吃，管你住，"俄国佬奥敏斯基说，"但有一件事情我要警告你——别去碰放钱的抽屉。如果我发现你敢碰一下，我一定要你好看——你会后悔不该偷我的钞票，而情愿自己第二次偷了银行的钱。"

迈尔斯本能地一哆嗦，倒不是真想偷钱——他再也不想干这种事了——而是意识到奥敏斯基一旦发觉自己阵营里混进来一个犹大，将会采取怎样严厉的措施。

"朱尔斯会带你去，把你安顿好的。他会告诉你还要做些什么别的事情。好了，就这样吧。"奥敏斯基挥挥手打发走迈尔斯，然后向从酒吧一直望着这边的拉罗卡点了点头。迈尔斯在饭店的外门旁边等候，奥敏斯基和拉罗卡在里面又谈了一阵，高利贷者发布指示，拉罗卡则频频点头。

朱尔斯·拉罗卡来到迈尔斯身边。"老弟，你交了好运啦。咱们走吧。"

他们走后，奥敏斯基便吃起甜点心来，这时另一个久候一旁的身影又悄悄溜进了他对面的座位。

安排给迈尔斯的房间在"七七"俱乐部的顶楼上，这是一间陈设简陋至极的斗室。迈尔斯倒也不在乎。尽管没有什么把握，这毕竟是一个新的开端，一个重新安排生活、弥补部分所失的机会；当然他也知道这需要时间，要冒极大的风险，要有胆量。目前，他尽量不去考虑自己的双重身份，而是像诺兰·温赖特告诫他的那样，集中精力使别人觉得自己有用，并为他人所接受。

他首先摸熟了俱乐部的布局。底楼除了他已经去过的酒吧间以外，主要是一个健身房和几个手球场。二楼有几个蒸汽浴室和按摩室。

三楼除办公室外还有几个别的房间，后来他才知道它们派什么用场。四楼面积较小，迈尔斯住的那种斗室还有另外几间，偶尔有些俱乐部会员在里面过夜。

迈尔斯不费什么力气便适应了记账员的工作。在这方面他不愧是好手，不仅赶出积压的旧账，而且使过去一向马虎的账面面目一新。他还向俱乐部经理提出建议，把其他账目也记得更有条理，不过他很当心，并没有因为这些改进而追求赞赏。

经理名叫内桑森，过去是拳击比赛的包办人，对办公室的工作比较生疏，因此很感激迈尔斯。当迈尔斯主动提出为俱乐部做些诸如整理仓库、盘点存货等额外工作的时候，他就更加感激不尽了。作为回报，内桑森也允许迈尔斯在空闲的时候到手球场去活动，这给他提供了一个跟会员接触的额外机会。

俱乐部的会员全是男的。据迈尔斯观察，这些会员大致分为两类。

一类是认真利用俱乐部的健身设施，包括蒸汽浴室和按摩室的会员。这些人都是独来独往的，彼此认识的似乎不多。迈尔斯猜想他们都是些拿薪水的职员或者小商号的经理，参加"七七"俱乐部只是为了保持健康。

他还猜想，第一类人为第二类人提供了一个方便而合法的门面，后者除了偶尔洗洗蒸汽浴外，通常并不利用这些体育设备。

第二类人主要聚集在酒吧间或者三楼的房间里。他们人数很多，都是到了深更半夜，当那些锻炼身体的会员走后才来。迈尔斯慢慢看清楚了，诺兰·温赖特把"七七"俱乐部形容为"坏人经常出没的地方"时，指的就是这批家伙。

另外，迈尔斯还很快了解到，楼上的房间都是用来进行非法的、大赌注的纸牌和骰子赌博的。迈尔斯工作了一个星期，几个夜间常客已经跟他认识，对他解除了疑虑，因为朱尔斯·拉罗卡让他们尽管放心，说迈尔斯"没有问题，很够朋友"。

之后，迈尔斯遵循着"使别人觉得自己有用"的方针，在需要把酒和三明治送到三楼的时候，开始帮一把手了。第一次上楼的时候，站在赌场外面显然在充当看守角色的六个彪形大汉中有一个从他手中接过托盘送了进去。但第二夜以及以后的几个晚上，他却被允许走进正在进行赌博的房间。迈尔斯还殷勤地为任何需要买香烟的人，包括那些看守在内，到楼下去买了烟送上来。

他知道自己正在受到大家的喜欢。

一是因为他有求必应。二是因为尽管在这里处境危险，面临各种困难，他原先乐天派的好性子还是有所恢复。三是因为对任何事情似乎都沾点边的朱尔斯·拉罗卡已经成了迈尔斯的保护人，虽然有时候拉罗卡不免使迈尔斯感到自己好像是一个杂耍演员。

然而使拉罗卡和他的一伙好友着迷不止的却是迈尔斯·伊斯汀关于货币及其历史的知识。迈尔斯曾在狱中讲过各国政府印制伪币的故事，现在这种故事又成了特别受欢迎的节目。来到俱乐部后的最初几个星期里，在拉罗卡的怂恿之下，他至少又讲了十几遍。每次，听众总是点头表示相信，并且插入一些诸如"卑鄙的伪君子"、"该死的政府里的骗子"之类的评语。

为补充故事的来源，一天，迈尔斯回到他入狱前居住的公寓取来了他的参考书。其他一些不多的财物大部分都早已被变卖还了欠租，但看门人却给他留下了这些书，让迈尔斯拿了回来。从前，迈尔斯还曾收藏有一些硬币和钞票，后来因为负债累累，都卖掉了。迈尔斯希望有一天再成为一名收藏家，不过这一前景似乎很渺茫。

他把参考书放在四楼小房间里，不时可以翻阅，所以能给拉罗卡他们谈起几种比较稀奇少见的货币形式。他告诉他们，最重的货币是直到第二次世界大战爆发时还在太平洋的雅浦岛上使用的一种凹圆形的农用石制耙片。他解释，这些耙片大部分都是一英尺宽，但有一种却宽达十二英尺，要用它来买东西的时候，就用杠棒抬去。"那找头怎么办呢？"在一片笑声中有人问道。迈尔斯告诉大家，找头用的是一些比较小的石制耙片。

他又告诉他们，与此形成对比的最轻的货币是在新赫布里底群岛使用的几种珍贵的羽毛。另外，食盐也曾作为货币通用了好几个世纪，特别是在埃塞俄比亚；古罗马人还用食盐来支付劳动者的工资，薪水一词就是由食盐一词演变而来的。迈尔斯告诉大家，在婆罗洲，一直到十九世纪，人的头盖骨还是法定货币。

但是，在这类聚会结束之前，话题总是回到伪造货币的问题上来。

有一次，在这样的聚会结束之后，一个彪形大汉把迈尔斯拉到一旁。

此人是个司机兼保镖，主子在楼上打牌的时候他便在俱乐部里四处游逛。

"嘿，老弟，关于假票子你真讲得不赖。请瞧瞧这个。"说着便拿出一张干净而崭新的二十美元的钞票。

迈尔斯接过钞票细细研究。干这种事他可不是新手。当他在美利坚第一商业银行工作的时候，有伪造之嫌的钞票通常都是拿给他来检验的，因为他具有这方面的专业知识。

彪形大汉咧着嘴笑。"像真的一样，对吧？"

"如果这是一张假钞，"迈尔斯说，"它是我所看到过的伪造得最好的。"

"想买点吗？"保镖从里面的口袋里又抽出九张二十元钞票。"老弟，给我四十块货真价实的钞票，这两百块就都是你的了。"

迈尔斯知道，这跟兑换高质量伪币的通行比价相差无几。他还注意到，另外九张钞票的质量也跟第一张一样好。

他刚想拒绝，又犹豫了。他根本不想使用伪币，但他又想到，这些东西可以送给温赖特。

"等一等。"他告诉这位彪形大汉，然后回到楼上他的房间里，这里有他存放的四十几块钱。其中一部分是从温赖特原先给他的五十块钱中结余下来的；另外一些则是从赌场收来的小费。他拿起这笔钱——大多是小额零票——到楼下换来两百块伪币。当天夜里他把这笔假钞藏在自己的房间里。

第二天，朱尔斯·拉罗卡咧嘴笑着对他说："听说你做了一桩买卖。"

迈尔斯当时正坐在三楼办公室他记账的写字台旁边。

"做了一点。"他承认说。

拉罗卡挺着他的大肚子向前走近，压低了嗓门说："还想不想再捞一票？"

迈尔斯谨慎地说："那要看是什么样的生意。"

"不过是到路易斯维尔去跑一趟罢了，把你昨儿晚上买的一部分东西去脱个手。"

迈尔斯的心一下子收紧了。他知道，如果自己同意去并且被抓住的话，那就不仅是重新被关进监狱，而且时间肯定比上一次要长得多。然而如果他不冒风险，他又怎能继续调查，并且赢得这里其他人的信任呢？

"只要把一部车从这里开到那里就行了。你可以捞到二百块钱。"

"如果我被截住会发生什么事呢？我是假释出狱的，所以没有驾驶执照。"

"执照不成问题，只要你有照片——要正面的半身照。"

"我没有，不过我可以去拍一张。"

"那就快点去拍吧。"

迈尔斯利用午饭后的休息时间，走到市区一个公共汽车站，用一架自动照相机拍好一张照片拿了出来。当天下午就把它交给了拉罗卡。

两天以后，又是在迈尔斯工作的时候，有一只手悄悄地把一张小小的长方形卡片放在他面前的分类账簿上。他猛地一惊，再一看原来是一张州里发的驾驶执照，上面贴着他交上去的照片。

他回过头来，发现拉罗卡站在他背后正咧着嘴笑。"服务比执照登记处还要周到吧，嗯？"

迈尔斯怀疑地问："你的意思是说这执照是假的？"

"看得出什么区别来吗？"

"不，我看不出。"他盯着执照细看，发现它跟官方执照一模一样。

"你怎么搞到的？"

"这你就别管了。"

"不，"迈尔斯说，"我很想知道。你知道，对这种事情我非常感兴趣。"

拉罗卡的脸色一沉，眼睛里第一次露出怀疑的神色。"你为什么想知道？"

"只是感兴趣，刚才不是对你说过了吗？"迈尔斯突然一阵紧张，但愿脸上不要显露出来才好。

"有些问题问得可不聪明。一个人问得太多，别人就会起疑心，他就可能倒霉，而且可能倒大霉。"

迈尔斯一声不吭，拉罗卡注视着他。好一会儿，这阵子怀疑似乎才过去。

朱尔斯·拉罗卡通知他："明天晚上会有人通知你做什么，并通知你时间。"

第二天，夜幕刚刚降下，指示便下达了，通知他的是那位始终充当信使角色的拉罗卡。他交给迈尔斯一串汽车钥匙、一张城里某停车场的收据和一张单程飞机票。迈尔斯的任务是去把汽车——一辆栗色的雪佛兰羚羊——开出停车场，然后连夜开往路易斯维尔。到那儿以后马上驱车前往路易斯维尔机场，把汽车停在那里，把机场的停车票和钥匙留在前座下面。在离开汽车以前，他必须把汽车擦干净，除掉自己的指印。然后再搭清晨的飞机飞回来。

迈尔斯找到汽车，把它从市区停车场开出来，这是最痛苦的时刻。他紧张地想，这辆雪佛兰羚羊牌汽车是否已经处于警察的监视之下？也许不管来停车的是谁，都已引起怀疑，并被跟踪到了这里？如果是这样，那现在正是警察最有可能合拢网口动手的时候。迈尔斯知道，事情一定有极大的危险，否则就不会找一个像他这样的人来跑这趟差了。虽然他知道得并不确切，他总觉得可能有许多伪币就藏在汽车内的行李箱里。

但是没有发生什么意外。不过，直到离开停车场很久，汽车接近市郊边缘时，他才缓过一口气来。

在公路上，他有一两次碰上州里的警察巡逻车，每当这种时候，他的心总要猛跳一阵，但没有人拦住他。拂晓之前，他安全到达路易斯维尔。

只发生了一件计划之外的事情。在离路易斯维尔还有约三十英里的地方，迈尔斯曾驶离公路，在黑暗中借助手电的光打开了汽车后备厢。

里面有两只牢牢锁好的沉甸甸的手提皮箱。有一刹那，他曾想撬开一把锁，但常识立即告诉他，这样做将使自己处于危险之中。于是他关上后备厢，抄下汽车的车牌号，又继续赶路。

他顺顺当当地找到了路易斯维尔机场，按照指示把所有要做的事情一一做完以后便登上一架班机飞回，上午十点钟不到就回到了"七七"健身俱乐部。他离开俱乐部干吗去了，没有人过问。

这天余下的工夫，迈尔斯因缺乏睡眠而感到困倦，但他还是坚持工作。下午，拉罗卡来了，满面笑容，嘴里叼着一支粗大的雪茄。

"迈尔斯，你干得干净利落。人人满意，个个开心。"

"那好，"迈尔斯说，"那我什么时候得到我那两百块钱呢？"

"你已经得到了。不过已经让奥敏斯基拿去抵了你欠他的债。"

迈尔斯叹了口气。他觉得自己早该料到这一招。自己冒了这么大的风险，到头来却让那个高利贷者捞到好处，这岂不让人哭笑不得？他问拉罗卡："奥敏斯基怎么会知道的？"

"他不知道的事情不多。"

"刚刚你说个个开心。'个个'是哪些人？我做了昨天这样的工作，我希望知道自己是在为谁工作。"

"我已经对你说过,有些事情是不该知道也不该问的。"

"也许是这样。"显然他再也别想打听到更多的东西,于是对着拉罗卡勉强一笑。今天,迈尔斯的愉快情绪已经不见,代替它的只有沮丧。

他冒着极大的危险通宵达旦地奔波了一场,极度紧张,但他意识到自己真正了解到的东西却微乎其微。

大约四十八小时之后,他依然疲惫不堪,心情沮丧,但他还是把自己的疑虑通知了胡安尼塔。

第八章

在"七七"健身俱乐部工作的这一个月中，迈尔斯·伊斯汀已经跟胡安尼塔见过两次面了。

第一次是在胡安尼塔跟诺兰·温赖特那天晚上驾车外出并同意担任中间人后的几天内。对他们两人来说，那是一次尴尬的、摸不清对方心思的见面。虽然温赖特说到做到，很快就给胡安尼塔的公寓装了电话，但迈尔斯却不知道，所以没有事先通知，晚上乘公共汽车来了。胡安尼塔通过微微打开的公寓房门仔细察看了一番，然后才收起安全链放他进来。

"你好。"埃斯特拉说。这个肤色黝黑的小女孩简直就是一个小胡安尼塔。她正在看一本彩色图书，这时抬起头来，两只水汪汪的大眼睛注视着迈尔斯。"你是以前来过的那个瘦子。你现在胖点啦。"

"我知道，"迈尔斯说，"我最近一直在吃巨人吃的好东西。"

埃斯特拉格格地笑了，但胡安尼塔却皱起了眉头。他抱歉地对她说："没有办法事先跟你打个招呼说我要来。但温赖特先生说你随时都在等我。"

"那个伪君子！"

"你不喜欢他吗？"

"我恨他。"

"他并不是我心目中的圣诞老人，"迈尔斯说，"但是我也并不恨他。我猜想他也许是责任在身，不得不做。"

"那让他自己去做好了。干吗要利用别人呢？"

"既然你这么反感，那你当时为什么同意？"

胡安尼塔厉声打断了他的话："你以为我没有问过我自己吗？我过去就知道他不是个好东西。我当时答应真是一时糊涂，够我懊悔的了。"

"没有必要懊悔。谁也没有规定你不可以改变主意。"迈尔斯的声音很温和，"我去跟温赖特解释。"说着便做出向房门走去的样子。

胡安尼塔突然对他发起火来："那你怎么办？你的消息往哪里送？"她恼怒地摇摇头，"当你答应做这件蠢事的时候，你难道发疯了吗？"

"没有，"迈尔斯说，"我把它看作是一个机会；在某种意义上讲这是唯一的一个机会。但把你也拖进来实在没有道理。当我建议说你可能会同意时，我没有想周到。我很抱歉。"

"妈妈，"埃斯特拉说，"你干吗这样生气？"

胡安尼塔弯下身去抱住女儿。"别担心，乖乖。我是对人生不满，小宝贝。为人与人之间的不公平生气。"她突然转向迈尔斯说："坐，坐。"

"你打定主意了吗？"

"什么主意？是说请你坐下吗？不，我连这主意也打不定。但你只管坐下。"他顺从地坐了下来。

"我喜欢你的脾气，胡安尼塔。"迈尔斯微笑着说。有那么一刹那胡安尼塔觉得他的神态又像原来在银行时那样了。他接着说："除了你的脾气，我还喜欢你别的方面。如果你要我说实话，那么我当时建议作这样的安排，就是因为这么一来我非见你不可。"

"好吧，现在你已经见到了。"胡安尼塔耸耸肩，"而且以后还会见到。好，进行你的密探汇报吧，我会把它转达给那位结网的蜘蛛——温赖特先生的。"

"我要汇报的是：没有什么好汇报的。至少现在还没有。"迈尔斯讲述了"七七"健身俱乐部，讲到它的外观以及它所散发出来的臭味。这时他发现她的鼻子厌恶地皱了起来。他还叙述了如何见到朱尔斯·拉罗卡，又如何跟那位高利贷者——俄国佬奥敏斯基会面以及自己被雇用为健身俱乐部记账员的经过。这些就是当时，也就是迈尔斯在"七七"俱乐部刚刚工作了几天之后知道的全部情况。"但我毕竟打进去了，"他对胡安尼塔说，"而这正是温赖特先生所希望的。"

"有时候进去是容易的，"她说，"但就像钻进了捕龙虾的网一样，想出来可就难了。"

埃斯特拉一直在严肃地听着。这时她问迈尔斯："你还会来吗？"

"我不知道。"他询问地瞥了胡安尼塔一眼。她打量着他们俩，叹了口气。

"会的，亲爱的。"她对埃斯特拉说，"会的，他会来的。"

胡安尼塔走进卧室，拿着诺兰·温赖特交给她的两个信封走了回来。

她把信封交给迈尔斯："这些是给你的。"

大信封里面装着钞票，另外一个则装着填有 H.E. 林柯尔普这个假名字的键式信用卡。她说明了信用卡的作用——一种呼救信号。

迈尔斯把信用卡放进口袋，却把钞票又装进第一个信封，还给胡安尼塔。"这个你拿去。如果有人发现我带着这笔钱，也许会怀疑我。你和埃斯特拉用吧。这是我欠你的。"

胡安尼塔犹豫了一下，然后用比刚才柔和的声音说："那我就替你保管着吧。"

第二天，在美利坚第一商业银行里，胡安尼塔通过内线给温赖特打电话，向他作了汇报。她很谨慎，既没有说出自己的名字，也没有说出迈尔斯和"七七"健身俱乐部的名字。温赖特听完报告，向她道谢，就挂上了电话。

胡安尼塔和迈尔斯之间的第二次见面是在一个半星期以后的星期六下午。这一次迈尔斯事先挂了个电话，当他到达时，胡安尼塔和埃斯特拉似乎都很高兴。她们正准备去买东西，于是他便陪她们一起出去。三个人在一家露天市场逛了一圈，胡安尼塔买了一些波兰香肠和卷心菜。

她告诉他："这是晚饭吃的。你不走吧？"

他让她放心，他不会走的，还说这天晚上他不急于回健身俱乐部，甚至第二天早晨回去也可以。

他们走着走着，埃斯特拉突然对迈尔斯说："我喜欢你。"她把自己的小手悄悄放进他的手里，一直不拿出来。当胡安尼塔注意到这一点的时候，她微微地笑了。

晚饭自始至终充满着一种轻松而亲密无间的气氛。后来埃斯特拉吻过迈尔斯，道过晚安，便去睡觉了。当只剩下他们两个人的时候，迈尔斯向胡安尼塔叙述了他给诺兰·温赖特的报告内容。他们肩并肩坐在沙发床上。在他讲完之后，她转过脸来对他说："如果你愿意，今晚你可以睡在这里。"

"上次我睡在这里的时候，你睡在那里面。"他指指卧室。

"这次我也睡在这里。埃斯特拉睡得很沉。她不会打扰我们的。"

他伸手去抱胡安尼塔，她热切地凑过身来。她微微张开的嘴唇温暖而滋润，充满着情感，似乎预示着还有更甜蜜的东西在后头。她的舌头不住地转动，使他感到一阵快感。他抱着她，听见她急促的呼吸声，同时感觉到她小巧而苗条的姑娘似的身子因为郁积的激情而微微颤抖，热烈地响应着异性肉体的吸引。当两人越抱越紧，他的手开始爱抚她的时候，胡安尼塔深深吐出一口气，她在体味此刻阵阵的快感，并期望着一会儿销魂的激情。她已很久没跟男人睡觉，因此也不掩饰自己的激动和焦急期待的情绪。两人急不可待地拉开沙发床。

接下来的一幕却大煞风景。迈尔斯想占有胡安尼塔，以为自己的肉体也有同样的要求。但是到了男子应该显本领的时候，肉体却起不了应有的作用。他拼命用力，集中思想，还闭上眼睛祈祷，事情仍无起色。

一个青年男人应有激情，迈尔斯的身子却疲软无力，竟力不从心。胡安尼塔安慰他，协助他。"别急，迈尔斯，亲爱的，耐心一点。我来帮你，会成功的。"

两人试了一次又一次，到头来，还是不行，迈尔斯只得躺下，羞愧得快哭。他苦恼地认识到，发生这种问题是因为自己想起在监狱里的那段同性关系。他曾以为也希望，这不会妨碍他同女人发生性关系，不料事与愿违。迈尔斯得出一个可怕的结论：自己所害怕的究竟是什么，这一回明白无误了。他已不再是一个男人。

　　最后，两人疲惫不堪，只得半途而废，憋着一肚子的不痛快，睡了。

　　夜里，迈尔斯醒来，烦躁地辗转反侧，接着干脆起身。胡安尼塔听到响声，扭亮沙发床旁的灯，问道："又怎么了？"

　　"我在回想，"他说，"睡不着。"

　　"回想什么？"

　　于是，他便把监狱里的事情向她和盘托出，说时坐直着身子，头微侧，以免同胡安尼塔的眼光相遇。他先说到那一次轮奸，接着是为了自保而做了卡尔"男朋友"的那一段关系，后来如何住进黑大汉的监房，继续搞同性关系，又如何开始觉得这种关系有些味道。他还说到自己对卡尔所抱的矛盾感情，仍然记着卡尔待自己多么好，多么温柔，而记起这一切时带的是一般的感情呢，还是……爱情？直到此刻，他还说不上来。

　　说到这里，胡安尼塔打断了他。"别说了，我听够了。真叫我恶心。"

　　他问："你以为我就好受？"

　　"我不知道，也不关我什么事。"她的恐惧和厌恶，全表现在她的声音里。

　　天一亮，他便穿好衣服走了。

　　两星期后。又是一个星期六的下午——迈尔斯发现，这是他溜出健身俱乐部而不被人注意到的最好时机。前天晚上到路易斯维尔去跑了一趟，使他的神经高度紧张，此刻他还没有消除疲劳；而工作没有进展也使他无精打采。

　　使他烦恼的还有：该不该再去胡安尼塔那里？她还想见他吗？

　　但最后他还是决定，至少需要再去拜访她一次。当他进门时，她摆出一副干巴巴公事公办的架势，好像上次发生的事情已经置诸脑后。

她听取了他的汇报，然后他又对她谈了自己的怀疑。"我没有发现什么重要的东西。不错，我是跟朱尔斯·拉罗卡和卖给我二十块一张伪币的那家伙拉上了关系，但他俩都是小人物。另外，当我问拉罗卡问题的时候，例如伪造的驾驶执照是从哪里弄来的，他总是马上闭紧嘴巴，并且起了疑心。比起刚开始，现在我对于这些非法的买卖中有些什么大角色或者'七七'俱乐部的幕后到底有些什么名堂，并没有更多的了解。"

"你不可能在一个月里面把一切都查明。"胡安尼塔说。

"也许根本就没有什么好查明的，至少没有温赖特先生需要的东西。"

"也许没有。真要是这样，那也不是你的过错。况且，很可能你已经发现了很多东西，只是你自己没意识到罢了。你已经拿到了你已交给我的伪币，还有你驾驶的那辆车的车牌号……"

"汽车可能是偷来的。"

"这事让温赖特这位歇洛克·福尔摩斯去调查吧。"突然胡安尼塔想到了一个主意，"你的那张飞机票呢？就是他们让你乘坐的回程票。"

"我用了。"

"总有张票根留给你的。"

"也许我……"迈尔斯在他的上衣口袋里摸索了一阵，那天他去路易斯维尔穿的也是这件上衣。装飞机票的信封还在，票根果然在里面。

胡安尼塔把票根连同信封一起拿去。"也许这东西会使某些人看出一些问题。另外，我还要把你买那些伪币所花的四十块钱去报销。"

"你对我照顾得太周到了。"

"怎么能不周到呢？看起来你的确需要人照顾。"

埃斯特拉刚才一直在附近人家里跟小朋友玩，这时她回来了。"喂，"她说，"你又留下不走了吗？"

"今天不留了，"他告诉她，"我马上就要走。"

胡安尼塔单刀直入地问道："为什么一定要走呢？"

"为什么。我只是觉得……"

"那你就在这里吃饭吧。埃斯特拉会高兴的。"

"啊，太好啦！"埃斯特拉说。她问迈尔斯："你愿意给我读故事吗？"他一说愿意，她便去拿来一本书，高高兴兴地坐在他的膝头上。

晚饭后，在埃斯特拉道晚安去睡觉以前，他又给她读了一会儿。

"你是一个善良的人，迈尔斯。"胡安尼塔从卧室里走出来，随手关上门。在她照料埃斯特拉睡觉的工夫，他曾站起来要走，但她止住了他："不要走，我有话要对你说。"

就像上次那样，两人并排坐在起居室的沙发上。胡安尼塔不慌不忙地对他说，一边斟酌着字眼：

"上回你走了以后，我很后悔自己当着你面说了那一番严厉的话。谁也不该说三道四，可那一次我就说了一大通。我知道，你在监狱里受了苦。我没进过监狱，但其中的可怕也猜得出几分。除非亲身经历，谁说得出那些家伙会干出什么样的事来？至于你说到的那个名叫卡尔的人，只要他真待你好，那么跟那许多残忍的家伙相比，倒的确是难能可贵的。"

胡安尼塔顿了一顿，考虑着，接着说下去："对一个女人说来，很难理解男人怎么能像你说的那样彼此相爱，怎么能干出你做的那种事情。不过，我知道确实有些女人像男人那样彼此相爱，说到底，也许那种爱情比没有爱情，或者比仇恨，总要好一些。所以，请你忘了我说过的那几句伤感情的话吧。仍然记着卡尔，心底里也尽可承认你爱过他。"她目光移上，笔直望着迈尔斯，"你的确爱过他，是吗？"

"是的，"他轻声说，"我爱过他。"

胡安尼塔点点头。"那最好还是明白说出来。也许现在你要去爱别的男人了。我不敢说；那些事情我不懂，但有一点我懂，那就是不管来自什么人，有爱情总比没有爱情强。"

"多谢你，胡安尼塔。"迈尔斯看着她哭，发现自己脸上也已泪痕斑斑。

两人不出声地坐了好大一会儿，听着周末夜晚外面街上传来的车辆声和人声。后来，两人又开始谈话，就像一对朋友——一对从来没有像现在这么亲密的朋友。谈着谈着，他们忘了时间，忘了自己在什么地方，就这样一直谈到深夜。他们谈各自的出身和经历、汲取的教训、曾经有过的梦想、眼下的心愿以及仍有可能实现的目标。终于，睡意淹没了他俩的声音，两人就这么手拉手并排坐着，不知不觉地睡着了。

迈尔斯先醒过来。他身体蜷曲着，觉得不舒服……不过，另外还有什么使他浑身激动。

他轻轻弄醒胡安尼塔，把她从沙发上领到地毯上，并在那儿放了几个靠垫作枕头。他一边爱抚着她，一边温柔地替她脱去衣服，接着又脱去自己的衣服。他吻她，抱她，接着很自信地紧搂着她。

"我爱你。"

他意识到，靠着她，他又重新成了男人。

第九章

"我要问你两个问题。"亚历克斯·范德沃特说。他的声音没有平时那样清脆;他刚才读到的材料使他心事重重,甚至有些目瞪口呆。

"第一个问题,这些情报你究竟是怎么搞来的?第二个问题,它们的可靠程度如何?"

"如果你不介意,"弗农·贾克斯说,"我想倒过来回答你的问题。"

这时已接近傍晚,他们坐在总行大楼亚历克斯的办公套间里。外面很安静。三十六层的办公职员大都已经回家。

一个月前,亚历克斯雇来对超国公司进行独立研究——他们一致称之为"从外面偷偷摸摸地打听"——的这位密探安静地坐在那里,阅读着一份下午报,而亚历克斯则全神贯注地读着贾克斯自己送来的一份七十页长的报告,包括一份照片复印件的附录。

今天,要说弗农·贾克斯的外表比起上一次来时有什么变化,那就是显得更寒伧了。他穿的那套磨得发亮的蓝色衣服可能已向救世军捐赠过,但对方谢绝了;袜子耷拉在脚踝旁,盖住了比之前还要邋遢的鞋。残留在秃头上的稀发乱七八糟,像用旧的鞍垫一样。但尽管贾克斯在服饰方面有所短,在侦探技术方面却有所长,这一点也是同样清楚的。

"关于可靠性，"他说，"如果你是问列举的事实能否以它们现在的形式在法庭上作为证据使用，那回答是否定的。但可以聊以自慰的是，所有的情报都有根据，没有任何一件不是跟至少两个、有时是三个可靠的来源核对过的。再说，大家都知道我有本事弄清真相，这种声誉是我最重要的资本。这是一种很好的声誉，我打算永远保持下去。

　　"现在谈谈我是怎样搞到这些情报的。我替很多人工作过，他们总是要问我这个问题。你当然有权要我作解释。不过有些注有'商业秘密'和'来源保密'字样的材料，我就要保密了。

　　"我曾经为美国财政部工作过二十年，其中大部分时间在国内税收署做探员，我不仅跟在那里的熟人，而且跟很多别的地方的熟人都一直保持着密切的联系。这一点没有多少人知道，范德沃特先生，但是探员的工作方式之一就是交换机密情报。在我们这种工作中，你永远不会知道什么时候你需要别人或者别人需要你。这个星期你帮了某人的忙，迟早有一天他也会为你出力。就这样，今天你欠我的情，明天我受你的益，而支付报酬——提供消息和情报——也是相互的。所以当你雇用我的时候，我所卖给你的就不仅仅只是我在金融方面自以为还相当渊博的实际知识，而且还有一个联络网。其中有些人可能会使你大吃一惊。"

　　"今天我已经大大地吃了一惊。"亚历克斯说。他摸了摸面前的报告。

　　"总之，"贾克斯说，"报告中的许多情报我就是这样搞来的。另外还要靠苦功夫，靠耐心，当然还要知道到哪里去寻找线索。"

　　"我明白了。"

　　"范德沃特先生，我还要澄清一点，我想你不妨把它称之为个人的自尊心。我们两次相见，我都发现你在打量我，而对你所看到的并没有什么好感。我恰恰希望人们都这样看待我。因为一个不伦不类、穿着破烂的人物是不大可能受到那些他正试图调查的人们的注意和重视的。这在另一方面也起作用，因为我与之交谈的人以为我无足轻重，所以就不加提防了。而如果我看上去多少像你这样，那就大不一样了。道理就在这里。但我也要告诉你：在你邀请我去参加你女儿的婚礼那一天，我一定会像别的宾客一样打扮得整整齐齐。"

"如果哪一天我有了女儿，"亚历克斯说，"我一定不会忘记邀请你。"

贾克斯走后，亚历克斯又研究起那份令人震惊的报告来。他觉得其中充满着对美利坚第一商业银行具有严重影响的内容。超国公司——苏纳柯——这幢大厦正在摇摇欲坠。

亚历克斯想起了刘易斯·多尔西讲到的关于"未曾报道过的巨额损失……各子公司会计方面的一些不择手段的欺诈行为……大乔·夸特梅因正在到处活动，寻求一笔洛克希德式的补助金"之类的谣言。这些谣言弗农·贾克斯已经全部证实了，而且还发现了更多的事实。

亚历克斯想，今天已经太晚，做不了什么事。他还得通宵考虑该如何使用这些情报。

第十章

杰罗姆·帕特顿本来就红润的面孔现在涨成了猪肝色，他抗议说："岂有此理！你的要求是荒谬的。"

"我不是在提要求。"亚历克斯·范德沃特自从昨晚便怒火中烧，连嗓音也变得不自然了，"我只是给你送个信——赶快采取行动！"

"要求，送个信——有什么两样？你要我采取武断的行动而又提不出充足的理由。"

"以后我会向你提出大量的理由，非常充足的理由。但现在时间来不及了。"

他们正在美利坚第一商业银行总裁办公室套间里。当帕特顿早晨来的时候，亚历克斯已在里面等候了。

"纽约证券市场已经开门五十分钟了，"亚历克斯警告说，"我们已经丧失了那么多时间，现在还在继续浪费时间。你是唯一可以下命令给信托部卖掉我们持有的全部超国公司股票的人。"

"我不干！"帕特顿提高嗓门说，"而且，这究竟是怎么回事？你以为自己是什么人，气冲冲地闯到这里来，指手划脚……"

亚历克斯从他的肩膀上望过去，见办公室的门开着。他走过去关上门，又走了回来。

"我这就告诉你我是谁，杰罗姆。我就是当时警告你，警告董事会不要跟苏纳柯牵连太深的那个人；我曾坚决反对信托部大批买进股票。但是没有一个人——其中也包括你——肯听我的话。现在可好，超国公司就要彻底完蛋了。"亚历克斯从写字台对面俯身过来，拳头猛烈地往下一击。他两眼冒火，脸快贴到帕特顿的脸上去了。"你难道不懂吗？超国公司会拖着我们银行跟它一起完蛋！"

帕特顿吃不住了。他重重地坐在写字台后面的椅子上。"但是苏纳柯真的陷入困境了？你能肯定吗？"

"如果不能肯定，我会到这里来跟你大吵大闹吗？你难道不明白我是来给你一个机会，以便从无法避开的灾祸中挽回一些损失吗？"亚历克斯指指手表，"开市到现在已经整整一个小时了。杰罗姆，赶快打电话下命令！"

银行总裁脸上的肌肉紧张地抽动着。他生性懦弱，优柔寡断，他只会对各种局面被动地做出反应，而绝不会主动驾驭这些局面。强有力的影响往往会左右他，现在亚历克斯正对他施加这种影响。

"看在上帝的分上，亚历克斯，也为了你，我希望你知道你正在干什么。"帕特顿向写字台旁的两台电话中的一台伸出手去，迟疑了一下，终于拿了起来。

"给我接信托部的米切尔……不，我可以等……是米切尔吗？我是杰罗姆。请注意听着。我要你立即下令把我们手中全部超国公司的股票卖掉……是的，卖掉，统统卖掉。"帕特顿听着对方的回话，然后不耐烦地说，"是的，我知道这将对市场产生什么影响，我也知道价格已经下跌。我看过昨天的报价表，我们将遭受损失。但还是要卖掉……是的，我知道这违反常例。"他的目光在搜寻亚历克斯的眼睛，似乎想要从中得到安慰。说话的时候，他拿着电话的手一直在颤抖："没有时间开会了。所以下令吧！不要耽误……"帕特顿听着对方的回答，做出一副痛苦的表情。"是的，我承担责任。"

帕特顿挂上电话，倒了一杯水，一饮而尽。他对亚历克斯说："我的话你都听到了。股票已经跌价；我们一卖，跌价会更厉害。我们将受到沉重的打击。"

"你错了，"亚历克斯纠正他说，"受到打击的将是我们的主顾，那些信任我们的人。如果我们再等的话，打击就更加沉重。即使现在，我们也还没有脱离险境。一星期之后，证券和交易委员会可能会禁止出售这些股票。"

"禁止？为什么？"

"他们可能判定我们知道内部情况而没有报告；如果我们报告，本来是会中止股票买卖的。"

"什么情况？"

"超国公司即将破产。"

"上帝啊！"帕特顿从椅子上跳起来，转过身去。他喃喃自语地说："苏纳柯！上帝啊，苏纳柯！"他又转过身来面对着亚历克斯，问道，"我们那笔贷款怎么样了？那可是五千万。"

"我检查过了。几乎全部信贷都已经提走了。"

"那笔用来补偿的余额呢？"

"已经不足一百万了。"

一阵沉默，帕特顿深深叹了口气。他突然平静下来："你说你有非常充足的理由。你显然知道一些什么。你最好告诉我是怎么回事。"

"最好还是请你读一读这份报告。"亚历克斯把贾克斯的报告放在总裁的办公桌上。

"这我以后再读，"帕特顿说，"现在请你告诉我是怎么回事，告诉我报告里写了些什么。"

亚历克斯讲了刘易斯·多尔西传播的有关超国公司的谣言，以及他本人雇用探员——弗农·贾克斯的经过。

"贾克斯的报告，完全符合事实，"亚历克斯断然说，"昨天晚上和今天早晨，我一直在四处打电话，证实他的各种判断。结果全部正确无误。事实是，任何人通过耐心的探听都能发现很多已有的情报，可惜没有人去做这样的工作，或者到目前还没有把这些情报串起来。除此之外，贾克斯还得到了绝密情报，包括一些文件，我想是通过……"

帕特顿不耐烦地打断了他："好了，好了。这些不要多讲了。快把要点告诉我。"

"要点用几个字说就是：超国公司已经没有钱了。过去三年中，这家公司遭到了巨大的损失，只是靠声望和信贷才维持了下来。为了偿还债务，他们借了大笔的钱；而为了还这些钱，他们又去借新债。就这样越借越多，债台高筑。他们所缺的正是现金。"

帕特顿反驳说："但是苏纳柯一直报告，他们每年都收入不错，从未少过一份红利。"

"现在看来，前几次的红利都是通过借款来支付的。至于其他，纯属会计虚报。这其中的奥妙我们都知道。很多最大最有声望的公司都采用同样的办法。"

银行总裁把这番话掂量了一番，然后沮丧地说："过去，会计师在财务报表上的签名就意味着诚实。现在不行了。"

"在这里面，"亚历克斯指着桌子上的报告说，"有许多例子可以说明我们正在谈论的问题。其中最糟糕的莫过于名叫绿色牧场的土地开发公司，那是苏纳柯的一家子公司。"

"我知道，我知道。"

"那么你也许还知道，绿色牧场在得克萨斯州、亚利桑那州和加拿大都拥有大量的土地。多数土地位于边远地区，要过二三十年的时间才可能开发。绿色牧场一直向投机商出售地产，签署套头交易协定，接受少量现款，而把全部金额的支付推至将来。有两笔交易的付清总额合起来达八千万美元，但最后的支付期限在四十年以后——到那时二十一世纪已过去不少年了。这些款项可能永远也不会支付。然而在绿色牧场和超国公司的资产负债表上，这八千万美元却记作当前收益。这还只是两笔交易而已。另外还有更多的交易，也使用这种复杂难懂的结账法，只是交易数额小一些罢了。在苏纳柯这家子公司里发生的事情，在别的子公司里也已经重演。"

亚历克斯停顿一下以后又说："当然，这样一来，就使得一切从纸面上看来显得很伟大，而且把超国公司股票的市场价格毫无现实基础地抬高了。"

"有人发了大财，"帕特顿愁眉苦脸地说，"可惜不是我们。苏纳柯一共借了多少钱，你有数吗？"

"有。看来贾克斯设法看到了一些缴税记录，里面记录了利息的扣除数。据他估计，包括子公司在内的短期负债约为十亿美元。其中有五亿似乎是银行贷款，其余的五亿，主要是到期之后又重新签发、期限为九十天的商业证券。"

两人都知道，所谓商业证券，就是仅靠借方的信誉为后盾的有息借据。所谓"重新签发"，就是发行更多的借据来偿还之前的借款及其利息。

"但是他们已经差不多借贷无门了，"亚历克斯说，"至少贾克斯是这样认为的。我已证实的情报之一就是商业证券的买主们已经开始警觉。"

帕特顿若有所思地说："宾州中央运输公司就是这样垮台的。当时人人都相信铁路是最赚钱的——买进并持有铁路股票，就像买进并持有国际商用机器公司和通用汽车公司的股票一样，是最保险的。不料有一天，宾州中央突然陷入破产，败落得干干净净，一下子就完蛋了。"

"从那以后，在破产的名单上，还得再加上好几家大公司的名字。"亚历克斯提醒他。

两人这时都在转着同样的念头：在超国公司之后，美利坚第一商业银行会不会也加入这份名单？

帕特顿红润的面孔已没了血色。他问亚历克斯："我们的处境怎么样？"现在，这位银行总裁已经不再以领导人自居，不得不一味依赖这位比他年轻的人了。

"这主要看超国公司还能维持多久。如果他们还能再拖上几个月，那么我们今天卖掉他们的股票可能不会引起人们的注意，违反联邦储备条例的贷款也不致于受到严密的调查。如果超国公司很快就宣告破产，我们的麻烦就大了——证券和交易委员会会指责我们没有及时透露了解到的情况，通货检查局局长会指责我们滥用信用；在那笔贷款方面，则会同联邦储备委员会发生麻烦。另外，无需我提醒你，我们目前面临着损失整整五千万美元的局面，而你知道这将对今年的收益报告产生什么影响，所以肯定会有一些发怒的股东嚎叫着要揪下某人的脑袋。除此之外，还可能会对董事们起诉。"

"我的天哪！"帕特顿重复地说，"我的老天爷！"他拿出手帕擦了擦脸，又擦了擦他那鸡蛋形的脑袋。

亚历克斯严酷无情地继续说下去："还有一点我们必要考虑，那就是公众的注意。如果超国公司破产，就会进行多方面的调查。但在调查之前，报刊事先就会得知内情，各自采访打听。有些金融记者在这方面很拿手。采访开始以后，我们银行就难以逃脱人们的注意，而我们损失的程度也将公开，为众人所知。这种消息会使存户不安。它会引起大量的提款。"

"你的意思是说存户将争先恐后地挤提存款吗！这真是不堪设想！"

"有什么不堪设想的？这种事情在别的地方发生过——还记得纽约的富兰克林银行吗？如果你是存户，你唯一关心的就是你的钱是不是安全。如果你觉得它可能不安全，你就会取出来——而且立刻就取。"

帕特顿又喝了些水，然后颓然倒在椅子里。他的脸色苍白到了极点。

"我的建议是，"亚历克斯说，"立即召集投资方针委员会开会，而我们则集中力量争取在最近几天里筹集最大数量的流动资金。这样，即使突然发生挤兑，我们也可以有备无患。"

帕特顿点点头说："好吧。"

"除此之外，我们便只好祈求上帝保佑了。"亚历克斯微微一笑，这是自他进门以后的第一次微笑，"或许这件事我们应该让罗斯科来做。"

"罗斯科！"帕特顿说，好像突然被提醒了，"是他研究了超国公司的统计数字，建议发放这笔贷款并向我们保证说一切都进行得很顺利的。"

"罗斯科并不是孤立的，"亚历克斯指出，"你和董事会都支持他。还有很多人研究了那些统计数字，也得出了同样的结论。"

"你却没有。"

"我当时感到不安，也可能是怀疑。但我却根本没有想到苏纳柯竟这样糟。"

帕特顿抓起刚才用过的电话："请海沃德先生到这里来一下。"顿了一下，帕特顿又厉声说，"就是上帝跟他在一起，我也不管。我现在就要他来。"他砰的一声把电话放下，又擦了擦脸。

办公室的门轻轻地打开了，海沃德走了进来。他说："早安，杰罗姆。"接着，他冷冷地向亚历克斯点了点头。

帕特顿咆哮着说："把门关上。"

海沃德面露惊奇，但还是把门关上了。"他们告诉我有急事。如果事情不急，我想还是……"

"把超国公司的事情告诉他，亚历克斯。"帕特顿说。

海沃德的脸一下子僵住了。

亚历克斯既从容又不带感情地重述了一遍贾克斯报告的要点。昨天晚上和今天早晨的愤怒——对于把银行拖到灾祸边缘的目光短浅的愚蠢和贪婪所感到的愤怒——这会儿已经消失。他现在只对将要遭到的巨大损失和已经浪费掉的精力感到伤心。他懊恼地想，为了开源节流向超国公司提供贷款，其他有价值的项目竟被削减下马。他想，班·罗塞利幸而已经不在人世，至少不必再受此时此地的这种折磨了。

亚历克斯本以为罗斯科·海沃德会跟他对抗，甚至会大吵大闹。

但都没有。相反，海沃德静静地听着，不时插嘴提出问题，但却不加任何评论。这使亚历克斯大感意外。亚历克斯猜想，这也许是因为他所讲的情况进一步充实了海沃德自己已经得到的，或者猜到的情报。

亚历克斯讲完后，一阵沉默。

帕特顿已经镇静了一些。他说："今天下午我们将召集投资方针委员会开会讨论头寸调动问题。同时，罗斯科你要跟超国公司取得联系，看看我们的贷款还能挽回多少。"

"这是一笔即期贷款，"海沃德说，"我们可以随时要求偿还。"

"那现在就要求他们偿还吧。今天先口头通知，然后再写信去。苏纳柯不大可能有五千万美元的现金在手头；即使是一家地位稳固的公司也不会把这么多的备用金存在钱柜里。不过，他们也许会有些现金，但是我并不抱希望。不管怎么样，我们总要做做样子。"

"我马上就给夸特梅因打电话，"海沃德说，"我可以把那份报告带去看看吗？"

帕特顿看看亚历克斯。

"我不反对，"亚历克斯说，"但我建议不要复制。而且知道这份报告的人越少越好。"

海沃德点头表示同意。他看上去坐立不安，急着离开。

第十一章

亚历克斯·范德沃特果然猜对了几分：海沃德确有他自己的情报。

超国公司情况不佳的谣言，海沃德早就有所耳闻，前几天，他又得知苏纳柯的某些商业证券遭到了投资者的抵制。海沃德还参加过超国公司的一次董事会——那是他第一次参加——当时就觉察到董事们得到的消息既不完整，也不坦率。但因为是初来乍到，他忍着没有提出问题，打算以后再打听。会后，他又注意到超国公司的股票价格下跌，但直到昨天，他才决定向银行信托部建议"减少"持有的股票，以防不测。不幸的是，当今天早晨帕特顿召见他的时候，他还没有将这个决定付诸实施。

然而，海沃德听到的或者猜到的情况都没有暗示出形势会像范德沃特提出的报告所描绘的那样紧迫，那样险恶。

在听过那份报告的要点以后，海沃德并没有提出质疑。尽管它讨厌、使人震惊，但本能告诉他——正像范德沃特所说——报告完全符合事实。

这就是他跟另外两个人在一起时大部分时间都一言不发的原因，他知道暂时实在没有什么话好讲。但是他的内心却在积极活动，考虑着各种对策，估量着各种可能发生的事变，为自己盘算着各种可能的脱身之计，同时脑子里不断地闪现出警报。有几项行动需要马上采取，不过首先他要研究贾克斯的报告，使自己完全了解情况。回到自己的办公室后，海沃德同一位来访者匆匆谈完未了事务，把他打发走，然后便坐下来阅读报告。

他很快认识到，亚历克斯·范德沃特对报告的要点及其文件证明材料的概括是非常精确的。范德沃特没有提到的只有大乔·夸特梅因在华盛顿对国会议员进行疏通活动，寻求一笔政府出面担保的贷款，从而使超国公司具有偿付能力的某些细节。要求这样一笔贷款的呼吁已经向国会议员、商业部和白宫提出。报告中有一处写道，夸特梅因带副总统拜伦·斯通布里奇去巴哈马群岛旅行，目的是想要副总统支持这笔贷款。后来，斯通布里奇在内阁一级讨论了贷款的可能性问题，结果是一致反对。

现在海沃德总算知道，那天晚上在巴哈马别墅的花园里，大乔和副总统一边散步，一边低着头交谈时是在讨论什么了。想到这里，他不由得感到愤然。华盛顿的政治机器最后作出了拒绝给超国公司贷款的明智决定，美利坚第一商业银行却在他罗斯科的敦促下，关怀备至地送上去一笔贷款。大乔已经证明自己不愧是一名用诡计诱人上钩的大师。即使此刻，海沃德的耳边还响着夸特梅因的话：如果你们嫌五千万太大，没法筹措，那就当我没说过这事。我可以把这笔生意留给大通银行。

这是自古以来骗子们惯用的手法，而精明老练的银行家海沃德竟落入了圈套。

至少有一点还好，对副总统的巴哈马之行，报告只大略谈了几句，显然对这次旅行知之甚少。另外使海沃德大为宽慰的是，报告没有提到Q氏投资公司。

海沃德不知道杰罗姆·帕特顿是否想起了美利坚第一商业银行提供给以大乔为首的投机商秘密团体——Q氏投资公司的另外一笔二百万美元的贷款。也许他没有想起。而亚历克斯·范德沃特对此也毫无所知，不过他很快就会发现的。但更重要的，是要确保海沃德接受Q氏投资公司"额外津贴"股票一事不被发现。他当初曾打算把这些股票还给G.G.夸特梅因，但后来却没有，现在他深感后悔。后悔是来不及了，不过他至少还可以把这些股票单据从他的保险箱里拿出来撕掉。这才是最保险的。好在这些单据都是馈赠券，没有用他本人的名字登记。

海沃德感到，他暂时不能考虑他跟亚历克斯·范德沃特之间的竞争，而只能集中考虑如何保全自己。超国公司的破产，对他在银行和董事会内会有什么影响，他不抱幻想。他将成为众矢之的，成为人人唾弃的贱民。但是，即使在目前，凭着迅速的行动和某种运气，事情也许还能挽回。如果能把贷款收回，他说不定还能成为一名英雄。

第一件要做的事是跟超国公司取得联系。他指示他的秘书卡拉汉夫人接通G.G.夸特梅因的电话。

几分钟后，卡拉汉夫人报告："夸特梅因先生不在国内。他的办公室不太清楚他的行踪。他们不肯提供别的情况。"

真是一开始就不吉利。海沃德厉声说道："那就接通英奇贝克。"

自从第一次在巴哈马见过面后，他曾跟超国公司的稽核师斯坦利·英奇贝克交谈过几次。

电话里传来了英奇贝克轻快的声音，带着纽约人说话特有的鼻音："罗斯科，有什么事吗？"

"我一直想找到乔治在什么地方。你们那儿的人似乎不……"

"他在哥斯达黎加。"

"我想跟他讲话。有什么号码可以打给他吗？"

"没有。他留下指示他不想接电话。"

"我有急事。"

"那告诉我好了。"

"好的。我们要求归还我们的贷款。我现在先通知你，正式的书面通知今晚就会寄出。"

一阵沉默。英奇贝克说："你是开玩笑吧？"

"我是当真的。"

"但是为什么呢？"

"我想你能够猜得出。而且我相信你也不希望我在电话里细谈理由。"

英奇贝克默不作声——这本身就意味深长。过了一会儿他抗议说："你们银行简直荒唐可笑，不讲道理。就在上星期，大乔还告诉我，说他愿意让你们把贷款再增加百分之五十。"

对方的厚颜无耻使海沃德感到震惊。慢慢地，他才想起以前有一次超国公司也曾靠厚颜无耻的虚张声势而如愿以偿，这回决不可以让它得逞。

"如果贷款迅速偿还，"海沃德说，"那么对所掌握的任何情报我们都将严守秘密。这一点我可以担保。"

他想，现在问题已经归结到这样一点：大乔、英奇贝克和其他了解苏纳柯真相的人是否愿意付出一定的代价来拖延时间。如果是这样，美利坚第一商业银行倒可以比别的债权人抢先一步。

"是五千万美元！"英奇贝克说，"我们手头没有这么多现金。"

"我们银行可以同意分批付清，条件是一笔紧接着一笔。"当然，问题的实质还在于：在目前这种现金极度短缺的情况下，超国公司到哪里去找到五千万美元？海沃德发觉自己在浑身冒汗——紧张、不安和希望交织在一起。

"我将转告大乔，"英奇贝克说，"但是他会不高兴的。"

"在你转告他的时候，请告诉他，我还要讨论我们对 Q 氏投资公司的贷款。"

海沃德挂上电话的时候，虽然没有听得十分清楚，但英奇贝克像是呻吟了一声。

在寂静无声的办公室里，罗斯科·海沃德倒在装有弹簧垫子的转椅上，让自己慢慢放松下来。过去一个小时发生的事情突如其来，弄得他目瞪口呆。现在，当他开始对此作出反应时，他感到沮丧，感到孤独。他希望自己能暂时摆脱这一切。如果他可以选择的话，他会欢迎阿弗丽尔来和他做伴。但是，自从一个多月前他们最后一次见面以来，她一直没有同他联系。过去，总是她打电话来，他从来没有给她打过电话。

他一时冲动，打开了他一直带在身边的袖珍通讯簿，翻查着一个号码，他记得是用铅笔记在上面的。这是阿弗丽尔在纽约的电话号码。

他拨出了这个号码，用的是一条直通的外线。

他听到了铃声，然后便传来阿弗丽尔柔和悦耳的声音："喂。"一听到她的声音他的心便剧跳起来。

待他报过姓名，她说："你好，罗西。"

"你我很久没见面了，亲爱的。我一直在想，什么时候会接到你的电话。"

他感觉到对方在犹豫。"但是，罗西，亲爱的，你已经不在名单上了。"

"什么名单？"

对方又迟疑了一下。"也许这话我不应该说。"

"不，请一定告诉我。这事只有你我两个人知道。"

"好吧。这是超国公司提出的一份绝密名单，规定由他们出钱可以接待哪些人。"

他突然有一种被绳子捆着收紧的感觉。

"谁有这名单？"

"我不知道。我只知道我们姑娘们都有。别的人我就不清楚了。"

他不再说话，紧张地思考着，并且推想到：过去的事情已经无法挽回了。他想他现在不在这种名单上了，自己应该为此高兴。不过他又发觉自己因嫉妒而感到痛苦，很想知道谁在名单上。无论如何，他希望把过去的事情一笔勾销。想到这儿他才出声问道："这是不是说你不能再跟我见面了？"

"那倒也不一定。不过，如果我来，那就该你自己出钱了，罗西。"

"多少钱？"他问的时候，简直不相信说话的是他自己。

"这包括我从纽约来的飞机票，"阿弗丽尔一本正经地说，"还有旅馆费用。另外，我的身子是二百美元。"

海沃德记得曾想知道超国公司为他支付了多少钱。现在他知道了。他把电话挪开一点，内心深处理智跟情欲展开了激烈的斗争。他知道单独跟阿弗丽尔在一起是怎么回事，但良心上又觉得过不去。另外，这些钱对他来讲也是一笔太大的开支。但他需要她。的确非常需要她。

他又把电话举到耳边："你什么时候可以来？"

"下星期二。"

"不能早一点儿吗？"

"恐怕不能，亲爱的。"

他知道自己正在做傻瓜，他知道从现在起到星期二，他将排着队等在别人后面；不管是什么原因，这些人有权比自己优先。但他没有办法，还是情不自禁地对她说："好吧，就星期二。"

他们商定，她来时将下榻于哥伦比亚·希尔顿旅馆，再从那里打电话通知他。

海沃德开始品尝即将到来的甜蜜。

他提醒自己，还有一件事情必须做好——把他的Q氏投资公司的股票单据毁掉。

他乘直达电梯从三十六层来到底楼门厅，然后通过地道走到毗邻的市中心分行。只花了几分钟，他就来到私人保险箱前，取出了那四张每份五百股的单据。他带着这些单据回到楼上，准备亲自将它们塞进碎纸机。

但是回到办公室，他又有了新的想法。上次他检查时，发现这些股票价值两万美元。他是不是过于性急莽撞了？实在不行的时候，再毁掉这些单据也不迟。

主意改变后，他便把这些单据锁进了一只存放私人文件的写字台抽屉。

第十二章

在迈尔斯·伊斯汀最料想不到的时候，好运气竟然来了。

就在两天前，他还灰心丧气，情绪低落，深信自己在"七七"健身俱乐部的苦役除了使自己在犯罪的泥坑里越陷越深外，不会有什么别的结果。监狱的阴影又赫然出现在他的眼前，使他胆战心惊。迈尔斯曾把他忧郁的心事告诉过胡安尼塔。虽然他们俩在相爱时可以暂时忘掉一切，但情绪的基调并没有改变。

星期六，迈尔斯跟胡安尼塔见了面。到了星期一的深夜，在"七七"俱乐部里，经理纳特·内桑森派人来叫他。像往常一样，他当时正帮着给三楼的纸牌和骰子赌客们送酒和三明治。

当迈尔斯走进经理办公室时，内桑森那里已有两位客人。一个是高利贷者俄国佬奥敏斯基，另一位是个身材高大、粗眉大眼的家伙，迈尔斯曾在俱乐部里见到过他几次，听到别人都叫他托尼·贝尔·马里诺。

"贝尔"①这名字倒是名副其实。此人身躯粗壮有力，动作迟缓，脸上露出一副凶相。托尼·贝尔显然是有权威的，别人都要听他调遣。他每次来

----

① 贝尔（Bear），英文意为熊。

"七七"俱乐部，都乘坐一辆凯迪拉克轿车，陪同前来的除了司机以外还有一名随从，两人显然都是保镖。

内桑森讲话时显得很神经质。"迈尔斯，我刚才一直在给马里诺先生和奥敏斯基先生讲，你在这里是多么有用。他们想让你帮个忙……"

奥敏斯基粗率无礼地对经理说："外面等着去。"

"是，先生。"内桑森马上离开了。

"外面车子上有个老家伙，"奥敏斯基对迈尔斯说，"叫马里诺先生的人给你帮忙，把他抬进来，但别让人看见他。把他弄到你旁边的房间里，让他待在里面。除非不得已，不要离开他。如果你必须离开，就把他锁在里面。我要你负责，不能让他离开这里。"

迈尔斯不安地问："我是不是要用武力把他关在这里呢？"

"不会让你用武力的。"

"老家伙懂得这是怎么回事，他不会调皮的。"托尼·贝尔说。像他这样一个大个儿，假嗓子尖得出奇。"记住，他对我们十分重要，所以好好伺候他。但是别让他灌黄汤。他会要的，一点儿也别给他。懂吗？"

"懂了，"迈尔斯说，"你是说他此刻失去知觉了吗？"

奥敏斯基回答说："他大喝了一个星期，醉得像团泥。你的任务就是照料他，让他把酒戒掉。他在这里的时候——大约要三四天吧——你可以先把别的工作停下。"他又补充说，"好好干吧，再立上一功。"

"我尽力而为，"迈尔斯对他说，"这老头有名字吗？我总得叫他个什么。"

两人交换了一个眼色。奥敏斯基说："丹尼。你只要知道这一点就够了。"

几分钟以后，在"七七"俱乐部的外面，托尼·贝尔·马里诺的司机兼保镖厌恶地向人行道上啐了一口，抱怨地说："老天爷！这老家伙臭得像个粪桶。"

一辆道奇轿车停在路边，汽车靠人行道一边的后座车门已经打开，座位上横着一具毫无生气的人体。司机兼保镖以及另一名保镖此时正同迈尔斯·伊斯汀一起查看这具人体。

"我会设法把他弄干净的。"迈尔斯说。闻到这股吐得一地的秽物的刺鼻恶臭，迈尔斯也不禁皱起了眉头。"不过我们得先把他抬进去。"

第二名保镖催促道："他妈的！快点干完。"

于是他们一起伸手进去把老家伙抬了起来。在灯光昏暗的街上，只依稀看得出老家伙一团灰白的乱发，苍白瘦削、长满了胡子的面颊，紧闭的双眼，露出无齿牙床的嘴张开着。醉汉穿的衣服污渍斑斑，破烂不堪。

"你们觉得他死了吗？"当他们从汽车里把老家伙抬出来的时候，第二个保镖问。

就在这个时候，也许是由于搬动，老家伙哇的一口吐了出来，铺头盖面地弄了迈尔斯一身。

那个司机兼保镖没有溅到污物，他咯咯地笑着说："他活着，暂时还没死。"他见迈尔斯直泛恶心，于是对第二位保镖说："老弟，还是咱俩抬吧。"

他们把一动也不动的老家伙抬进俱乐部，从后楼梯上了四楼。迈尔斯带着一把房门钥匙，开了门上的锁。这是一间跟他的斗室相似的小房间，里面只摆一张单人床，一个五斗橱，两把椅子，一只脸盆和几块搁板。房间四周贴着护壁镶板，在离天花板一英尺的地方开始露出墙壁。

迈尔斯往里面看了一眼，然后对另外两个人说："等一下。"说着就跑下楼去，从健身房里拿来一块橡胶布，铺在床上。他们砰的一声把老家伙丢了上去。

"现在他全归你了，迈尔斯，"司机兼保镖说，"趁我还没吐，咱们快走吧。"

迈尔斯强忍住厌恶，给老家伙脱下衣服，然后让他仍然昏迷不醒地睡在橡胶布上，用海绵给他擦洗了一番。老家伙这才不是那么脏，那么臭气熏人了，于是迈尔斯便边抬边拉地抽出了橡胶布，让他在床上睡安稳。整个过程中，老家伙呻吟着，又吐了一次，不过这一回只吐出来一些唾沫，迈尔斯给他擦掉了。后来迈尔斯给他盖上一床被单和一条毯子，老人看上去就睡得更加舒服了。

老家伙脱下的衣服，迈尔斯就让它们堆在小房间的地板上。现在他把它们收起来，放进两只塑料袋，准备第二天拿去洗烫。在料理这一切的时候，他倒空了所有的口袋。从一件上衣口袋里倒出了一副假牙齿；从别的口袋里还倒出了一些杂七杂八的东西：一把梳子、一副厚镜片的眼镜、配套的金笔和铅笔、一串钥匙，另外在里面的一个口袋里还有三张键式信用卡和一只塞满钞票的钱包。

迈尔斯拿出假牙来冲洗了一番，然后放在床边的一杯水中。那副眼镜他也放在床边不远的地方。然后他便研究起信用卡和钱包来。

这三张信用卡是分别开给弗雷德·W·赖尔登、R.K.贝内特和阿尔弗雷德·肖的。每张卡的背面都有签名，但尽管名字不同，三张卡上的笔迹却是一样的。迈尔斯把卡又翻过来，检查开卡日期和截止日期，结果证明这三张信用卡都还能用。据他判定，它们都是真卡。

他把注意力转向钱包。在透明塑料下是一张本州的驾照。

因为塑料已经发黄，透明度减弱，所以迈尔斯把驾照拿了出来，结果却发现在它下面还有第二张驾照，第二张下面还有第三张。驾照上的名字跟信用卡上的三个名字完全一致，但是三张驾照上贴的正面半身像却是同一个人的。他凑近些细看。如果把拍照时的差别考虑进去，此人无疑就是床上的这个老家伙。

迈尔斯准备让纳特·内桑森把信用卡和钱包放在俱乐部的保险柜里，但他必须知道一共交上去多少钱，于是他便把钱包里的钱拿出来数了数。数目大得出奇——共五百一十二元，其中约有一半是二十美元一张的新钞票。正是这些二十元的钞票使他愣住了。迈尔斯仔细地检查了几张，用指尖摸着纸的纹理。然后他看了一眼床上的老人，发现对方睡得很死。于是，迈尔斯悄悄离开房间，穿过四楼的走廊来到自己的屋里。

几分钟以后，他拿来一个袖珍放大镜，把这些二十元钞票放在放大镜下面又仔细检查了一遍。直觉一点不错：这些钞票果然都是假的，尽管伪造得很高明，质量跟他一个星期前在"七七"俱乐部买进的那几张不相上下。

他推想：这些钞票，或者说其中的一半，是伪造的。那三张执照显然也是伪造的，而且看来很可能跟上星期朱尔斯·拉罗卡拿给他的那一张假执照出同一来源。由此看来，这三张信用卡是否也是伪造的？也许，他终于接近了伪造的键式信用卡的源头，而这正是温赖特急于要查明的。迈尔斯又激动又紧张，只觉得心头怦怦直跳。

他需要把这个新情报记录下来。他把信用卡和驾照的种种细节记在一张擦手纸上，不时回头看一看床上的老头是否在动。

过了一会儿，迈尔斯把灯关掉，从外面锁上门，拿着钱包和信用卡到了楼下。

那天晚上，迈尔斯的房门半开着。想到自己对睡在走廊对面小房间里那个老头所负的责任，他睡得很不安稳。他还花了一些时间推测这位他已开始以丹尼相称的老头的身份和他所扮演的角色。丹尼跟奥敏斯基和托尼·贝尔·马里诺是什么关系？他们为什么要把他弄到这里来？托尼·贝尔说过：他对我们太重要了。这又是为什么？

天一亮迈尔斯就醒了，一看表是六点四十五。他爬起来，很快漱洗完毕，刮了脸，穿戴停当。走廊那边没有什么动静。他走了过去，把钥匙轻轻插进去，然后伸头去一看。丹尼夜间改变了躺着的姿势，但仍然睡着没醒，并发出轻微的鼾声。迈尔斯拿起盛放衣服的塑料袋，重新锁上门，走下楼去。

二十分钟后，他托着早餐盘子回来了，托盘上放着浓咖啡、烤面包片和炒蛋。

"丹尼！"迈尔斯摇晃着老头的肩膀，"丹尼，醒醒！"

毫无反应。迈尔斯又摇了一阵。老头终于小心翼翼地睁开两只眼睛，打量了他一番，然后又急急忙忙地闭紧了。"走开，"老头咕咕哝哝地说，"走开。我还不准备下地狱呢。"

"我不是魔鬼，"迈尔斯说。"我是朋友。是托尼·贝尔和俄国佬奥敏斯基让我来照料你的。"

布满眼屎的眼睛又睁开了。"是他们这两个魔王把我找回来的吗？我估计就是这么一回事。他们常常把我找回来。"老头的脸布满了痛苦的皱纹。"啊，上帝！我的头好痛啊！"

"我拿了些咖啡来，喝下去看看会不会好一点。"迈尔斯用手臂托住丹尼的肩膀，扶他坐了起来，然后把咖啡送过去。老人呷了一口，做了个鬼脸。

他好像突然精神起来。"听我说，孩子。只要来一杯解酒的酒就可以把我治好了。现在，你拿点钱去……"他环顾四周，寻找着什么。

"你的钱都在，"迈尔斯说，"我昨晚拿下去，放在俱乐部保险柜里了。"

"这里是'七七'俱乐部吗？"

"是的。"

"过去他们也把我弄到这里来过一次。好吧，孩子，你现在知道我是付得起钱的，劳驾你快跑到楼下酒吧间……"

迈尔斯坚定地说："绝不。不论是你还是我。"

"我不会亏待你的。"老家伙闪出狡黠的眼光，"一瓶五分之一加仑的酒算四十块钱，怎么样？"

"对不起，丹尼。我有命令。"迈尔斯考虑着接下去该说些什么，然后便单刀直入："而且，如果我拿着你那些二十块一张的钞票去用，我会被抓起来的。"

迈尔斯这话好像是开了一枪，丹尼突然坐起来，脸上显出惊恐怀疑的神色。"谁说你会……"他呻吟了一声，愁眉苦脸地说不下去了，一只手痛苦地摸着头。

"总得有人数一数钞票。所以我就数了一下。"

老头无力地说："那些二十块一张的钞票都是货真价实的。"

"当然，当然，"迈尔斯应和着，"是我所见过的最好的钞票。几乎跟美国铸币局印的钞票一模一样。"

丹尼抬起了眼睛。他感到好奇，但又一肚子的狐疑："你怎么知道这么多情况？"

"在我坐牢之前，我在银行里工作过。"

一阵沉默。过了一会儿，老人问道："你为什么坐牢？"

"盗用公款。现在我已被假释。"

丹尼显然放松了戒备。"我想你是自己人。不然你就不会给托尼·贝尔和那位俄国佬干事了。"

"不错，"迈尔斯说，"我是自己人。接下来就该让你恢复健康了。现在我们到桑拿室去吧。"

"我需要的不是蒸汽，而是喝上那么一小口。就那么一口，孩子。"丹尼恳求道，"我发誓绝不多喝。对一个老人，这么小小的一点恩惠你总不会拒绝吧。"

"我们还要让你出身汗，把你已经喝下去的酒蒸发一点出来。到那时管保你舒服。"

老头呻吟着说："你个没心肝的！没心肝的！"

在某种程度上，这真有点像小孩一样。好不容易把对方这阵象征性的抗议对付过去之后，迈尔斯给丹尼裹上一件浴衣，把他带到楼下，然后陪他赤身裸体地穿过一间间桑拿室，用毛巾给他擦身，最后小心翼翼地扶他躺在按摩台上，用相当不错的技术亲自为他捶打按摩。时间尚早，健身房和桑拿室里空荡荡的，俱乐部的工作人员也没来几个。当迈尔斯陪着老人回到楼上去时，也没看到什么人影。

迈尔斯用干净床单重新铺好床。这时丹尼已经平静下来，他顺从地爬上床。差不多一上床他便睡着了，不过不像昨晚那样，现在他睡得安稳酣畅，甚至像一个天使。说来奇怪，迈尔斯虽然还不真正了解这位老人，却已经喜欢起他来。在他熟睡的时候，迈尔斯轻轻地在他头下铺上一块手巾，给他刮了脸。

将近中午的时候，迈尔斯在走廊对面自己的房间里读书，不知不觉地睡着了。

"嘿，迈尔斯！老弟，抬抬屁股！"这粗声粗气的嗓门是朱尔斯·拉罗卡的。

迈尔斯猛地惊醒，只见那熟悉的、大腹便便的身影正站在门口。迈尔斯伸出手去摸索走廊对面那个小房间的钥匙。钥匙还在原处，这使他放下了心。

"给老酒鬼拿了些衣服来。"拉罗卡说。他手里拎着一只纤维板的衣箱："奥敏斯基吩咐把这些东西交给你。"

拉罗卡真不愧是一位无处不在的使者。

"好的。"迈尔斯伸了个懒腰，走到洗涤槽旁用冷水浇了浇脸。然后，他让拉罗卡跟在身后，打开了走廊对面的房门。两人走进去的时候，丹尼战战兢兢地从床上坐了起来。虽然面容依然憔悴，苍白得没有血色，但看来他比到达这里以后的任何时候都显得好些。他已经把假牙装进嘴里，把眼镜也戴上了。

"你这没用的老酒鬼！"拉罗卡说，"总是给大伙儿添一大堆麻烦。"

丹尼挺挺腰，坐直了身子，厌恶地注视着指责他的这个人。"我有用得很呢。这点你知道，别人也知道。至于说到喝酒，每人都有自己的弱点嘛。"他指指衣箱，"如果你是给我送衣服来的，那就照吩咐去做，把它们挂起来。"

拉罗卡丝毫不因为老头的揶揄而动容，他咧嘴一笑说："听你说话的口气，你恢复得很快，老臭鬼。我想迈尔斯累得不轻吧。"

"朱尔斯，"迈尔斯说，"请你在这里等一会儿，让我下去拿盏太阳灯好不好？我想这对丹尼会有好处的。"

"当然可以。"

"我想先跟你讲句话。"迈尔斯点头向他示意，拉罗卡跟他走出屋来。

迈尔斯压低了嗓门问："朱尔斯，这到底是怎么回事？他是什么人？"

"一个古怪的老头。每隔一段时间，他就要溜出去，大喝一通。然后，总得有人去把这个老酒鬼找回来，帮他清醒过来。"

"为什么呢？他从哪里溜出去呢？"

拉罗卡不作声了。像一个星期前那样，双眼又露出猜疑的寒光。

"你又在提问题了，老弟。托尼·贝尔和奥敏斯基告诉了你什么？"

"除了老头叫丹尼外，什么也没说。"

"如果他们想多告诉你些什么，他们自己会对你讲的。我不能讲。"

拉罗卡走后，迈尔斯在小房间里装起一盏太阳灯，让丹尼在灯下坐了半个钟头。此后，老头便一直安静地躺在床上，时醒时睡。傍晚时，迈尔斯从楼下端来晚饭，丹尼吃了一大半——这是他二十四小时之前来到这里后吃的第一顿正餐。

第二天——星期三——的上午，迈尔斯又把桑拿和太阳灯疗法重复了一遍，然后两人便下起棋来。老头思想敏捷，反应迅速，两人棋逢敌手。到这时，丹尼的态度已经变得非常友好而轻松随和，并且一点也不掩饰他喜欢迈尔斯做伴，照料他。

整个下午，老人一直想讲话。"昨天，"他说，"那个讨厌的拉罗卡说你对钞票懂得很多。"

"他逢人便讲。"于是，迈尔斯介绍了自己的癖好以及这种癖好在狱中引起的兴趣。

丹尼又问了一些问题，然后说："如果你不介意的话，我想现在把我的钱要回来。"

"我这就去给你拿来。不过我必须再把你锁在房间里。"

"如果你还担心我溜出去喝酒，那大可不必。这一回，我的瘾头已经过去了。这一戒很见效，可能要过几个月我才会再喝酒！"

"听你这么说我很高兴。"尽管如此，迈尔斯还是锁上了门。

丹尼拿回自己的钱，把它们摊在床上，然后分成两堆。一堆是二十元的新钞票，另一堆钞票票面各异，大多数已用脏。从第二堆中，丹尼拣出三张十元钞票递给迈尔斯。"孩子，你洗净了我的假牙，还为我修面，给我拿来太阳灯，留下这点钱作个纪念吧。感谢你对我的照料。"

"听着，你不必这样。"

"拿着。顺便说一句，这都是货真价实的钞票。现在给我讲点什么吧。"

"只要我知道的，我都愿意给你讲。"

"你怎么认出那些二十元一张的钞票是假的呢？"

"起初我没看出来。但是如果用放大镜一看，就会发现安德鲁·杰克逊头像的线条有些模糊不清。"

丹尼颇有点哲人风度地点点头。"这便是政府所用的钢铸和照相胶版之间的区别了。不过技术最高明的胶印技师可以印得非常相像。"

"这些钞票就印得很像，"迈尔斯说，"钞票的其他部分简直无懈可击。"

老头的脸上掠过一个隐约的微笑。"纸的质量怎么样？"

"它把我骗了。一般说来，假钞票用手指一摸就可以辨别出来。这些钞票可是真假难分。"

丹尼低声说："用的是二十四磅的证券纸。百分之百的棉花纤维。人们以为没办法搞到这种纸。其实不然。如果到处去找，还是可以买到的。"

"如果你真是这么感兴趣，"迈尔斯说，"我倒有几本关于钞票的书在走廊对面的房间里。我想到了其中一本，是联邦经济情报局出版的。"

"你指的是《钞票知识》一书吗？"看到迈尔斯露出惊讶的神色，老头笑了，"这其实是伪币制造者手册。书里讲到检查伪币要找哪些线索，还列举了伪币制造者所犯的各种错误，甚至还附有图片。"

"是的，"迈尔斯说，"我知道。"

丹尼一边哈哈大笑，一边继续说下去："政府竟把这本书四处分发！你写信到华盛顿，他们就会把书邮寄给你。有一个名叫迈克·兰德雷斯的伪币制造专家写过一本书，他在书里说：《钞票知识》是每个伪币制造者的必读书。"

"兰德雷斯被抓起来了。"迈尔斯说。

"这是因为他跟一帮笨蛋在一起工作。他们没有什么组织。"

"你对这方面好像知道得很多。"

"稍微知道一点。"丹尼收住话头，从真钞票和假钞票中各拣出一张，然后加以比较。看着看着他高兴得咧嘴笑了。"你知道吗，孩子，美国钞票是世界上最容易复制和印刷的货币。纵然它当初设计复杂，上个世纪的雕版工人也确实无法使用他们当时的工具复制美钞。但自从那时以来，我们已经有了各种小型胶印印刷机和高辨力照相胶印法，所以只要有精良的设备，加上一点耐心，一个技术熟练的行家就可以印出非专家检查不出的伪币来，而报废率不高。"

"这种情况我已经略知一二，"迈尔斯说，"但到底有多少伪币在继续流通呢？"

"让我告诉你。"丹尼似乎很得意，显然是被自己特别喜欢的话题吸引得收不住嘴了，"每年有多少假钞票印出来而不被发现，谁也不知道个确数，但总归是相当可观的一大笔。政府说每年有三千万美元伪币，其中有百分之十上市流通。但这只是政府的统计数字，而我们至少可以肯定一点，那就是政府发布的任何统计数字都是根据政府企图证明的东西而加以夸大或缩小。在这个问题上，他们希望把数字缩小一些。据我猜想，每年大概有七千万，甚至可能接近十亿。"

"我想这是可能的。"迈尔斯说。他记起在银行时有多少假钞票被发觉，而更多的假钞票则大概根本没有引起注意。

"你知道哪种钞票最难复制吗？"

"我不知道。"

"是美国捷运公司的旅行支票。知道是为什么吗？"

迈尔斯摇摇头。

"因为它是用深蓝色印的，而这种颜色对照相胶印版来说简直无法摄影。在这方面稍有知识的人都不会浪费时间去进行尝试，所以说，美国捷运公司的支票比美国钞票要保险一些。"

迈尔斯说："有谣传说，不久将有一种新的美国货币，像加拿大那样用不同的颜色来代表不同的货币单位。"

"不仅仅是谣传，"丹尼说，"这已经是事实。大量的各种颜色的纸币已经印好，由财政部存在仓库里。比现有的任何钞票都要难以复制。"他顽皮地笑了笑，"不过旧货币还会流通一段时间。或许在我死前不会废止。"

迈尔斯坐着没有作声，他正在把所听到的一切加以消化。最后他说："丹尼，你已经问了我许多问题，我都回答了。现在我也有一个问题要问你。"

"我不一定回答你，孩子。但你不妨提出来试试。"

"你究竟是什么人？干什么的？"

老头考虑了一会儿。他用一只大拇指抚弄着下巴，一边打量着迈尔斯。

他的内心活动可以从面部表情看出来一部分：一方面很想推心置腹，一方面又要提防；一方面想得意洋洋地暴露身份，一方面又要小心谨慎。

突然，丹尼下了决心。"我已经七十三岁了。"丹尼说，"我是一名熟练的工匠，干了一辈子的印刷工。直到现在我还是技术最好的。印刷不仅是门手艺，而且还是一种艺术。"他指指仍旧摊开在床上的那些二十元一张的钞票，"这些都是我的作品，影印版是我做的，钞票是我印的。"

迈尔斯问："那些驾驶执照和信用卡呢？"

"跟印钞票相比，"丹尼说，"印那些东西就像往桶里撒尿，太容易了，是的，都是我印的。"

第十三章

迈尔斯迫不及待地要找个机会把他获悉的情报通过胡安尼塔报告给诺兰·温赖特。但他一直没法离开"七七"俱乐部，这好不叫人心焦。而通过健身俱乐部的电话把这样重要的情报送出去，风险似乎又太大了。

星期四——丹尼坦率地暴露了自己身份之后的第二天——的早晨，种种迹象表明老头已从狂饮后的烂醉中完全恢复过来了。迈尔斯的陪伴显然使他愉快，两人于是又下棋解闷。他们的交谈也在继续，不过，比起前一天来，丹尼说话要提防得多。

如果丹尼想离开，他自己是否能够走得了，现在还不清楚。即使他可以走，他也没有这样表示过，至少到目前为止他对于关在四楼小房间里的生活似乎还很满意。

在星期三和星期四后来的谈话中，迈尔斯曾试图进一步了解一些丹尼的伪造活动，甚至间接地提到了总部所在地这一要害问题。但丹尼总是机敏地避开这一话题，不再多谈；迈尔斯本能地感到，老头对他早些时候的坦率已开始懊悔。他想起了温赖特的劝告——"不要性急，要沉住气。"——于是决定不再进一步试试自己的运气了。

尽管迈尔斯心里高兴，却又不免有些沮丧。他发现的每一件事都肯定会使丹尼被捕入狱。迈尔斯仍然喜欢这个老头，对肯定要随之发生的事情感到难过。然而，他提醒自己，这也正是他自己恢复名誉的必经之路。

放高利贷的奥敏斯基和托尼·贝尔·马里诺两人跟丹尼都有关系，但具体是什么关系还不清楚。迈尔斯对俄国佬奥敏斯基或者托尼·贝尔并不关心，但想到他们如果发现——他想他们总有一天会发现——他所扮演的内奸角色，他便不寒而栗。

星期四傍晚，朱尔斯·拉罗卡又出现了。"我带来了托尼的口信。明天上午他派车来接你。"

丹尼点点头，而迈尔斯又提问题了："汽车带他到哪里去？"

丹尼和拉罗卡两人都盯着他看，没有回答，迈尔斯后悔问了这个问题。

那天晚上，迈尔斯决定冒一次不大不小的险，给胡安尼塔打个电话。

他一直等到午夜时分把丹尼锁在他的小房间里以后，才走下楼，在俱乐部底层使用投币式公用电话。迈尔斯塞进去一角硬币，拨了胡安尼塔的电话号码。电话铃响过一遍，便传来她那柔和的声音："喂！"

公用电话挂在墙上，装在酒吧间外面。迈尔斯尽量压低声音，以免别人听到。"你知道我是谁。不要说出名字来。"

"好的。"胡安尼塔说。

"告诉我们共同的朋友，我在这里已经发现了重要的东西。非常重要的东西。是他最想要知道的。我现在不便多说，明天晚上我到你那里去。"

"好的。"

迈尔斯挂上了电话。同时，俱乐部地下室里的一台秘密录音机也自动关上了，在投币式公用电话的听筒被拿起来的时候，这台录音机也曾这样自动打开过。

第十四章

像下意识中的广告一样，《创世记》里的几句话不时地闪过罗斯科·海沃德的脑海：园中各样树上的果子，你可以随意吃。只是分别善恶树上的果子，你不可吃，因为你吃了就必定死。

近几天来，海沃德一直在担心：他跟阿弗丽尔从那个难忘的巴哈马月夜开始的私通会不会成为他将自食苦果的罪恶之树？现在正发生的种种不顺心的事情——超国公司令人心悸地突然败落，可能使他在银行里的宏图无法实现——难道都是上帝对他个人的惩罚？

反之，如果他毅然决然地跟阿弗丽尔一刀两断，再也不去想她，上帝会不会宽恕他？上帝会不会因此而让超国公司恢复实力从而使他的仆人罗斯科也时来运转？海沃德想起《尼希米记》中的一段话：

你是乐意饶恕人，有恩典，有怜悯，不轻易发怒，有丰盛慈爱的上帝……

他相信上帝也会宽恕自己。

问题是他没有办法加以肯定。

另外，按照他们上星期的安排，阿弗丽尔星期二要来，这也不利于他跟她一刀两断。最近，各种难题纷至沓来，海沃德特别渴望见到她。

星期一整天和星期二早晨，他一直在办公室里犹豫不决。他知道自己完全可以打电话到纽约叫她不要来。但是到了星期二上午十点左右，他意识到要打电话为时已晚（他知道纽约来的班机的时刻表），反正不必再作什么决定了，他倒因此感到松了口气。

黄昏时，阿弗丽尔通过直通海沃德办公桌的保密专线打来电话。

"嘿，罗西！我已经到了旅馆。432 号套间。香槟冰镇上了——可我却等得熬不住了。"

他后悔自己没有建议开个单间而不要开套间，因为掏腰包的是他。

出于同样的理由，他觉得香槟酒似乎也太过奢侈，没有必要。提出来把酒退掉会不会显得太小气？看来会的。

"我就来，亲爱的。"他说。

他乘坐配有司机的银行公车来到哥伦比亚希尔顿旅馆，这样总算省下了一笔小小的开支。海沃德告诉司机："不要等我。"

他一走进 432 号套间，她便立即伸出双臂抱住他，用她那丰满的双唇贪婪地吻着他的嘴唇。他紧紧地搂着她，马上感到一阵他已有所领略并开始心向往之的冲动。透过衣服他可以感到阿弗丽尔细长苗条的两腿正在向他贴紧，逗引着，挪动着，预示着热情时刻的到来，直到他的身心似乎一下子全部集中到即将到来的幸福为止。过了一会儿，阿弗丽尔才松开手，摸摸他的脸，走开了。

"罗西，我们为什么不先把账结清呢？然后我们就可以无忧无虑地纵情作乐了。"

她这种突如其来的注重实际的态度使他猛地一惊。他不禁自问：难道一向都是这样的吗——满足之前先要钱？不过他想这也合乎情理。如果留待事后算账，顾客的欲望已得到满足，不再那么猴急，也许会赖账。

"好吧。"他说，将一个早已放进两百美元的信封递向阿弗丽尔。她取出钱，开始点起来。他问她："你难道不相信我？"

"还是让我问你个问题吧，"阿弗丽尔说，"假定我拿了钱存在你们银行，你们难道不派人点数吗？"

"当然要数。"

"就是这话，罗西，银行有权提防别人，别人也同样有权替自己留神。"她点完钞票，然后单刀直入地说，"这是给我的两百块。除此之外，还有机票钱和出租汽车费，共计是一百二十块；套间费是八十五块，香槟酒和小费是二十五块。咱们就算二百五十块吧，这样所有的费用统统包括进去了。"

这个总数吓得他打了个趔趄，他不满地说："这可是一大笔钱啊。"

"我也不是一般的姑娘啊。超国公司掏腰包的时候花的钱并不比现在少，那时候你好像并不在乎。另外，如果你想找第一流的姑娘，就得付大价钱。"

她的声音里有一种开门见山的味道，完全不是开玩笑。他知道自己现在面对的是另一个阿弗丽尔。比起刚刚那个柔顺而急于讨好他的尤物来，现在这个阿弗丽尔要精明、冷酷得多。海沃德无奈，只得从钱包里取出二百五十美元递了过去。

阿弗丽尔把钞票全部放进手提包的内袋。"行啦！生意就谈到这里为止。现在咱们可以专心作乐了。"

她转向他，热烈地吻他，同时用她纤长、灵巧的手指轻柔地梳理着他的头发。他的欲火刚才有一阵子略有低落，此刻又复活了。

"罗西，亲爱的，"阿弗丽尔悄声说道，"你刚才进来的时候，满脸的倦容和忧虑。"

"最近我在银行里碰上一些难处理的问题。"

"那我们就来让你轻松轻松吧。你先喝点香槟，然后就可以来享受我了。"她从冰镇桶里取出酒，熟练地开了瓶，斟满两杯。他们一起呷着酒，这一次海沃德没有费心重弹他的戒酒主义老调。不久，阿弗丽尔便开始把他的衣服脱掉，然后又脱掉自己的衣服。

到了床上，她便不停地在他耳边灌迷汤……"啊，罗西，你真是又魁梧又健壮！""你真是一个伟男子！""慢点，亲爱的，慢着点！""真幸福啊！""要是永远不结束就好了！"

她的本事不仅在于激发起他的情欲，而且还使他觉得自己比过去任何时候更像一个男人。在他跟比阿特丽斯时作时辍的夫妻关系中，他从来没有想到会有这样一种无所不包的快乐，在达到如此完美的满足以前会有这样一番令人陶醉的过程。

"快了，罗西。""随你什么时候。""对，亲爱的！啊，好极了，对啦！"

也许，阿弗丽尔的反应，部分是装出来的。他猜想很可能就是这么一回事，但这又有什么关系？重要的是，通过这个女人，他在自己身上发现了那种深沉、丰富、令人愉快的情欲。

高潮过去了。罗斯科·海沃德想，这次幽会将作为又一次美妙无比的纪念留在他的脑海中。此刻，两人躺在床上，身子软弱无力。旅馆外面，黄昏的薄暮已经化作漆黑一团，城市四处闪烁着华灯。阿弗丽尔先起床。她脚步轻盈地从卧室走进起居室，拿来两杯斟满的香槟。他们一边呷着香槟，一边坐在床上说话。

过了一会儿，阿弗丽尔说："罗西，我想听听你的意见。"

"哪方面的？"她要跟他讲什么姑娘家的私房话呢？

"我应该把我的超国公司股票卖掉吗？"

他吃了一惊，问道："你有很多吗？"

"五百股。我知道这对你不算什么。但对我却是一笔巨款——差不多是我积蓄的三分之一。"

他很快就算出了结果：阿弗丽尔的"积蓄"大约是他积蓄的八倍。

"关于苏纳柯你听到什么了？为什么你要问这个问题？"

"理由之一，是他们大大削减了招待费，并通知我说，他们缺少现金，付不出钱。有人已经劝别的姑娘卖掉股票，不过我还没有卖掉我的，因为股票行情比我买进的时候下跌了很多。"

"你问过夸特梅因吗？"

"最近我们谁也没见过他。月光……你还记得月光那姑娘吗？"

"记得。"海沃德想起大乔曾提出要把那位文静美丽的日本姑娘送到自己的房间里来。他很想知道，如果当时他要了她，情况会怎样。

"月光说，乔治已去了哥斯达黎加，可能就留在那边了。她还说，他走前卖掉了大批苏纳柯的股票。"

几个星期之前他怎么没想到去找阿弗丽尔打听消息呢？

"换了我，"他说，"我明天就卖掉那些股票。就是亏本也要抛出去。"

她叹了口气。"赚钱不容易，保住这点钱就更难了。"

"亲爱的，你这话真是说出了金融界的一条基本真理。"

一阵沉默之后，阿弗丽尔说："在我的记忆里，你将永远是一个好人，罗西。"

"谢谢你。我想到你也会感到特别亲切。"

她向他伸出手。"再来一次？"

他愉快地闭上眼睛，任她拥抱。她一向老练，今晚也不例外。他想，两人都已认定这是他们最后的一次幽会了。原因之一是个实际问题，在阿弗丽尔身上，他再也花不起这笔钱了。除此之外，还有一种事变正在酝酿、危机即将爆发的感觉。谁知道以后会发生什么事情呢？

在他们即将销魂的工夫，他想起早些时候曾担心上天的愤怒。唉，也许神——这位承认人的意志薄弱，曾在罪人中间奔波说教后来死在盗贼中间的耶稣——会理解的。他会理解并原谅这一事实——在罗斯科·海沃德的一生中，最幸福的几段甜蜜时光是跟一个妓女在一起度过的。

一走出旅馆，海沃德便买了一份晚报。在第一版下半版，一条横贯两栏的标题引起了他的注意：

　　超国公司引起恐慌
　　全球性巨人偿付能力如何？

第十五章

　　谁也不知道，究竟是哪一件事情导致了超国公司的最终崩溃。也许只是一件事情，也可能是许多事情积累起来，压力越来越大，就像基础结构上的负荷越来越重，渐渐失去平衡，屋顶终于突然倒坍一样。

　　和任何大公司所遇到的金融危机一样，几个星期，几个月以来，一些互不相干的虚弱迹象已经出现。但是只有像刘易斯·多尔西那样独具慧眼的观察家才从孤立的迹象中看出了危险的趋势，并向受他们特别照顾的少数人报了警。

　　当然，了解内幕的人比任何人得到的警报都多，并早就溜了。

　　这其中就包括大乔·夸特梅因。事后人们才知道，他在苏纳柯股票行情涨到有史以来最高点的时候，通过一名代理人，把他的大部分股票抛了出去。

　　还有一些人则得到莫逆之交吹来的风，或是得过自己帮助过的朋友的报答，了解到这一情况，也不动声色地卖掉了股票。

　　再接下来便轮到像亚历克斯·范德沃特这样的人了。他在获悉这一独家新闻后，便代表美利坚第一商业银行将他们所持有的所有苏纳柯股票迅速脱手，同时暗暗希望日后不管出现什么混乱情况，他们的活动都不致受到追查。另外一些机构——包括银行和各种形式的投资公司——眼见股票行情下跌，并了解到某些内幕奥秘，很快也对形势作出估计，如法炮制。

联邦订有法律，明文禁止这种因为了解内幕而进行的股票交易——但这只是官样文章。实际上，这种法律天天都有人在违反，因而在多数情况下简直无从实施的。偶尔遇到一起罪恶昭彰的案例，或者是为了粉饰一下，也会提出起诉，并课以微不足道的罚款。不过，即使这种情况也很罕见。

最后明白过来，知道大事不好的照例是那些个人投资者，也就是大部分的公众。这些人抱着天真的希望，幼稚而轻信，到头来却总是输个精光，上当受骗。

美联社的一篇电讯报道首先公开了苏纳柯的困境，这篇报道刊登在几家下午版的报纸上，也就是罗斯科·海沃德在离开哥伦比亚·希尔顿旅馆时看到的那篇新闻报道。到了第二天早晨，报界已搜集到更多的细节，在一些晨报，包括《华尔街日报》上，又出现了更为详尽的报道。

尽管如此，细节还是不完整，很多人都难以相信，像超国公司这样使人放心的大公司竟会陷入严重困境。

他们的信心很快便遭到了猛烈的冲击。

上午十点，在纽约证券交易所，超国公司的股票没能跟市场上的其他股票一起开盘。提出的理由是"应接不暇"，这话的意思就是，苏纳柯的股票经纪人忙着应付"卖出"，已不可能维持正常的股票交易。

上午十一点，当"买进"五万二千股的指令出现在电报纸带上时，苏纳柯的股票总算开出盘来了。但到这时，一个月前四十八美元一股的股票已下跌到十九美元，到下午铃响收盘时更下跌到十美元。

纽约证券交易所本来有可能在第二天停止苏纳柯股票交易，只是一夜之间决定权从它手中夺走了。证券和交易委员会宣布正对超国公司进行全面调查，在调查结束之前，苏纳柯股票的全部交易一律暂停。

这一来便使苏纳柯股票持有者和债权人焦急不安地等待了十五天之久。这些人的投资和贷款总额超过五十亿美元。在这些心绪不宁、紧张不安、束手无策的等候者中就有美利坚第一商业银行的高级职员和董事们。

超国公司并没有像亚历克斯·范德沃特和杰罗姆·帕特顿所希望的那样"再拖上几个月"。因此，最近在苏纳柯股票上所达成的交易——包括美利坚第一商业信托部卖出的大宗股票——很可能被宣布作废。作废不外乎有两种形式：或者是在有人控告以后由证券和交易委员会发布命令；或者是由股票购买人提出诉讼，声称美利坚第一商业银行早已知道超国公司的真实情况，但在卖出股票时却没有加以透露。如果这种情况发生，对于信托部的客户来说，这将比他们已经面临的损失更为巨大，因为银行的信用差不多会因此丧失殆尽。

还有一种必须设法对付的更为现实的可能性：美利坚第一商业银行给苏纳柯的五千万美元的贷款很可能会"一笔勾销"，全部损失。这样的事将使美利坚第一商业银行有史以来第一次在当年的营业中遭到巨大损失，从而很可能使美利坚第一商业银行本年度分给股东的红利因此取消。这又是史无前例的。

银行的各次高级磋商会上都充满了沮丧和不安的气氛。

范德沃特曾预言，一旦有关超国公司的谣言传开，报纸就会开始报道调查情况，美利坚第一商业银行就会被牵连进去。在这一点上，他又不幸而言中了。

近几年来，在《华盛顿邮报》上首先报道水门事件的英雄伯恩斯坦和伍德沃德树起了榜样，这榜样给新闻记者们很大的推动，这次他们都拼命削尖了脑袋打听。他们的努力卓有成效。几天之内，记者已经在超国公司内外发掘到很多消息来源：揭发夸特梅因耍花招、施诡计的报道开始出现；关于这家联合大企业不正当的记账法也揭露出来了。接着，苏纳柯骇人听闻的巨额负债以及财务方面的其他内幕新闻，包括美利坚第一商业银行的五千万美元的贷款，也被公诸于世了。

当道琼斯通讯社发出报道，第一次把美利坚第一商业银行跟超国公司联系起来的时候，银行的对外联络部主任迪克·弗伦奇曾要求召集最高级经理人员开会。于是会议仓促举行。出席的有杰罗姆·帕特顿、罗斯科·海沃德、亚历克斯·范德沃特以及身材粗壮的弗伦奇本人，后者嘴角上照例叼着一根未点着的雪茄。

四人都很严肃——帕特顿横眉怒目，心情阴郁，几天来他一直如此；海沃德看上去疲惫不堪，心烦意乱，显得神经紧张；亚历克斯则因为被卷入一场他曾经预见到而本来可以避免的灾难，带着一种与日俱增的愤懑。

"在一小时，或者更短的时间之内，"主管对外联络的副总经理率先发言，"记者们就要缠着我打听我们跟苏纳柯做交易的细节了。我想知道本行的正式立场以及我应该对他们所作的回答。"

帕特顿问："我们有义务回答吗？"

"没有，"弗伦奇说。"不过话说回来，谁也没有切腹自杀的义务啊。"

"我以为不妨承认超国公司对我们负了债，"罗斯科·海沃德建议，"为什么不能说到这一步为止呢？"

"因为来跟我们打交道的不是些头脑简单的傻瓜，这就是原因。提问的人当中，将有一些懂得银行法的、很有经验的金融记者。所以他们的第二个问题将是：你们银行怎么会把那么多储户的钱贷款给一家客户？"

海沃德厉声说："这并不是贷款给一家客户。那笔贷款是分配给超国公司和五家子公司的。"

"当我们这样去说的时候，"弗伦奇说，"我还得尽量装出煞有介事的样子。"他从嘴里拿下雪茄，放在桌上，然后把便签簿送到海沃德面前，"好吧，请把细节写在上面。事情总归要真相大白，但如果我们把这件事办得像拔牙一样痛苦，我们的处境就会显得更糟糕。"

"在我们继续讨论之前，"海沃德说，"我要提醒你们，超国公司并不是只欠我们一家银行的钱。它还欠了美国第一花旗银行、美国银行、大通曼哈顿银行的钱。"

"但它们都是一些国际财团的首领，"亚历克斯强调说，"所以任何损失都可以和别的银行一起分担。就我们所知，我们银行是倒霉的个体户中最大的一家。"他本来还想再加上一句，说他曾经事先警告过所有有关的人，包括董事会在内：这样一笔集中贷款对美利坚第一商业银行来说是很危险的，很可能是非法的。但说这话似乎已经毫无意义。不过，他仍在心里抱怨。

经过再三斟酌，他们终于拟就一项声明，承认美利坚第一商业银行在经济上跟超国公司有很深的牵连，并对此确有某种程度的忧虑。声明接着表示，希望这家经济失调的联合大企业能够恢复过来，而要恢复也许就得按美利坚第一商业银行的强烈要求，在经营管理方面改弦易辙，从而尽量减少损失。这希望很渺茫，每个人心里都明白。

他们给迪克·弗伦奇留有余地，允许他在需要的时候对声明作进一步的发挥；他们还一致同意，弗伦奇将是银行的唯一发言人。

弗伦奇警告说："记者们将设法跟你们大家进行个人接触。如果你们要使我们的口径保持一致，让每个记者都来找我好了，告诉你们手下的人也照此办理。"

当天，亚历克斯·范德沃特重新检查了他制订的银行内部的各项应急计划，这些计划应在出现某些情况时付诸实施。

"真是像食尸鬼一样残忍，"埃德温娜·多尔西说，"一家银行倒了霉，社会的注意力便都集中过来了。"

她正在美利坚第一商业银行总行大楼亚历克斯·范德沃特的办公室里翻阅着摊在会议桌上的各家报纸。这天是星期四，迪克·弗伦奇向报界发表声明后的第二天。

当地的《时代纪事》在头版以大字标题报道：

随着苏纳柯的破产
本地银行面临巨大损失

《纽约时报》比较克制，它告诉读者：

尽管在贷款问题上出现麻烦

美利坚第一商业银行宣称银行稳固

在昨晚和今晨的电视新闻节目里也播送了这篇报道。

所有报道都提到了联邦储备委员会匆忙发表的安定人心的声明：美利坚第一商业银行具有偿付能力，存户无须恐慌。尽管如此，美利坚第一商业银行还是上了联邦储备委员会的"问题单"，而且今天上午，联邦储备委员会的一队检查员已经悄悄地开了进来——这显然是监督机构派出的第一批人员，类似的人员还将陆续进驻。

银行的经济学家汤姆·斯特劳亨接过埃德温娜的话头。"说实在的，一家银行倒霉的时候，促使人们去注意的倒不是因为幸灾乐祸。依我看，大多数人是出于恐惧。那些在银行开有户头的人生怕银行被迫停业，把自己的钱赔个精光。还有一种传播得更广的恐惧，担心一家银行倒闭，别的银行也会感染上同样的毛病，整个体制因此土崩瓦解。"

"我所担心的，"埃德温娜说，"是目前这种宣传所带来的影响。"

"我同样感到不安，"亚历克斯·范德沃特附和，"所以我们要继续密切注意，看它会带来什么影响。"

这天中午，亚历克斯曾经召集了一次研究对策的会议。与会者中有经管分行各部门的主管，因为大家都知道，公众如果对美利坚第一商业银行有什么不信任，首当其冲的便是各家分行。在此之前，汤姆·斯特劳亨曾报告，昨天下午和今天上午各家分行的提款额比往常高，存款额则比往常低，不过要肯定这是一种明白无误的趋势，为时尚早。令人放心的是，在银行主顾中间还没有恐慌的迹象，不过美利坚第一商业银行八十四家分行的经理都已接到通知，一旦发现此种迹象必须立即报告。银行的生命有赖于它的声誉和外人的信任，而声誉和信任就像娇嫩脆弱的花朵，经不起风浪，经不起负面宣传，否则它会立刻凋谢。

这天开会的目的之一就是要保证大家了解发生突然危机时要采取的

各项措施，并务使通信联系保持畅通。看来，目的是达到了。

"今天的会就开到这里，"亚历克斯对大家说，"明天我们再碰头，时间照旧。"

结果，他们并没有碰头。

第二天，星期五，上午十点一刻，市北二十英里处美利坚第一商业银行泰勒斯维尔分行的经理打电话到总行。他的电话立即转过去，由亚历克斯·范德沃特接听。

分行经理弗格斯·W·盖特威克报过姓名以后，亚历克斯开门见山便问："出什么事了？"

"发生了挤兑，先生。我这里挤满了人——一百多个老主顾，拿着存折和支票簿排起了长队，还有更多的人正在进来。他们要求提取全部存款，结清账目，一块钱也不留。"分行经理的声音是一个感到惊慌而又竭力保持冷静的人的声音。

亚历克斯一下子凉了半截。挤兑，对每一个银行家说来，都是一场避之唯恐不及的噩梦；这也是最近几天来亚历克斯和银行最高管理部门的其他人所最担心的。这种挤兑意味着社会上起了恐慌，一传十，十传百，对银行完全丧失了信心。更糟糕的是，一旦某家分行发生挤兑的消息传出去，它就会象野火一样席卷美利坚第一商业所属的其他分行，酿成大灾而无法扑灭。从来没有那家银行——即便是规模最大、最稳固的银行——拥有过足够的流动资金，可以一下子偿付存户的大多数，如果存户都要求现金的话。所以，如果挤兑持续下去，现金储备就要枯竭，美利坚第一商业就将被迫关上大门，也许是就此关门大吉了。

过去，别的银行就发生过这种事。如果经营不善，加上出事的时机不当，运气又不佳，这种事任何地方都可能发生。

亚历克斯知道，第一件要紧的事情就是使那些要提款的人放心，他们会拿到钱。第二件事便是把这场突然爆发的风波局限在当地范围内，使它不要蔓延开来。

他给泰勒斯维尔分行经理的指示简明扼要："弗格斯，你和你手下所有的人要表现得泰然自若，就好像没发生什么事情一样。不管人家账上有多少钱，不管人家要提取多少，都要毫无疑问地照付不误。不要走来走去显出担心的样子。要高高兴兴的。"

"这可不容易啊，先生。我尽力而为吧。"

"要竭尽全力才行。此刻，我们整个银行的生存就全靠你们了。"

"是的，先生。"

"我们将尽快派人去帮助你们。你们有多少现金？"

"我们的金库里还有大约十五万美元，"分行经理说，"我估计，按照现金的提款速度，我们还可以对付一个小时，再往后就拖不了多久了。"

"现金马上送来，"亚历克斯向对方保证，"在这之前，请把你们的钱从金库里拿出来，堆放在所有人都能看到的办公桌和台子上。然后，走到主顾中间去，跟他们谈谈。让他们相信，尽管报纸报道过，我们银行的情况还是非常好的。告诉他们，所有的人都可以拿到他们的钞票。"

亚历克斯挂断电话，马上又在另一台电话上跟斯特劳亨通话。

"汤姆，"亚历克斯说，"气球已在泰勒斯维尔飞上天了。那里的分行需要现金和支援——要快。立即实施第一号应急计划。"

第十六章

正像许多人正在做的那样，泰勒斯维尔市镇也处在"发现个性"的过程中。这是一个新郊区——既有熙熙攘攘的集镇，又有农田，只是由于附近城市的蚕食，已有一部分农田被吞噬，但它仍顽强地保留了不少原有的风貌，暂时还不至于与远郊社会变得一模一样。

这里的居民是个大杂烩——有保守派，有世世代代扎根在这里的农民和当地的商贾世家，也有新搬来居住但要到城里去上班的居民。后面这部分人中间有许多因为厌恶他们原来所住城市道德日趋腐败，而想到这里来——为了他们自己和正在成年的孩子们——吸收一些残存的平和淳朴的道德风尚。结果，就在真正的乡巴佬和自称为农民的人之间形成了一种靠不住的联盟，他们都对大企业和城里人的种种花招，其中包括银行的那套花招抱怀疑态度。

在泰勒斯维尔分行的这次挤兑风潮中，一个爱传谣言的邮差起了独特的作用。星期四一整天，他一边投递信件、邮包，一边就到处吹风。

"你听说美利坚第一商业银行要破产了吗？大家都在说，凡是在里面有存款的，如果明天以前拿不到钱，就要全部赔进去了。"

邮差这话，只有几个人完全相信。但风声还是传开了。后来，又见了报，上了晚上的电视，真是火上浇油。于是，一夜之间，农民、商人和新搬来的住户恐慌了起来，到了星期五早晨，人们一致认为：干吗要冒险呢？咱们的钱此时不提，更待何时。

小城镇自有其独特而错综复杂的消息渠道。关于某某与某某已打定主意的消息，不胫而走。上午还没过去一半，越来越多的居民都直奔美利坚第一商业银行分行。

这真是：根根细线织成巨毯，区区小事就此闹大啦！

在美利坚第一商业银行总行大楼，一些过去从未听说过泰勒斯维尔的人现在听到这个地名了；而随着范德沃特第一号应急计划的付诸实施，事态一步一步迅速发展，他们将会更多地听到这个地名。

根据汤姆·斯特劳亨的指示，工作人员首先开动了银行的计算机。一个程序编制员在键盘上打出问题：泰勒斯维尔分行的储蓄和活期存款总额是多少？答案接踵而至——而且是到最近一分钟的数额，因为这家分行与计算机是直接接通的。

储蓄存款……………………$26 170 627.54

活期存款……………………$15 042 767.18

合计………………………$41 213 394.72

然后，计算机得到指令：从上述总额中扣除不动户和市政存款。（完全可以假定，即使在挤兑的情况下，这两项存款也不会受到波及。）

计算机的回答是：

不动户及市政…………$21 430 964.61

余额………………………$19 782 430.11

泰勒斯维尔地区的存户能够而且可能会提取的金额为两千万美元左右。

斯特劳亨属下的一名职员早已命令中央金库处于待命状态。这一金库是美利坚第一商业银行大楼的一座地下堡垒。这会儿，金库主任得到通知："往泰勒斯维尔分行送两千万美元——十万火急！"

这个数额比可能需要的还要多，其目的是像亮出旗号一样来显示一下力量——这是亚历克斯·范德沃特手下的小组在事先拟订计划时决定下来的。或者，就像亚历克斯所说的那样："救火的时候，你得多准备点水才行。"

过去的四十八小时内——由于准确地预计到目前的事态——中央金库曾从联邦储备银行提取了几笔特别款项，因此拥有比平时多的货币。

之前，联邦储备银行听取并批准了美利坚第一商业银行的应急计划。

大批纸币和硬币，就像米达斯的大宗财富一样，在点清数目并装入麻袋贴上标签后，运上装甲车。装车过程中，一队武装卫士在装货的上下踏板四周巡逻。装甲车一共六辆，其中有几辆是在执行别的任务时通过无线电召回来的。每一辆车都将由警察护送，各归各行驶——这是因为现金数量非同寻常而采取的一项防范措施。然而，只有三辆卡车上装有钱。另外三辆是空的，即所谓"傀偏车"，这是防止拦路抢劫的一项特别防护措施。

在分行经理打来电话后的二十分钟之内，第一辆装甲卡车已准备从总行出发了，接着，卡车便融入市中心的车流，向着泰勒斯维尔驶去。

而在这以前，另外一些银行职员已乘坐私人汽车和交通工具上路了。

领队的是埃德温娜·多尔西。她将负责眼下正在进行的支援行动。

埃德温娜在市中心分行闻讯后立即离开办公桌，只停留了一下，通知她的副经理，并召集三名将随自己同行的工作人员——贷款员克利夫·卡斯尔曼和两名出纳员。出纳员之一便是胡安尼塔·努涅兹。

与此同时，另外两家分行的几小队工作人员也得到指示，直接赶往泰勒斯维尔向埃德温娜报到。作为整个对策的一部分，是不让任何一家分行的工作人员抽调太多，以备别处可能出现挤兑事件。如果发生此类不测，其他的应急计划也已拟订就绪。不过同时能对付多少家分行的挤兑有一定的限制。同时有两三家分行发生挤兑，就难以招架了。

以埃德温娜为首的四人小组，快步穿过连接市中心分行与美利坚第一商业银行总行的地道。他们从主楼门厅乘电梯下到银行车库，一辆车库派出的专车已奉命等候在那里。开车的是克利夫·卡斯尔曼。

正当他们坐进汽车时，诺兰·温赖特从他们身边飞跑而过，向停放在车库中的那辆野马私人汽车奔去。保安首脑已得知泰勒斯维尔行动计划，因为事情涉及到两千万美元的现金，他决定亲自监督警戒。在他的车后面不远将跟着一部客货两用汽车，载有六名武装保安卫士。

当地警察局和州警察局也得到了通知。

亚历克斯·范德沃特和汤姆·斯特劳亨仍留在美利坚第一商业银行总行大楼。斯特劳亨设在"货币交易中心"附近的办公室此刻已成了指挥所。在三十六层楼上，亚历克斯的任务是密切注意其他分行的动态，及时了解可能冒出来的新问题。

亚历克斯随时将上述情况报告给帕特顿，现在这位银行总裁正和亚历克斯一起紧张地等待着。两人虽不作声，却都在琢磨着一个问题：他们能控制住泰勒斯维尔的挤兑吗？美利坚第一商业银行能安然度过这一个营业日而不在别处引起一连串的挤兑吗？

泰勒斯维尔分行经理弗格斯·W·盖特威克曾盼望着能够从容不迫、太平无事地度过退休前的最后几年。此人六十上下，红润的脸颊，蓝色的眼睛，灰白的头发，身材滚圆，活像一个苹果，是一位和蔼可亲的扶轮社成员。年轻时他也曾有过抱负，但很久之前他便不作非分之想了，因为他明智地认定，自己在生活中只能扮演一个配角；自己永远不会做一名披荆斩棘的开路先锋，而只能跟着别人跑。他能力有限，其他方面也很平庸，当个小小分行的经理，把事情管管好，对他正合适。

他一直愉快地胜任泰勒斯维尔之职，在这之前只发生过一件伤脑筋的事有损他任职的记录。那是在几年之前，一位妇女自以为银行做了什么对不起她的事。她租了一只寄存物品的保险箱，把一件用报纸包好的东西放在箱子里，然后地址也没留就到欧洲去了。几天以后，一股腐臭味充斥了整个银行。起初，人们怀疑是排水道出了毛病，但经过检查，并没有发现问题，而恶臭却越来越严重。顾客们抱怨不止，工作人员更是连连恶心。最后，怀疑终于落到臭味最厉害的保险箱上。于是，关键性的问题成了：哪一只箱子呢？

弗格斯·W·盖特威克身为经理，责无旁贷，只得亲自用鼻子逐个去闻所有保险箱，最后总算找到了一只臭气熏天的箱子。在这以后，在法律程序方面又花了四天工夫才得到法庭的命令，准许银行把这只保险箱撬开。原来里面是一条很大的海产鲜鲈鱼的残骸。即使现在，盖特威克有时候还会想起那个晦气时刻，仿佛又闻到了恶臭。

但是，他明白，今天的危急情况远比箱子里的臭鱼严重得多。他看了看表。他给总行打电话之后，已经过了一小时十分钟。尽管四名出纳员一刻不停地付出钞票，但挤在银行里的人越来越多，而后援部队还没到达。

"盖特威克先生！"一位女出纳员招手让他过去。

"什么事？"他离开平时归他使用的、由栏杆分隔的经理办公区，向女出纳员走了过去。柜台外面，排在等候着的队伍最前面的是一位家禽饲养场场主，是盖特威克很熟悉的一位银行老顾客。经理高兴地说："早上好啊，史蒂夫。"

对方冷淡地点点头作为回答。出纳员则一声不响地把提取两个户头存款的支票拿给经理看。这些支票是家禽饲养场主拿来兑现的，总额为两万三千美元。

"都是有效的。"盖特威克说着拿过支票，在两张上缩签了自己的名字。

出纳员说："我们剩下的钱不够支付这么多。"她声音很低，但柜台外面仍然可以听到。

当然，这一点，经理本来是应该知道的。自开门营业以来，由于很多大笔的提款，现金不停地外流，储备已近枯竭。但出纳员的这句话太糟糕了。人们把这句话向后传，现在队伍中已出现了愤怒的吵嚷声。"听见了吧！

他们说他们已经没有钱了。"

"我的天哪！"家禽饲养场场主怒气冲冲地俯身向前，捏着拳头砰砰地敲打柜台，"你最好还是按支票付钱给我，盖特威克，不然我就进去把这个该死的银行砸个稀巴烂！"

"完全没有这个必要，史蒂夫。也没有必要进行威胁或者大叫大嚷。"弗格斯·W·盖特威克这时也提高了嗓门，尽量想让这些突然发怒的人们听到他的声音。"女士们，先生们，由于人们纷纷提款，出现了特殊情况，本行暂时现金短缺。但是我向各位保证，大笔款子已在途中，很快就会运到。"

最后的几个字被愤怒抗议的叫喊声淹没了。"开银行怎么会没有钱？""现在就拿钱来！""废话少说！拿现金来！""我们不走啦，直到银行把该付的钱付出来为止。"

盖特威克高举双臂。"我再次向各位保证……"

"我对你这些不值钱的保证不感兴趣。"说话的是一位衣着时髦的妇人，盖特威克认出她是一位新近搬来的居民。她态度很坚决："我现在就要把钱取出来。"

"对！"站在她后面的一个男人附和道，"我们现在都要取钱。"

更多的人向前涌来，嗓门越来越大，脸上显示出愤怒而恐慌的神情。

有人扔过来一只香烟盒，打中了盖特威克的脸。他意识到，一群普通的市民，其中有很多还是他所熟识的，突然之间已经变成了一群寻衅的暴徒。当然，这都是因为钱。钱对人起着奇怪的作用，使他们贪得无厌，引起他们的恐慌，有时候甚至使他们变得像野兽一般。也有些人是真的害怕了，因为他们以为很可能要失去他们所有的一切，失去生活的保障。几分钟以前似乎还是不可想象的暴力行动，现在已经迫在眉睫。

盖特威克感到一阵实在的恐惧，这还是多年来的第一次。

"诸位！"他恳求道，"请听我说！"他的声音消失在越来越响的喧哗声中。

谁也没料到，喧闹声突然减弱了。外面街上好像有什么动静，队伍后面的人正伸长脖子张望。银行的外门猛地被推开，一队人雄赳赳地走了进来。

带队的是埃德温娜·多尔西，后面跟着克利夫·卡斯尔曼和两名年轻的女出纳，其中之一便是娇小玲珑的胡安尼塔·努涅兹。再往后是一队肩扛沉甸甸帆布口袋的保安，由另外一些手持左轮手枪的警卫在旁护卫着。从其他分行抽来支援的另外六七名工作人员跟在警卫后面鱼贯而入。在最后面压阵的是机灵地戒备着的"保护神"——诺兰·温赖特。

人群还在拥挤着，但已差不多安静下来，只听埃德温娜用清晰的口齿说："早上好，盖特威克先生。抱歉得很，我们这些人来迟了，不过交通也实在太拥挤。我知道你可能需要两千万美元。这刚运到的大约是三分之一。其余的正在路上。"

在埃德温娜讲话的时候，克利夫·卡斯尔曼、胡安尼塔、保安和其他人走过围有栏杆的经理办公位，向柜台后面走去。刚到的后援人员中有一位是业务部的人，此人立即开始分发运到的现金。顷刻之间，一叠一叠坚挺崭新的钞票便登记完毕，分送到各出纳员手中。

银行里的人群团团围在埃德温娜周围。有人问道："你的话是真的吗？你们银行有足够的钱付清我们所有人的存款吗？"

"当然是真的。"埃德温娜环视着周围的人群，对大家说，"我是多尔西夫人，美利坚第一商业银行的副总经理。尽管你们可能听到一些谣言，但我们的银行是可靠的，有偿付能力的，没有什么问题是我们解决不了的。我们有充足的现金储备可以偿付任何存户——不管是泰勒斯维尔的存户，还是任何别的地方的存户。"

原先讲过话的那位衣着时髦的妇人说："也许你说的不错；也许你只是这么说说，希望我们会相信你的话。不管怎么样，我今天反正是要把钱取出来。"

"这是你的权利。"埃德温娜说。

弗格斯·W·盖特威克站在一旁观看，他为自己不再是人们注意的焦点而感到宽慰。他还意识到，刚才那种剑拔弩张的紧张气氛已有所缓和；而且随着越来越多的钞票不断送到出纳员手边，等候着的人群中甚至还有人露出了笑容。但是，不管人们的脸色是否有所和缓，大家还是保持着不达目的誓不罢休的神气。款项一笔接着一笔迅速地付到客户手里，显然，挤兑并没有被刹住。

与此同时，已经回到外面装甲卡车上去的银行保安和护送队员又扛着满满的帆布口袋列队而入，其威势正像当年凯撒的古罗马军团一样。

那天在泰勒斯维尔目击了这一幕的人，都不会忘记展现在公众面前的那么多的钱。即使是美利坚第一商业银行的职工，过去也从来没有看到过一下子集中那么多款子的场面。根据亚历克斯·范德沃特的计划和埃德温娜的指示，运来对付这次挤兑的两千万美元大都堆放在外面，让大家都可以看见。在出纳员柜台后面的地方，所有的办公桌都腾了出来；另外还从银行别处搬来更多的办公桌和台子。在所有这些桌子上面，放着大堆大堆的纸币和硬币。从各处调来支援的职员则随时掌握着流通的总额。

正如诺兰·温赖特后来所说的那样，整个过程是"银行盗贼的一场美梦，保安人员的一场噩梦"。幸好，即使盗贼听到了风声，他们也只好事后望洋兴叹了。

埃德温娜监督着这儿的一切，她并不多说话，办事却干练有效，对弗格斯·W·盖特威克也很有礼貌。

她还指示克利夫·卡斯尔曼开始物色客户中有谁想向银行贷款。

中午前不久，银行里仍然挤满了人，外面的队伍越排越长。这时，卡斯尔曼把一把椅子搬到前面，站了上去。

"女士们，先生们，"他大声喊道，"我想自我介绍一下。我是市区来的贷款员，虽然不是什么大人物，但这家分行通常不能办理的数额比较大的贷款，我却有权批准。所以，如果有哪位想申请贷款并希望迅速得到回答的话，现在正是好机会。我富有同情心，愿意倾听客户的要求，并将尽力帮助有困难的人。盖特威克先生现正忙着别的事情，蒙他答应让我占用他的办公桌，所以我就在那儿办公，希望各位到那里找我。"

一个腿部上了石膏的男子喊道："我一取到我的钱马上就到你这里来。依我看，如果这家银行就要破产，倒也不妨抓它一笔贷款。也许永远也不必还了。"

"这里不会破产的。"克利夫·卡斯尔曼说。他问对方："你的腿是怎么搞的？"

"在黑咕隆咚的地方摔了一跤。"

"从你的话里听出来，你现在还在黑咕隆咚的地方没出来。这家银行的情况比你我都强。另外，你如果借了钱，就一定得还，不然我们可要打断你的另一条腿。"

人群中发出了笑声，这时卡斯尔曼从椅子上爬下来。过了一会儿，便有一些人走到经理办公桌旁边商谈起贷款的事来。但是，提款仍在继续。

恐慌的情绪尽管有所缓和，但看来似乎没有任何办法可以阻止泰勒斯维尔分行的挤兑——显示实力没有用，保证没有用，实用心理学也没用。

下午一两点，对垂头丧气的美利坚第一商业银行职工们说来，似乎还有一个问题没有解决：病毒还要多久扩散开来呢？

亚历克斯·范德沃特已经跟埃德温娜通过几次电话。下午三四点，他离开总行，亲自前往泰勒斯维尔。此刻他的惊慌情绪比之上午有过之而无不及，当时他还抱有希望，但愿挤兑能够迅速被刹住。可风潮仍在继续，这意味着周末期间，存户中间的恐慌情绪将一传十、十传百，到了星期一，美利坚第一商业银行的其他分行不被潮水般涌来的顾客挤垮才怪呢。

从今天的情况来看，到目前为止，别的几家分行的提款虽然也为数不小，但其他地方都没有发生类似泰勒斯维尔的情况。但这种运气显然不会维持很久。

亚历克斯坐着配有司机的轿车前往泰勒斯维尔，马戈特·布雷肯跟他同行。这天上午，马戈特在法院了结了一桩案子，没想到时间还早，于是便赶到银行来跟亚历克斯共进午餐。饭后，亚历克斯让她留了下来，多少缓解了一些当时充满总行第三十六层楼的紧张气氛。

在汽车里,亚历克斯倚着座椅,趁行车这一阵子休息一下,他知道这个间隙是很短暂的。

"这一年真够你受的了。"马戈特说。

"我显出劳累的样子吗?"

她伸过手去,用食指轻轻划过他的前额。"这里的皱纹更多了。鬓角也增添了白发。"

他苦笑了一下。"人也更老了。"

"倒也不是老得那么厉害。"

"这就是我们为生活的重压所付的代价。你也付出了代价,布雷肯。"

"是的,我也付出了代价,"她表示同意,"当然,要紧的是,哪些压力是非承受不可的,只要值得,我们倒也心甘情愿。"

"拿挽救银行来说,个人为之紧张劳累,那是值得的。"亚历克斯直截了当地说,"眼下,如果我们不挽救银行,许多无辜的人就要受到损害。"

"有些活该受到损害的呢?"

"在进行抢救的时候,先要把大家都救出来。至于谁该受惩罚,以后再说。"

去泰勒斯维尔的路程共二十英里,这时他们才走了十英里。

"亚历克斯,情况真的有那么糟吗?"

"如果到星期一挤兑还不能刹住,"他说,"我们就只能关门大吉。到那时,其他银行会组成一个财团,联合起来,保我们过关,当然我们要付出一大笔代价,然后他们就会接管剩下的一切,而最后,我想,所有的存户都将得到他们的存款。但是,美利坚第一商业银行,作为一个实体,也就从此完蛋了。"

"最令人难以置信的是,事情竟会发生得这么突然。"

"这正是许多应该理解的人所没有完全理解的问题。"亚历克斯说,"银行和整个货币机器是跟大笔的债务和大笔的贷款打交道的。它们的精密度极高，如果你手脚不灵，拿它们胡搞乱来，因为贪婪或者政治原因或者十足的愚蠢而让一个部件严重失去平衡，那么你就会使所有其他部件受到危害。一旦你使整个机器或者其中的一个银行受到损害，而消息又像经常发生的那样泄露出去的话，公众就会对你丧失信心，这样一来就一垮全垮了。我们现在所看到的正是这样一种情况。"

"从你的话里，"马戈特说，"以及我听到的另外一些情况，看来贪婪是导致你们银行这次灾难的原因。"

亚历克斯没好气地说："除了贪婪，在我们董事会中白痴占的比例太高也是一个原因。"他今天说话比平时坦率，但他觉得这样讲可以发泄一下心中的怨气。

两人都沉默了。好一会儿，亚历克斯突然失声喊道："天哪！我多么想念他啊！"

"谁？"

"班·罗塞利。"

马戈特伸出手来抓住他的手。"你现在进行的抢救工作不正是罗塞利本人会采取的行动吗？"

"可能是的。"他叹了一口气，"只是我的抢救工作不会起什么作用。所以，要是班·罗塞利还活着就好了。"

司机放下前座与后座乘客之间的分隔玻璃，回过头来说道："我们进入泰勒斯维尔了，先生。"

"祝你运气好，亚历克斯。"马戈特说。

在几条马路之外，他们就能看到分行外面的一字长蛇阵。新来的人正在排进队伍。当他们的轿车在银行外面停下时，一辆小型运货汽车在街对面吱的一声刹住车，从上面跳下几个男人和一个姑娘。运货车的一边写着"WTLC 电视台"几个大字。"天哪！"亚历克斯说，"我们正需要这个。"

走进银行，马戈特好奇地四处张望，亚历克斯则跟埃德温娜和弗格斯·W·盖特威克简短地交谈了几句。他从两人口中得知，事情简直到了无计可施的地步。亚历克斯心想自己这一趟等于白跑，但又觉得来一趟是必要的。他想，如果他跟排队挤兑的人随便谈谈，总不会有什么害处，甚至还可能会有所帮助。于是，他便走过几排人的队伍，态度从容地自我介绍起来。

排队的至少有两百人，这一大群人在泰勒斯维尔颇有代表性——年老的、年轻的和中年的都有，有的富裕，有的则显然比较贫穷，有怀抱婴儿的妇女，有身穿工作服的男人，也有的像逢年过节一样穿着考究的衣服。他们中多数人是友好的，有几位则并不，抱着敌对态度的只有一两个人。几乎所有的人都表现出某种程度的不安。那些取到钱离去的人们，脸上带着如释重负的表情。一位上了年纪的妇女在往外走时对亚历克斯说："谢天谢地，总算办好了！这是我一生中最担心事的一天。这是我的积蓄——我的全部家当。"她举起了十几张五十元一张的钞票。

她说这话的时候，并不知道亚历克斯是银行方面的人。另外一些则拿着比这多得多或更少的钱离去。

亚历克斯从他与之交谈的所有人那里得到相同的印象。美利坚第一商业银行可能牢靠，也可能不牢靠。但是谁也不肯冒险把自己的钱留在一个可能会破产倒闭的银行里。报纸把美利坚第一商业银行跟超国公司联系在一起的宣传，已经在人们中间起了作用。人人都知道，美利坚第一商业银行很可能要损失很大一笔钱，因为银行方面承认了这一点。至于细节，无关紧要。亚历克斯对一些人提到了联邦存款保险，但他们并不相信这一制度。有些人指出，联邦保险的数量有限，人们不相信联邦存款保险公司的基金足以应付任何大规模的危机。

亚历克斯意识到，还有某种也许意义更为深远的东西：人们对于别人告诉他们的话已经不再相信；他们早已习惯了别人的谎言欺骗。最近，他们被总统骗了，其他政府官员、政党头面人物、商人和实业家都把他们给骗了。他们还受到雇主和工会的欺骗；受广告的欺骗；在金融交易方面——包括股票和公债的状况，股东分红的报告和"查过账的"公司企业盈利一览表——受欺骗;有时还受到媒体——通过其报道的倾向性和有意压下某些新闻不报——的欺骗。各种各样的谎言骗局真是说也说不完。欺骗了还要欺骗,直至扯谎——往好里说也是歪曲事实,掩盖真相——终于成了生活里的家常便饭。

所以当亚历克斯向人们保证,美利坚第一商业银行并不是一条正在沉没的船,他们的钱存在里面可以安然无恙时,他们为什么一定要相信他呢?时间一小时一小时地溜走,下午就要过去了,显然,没有一个人相信他的话。

接近黄昏时,亚历克斯已经准备听天由命了。要发生的事情终究逃脱不掉;他想,对于个人和企业来说,必须接受不可避免的命运的时刻终归要到来。大约就在这个时候——将近五点半,十月的黄昏暮色苍茫,夜幕正徐徐降临——诺兰·温赖特前来向他报告,正在等候的人群中产生了一种新的焦虑。

"他们很担心,"温赖特说,"因为我们打烊的时间是六点。他们估计在剩下的半个小时之内,我们无法对付所有的提款人。"

亚历克斯拿不定主意了。按照规定时间停止泰勒斯维尔分行的营业很容易办到,也是合法的,对此谁也找不到理由提出异议。他感到一阵由愤怒和沮丧引起的冲动,很想恶狠狠地对那些仍在等候的人们说:"你们不肯信任我,那好,请一直焦急不安地等到星期一吧。都见你们的鬼去吧!"但他却犹豫不决,在本人的性格和马戈特关于班·罗塞利的一句话之间举棋不定。她刚才说过,亚历克斯现在所做的,"正是班·罗塞利本人所会做的"。对于停止营业一事,班·罗塞利会做出什么决定呢?这一点亚历克斯是知道的。

"我要发表一项声明。"他告诉温赖特。

他首先找到埃德温娜,对她做了一番指示。

亚历克斯走到银行门口,因为在这里讲话,里面的人和仍然等在街上的人都可以听到。他意识到几架摄像机正对着自己。第一家电视台的摄像小组来到之后,另一家电视台的工作人员也赶来了。一个小时以前,亚历克斯曾向这两批记者发表了一项声明。这些人一直等着未走,其中一个曾透露说他们准备为周末新闻特辑搞点额外的材料,因为"银行挤兑并不是每天都会发生的"。

"女士们,先生们,"亚历克斯的声音既坚定有力,又清晰响亮,站在远处也听得见,"我听说你们有些人对我们今晚停止营业的时间很关切。你们不必担心。我代表银行经理部门向你们保证,我们泰勒斯维尔分行将继续营业,直到把你们各位的事情全部办完为止。"人群中发出了满意的喊喊喳喳声,还有人情不自禁地鼓了掌。

"不过,有一点我想向你们各位强调。"人们再次安静下来,把注意力集中到亚历克斯身上。他继续说:"我郑重告各位,在周末期间不要把大笔的钱带在身上或者放在家里,从各方面说这样做都是不安全的。所以我要竭力劝说各位选择另外一家银行,把你们从本行取走的所有钱存到那里去。为了在这方面帮助各位,我的同事多尔西夫人正在打电话跟本地区的其他银行联系,要求它们比平时晚一些打烊以便为大家提供方便。"

人群中又响起了一阵表示赞赏的嗡嗡声。

诺兰·温赖特走近亚历克斯,对他轻声说了几句,然后亚历克斯便宣布说:"我刚刚得到报告,两家银行已经同意了我们的请求。其他银行仍在联系之中。"

等候在街上的人群中,有一个男人喊道:"你能推荐一家好的银行吗?"

"可以,"亚历克斯说,"如果让我自己挑选,我就选美利坚第一商业银行。这是我最了解、最有把握的一家银行。它历史悠久,信誉卓著。但愿你们大家也和我的想法一样。"他的声音中第一次露出了少许感情。有几个人脸上露出了微笑,或是半心半意地笑了几声,但是在注视着他的人中,多数人的面部表情还是严肃的。

"我过去也是这样想的。"亚历克斯身后有人情不自禁地说。他转过身去。说话的是一位上了年纪的男人,可能快要八十岁了,身体已经干瘪,满头白发，弯腰曲背，拄着一根手杖。但老人的眼睛还明亮，而且敏锐，声音也很坚定有力。他身旁是位跟他差不多年纪的妇人。两人都穿得很整洁，虽然他们的服装已经过时，而且已经穿旧。老妇人拎着一只购物袋，只见里面装着一捆一捆的钞票。他们刚刚从银行柜台那里走过来。

"我和我的妻子在你们银行开户已经有三十多年了，"老人说，"现在把钱取走，真感到有些难受。"

"那为什么要取走呢？"

"那些谣言不能完全不理啊。无风不起浪，总是事出有因吧。"

"是事出有因，我们已经承认了，"亚历克斯说，"因为借给超国公司一笔贷款，我们银行可能要遭到一些损失。但是我们银行能够顶得住，而且一定会顶住。"

老人摇了摇头。"如果我还年轻，并且还在工作，也许我会听你的话，冒点风险。但是我已经老了，不再工作了。这里面，"他指指购物袋，"差不多就是我们剩下的全部家当，断气之前就靠这些钱了。即使这些钱也不算多，它们现在的价值比起我们工作时挣这些钱的时候，连一半也不到了。"

"你这话不假，"亚历克斯说，"通货膨胀对于像你们这样的好人打击得最厉害。但是，不幸的是，调换银行也帮不了你们什么忙。"

"让我问你一个问题，年轻人。如果你是我，如果这些钱是你的，你不是也会像我现在这样去做吗？"

亚历克斯意识到其他人正围拢来听他们讲话。他看见马戈特挤在人群靠前的地方。就在她的背后，摄影机的灯亮着；有人正拿着一只话筒向前探身。

"是的，"他承认，"我想我也会这样做的。"

老人似乎感到出乎意外。"不管怎么说，你是诚实的。刚才我听到你关于另找一家银行的意见，对此我表示欣赏。我看，我们现在就该去找一家银行把钱存进去了。"

"等一下，"亚历克斯说，"你有汽车吗？"

"没有，我们住的地方不远。我们走着去。"

"带着这些钱可不能走着去。可能会被人抢。我叫人开车送你们去另一家银行。"亚历克斯招手让诺兰·温赖特过来，把情况作了说明。"这位是我们的安全部主任。"他告诉这对老夫妇说。

"这很方便，"温赖特说，"很高兴能亲自为你们开车。"

老人站在那里一动不动，看看这个的面孔，又看看那个的面孔。

"在刚刚从你们的银行中取出我们的钱，而且实际上等于告诉你们我们不再信任你们以后，你们还要开汽车送我们走？"

"就算这也是我们的服务内容吧。何况，"亚历克斯说，"你们跟我们在一起已有三十年之久，我们理应像老朋友一样分手。"

老人拿不定主意，顿了好一会儿。"也许我们不必分手。让我坦率诚恳地再问你一个问题。"老人用明亮、敏锐、诚实的目光盯着亚历克斯。

"说吧。"

"你已经对我说了一次实话，年轻人。现在再对我说一次实话。但请记住我刚才说过的，我已经老了，这些存款是我们的命根子。我们的钱存在你们银行里安全吗？绝对安全吗？"

亚历克斯把这个问题及其全部含意掂量了几秒钟。他知道不仅这一对老人目不转睛地注视着自己，其他许多人也正紧张地注视着自己。无所不在的摄影机仍在转动。他瞥见了马戈特；她也同样紧张，脸上带着一副疑惑的表情。他想到这里的人们，以及其他地方受到此时此地这一事件影响的人们；想到那些信赖他的人——杰罗姆·帕特顿、汤姆·斯特劳亨、董事会、埃德温娜以及其他的人。他想到如果美利坚第一商业银行破产可能会发生的事情，想到不仅在泰勒斯维尔而且在其他地方可能会产生的带有破坏性的深远影响。尽管想到这一切，他心中还是起了疑虑。他把它强压下去，然后干脆利落并且充满信心地回答道："我向你担保，我们银行是绝对安全的。"

"啊，活见鬼，弗丽达！"老人对妻子说，"看来我们真是没事找事瞎忙。

来，咱们把这些该死的钱再存回去吧。"

在以后几个星期的事后研究和讨论中，有一桩事实始终是无可争议的：在那位老人和他妻子返回美利坚第一商业银行分行，把购物袋中的钱重新存进去以后，泰勒斯维尔的挤兑便有效地被制止了。那些本来等着取钱的人在亲眼目睹了老人和银行高级职员之间的交谈之后，或者彼此避开对方的目光，要么就不好意思地咧嘴一笑，转身走了。消息在那些等在银行内外还未走的人们中间很快传开；等候的队伍几乎马上就散了，同队伍形成时一样地迅速，一样地不可思议。正像某人后来所说的：群众的盲从心理从反方向起了作用。当分行应付完剩下的几位客户关门时，它比平时星期五晚上的打烊时间只晚了十分钟。在泰勒斯维尔和总行大楼，都曾有一些美利坚第一商业银行的人为星期一担心。人们还会再来挤兑吗？

结果，这样的事情再也没有发生。

星期一，在其他地方也没有发生挤兑。其原因——大多数分析家都一致认为——就在于在周末的电视新闻里出现了一幕清晰逼真、诚实感人的情景，人们看到一对老夫妇和一位漂亮、坦率的银行副总经理谈话。这部经过剪辑和编排的影片非常成功，许多电视台竟播送了好几遍。它作为不拘形式、能打动观众的"真实电影"技术的一个范例获得了成功，这种技术，电视可以很好地加以利用，但电视界却用得很少。很多电视观众感动得流了泪。

周末那几天，亚历克斯·范德沃特看了这部电视片，但却未加评论。

其中一个理由只有他一个人知道，在那个关键的紧要关头，当被问到"我们的钱……绝对安全吗？"这个问题时，他是怎样想的。另外一个理由是，亚历克斯知道：各种潜在的危险和难题仍然摆在美利坚第一商业银行面前。

马戈特对于星期五晚上所发生的事件也谈得很少；星期天她待在亚历克斯的公寓里时也没有再提起这件事。她有一个重要的问题想问，但她善于察言观色。知道现在还不是问的时候。

在美利坚第一商业银行的经理中，罗斯科·海沃德也看了电视节目，虽然他并没有全部看完。海沃德是在星期天晚上开完教区委员会会议回到家中以后打开电视机的，但在嫉恨之下，他只看了一部分便啪的一声关掉了电视。海沃德自己的难题已经够棘手的了，他不想再听到范德沃特得到成功的消息。撇开这次挤兑事件不谈，还有几件事情很可能在下星期冒出来，这使海沃德极度不安。

星期五晚上在泰勒斯维尔还发生了另外一件事情。这与胡安尼塔·努涅兹有关。

那天下午马戈特·布雷肯赶到分行时，胡安尼塔曾看见她。在此之前她一直拿不定主意，不知该不该找到马戈特征求意见。此刻她下了决心。但由于她本人的一些原因，胡安尼塔不愿意让诺兰·温赖特看到。

在挤兑结束后不久，胡安尼塔所等待的时机终于来到了。当时，诺兰·温赖特正忙于检查分行周末的安全措施，银行职员紧张了一整天，这时才开始喘过气来。胡安尼塔离开她协助的一名分行出纳员工作的柜台，走到拉有栏杆的办公区。马戈特正独自一个人坐在那里，等着范德沃特先生。

"布雷肯小姐，"胡安尼塔轻声地说，"你曾对我说过，碰到问题，可以来找你谈。"

"当然，胡安尼塔。你现在有问题吗？"

她娇小的脸上因为忧虑而起了皱纹。"是的，我想是有的。"

"什么样的问题？"

"如果你不介意，我们另外找个地方谈谈好吗？"胡安尼塔注视着银行另外一边靠近地下室的温赖特。他似乎就要跟别人谈完了。

"那么到我办公室来好了，"马戈特说，"你看什么时候好？"

她们商定在下星期一晚上碰头。

第十七章

从"七七"健身俱乐部取回来的磁带摆在试验台上面的架子上已经有六天了。

"魔术师"王已经对磁带瞥了好几眼。他不愿把录在上面的东西擦掉，但把这个情报传给别人他又感到不妥。现在，对任何电话交谈搞窃听录音都是担风险的。而把录下来的东西再放给别人听就更冒险了。

然而"魔术师"确信，马里诺一定很愿意听听这卷录音带中的一部分内容，并为之付出一笔可观的钱。不管托尼·贝尔·马里诺可能有多坏，只要你服务周到，他付起钱来还是大方的，而这正是"魔术师"定期为他效劳的唯一原因。

他知道马里诺是个职业骗子。王本人却不是这样的人。

"魔术师"（他的真名叫韦恩，不过认识他的人谁都不这样叫他）是一个年轻、聪明的第二代美籍华裔。他是一位电子声学专家，专门研究电子监视的侦查。这方面的天才为他赢得了"魔术师"这一雅号。

托王办事的人多极了。他为他们提供保证，他们的办公室和家里没有窃听器，他们的电话无人搭线窃听，他们私人的秘密没有受到隐秘电子装置的干扰。他曾多次发现隐藏的窃听装置，而每次发现之后，委托人便感激不尽，认为他确实有本事。尽管官方一再保证不会再让窃听之类的事情发生——甚至最近总统也几次保证——但在美国，搞窃听和电话偷听仍然很普遍，并且越来越猖獗。

工业界的首脑们继续请王为他们服务。银行家、报纸出版商、总统候选人、几位大名鼎鼎的律师、一两位外国大使、少数美国参议员、三位州长和一位联邦最高法院的法官也继续请王为他们服务。此外，请他服务的还有其他一些执掌大权的人物——某黑手党家族的族长、他手下的管事以及再低一级的各个有权之士，而马里诺便是这些有权之士中的一个。

"魔术师"王对这些犯罪集团的委托人表过态：在法律许可的范围之内，他日子过得很好，他不想参与他们的违法活动。然而，他觉得没有理由拒绝为他们服务，因为窃听本身从来就不是什么合法的事情；再说，即使是罪犯也有权通过合法的手段来自卫。这条基本原则，大家都接受了，而且行之有效。

同样，犯罪集团的委托人也不时向他暗示，他在工作中获得的情报，如果犯罪集团发现有用，那么对方将十分感激，一定给予酬报。有时，屈从于贪婪这一最古老最简单的诱惑，他也确曾向他们提供过一些零星的情报，换取酬金。

现在，他又受到贪婪的诱惑了。

一个半星期以前，"魔术师"王对马里诺常去的地方和他的电话，其中也包括跟马里诺有经济关系的"七七"健身俱乐部，进行了定期的反窃听检查。检查表明一切都干干净净，没有什么窃听装置，但在检查过程中，"魔术师"却为了好玩在俱乐部的一根电话线上装上了窃听器，进行短时间的监听。他时常这样做，而且自我辩解：保持自己的技术专长既得靠自己，也得靠他的委托人。为此目的，他选择了健身俱乐部底楼的一台投币式公用电话。他把一架磁带录音机暗藏在俱乐部的地下室，接在这台电话的电线上，就这样进行了四十八小时的监听。这是一台每当有人打电话时可以自动开关的录音机。

虽然这个行动是违法的，但"魔术师"却认为这没有什么关系，因为除了自己他不会把录音放给别的人听。然而，当他真的把录音放出来时，其中的一段对话却特别引起了他的兴趣。

现在是星期六的下午，他独自一人在自己的声学实验室里。他从实验台上面的架子上取下这盘磁带，放在录音机上，把那段对话重新听了一遍。

塞进硬币，拨号码。录音带上传出拨号码的声音。电话铃声。只响了一下。

一个女人的声音（很轻，稍微带有一点地方口音）："喂。"

一个男人的声音（窃窃耳语）："你知道我是谁。不要说出名字来。"

女人的声音："好的。"

男人的声音（仍然耳语）："告诉我们共同的朋友，我在这里已经发现了重要的东西。非常重要的东西。是他最想要知道的。我现在不便多说，明天晚上我到你那里去。"

女人的声音："好的。"

咔嗒一声。在"七七"健身俱乐部打电话的人挂断了电话。

"魔术师"王不能肯定，为什么他以为托尼·贝尔·马里诺会感兴趣。他只是有一种预感，而他的预感过去一向是灵验的。于是他打定主意，查了查一本私人笔记本，走到电话旁，拨了一个号码。

结果，托尼·贝尔要等到下星期一傍晚才能见他。"魔术师"约好到时候去找他，然后便一不做二不休地开始从录音带中榨取更多的情报了。

他把录音带倒回去，又仔细地把它放了几遍。

"你这个混蛋！"托尼·贝尔·马里诺满面怒容，肥大粗线条的五官扭曲得变了形。与他长相不相协调的假嗓子也比往常叫得更响了。

"你弄到这盘该死的录音带，居然他妈的坐等了一个星期才送到这儿！"

"魔术师"王以守为攻地说:"我是搞技术的,马里诺先生。我听到的东西大多数都跟我毫不相干。只是到后来,我才意识到,这盘东西有点特别。"有一点他已经放心:至少对方还没有因为他窃听"七七"俱乐部的电话发怒。

"下一次,"马里诺吼叫着说,"脑子要动得快一点!"

这天是星期一,他们在卡车运输终点站马里诺的办公室里。他们中间的办公桌上放着一架手提式录音机。王刚刚关掉它。

他在来这里之前已经将原录音带上那部分最重要的内容重新转录到一个暗盒式录音带上,然后擦掉了其他部分。

托尼·贝尔·马里诺在这间闷热的办公室里只穿着衬衫,像往常一样,那一身横肉看着就叫人害怕。他的肩膀像职业拳击手的肩膀一样,手腕粗大,二头肌隆起。他把椅子塞得满满的。这并不是因为他脂肪多,而是因为浑身上下大都是结实的肌肉。"魔术师"王尽量不使自己被马里诺的个头或是他残忍成性的名声所吓倒。但是,不知是因为房间太热还是因为其他原因,王开始出汗了。

他辩解说:"这段时间我并没有白白浪费,马里诺先生。我又发现了另外一些也许是你想了解的情况。"

"举个例子!"

"我可以告诉你受话人的电话号码。你知道,用一只跑表测出录在磁带上的每拨一个数码的时间长短,然后再作比较……"

"废话少说。把电话号码告诉我。"

"号码在这里。"一张纸片递过办公桌。

"你已经查出来了吗?谁的电话号码?"

"我必须告诉你,查出这样一个号码的主人可不容易。特别是因为这部电话并未注册。幸亏我在电话公司有些熟人……"

托尼·贝尔光火了。他啪地一巴掌拍在办公桌上,冲势之猛犹如发射了一颗炮弹。"别跟我耍花招,你这个小杂种! 快把你搞到的情报说出来!"

"我要说明的是,""魔术师"不肯罢休,汗越淌越多,"这要花费钞票。我要付给电话公司的熟人钞票。"

"你他妈的付的钱比想从我身上捞去的少多了。快说出来!"

"魔术师"感到稍许轻松了一些。他知道对方已明白了他的意思,托尼·贝尔会按自己要的价钱付报酬的,因为双方都明白:以后也许还要打交道。

"电话主人名叫 J.努涅兹太太。她住在东城新区。这里是她住的大楼和公寓房间的门牌号码。"王递过去另一张纸片。马里诺接过去,扫视了地址一眼,然后把它放下。

"另外还有一个情况,也许你会感兴趣。据档案记载,这台电话是在一个月以前作为一项紧急任务安装的。按目前正常的情况,在东城新区要想装电话,必须等候很长时间才能排上号,但这台电话却根本没有排号,而是一下子就排到了第一个。"

马里诺变得越来越恼怒了,部分是因为他的耐心到头了,部分是听到了这些情况他真的上火了。"魔术师"王于是赶紧说下去:"原来,这是因为有人施加了某种压力。我的熟人告诉我,电话公司的档案材料中有一份备忘录,备忘录表明,压力来自一个名叫诺兰·温赖特的家伙。此人是一家银行——美利坚第一商业银行的安全头子。他说,出于公务,银行急需装这部电话。电话费也是向银行收取的。"

在这位声学专家来到之后,托尼·贝尔还是第一次大吃一惊。

一时间,他大惊失色,但很快,脸部表情便消失了,代之以一种淡漠的神色。但在这种神色的掩盖之下,他的内心却紧张地活动着,把他刚刚听到的情况跟已经知道的某些事实联系起来。而把这两者联系起来的正是温赖特这个名字。马里诺知道,六个月以前曾有人企图让一个名叫维克的密探,一个阴险可怕的家伙打进来。而在他们狠狠地收拾掉他之后,维克曾说出"温赖特"这个名字。马里诺听说过这个银行侦探的大名。在早先那一连串的事件中,托尼·贝尔曾深深地卷入。

难道现在又来了一个？如果真是这样的话，托尼·贝尔完全明白对方的企图是什么，虽然在"七七"俱乐部里还有很多别的生意也是他不愿看到被揭露出来的。托尼·贝尔没有浪费时间去猜测。打电话人的声音只是轻微的耳语，让人无法分辨。但另外一个声音——那女人的声音——却已被查出下落，所以可以从她嘴里得到他们所需要的情况。

他根本没考虑到这个女人可能不合作；如果她愚顽不化，有的是办法。

马里诺很快付了钱把王打发走，然后便坐在那里盘算起来。起初，他还像往常一样顺着自己谨慎的路子思考，不急于作出仓促的决定，而是让自己的想法酝酿几个小时。但是他已经丧失了整整一个星期的时间了。

当天深夜托尼·贝尔召来两个打手。他交给他们一个东城新区的地址，并下了一道命令："把努涅兹那个臭娘们给我抓来。"

第十八章

"如果你刚刚告诉我的这些事儿都是真的，"亚历克斯向马戈特保证说，"我就要亲自狠狠地收拾诺兰·温赖特一顿，让他尝尝我的厉害。"

马戈特没好气地抢白一句："当然都是真的。努涅兹太太为什么要凭空捏造？就算她想捏造，她又怎么捏造得出来呢？"

"是的，"他说，"我想她也捏造不出来。"

"我还要告诉你另外一点，亚历克斯。光是把你手下的温赖特收拾一顿，让他尝尝你的厉害还不够。我的要求比这多得多。"

这是星期一的晚上，两人此刻在亚历克斯的公寓里。半小时之前，马戈特跟胡安尼塔·努涅兹谈过话便到这里来了。胡安尼塔向她揭露的事实使她又吃惊又愤怒。胡安尼塔紧张不安地向她讲述了执行已有一月之久的协议，根据这份协议，她成了温赖特和迈尔斯·伊斯汀之间的联系人。但是，胡安尼塔承认，最近，她开始意识到自己所冒的风险，她越来越感到恐惧，不仅是为她自己，而且也为埃斯特拉。马戈特把胡安尼塔报告的情况到尾仔细考虑了几遍，并向她询问了有关细节，最后径直来到亚历克斯这里。

"关于伊斯汀做密探一事我是知道的。"亚历克斯满面愁容，他最近以来经常蹙眉发愁。他手里端着一杯没呷过一口的苏格兰威士忌，在起居室里踱来踱去。"诺兰对我讲过他的计划。最初我曾反对，说不行，后来因为他的论点似乎有理，我就让步了。但我可以对你发誓，跟努涅兹那女人商定的事，他根本就没有提起过。"

"我相信你，"马戈特说，"他不告诉你，也许是因为他知道你会反对的。"

"埃德温娜知道吗？"

"看来不知道。"

亚历克斯气愤地想：这么说，诺兰跟埃德温娜也没打过招呼。他怎么目光短浅到这种地步，甚至愚蠢透顶。亚历克斯知道，像温赖特这样的一些部门经理往往专注于本职范围内的一些有限目标而忘记了全局，问题就出在这上头。

他收住脚步。"你刚才说你的要求要'多得多'。这是什么意思？"

"首先我要求立即保证我的委托人和她孩子的安全，所谓安全，我指的是把她置于一个别人伤不着她的地方。然后，我们再来讨论赔偿事宜。"

"你的委托人？"

"今天晚上我曾向胡安尼塔建议，说她需要法律上的保护。她便要求我当她的代理人。"

亚历克斯咧嘴一笑，呷了一口威士忌。"那么你我现在是对手了，布雷肯。"

"从这一点讲，我想是的。"马戈特的声音软了下来，"只是你知道，我不会利用我们的私房话来对付你。"

"是的，我知道。所以我要私下告诉你我们愿意为努涅兹太太采取某项措施——马上，就在明天。为了确保她的安全，即使把她送出城外去住一段时间，我也会批准的。至于赔偿，我还不想表态，但是等我听取了整个情况的汇报，如果它完全跟你和她所说的相符，我们是会考虑的。"

亚历克斯还有一点没有说出来，那就是他打算明天早晨把诺兰·温赖特叫来，命令他终止整个密探行动，这里面包括保护努涅兹（这是他已答应了马戈特的）；另外，伊斯汀必须解雇。他强烈感到，当初要是坚持自己的判断，制止这一整个计划就好了。他的全部直觉都反对这一计划，而在温赖特的劝说之下他竟会让步，自己的确是错了。

从所有方面来说，风险都太大了。幸好，现在纠正错误还不太晚，因为到目前为止，无论对伊斯汀还是对努涅兹，还没有发生什么倒霉的事情。

马戈特打量着他。"你有许多优点是我喜欢的，其中一点便是你为人公正。那么你的确承认银行对胡安尼塔·努涅兹负有责任了？"

"啊，天哪！"亚历克斯说，一口喝干了威士忌，"眼下我们负的责任太多了，再加上一重责任又能怎么样呢？"

第十九章

只差一块了。只要再加一块，就可以完成这场引人入胜的拼图游戏了。只要再有一次好运气就能得出结果，就可以回答"伪造犯的大本营在哪里？"这个问题了。

当诺兰·温赖特设想布置第二次密探使命时，他并没有预期惊人的结果。他认为迈尔斯·伊斯汀至多搞点小情报，而甚至这一点也要花上几个月才行。不料伊斯汀却一大发现接着一大发现，进展神速。温赖特不知道伊斯汀本人是否意识到自己已取得了多么杰出的成就。

星期二上午十点，温赖特一个人在美利坚第一商业银行总行大楼，他的陈设简朴的办公室里，把迄今为止所取得的进展又作了一番回顾：

> 伊斯汀的第一份报告说"我已经打进'七七'健身俱乐部"。根据以后的事态发展来看，这件事本身就是很重要的。随后又证实，"七七"俱乐部是一个罪犯的巢穴，罪犯中包括放高利贷的奥敏斯基和托尼·贝尔·马里诺。
>
> 伊斯汀取得了进入违法聚赌密室的权利，从而进一步渗透了进去。

此后不久，伊斯汀买了十张二十美元一张的伪币。这些伪币经温赖特和别人检查，证明跟过去几个月中在这个地区流通的伪币一样，伪造得很高明，而且无疑都出自同一个来源。伊斯汀报告了伪币卖主的姓名，此人现正受到监视。

接下来，是一份涉及到三个方面的报告：伪造的司机执照；伊斯汀开到路易斯维尔去的那辆雪佛兰羚羊的车牌号（这辆汽车后备厢里大概藏着一笔伪钞），交给伊斯汀让他乘班机回来的机票票根。在这三件实物中，飞机票票根证明是最有用的。这张飞机票和别的飞机票一样，是用伪造的键式信用卡购买的。银行安全部主任终于感到自己已迫近了他的主要目标——过去一直并且现在仍然利用键式信用卡诈取大量钱财的阴谋集团。伪造的司机执照进一步证明确实有一个无所不能、效率很高的组织，而这个组织现在又增加了一名引路人——前罪犯朱尔斯·拉罗卡。经调查，那辆羚羊车是偷来的。在伊斯汀出差之后不几天，它就被发现丢弃在路易斯维尔了。

最后，也是最重要的，终于找到了伪造者丹尼，同时还发现了大量的情报，其中包括：伪造的键式信用卡的来源现已确切查清。

由于有了迈尔斯·伊斯汀这条渠道，温赖特的情报越积越多，而随着情报的与日俱增，一种责任感也越来越强，这就是说他必须把自己掌握的情报让有关方面了解。因此，一星期前，他邀请联邦调查局和美国联邦经济情报局的人来银行开了一个会。后者必须参与其事，因为事情涉及到货币伪造，而根据宪法规定，保护美国的货币制度正是他们的职责。

联邦调查局来的特工还是将近一年前来调查美利坚第一商业银行现金失窃案并逮捕迈尔斯·伊斯汀的原班人马——英尼斯和达尔林普尔。联邦经济情报局的两位——乔丹和昆比——则是温赖特过去没有碰到过的。

英尼斯和达尔林普尔对于温赖特交给他们的情报颇多赞美之词，并表示感谢，而联邦经济情报局两位的感受就差了一些。他们抱怨说，温赖特本该早一点通知他们——应该一收到伊斯汀交来的第一批伪币就向他们报告——而伊斯汀应该通过温赖特把他的路易斯维尔之行事先通知他们。

联邦经济情报局的乔丹是一位面孔铁板、目光凶狠的人，他五短身材，肚子里一直在咕咕作响。他抱怨："如果我们预先得到通知，我们就可以进行截击了。而像现在这样，你手下的伊斯汀很可能已经犯了重罪，而你则成了从犯。"

温赖特耐心地指出："我已经解释过，伊斯汀根本不可能通知任何人，包括我在内。他冒着风险，并且知道这一点：我倒认为他做得很对。至于讲到重罪，我们甚至无法肯定那辆汽车上一定藏有伪钞。"

"车上肯定有，"乔丹嘟囔着说，"打那以后，伪钞就在路易斯维尔不断出现。我们当时不知道的只是它是怎样弄进去的。"

"那么现在你已经知道了，"联邦调查局的英尼斯插话说，"多亏了诺兰，我们才取得了这么大的进展。"

温赖特补充道："如果你们进行了截击，你肯定会截获一大批伪币。但其他情况就得不到了，而伊斯汀也就从此没用了。"

在某种意义上，温赖特是同意联邦经济情报局的观点的。情报局的人员过分劳累，没一天太平日子；他们人手不足，而伪币流通的数量近几年来却有了惊人的增长。他们的对手是三头六臂的妖怪。刚刚侦破一个伪钞供应点，另一个又马上冒了出来，而其他更多的黑窝则始终无法侦破。为了宣传目的，老是杜撰一通谎言，说什么伪造货币总是会被破获，干这种犯罪勾当是不合算的。而实际上，温赖特知道，这种犯罪活动获利极大。

尽管一上来有些摩擦，但是把执法机构请进来的一大好处就在于可以使用它们的档案材料。伊斯汀提到姓名的那些人已被查明，档案卷宗也赶在一系列逮捕之前迅速被调集来了。他们查明伪币制造犯丹尼就是丹尼·克里根，七十三岁。"很久以前，"英尼斯报告说，"克里根曾因伪造罪而三次被捕，两次被定罪，但十五年来我们一直没有听到过他的消息。他要么是改邪归正了，要么是运气好，要么就是变聪明了。"

温赖特记起丹尼说过的一句话——那是由伊斯汀报告上来的——大意是：他一直在为某一效率很高的组织工作。他把这话重复了一遍。

"有可能。"英尼斯说。

第一次会晤之后，温赖特和四名特工人员保持着频繁的联系。他还答应，一旦伊斯汀送来新报告，便立即通知他们。大家一致认为，余下的最关键的情报就是要探明伪币制造者大本营的所在地。到目前为止，对于大本营可能在什么地方，谁也说不出个头绪。然而，得到进一步的线索，希望还是很大的，而一旦得到线索，联邦调查局和联邦经济情报局就会立即包围上去。

正当诺兰·温赖特自顾自想心事的时候，刺耳的电话铃声突然大作。

一位秘书说，范德沃特先生想尽快见到他。

温赖特简直不能相信。他在亚历克斯·范德沃特的办公桌对面，面对着后者争辩说："你不会是当真的吧！"

"我是当真的，"亚历克斯说，"不过，我倒真有点难以相信，你那样做是不是在开玩笑，居然会这样来利用努涅兹那女人。在所有愚蠢至极的想法中……"

"管它愚蠢不愚蠢，反正起了作用。"

亚历克斯不去理会对方的辩解。"你没跟任何人商量，就把那女人置于危险的境地。结果，我们就只好承担保护她的义务，甚至还可能因此受到起诉。"

"我当时没有找人商量，"温赖特争辩说，"是因为我想，知道她在做什么事的人越少，她就越安全。"

"不！这只是你现在文过饰非的推理罢了，诺兰。你当时真正想到的是，如果让我知道，或者让埃德温娜·多尔西知道，我们就会制止你。关于伊斯汀的事我是知道的。倘若告诉我那个女出纳员的事，难道我会随便让你胡来吗？"

温赖特的一个手指关节在下巴上搓来搓去。"嗯，看来你说的有理。"

"当然有理。"

"但是，亚历克斯，这仍然不能成为放弃整个行动计划的理由。在调查伪造键式信用卡的过程中，我们算是第一次接近重大突破。不错，在利用努涅兹这一点上，我承认我判断失误。但在利用伊斯汀这一点上，我的判断却没有错，这一点可以用我们调查的成果来证明。"

亚历克斯断然摇了摇头。"诺兰，以前曾经有一次，我让你改变了我的想法。这一次可不行。我们在这里开的是银行，不是抓罪犯的。我们可以从执法机构寻求帮助，并全力跟他们合作。但是我们自己却不可以搞出对付犯罪行为的各种过分的计划。所以我告诉你——终止跟伊斯汀商定的活动，可能的话，今天就终止。"

"听我说，亚历克斯……"

"我已经听过了，而且很不喜欢我听到的东西。我绝不让美利坚第一商业银行因为拿着人的生命冒险而负法律责任——即使是伊斯汀的生命。这一点确实无疑，所以我们不要再浪费时间来争论了。"

温赖特哭丧着脸，垂头丧气。这时，亚历克斯又继续说道："我想还得做一件事，今天下午你、埃德温娜·多尔西和我开个会，讨论一下该怎样保护努涅兹太太。你不妨先想想，看看哪些事是必须做的……"

一位秘书出现在办公室门口。亚历克斯没好气地说："不管是什么事——等一会儿再说！"

姑娘摇摇头。"范德沃特先生，布雷肯小姐等你接电话。她说事情非常紧急，不管你在干什么都要来打断你，你一定不会见怪的。"

亚历克斯叹口气，拿起电话："是布雷肯吗？什么事？"

"亚历克斯，"马戈特的声音说，"是关于胡安尼塔·努涅兹的。"

"她怎么啦？"

"她失踪了。"

"等一等。"亚历克斯拨了一个开关，把电话接到扬声器上，让温赖特也听得见，"说下去。"

"我很担心。昨天晚上离开胡安尼塔的时候，我想到马上要去见你，便约好今天上班的时候给她打电话。她当时很不安，我真希望自己能有法子使她安下心来。"

"说下去。"

"亚历克斯，她没有去上班。"马戈特的声音听上去很紧张。

"哦，也许……"

"请听我说。我现在在东城新区。当我得知她不在银行里，而我打到她家里的电话又没人接的时候，我便到这里来了。来此以后我已经跟她同住一幢楼的几个人谈过话。有两个人说胡安尼塔今天早晨带着她的小女孩埃斯特拉离开公寓，时间跟往常一样。胡安尼塔总是在去上班时顺路送埃斯特拉去幼儿园。我打听到幼儿园的名字，打了一个电话。但是，埃斯特拉不在幼儿园。她和她妈妈今天早晨都没有去过。"

一阵沉默。只听得马戈特问："亚历克斯，你听着吗？"

"是的，我听着。"

"后来，我又给银行打了电话，这一次找了埃德温娜。她亲自检查。结果是胡安尼塔不仅没去过，而且连电话也没打，这对她来说很反常。因此我才担心起来。我相信，一定是发生了非常非常糟糕的事情。"

"你有什么具体的想法吗？"

"有，"马戈特说，"跟你的想法完全一样。"

"等一下，"他告诉她，"诺兰也在。"

温赖特弓着腰听得真切。这时他直起腰来，轻声说："努涅兹被人绑架，这没有什么可怀疑的了。"

"谁干的？"

"'七七'俱乐部那一伙儿里的什么人。很可能他们也正在算计伊斯汀。"

"你认为他们已经把她弄到那个俱乐部去了吗？"

"不。他们才不会这么干。一定在别的什么地方。"

"你想得出可能在哪里吗？"

"想不出。"

"不管是谁干的，那孩子也落在他们手里了，是吗？"

"恐怕是的。"温赖特的眼睛充满痛苦的神色，"我很懊悔，亚历克斯。"

"这都是你给我们惹的好事，"亚历克斯声色俱厉地说，"现在，看在上帝的分上，你必须把胡安尼塔和那个小孩子救出来！"

温赖特顿时变得全神贯注，他一边盘算着一边说："首先得想个法子，看看有没有可能警告伊斯汀。如果我们能跟他联系上，把他救出来，他也许会知道一些情况，能帮我们找到那个女人。"他打开一个黑色封面的小本子，同时伸手拿起了另一台电话。

第二十章

事情突如其来，真是迅雷不及掩耳，她还没有来得及喊出声，汽车门已砰地关上，黑色大轿车便开动了。此时，胡安尼塔的本能告诉她，呼救已经太晚，但她还是尖声喊了起来："救命啊！救命啊！"

突然，有人向她的面部猛击一拳，接着一只戴着手套的手便死命捂住了她的嘴巴。即使在这种情况下，当胡安尼塔听到身旁埃斯特拉恐怖的叫声时，她仍在继续拼命挣扎，直到第二拳又狠狠地揍了下来，她的视线开始模糊，耳边的各种声音也忽悠悠地飘远了。

这天——一个天空晴朗、空气清新、十一月初的早晨——开始时一切正常。胡安尼塔和埃斯特拉准时起床，吃过早饭，然后便坐在她们那台手提式黑白小屏幕电视机前收看全国广播公司的《今日》新闻节目。

看完电视，两人像往常一样，在七点半匆匆离家，这样，胡安尼塔便刚好有时间送埃斯特拉去幼儿园，然后再搭公共汽车到闹市区银行去上班。胡安尼塔一向喜欢早晨，而跟埃斯特拉在一起开始一天的生活更是一件令人高兴的事情。

走出公寓大楼，埃斯特拉便跳跳蹦蹦地跑到前面，然后回过头来喊道："妈妈，我没踩上这些线。"胡安尼塔笑了，设法避开人行道上的各种线条和裂缝是她们常玩的一种游戏。差不多就在这时候，胡安尼塔隐约注意到前面停着一辆轿车，车窗的玻璃是深色的。轿车靠人行道一边的后座门开着。不过，当埃斯特拉接近轿车，里面有人对她说话时，胡安尼塔已经警觉起来。埃斯特拉走近汽车。这时，突然一只手伸出来，把小姑娘猛地拉了进去。胡安尼塔马上奔到汽车门边。不料，一个她刚才没有看到的人影从后面逼上来，把她猛地一推，胡安尼塔朝前一个跟跄摔进了汽车，擦伤了双腿，疼得厉害。胡安尼塔还没来得及清醒过来，就被拖了进去，被人一推，倒在埃斯特拉旁边的汽车地板上。身后的门和一扇前座门关上之后，汽车马上开动了。

此刻，她的头脑已经清醒，知觉完全恢复了，只听得一个声音问："天哪，你们干吗把这小家伙也他妈的弄上来了？"

"没别的办法。如果我们不把她弄上来，这小家伙就会大吵大闹，然后就会有人把警察喊来。像现在这样，咱们脱身得干净利落，一点也不费劲儿。"

胡安尼塔动弹了一下。她头部挨了打的地方发出一阵阵剧痛，火辣辣的像刀割一般。她低声呻吟着。

"听着，臭娘们！"第三个人的声音说，"你要是不老实，就再狠狠揍你。别以为外面有人可以看得见。这辆汽车装的是单面透明的玻璃。"

胡安尼塔一动也不动地躺在那里，竭力克制着自己的惊慌，并逼着自己把思路理一理。汽车里有三个男人，后座的两个从上而下监视着她；另一个坐在前面。关于单面透明玻璃的这番话说明起初看到一辆深色窗玻璃的大汽车的印象是对的。这样看来，那人说的话确实不假：设法引起外面人的注意是没有用的。此刻，他们把她和埃斯特拉带到什么地方去呢？为什么要绑架呢？胡安尼塔一点也不怀疑，第二个问题的答案跟她和迈尔斯之间的秘密联系有关。她害怕的事情终于发生了。她意识到自己的处境十分危险。但是，圣母马利亚啊，为什么要把埃斯特拉也牵扯进来呢？母女俩一起被挤在陌生人中间，躺在汽车地板上。埃斯特拉的身体随着绝望的抽泣而一起一伏。胡安尼塔动了动，想抱住她安慰她一下。

"好了，亲爱的！勇敢些，小乖乖。"

"住嘴！"其中一个命令道。

另外一个声音，她猜想这是司机的声音，说："最好塞住她们的嘴巴，蒙上她们的眼睛。"

胡安尼塔觉到有人摸索了一阵，接着是布片之类的东西被撕破的声音。她绝望地恳求道："求求你们，不要这样！我一定……"话还没有说完，一大块粘合胶布就猛地捂上她的嘴，接着就有人使劲把胶布按了个严实。过了一会儿，一块黑布蒙住了她的眼睛；她还感到有人在抽紧布条。接着，她的双手被人抓住，反绑在身后。绳子勒痛了她的手腕。

汽车地板上的尘土塞满了胡安尼塔的鼻孔；她什么也看不见，一动也不能动，嘴巴被捂得简直要窒息了，于是她就拼命哼鼻子想使它通畅并进行呼吸。她从身旁的其他动作中感觉到埃斯特拉也遭到同样的待遇。

她完全绝望了。愤怒和辛酸的泪水涌上眼眶。该死的温赖特！该死的迈尔斯！现在你们在哪里呢？她当时怎么竟会同意……走到了现在这一步……啊，为什么？为了什么呢？圣母马利亚啊，请救救我！即使不救我，救救埃斯特拉吧！

时间越长越是痛苦，胡安尼塔的心里也越是犯愁。她的思路乱成了一团。她模模糊糊感觉到汽车开得很慢，一会儿停下，一会儿又开动，可能正行驶在车辆拥挤的大街上。然后，好长一阵子疾驶，接着速度又减慢了，忽左忽右拐了好些弯。不管车子是开到哪里去，路程像是没有尽头似的。大约过了一个小时——也许大大超过一小时或是远远不足一小时——胡安尼塔觉得司机猛地把车刹住。一刹那，汽车发动机的声音显得奇响无比，汽车像是开进了一个狭窄的地方。然后，车熄了火。

她听到某种电器的嗡嗡声，接着是一阵隆隆声，仿佛有一扇笨重的大门正自动关上，隆隆声过后，只听得咚的一声。轿车的几扇门咔嗒咔嗒同时打开，门上的铰链吱嘎作响。胡安尼塔被粗暴地拉了起来，推着向前走。

她绊了一跤，又把腿撞痛了，并且差一点跌倒，但是几只手抓住了她。她听到过的一个声音命令道："他妈的，走！"

她跌跌撞撞走着，眼睛仍被蒙得严严实实。她只怕埃斯特拉有个什么好歹。她听着水泥地上响起的脚步声——她自己的，还有别人的。突然，脚踩了个空，她一个趔趄，便被人一半架着，一半推着下了楼梯。

走完楼梯，又走了一段路。突然，她被往后一推，身子失去平衡，两腿向前一甩，摔倒在一把硬木椅上。原先那个声音命令旁边的人："把蒙眼布和胶布拿掉。"

几双大手拉扯了一阵。当胶布从她的嘴上被猛地拉掉时，她又感到一阵新的疼痛。蒙眼布松开了。方才还是一片漆黑，这会儿突然见到冲着她来的刺眼强光，胡安尼塔不住地眨眼。

她气喘吁吁地刚说出"天哪！我的女儿……"，一个拳头已经打在她身上。

"先别哼哼，"坐着汽车一起来的一个人说，"等我们要你讲的时候，有你讲的了。"

托尼·贝尔·马里诺有若干爱好。一是两性淫乱——根据他的标准，性欲的满足指的是女人百般服侍他，使他感到自己高人一等，而那些女人全是烂污货色。第二是喜欢玩斗鸡——越是斗得鲜血横流越好看。他还命令手下的歹徒打人杀人，自己却谨慎地躲开现场，以免被牵连进去抓住证据。但他却喜欢听取这些暴行的详尽而绘声绘色的汇报。第三，他喜欢单面透明的玻璃，虽然这一癖好不像前两种那样强烈。

托尼·贝尔·马里诺之所以喜欢单面透明或称镜面式的玻璃，是因为他可以透过这种玻璃进行观察，而不被别人发现。因此，他便叫人在很多地方装上这种玻璃——他的汽车，他的各个办公室，他常涉足的地方，包括"七七"健身俱乐部以及他那偏僻隐蔽、戒备森严的家里。

他家里专供女客使用的一间浴室兼厕所，有整整一堵墙用的就是单面透明玻璃。从浴室里面看，这是一面漂亮的镜子，但在镜子背后却是一间小小的密室。托尼·贝尔常常坐在那里，一边吸着雪茄烟，一边欣赏着女客们无意中袒露在他眼前的种种肉体隐私。

由于他的这种癖好，制造伪币的大本营也装了一些单面透明玻璃。在正常情况下他很谨慎，因而难得亲临大本营。不过，这种单面透明玻璃偶尔却很有用，眼下就是这样。

单面透明玻璃装在一块似墙非墙的平面上——实际上只是一块屏风。他可以透过玻璃看见那个名叫努涅兹的女人面对着他被捆在椅子上。女人蓬头垢面，脸上青一块紫一块，正在流血。她的孩子在她旁边，被捆在另一张椅子上，脸色惨白得像粉笔。几分钟以前，当马里诺得知把孩子也弄了来时，他曾大发雷霆。这倒不是因为他爱护儿童——他才不呢——而是因为他本能地感到这会招来麻烦。抓个成人，必要的时候可以干掉，根本不会有什么危险；但是杀害一个孩子就是另外一码事了。他的手下人可能不肯毫无顾忌地下手，而一旦消息泄露出去，就会激起社会公愤，招致危险。托尼·贝尔对这件事已暗暗打定主意，所以到这里来时，采取了蒙眼睛的防范措施。另外，他宁愿自己不要在现场露面。

于是，他点着一支雪茄，一边定睛注视着。

负责这次绑架行动的是托尼·贝尔的一个保镖，名叫安吉洛。他原是一名职业拳击家，没有干出过什么大名堂，长得像一头犀牛。

他生着两片突出的厚嘴唇，成了打手，对自己干的这一行还挺得意。

此刻，他俯身对努涅兹说："好吧，你这个不值钱的骚货，从实招来吧。"

胡安尼塔一直伸长脖子看着埃斯特拉，听到问话，便转过头来："招供，招什么？"

"从'七七'俱乐部打电话给你的那个家伙叫什么名字？"胡安尼塔的脸上闪过一种恍然大悟的神情。托尼·贝尔注意到了这一神情。他知道，要得到口供只是时间问题，而且时间不会太长。

"你这个坏种！畜生！"胡安尼塔啐了安吉洛一口，"我根本不知道什么'七七'俱乐部。"

安吉洛狠狠地搂她，血从她的鼻子和嘴角流了出来。胡安尼塔的头垂了下来。他抓住她的头发，扳起她的脸，再问一遍："从'七七'俱乐部打电话给你的那小子是谁？"

她通过肿起的嘴唇，口齿不清地回答道："胆小鬼，先放掉我的小女儿，不然我什么也不告诉你们。"

托尼·贝尔心想，这臭娘们倒有点骨气。如果她长得丰满一些，他也许会用别的办法来让她就范。但她实在太干瘪了，不合他的胃口——屁股一钱不值，干瘪得一只手就抓得过来。

安吉洛抡起手臂，用拳猛击她的腹部，胡安尼塔倒抽一口气，在绳索的捆绑下挣扎着，把身子弯成弓形。在她身旁的埃斯特拉看到也听到了这一切，孩子歇斯底里地抽泣不止。这声音把托尼·贝尔惹火了。这样搞法太浪费时间了。还有一个更简捷的办法。他招手把另一个叫卢的保镖叫过来，对他耳语了一番。卢好像对要他去干的事不太高兴，但还是点了点头。托尼·贝尔把正在吸的雪茄烟递给了他。

当卢走出屏风，压低嗓门对安吉洛讲话的时候，托尼·贝尔·马里诺朝周围看了一眼。这是一间地下室，所有的门都紧闭着，声音不可能传出去。不过即便有声音传出，也不碍事。地下室所在的这幢房子已有五十年的历史，坐落在高级住宅区，是自成一体的单幢建筑，而且像城堡一样戒备森严。八个月以前，以托尼·贝尔·马里诺为首的一个犯罪集团买下了这幢房子，把伪造纸币的活动移到这里来进行。不久以后，为防范稳妥，他们准备把这幢房子卖掉，另找据点。事实上，他们也已经选好了一个新的地点。新据点将同样坐落在清白无辜的地区内，决不会引外人起疑。托尼·贝尔时而自鸣得意地认为，不住地搬家，利用安静、体面、来往行人车辆稀少的住宅区，这正是长期以来事业成功的秘诀。这种格外小心的做法有两大好处：一是只有很少几个人确切知道大本营的所在地；二是由于样样东西都包得严严实实，邻居们不会起疑心。说到搬家，他们甚至还想出了一套极为周到的预防措施。

468

措施之一便是设计出一些看上去像家具一样的木箱子，正好容纳得下机器。这样，在一个漫不经心的外人看来，真像是一般人在搬家。而搬运这些木箱的搬家货车，也是从这个犯罪集团开的一家外表合法的卡车运输公司叫来的。他们甚至还安排了应急的备用计划，一旦需要便马上动用特快卡车搬家。

这种伪装家具的鬼把戏是丹尼·克里根想出来的主意。自从十几年前托尼·贝尔·马里诺把这老头拉进他们的组织以来，丹尼不仅证明自己是个第一流的货币伪造专家，而且还出过其他一些好主意。那时，托尼·贝尔听人谈到克里根手艺超群，可是嗜酒如命。根据托尼·贝尔的命令，老头被人拖出深渊，戒了酒，后来就开始工作——取得了惊人的成果。

托尼·贝尔终于看出来了：不管什么东西——钞票、邮票、股票、证券、支票、驾驶执照、社会保险卡，只要你开口，丹尼似乎无所不能，都可以印得十分出色。印制数以千计的伪造银行信用卡就是丹尼的主意。通过贿赂和一次精心策划的抢劫，他们弄到一批印制键式信用卡的空白塑料纸，数量之多足够几年之用。迄今为止所获得的利润已达到惊人的程度。

老头唯一的毛病就是偶尔会酒瘾大发，一两个星期不干事。碰到这种时候，托尼·贝尔就怕他酒后失言，所以总是把他关起来。但老头诡计多端，有时候还能想出法子溜之大吉，上一回就给他溜掉了。不过，最近，这种过失已渐渐减少，主要是因为丹尼一直把分给他的那份钱心满意足地存进一家瑞士银行，梦想着一两年到那里去把存款连带利息一股脑儿取出来，然后退休。但是托尼·贝尔心里有底，这是老酒鬼一厢情愿，这着棋甭想走得成。他打算把老头子利用到灯枯油尽为止；另外，丹尼知道得太多，决不能放他走。

尽管丹尼·克里根是个不可缺少的角色，但是保护此人并充分利用他印制的东西，还得靠这个组织。如果没有一个有效的分发系统，老头就会像干这一行的大多数人那样，只能做做小本生意，或者一事无成。所以，托尼·贝尔最担心的还是对于整个组织的威胁。里面是不是打进了奸细或者密探？如果确实有，是谁派来的？他，或者她，已经掌握了多少内情？

他的注意力又回到单面玻璃那一头正在进行的审问上。安吉洛手里拿着点着的雪茄烟，歪着两片厚嘴唇，龇牙咧嘴地狞笑着。他用脚侧踢踢两把椅子，让努涅兹和她的小女孩面对面。安吉洛猛吸几口雪茄，直到烟头发出红光。然后，他漫不经心地向捆着小女孩的椅子走去。

埃斯特拉抬起头来，筛糠般地抖着，两眼吓得发直。安吉洛不慌不忙抓住孩子娇小的右手，把它举起来，端详着手心，然后又把它翻过来。

他还是用那种慢腾腾的动作，把烟头火红的雪茄从嘴上取下，在孩子的手背上猛地一碾，那模样就好像在烟灰缸里揿熄烟蒂一样。埃斯特拉一声惨叫——一声撕人心肝的痛苦的尖叫。坐在孩子对面的胡安尼塔发了狂似的哭叫着，语无伦次地喊叫出声来，拼命想挣脱捆在身上的绳索。

雪茄烟并没有熄灭。安吉洛猛吸几口，烟头重又闪出红火，然后又像刚才那样慢腾腾地举起了埃斯特拉的另一只手。

胡安尼塔尖叫道："不！不！我招！"

安吉洛等着，但并没放下雪茄。胡安尼塔气急败坏地说："你们要找的那个人……名叫迈尔斯·伊斯汀。"

"他为谁工作？"

她的声音变成了绝望的呻吟："美利坚第一商业银行。"

安吉洛丢了雪茄，用脚跟踩熄。他带着询问的眼光朝屏风看了一眼，因为他知道托尼·贝尔·马里诺正躲在那里。然后，他绕过屏风走了过来。

托尼·贝尔的脸绷得紧紧的。他轻声说："把他抓来。去把那个密探抓来。把他带到这里来。"

第二十一章

"迈尔斯，"纳特·内桑森带着少有的怨气说，"你有个朋友老是打电话来找你。不管他是谁，告诉他，咱这个地方不是为工作人员办的，它是为俱乐部会员办的。"

"什么朋友？"迈尔斯·伊斯汀疑惑地望着经理。这天上午他曾为俱乐部跑腿，好一会儿不在俱乐部里。

"我怎么知道？这家伙打过四次电话找你。不肯报名字，也不肯留话。"内桑森不耐烦地说，"存折呢？"

迈尔斯把存折递过去。刚才他出去办了几件事，其中的一件就是到一家银行去存支票。

"刚刚到了一批罐头，"内桑森说，"箱子都搁在贮藏室里。根据发票去核对一下。"说着，他把几张票据和一把钥匙交给迈尔斯。

"行，纳特。电话的事我很抱歉。"

但经理已经转过身，向三楼自己的办公室走去。迈尔斯对他不无同情。他知道，共同出资开办这家"十七"俱乐部的托尼·贝尔·马里诺和俄国佬奥敏斯基最近对内桑森很凶，常常抱怨俱乐部管理不善。

在去楼后贮藏室的路上，迈尔斯一直琢磨着那几通电话。是谁打来的呢？而且又非要找到他不可。就他所知，只有三个跟自己过去的经历有联系的人知道他在这里——他的假释官、胡安尼塔和诺兰·温赖特。假释官吗？完全不可能。上次，迈尔斯根据规定前去进行每月一次的拜访和汇报时，假释官很不耐烦，一副无所谓的样子；他所关心的好像只是不要给他惹麻烦。假释官记下了迈尔斯的工作单位，其他就不闻不问了。是胡安尼塔？不会。她不至于这么冒失；而且，内桑森说打电话的是个男人。那就只有温赖特了。

但是温赖特也不会打电话来。也许是他呢？如果事情确实火烧眉毛，他难道不可能冒险发个警报？

警告什么呢？迈尔斯在危险中？他的密探身份已经暴露，或者可能会暴露？突然，他感到恐惧，浑身冰凉，心脏怦怦地跳起来。他意识到：最近自己认为事情做得天衣无缝，因此可以太平无事。但实际上，置身在这种地方，哪有什么安全？压根儿谈不上安全；只有危险，而眼下这种危险性比他初来时更大，因为他现在知道的事情太多了。

当他走近贮藏室的时候，恐惧一直缠着他，他的手颤抖得厉害。他只好镇静一下，才把钥匙插进锁孔。他在想：会不会是自己大惊小怪，捕风捉影，到头来只是虚惊一场？可能。但是，一种大祸临头的预感却警告他——这不是虚惊。那么，他该怎么办？不管是谁打的电话，这人都可能再来联系。不过，就这样干等是不是失策？迈尔斯决定，不管有没有风险，他得马上给温赖特打个电话。

他已经推开贮藏室的门，这时他又把它关上，准备到附近去使用一台投币式公用电话——也就是一个半星期以前他用来和胡安尼塔联系的那台电话机。正在这时，他听到贯穿底楼的走廊另一端，俱乐部的前厅，有人在走动。好几个人正从外面走进来，似乎有急事。迈尔斯自己也不知道是为什么，转身溜进贮藏室，躲起来了。他听到嘈杂的人声，然后有人大声喝问："伊斯汀那小子在哪里？"

他听出这是马里诺的保镖之一安吉洛的声音。

"大概在楼上办公室里吧。"说话的是朱尔斯·拉罗卡。迈尔斯又听到他说:"什么事啊……"

"托尼·贝尔要……"

来人急匆匆地走上楼,声音渐渐远去。但是迈尔斯听到的那两句已经足以使他认识到自己害怕的大祸业已临头。一分钟以后,也许在不到一分钟的时间里,纳特·内桑森就会告诉安吉洛和其他人他在哪里。

然后,他们马上就会下楼到这里。

他觉得浑身都在颤抖,但还是强打起精神考虑对策。从前厅逃走是不可能的。即使不碰上下楼的人,他们也很可能已经布置好人在外面守候了。那么,从后门走? 后门平时很少使用,开门出去,附近便是一幢没人住的弃楼。再过去是一片空地和一个高架铁路的拱门。铁路对面是一条条纵横交错的小街陋巷。他可以在这些小街陋巷中逃避追捕,不过要想脱身,可能性还是微乎其微。追踪者可能有好几个;可能还开着一辆或几辆汽车来,迈尔斯没有车。他脑子里突然闪过一个念头:这是你唯一的机会! 别浪费时间了! 现在就走! 他砰的一声把贮藏室的门关好,拔出钥匙;也许,别人会以为他躲在里面而拼命把门砸开,因此浪费一些宝贵的时间呢。

然后他撒腿便跑。

他摸索着拉开门闩,接着就从后门闪身而出。一出门,他就收住脚步,又把门关上:让人明明白白看见自己逃走的路线自然是毫无道理的。然后,他穿过弃楼旁的小巷。这幢楼曾经是一家工厂,巷子里乱七八槽的东西丢了一地,到处是装货箱、空罐头、塌陷的装货码头旁边还躺着一具生锈的卡车残骸。这真像一场障碍赛跑。老鼠惊慌四散逃窜,跑过空地时,砖块、垃圾和一只死狗绊了他好几下……

其间,迈尔斯一个踉跄,把脚腕子扭伤了,痛得要命,但他继续狂奔。

到这时为止,他还没有听到追踪的脚步声。不过,待他跑到铁路拱门口,以为前面就是小街陋巷可以比较安全一些时,后面传来了奔跑的脚步声,有人喊道:"这狗娘养的在那边!"

迈尔斯加快了速度。现在他已跑到路面比较坚实的街道和人行道上。他跑到第一个拐角处便猛地向左一拐，接着又来了个右转弯，差不多与此同时再往左一拐。他仍然能听到身后啪嗒啪嗒的脚步声。他对这些街道完全不熟悉，但他并没有迷失方向，他知道自己正跑向市中心。

只要到了市中心，他就可以消失在正午时分密集的人群之中，使自己有时间考虑对策，也许可以给温赖特打个电话求救。他一边盘算，一边拼命狂奔。他跑得很快，呼吸也正常。脚腕有点痛，但并不太厉害。迈尔斯的健康，花在"七七"俱乐部手球场上的时间，现在发挥了作用。

身后的脚步声渐渐远去，但是脚步声的消失并没有使他上当。虽然汽车没法沿着他跑的这条路——拥塞的小巷和堆满物品的空地——行驶，但绕道堵截还是可以的。绕过几条马路再穿过铁路线会有所耽搁，但是耽搁的时间不会太长。也许就在此刻，正有人坐在汽车里跟他斗智，准备迎头截住他。他又左转右拐地跑了一阵，很希望能碰上随便什么样的交通工具。碰上一辆公共汽车就不错。出租汽车更好。但什么车都没有。当你急需出租汽车的时候，为什么老是到处都找不到一辆呢？或者能碰上一个警察也好。要是这几条街车水马龙，热闹一些就好啦！行人看着他狂奔不由得都注意起来，但他无论如何不能放慢速度。有几个人见迈尔斯从身边跑过，便好奇地望望他，但这里的市民都习惯于各人自扫门前雪。

不过，跑着跑着，经过的地段却起了变化。这里已经不大像少数民族聚居的贫民区，而是比较繁华的市区了。他跑过几家规模不小的铺子，前面的楼房越来越高大，市区的轮廓已经展现在眼前。但要跑进市区，还得两次穿越大街的交叉路口。这时，他已能看到第一个路口——宽阔的大街上交通繁忙，中心干线穿越马路中央而过。可他马上又看到另一样东西——在干线的那一头，一辆装着深色窗玻璃、车身长长的黑色凯迪拉克轿车正在慢慢沿马路行驶。马里诺的轿车。当轿车穿越迈尔斯所在的街道时，开车人似乎迟疑了一下，然后就加快速度，开走不见了。迈尔斯刚刚即使想躲也来不及。他被发现了吗？轿车是开到前面去掉头转换行车道再开回来呢，还是他运气好没有被发现呢？恐惧又一次向他袭来。尽管迈尔斯汗流浃背，却直打哆嗦，但他还是只顾向前跑，因为没有别的办法。他跑近路旁的建筑物，放慢速度，但又不敢太慢。

一分半钟以后，离十字路口只有五十码，不料凯迪拉克轿车——就是刚才那一辆——又从拐角处转了出来。

他想这下全完了。轿车里不管是谁——很可能安吉洛就是其中之一——绝不会看不到他的，而且说不定已经看到了。那么，继续抵抗还有什么用呢？干脆投降，让他们捉住自己，任凭他们处置不是更简单吗？

处置？不！因为在监狱里以及出狱之后，像托尼·贝尔·马里诺这样的人，他已经看到的够多了，深知触犯到他们会遭到什么样的报复。黑色轿车正在放慢速度。他们已经看到了他。迈尔斯感到一阵绝望。

迈尔斯片刻之前注意到的一家商店就在旁边。他突然收住脚步，向左一转身，推开一扇玻璃门，走了进去。原来这是一家体育用品商店。

一个面色苍白、个子瘦长、年纪跟迈尔斯差不多的店员迎上前来："日安，先生。你想看看买点什么吗？"

"嗯……是的。"他脱口而出便说，"我想看看滚地球。"

"行啊。要什么价格、哪种重量级的？"

"要最好的。十六磅左右的。"

"颜色呢？"

"随便什么的都行。"

迈尔斯注视着店门外面几码处的人行道。几个行人走了过去。没有人停下来，也没有人朝里张望。

"请这边走，我带你看看我们的商品。"

他跟着店员走过滑雪板货架和几个玻璃柜，店堂里还陈列着各种短枪。这时，迈尔斯回头一看，发现一个人的侧影，此人伫立在店外面，隔着窗子往里看。接着又有一个人走到第一个人旁边。两个人站在一起，没有离开这家商店的临街正门。迈尔斯不知道自己能不能从后门溜出去。他刚起了这个念头，马上打消了。追踪他的这些人绝不会犯刚才的错。要有后门的话，这时一定已被他们找到，并派人守好了。

"这种球很好，价钱是四十二美元。"

"我买下了。"

"我们得量一下你的手有多大，以便……"

"不必麻烦了。"

要不要设法从这里给温赖特打个电话？但是迈尔斯敢肯定，一旦他走近电话，外面的人马上就会闯进来。

店员看上去有点不知如何是好。"你不要我们……"

"我说过了，不必麻烦。"

"随你便好了，先生。要不要再买个球袋？也许还要再买几双滚地球鞋？"

"好的，"迈尔斯说，"好，我买。"这样可以拖延时间，晚一点儿出去。他简直不知道自己此刻在做什么，只是恍惚地验看放在他面前的球袋，随手拣了一只，然后便坐下来试穿球鞋。就在他急忙穿上一双球鞋的时候，他突然想起了温赖特叫胡安尼塔交给他的那张键式信用卡，那张要签署H.E.林柯尔普的信用卡，H-E-L-P（救命）。

他指指滚地球、球袋和他选好的那双球鞋。"多少钱？"

忙着开发票的店员抬起头来说："八十六块九毛五，外加税款。"

"听着，"迈尔斯说，"我想把这笔钱记在我的键式信用卡上。"

他说着掏出钱包，把那张署名为林柯尔普的信用卡递过去，一面尽量使自己的手不哆嗦。

"好的，不过……"

"我知道，你们需要审核。去吧。打电话去问吧。"

店员把信用卡和发票拿到一间用玻璃围起来的办公室。几分钟后，他走回来了。

迈尔斯急切地问道："打通了吗？"

"当然。一切都没有问题，林柯尔普先生。"

迈尔斯真想知道美利坚第一商业银行总行大楼里面的键式中心此刻正在干什么。银行会来救他吗？现在还有什么办法救他吗？这时他又想起胡安尼塔传达的第二个指示：在用过呼救信用卡后，要尽量拖时间。给温赖特以采取行动的时间。

"请在这里签名，林柯尔普先生。"一张键式卡账单上已经填上了他花掉的总数。迈尔斯俯身在柜台上签名。

正当他直起身子的时候，他感到有一只手轻轻地按在肩上。一个声音平静地说："迈尔斯。"

他转过身来。朱尔斯·拉罗卡说："别嚷嚷。嚷嚷没有好处，反而会让你吃更大的苦头。"

拉罗卡后边跟着安吉洛和卢，还有一个迈尔斯过去没有见过的人——也是一个打手势的人物。四个人都面无表情。他们把他团团围住后，一把抓住他，把他的双臂反剪到身后。

"走，混蛋。"发命令的是安吉洛，声音很低。

迈尔斯本想大声喊叫，但是有谁来救他呢？那位胆小怕事、张大着嘴在一旁呆看的店员不能救他。追捕已经结束。捆绑迈尔斯手臂的绳子勒紧了。他感到自己身不由己地被推着向门口走去。

那位被弄得晕头转向的店员在他们后面追上来。"林柯尔普先生！你忘了拿你的滚地球了。"

拉罗卡对店员说："你留着它吧，伙计。这家伙连他鸡巴下面的那两个球也用不着了。"

那辆黑色凯迪拉克轿车就停在沿街几码远的地方。他们把迈尔斯粗暴地推进车就开走了。

键式部审核中心的工作这时已接近它每天的高峰时刻。正常情况下一班共五十人，这些人正在灯光幽暗的、讲堂式的中心室值班，每人都坐在一架键盘旁边，键盘上方是一只电视式阴极射线管。

在接到电话的那位年轻工作人员看来，询问 H.E. 林柯尔普信用的电话只不过是每个工作日都要处理的几千次电话中的一次，没什么不寻常的；这些电话都是千篇一律的。所以，无论是这位女审核员，还是其他人，从不知道他们接听的电话是从哪里打来的——甚至连哪个城市哪个州打来的也不知道。审核信用卡的目的，可能是纽约市哪位家庭主妇要付食品杂货账单，堪萨斯州的一位农场主要买衣服，芝加哥的一位富孀正在选购毫无必要的珠宝，以便把自己打扮得珠光宝气，普林斯顿的一个大学生要付学费，或者克利夫兰的一个酒徒想买下那箱将最终送掉他的命的烈酒。但工作人员从来不被告知这些细节。如果日后确有需要披露详情，赊账的前因后果不难追查，不过这种情况难得发生，缘由就在于没人关心这种事。要紧的是钱，是转手的钱，是偿付挂赊的能力；如此而已。

电话打来时，工作人员控制台上的灯光一闪。她按了开关，对着头戴式话筒说："请问你的营业代号？"

打电话的人——接待迈尔斯·伊斯汀的那位体育用品商店的店员——报了号码。他一边报，工作人员一边把号码在键盘上打出。顿时，号码就在阴极射线荧光屏上显示出来。

她问："信用卡号码和截止日期？"

对方又作了回答。这些资料又一次显现在荧光屏上。

"购物总额？"

"九十元四角三分。"

按过键盘，这些细节又跃上荧光屏。这时工作人员按了按一个键，开动了几层楼下面的一台计算机。

在一毫秒的时间之内，计算机便审核了以上信息，检索了记录，并闪现出指令：

批准

审核号码：7416984

紧急……紧急情况……不要，不要惊动商店……向你的主管人
报告……

立即执行第十七号紧急指示……

"批准了，"工作人员告诉对方，"审核号码是……"

她讲得比平时慢。就在她开始回答对方以前，她已经向高出楼面的主
管人小亭子发去一个信号。所以，在主管人的小亭子里，另一位年轻的妇
女——六位值班的监督员之一——这时也看到了显示在阴极荧光屏上的
指令。她伸手去拿卡片索引，查找第十七号紧急指示。

那位工作人员有意在审核号码上结巴了一阵，然后又重新报数。紧急
信号不常出现，但是，一旦出现这类信号，就得按工作人员熟悉的规定去
做。慢吞吞地回话就是其中之一。过去，靠着这套办法抓住过谋杀犯，使
遭绑架的受害人得救，失踪疑案得以解决，失窃的艺术珍品得以追回，还
曾把一个儿子带到奄奄一息的母亲的病床边——所有这一切都是因为计算
机收到报警信号，表明可能有人使用了某一张特定的信用卡，而一旦出现
这种情况，最要紧的就是立即采取行动。每逢这种情况，当其他人采取必
须的行动时，一个工作人员拖上几秒钟的时间就可能大有好处。

这时，监督员已经在执行第十七号指示。指示上说，要立即打电话报
告负责安全事务的副总经理温赖特：以 H.E. 林柯尔普的名字发出去的键
式特别信用卡出现了，以及此卡出现的地点。监督员按按键盘上的几个键，
从计算机里又得到如下信息：

皮特体育用品商店

另外还有街道门牌等等。与此同时，监督员拨了温赖特先生办公室的

电话号码。接电话的是温赖特本人。他立即警觉起来，简短地问了几句。当他记录细节的时候，她感觉到他的情绪很紧张。

几秒钟之后，对于键式赊账信用卡监督员、工作人员和计算机来说，这一阵子紧张就此结束。

对诺兰·温赖特来说却不是这样。

一个半小时以前，在跟亚历克斯·范德沃特的那次差点没吵翻天的会面中，温赖特得知胡安尼塔·努涅兹和她孩子失踪的消息。后来，他就怀着紧张的心情一直不停地打电话，有时是两个电话一起打。他已经四次打电话到"七七"健身俱乐部，想找到迈尔斯·伊斯汀，要他提防。

他同联邦调查局和特勤局也已进行过磋商。因此，联邦调查局现正开始大力侦查显然属于绑架的努涅兹案，并把失踪母女的相貌特征通知了市和州的警察局。另外，还制定了行动方案，一旦抽得出人手（这一点可能下午就能做到），马上派出一个联邦调查局监视小组去"七七"俱乐部严密注意进进出出的人。

对于"七七"俱乐部，暂时也只能做到这一步了。正像联邦调查局的特工英尼斯所说的："如果我们跑去问这问那，那就等于向他们亮出底牌，表示我们了解他们同绑架事件有关；说到搜查，我们并没有足以申请搜查证的证据。另外，根据你那个伊斯汀的报告，这里主要的是一个碰头地点，除了一些赌博，没有什么非法的活动。"

英尼斯同意温赖特的结论：胡安尼塔·努涅兹和她的女儿不可能被弄到"七七"俱乐部去。

特勤局不像联邦调查局那样设备齐全，所以只负责搜寻匪巢所在地。他们目前正在找密探联系，并着手调查采取联合侦缉行动的这两家执法机构可能用得上的任何线索——哪怕只是蛛丝马迹或是谣传。侦缉机构之间的竞争和猜忌暂时被丢在一边，这种情况是非常少见的。

温赖特收到键式赊账部发来的 H.E.林柯尔普警报以后，立即打电话给联邦调查局。对方告诉他，特工英尼斯和达尔林普尔不在，但可以通过无线电跟他们取得联系。他口授了一份急电，等候在电话机旁。

不一会儿，回电来了：两位特工在闹市区，离温赖特报告的地方不远，此刻正赶往出事地点。温赖特能去跟他们会师并一起行动吗？

行动可以减轻痛苦。他匆匆穿过大楼直奔自己的汽车。

温赖特赶到时，英尼斯正在皮特体育用品商店外面向旁观者进行调查。达尔林普尔还在店堂里听取店员的报告。英尼斯撇开旁人，走到银行安全部头子身边："一无所获。"他悻悻地说，"我们赶到的时候，人已被弄走了。"接着，他把他们已经了解到的一点情况讲了一遍。

温赖特问："相貌特征呢？"

对方摇摇头。"接待伊斯汀的那个店员吓得魂都没有了，他连进来的到底是四个人还是三个人都弄不清楚，说是来人手脚利索，他连一个人的模样也说不上来。店里或店外的人，谁都不记得看到过一辆汽车。"

温赖特的脸拉得长长的，显露出不安和内疚的表情。"那么，下一步怎么办？"

"你当过警察，"英尼斯说，"你知道生活里常有这种事。咱们只好等着，但愿会出现什么别的情况。"

第二十二章

她听到拖着脚走路和说话的声音，知道他们已经抓到迈尔斯，正在把他带进来。

胡安尼塔失去了时间概念，她不知道，在她为使埃斯特拉不再忍受那可怕的酷刑而气急败坏地说出迈尔斯·伊斯汀的名字，出卖他以后，已经过去了多长时间。她只记得，后来，很快她的嘴巴又被塞住了，捆她的绳子经过检查收得更紧了。接着，那些人都走了出去。

她知道自己迷迷糊糊地打了一个盹，或者更确切地说，是她的身体失去了知觉，因为像她那样被绑在那里，不可能真正休息一会儿。声音传来，惊醒她，她感到四肢被勒，疼痛难禁，真想大声喊叫，可是嘴给塞了个严实，叫也叫不出来。胡安尼塔尽力自制，不让自己惊慌失措，也不去挣脱绳索，因为她知道惊慌也好，挣扎也好，不仅毫无用处，反而会使她的处境更糟。

她仍然可以看见埃斯特拉。两人被捆在椅子上，还是像刚才一样面对面。小女孩闭着眼睛睡着了，小脑袋耷拉着；吵醒胡安尼塔的声音却没有惊动她。埃斯特拉也被塞住了嘴巴。胡安尼塔希望精疲力竭的小姑娘能尽量多睡一会儿，免得醒过来看到可怕的现实。

埃斯特拉的右手留着雪茄烟灼烫的伤痕，血红血红的十分可怕。在那些人走后不久，他们中间的一个——胡安尼塔曾听到别人叫他卢——曾转回来待了片刻。他手里拿着一管什么药膏。他挤着管子，把药膏涂在埃斯特拉的伤口上，同时瞟了胡安尼塔一眼，仿佛是告诉她，他已经尽力而为。接着他也走了。

涂药膏的时候，埃斯特拉蓦地一跳，接着，因为嘴里塞着东西，又含糊不清地呻吟了一阵，幸好很快又睡着了。

胡安尼塔听到的声音是从她背后传来的。很可能是在隔壁的一个房间里，而且她猜想连接两个房间的一扇门是开着的。有一会儿工夫，她听到迈尔斯抗辩的声音，接着便传来沉闷的打击声，有人哼哼一阵之后一切复归寂静。

也许过了一分钟，又传来迈尔斯的声音，这次听得比较真切："不！啊，上帝。请别！我这就……"她听到一种像是铁锤敲击金属的声音。

迈尔斯的话没有讲完便变成了一阵尖声刺耳的狂叫。惨叫声一阵接着一阵，她从来没有听到过比这更凄惨的声音。

如果迈尔斯能在汽车里设法自尽，他一定心甘情愿地一死了事。自从跟温赖特说定合作时起，他就知道——而这也一直是他害怕的根本原因——干干脆脆一死比起一个被揭露出来的密探所面临的酷刑来，要轻快得多。可是尽管他思想上已经有所准备，他所一直害怕的酷刑，跟此刻施行在自己身上的这种可怕得难以想象、剥皮抽筋式的刑罚一比，简直算不了什么。

皮带把他的两腿和臀部紧紧捆在一起，丝毫动弹不得。两条手臂被强按着压在一张粗糙的木头桌子上。他的双手和手腕此刻正被钉在桌子上，用的是木匠的钉子。锤子狠命地敲击，一枚钉子钉在左手腕上，另外两枚钉在手腕和手指之间的手心上，把手钉得紧紧的。铁锤最后几下猛击把骨头也砸碎了。一枚钉子钉在右手，另外一枚已经摆好位置，准备穿肤劈肉而入。这种疼痛真是难熬，再也不可能有更加……啊，上帝啊，救救我！再也不会有比这更大的痛苦了。迈尔斯扭着身体挣扎，发出一阵尖叫。他哀求着，接着又是一阵惨嚎。但是按着他的几双大手死命地掐紧。铁锤的猛击稍过片刻又重新落下。

"他还叫得不够响，"马里诺对挥舞铁锤的安吉洛说，"这枚钉子钉上以后，想办法把这个狗杂种的手指头再钉住两个。"

托尼·贝尔边看边听，同时抽着雪茄。这一次他没想到要回避。伊斯汀不会再有机会指着他鼻子控告他了，因为伊斯汀马上就要完了。不过死以前必须提醒他——也提醒其他那些会得知这里发生了什么事情的人——密探绝没有好死。

"这还差不多。"托尼·贝尔说。当另一枚钉子穿进迈尔斯左手中指的两个指关节中间的部位，一锤子敲下去，钉个正着的时候，痛苦的惨叫声更尖利了。在场的人都听到了手指骨劈开的咔嚓声。正当安吉洛准备在迈尔斯的右手中指重复同一酷刑时，托尼·贝尔命令道："停！"

他对伊斯汀说："别他妈的乱叫了！招吧！"

迈尔斯的尖利惨叫变成了痛苦的呜咽，他的身体剧烈起伏着。按着他的大手已经移走，因为不需要再抓住他了。

"好吧，"托尼·贝尔对安吉洛说，"他还没有叫够，再往下敲。"

"不！不！我招！我招！我这就招！"迈尔斯好不容易止住了抽泣。

屋里只有他沉重的呼哧呼哧的透气声。

托尼·贝尔挥手叫安吉洛站到后面去。屋子里的其他人仍然围在桌子旁边，其中有卢、庞奇·克兰西——另外一个保镖——一个小时前出现在体育用品商店的四个打手之一；拉罗卡也在，他愁眉苦脸，因为保荐了迈尔斯而提心吊胆，不知会受到多大的惩罚；此外还有那个紧张不安的老印刷工丹尼·克里根。平时，这地方是归丹尼管的——他们此刻正在印刷和制版主车间用刑——可丹尼情愿远远地避开，但是托尼·贝尔却派人把他叫来了。

托尼·贝尔对伊斯汀喊叫着："这么说，你一直在为一家臭银行当密探了？"

迈尔斯气急败坏地说："是的。"

"第一商业银行？"

"是的。"

"你向谁打报告？"

"温赖特。"

"你打听到多少情况？你都向他报告了些什么？"

"关于……俱乐部……赌博……谁到那里去。"

"包括我在内？"

"是的。"

"你个狗娘养的！"托尼·贝尔俯下身去，攥紧的拳头对着迈尔斯的脸砰地就是一拳。

这狠毒的一拳把迈尔斯打得缩了回去，但是钉子撕扯着他的双手，他又拼命使自己恢复到原先那种弯腰曲背的费力姿势。接着是片刻的沉默，只听到他吃力的哭泣和呻吟。托尼·贝尔猛吸几口雪茄，重又开始审问。"你这个臭混蛋，还探听到了什么？"

"没……没了！"迈尔斯的全身筛糠般地颤抖着。

"撒谎！"托尼·贝尔转过脸去对丹尼·克里根说："把你制版用的硝镪水给我拿来。"

整个审问期间，老印刷工一直怒气冲冲地注视着迈尔斯。听到命令，他点点头说："遵命，马里诺先生。"

丹尼走到一个架子旁边，伸手取下一个容量为一加仑、盖着塑料盖的罐子。罐子上贴有标签：硝酸：仅用于浸蚀金属。丹尼拧开盖子，小心翼翼地把硝酸从罐子里倒入一只容量为半品脱的烧杯，把它送到托尼·贝尔面对迈尔斯站着的桌旁。他走路很当心，生怕把烧杯里的东西溅出来。他放下烧杯，然后将一把镂版用的小刷子摆在它旁边。

托尼·贝尔拿起刷子在迈尔斯的半边脸上涂抹着。有一两秒钟时间，因为硝酸只往表皮里渗，迈尔斯没有什么反应。随着灼伤的扩大并加深，迈尔斯由于一种新的、异样的痛苦而又大声惨叫起来。就在其他人出神凝视的当儿，被硝酸所腐蚀的肌肉竟冒出烟来，从粉红色变成了灰黑色。

托尼·贝尔又把刷子在烧杯里浸了浸。"狗东西，我再问你一遍。如果你不回答，这刷子就涂到你另外那半边脸上。你还探听到了什么？还讲了些什么？"

迈尔斯已经两眼发直，活像只走投无路的野兽。他唾沫星子乱喷，断断续续地说："伪造的……钞票。"

"伪钞怎么样？"

"我买到一些……把伪钞交给了银行……后来又开着汽车……把大批伪钞送到路易斯维尔。"

"还有什么？"

"信用卡……驾驶执照。"

"你知道这些都是谁干的吗？谁印的这些假钞？"

迈尔斯用尽力气想点一点头："丹尼。"

"谁告诉你的。"

"他……告诉我的。"

"后来你就把这些情况都捅给了银行里那个警察？他全知道了？"

"是的。"

托尼·贝尔狂怒地转过身来对着克里根大叫："你个蠢货！酒鬼！你比他好不了多少。"

老头站在那里发抖："马里诺先生，我没有喝醉。我原以为他……"

"住嘴！"托尼·贝尔好像马上就要朝着老家伙揍上去，但接着又改变了主意。他回过头去再问迈尔斯："他们还知道什么？"

"没了！"

"他们知道钞票是在哪里印的吗？知道这个地方吗？"

"不知道。"

托尼·贝尔把刷子在硝酸里重新浸过以后，又拿了出来。迈尔斯注视着他的每个动作。经验告诉他，这些人希望听到什么样的回答。于是，他喊道："是的！是的，他们知道！"

"是你告诉银行安全部那个家伙的吗？"

迈尔斯被逼得没有办法，只好胡诌："是的，是的！"

"你怎么知道的？"刷子仍然半悬在盛硝酸的烧杯之上。

迈尔斯知道一定得设法给出答案，随便杜撰几句，只要让这些凶神恶煞满意就行。他把头转向丹尼："他告诉我的。"

"你撒谎！你个下流坯，该死的骗子！"老家伙在暴怒之下，脸部肌肉抽搐，嘴巴一张一合，下巴直打哆嗦。他向托尼·贝尔求救："马里诺先生，他撒谎。我发誓他是在撒谎！根本没有的事。"但是，他从马里诺的眼睛里看到了杀机，于是就在绝望之中，突然冲到迈尔斯跟前。

"你个骗子，把实话告诉他！讲实话！"老家伙已经猜到可能会遭到什么样的惩罚，因此差不多发狂了。他四下张望，想找一件武器。

这时，他看见那个盛硝酸的烧杯，他一把抓住烧杯，便向迈尔斯脸上浇了下去。

又是一阵惨叫，接着这非人的声音戛然而止。硝酸的臭味和灼焦的人肉发出的令人作呕的恶臭混合在一起，只见迈尔斯向前扑倒在桌子上，完全失去了知觉，血肉模糊的双手还钉在那里，鲜血还在不停地往外流。

虽然胡安尼塔不完全了解迈尔斯遭到的非人酷刑，但是听着他嚎叫、求情以及最后终于变得声息全无，她却一直处在痛苦之中。她的感觉已经麻木，再没有什么新的情况能打击她的感情。所以她只是不动感情地在想迈尔斯是不是死了。她还推测，再有多久自己和埃斯特拉将分享迈尔斯的命运。看来，她俩也必死无疑。

有一点胡安尼塔感到庆幸：尽管吵声震天，埃斯特拉却一直一动不动地沉睡着。如果孩子能·直这样睡下去，也许在临死之前她就可以不再受什么别的罪了。胡安尼塔多年未曾祈祷，此刻却祈求圣母马利亚让埃斯特拉平安死去。

胡安尼塔感觉到隔壁房间又有了新的声响。听上去好像是在搬动家具，抽屉拉开了又砰地关上，箱子落地，发出沉重的声音。她还听到金属哗啦哗啦撒在水泥地上的声音，接着有人在大声咒骂。

　　然后，出乎她的意料，那个名叫卢的人出现在她的身旁，并开始给她松绑。她想这是要把她押往别处去，只是换一个地狱而已。卢给她松开绑，撇下她，又去给埃斯特拉松绑。

　　"站起来！"他命令母女两人。埃斯特拉刚醒过来，虽然睡眼惺忪，但还是照办了。孩子嘤嘤地哭起来，但因为嘴里塞着东西，声音很轻。胡安尼塔想跑过去，但却迈不开步；她只得撑着椅子，让血液流向麻木的四肢。

　　"听我说，"罗对胡安尼塔说，"你有孩子，这就让你走运了。老板准备放你们走，不过要蒙上眼睛，用汽车把你们送到离这里很远很远的地方，然后放了你们。你不知道这里是什么地方，所以你没法带人来调查。但是，如果你出去乱说，向谁泄了密，不管你在哪里我们都会找到你，并把你的孩子杀死。明白吗？"

　　胡安尼塔简直不能相信听到的这番话，于是只是点了点头。

　　"那就走吧。"罗指着一扇门。显然，他现在还不打算蒙上她的眼睛。尽管刚才还浑身发麻，她发现自己平时那种敏锐的智力这时正在恢复。

　　在上水泥楼梯时，她刚走了一半便靠在墙上直想吐。方才他们穿过那间外屋，她看到了迈尔斯——或者说是看到了他的残缺不全的躯体——他倒在桌子上，双手血肉模糊，面孔、头发和头皮已被烧得无法辨认。

　　当时，卢推着胡安尼塔和埃斯特拉，让她们快走，但胡安尼塔还是看到了这副惨不忍睹的景象。她看出迈尔斯还没死，不过肯定活不成了。他曾微微动了一下，呻吟着。

　　"往前走！"卢催促着。三人继续沿楼梯往上走。

　　看到迈尔斯这副惨象，她心里充满了恐惧。她能够做些什么来救他呢？显然，在这里毫无办法可想。但是如果这些人把她和埃斯特拉放了，她可以设法叫人来救他吗？对此她不敢肯定。她不知道此刻自己在什么地方；似乎也没有任何办法弄清楚。然而，她必须做点儿什么来抵偿她极度的内疚。她出卖了迈尔斯。不管是出于什么动机，她讲出了他的名字，然后他才被抓到这里，而后果她亲眼目睹了。

她的脑子里浮上一个念头，那只不过是雏形，还没有完全成熟。她用力排遣其他杂念，专注地考虑着，使这个想法充实起来。一时间，她甚至把埃斯特拉也给忘了。胡安尼塔想：计划也许行不通，然而还是有一点成功的希望。成功与否，取决于她的感觉是否灵敏，记忆力是否可靠。另外，还有一个重要条件：她必须在上车之后再被蒙上眼睛。

走上楼梯，他们向右一拐，这儿是车库。四堵水泥墙使车库看上去像是属于某幢房子或是某家商店的那种普通的可容纳两辆汽车的汽车间。胡安尼塔想起到这里时听到的声音，猜到他们来时走的也是这条路。

车库里有一辆汽车——不是早晨那辆大轿车，而是一辆深绿色的福特牌汽车。她很想看看车牌号，但是没法看到。

胡安尼塔迅速向四下扫了一眼，看到一样奇怪的东西。车库的一堵墙边放着一只抛光的深色木衣柜，样子跟她过去所见过的衣柜全不一样。看上去，衣柜像是自上而下被锯成了两半，各自独立地搁在那里。

她看得出衣柜是空的。衣柜旁边是一件看上去像餐具柜一样的家具，同样被莫名其妙地锯成了两半，只不过半边餐具柜正由两个男人从另一扇门抬出去，一个人让灯遮住了，另一个则背向着她。

卢打开福特汽车的一扇后座门。"进去。"他命令道。他手里拿着两块厚厚的黑布——蒙眼布。

胡安尼塔先上车。上车时，她故意绊了一下，身子向前一冲，马上伸手抓住汽车前座的背垫以免跌倒，这样，她总算如愿以偿，有机会向前面的司机座瞥上一眼，看到了里程计上的行车路程英里数。她只有一秒钟的时间来看这个数字：25 714.8。她闭上眼睛，希望能把数字记住。

埃斯特拉跟着上了车。继母女两人之后，卢也上了车，给两人蒙住眼睛，然后便坐在后座上。他推推胡安尼塔的肩："坐下，你们俩都坐到车子地板上去。别捣乱，不会伤害你们的。"胡安尼塔蹲下去，埃斯特拉就紧靠在她身边。她盘着腿，好不容易才保持面部朝前的姿势。她听到另外一个人上了汽车，发动了汽车，车库的门沉重地打开，汽车开动了。

汽车一开动，胡安尼塔便全神贯注，其程度是过去从来没有过的，目的是要记住时间和方向——如果她能够记住这两者的话。一位当摄影师的朋友过去教过她计时的方法，这时她便用这种方法计算起秒数来。

一千零一；一千零二；一千零三；一千零四。她觉着先是倒车，继而转弯，然后笔直往前开了八秒。接着汽车减了速，几乎停住了。这是一条私宅里的车道吗？可能。车道比较长？这时汽车又慢慢开动了，很可能是设法开进大街上的车流。左转弯。现在是加速向前。她又开始数起来。十秒。减速。右转弯……一千零一；一千零二；一千零三……左转弯……加速……这段路比较长……一千零四十九；一千零五十……没有减速的迹象……是的，现在减速了。等了四秒钟，然后继续直开，很可能是碰上了红灯……一千零八……

主啊！为了迈尔斯，帮助我记住吧！

……一千零九；一千零十；右转弯……

胡安尼塔排除其他杂念。对汽车的每一个动向作出反应。计算着时间——一边希望着，祈祷着，但愿曾经帮她在银行记住出入账目，曾经把她从迈尔斯的欺诈中救了出来的坚强的记忆力，现在也同样会把他救出来。

……一千零二十；一千零二十美元。不对！圣母马利亚啊！不要让我的思想开小差……

长长的一段直路，路面平滑，高速……她感到身体在摇晃……道路向左拐；一个大转弯，弯曲度不大……车停了，停了。一共是六十八秒……

右转弯。又开动了。一千零一；一千零二……

不停地数啊，数啊。

时间越长，记忆越来越靠不住，照原样把行车经过复述一遍的可能性似乎也越来越小了。

第二十三章

"我是市警察局中心通信处的格拉德斯通警长,"一个平板单调、带鼻音的嗓子在电话里说,"这里传过话,说是如果发现胡安尼塔·努涅兹或者名叫埃斯特拉·努涅兹的孩子的下落,就要马上通知你们。"

特工英尼斯一下子便坐直了身子。他本能地把电话拉近一些。

"你们发现了什么情况,警长?"

"刚刚收到汽车无线电报告。在切维奥特镇和肖尼湖公路交叉口附近,发现了一个迷路的妇人和一个孩子,相貌特征和名字都符合。对她们当即采取了保护性拘留措施。现在警察正把她们送往第十二警区。"

英尼斯用手捂住话筒,然后对坐在联邦调查局总部办公桌对面的诺兰·温赖特轻声地说:"市警察局打来的。他们已经找到了努涅兹和那孩子。"

温赖特紧紧抓着桌沿。"问问她们的情况怎样。"

"警官,"英尼斯问,"她俩都好吗?"

"我已经把我们知道的情况都报告了,长官。要想了解更多的情况,你最好打电话给第十二警区。"

英尼斯记下第十二警区的电话号码,拨号之后,被接给一位名叫法扎克利的副警长联系。

"是的，我们听说了，"法扎克利就事论事地证实，"请等一下。他们刚刚又打电话来作了补充报告。"

英尼斯等着。

"据我们的人报告，那女人挨了一顿毒打。"法扎克利说，"脸上有青肿和划破的伤痕。孩子有一只手烫得很厉害。警察对她们进行了急救。报告中没有提到别的伤情。"

英尼斯把这些消息转告给用一只手捂着脸好像正在祈祷的温赖特。

副警长接着说："还有件事多少有点蹊跷。"

"什么事？"

"警车里的警察说，那女人努涅兹不肯说话，一个劲地讨铅笔和纸。等他们把文具拿来，她就像发疯一样地乱涂乱写，说是脑子里记了些东西必须写出来。"

特工人员英尼斯倒抽一口冷气："老天！"他记起了银行的那次现金失窃案的幕后真相以及胡安尼塔·努涅兹马戏团怪人式的出众的记忆力。

"听着，"他说，"请注意，详细情况以后再解释，我们马上就到。但是请立即用无线电通知警车，别让警察跟努涅兹讲话，不要打扰她，尽量按她的需要帮助她。在她到达警区警局以后，也要照此办理。要迁就她。她如果想写什么，就让她继续写。要把她当作特殊人物来对待。"

他顿了一下，接着又补充说："而她也的确是个特殊人物。"

　　　　　短时间倒车。开出车库。

　　　　　向前。八秒。几乎停车。（车道？）

　　　　　左转弯。十秒。中速。

　　　　　右转弯。三秒。

　　　　　左转弯。五十五秒。平滑，快速。

　　　　　停车。四秒。（红灯？）

直开。十秒。中速。

右转弯。路面不平（短距离），后平滑。十八秒。

减速。停车。立即开动。向右绕圈转弯。停后又开。

二十五秒。

左转弯。直开，平稳。四十七秒。

减速。右转弯……

胡安尼塔写下的材料竟达七页之多。

他们在警区警局后面的一个房间里紧张地工作了一个小时，使用了大比例尺的地图，但最后还是没有得出一个确定的结果。

胡安尼塔草草记下的材料震惊了所有人——英尼斯和达尔林普尔，接到紧急电话后赶来的联邦经济情报局的乔丹和昆比，还有诺兰·温赖特。记录极其完整，简直不可思议，而且胡安尼塔一再说这些材料是绝对精确的。她解释说，对于自己记在脑子里的东西是否能全部回忆起来，她开始时并没有把握。但是只要她绞尽脑汁，认真回忆起来，她便能确切知道自己的记忆是否正确。这会儿她就确信自己记得完全正确。

除了这份记录，他们还有另外一样东西可以作为依据，这就是行车路程的英里数。

胡安尼塔和埃斯特拉在一条偏僻的郊区公路上被推下汽车，下车前不久，塞在她们嘴里的东西和蒙眼布就被取了下来。胡安尼塔装出笨手笨脚的样子，同时也靠着好运气，又设法朝里程表扫了一眼：25 738.5。汽车共行驶了 23.7 英里。

但是汽车是一直朝着一个方向开的，还是为了把人弄糊涂而转来转去，使路程显得更长一些？即使有胡安尼塔的记录在手边，他们也无法肯定。他们绞尽脑汁，煞费苦心地按原路倒着走回去；他们估计汽车可能走过的各条路，可能在什么地方转过弯，可能在某条路上行驶了多远。不过，大家都知道这种作法多么不精确，因为他们只能猜测车速，而胡安尼塔的感觉很可能由于两眼被蒙使她受骗，以致于错误百出，从而使他们现在的努力徒劳无益。但是，他们循着原路摸回到她被监禁过的地方，或者距此不远的地方，还是有可能的。而且，值得注意的是，在迄今已经推测出的各种可能性之间存在着一种基本的连贯性。

特勤局的特工乔丹试为大家指示出一个地点。他在一张地形图上划了好些条条杠杠，用来表明汽车载着胡安尼塔和埃斯特拉行驶的可能性最大的路线。然后他在这些路线的起点周围画了一个圆圈。"就在这一带。"他用一个手指戳点着，"就在这一带的某个地方。"

接着，一阵沉默。温赖特听见乔丹的肚子咕咕作响，他们每次碰头，这家伙老是肚子叫。温赖特真不知道乔丹若是受命搞隐蔽潜伏，怎能完成任务。要不因为闹肚子叫，不让他接受这类任务？

"那个地区，"达尔林普尔指出，"至少有五平方英里。"

"那我们就把它彻底搜查一遍，"乔丹回答说，"分成几个小组，坐车搜查。我们局的人和你们局的人，我们还可以要求市警察局派人支援。"

参加讨论的法扎克利副警长问："我们到底要搜索什么呢，先生们？"

"说实话，"乔丹说，"我也不知道。"

胡安尼塔跟英尼斯和温赖特一起乘一辆联邦调查局的汽车。温赖特开车，让英尼斯腾出手来操纵两台无线电——一台是手提式装置，联邦调查局提供的五套器材之一，可以直接跟其他几辆汽车进行通话；另一台是直接跟联邦调查局总部进行联系的普通的收发报两用机。

事先，他们根据市警察局副警长的指点，已经把这一地区分割成几个部分；现在有五辆汽车正循着纵横交叉的路线巡行。两辆是联邦调查局的，一辆是联邦经济情报局的，还有两辆是市警察局的。人员是打乱以后混合编组的。乔丹和达尔林普尔分别跟一名市警察局的警探坐一辆汽车，他们一边开车，一边把详细情况告诉新来的人。如有需要，还可以叫市警察局的巡逻队来支援。

大家都确信一点：胡安尼塔被扣留的地方就是伪币制造的大本营。

她所报告的总体情况以及她注意到的一些细节近乎肯定了这一点。因此，对所有特遣小组都发出了同样的指示：寻找跟专门进行伪币制造的犯罪集团中心可能有关的任何不寻常的活动，一旦发现，立即报告。有关侦缉人员都认为这一指示太含糊，但是谁都提不出任何更具体的任务。正像英尼斯所说："我们还掌握了什么别的线索呢？"

胡安尼塔坐在联邦调查局汽车的后座上。

这时，离她和埃斯特拉被突然推下汽车已经差不多有两个小时。当时，她们被命令转过脸去，接着，滚烫的橡皮轮胎发出吱的一声刺耳的尖叫，那辆深绿色福特牌汽车便飞也似的开走了。两个小时以来，胡安尼塔除了刚开始的急救之外，尽管脸肿得厉害并且伤痕累累，腿上也多处划破刺伤，她却一概拒绝治疗。她知道自己看上去不像个人样，衣服又脏又破，但她也知道，要想及时赶到救出迈尔斯，其他一切，甚至她本人对埃斯特拉的照料，都必须等以后再说。埃斯特拉已送往医院治疗烫伤，并由医生进行观察。当胡安尼塔尽职地四处奔忙时，马戈特·布雷肯——她在温赖特和联邦调查局的特工人员之后不久赶到第十二警区警局——正在安慰埃斯特拉。

此刻正是下午三四点钟。

刚才，胡安尼塔把一路上的情况按顺序写在纸上，就像对一个负载过度的信息中心作了一次彻底的清扫，可把她累坏了。后来，联邦调查局和特勤报局的人连珠炮似的向她打听各种细枝末节，希望从中得到某些尚未考虑到的零星情况，以便一步一步接近他们的头号目标——一个具体的地点。对特工这种似乎没完没了的盘问，她还是一一作了回答。但是到此刻为止还没有发掘出任何线索。

不过胡安尼塔此刻坐在温赖特和英尼斯的后面，考虑的并不是细枝末节，而是她最后看到的迈尔斯。那副惨象仍然鲜明地铭刻在她的脑海中，使她感到内疚和极度痛苦。她觉得这种惨象永远不可能完全消失了。有一个问题一直使她坐立不安：即使发现了制造伪币的大本营，搭救迈尔斯会不会已为时过晚？现在是不是已经太晚了？

　　特工乔丹画了圆圈的地区，靠近城市东部边沿，是个经济混杂区。其中一部分以商业为主，这儿有工厂、仓库和一大片全是轻工业厂家的工业区。最后这一块地段很可能便是搜寻目标的所在地，所以成了各巡逻小组最注意的地区。这儿还有几条商店集中的街道，除此以外就是住宅区了，从鳞次栉比的盒式小平房到一簇簇公馆式的大宅，各种住房，一应俱全。

　　在用手提式无线电频繁进行通话的十几个流动搜捕人员看来，各处都没有什么异样而特别繁忙的活动。即使有一些不同寻常的事，也没有任何可疑之处。在一个商店区，一个男子购买漆工用的安全背带，结果被背带绊倒，摔断了一条腿。不远的地方，一辆刹车失灵的汽车猛地撞上一家戏院空荡荡的前厅。"也许有人以为这里可以坐在汽车里看露天电影呢，"英尼斯说，但是谁也没有笑。在工业地段，有一家小工厂失火，消防队赶去把火迅速扑灭了。这家厂是制造充水床垫的；为了证实这一点，市警察局的一位探员曾前去检查。在一幢大宅里，某慈善团体正开始举行茶会；在另一座住房大楼门前，联合长途搬运公司的一辆牵引拖车正在装家具。在平房区那边，一队修理工正在修理漏水的自来水总管道。两个邻居吵架，正在人行道上挥拳殴斗。经济情报局的特工乔丹下车把他们拉开了。

　　还有一些诸如此类的小事情。

　　就这样一个小时过去了。搜索毫无进展。

　　"我有一种奇怪的感觉，"温赖特说，"这是我过去当警察那会儿每逢某件事情从我眼皮底下滑过去时所产生的感觉。"

　　英尼斯斜眼看了他一眼。"我懂你的意思。你是说事情正在你的眼皮底下发生，只是你还没能看出个究竟。"

　　"胡安尼塔，"温赖特回过头来说，"你还有任何线索，任何细小的线索，没有告诉我们的吗？"

　　她坚定地说："我全都告诉你们了。"

　　"那就从头再说一遍吧。"

过了一会儿，温赖特说："大约在伊斯汀停止喊叫而你还被绑着的那段时间，你说有一阵很响的嘈杂声。"

她纠正他说："不，还有一阵忙乱。不但有嘈杂声，还有人忙乱了一阵。我听到有人走动，东西搬动，抽屉拉开又关上等等，诸如此类的声音。"

"他们也许是在搜寻什么东西，"英尼斯试探着说，"那会是什么呢？"

"你离开的时候，"温赖特问，"对于这阵忙乱有什么想法吗？"

"再说最后一遍，我不知道。"胡安尼塔摇摇头，"我对你们说过了，一看到迈尔斯我便吓昏了头，什么也没看见。"她沉吟了一下，"哦，对了，车库里有好多人在搬运那件奇怪的家具。"

"是的，"英尼斯说，"这事你对我们说过。的确是件怪事，但我们还没有想出一个合理的解释。"

"等一下！也许有一种解释。"

英尼斯和胡安尼塔都看着温赖特。他双眉紧皱，看上去好像在专注地思考，要理出个头绪，"胡安尼塔听到的那些动静……假定他们不是在搜寻什么东西，而是在收拾东西，准备搬家？"

"有可能，"英尼斯承认，"但是他们要搬动的应该是机器，印刷机和各种物资，而不是家具。"

"除非，"温赖特说，"家具是作掩护用的。空的家具。"

两人直直地对视着，终于同时找到了答案。"天哪！"英尼斯大叫一声，"那辆搬运车！"

温赖特已经在倒车。他用力转着方向盘，一个小转弯，马上把车子转过头来。

英尼斯抓住手提式无线电，紧张地发出指示："挺进队长命令所有特别小组：向位于厄尔汉大街东端附近离街面较远的那所灰色大楼集中。寻找联合长途搬运公司的搬运车。拦截汽车并扣留车上的人员。市警察局各组把附近一带所有的警车都调来。代号 10-13。"

代号 10-13 的意思是：最快速度，车灯全部打开，警笛长鸣。英尼斯拉响了自己那辆车的警报器。温赖特用力把油门踩到底。

"天啊！"英尼斯带着哭腔说，"我们两次打旁边开过。第二次开过时，他们差不多都装好车了。"

"离开这里以后，"马里诺吩咐牵引拖车的司机，"一直向西海岸开。别紧张，就像平时拉着普通的货物跑车一样，每天晚上都得休息。但是要保持联系，你知道往哪里打电话。如果路上不给你新的命令，到洛杉矶会有人给你下达指示的。"

"好的，马里诺先生，"司机说。这家伙为人可靠，完全是识途老马；他也知道这次冒着生命危险开车可以捞到一大笔外快。从前，托尼·贝尔也曾把伪币大本营的这些设备像流动的赌博摊子一样不停地运来运去避风头，直到警察停止追捕为止。而这位司机每次都为他开车。

"好了，"司机说，"东西都装好了。我想我该开车了。再见，马里诺先生。"

托尼·贝尔点点头，松了一口气。在装箱和装车的过程中，他一直坐立不安。正因为如此，他才一直留在现场监督，催促人们快干，尽管他知道留在这里很不明智。通常，每次有什么行动，他总是远远地躲开第一线，这样一旦出了什么事，便可确保没有任何证据把他牵连进去。可以花钱雇用别人来冒那类风险——必要时甚至还可以花钱雇人来承担刑事责任。不过，重要的是，伪造票证这份买卖，开始时只是小规模地搞，如今已变成大宗赚钱的生意——确切意义上的赚钱生意——所以虽然过去他一度压根儿不去管这事，现在它却差不多成了自己最感兴趣的行当。事业之所以能发展到这一步，靠的是组织严密；另外还因为采取了超级防范措施——这是托尼·贝尔所喜欢的一个形容词——像现在的搬家就是。

严格说来，他认为这一次的搬家并非必须——至少暂时还不必——因为他确信伊斯汀说他从丹尼·克里根那里打听到这一地点，并把情报送了出去是撒谎。托尼·贝尔在这个问题上是相信克里根的，当然，老混蛋的确过于多话，并将因此而很快吃到一些意想不到的苦头，让他以后再也不敢多嘴。如果伊斯汀真像他所说的那样知道那些情况，并把情报送了出去，那么警察和银行的侦探早就涌到这里来了。托尼·贝尔对伊斯汀说谎毫不奇怪。他知道人们在严刑拷打之下怎样跨过一道道绝望之"门"，开始说谎，接着据实招供，然后又开始说谎——如果他们认为这是拷问者想听到的东西。猜透他们的意图始终是一场饶有兴味的游戏。托尼·贝尔非常喜欢这类游戏。

尽管如此，实行跟一伙歹徒出资经办的卡车运输公司作出的紧急应变计划，不失为一个绝妙的办法。像往常一样——超级的绝妙办法。一有怀疑，马上搬家。现在货已装完，该去最后收拾那个半死不活的密探伊斯汀了。一堆垃圾。这个任务安吉洛会去完成的。同时，托尼·贝尔决定，现在自己也该离开这个鬼地方了。他难得有这么好的兴致，居然出声笑了。超级妙计！

正在这时，他听到开始隐约继而越来越近的警笛声从四面八方向他包围，几分钟以后，他才知道自己干得一点也不妙。

"快点开车吧，哈利！"年轻的救护车护理员对前面的司机喊着，"这人不能再耽误了。"

"看这人的脸色，"司机说——他两眼一直看着前方，同时扭亮频闪灯光，拉响颤抖着鸣叫的警报器，勇往直前，迂回穿过刚进入高峰时间的拥挤的车辆，"看他的脸色，如果咱俩把车开到路边来杯啤酒，也许是为这可怜的家伙做件好事。"

"别胡说了，哈利。"这位资格稍次于男护士的救护车护理员向胡安尼塔看了一眼。她坐在一把折叠式座椅上，伸长脖子想从护理员的身后探出头来看看迈尔斯。她神色紧张，嘴唇不停地颤抖着。"对不起，小姐。我们忘记你在这里了。我们干这一行已经变得有些麻木不仁了。"

好一会儿，她才弄懂了这人的意思。她问道："他怎么样？"

"情况很糟。没必要骗你。"年轻的护理员已经给伊斯汀皮下注射了十六毫克的吗啡，扎上了量血压用的扎腕带，此刻正用水洗迈尔斯的脸。迈尔斯处于半昏迷状态。尽管注射了吗啡，他还是痛苦地呻吟着。护理员一边料理病人一边不停地说："他休克了。即使不死于烧伤，休克也可能送他的命。这水是用来把酸洗掉的，不过已经晚了。至于他的眼睛，我可不愿意……啊呀，那里究竟发生过什么？"

胡安尼塔摇摇头，不想浪费时间和精力说话。她伸出手去，想摸一摸迈尔斯的身子，哪怕是隔着盖在他身上的毯子也好。她眼里噙着泪水，祈求着，不知道自己的话能不能被听到。"原谅我吧！啊，原谅我！"

"他是你丈夫？"护理员问道。他开始给迈尔斯的双手装夹板，然后用棉布绷带扎结实。

"不。"

"男朋友？"

"是的。"眼泪滚滚涌出。她还是他的朋友吗？她是否一定得出卖他呢？此时此地，她在求他原谅，正像他过去曾经求她原谅一样——那似乎是很久以前的事了，实际上并非如此。她知道祈求无济于事。

"拿好这个。"护理员说。他给迈尔斯戴上面罩，递给她一个轻便的氧气瓶。氧气输入病人体内，她听到一种嘶嘶声，于是她紧紧抓住瓶子，仿佛只有这样她才可以同他交流。当他们发现迈尔斯时，他已经昏迷，浑身流着血，烧伤严重，仍然被钉在桌子上。自那时以来，她一直想和他有所交流。

当时，胡安尼塔和诺兰·温赖特跟在联邦特工人员和当地的警察后面走进那座灰色大楼。温赖特一直把她挡在后面，直到确信不会发生枪击为止。对方根本没有开枪；甚至连一丁点儿抵抗的迹象也没有，因为里面的人知道他们已经被包围，而且寡不敌众。

温赖特小心翼翼地尽可能轻地撬松钉子，把迈尔斯血肉模糊的双手拉了出来。温赖特当时的面色比她看到过的任何时候都要紧张。当钉子一枚一枚地拔出来时，面色灰白、轻声咒骂的达尔林普尔托住伊斯汀。

胡安尼塔模模糊糊感到在这座房子里待过的另外一些人排着队，戴着手铐，但是她根本不去注意他们。救护车来后，她便紧紧傍着迈尔斯的担架，跟着走出屋子，上了救护车。谁也没有站出来拦阻她。

这时，她开始祈祷了。祈祷词顺顺溜溜来到嘴边，这都是很久以前念熟的一些话。应允吧，最仁慈的圣母马利亚啊⋯⋯谁也没听说过，在有人投奔你、寻求保护、祈求搭救时曾遭到拒绝。正是怀着这种信念，我现在向您飞去⋯⋯

刚才救护车护理员讲的，但她并没有领会的一句话此刻又重新浮现在她的潜意识之中。迈尔斯的眼睛。眼睛和脸上的其他部位一起都烧伤了。她声音颤抖着说："他会瞎吗？"

"这问题要等专家来回答了。我们一到急诊室，他就能得到最好的治疗。眼下在这里我已经没有更多的办法了。"

胡安尼塔想：她在这里也无能为力。最多只能按照她的愿望带着爱和忠诚陪伴着迈尔斯，他需要她陪多久就陪他多久。除此之外就是祈祷⋯⋯贞洁的圣母马利亚啊！我来到你跟前，站在这里，罪孽深重，悔恨不已。啊，圣母，不要藐视我的祈求，请听我说，请回答我。阿门。

一些设有柱廊的大楼一闪而过。"马上就要到了。"护理员说。他用手指试了试迈尔斯的脉搏。"他还活着⋯⋯"

第二十四章

证券交易委员会开始对超国公司扑朔迷离的财政情况正式进行调查，这十五天里，罗斯科·海沃德一直祈祷，但愿出现一个奇迹，来消弭这场大祸。罗斯科本人跟苏纳柯的其他一些债权人一起参加了一些会议，他们的目的是尽可能使这家巨大的跨国公司继续运转、继续存在下去。但结果却证明这一切都是白费劲。调查愈是深入，财政崩溃的形势便愈险恶。另外，看来很可能最终会对超国公司的一些要员，包括 G.G. 夸特梅因在内，提出刑事诉讼，指控他们犯有欺诈罪。而要控告大乔就必须假设人们能够把他从哥斯达黎加的藏身处诱骗回来——眼下，这是不大可能办到的。

因此，委员会在十一月初便依照《破产法》第 77 款为超国公司提出一份宣告破产的申请书。虽然人们对此早已料到并一直忧心忡忡，但它还是立即在全世界引起了强烈的反响。一些大债主以及有关的公司和许多个人都被认为有可能跟苏纳柯一起破产。美利坚第一商业银行会不会成为其中之一，还是这家银行在遭到这次巨大损失之后还能继续生存下去，仍然是个悬而未决的问题。

然而海沃德完全明白，他本人的事业前途如何，已不再是个悬而未决的问题了。在美利坚第一商业银行，他作为银行百年史上最大灾难的罪魁祸首，差不多已经彻底完蛋了。余下的还未解决的问题是，按照联邦储备委员会、货币总审计师和证券交易委员会的条例，他本人要不要负法律责任。

显然，有人认为他是要负的。昨天，海沃德熟识的一位证券交易委员会的官员提出忠告："罗斯科，作为朋友，我建议你给自己找位律师。"

营业日开始后不久，海沃德坐在办公室里，读着《华尔街日报》头版关于超国公司申请宣告破产的报道，双手颤抖着。过了一会儿，他的高级秘书卡拉汉夫人进来打断了他。"海沃德先生，奥斯汀先生来了。"

没等别人请他，哈罗德·奥斯汀便急匆匆走了进来。这位上了年纪的花花公子今天一反常态，看上去只是一个穿着考究的糟老头子。他的脸拉得很长，神态严肃，面色苍白；眼睛下面的凹陷表明他已年老而且睡眠不足。

他没说一句客套话，开门见山地问："你从夸特梅因那里听到什么消息吗？"

海沃德指指《华尔街日报》："除了报上的消息我一无所知。"在过去的两个星期里，他曾几次打电话给在哥斯达黎加的大乔，但都没有打通。苏纳柯的董事长老是躲着不露面。有消息透露说，此人过着封建君主一般豪华的生活，豢养着一批打手为他保驾，并表示他根本没打算回美国。人们认为，哥斯达黎加不会答应美国引渡逃犯的要求。很多其他的诈骗犯和亡命徒一直在那里逍遥法外的事实，已经证明了这一点。

"我真是在走下坡路，"哈罗德阁下的嗓子差不多全哑了，"我把大量家财投进苏纳柯，而为了筹款去买进Q氏投资股票，我自己倒债台高筑。"

"Q氏投资股票怎么样？"

在这之前，海沃德就想查明夸特梅因私人投资集团的实力。除了超国公司欠的五千万美元以外，这一集团还欠美利坚第一商业银行二百万美元。

"你的意思是你没有听说？"

海沃德发火了："我如果听说了，还会问吗？"

"我是昨天夜里从英奇贝克那里打听到的。夸特梅因那个狗娘养的在股票行情最高的时候把 Q 氏投资公司拥有的全部财产都卖掉了，其中大部分都是苏纳柯各家子公司的股票。他的现金可以装满一个游泳池。"

海沃德想到，这其中也包括美利坚第一商业银行的二百万。他问："怎么会这样？"

"那个狗杂种把所有的东西都转移到他自己设在国外的空壳公司里去，然后又把这些钱从这些公司取了出来；所以 Q 氏投资公司所剩的只是这些空壳公司的股票——一堆分文不值的废纸。"奥斯汀说着说着竟哭了起来，这使海沃德十分厌恶，"这些现金……我的钱……可能已在哥斯达黎加、巴哈马群岛、瑞士……罗斯科，你一定得帮我把它弄回来……不然我就要完蛋……就要一个子儿也没有了。"

海沃德不耐烦地说："我没有办法帮你，哈罗德。"他自己在 Q 氏投资公司里的股份已经够他操心的了，哪里还顾得上奥斯汀？

"如果你听到什么新的情况……如果还有什么希望……"

"如果有，我会通知你的。"

海沃德尽快把奥斯汀打发出了办公室。奥斯汀刚走，卡拉汉夫人便在内部对讲机上报告："《新闻日报》有位记者打电话来。他名叫恩迪科特。关于超国公司的事，他说事关重要，要和你本人通话。"

"对他说我无可奉告，让他去找对外联络部。"海沃德想起了迪克·弗伦奇对本行要员们提出的劝告：记者们将设法跟你们进行个人接触……让每个人都来找我好了。至少这是一个不必他出面对付的负担。

过了一会儿他又听到多拉·卡拉汉的声音。"对不起，海沃德先生。"

"又是什么事情？"

"恩迪科特先生不肯挂断电话。他要我转告：你是愿意让他跟对外联络部讨论阿弗丽尔·德弗罗小姐的事呢，还是情愿让他跟你本人谈呢？"

海沃德蓦地伸手抓起电话："这到底是怎么回事？"

"早上好，先生，"一个平静的声音说，"抱歉打搅你了。我是《新闻日报》的布鲁斯·恩迪科特。"

"你告诉我的秘书……"

"我告诉她，先生，我认为有些情况你情愿让我跟你本人核对，而不愿意让我把它们摊给迪克·弗伦奇。"

恩迪科特在说"摊"这个字的时候有没有一种微妙的言外之意？海沃德不敢肯定。他说："我非常忙，只能抽出几分钟的时间，说吧。"

"谢谢你，海沃德先生。我尽量简短。本报对超国公司作了一番调查。你知道，公众对这家公司很感兴趣，而明天我们准备就这个题目刊登一篇重要报道。除了别的情况以外，我们还知道你们银行曾给予苏纳柯一笔巨额贷款。这件事我已经跟迪克·弗伦奇谈过了。"

"那你已经完全知道需要知道的情况了。"

"还不完全，先生。我们从其他消息来源获知，你亲自参加了超国公司这笔贷款的谈判。这里有一个问题：第一次提到贷款是在什么时候？我是问，苏纳柯是什么时候首先提出要这笔贷款的？你还记得吗？"

"恐怕不记得了。我经手的巨额贷款太多了。"

"但像五千万美元这样的贷款肯定不会太多吧。"

"我想我已经回答过你的问题了。"

"不知能否帮你回忆一下，先生。谈判是不是三月份在去巴哈马群岛旅行的途中进行的？就是你跟夸特梅因先生、斯通布里奇副总统还有另外一些人在一起的那一次？"

海沃德犹豫了一下。"是的，可能是那一次。"

"你能不能确定地说就是那一次呢？"记者说话的语调毕恭毕敬，但是，很明显，他不会因为对方含糊其词而就此罢休。

"是的，我记起来了。就是那一次。"

"谢谢你，先生。我想，那次旅行，你乘坐的是夸特梅因先生的私人喷气飞机——一架707？"

"是的。"

"上面还有几位年轻的女陪客。"

"我不敢说她们是陪客。我依稀记得飞机上有几位女服务员。"

"其中有一位便是阿弗丽尔·德弗罗小姐吧？你当时是否见到过她，后来在巴哈马群岛度过的那几天是不是也见到过她呢？"

"可能见到过。你提到的这个名字听上去有点耳熟。"

"海沃德先生，请原谅我这样提出问题：他们把德弗罗小姐送给你受用是作为对你提议给超国公司这笔贷款的报答吧？"

"绝对不是！"海沃德开始出汗了，抓着电话的那只手在发抖。他很想知道这位语调沉静的"审问官"到底了解多少情况。当然，他完全可以立刻结束这次谈话；也许他应该这样做，不过这样一来，他就只能蒙在鼓里，无法摸清对方底细了。

"但是，先生，由于这次巴哈马群岛之行，你是否跟德弗罗小姐建立了友谊呢？"

"我想你可以这么说。她是一个令人愉快而可爱的人。"

"那么说你的确记得她了。"

他已经落入圈套。他只得承认："不错。"

"谢谢你，先生。顺便问一句，这以后你跟德弗罗小姐见过面吗？"

对方像是随口问问。但这个恩迪科特什么都知道。海沃德尽量不使自己的声音发抖，再一次说："我愿意回答的问题都已经回答了。我对你说过，我非常忙。"

"随你的便好了，先生。不过，我想我应该告诉你，我们已经跟德弗罗小姐谈过，她倒是非常合作。"

非常合作？海沃德想，阿弗丽尔会干这种事的。特别是如果报社给她报酬的话，而他猜想报社方面一定已经这样做了。但是他一点也不恨她；阿弗丽尔就是阿弗丽尔，什么东西都没法改变她给予他的那种甜蜜之感。

记者继续说道："她已经提供了她跟你每次见面的细节，我们手里还有一些哥伦比亚·希尔顿饭店的账单——你的账单，由超国公司支付。先生，你是否打算重新考虑你的声明，即所有这一切都跟美利坚第一商业银行提供给超国公司的贷款毫无关系呢？"

海沃德沉吟着。他能说什么？所有的报纸和记者都一个劲地刺探隐私，无休止地挖掘材料，让他们都见鬼去吧！显然，苏纳柯内部有人禁不住引诱，透了风，偷出或者复制了单据。他想起阿弗丽尔曾经谈到过的"名单"——一份秘密的花名册，入册的人都可以由超国公司付钱招待。有一段时间，他的名字也在那册子上面。很可能这个情况他们也已经掌握了。当然，事情实在冤枉，因为阿弗丽尔对他有关苏纳柯贷款问题的决策根本没有任何影响。在被她缠上以前，他早已打定主意促成这笔生意。但是有谁会相信他呢？

"只有最后一个问题，先生。"恩迪科特显然以为对方不会回答刚才那个问题了，"我可以问一问一家名叫Q氏私人投资公司的情况吗？为了节省时间，我可以告诉你，我们已经设法搞到了一些账单票据之类的副本，发现你持有两千股。这是真的吗？"

"无可奉告。"

"海沃德先生，这些股份是不是作为一种私下的报酬送给你的呢？因为你曾为超国公司安排了那笔贷款，后来又为Q氏投资公司安排了几笔总数为二百万美元的贷款。"

罗斯科·海沃德一言不发，失神地挂上了电话。

明天的报纸。打电话的人是这么讲的。一切都会见报，因为他们显然已握有证据；而只要一家报纸率先披露，其他媒体就会跟着鼓噪。他对于行将发生的事情不存侥幸心理，也没有任何怀疑。只要一篇报道，一个记者，就可以让你出丑——一丝一毫的面子也不给你留下。

不仅在银行，而且在朋友和家人中间，在他所属的教会和所有其他地方，他的声望、权势、自尊都将烟消云散；他第一次认识到这些东西是一种多么靠不住的假面具。更糟的是，他肯定会因为接受贿赂受到刑事诉讼，也许还会受到别的指控，说不定还得坐牢。

他曾时而自问，尼克松那些不可一世的亲信对于被人从高位上拉下来，接受刑事指控，采录指纹标本，剥夺尊严，接受那些不久前他们还会嗤之以鼻的陪审员们的审判，不知作何感想。现在，他找到了答案；或者很快就要找到答案了。

《创世记》中的一句话闪过他的脑海：我的刑罚太重，过于我所能承担的。

办公桌上有一台电话机响了，他没去理睬。他已经到了山穷水尽的地步，完蛋了。

他几乎是在不知不觉之中站起身来，走出办公室。走过卡拉汉夫人身边时，女秘书带着异样的神色注视着他，问了一个问题。他压根儿没听见，不过即使他听见，也不会回答。沿着第三十六层楼的走廊走去，经过董事会议室。不久之前，这儿还是他大展宏图的舞台。一路上，好几个人对他说话，他全部不予理睬。董事会议室不远处是一扇难得有人进出的小门。他打开小门，里面有楼梯通到楼顶。他拾级而上，爬过好几段阶梯，拐了好几个弯。他步子很稳，既不匆忙，也没有停顿。

美利坚第一商业银行总行大楼新建之初，有一次，班·罗塞利曾带着手下的一帮经理走过这条路，海沃德也在其中。当时他们曾打开另一扇小门走上阳台，这扇小门此刻就在他前面。海沃德把门打开，走到外面一个狭窄的阳台上。阳台俯瞰着全城，差不多是大楼的最高处。

一阵十一月阴冷的风狂怒地扑面刮来。他弯腰顶着风，觉得有风自己心里倒反而好过一些，就好像寒风把自己裹了起来。他记起，那一次，罗塞利曾向着城市伸出双臂说："先生们，这地方曾一度是我祖父的希望。而今天诸位所看到的一切已为我们所有。请记住——就像我祖父曾经记住的那样——要真正赚钱，我们必须不仅要有所得，而且还要有所失。"这番话好像已是历史陈迹，不仅从时间角度来看，就其寓意而论也是如此。海沃德朝下看去。他可以看到一些比较低矮的建筑物，那条弯弯曲曲、流经全市的大河，来来往往的行人车辆，以及底下罗塞利广场上蝼蚁般缓缓移动的人群。寒风吹过，车水马龙的喧闹声混成一体，隐隐向他传来。

他的一条腿已跨过齐腰的栏杆，栏杆外面便是一道狭窄而没有遮拦的边沿。他的另一条腿也跟着跨了过去。在这之前，他一直没感到恐惧，但此刻却吓得浑身哆嗦。他用两手紧紧抓住身后的栏杆。

　　背后什么地方传来焦虑不安的声音，他听见有人飞快跑上楼梯的脚步声。这人大喊："罗斯科！"

　　临死前的这一刹那，他想到《撒母耳记上》中的一句话：走吧，愿耶和华与你同在。最后又想到阿弗丽尔。啊，女性中最美丽的尤物……

　　起来吧，我的爱，我的美人，跟我走……

　　接着，当几个人影从身后破门而出时，罗斯科闭上双眼，向前跨了出去。

第二十五章

亚历克斯·范德沃特觉得，每个人一生中总有那么几天会一直铭刻在记忆之中，激起尖利的痛苦，直到你停止呼吸或者丧失记忆力为止。

一年多前，班·罗塞利宣布自己病危的那天就是这样一个日子。今天将是另一个这样的日子。

现在是晚上。亚历克斯正在自己的公寓套间里等待着马戈特，她很快就会来。今天早些时候发生的事情仍使他惊魂未定、烦躁不安、无精打采。他给自己调了第二杯掺苏打水的苏格兰威士忌，然后往幽然欲灭的炉火中丢了一块木柴。

今天上午，他是第一个穿过小门冲上大楼阳台的。听到别人焦虑不安地报告海沃德神色异常，他连忙召来其他人询问，从而推断出罗斯科可能去了什么地方。然后，他飞奔上楼。亚历克斯破门冲上阳台时曾大叫一声，但还是晚了一步。

有那么一刹那，罗斯科好像就挂在半空中。接着，只听得一声迅速远去的惨叫，罗斯科便不见了。亚历克斯眼睁睁地看着这一幕惨剧，毛骨悚然，浑身发抖，好一会儿说不出话来。紧跟着上楼的汤姆·斯特劳亨负责料理后事，他命令人们离开阳台以保持现场。这个命令亚历克斯也遵守了。

后来，通往阳台的门上了锁，这只不过是亡羊补牢而已。

从阳台回到三十六层楼，亚历克斯强打起精神，前去向杰罗姆·帕特顿汇报。然后，在这一天剩下的时间里，他便是处理各种事情，作出各种决定，询问有关的细节。头绪纷繁，事情一件接着一件，有时几件事情混杂在一起。直到最后，他总算给海沃德的一生作了一个总结，只是这份总结此刻还没有全部写完。明天将有更多同样的事情要做。但是，先说今天。今天，他已经同罗斯科的妻子和儿子进行了联系，并表示了慰问；回答了警方的查问——至少是回答了一部分；检查了丧葬安排——因为尸体已经无法辨认，一旦法医同意便马上封棺；供报界发表的一份声明已由迪克·弗伦奇拟好草稿，并经亚历克斯过目认可；此外还处理了别的一些事务，暂时不能解决的，则作出延期处理的决定。

傍晚时分，亚历克斯对某些事情的底细已有了更多了解。那是在迪克·弗伦奇要他接听《新闻日报》一个名叫恩迪科特的记者打来的电话之后不久。亚历克斯跟记者通话时，觉得对方好像有点心烦意乱。记者解释说，就在几分钟之前，他刚从美联社的电讯中读到消息，显然罗斯科·海沃德已自寻短见。恩迪科特接着讲了今天上午给海沃德打电话的情况，以及两人在电话中都说了些什么。"我要是早知道……"他说到半截就莫名其妙地打住了。

亚历克斯根本不想去安慰这位记者。干记者这一行的究竟奉行何种道德准则，亚历克斯还得好好研究一番才能理解。但亚历克斯还是问对方："你们报纸还准备刊登那篇报道吗？"

"是的，先生。编辑部正在撰写一个新的标题。除此之外，报道将按原计划明日见报。"

"那你还打电话来干什么呢？"

"我想，我只是想对什么人说一声，我很难过。"

"是的，"亚历克斯说，"我也很难过。"

这天晚上，亚历克斯又把电话交谈的内容重温一遍，对于罗斯科在临死前几分钟所受到的精神上的折磨深表同情。

从另一个角度说，《新闻日报》的那篇报道一旦明天公诸于世，无疑将给银行带来莫大的危害。真是屋漏偏遭连夜雨。亚历克斯好歹刹住了泰勒斯维尔的挤兑风，使别处分行没有再发生类似的重大事件，但是在社会上美利坚第一商业银行的信用已经锐减，存款额也减少了。过去的十天中，提款总数约达四千万美元，而存款额却大大低于平时的水平。

与此同时，美利坚第一商业银行的股票行情在纽约股票交易所下跌得很惨。

当然，倒霉的不只是美利坚第一商业银行一家。超国公司丧失偿付能力的消息一传出，投资者和整个商界，其中也包括银行家，便蒙上萧条的晦气；股票行情普遍看跌；国际上对美元币值又一次出现了怀疑。在有些人看来，这是世界性经济衰退的大风暴行将袭来的毋庸置疑的征兆。

亚历克斯心想，这就好比，一个巨人倒下使人们深切认识到，其他的巨人，尽管过去在别人眼里神通广大，刀枪不入，也可能会倒下；个人也好，公司或者政府也好，永远都不能逃脱所有会计学法则中最基本的一条——欠债总有一天要偿还。

二十年来一直宣扬这一学说的刘易斯·多尔西，在他最近一期的《新闻通讯》中也写了差不多同样内容的东西。今天早晨，亚历克斯的邮件中就收到了一期新的《新闻通讯》，当时他只浏览了一下就放进口袋，准备晚上再细读。这时，他把杂志掏了出来。

刘易斯写道：

> 有人说什么商界、全国性或国际性的财政金融活动错综复杂、难以捉摸，谁也休想轻易说出个究竟，对于这种吹得天花乱坠的神话，千万不要相信。所有这些只不过是家务管理——普普通通的家务管理，只是规模大些罢了。
>
> 那些所谓错综复杂、不可捉摸和扑朔迷离的东西只是一座想象

中的迷宫，实际上并不存在，是那些收买选票的政客（也就是所有的政客）、股票市场的操纵者和因凯恩斯主义而病入膏肓的"经济学家们"杜撰出来的。这些人沆瀣一气，妖言惑众，借以掩盖他们正在干和已经干出的勾当。

这些把事情弄得一团糟的家伙最害怕的，莫过于我们保持清醒而诚实的头脑，凭借常识，仔细检查他们的所作所为。

这些人——尤其是政客们——一方面筑下了喜马拉雅山那么高的债台，不管是他们本人、我们，还是我们曾孙的曾孙，都永远偿还不清。另一方面，他们却像生产手纸一样地滥印钞票，从而使我们好端端的货币——特别是美国人曾一度拥有的、享有声誉并以黄金为后盾的美元——遭到贬值。

我们再说一遍：这只不过是管理家务而已——但却是人类历史上最拙劣、最不诚实的家务管理法。

这一点，而且唯有这一点，才是通货膨胀的根本原因。

接下去还有一些话。刘易斯宁愿说过头，而不肯说得太少。
他还照例提出了解决各种金融弊端的办法。

就好比给一个将要渴死的旅人端上一大杯水一样，解决问题的办法是现成的，唾手可得。过去一向如此，今后也永远是这样。

这就是黄金。黄金必须再次成为世界货币体系的基准。

黄金是货币体系得以保持统一的最古老的、唯一的堡垒。黄金是经济法则唯一廉洁的来源。

黄金是政客们无法印制，无法伪造，也无法以其他方式使之贬值的。

黄金因其来源极其有限，从而建立起了它自身真正的、永久性的价值。

因其始终如一的价值，一旦黄金成为货币的基准，便可保护全民的正当储蓄，使其免受公职人员中那些流氓、恶棍、骗子、无能之辈和空想家们的巧取豪夺。

几个世纪以来，黄金已经表明：

不以它作为货币基准，便不可避免地出现通货膨胀，继而以无政府状态；以它作为货币基准，则可控制并杜绝通货膨胀，由此可进一步保持稳定。

大智慧的上帝创造出黄金，很可能就是为了限制人类的挥霍无度。

美国人曾一度自豪地宣称他们的美元"可靠如黄金"。

不久的将来，总有一天，美国将重新求助于黄金作为其汇兑本位。舍此，则财政崩溃，国家分裂——这一点正变得越来越清楚。幸好，即使在今天，尽管还有人持怀疑态度，尽管还有人狂热地反对金本位制，但在政府中日渐成熟的见解已露端倪，还有迹象表明，正常的理智正在逐渐恢复……

亚历克斯放下《多尔西新闻通讯》。像银行界和其他各界的许多人一样，他也曾经不时嘲笑过那些大叫大嚷狂热鼓吹金本位制的人物——

刘易斯·多尔西、哈里·舒尔茨、詹姆斯·丹斯、众议员克兰、埃克斯特、布朗、皮克、理查德·拉塞尔以及另外一些人。然而，最近，他却开始自问，上述诸公那种过于简单化的看法也许是对的。除了金本位制，这些人还信奉自由竞争，主张让市场自由自在不受阻碍地起作用，让那些经营不善的公司破产自灭，同时让那些管理得法的商号赚大钱。争论的另一方是信奉凯恩斯主义的理论家们，他们痛恨金本位制，主张对经济进行修补，包括发放补助金并实行管制，即他们称之为"微调"的做法。亚历克斯感到疑惑不解：难道这些凯恩斯主义的信徒全是异端，而多尔西、舒尔茨之流却是真正的先知？或许是这样。

早先，先知都曾是单枪匹马的人物，遭世人嘲笑。然而，也有些先知曾在有生之年亲眼目睹自己的预言得到应验。亚历克斯跟刘易斯等人看法完全一致的是：更严峻的日子已迫在眉睫。对美利坚第一商业银行来说，艰难的日子甚至已经开始了。

他听到有人用钥匙开门。公寓套间外门打开了，马戈特走了进来。

她脱下束有腰带的驼毛上衣，把它撂到一把椅子上。

"哦，天哪，亚历克斯。我简直没法把罗斯科从脑子里排除掉。他怎么会那样做呢？到底是为了什么？"

她径直向酒柜走去，调了一杯饮料。

"看来，不是没有原因的，"他慢吞吞地说，"真相即将大白。如果你不反对，布雷肯，我想先不谈这件事。"

"我理解。"她向他走去。两人亲吻时，他紧紧地抱着她。

过了一会儿，他说："给我讲讲伊斯汀、胡安尼塔和小女孩的情况吧。"

昨天以来，马戈特一直在设法把这三个人安排妥当。

她面对他坐下，一边呷着她的饮料。"事儿真多，全挤到一起来了……"

"出事的时候常常都是这样。"他不知道今天过完之前还会冒出什么别的事儿来。

"先说迈尔斯，"马戈特开始叙述，"他已经脱离危险，而最好的消息是他的眼睛不会瞎，这可真是奇迹。医生认为他一定是在硝酸浇到他脸上前的一刹那闭上了眼睛，这样，眼睑才救了他。当然，眼睑烧伤很厉害，像他脸上的其他部位一样。他还要经受一次长时间的整形外科治疗。"

"他的手怎么样？"

马戈特从钱包里掏出一个笔记本，打开它。"院方已经跟西海岸的一位外科医生——奥克兰的杰克·塔珀博士取得了联系。他很有名，是国内外科修补人手的第一流专家之一。院方已经打电话向他请教。他同意下星期三或星期四乘飞机到这里来做手术。我想银行会支付这笔费用吧。"

"是的，"亚历克斯说，"银行会付的。"

马戈特接着说："我跟联邦调查局的特工英尼斯谈过了。他说，为报答迈尔斯·伊斯汀出庭作证，他们将给他提供保护，并在国内另外一个地方给他提供一个新的身份。"她放下笔记本，"诺兰今天跟你谈过了吗？"

亚历克斯摇摇头。"一直没有机会。"

"他会来找你的。他想要你出面，运用你的影响，帮迈尔斯找个工作。诺兰说，如果必要，他会捶着你的办公桌，逼着你出面。"

"他不必捶桌子，"亚历克斯说，"我们的控股公司在得克萨斯和加利福尼亚有一些消费者信贷办事处。我们可以随便在哪个办事处给迈尔斯找点事儿做。"

"也许他们也会雇用胡安尼塔。她说，不论他去哪里，她都和他一起去。埃斯特拉也带去。"

亚历克斯叹了口气。他感到高兴的是，至少还有一件事结局不坏。

他问道："关于那个小女孩，蒂姆·麦卡特尼说了些什么？"

送埃斯特拉、努涅兹去治疗中心的精神科专家麦卡特尼医生处诊治是亚历克斯的主意。亚历克斯想弄明白，绑架和拷打有没有给小姑娘带来精神上的什么损害。

但是一想到治疗中心，便使他郁郁不乐地联想起西莉亚。

"有一点我可以告诉你，"马戈特说，"如果你我都像小埃斯特拉那样神志清醒，情绪稳定，那我们就都会成为更好的人。麦卡特尼医生说他和小家伙把整个事情谈了个透彻。这样，埃斯特拉将不会把这番经历深埋在她的潜意识之中；她会清晰地记住它——但这只不过是一场噩梦，如此而已。"

亚历克斯觉得眼泪涌了上来。"我很高兴，"他轻声说，"真的很高兴。"

"今天可真够忙的。"马戈特伸个懒腰，踢掉了她的鞋，"另外，我还跟你们银行的法律部门谈了补偿胡安尼塔的事。我想我们可以作出某些安排而不必让你出庭。"

"谢谢，布雷肯。"他拿起她的杯子和自己的杯子重新去斟酒。这时，电话响了。马戈特站起身来去接电话。

"是伦纳德·金斯伍德打来的。他找你。"

亚历克斯穿过起居室，接过电话。"什么事，莱恩？"

"我知道你辛苦了一天，正在休息，"这位诺桑钢铁公司的董事长说，"罗斯科出事，我也吓得不轻。但是我要说的事不能等。"

亚历克斯哭丧着脸说："那就说吧。"

"我们董事中间有个核心决策小组。今天下午，我们已开了两次电话会议，中间还打电话跟其他人联系过。美利坚第一商业银行董事会全体会议将于明天中午召开。"

"说下去。"

"第一项议程将是接受杰罗姆总裁的辞呈。董事中有些人提出了这一要求，杰罗姆同意了。我甚至觉得他已经被解除了职务。"

是的，亚历克斯想，帕特顿当然愿意脱身。显然，对突如其来的这一大堆问题以及现在需要立即作出的关键性决策，他才没胃口去介入。

"在这项议程之后。"金斯伍德用他惯用的直截了当的口气说，"你将被选为总裁，亚历克斯。任命将立即生效。"

亚历克斯在听电话时，用肩膀夹着电话听筒，点燃了烟斗。

这时，他一边抽着烟斗，一边盘算。"莱恩，在目前这样的时刻，我不敢肯定我是不是愿意担任这个职务。"

"我们料到你会这么说，所以大家才推选我来给你打电话。你可以认为我这是在恳求你，亚历克斯；为我自己，也为了董事会里其他的人。"金斯伍德顿了一顿，亚历克斯感觉到对方这会儿一定难受极了。对像伦纳德·L·金斯伍德这样地位的人来说，求别人可不是一件轻而易举的事，但他还是硬着头皮说了下去。

"大家都记得你曾就超国公司的事警告过我们，但我们当时却自以为高明。实际上，我们并不高明。我们对你的警告置若罔闻，而现在你的预言已经变成事实。所以，现在大家请求你，亚历克斯——我承认此刻求你的时间已晚——帮助我们摆脱眼下的困境。我还不妨告诉你，有些董事正在担心他们个人所负的责任。我们全都记得你在这个问题上也曾警告过我们。"

"让我想想，莱恩。"

"不必着急。"

亚历克斯本以为自己会有某种称心如意之感，也许会产生一种优越感，因为事实证明他是正确的，他可以说：我早就告诉过你们了。

另外，由于掌握了王牌——对此他确信无疑——他本以为自己还会有大权在握之感。

然而这些感觉一概没有。他只感到奋斗的徒劳、无谓和由此产生一种莫大的悲哀，而即使他能取得一番成就，在未来很长的一段时间里，银行充其量也只能恢复到班·罗塞利去世时的状态。

这值得吗？这一切都是怎么回事？有没有必要拼死拼活，承担沉重的个人责任，弄得终日紧张，劳累不堪，甚至牺牲个人的一切呢？

而这一切又是为了什么？为的是挽救一家银行，一家货币商店，一部货币机器，使之不致倒闭。难道马戈特在社会地位低下的穷人中间做的工作不比他的工作重要得多，对时代的贡献更大吗？然而，问题并非这么简单，因为银行也是不可少的，而且银行以其特有的服务，也像食物一样直接关系到社会，须臾不可缺少。没有货币体系，文明势将解体。

银行尽管不十全十美，却可以使货币体系发挥作用。

这些都是抽象的问题；还有一个实际问题要考虑。时至今日，即使亚历克斯接受了美利坚第一商业银行的领导权，也难保一定成功。很可能他只是不光彩地主持一下美利坚第一商业银行的转让或被另一家银行接管的仪式。如果发生这种情况，人们将因此记住他，而他作为一个银行家的声誉也就彻底完蛋了。但是另一方面，如果还有什么人可以挽救美利坚第一商业银行的话，亚历克斯知道，非他莫属。他不仅才能出众，而且还精通内情，此中学问，一个外人是不可能一下子学到的。更重要的是：尽管问题成堆，即使现在，他也还相信自己能够担负这个重任。

"如果我接受的话,莱恩,"他说,"我将坚持不受任何约束地进行改革,包括董事会的改组。"

"你不会受到约束,"金斯伍德回答说,"这一点我可以亲自向你保证。"

亚历克斯抽了一口烟斗,然后把它放下。"让我晚上睡觉时再好好考虑一下吧。明天早晨我就决定告诉你。"

他挂上电话,从酒柜上重又拿起杯子。马戈特已把酒杯拿在手里了。

她疑惑地注视着他。"你为什么不接受呢?你我都知道你总会接受的。"

"你掂量过这副担子有多重吗?"

"当然。"

"为什么你那么肯定我会接受呢?"

"因为你没法抗拒这一挑战。因为你整个的生命就是办银行。其他所有的一切都只占第二位。"

"我可不敢肯定,"他慢条斯理地说,"我是否希望成为你所说的那种人。"接着,他又想,他和西莉亚一起生活的那段时间,他的确一直是那样的。现在还是这样吗?可能正像马戈特说的那样,答案是肯定的。也许,没有人能改变他的天性。

"有件事我一直想问你,"马戈特说,"现在正是一个好机会。"

他点点头。"问吧。"

"在泰勒斯维尔出现挤兑的那天晚上,那对购物袋里装着一生积蓄的老夫妻问你:我们的钱在你们银行里绝对安全吗?你回答'是的'。你当时真有把握吗?"

"事后我一直都在问自己,"亚历克斯说,"说实话,我当时并没有把握。"

"但你是在设法拯救银行,对吗?而且这是首要的,置于那对老年夫妇和所有其他人之上;甚至要置于诚实之上,因为照常营业更加重要。"马戈特的声音突然激动起来,"这就是为什么你要继续努力拯救银行的原因,亚历克斯——因为你把它置于一切之上。这就是你过去跟西莉亚相处的方式。而且,"她一字一顿地说,"也将是——如果你不得不作出选择的话——你跟我相处的方式。"

亚历克斯哑口无言。面对铁一般的事实，他还能说什么，即使换了别人又能说什么呢？

"所以说到底，"马戈特说，"你跟罗斯科并没有多大区别。还有刘易斯。"她厌恶地捡起那本《多尔西新闻通讯》。"营业的稳定，健全的货币，金本位，股票的看涨行情。所有这些东西都是第一位的。人——特别是不重要的小人物——却被远远地抛在后面。这就是你我之间的鸿沟，亚历克斯。它将永远存在。"他看到她哭了。

从起居室外面的走廊里传来嗡鸣声。

亚历克斯骂出声来："该死的，这时候来打岔。"

他大步走向跟临街底楼的看门人相通的内部对讲机。"喂，什么事？"

"范德沃特先生，有位太太要见你。是卡拉汉太太。"

"我不认识任何……"他猛地想起来。是海沃德的女秘书？"问问她是不是银行的人。"

短暂的沉默。

"是的，先生。她是银行的人。"

"好吧，请她上楼来。"

亚历克斯把情况告诉了马戈特。他们好奇地等待着。他听到电梯在外面楼梯口平台上停下，便走到套间门口，打开门。

"请进来，卡拉汉太太。"

多拉·卡拉汉是位穿着考究的漂亮女人，年近六十。亚历克斯知道，她在美利坚第一商业银行供职多年，其间至少有十年是在罗斯科·海沃德手下工作。

她总是沉着自信，但今晚却显得疲倦而紧张。

她穿一件软毛镶边的仿麂皮上装，提着一只公文包。亚历克斯认出这公文包是属于银行的。

"范德沃特先生，对不起，打扰了……"

"我相信你来一定有要紧事情。"他介绍了马戈特，然后问道，"喝杯酒怎么样？"

"我正想喝呢。"

马戈特调了一杯马提尼。亚历克斯替她脱下上衣。三个人都在火炉边坐下。

"在布雷肯小姐面前，你说话不必拘束。"亚历克斯说。

"谢谢你。"多拉·卡拉汉喝下一大口马提尼酒，然后把酒杯放下。

"范德沃特先生，今天下午我把海沃德先生的办公桌翻了一遍。我想里面一定有些东西要清理，或许有些文件应该送交其他人。"她的嗓子变得越来越粗，最后竟说不下去了。她轻声地说："对不起。"

亚历克斯很客气地对她说："不要紧。慢慢讲。"

恢复镇静以后，女秘书接着说："有几个抽屉是锁着的。海沃德先生和我都有钥匙，不过我很少用我的钥匙。今天，我用了。"

又是一阵沉默，两人等着她往下说。

"在一个抽屉里……范德沃特先生，我听说调查人员明天上午要来。我想……你最好看看里面是些什么东西，因为你比我更清楚该怎么办。"

卡拉汉夫人打开公文包，取出两个大信封。在她把信封递过来时，他发现两个信封都已经撕开过。他好奇地掏出了里面的东西。

第一个信封里装的是四张股票证书，每张都是 Q 氏投资公司的五百份普通股，由 G.G. 夸特梅因签署。尽管证书上写着别人的名字，亚历克斯猜到，它们无疑都属于海沃德。他记起了《新闻日报》那位记者今天下午的话。这下全证实了。当然，如果要把这件事弄个水落石出，还需要进一步的证据。但是，似乎至少可以肯定一点：海沃德作为受到银行信任的要员，接受了一笔肮脏的贿赂。如果他还活着，事情一经揭露，就意味着当事人将受刑事诉讼。

亚历克斯的沮丧情绪进一步加深了。他从来就不喜欢海沃德。几乎从亚历克斯初进美利坚第一商业银行起，两人就是对头。然而直到今天，他对罗斯科个人的道德品质却从来没有产生过丝毫怀疑。他想，这件事是个教训：不管你自以为对别人了解多深，你永远不可能真正地了解一个人。

亚历克斯多希望眼前的一切都不是真事，一边却从第二个信封里取出了里面的东西。原来这是一群人在游泳池边的放大了的照片——四个女人和两个男人，都一丝不挂，只有罗斯科穿着衣服。亚历克斯立刻猜到，这些照片可能是海沃德大肆吹嘘的、跟大乔·夸特梅因一起的那次巴哈马群岛之行的纪念品。亚历克斯一边点着数，一边把照片摊开在一张咖啡桌上。照片一共十二张。马戈特和卡拉汉夫人在一旁呆呆地看着。他瞥见多拉·卡拉汉的面孔。她两颊绯红，害羞了。害羞？他还以为不会再有人害羞了呢？

他仔细察看照片，直想发笑。照片上每个人的尊容只有"滑稽可笑"一词可以形容。在一张快照上，罗斯科正入迷地盯着那些一丝不挂的女人；在另一张上，一个女人在吻他，而他的手指正握住女人的胸膛。哈罗德·奥斯汀露出一身松弛的皮肉，大肚子耷拉着，一脸傻笑。另一个人则背对照相机，面向着那些女人。说到那几个女人——嗯，亚历克斯心想，也许有些人会觉得她们漂亮。至于他本人，不管怎么说，他情愿要马戈特，即使她穿着衣服。

然而，出于对多拉·卡拉汉的尊重，他忍着没笑。女秘书已喝干马提尼酒，正在站起身来。"范德沃特先生，我该走了。"

"你把这些东西送来，做得很对，"他对她说，"为此我谢谢你，这些东西我将亲自保管。"

"我送你出去。"马戈特说。她取下卡拉汉夫人的上衣，陪着她走向电梯。

马戈特回屋来时，亚历克斯正站在窗边，望着城市的万家灯火。

"一个挺不错的女人，"她说，"忠心耿耿。"

"是的，"他说。他同时还想到：在明天和以后的日子里，不管发生什么样的改组和变化，他都要确保卡拉汉夫人得到妥善的安排。另外还有一些人也得另眼相看。亚历克斯将立即把汤姆·斯特劳亨提升到自己原先的职位上，担任常务副总经理。奥维尔·扬可以补海沃德的空缺。埃德温娜·多尔西则应提升为高级副总经理，主管信托部；这个职位亚历克斯已经在脑子里为埃德温娜酝酿了好久，他还希望不久以后她将进一步得到提升。同时，还必须立即提名她为董事会的成员。

他突然意识到，自己已准备接受银行总裁的职务了。是的，马戈特刚才就是这么说的。显然，她是对的。

他从窗口和窗外的一片黑暗中转过身来。马戈特正站在咖啡桌旁，低头看那些照片。突然，她咯咯地笑起来，他也如愿以偿地跟她笑了个痛快。

"哦，上帝！"马戈特说，"真是又可笑又可悲！"

两人笑完以后，他弯下身去把照片理好，重新放进信封。他真想把这包东西扔进火炉，但他知道绝对不可以冒失。这是在销毁可能为法庭所需的证据。但他打定主意尽一切努力不让别人看到这些照片。为了罗斯科。

"真是又可笑又可悲，"马戈特重说了一遍，"难道这一切不是这样吗？"

"是这样。"他表示同意。此刻，他知道他需要她，而且将永远需要她。

他抓住她的手，想起了卡拉汉夫人来以前两人谈话的内容。"别担心我们之间的什么鸿沟，"亚历克斯热切地说，"我们之间也还有很多桥梁。你我是天作之合。让我们永远在一起生活吧，布雷肯，从现在开始。"

她表示反对："这大概是行不通的，或者不能持久。命运与我俩作对。"

"那我们就设法证明命运错了吧。"

"当然，我们也有一个有利条件。"马戈特的眼睛闪出调皮的神情，"多少夫妻曾立下山盟海誓，说什么'直到死神把我们分开'，但是不到一年，就非上法庭离婚不可。如果我们打一开始就不相信那套胡说八道，彼此之间也不存过奢望，也许反而比其他人过得更美满些。"

他把她搂在怀里，对她说："有时候，银行家和律师废话说得太多啦。"

THE MONTH DANGERS IS ARTHUR BAILEY
copyright © 2013 by ARTHUR BAILEY
Chinese (Simplified Characters) copyright © 2013
by Thinkingdom Media Group Ltd.
This translation published by arrangement with Thinkingdom, an imprint of The Knopf Doubleday Publishing Group, a division of Random House, LLC,
through Bardon-Chinese Media Agency